Héroes de Cuba

R. FERNÁNDEZ DE LA REGUERA Y S. MARCH

HÉROES DE CUBA

(Los héroes del Desastre)

Prólogo de
PEDRO PASCUAL

PLANETA

Córcega, 273-279, 08008 Barcelona (España)
Diseño cubierta: Compañía de Diseño
Ilustración cubierta: foto de un destacamento de artillería en Cuba, 1896
Primera edición en esta presentación: junio de 1997
Depósito Legal: B. 25.599-1997
ISBN 84-08-02126-5
Composición: Víctor Igual, S. L.
Impresión: Liberduplex, S. L.
Encuadernación: Cervantes Encuadernación, S. L.
Printed in Spain - Impreso en España

Agradecemos a la Fundación
Juan March la Pensión de Literatura que
nos concedió para escribir esta obra.

MARCO HISTÓRICO

Cuba y Puerto Rico, junto con Filipinas y demás archipiélagos en el Pacífico, que un día formaron parte del Imperio ultramarino español, fueron las últimas posesiones en desgajarse de la metrópoli y adquirir su independencia o pasar a depender de otro Estado. En Cuba, los afanes de autonomía e independencia habían comenzado muchos años antes de la guerra de la Independencia (1895-1898).

A partir de 1808, debido en gran parte al vacío de poder en España como consecuencia de la desaparición de la tarea de gobierno del rey Fernando VII, nació y creció en toda América un estado de confusión que se agravó con bastante rapidez. Aunque en principio se crearon Juntas de Defensa de los derechos del rey Fernando VII, la realidad se fue imponiendo y los mismos criollos burgueses, que comenzaron por plantear la permanencia en la Corona, se dieron cuenta de que había llegado su hora. La independencia de los Estados Unidos de América del Norte, las ideas emanadas de la Revolución francesa, las del liberalismo que circulaban por toda América entre la burguesía de cada virreinato o capitanía general activaron los afanes de libertad. Los burgueses criollos tenían en sus manos las riendas económicas, las mercantiles y comerciales con la metrópoli. No les faltaban más que los poderes políticos de gobierno propio sin depender de nadie. Comenzaron las luchas por la independencia, cuyo resultado es de todos conocido. Las excepciones fueron tres islas, Cuba, Puerto Rico y Santo Domingo, que siguieron fieles a la Corona, si bien esta última continuó durante algunos años solamente, hasta que logró su plena independencia.

Los gobernantes españoles de la metrópoli, más de medio siglo antes de que comenzara la guerra de la Independencia cubana, estuvieron aquejados de una permanente ceguera política. No quisieron ni ver ni oír ni entender lo que estaba pasando y, en vez de haber dialogado desde un primer momento para ir preparando una salida pacífica, quisieron parar en seco los vientos de la historia a base de echar más leña al fuego, más represión y el envío de más soldados a las Antillas. No les bastaba con la reciente independencia de toda América.

Las primeras inquietudes se hicieron patentes por el sacerdote y diputado a Cortes en el Trienio Liberal (1822) Félix Varela, quien fue una de las máximas figuras en difundir las ideas liberales. En ese mismo año fue descubierta «Soles y rayos», una de tantas sociedades secretas existentes en la isla, y sus «conspiraciones», abortadas inmediatamente. No se amilanaron los independentistas cubanos, que continuaron las intentonas y rebeliones en 1824; en 1826 se registró la ejecución de los primeros mártires del independentismo cubano, Andrés Sánchez y Aquero Velasco, y en 1829 la disolución de la «Legión del Águila Negra» por la autoridad española en la isla significó el fin de estos intentos en los años veinte.

Por los años cuarenta, el fusilamiento del poeta cubano *Plácido* (Gabriel de la Concepción Valdés, Matanzas, 1809-1844), hijo ilegítimo de una bailarina española y un barbero mulato, encarnación viva del escritor autodidacta y del poeta popular, puso fin a varios amagos de rebelión de los negros que trabajaban en los ingenios azucareros, que sumaban el 56% de la población cubana, consecuencia de las entradas masivas de hombres y mujeres de color traídos de África, a pesar de las leyes abolicionistas firmadas por España y Gran Bretaña. Fueron los negros los que auparon la economía de la isla, pues subieron de cuatrocientos a mil los ingenios en un período tan corto como 1800-1827, pero los hacendados temían un levantamiento muy fuerte a causa de las ideas abolicionistas expandidas por esa época. Las confesiones de los detenidos con motivo de la «conspiración de la Escalera» fueron las que facilitaron los nombres de Plácido —a quien se atribuyó la *Plegaria a Dios*, famosa poesía que al parecer recitó cuando le conducían al lugar de ajusticiamiento—, el músico José Miguel Román y otros hombres libres, que tuvieron el mismo fin por orden del capitán general O'Donnell.

En los años iniciales de la década de los cuarenta y hasta la mitad de la siguiente comenzó a apuntar un movimiento inesperado, los deseos de anexión a Estados Unidos por parte de la oligarquía criolla y los hacendados, esclavistas como los del sur de Norteamérica, que veían en esa actitud la posibilidad de mantener su status. Por ese mismo tiempo ya estaban en marcha las operaciones norteamericanas de compra de Cuba al Gobierno español, de lo cual hablaré más adelante. Hacia 1857, esa tendencia anexionista fue evaporándose, pero su poso quedó, y eso les sirvió a los norteamericanos años más tarde, cuando intentaban hacerse con Cuba por todos los medios. Estados Unidos tuvo estas maniobras en cuenta, y de algo debió de servir el informe que John O'Sullivan, editor de la *Democratic Review*, escribió desde La Habana (6-VII-1847) al secretario de Estado.

Mientras los anexionistas llevaban a cabo sus conspiraciones, que jamás fueron castigadas, los independentistas realizaban las suyas, que fueron duramente reprimidas. A medio camino entre el levantamiento armado y la anexión de la isla por medio de una invasión militar estuvo la «conspiración de la Mina de la Rosa Cubana», dirigida por el general español Narciso López Cienfuegos, nacido en Caracas en 1798, presidente de la Comisión Militar Ejecutiva y Permanente y gobernador de Trinidad, muy bien relacionado con los separatistas cubanos y que pretendía organizar una república independiente para que decidiera el futuro de la isla. También estuvo en contacto con el general norteamericano William Jenkins Worth, quien pretendía enviar una fuerza expedicionaria de cinco mil hombres para conquistar Cuba, por medio de la sociedad secreta «Club de La Habana». La insurrección se dispuso para el 24 de junio de 1848, pero se aplazó precisamente por esas relaciones con Jenkins Worth. La conspiración se descubrió y el general López Cienfuegos huyó el 4 de julio siguiente de Cienfuegos a Matanzas y de allí a Estados Unidos, donde preparó una expedición armada que desembarcó (19-V-1850) cerca de Cárdenas, sin más resultado que expulsar al gobernador y a la guarnición española. No cejó en su empeño. Tras la cuarta expedición —siempre pretendió establecer una república constitucional en Cuba que aseguraría a los dueños de los ingenios el mantenimiento de la esclavitud y una posible anexión a Estados Unidos—, que como las anteriores fracasó, fue detenido, juzgado por traición y condenado a sufrir el garrote vil en la explanada del castillo de La Punta (1-IX-1851). Este cuarto intento lo hicieron cuatrocientos cubanos y húngaros que desembarcaron en El Morrillo (Pinar del Río) a las órdenes de Ildefonso Oberto, y López Cienfuegos iba con otro grupo a Las Pozas —para internarse en la sierra y esperar refuerzos llegados de Estados Unidos—, donde venció a las tropas españolas, así como en el cafetal de Frías. Pero al dispersar a sus tropas en Candelaria del Aguacate fue capturado.

La mecha del independentismo estaba encendida y ya iba a ser difícil apagarla. El nuevo fracaso, lo único que hizo fue avivar el fuego. En ese mismo año de 1851, y tras los levantamientos en Matanzas, Pinar del Río y Las Tunas, la Sociedad Libertadora de Puerto Príncipe envía a Tunas de Bayamo a un hacendado abolicionista que concedió la libertad a sus esclavos, Joaquín de Agüero, para que informe de la expedición del general López Cienfuegos. Los reunidos lanzan el «Grito de Jucaral» (4-VII-1851) en la hacienda de San Francisco de Jucaral y determinan seguir la lucha por la independencia. Tras los combates en Bayamo y San Carlos, los insurrectos fueron hechos prisioneros en Punta de Ganado (23 de julio) al intentar huir de la isla. A pesar de la mediación del arzobispo de La Habana, san Antonio María Claret, fueron ejecutados Joaquín de Agüero, Miguel Benavides, Tomás Betancourt y Fernando de Zayas. En estos desembarcos y combates, la ayuda en armas y dinero de Estados Unidos comenzó ya a estar presente de forma clara.

Transcurrieron quince años de paz en los que la semilla independentista no hizo más que fructificar, sobre todo por la torpeza política de los gobernantes de España al no haber habilitado medidas de todo tipo para frenar, al menos, el afán del pueblo cubano antes de mandar tropas. Los reformistas cubanos —burguesía liberal, intelectuales, profesionales, incluso clases medias— abogaron por un reformismo que lo único que pedía era medidas administrativas que no encorsetasen tan rígidamente la vida cubana y no tener que estar tan pendientes de la metrópoli. No se les hizo ni el menor caso en los dos períodos de más auge de las peticiones reformistas (1830-1837 y 1859-1868). Sólo se transigió en principio con una medida menor, la designación de tres figuras del reformismo, Escovedo, Montalvo y Saco, para que ostentaran una representación muy restringida en las Cortes de España, desde donde empezaron a pedir la abolición de la trata, la reforma aduanera y mayor representación en el Parlamento. En 1837, las Cortes aprobaron unas medidas que convirtieron a Cuba en una colonia, con las leyes especiales por las que se debía regir. Esto avivó más el reformismo, que se convirtió en una especie de partido político, y aún más el independentismo.

No es de extrañar que se lanzaran los gritos de independencia de Lares y de Yara.

Con anticipación a la fecha prevista, el 29, al descubrirse el plan, en el Ayuntamiento de Lares (Puerto Rico) se organizó (23-IX-1868) un gobierno republicano al grito de «¡Viva Puerto Rico libre!», «¡Abajo los impuestos!», encabezado por Francisco Ramírez, quien liberó a los esclavos. A los patriotas les duró muy poco tiempo su libertad, pues unos fueron inmediatamente detenidos y otros se escondieron en los bosques de Arecibo, Mayagüez, Ponce y San Germán. A pesar del fracaso, los puertorriqueños volvieron a elegir sus representantes en el Congreso de los Diputados, derecho suprimido en 1835, al darse cuenta el

Gobierno de España de la delicada situación existente. En 1873, la esclavitud fue totalmente abolida.

Al caer la tarde del 10 de octubre de 1868, centenar y medio de hombres mal armados, después de una reunión preparatoria en San Miguel de Rompe (Las Tunas), ocuparon el pueblo de Yara, cerca de Manzanillo, al oeste de la provincia cubana de Oriente, dirigidos por el criollo hacendado Carlos Manuel de Céspedes, propietario del pequeño ingenio «La Demajagua», muy cercano a Yara, donde lanzó el grito de «Cuba libre». Céspedes (Bayamo, 1819-San Lorenzo, 1874) regresó de España en 1850, donde mantuvo diversas actividades revolucionarias. El movimiento independentista se había ido fraguando en la logia masónica «La Buena Fe», de Manzanillo, de la que Céspedes era Maestro Venerable. A esta logia pertenecían burgueses liberales, propietarios de pequeños ingenios azucareros y terratenientes medios, que pedían, al menos, libertad de comercio, pues se sentían arruinados por la competencia de las grandes plantaciones de caña, tabaco y café. La chispa independentista fue la subida de impuestos (1867) ordenada por el Gobierno español. Aunque Céspedes liberó a sus treinta esclavos momentos antes del «Grito de Yara», que formaron parte de ese reducido ejército, en su Manifiesto hablaba de una emancipación gradual y bajo indemnización con el fin de no asustar a los grandes terratenientes. La rebelión cubana ocupó Bayamo diez días después y se extendió por los distritos de Oriente y Camagüey, donde fue liderada por Ignacio Agramonte y Manuel Quesada. El «Grito de Yara» señaló el comienzo de la «Guerra Grande» o «Guerra Larga» (1868-1878) y en definitiva de las otras dos más que emprendieron los cubanos para lograr su independencia.

La primera reacción de los españoles hacendados, sobre todo los comerciantes residentes en La Habana, en ese mismo año de 1868 ante el temor de la secesión definitiva de la isla fue fundar el Casino de La Habana para proteger y coordinar la defensa de sus intereses económicos y políticos. El tratante de esclavos Julián de Zulueta ocupó la presidencia de la institución, que actuó inmediatamente como un Estado dentro del Estado. A esto se unió la reorganización del Cuerpo de Voluntarios del Comercio de La Habana, organización paramilitar integrada por treinta mil hombres, armados y pagados por los comerciantes, que actuaron de forma intransigente, hasta el extremo de obligar al capitán general de Cuba, Domingo Dulce, un militar moderado, a entregar el mando y embarcarlo hacia España.

En Madrid, el Gobierno dispuso el envío de tropas. El primer contingente que salió de España hacia Cuba con motivo de estas guerras de independencia cubana fue de 3291 hombres, según la orden dada (18-I-1869) al director de la Infantería del Ministerio de la Guerra.

Había comenzado una guerra que duraría treinta años, porque, aunque hubo largos espacios de paz, se vivió un clima casi permanente de guerra que llevó el dolor, el sufrimiento y la angustia a millares de hogares españoles, sobre todo a los más humildes y débiles económicamente, ya que la burguesía y las familias acomodadas podían permitirse el lujo de pagar las mil quinientas pesetas —en principio, que luego subieron a dos mil— de la redención en metálico por la cual el joven llamado a filas podía eludir el servicio militar. Hubo familias que se adeudaron o arruinaron al ahorrar o pedir préstamos para la redención en metálico. El negocio lo hicieron los bancos y hasta el Ejército, que muchos años más tarde de la guerra, y ya entrado el siglo XX, se dio cuenta de que era algo con lo que había que terminar.

Durante la «guerra Grande» se enviaron expediciones militares, una tras otra, para aplastar la rebelión de los patriotas cubanos. No hay datos válidos del número de soldados que pasaron por Cuba y de los heridos, enfermos y muertos que ocasionó aquella contienda. La única lista que merece confianza es el escalafón de la oficialidad, publicado en su momento. De lo demás, los historiadores, hasta los más consagrados, se salen por la tangente de las cifras globales, aproximadas o redondeadas, lo cual no merece crédito.

Por un real decreto se creó un Archivo General Militar en el que se refundieron los dependientes del Ministerio de la Guerra que había en Alcalá de Henares, Aranjuez, Guadalajara y Segovia, y que se instalaría en el Alcázar de Segovia, al cuidado del Cuerpo Auxiliar de Oficinas Militares (*DOMG*, 23-VI-1898). Terminada la lucha en Cuba, el Ministerio de la Guerra dio instrucciones mediante una circular (*DOMG*, 18-IX-1898) para el regreso del personal militar a España, y en ella se ordenó que el Estado Mayor, Artillería e Ingenieros trajesen todos los documentos relacionados con las campañas que pudieran servir para hacer historia y que se enviarían al Archivo de Segovia y a los Museos de Artillería e Ingenieros. Esa documentación ha sido microfilmada en 97 rollos que contienen un elevadísimo número de documentos, muy bien conservadas las películas en el Archivo Histórico Militar de Madrid, pero sin ordenar ni clasificar los documentos, ni siquiera por años, todos revueltos, y además no hay catálogo ni inventario. Los documentos originales fueron llevados a Guadalajara y de allí, a principios de 1995, a la antigua Academia de Intendencia en Ávila, hasta que se habilite un lugar apto para ellos en el Archivo Histórico Militar. Hallar un documento preciso es cuestión de muchísima paciencia; días y días de búsqueda, hasta meses, o un golpe de suerte, como me ocurrió cuando encontré el de la orden de la primera expedición a Cuba en 1869.

Otras fuentes de documentación de la guerra de la Independencia (1895-1898) son el *Diario Oficial del Ministerio de la Guerra*, que publicó su primer número el 4 de enero de 1888, y el *Anuario Militar*, a partir de 1892. En una y otra publicación la información es muy detallada y precisa, con datos y cifras absolutamente fiables. Cuando hable de la guerra de 1895-1898 daré esas cifras.

Durante los diez años de la «guerra Grande» el Congreso de los Diputados no estuvo mudo ni manco. Desde los bancos de la oposición fueron constantes las preguntas de los parlamentarios sobre la situación de la tropa, armamento, etc., así como los contratos que se firmaban con la Transatlántica, que despertaron siempre enormes sospechas. Sería larguísimo hasta resumir aquellos debates. La tónica normal durante esa década parlamentaria fue la de la pregunta formulada por un diputado a un ministro, la promesa formal de éste de que se aportarían los datos, y el silencio más espeso a partir de ese instante. Uno de los parlamentarios más vivaces y constantes en sus preguntas fue el general Manuel Salamanca y Negrete (Burgos, 1831-La Habana, 1891), uno de los militares con una hoja de servicios más brillante en el Ejército español, en el que llegó a mariscal. Como ejemplo del clima parlamentario ofrezco algunas muestras del largo y tenso debate de los días 7 y 8 de mayo de 1878, según el *Diario de Sesiones* del Congreso de los Diputados. Salamanca y Negrete acusó al Gobierno de «*diez años de silencio y ocultación de los hechos... el Congreso sabe particularmente, y por la prensa, detalles de una mal llamada paz, que no conoce oficialmente, a pesar de haberse firmado hace dos meses. El Gobierno nos ha despreciado hasta el punto de no traer a nuestro conocimiento y examen lo que todo ciudadano español ha visto y leído en la prensa... ha creado una situación insostenible en Cuba; nos ha rebajado a los ojos de los extranjeros, sin conseguir alcanzar la paz; y no contento con esto, elude la responsabilidad huyendo de la discusión*». Eran acusaciones gravísimas contra el Gobierno y contra un compañero de armas, el general Arsenio Martínez Campos, general en jefe del Ejército español en Cuba, quien fue el artífice de la Paz de Zanjón, a quien acusó también de una serie de concesiones hechas a los independentistas. Salamanca y Negrete añadió que se había mandado a Cuba «*una fuerza heterogénea, mermada por las enfermedades y vicios, y en especial la sífilis, sin instrucción alguna, sin género alguno de aclimatización, costum-*

bres militares... el soldado va a operaciones con imperfecta instrucción, con el ánimo decaído... la enfermedad de Cuba no es el vómito, no es el cólera; es la anemia, producto de la mala alimentación», y en este punto citaba las memorias de generales como Montero Gabuty, Concha, Riquelme y otros que habían estado allí. Salamanca y Negrete, un látigo feroz, el rayo que no cesa, fue nombrado gobernador general de Cuba (1889) y desde su cargo acusó al Gobierno presidido por Sagasta de malversación de fondos públicos.

Después de diez años de campaña, el general Arsenio Martínez Campos aceptó (10-II-1878) las propuestas de los independentistas Ramón Roa y Emilio Luaces, que se tradujeron en el pacto o Paz de Zanjón, rubricado cerca del arroyo del mismo nombre. Terminó la «guerra Grande» con una serie de concesiones a los independentistas por parte de España. Pero Antonio Maceo, tras una entrevista con Martínez Campos el 15 de marzo en Baragúa, se exilió en Jamaica, pues lo que ansiaba este dirigente cubano era la independencia plena. El Gobierno español aprovechó esta circunstancia para dar estatuto de provincia a Cuba, con gobernador civil, y la dividió en seis distritos, con la posibilidad de elegir a cuarenta diputados a Cortes. El 28 de mayo, varios dirigentes independentistas cubanos aceptaron el pacto de Zanjón.

La «guerra Chiquita» (24-VIII-1879/1-XII-1879), llamada así por su corta duración y dirigida por los hermanos Antonio y José Maceo, no tuvo mayor trascendencia. Puso fin a ella el general español Ramón Blanco.

Por fin llegó la abolición de la esclavitud a Cuba, el 7 de octubre de 1886, lo cual tampoco contribuyó a pacificar los ánimos. En Ponce, Puerto Rico (marzo de 1887) se constituyó el Partido Autonomista Puertorriqueño.

Un paso decisivo en el proceso independentista fue la aprobación (5-I-1892) de las bases del Partido Revolucionario Cubano en Tampa (Florida), fundado por José Martí, que sería el motor que pondría en marcha, con ayuda norteamericana, la independencia cubana de manera definitiva.

Las medidas que se tomaron en Madrid, ya avanzada la década de los noventa, fueron tardías, inoperantes y malas. Antonio Maura Montaner, ministro de Ultramar en el Gobierno liberal de Práxedes Mateo Sagasta, presentó un proyecto de ley sobre «reformas del gobierno y la administración civil en las islas de Cuba y Puerto Rico», con Gobierno autónomo elegido por una asamblea, pero fue derrotado en las Cortes. Ante esto y la pasividad de su propio Gobierno, dimitió. Las peticiones autonomistas de los diputados cubanos en el Congreso de los Diputados iban cayendo siempre en saco roto, a pesar del galopante malestar social y político existente en Cuba, donde lo que se quería era la independencia. Un simple repaso a las publicaciones periódicas que había en la isla en esos años, de 1868 a 1898, revela el grado de concienciación de sus habitantes, sin olvidar que bastantes de estos periódicos se hacían en Estados Unidos, México y otros países. De tendencia independentista, entre revistas y diarios, 88; autonomistas, 34; defensores del republicanismo español, 9, y de la monarquía española, 1. Con este bagaje propagandístico, al que hay que sumar la abundantísima colección de hojas, panfletos y folletos, contabilizados hace pocos años por las hemerotecas cubanas y el Instituto del Libro Cubano, era soñar vanamente con la rendición de los patriotas de la isla. Y en un permanente sueño vivían los políticos españoles.

El «Grito de Baire» (23-II-1895) señaló el comienzo de la guerra de la Independencia de Cuba. El aumento de tropas expedicionarias españolas y las prisas por promulgar medidas administrativas para Cuba no arreglaron la situación. Se convirtió en ley (15-III-1895) el proyecto presentado por el ministro de Ultramar, Buenaventura Abárzuza, «para el régimen de gobierno y la administración civil de las islas de Cuba y Puerto Rico». En medio de la lluvia de decretos administrativos, una triste noticia vino a turbar la marcha de la guerra en las filas cubanas. En Boca Dos Ríos, lugar cercano a la confluencia de Cauto y Contramaestre, José Martí, la figura más importante del independentismo, murió en combate.

Más leyes, ya de inútil aplicación. Por un real decreto (2-III-1897) se concedió la autonomía a Puerto Rico. Entró en funciones el Gobierno cubano para cumplir el real decreto de autonomía de Cuba (1-I-1898).

Y el final. Ante la grave situación de Cuba, el Gobierno de Estados Unidos envió a La Habana el acorazado *Maine*, que sufrió una misteriosa explosión, a consecuencia de la cual murieron 260 de los 355 oficiales y marineros embarcados (15-II-1898).

España declara la guerra a Estados Unidos (24-IV-1898).

Estados Unidos declara la guerra a España (25-IV-1898).

Unos dieciséis mil soldados norteamericanos desembarcan en Daiquiri, Cuba, para apoyar a los independentistas (21-VI-1898).

Derrota de la armada española en Santiago de Cuba, al mando del contralmirante Pascual Cervera, por la flota norteamericana, capitaneada por el comodoro Simpson (3-VII-1898).

De las fuerzas españolas que fueron enviadas a Cuba, Puerto Rico y Filipinas, las cifras reales y auténticas son las que fueron aprobadas por el Parlamento y publicadas en el *Diario de Sesiones* del Congreso de los Diputados y el *Diario Oficial del Ministerio de la Guerra*, todas ellas iguales. Son las siguientes:

1888-1889. Ejército permanente en la Península, 95266 hombres de tropa. Cuba, 19571. Puerto Rico, 3155. Filipinas, 8753.

Para el año económico 1895-1896. Península: 82000. Puerto Rico: 3091. Filipinas: 13291. Según el *Anuario Militar* de España, para Cuba se fijó en 13842, a los que hay que sumar 4560 de la Guardia Civil, 976 de Orden Público y 943 de los cuerpos voluntarios, pagados por la Sección de Guerra del presupuesto de la isla. Además, otras fuerzas. Total: 2731 oficiales, 607 asimilados, 70 capellanes y 81264 de tropa. Total general: 84372 hombres.

1896-1897. Península: 100000. Cuba: los hombres que exigiese la campaña. (Se llegó a 6699 jefes y oficiales, 183628 hombres de tropa, 18861 caballos y 5520 acémilas.) Puerto Rico: 5786 hombres. Filipinas: 41733 hombres en total general.

1897-1898. Península: 140000. Cuba: 7182 jefes y oficiales, 184647 hombres de tropa, 20403 caballos y 5932 acémilas. Además, los voluntarios cubanos: 4595 jefes y oficiales, 82033 hombres de tropa y 15165 caballos. Puerto Rico: 7219 hombres. Filipinas: 43656 hombres.

1898-1899. Península: 100942. En el año 98 se perdió la guerra y el *Anuario Militar* no publicó las cifras de las colonias como lo había hecho en años anteriores.

Aunque no fueron cifras muy altas, es necesario recordar las de los prófugos: 4853 (1895), 6682 (1896), 9676 (1897) y 7946 (1898). Los jóvenes españoles huían al norte de África, Portugal, Francia y América en general, preferentemente, antes que embarcarse a Cuba. Estas cifras descendieron al perderse la guerra en las colonias, para volver a ascender durante las guerras de África.

En cuanto a los muertos, heridos y enfermos se ha fantaseado mucho. De la guerra en Cuba, el *DOMG* publicó 174 listados (22-III-1896/7-VI-1900) con las relaciones enviadas por el capitán general de Cuba, en cada uno de los cuales se consignaba nombre, arma, cuerpo, clase, fecha y causa del fallecimiento, y pueblo y provincia de la que procedía el combatiente. Tuve la paciencia, con enorme cuidado, de contar uno por uno esos nombres. Esta fuente es para mí la única de garantía y totalmente fiable. Las causas de las defunciones de jefes, oficiales y soldados españoles de 1895 a 1898 en Cuba fueron las siguientes:

En el campo de batalla:	2032
De heridas recibidas:	1069
Del vómito:	16329
De enfermedades comunes o accidentes:	24959
Total:	44389

Incluidos en el total 33 suicidados y 2 fusilados. Además hubo 156 desaparecidos y 9 hechos prisioneros.

Los que murieron por enfermedades suman 41288, y 3101 los muertos en el campo de batalla o a consecuencia de heridas recibidas en combate.

También el *DOMG* publicó otras diez relaciones (26-X-1898/12-IV-1899) con los nombres y demás circunstancias de los combatientes que regresaron enfermos de Cuba y murieron al poco de ser ingresados en cerca de treinta hospitales militares y civiles dispuestos al efecto, y en algunos casos en los barcos en que regresaban. En total fueron 872 los muertos. Parecen pocas esas relaciones si se tiene en cuenta el estado en que volvían los soldados. Es imposible saber el número de los heridos y enfermos que pudieron regresar a España y fallecieron en sus casas o en diversos lugares. Los fallecimientos publicados por el *DOMG* se produjeron entre 7-VIII-1898/1-III-1899. Asimismo, el *DOMG* publicó las listas (12-IV-1896/1-V-1898) de los componentes de las unidades de ultramar que regresaban enfermos de Cuba. En total, 16415 combatientes. Es imposible saber los que murieron de la enfermedad contraída en Cuba, pero debió de ser alta si se tiene en cuenta el porcentaje de las bajas absolutas ofrecidas anteriormente.

Dos circulares publicadas por el *DOMG* dan idea muy cabal del estado en que volvían los soldados. La primera (18-IX-1898) dice textualmente: «*La repatriación comenzará por los enfermos... Se remitirán oportunamente a Cuba y Puerto Rico el número completo de trajes de paño y también de mantas suficientes para todos los individuos que han de repatriarse, procurando vengan calzados, y si esto no fuera posible, los respectivos capitanes generales darán aviso por el cable para atender a esta necesidad.*» Aquí hay que preguntarse si los soldados estaban en Cuba y regresaban a España medio desnudos y descalzos. La segunda (2-IX-1898) era: «*Los capitanes generales, en los puntos de desembarco, darán instrucciones para evitar que bajo pretexto alguno emprenda la marcha a su residencia ningún soldado regresado de ultramar que por su estado de salud inspire temores de que no ha de poder terminar su viaje, y someterán a todos los repatriados al más escrupuloso reconocimiento facultativo.*» Nueva pregunta que hay que formular: ¿cuántos de los desembarcados eran cadáveres vivientes?

Por su significación escojo a uno de los jefes más calificados, el contralmirante Pascual Cervera y Topete, quien en su libro —en el que recogió cartas y documentos sobre su intervención y la de la armada española, que terminó con su derrota el 3 de julio de 1898 en aguas de Santiago de Cuba, además de señalar, con cifras y datos, el poderío naval norteamericano que ni el Gobierno en Madrid ni el Ministerio de Marina ni la Junta de Jefes de este departamento quisieron tener en cuenta— empleó repetidamente la palabra desastre en sus comunicaciones a sus superiores para prevenirles de lo que sucedió y él había previsto.

La palabra desastre se inscribió en la historia, y además acuñada para significar algo que envolvió a toda España. Esto es falso y es uno de tantos tópicos alimentados por una historiografía facilona. Lo que ocurrió en 1898 no fue más que una derrota militar. España no se vio envuelta en un caos, ni hubo revoluciones sangrientas, ni desapareció la Corona, ni se repitieron los cuartelazos, ni se cambió de régimen, ni florecieron los cantonalismos y separatismos radicales, ni se cayó en el más abyecto pozo de degradación y miseria ciudadana. La palabra desastre sólo se puede aplicar a los políticos y gobernantes, que en sí fueron un permanente desastre. Palabras como desastre, crisis institucional, generación del 98 no se sostienen en pie. No se puede hablar de desastre humano y social. Al revés, la pérdida de las colonias y de la guerra llenó de honda alegría a todos los hogares españoles, que en ese mismo día respiraron a plena satisfacción porque los jóvenes ya no tendrían que vestir el uniforme de rayadillo para ir a morir estúpidamente en la manigua cubana o en un poblado filipino en una guerra que todos, absolutamente todos, sabían que estaba perdida de antemano. No hubo desastre económico, todo lo contrario. El no tener que alimentar a los ejércitos expedicionarios y la repatriación de capitales produjo una recuperación económica española en todos los sentidos. Economistas como Jordi Nadal, José Luis García Delgado y Joseph Harrison, entre otros, han estudiado a fondo esta cuestión y han demostrado con cifras lo que supuso de crecimiento económico, especialmente en Cataluña y el País Vasco. No hubo desastre cultural, pues fue la consagración de lo que en literatura, pintura y música hay que denominar la segunda Edad de Oro de la cultura española. Y en cuanto a la generación del 98, es otra falsedad. Hay que leer los artículos y las memorias de Azorín, Pío Baroja, Ramiro de Maeztu, Miguel de Unamuno, en las que niegan de forma tajante y terminante la existencia de tal generación y no toleran su adscripción a la misma. Si no se tiene en cuenta lo que dice un autor, ¿cómo es posible que se sigan manipulando sus palabras, su pensamiento, sus ideas, como se viene haciendo hoy mismo? Se viene presentando a la generación del 98, nacida con el famoso «Manifiesto de los tres» de 1901 —tres años después de terminada la guerra de la que nadie quería acordarse—, como el momento de una agitación de las conciencias y una reflexión sobre España, cuando eso ya se venía haciendo por escritores e intelectuales; uno de los más significados, Pérez Galdós, del que los del 98 se consideran meros continuadores. Y la tan manoseada y mentada crisis institucional. El único ministro en dimitir fue el de Marina, Segismundo Bermejo y Merelo (San Fernando, 1833-Madrid, 1899), inmediatamente después de conocerse la derrota de la escuadra española en Cavite. Los demás, ni uno. Ni siquiera el presidente del Consejo de Ministros, en 1898, Práxedes Mateo Sagasta, quien dimitió en marzo siguiente y posteriormente fue tres veces más presidente del Consejo. La ingeniería política de diseño creada por Cánovas del Castillo permaneció igual que antes del 98: turnismo pacífico y consensuado entre los partidos dinásticos, no dejar que otro partido ocupara el banco azul, corrupción generalizada en todo, encasillado de los gobernadores civiles para que salieran elegidos diputados los que los «poncios» querían, siguiendo las órdenes de los dos grandes partidos desde Madrid, caciquismo, elecciones amañadas, etc. No hay más que ver las fechas de cambio de gobiernos hasta el golpe de Estado de Primo de Rivera en 1923, que es cuando en verdad hubo y se resolvió la crisis que venía ahogando a España desde hacía muchos años.

La guerra de España, en su parte final y decisiva, no fue contra Cuba sino contra Estados Unidos, que fue la gran potencia emergente en el final de siglo y no toleraba que una pequeña potencia, que lo había sido y ya no lo era, pudiera estorbarle en sus planes expansionistas. Para que nadie le molestara tenía que ocupar dos fortalezas isleñas en los dos océanos, el Pacífico y el Atlántico. Por eso se metió en una lucha a sabiendas de ganarla, en Filipinas y Cuba. Estados Unidos, durante el siglo XIX, aspiró varias veces a quedarse con Cuba, como había comprado antes la Florida a España, y otros territorios con los que aumentar su espacio. Hubo intentos en 1812 y 1822. El 30 de mayo de 1848, el presidente James Knox Polk ofreció cien millones de dólares a España. Y en 1857 hubo otra oferta. Al fracasar en estas negociaciones para adquirir la isla entera, los políticos norteamericanos se dedicaron a comprar los productos que sustentaban la economía isleña. Guillermo Céspedes del Castilla, en su *América hispánica (1492-1898)* (Labor, Barcelona, 1985), da unos datos con los que se explica fácilmente la intervención norteamericana en Cuba, y de los que recojo solamente unos párrafos profundamente significativos.

«*En 1850 absorbió el 27% de la exportación total de azúcar cubano; en 1875, casi el 65%; en 1894, casi el 91,5%. Antes de que el trust azucarero se constituya legalmente como tal (1887), el oligopolio está en marcha; ya en 1869 el puerto de Nueva York recibe más del 58% de las exportaciones cubanas a Estados Unidos, y el 80% del azúcar es procesado en sólo cuatro refinerías. Ante esta situación, la arruinada sacarocracia cubana se limitó a la pura actividad agrícola de cultivar la caña y enviarla a las fábricas cubanas, ya que no se podía exportar la caña deshidratada. Desde la penúltima década del siglo* XIX, *Cuba vende sólo a Estados Unidos, envía allí su azúcar concreta en barcos norteamericanos a una sola empresa refinadora; los precios se fijan en el Sugar Exchange de Nueva York; la información sobre mercados llega a Cuba a través de una agencia yanqui, por cablegramas transmitidos por la Western Union yanqui. En 1891-1895, casi el 85% del total de las exportaciones cubanas se dirige a Estados Unidos. Todo ello significa que la metrópoli económica de Cuba no es en absoluto España, sino Estados Unidos.*»

Todos estos datos es de rigor que los tendría el Gobierno de España en su mesa de trabajo. ¿O no los tenían o no los querían tener, con lo cual se justifica que el desastre sólo es posible aplicarlo a los ministros? España ya no tenía nada que hacer en Cuba ante las irrefrenables apetencias norteamericanas. Jugó el papel de un patrioterismo hueco, vacío de contenido, y para eso envió a los ejércitos para que fuesen derrotados y a la juventud para que muriera en una guerra que no quería ni entendía ni le afectaba. Los jóvenes fueron los auténticos héroes.

PEDRO PASCUAL

CAPÍTULO PRIMERO

El día 25 de febrero de 1898 amaneció despejado. Una neblina leve, sin embargo, velaba Montjuich y las otras colinas de la ciudad, difuminándolas sobre un pálido cielo invernal.

A las nueve y media de la mañana había empezado, en el muelle bajo de la Riba, el embarco de un contingente de 1 100 hombres destinados a Cuba. Del transbordo al vapor *Montserrat* se encargaban las *golondrinas*. Los reclutas aguardaban turno en medio de un amplio cuadro de fuerzas de la guardia civil de infantería y a caballo, guardia municipal y policía. Junto al pretil de la muralla formaba una compañía de infantería de Almansa, con bandera y música. La banda tocaba alternando con la del regimiento de Navarra. El aire parecía vibrar con los alegres compases de las charangas. El general de brigada, señor De Pedro y los oficiales de la Administración militar presenciaban el embarco.

Esteban Pedrell se hallaba inquieto. Al llegar al muelle había visto entre la multitud a sus padres y a sus dos hermanos mayores. «No han debido venir», pensaba. Aún sentía su pecho acongojado por la penosa despedida del día anterior. Les había rogado a todos que no acudieran al muelle, y sentía cierta irritación mezclada de ternura y sobresalto. «Será terrible para ellos y para mí.» Esteban Pedrell se estremeció. Y no supo si era de frío o de ansiedad. El traje de rayadillo le defendía muy mal, desde luego, contra la baja temperatura. De buena gana hubiese desenrollado la manta que llevaba cruzada en bandolera, para echársela sobre los hombros, pero los demás aguantaban impasibles. Y Esteban Pedrell sólo se restregó con fuerza las manos.

Los familiares de los reclutas se agolpaban detrás de las tropas que formaban el cuadro. Algunos curiosos se habían detenido a mirar. En su mayoría eran obreros. Vestían blusas ajadas y mugrientas y se tocaban con gorras de visera ennegrecidas por el sudor y la grasa. Había también algunos caballeros. Estaban muy tiesos, embutidos en sus sobretodos cruzados, de amplias solapas, con sus altos y brillantes cuellos almidonados y el aparatoso nudo de la corbata. Uno, algo jaquetón, se abrigaba con una capa de color tabaco. Había lanzado una punta sobre el hombro derecho y se veía el lujoso embozo de terciopelo verde. Tres o cuatro coches de gente elegante se hallaban inmóviles entre la multitud. En uno de ellos, varios jóvenes permanecían de pie y daban vivas al ejército de vez en cuando.

Esteban Pedrell pensaba que aquel espectáculo era alegre, lleno de colorido, con ese fervor electrizante, y también absurdo, que despierta siempre la partida de los soldados. Habían salido aquella mañana del cuartel Jaime I. Los precedían la escuadra de gastadores y las bandas de tambores y cornetas. A su paso se llenó la calle de un alegre estrépito. Se asomaban las mujeres, se paraban los hombres, acudían corriendo los chiquillos. Había sonrisas en los labios de la gente y un orgulloso mirar. Oíanse aplausos, vivas, tremolaban los pañuelos. Los chiquillos se acercaban; tocaban levemente a los soldados, con un aire de envidia y admiración; se metían casi entre las piernas de los gastadores, que los despachaban con alguna sequedad: «¡Niños!» Y todo era júbilo; y las miradas tristes, los suspiros de algunas madres naufragaban en el ruido y la alegría marcial. Ni Esteban Pedrell ni sus compañeros podían sustraerse al contagio de aquella febril excitación hecha, a la vez, de inconsciente aturdimiento, de bizarrías y de temores. Los reclutas vibraban de entusiasmo, sonreían, miraban con un desplante jaquetón. Marchaban hacia la guerra, hacia la gloria. Eran los héroes de la patria. Y seguramente que el entusiasmo hubiera sido mucho más intenso, mucho más arrebatador, sin la presencia de los seres queridos, y sin aquel fantasma del miedo al dolor y a la muerte que sentían agazapado en su corazón.

Las *golondrinas* iban y venían incesantes. A cada partida de los vaporcitos, producíanse en el muelle escenas desgarradoras. Los gritos de desesperación, los sollozos montaban con el estrépito de una ola violenta que parecía coronar de espuma el enloquecido agitar de los pañuelos. Entonces, las charangas redoblaban el alegre bullicio de su música. Sonaban vivas ruidosos. El corazón de Esteban Pedrell latía con un ritmo azorado, con un jadeo. Allí estaban su familia, cuanto amaba, su ciudad. «¡Adiós!» Miraba las montañas, el monumento a Colón, las grises y sucias aguas del puerto, los herrumbrosos y polvorientos tinglados, las desgastadas y negras piedras del muelle... Allá estaban las Ramblas, la mancha roja y ceniza de los tejados y los edificios, las torres de la catedral, las altas chimeneas. Lo recordaría todo cuando estuviese en tierras extrañas. Y sufriría. Esteban Pedrell escuchaba las estridentes voces de sus compañeros: «¡Adiós!, ¡adiós!» Y él, mirando en torno suyo, repetía emocionado: «¡Adiós!, ¡adiós!»

Esteban Pedrell consultó su reloj cuando le tocó subir a la *golondrina*. Eran las once menos cuarto. Detrás de él había una mujer que lloraba convulsivamente. Un recluta se volvió.

—No llorar; no llorar aquí —dijo gravemente—. Dejad las lágrimas para cuando estéis en casa.

Esteban Pedrell miró al recluta. El otro le sonrió.

—¡Pobre gente! —dijo.

Ahora se oía un palmoteo muy vivo. Un soldado de los que aguardaban se puso a bailar un zapateado entre un grupo que le jaleaba. La multitud sonreía complacida.

—¡Valientes!, ¡valientes! —gritó un caballero con la cara encendida de entusiasmo.

Esteban Pedrell se acomodó en un asiento, junto a la barandilla. Vio a su madre. Estaba llorando. Se refugiaba en el pecho del marido. Se volvía a separar. Agitaba la mano, el pañuelo. Le gritaba algo con desesperación, haciendo bocina con las manos. Esteban Pedrell se levantó. Inclinó el cuerpo sobre la barandilla. «¡Sí, madre!», gritó haciendo signos afirmativos con la cabeza y sintiendo que el llanto se le agolpaba en los ojos.

—¡Ánimo, hombre! —le dijo un compañero poniéndole la mano en el hombro.

Esteban Pedrell se volvió. Miró al otro a través de la turbia deformación de las lágrimas.

—Es por mi madre —murmuró con voz insegura—. ¡La pobre...!

—Sí; ellas son las que llevan la peor parte en todo esto.

—Es verdad. Y mi madre ha perdido un hijo en Cuba, el mayor de los hermanos.

—¡Uf! Eso ya es mucho peor.

Hizo un ademán y sonrió con un aire como de perplejidad.

—Pues, aquí, donde tú me ves —añadió—, yo voy voluntario.

—¿Voluntario?

—Sí; así como suena. Me empeñé en ir. Ya hay en Cuba varios de mi pueblo, voluntarios como yo. Me entró una perra horrorosa, una chaladura. «Yo también voy.» Y aquí me tienes.

Esteban Pedrell movió la cabeza con un aire dubitativo, que era, a la vez, de reproche y de admiración.

El padre de Esteban hacía esfuerzos para sobreponerse. Cuando la esposa se refugiaba en su pecho, él se pasaba la mano por los ojos con un rápido ademán. Su padre era un hombre alto y fuerte. Le veía ahora encorvado, como aplastado, en una desolación que le impresionaba profundamente. Esteban miró después a sus hermanos Juan y Nuria. Pensó en sus hermanos pequeños. ¿Qué estarían haciendo en el hogar solitario? Juan se hallaba al lado de su padre. Era tan alto como él, delgado. A Juan no tardarían en llamarle al servicio militar. Estaba seguro de que desertaría. Él mismo se lo había aconsejado. Miraba su rostro, blanco de palidez, endurecido por una resolución terminante: «Yo no iré a la guerra. Yo no dejaré la piel en el cementerio de Cuba, como mi hermano mayor.» ¿Pensaría que él —Esteban— iba a morir también allí? Esteban Pedrell se estremeció. Recordó a su hermano Pedro. Había caído «gloriosamente» —así lo decían— en la acción que le costó la vida, dos años antes, al gran caudillo rebelde Antonio Maceo. Esteban Pedrell sintió de pronto el azorado tumulto de su sangre. «¡Qué va a ser de mí!», pensó.

Su hermana Nuria permanecía con el rostro entre las manos, sin levantar la cabeza. Se apoyaba en Juan, que le había pasado el brazo por la cintura. Esteban Pedrell experimentó un extraño malestar. ¿Por qué Nuria no le miraba? Seguramente que tendría miedo. Esteban lo sintió también. La actitud de su hermana le parecía un terrible presentimiento. ¿Le asustaba a Nuria ver en su rostro la sombra de la muerte? Tuvo la angustiosa sensación de que él era ya un cadáver, algo repulsivo que horrorizaba la vista. Se olvidó de todos los demás, de su madre incluso. De repente se daba cuenta de su soledad, su abandono, su cruel destino. Experimentó una singular ternura hecha de súplicas, de abandonos y de resignación. «¡Mírame, Nuri! ¿Por qué no me quieres mirar?» Ella, como si le hubiese oído, levantó la cabeza. Sonreía serenamente. Esteban se rehízo. Sonrió también. Nuria sólo contaba quince años y él la prefería a todos sus hermanos. Parecía ya una mujer. Dulce, seria, reposada. Esteban miró a sus familiares más tranquilo, sobreponiéndose. Entonces descubrió a Ignacio Aymerich. Estaba detrás de sus padres. Era el único de la familia Aymerich que había acudido al muelle. Seguramente que Esteban debería estar agradecido por la presencia del hijo del amo, pero casi sentía rencor. «Tú te quedas», pensaba con agresivo despecho. Veía su barba corta y espesa, su fino bigote. El bombín le sombreaba la frente. Sus miradas se cruzaron varias veces. Ignacio Aymerich desviaba rápidamente la suya. ¿Qué pensaría? ¿Estaría avergonzado? Ignacio era de la misma quinta que él. Sus padres le «habían redimido a metálico» por 1 500 pesetas. Dos años antes, Juan Aymerich, el hermano mayor de Ignacio, había acudido también al muelle para despedir a Pedro Pedrell, el hermano mayor de Esteban. Pedro Pedrell estaba ya muerto. Sí, es posible que Ignacio sintiese vergüenza y algo de pesadumbre, pero su alegría tenía que ser mucho mayor. ¡Librarse de la guerra! Quizá se marchara apenado del muelle. Mataría la pasajera desazón en el Edén Concert, en el teatro Gran Vía. Después se iría de juerga con una guapa corista. O puede que asistiera a un baile de carnaval. Esteban Pedrell experimentó una furia insensata. Le pareció que los disfraces, la loca alegría del carnaval eran un insulto para los hombres que luchaban y morían en Cuba. Sí; Ignacio olvidaría muy pronto la llevadera pesadumbre de su marcha, y volvería a divertirse como siempre, más que siempre, porque era maravilloso escapar del horror de la guerra.

También había venido al muelle el zapatero Jaime Castell. Seguramente que estaría recordando su juventud, cuando él se marchaba a la guerra. Ahora era ya un hombre muy viejo. El día antes, cuando se despidieron, Jaime Castell había llorado. «¡Fíjate!, un hombre como yo, veterano de cien combates. ¡Ya no sirvo para nada!»

La banda se había puesto a tocar la marcha de *Cádiz*. Esteban Pedrell se sobresaltó. Pañuelos blancos. Nevaban la mancha oscura de la gente con un aleteo rasante, incesante. «¡Viva España!» «¡Viva el ejército!» «¡Vivan los valientes!» Y estaba el llanto, sordo, ronco. Aquella muchedumbre trémula, de madres, de padres, de hermanos, de novias. ¡Cuánto dolor! Ahora era él quien no se atrevía a mirar. «¡Ten valor, madre!» Las hélices ya habían empezado a voltear; zangolotearon el agua sucia del puerto y la *golondrina* se movió despaciosa. Vio que su madre se abalanzaba con un grito que no pudo distinguir entre los gritos de las demás mujeres. El padre la sujetó entre sus brazos. Ella se debatía, luchaba, le tendía sus manos crispadas.

Poco a poco se apagaron las voces, los compases de la música. Los rostros fueron desdibujándose, confundiéndose. Se oscurecieron. Esteban Pedrell subió al *Montserrat*. Se apiñó, como los otros hombres, junto a las barandillas. En el muelle, la mancha de la multitud, quieta y enmudecida por la distancia. Solamente la bandada de los pañuelos seguía planeando sobre ella. Esteban Pedrell sacó el suyo. Lo agitaba de vez en cuando. Ignoraba el tiempo que había permanecido así. Pensaba apenado en sus padres, pensaba con sobresalto en la guerra. Recordó la dulce sonrisa de su hermana. Recordó la sonrisa de María Luz Aymerich. Nuria le contó que se había empeñado en ir al muelle para despedirle, pero que sus padres no la dejaban. Nuria decía que había suplicado y llorado.

—¿Y a qué viene todo eso? —preguntó él con cierta ligereza.

—¿Es que no lo sabes? —replicó Nuria, irritada.

Esteban guardó silencio. Sonrió burlonamente y con algo de ternura. Después se quedó pensativo, agresivo. Tuvo un ruin deseo de atropellar las pueriles fantasías de su hermana. ¿Es que no se daba cuenta? María Luz sólo tenía catorce años. Nuria creía que estaba enamorada de él. ¡Niñerías! Y aunque así fuese, aunque Esteban llegara a prendarse algún día de María Luz, ¿es que Nuria no comprendía el insondable abismo que los separaba? Ella era una señorita, y Esteban el hijo de su cochero. Incluso el entrañable cariño que unía aún a las dos chiquillas iba a durar muy poco. María Luz se apartaría de Nuria, como Juan e Ignacio de Pedro y de él, sus inseparables amigos de la infancia. «¡Pobre Nuri!», pensó Esteban, apenado.

Esteban había ido a despedirse de los señores Aymerich la víspera de su marcha, por la tarde. Preguntó por don Manuel. La criada le dijo que no había llegado aún. Desde los recientes y graves sucesos, como la voladura del *Maine*, don Manuel solía dejar su tertulia del círculo del Liceo más tarde de lo acostumbrado.

—Volveré luego.

—Puedes esperarle. Ya no tardará.

Esteban no sabía qué decir.

—Bueno —dijo.

La criada le llevó al salón. Estaba a oscuras. La criada descorrió una de las pesadas cortinas de terciopelo rojo. Entró esa luz difusa, y como manchada, de los pisos bajos. Los blancos visillos se tiñeron de un triste color gris.

El salón era suntuoso. Estaba decorado a la última moda, con un agobiador atiborramiento de objetos: relojes, lámparas, candelabros, sillas tapizadas de seda, sillones con respaldos de cuero repujado, estatuillas y bustos de bronce y mármol, platos de cerámica, bandejas de plata, espejos, jarrones, cuadros, maceteros con bellísimas begonias, abanicos y figuras de marfil y porcelana en las vitrinas de cristal...

—Pasa y siéntate —le dijo la criada.

Esteban avanzó tímidamente. Pisaba inquieto, con sus rudas botas de soldado, la alfombra persa de aquel salón en el que recordaba haber penetrado una sola vez, de niño, cuando hizo la Primera Comunión.

Media hora más tarde entró el señor Aymerich acompañado de su mujer. Al cabo de unos minutos se presentó María Luz.

—¿Te marchas mañana?

—Sí, claro; mañana.

—Te deseo mucha suerte.

—Gracias.

María Luz le tendió con timidez la mano. Estaba húmeda, helada, temblorosa.

—¡Hasta pronto! —dijo él.

María Luz emitió un sonido ronco, extraño, reprimiendo, sin

duda, uno de esos repentinos sollozos que acuden a los labios como una arcada. Dio media vuelta y salió presurosa del salón.

Después llegaron los dos hijos mayores del matrimonio. Le trataban todos con mucha amabilidad. Doña Josefina le regaló un escapulario y don Manuel el reloj de plata que llevaba Esteban. Don Manuel sacó a relucir su repertorio de frases patrióticas, alabó su valentía. Ignacio y Juan Aymerich hablaron muy poco. No sabían qué decirle a un hombre que iba a enfrentarse con la muerte. Le decían: «No te preocupes»; o bromeaban: «Éste; con lo valiente que tú eres, acabarás con los mambises en cuatro días.» ¿Por qué le hablaban todos de su valor? ¿Qué valor? Doña Josefina quiso darle un duro, pero lo rechazó. Se quedó muy cortada y Esteban sintió lástima de ella y rabia de sí mismo. Y después tuvo ganas de decirle: «Usted se queda aquí con sus hijos, mientras nosotros morimos. ¿Es que aún le parece poco?»

Un movimiento de expectación entre los soldados, un rumor de voces sacaron a Esteban Pedrell de sus cavilaciones.

—¿Qué ocurre? —preguntó.

—Traen a los desertores.

Esteban Pedrell se asomó. Eran cuatro. Parecían tristes o avergonzados. Algunos les gritaban, reían, apuntaban con el dedo. Pero los reclutas, en su mayoría, callaban, los miraban gravemente. Esteban Pedrell sintió lástima de aquellos infelices. Juan e Ignacio Aymerich habían pagado 1 500 pesetas cada uno y podían quedarse en casa. ¿Y aquellos desgraciados? Su único delito era su pobreza.

Los desertores subieron al vapor. Se mezclaron con los reclutas. Esteban Pedrell trató de abstraerse, pero los soldados se habían puesto a gritar. ¿Qué ocurría ahora?

Esteban Pedrell observó que el barco se disponía a partir. Oyó el traqueteo de las máquinas que levaban las anclas. Esteban gritó también con todas sus fuerzas: «¡Adiós!, ¡adiós!» Un viento huracanado agitaba los pañuelos. El *Montserrat* avanzó lentamente. Eran las dos de la tarde. Se fue fundiendo la mancha de la gente en el gris de los tinglados. La distancia arrebató también los pañuelos. «¡Adiós! ¡Adiós para siempre!»

Al llegar al antepuerto, el *Montserrat* disparó un cañonazo, y las singladuras en viaje directo hasta las Antillas, hacia el infierno de Cuba, empezaron.

CAPÍTULO II

Durante algún tiempo, Esteban Pedrell había abrigado la esperanza de que no le enviarían a luchar en las colonias. Los reclutas de la quinta anterior a la suya habían sido devueltos a sus hogares después de recibir la instrucción militar. En abril de 1897, Weyler comunicaba al Gobierno que la «pacificación» de Cuba marchaba bajo tan favorables auspicios, que no necesitaba más tropas. Por otra parte, las campañas de los partidos republicanos —que preconizaban el servicio militar obligatorio— y las manifestaciones públicas contra «la redención a metálico» crecían de un modo alarmante. El Gobierno había embarcado ya 200 000 hombres para el ejército de las Antillas y 25 000 para el del archipiélago filipino. Mientras que aquellos 225 000 desheredados de la fortuna luchaban y daban su vida allende los mares, nada menos que 50 000 hijos de familias acomodadas se «redimían» del mortal peligro y las penalidades de la campaña, mediante el abono del estipendio establecido. Naturalmente, y para mayor escarnio, un número muy considerable de esas mismas familias labraron su riqueza a costa de las islas —con la trata de esclavos incluso—; tenían allí grandes intereses que defender, o las colonias eran una especie de feudo en el que podían rehacer fácilmente las fortunas quebrantadas o conseguir pingües empleos públicos —verdaderas patentes de corso— para las «ovejas negras» y los perdis del hogar y de la parentela. Ahora bien, la defensa de tan fabulosa gollería se había entregado —mediante un monstruoso contubernio de los ricos y los gobernantes— a los pobres de solemnidad, a los desgraciados, a los que no habían obtenido nunca, ni jamás obtendrían, beneficio alguno de las posesiones ultramarinas.

Ya en agosto de 1896, las mujeres —las desdichadas madres de los combatientes— se arrojaron a la calle en violentas manifestaciones de protesta contra la «redención», al grito de «¡que vayan también los ricos!». La primera de estas ruidosas algaradas tuvo lugar en Zaragoza y, días después, se repitieron en Valencia, Barcelona, Logroño y otros puntos. Como las campañas siguieran sucediéndose periódicamente, el Gobierno hizo pública la decisión de que no se enviarían más fuerzas a las colonias.

Por todo ello, Esteban Pedrell confiaba que no tendría que afrontar los horrores de la guerra. A fines de 1897, sin embargo, se anunció un nuevo envío de 5 000 hombres, para cubrir bajas. Posteriormente, el número fue aumentando hasta 15 000.

El 16 de enero de 1898, el partido federal, apoyado por las restantes huestes republicanas, celebró un mitin en Zaragoza, contra la «redención». El asunto fue llevado a las Cortes. Un diputado propuso que se suprimiese aquel intolerable privilegio de casta. Sometida a votación la propuesta, fue rechazada por una gran mayoría, pero el Gobierno aseguró que presentaría, en plazo breve, un proyecto de ley que estableciera el servicio militar obligatorio. Sin embargo, las semanas empezaron a discurrir sin que los gobernantes cumplieran su promesa.

Esteban Pedrell fue sorteado y le tocó ir a Cuba. Estaba muy asustado. Había acudido con frecuencia al puerto para presenciar el desembarco de las expediciones de enfermos y mutilados que llegaban constantemente de las colonias. Aquellos pobres seres sucios, rotosos, heridos mortalmente por la enfermedad, destrozados por el plomo o la metralla, no eran sino la carroña que devolvía la guerra para abonar los campos de la patria. A algunos los veía vagar por las calles pidiendo limosna, hasta que fallecían un día cualquiera, de hambre o de frío, olvidados y desdeñados, en un rincón cualquiera de la ciudad —de la nación— inhóspita y cruel que no supo agradecerles el generoso sacrificio de sus vidas.

Esteban recordaba también, estremeciéndose, la muerte del hermano mayor. Y recordaba la forma en que aquel triste acontecimiento había operado en su ánimo con la fuerza de un poderoso revulsivo. Hasta entonces, como la mayoría del pueblo español, no se había preocupado para nada de la política. Ni la entendía, ni le importaba. Y fue la muerte de Pedro lo que le incitó a interesarse por estas cuestiones.

Esteban quería mucho a su hermano mayor. Era un hombre muy bondadoso e inteligente. El padre de Esteban Pedrell trabajaba como cochero de los Aymerich, que habitaban un amplio caserón de la calle Ancha; su madre cuidaba de la portería de la casa. El matrimonio Pedrell había tenido muchos hijos. Dos murieron cuando el cólera de 1885. Los amos habían enviado a sus hijos a una propiedad de la provincia, hasta la que no había llegado el terrible azote, y todos se salvaron. Pedro y Juan, los primogénitos de ambas familias, habían crecido juntos, se apreciaban. Salvando las diferencias de clase que proporcionaban a Juan unas facilidades que Pedro no tenía, Esteban se daba cuenta de que su hermano valía mu-cho más que el otro. Y, sin embargo, ahora su hermano esta-ba muerto. ¿Por qué? Ignacio, el Aymerich de su edad, también había sido redimido. ¿Y él? Él quizá fuera a morir en Cuba o en Filipinas. Él sabía imprecisamente el punto del globo en que estaban situadas esas colonias. ¿Qué tenía que hacer allí?

Cuando su hermano Pedro murió, el señor Aymerich entró en el sombrío cuchitril de la portería para dar el pésame a sus padres. El señor Aymerich era un hombre imponente, de grandes barbas. Hablaba bien. Habló de heroísmo y de la patria, del honor de haber caído bajo las órdenes de Cirujeda y en la acción que costó la vida a Maceo, con lo que, seguramente, como se creyó entonces, acabaría la atroz guerra. Su padre estaba muy impresionado por las palabras y, más aún, por la presencia del amo en su humilde hogar, y asentía a sus frases con solemnes cabezadas. A su madre, Esteban la veía tan trastornada por el dolor, tan azorada ante el señor Aymerich, que no pudo evitar que los ojos se le llenasen de lágrimas. Su madre vestía siempre de luto. Era una mujer alta, muy enjuta, envejecida prematuramente por las penas, el exceso de trabajo, los partos numerosos. El señor Aymerich estaba hablando. Insistía en todo aquello del heroísmo, de la patria y el honor. Esteban vio a su madre subirse en una silla del comedorcito, que era también sala de estar y dormitorio por la noche.

—¡Mujer!, ¿qué haces? —le dijo el esposo con la voz velada.

Ella pareció no oírle. Se puso a quitarle el polvo, con la punta del delantal, a una pequeña alacena que tenían allí. Esteban Pedrell sintió una gran ternura, una inmensa piedad. «¡Pobre madre mía!» Empezaron a correrle las lágrimas por las mejillas. Y tuvo deseos de gritar furiosamente, de decirle al señor Aymerich que se fuera y los dejara en paz con su dolor. El señor Aymerich, sin embargo, parecía muy afectado también.

—¡Perdonad! —dijo—. ¡Perdonad! Cuida mucho a tu mujer, Pedro. Si necesitáis algo... Ya lo sabes, estoy a vuestra disposición.

Y el señor Aymerich se retiró confuso, mirando con terror a la desdichada mujer.

Luego, Esteban había pensado en las palabras del señor Aymerich. ¿Por qué todo eso del honor, la patria, etcétera, se dejaba a cargo de los pobres? ¿Qué había hecho Juan Aymerich por esos conceptos que su padre manejaba tan pomposamente y hasta con emoción? «No hay gloria más excelsa que dar la vida por la patria», afirmaba el señor Aymerich. Pero ¿por qué su hijo renunció a esa gloria? Esteban quiso enterarse. Seguramente que él iría a la guerra y quizá muriera. Debía saber por qué.

El abuelo de Esteban había servido como cochero de los Aymerich. Ahora lo hacía su padre. El día de mañana, alguno de los hijos de éste seguiría la tradición. Los Aymerich eran también una familia numerosa. Tenían siete hijos. De pequeños habían jugado diariamente con los del portero. Con la edad, el trato se fue distanciando, haciéndose menos íntimo y más respetuoso, aunque siempre cordial. Los hijos del señor Aymerich se habían salvado del cólera, y de la guerra. A Esteban le parecía bien: ellos eran ricos, una casta privilegiada, superior. No obstante, en aquellos días, cuando la muerte de su hermano, Esteban se preguntó por qué los señores Aymerich no se llevaron a los hijos del cochero fuera de la ciudad, durante la epidemia del cólera. Esteban recordaba apenado a sus hermanitos muertos. Eran una niña de cuatro años y un niño de seis. Los había visto morir a ambos. La nena tenía el pelo muy claro y los ojos azules. Parecía un ángel. Su pobre madre casi había perdido el juicio. Hallábase embarazada de cinco meses, abortó y estuvo a la muerte. Los Aymerich eran muy ricos. Poseían varias casas en la ciudad, algunas excelentes fincas rústicas y tenían dinero invertido en prósperas empresas. El señor Aymerich pudo haber redimido a su hermano Pedro. ¿Qué significaban para él 1 500 pesetas? Con toda seguridad, sus padres habrían trabajado gratis el resto de su vida, para la familia Aymerich, con tal de salvar a los hijos de su triste suerte. Es posible, sin embargo, que los padres de Esteban ni siquiera pensasen en esto; y es seguro que no hablaron al señor Aymerich ni a él se le ocurrió. «Aparte de que —pensó Esteban con sarcástica amargura— si los ricos redimiesen a sus servidores y empleados, ¿quién quedaría para hacerles la guerra y salvar sus opíparos negocios y destinos coloniales?» Entre las gentes humildes se producían, por aquel tiempo, las más tristes y desgarradoras escenas: vendían sus colchones, sus ropas, sus enseres, el trozo de tierra, el ganado, cuanto poseían para allegar la suma de la redención. Los Pedrell no poseían dinero ni nada valioso. Aceptaban las cosas como una fatalidad, con la doliente resignación a que los habían habituado muchos siglos de dependencia y de esclavitud servil. Pero a Esteban le costaba resignarse. Pensaba que ellos, los Pedrell, eran hombres de valía, dignos de mejor suerte.

A su abuelo todos le recordaban con admiración. Era un hombre honrado, fiel como un perro y de un valor impasible. Cuando el padre del señor Aymerich salía de viaje, le acompañaba siempre, como espolique, su cochero. El viejo Aymerich era un hombre cauto y prudente. Solía llevar dos bolsas con dinero: una, discretamente provista, sobre sí, y la otra, con el caudal necesario para el viaje, bien escondida en el arzón de la cabalgadura. Le tenía ordenado a su cochero que de ningún modo tratase de resistir a los salteadores que, por las fechas, pululaban en los caminos. El fiel y valeroso servidor obedecía, aunque a regañadientes, y protestaba contra los impunes despojos.

Un día, sin embargo, cierto famoso y peligrosísimo bandolero, que les saltó al camino armado de su faca y completamente solo, chasqueado por el reducido botín de la bolsa del abuelo Aymerich y siendo, como parecía, individuo sagaz, registró el equipaje y las sillas, y dio con los dineros que el caballero tenía a buen recaudo. Parecía asimismo, el salteador, hombre jactancioso, satisfecho de su vida criminal, y también de aquella truhanería suya, mezcla de habilidad para escurrir el bulto a la justicia y de perspicacia para que no le escapasen sin desvalijar caballeros «tramposos» como el señor Aymerich. Recalcó el bandolero lo de «tramposo» y se rió de buena gana, pues él era asimismo, o lo presumía, persona de irónico humor. Y fue precisamente este último desvanecimiento el que le incitó a regodearse en la suerte, exigiendo también la bolsa al criado. Obedeció, efectivamente, el abuelo Pedrell, pero dirigió a su amo estas palabras:

—Sus dineros son muy suyos, y si se los quitan, y usted lo consiente... ¡allá! Pero ahora se trata de mi hacienda.

El señor Aymerich, que era hombre pacífico y no de muchos arrestos, le escuchó espantado. Se descompuso. Murmuró unas palabras de súplica casi ininteligibles. El bandolero miraba al uno y al otro con una sonrisa burlona.

—Me conformaba con la bolsa —dijo—, pero si quieres poner la vida en juego... ¡Por mí! No hay nada que me divierta tanto como despacharme a un patán.

El abuelo Pedrell tiró de navaja. La pelea duró segundos. El abuelo Pedrell dejó seco al salteador de una certera puñalada.

—Con mi hacienda... ¡cuidado!; ya lo sabe, señor Aymerich.

Dicho esto, amo y criado siguieron tranquilamente el viaje, dejando despatarrado al bandolero en mitad del camino.

El padre de Esteban también era hombre capaz de excelentes dotes, aunque malogrado por la mediocridad de su vida y por cierta falta de rebeldía que le hizo amoldarse rutinariamente al socorrido acomodo de cochero de la familia Aymerich. Los restantes Pedrell, los retoños, eran muy espabilados e inquietos. Quizá surgiese el día de mañana, entre ellos, algún Pedrell que los liberase a todos de su triste dependencia.

Esteban pensaba frecuentemente en estas cosas. Él mismo se asustaba de sus ideas y no se atrevía a comunicarlas a nadie. Seguramente que le hubieran tildado de anarquista o algo por el estilo. Esteban Pedrell empezó a mirar con inquina a la familia Aymerich. Aunque a veces reconocía que quizá no fuera justo. Probablemente, los Aymerich aceptaban sus muchos privilegios con la misma naturalidad que ellos sus infinitas limitaciones. Debía de parecerles muy lógico y legítimo que se hallaran a cubierto de las pestes y de la guerra. Pero a él, Esteban, le costaba resignarse a aceptar la injusta desproporción, y quiso saber por qué ocurrían aquellas cosas.

Otro acontecimiento importante le movió, en aquel mismo año de 1896, a interesarse por los asuntos políticos y el acaecer de su patria. Celebrábase, por entonces, el proceso de Montjuich contra los anarquistas. Fue un suceso muy ruidoso, del que se hizo eco no sólo la prensa española, sino la extranjera, y del que se habló apasionadamente en las tertulias. Esteban siguió con mucho interés las alternativas de este escandaloso juicio.

El día 7 de junio de 1896 fue arrojada una bomba de dinamita en la calle de Cambios Nuevos, de Barcelona, al paso de la procesión de la Octava de Corpus Christi. Resultaron diez personas muertas y veinticuatro heridas. La opinión se levantó unánime contra el bestial atentado. La prensa exigió un radical escarmiento. Hacía mucho que venían sucediéndose estos criminales actos delictivos. El 7 de noviembre de 1893, el anarquista Santiago Salvador arrojó a la platea del Liceo de Barcelona dos bombas que causaron treinta muertos y más de ochenta heridos, llenando de luto y de horror a la ciudad; poco antes, el 24 de septiembre del mismo año, otro anarquista, Paulino Pallás, lanzó una bomba contra Martínez Campos, en la Gran Vía de Barcelona, durante la parada militar con que se celebraba la fiesta onomástica de doña María de las Mercedes, Princesa de Asturias. Al «Pacificador» le mató el caballo la explosión y él cayó al suelo, levemente herido en una pierna. Resultó muerto un paisano y heridos los generales Molins y Castellví, el comandante Bustos y un guardia civil.

El Gobierno dictó órdenes muy rigurosas. La policía procedió con torpeza y precipitación. Hizo diversas *razzias* en Barcelona y su provincia. Clausuró periódicos y centros anarquistas. Detuvo más de trescientas personas, algunas —como el distinguido abogado Pedro Corominas— por muy leves e infundadas sospechas. El gobierno canovista parecía aterrado. Peligraba su usufructo del poder y favorecía este aturdido echar carnaza a la opinión.

Cerca del domicilio de los Aymerich, en el amplio zaguán de una casa de vecinos, había instalado su cuchitril el zapatero Jaime Castell. Era un vejete de edad muy avanzada, pequeño y canijo. Tenía el cutis sumamente blanco, de permanecer, sin duda, tantas horas en su sombrío mechinal. Vestía pantalón de pana y una flotante blusa negra. Jaime Castell era viudo. Había perdido a su mujer y a sus dos hijos en 1870, cuando la epidemia de fiebre amarilla. En la parte posterior de su tabuco, Jaime Castell tenía un camastro para dormir y disponía de un infiernillo de alcohol en el que aderezaba su propia comida. Ganaba lo suficiente para subsistir y vivía con independencia. Jaime Castell había sido liberal. Había luchado contra los carlistas en la primera y en la segunda guerra civil. Se echó a la calle cuando la revolución del 68, que destronó a Isabel II. En 1873, al proclamarse la República, Jaime Castell se hizo federal. No; no es que él entendiese con toda precisión las doctrinas de Pi y Margall, pero tenía absoluta confianza en el líder republicano, y por eso decía: «Yo sé dónde va ese hombre, y estoy a su lado.»

A Esteban Pedrell le gustaba hablar con el zapatero. Jaime Castell era un hombre vivo, curioso e inquieto. Había tomado parte en muchas acciones de guerra. Luchó contra Cabrera en el Maestrazgo; había corrido, más de una vez, acosado por las huestes de Zumalacárregui, y le disparó un tiro al gran caudillo carlista, según aseguraba; estuvo en los dos sitios de Bilbao; fue prisionero del cabecilla Savalls y escapó con vida casi de milagro. Conocía a mucha gente. Como era curioso, templado e incansable, siempre procuraba hallarse en primera fila:

«Allí donde pasaba algo o había hule, allí estaba yo. ¡Tengo un olfato para eso!...»

Esta misma curiosidad le impulsó a aprender a leer y escribir durante la primera guerra carlista:

«Estudiaba yo solo, como malamente podía, mientras los otros se iban a beber o andaban detrás de las mozas. Un día agarramos a un maestro vasco, jefe de una partida. Era un carlistón furibundo, pero un verdadero hombre. Yo estaba muchas veces de centinela en la especie de calabozo en que le teníamos. Hablamos. Le pedí que me enseñara a leer. Aquel hombre sabía su oficio. Aprendí mucho con unas cuantas lecciones. En aquella época, la guerra se había hecho terrible: unos y otros fusilábamos a todo bicho viviente. Le condenaron a ser pasado por las armas. Al amanecer, cuando iban a sacarle, yo estaba allí. "Mi última voluntad —dijo— es que éste me lea la sentencia. ¡Y a ver si no te equivocas, cristino!" Yo cogí el papel que me dieron. Leí despacio. Puse toda mi alma en aquello. Puede que no me creas, pero te juro que me parecía más importante que la vida misma no cometer ni un solo error. Cuando terminé, me dijo: "Aprobado." Y yo me puse a llorar como un niño.»

El zapatero estaba suscrito al semanario *El Nuevo Régimen*, portavoz de las ideas de Pi y Margall. Los ratos que tenía libres los pasaba en una biblioteca pública. Allí leía otros diarios y revistas de Barcelona y de Madrid, y también libros de historia contemporánea. Entre sus experiencias y sus lecturas, se había convertido en un archivo de episodios y anécdotas. Esteban Pedrell no se cansaba de escucharle. Al zapatero le gustaba hablar. «¿Te he contado lo que me pasó cuando levantamos el segundo sitio de Bilbao?» Se lo había contado muchas veces, desde luego, pero Esteban contestaba, invariablemente: «No», porque le entusiasmaban aquellas historias.

El zapatero le hablaba alguna vez de política, pero a Esteban le aburría soberanamente el tema.

—Oiga —interrumpía de pronto a Jaime Castell—, ¿es verdad que usted le soltó un trabucazo a Zumalacárregui?

El zapatero reaccionaba inmediatamente al estímulo:

—Tan verdad como que ahora estamos tú y yo aquí. Verás cómo fue la cosa. Los «negros» acababan de zumbarnos la pandereta y nos venían pisando los talones. Yo andaba, por aquellas fechas, de acemilero. Me habían soltado un mulo resabiado, un verdadero demonio. Me descuidé, y el muy cabrito salió arreando y tiró toda la carga. Tenía yo un capitán de pronóstico, de peor uva que la caballería. Y voy y me digo: «Nada, Castell; si pierdes el mulo, ese fulano te arrea cuatro tiros.» Echo a correr detrás del marrajo: «¡Sooo!, ¡sooo!» Y el muy bestia con un galope de miedo. «Nada; que te fusilan.» Le perdí de vista. No sabía qué hacer. Anduve dando vueltas por allí. Hacía tiempo que nuestras tropas habían desaparecido. La cosa se ponía muy mal. Salgo de un bosquecillo y veo una loma. Me subo a la cumbre. Y allá abajo estaba, a caballo en medio de su estado mayor. Un tío que no se despintaba, con su barba, o como patillas-barba, afeitado en el mentón, su bigote y su boina armada por dentro. ¡Calcula lo que me emocioné! Me puse a temblar como una hoja. «Aquí te ganas una cruz...» El nerviosismo me perdió. Apunto con el fusil. Le arreo el tiro, ¡y quia! ¡Mala suerte! En total, quince días de arresto a pan y agua. Y como le conté al capitán lo de Zumalacárregui: otros quince, «por mentiroso». ¡Mal rayo lo parta! Ya te digo que aquel capitán era un tío muy atravesado. Y espera con el maldito mulo... Volvimos por allí unas semanas más tarde y me veo al muy criminal paciendo tan feliz. ¡Quia! Esta vez no me falló. Lo dejé seco de un balazo.

El zapatero se convirtió en el mentor político de Esteban Pedrell. Quería atraerlo a las huestes federales.

—No —decía Esteban—, aún no. Ahora sólo quiero enterarme. Después... ya veremos.

—Estoy conforme contigo. Haces bien. Entérate primero. Sin embargo, yo sólo quiero advertirte una cosa: Pi y Margall es un profeta y un valiente que dice verdades como puños al más pintado. Toma. Lee *El Nuevo Régimen*, y ya me dirás. Hace mucho que este hombre advirtió que, para lo de Cuba, sólo había una solución: la autonomía, la política que sigue Inglaterra con sus colonias. Fue el primero en plantear con cabeza el problema, o de los primeros, porque hubo otros, don Juan Prim, por ejemplo, que calaron muy bien en el asunto. Prim valía muchísimo. Era un gran general y uno de los pocos talentos políticos de este país. Don Juan quiso vender Cuba a los yanquis para reponer nuestra quebrantada Hacienda. Aquí, esos que se llaman a sí mismos patriotas, y que de patriotas no tienen nada, pusieron el grito en el cielo. Después han hablado de autonomía Pi y Margall —que la concedió a las colonias, durante la República— y Maura. Nuevo escándalo. ¡Nada de autonomía! Antes que la autonomía, la guerra a muerte. Cánovas y Sagasta se pusieron acordes: «Hasta el último hombre y la última peseta.» La llamada Guerra Grande, que duró diez años y acabó con la paz del Zanjón, y la Chiquita, o de Calixto García, porque fue su jefe, costaron 3500000000 de pesetas y 100000 hombres; bueno, 100000 desgraciados, porque los ricos, ya sabes... En la paz del Zanjón se hicieron muchas promesas a los cubanos, pero quedaron sin cumplir. Los rebeldes en el destierro empezaron a preparar una nueva sublevación con la ayuda de los yanquis, que hace casi un siglo, desde 1812, que están empeñados en quedarse con Cuba o echarnos de allí. Hubo varios intentos de insurrección en Las Lajas y Ranchuelo. Nuestros gobernantes continuaron impasibles, hasta que sobrevino la guerra actual con el grito de Baire. Podía haberse reprimido la sublevación, pero ¡quia! Teníamos allí cuatro gatos para luchar. Nuestro Gobierno, en vez de aumentar los efectivos militares, que la grave situación de Cuba aconsejaba, los redujo con sus malditos «Presupuestos de la paz». ¿Qué paz? De nada habían servido experiencias tan terribles como nuestro vergonzoso fracaso en la guerra de Melilla, durante los sucesos de Sidi-Guariash, cuando el señor Sagasta según le dijeron desde Cuba, «enterró la honra de España en los montes de Cabrerizas Altas». Allí se cubrieron de gloria, como siempre, nuestros soldados. ¡Mecachis!, ésa me la perdí. Recuerdo dos grandes hazañas: la del soldado Antonio San José, y la del entonces segundo teniente Miguel Primo de Rivera.

—¡Cuéntemelo, señor Castell!

—Sí, hombre. Verás. El soldado San José formaba parte de un convoy que se dirigía al fuerte de Cabrerizas Altas, sitiado por miles de enemigos. Los nuestros se abrieron paso entre los moros, cargando a la bayoneta. Antonio San José cayó herido y se quedó atrás. El hombre se levantó como buenamente pudo. Los rifeños le rodearon. Antonio San José se defendía como un león, esgrimiendo su bayoneta. Desde el fuerte se dieron cuenta de lo que ocurría y dispararon unos cañonazos. Huyeron los moros y el soldado San José llegó arrastrándose hasta Cabrerizas.

—¡Vaya un tío! ¿Y Primo de Rivera? ¿Qué pasó?

—El general Margallo, contra la opinión de los otros jefes, se empeñó en sacar del fuerte uno de los cañones para batir al enemigo. Los rifeños se lanzaron en manadas, como fieras. Dieron muerte a Margallo. Y los malditos consiguieron echarle mano al cañón. Ya se lo llevaban a rastras cuando salió del fuerte Primo de Rivera al mando de cuatro soldados. Cargó a tiros y a bayonetazos sobre el grupo de rifeños, y recuperó el cañón.

—¡Caray!

—Sí; ¡valientes! ¡Cuánto heroísmo se derrocha en este país por la estupidez de los que gobiernan! Nuestro ejército se hallaba tan mal organizado y tan indefenso, que se tardó veintiún días en armar y enviar a Melilla un mísero refuerzo de cinco batallones de infantería y uno de artillería. ¿Crees tú que luego se tomó alguna medida para poner remedio al desastre? ¡Quia! El marqués de Apezteguía, jefe del partido cubano de Unión Constitucional, informó al Gobierno, dos años antes de la guerra de Baire, advirtiéndole que el ejército de 17000 hombres que teníamos en Cuba, por entonces, no serviría para reprimir «una conspiración medianamente urdida». ¿Y qué hizo el Gobierno? Reducir más aún los efectivos, que eran de 14000 soldados al estallar la sublevación.

Esteban Pedrell estaba asombrado. «¿Es posible? —decía—. ¿Es posible?»

—¡Claro que es posible! El general Azcárraga fue el único que vio bien el problema. Propuso reorganizar el ejército con una serie de reformas importantes y defendió la necesidad de adquirir armas, como los fusiles Máuser, por ejemplo. Le atacaron terriblemente y tuvo que dimitir del ministerio de la Guerra. Le volvieron a llamar cuando lo de Baire. Hizo una labor que causó el asombro del mundo entero. En seis meses le mandó a Martínez Campos 100000 hombres perfectamente equipados y armados. Con Weyler elevó el número a 140000 y después a 200000. Hubo, claro está, que hacer la compra de fusiles que él había propuesto, y resultó mucho más cara. Además, como en aquel apremiante momento no hubiera suficientes armas, se encargaron varios millares de fusiles a la Argentina. Eran de mayor calibre que los otros y han originado infinidad de conflictos, equivocaciones y dificultades en el suministro de munición.

—¡Qué barbaridad!

—De cómo estaba nuestro ejército al principio de la guerra de Baire, te dará idea este recorte de *La Época*, que aún guardo. Escucha: «La prensa censura, en general, el mal efecto que producía el aspecto de las tropas que ayer salieron con destino a Cuba. La verdad es que aquellos trajes grises, aquellas gorras de cuartel descoloridas, la falta de bandera y de armamento, quitaban a los soldados la brillantez y la marcialidad de los organismos militares. Parecían masas uniformadas en cualquier concepto; todo, menos hombres de guerra que marchan a la campaña con la animación y la gentileza tradicionales de los defensores de la Patria.» En fin... con todos esos errores y esas calamidades, ¿sabes lo que va a pasar?: que perderemos Cuba. La autonomía que les hemos dado no servirá para nada. Pi y Margall dice que habrá que concederles la independencia, y ese hombre no se equivoca. ¡Acuérdate de lo que te digo!

Esteban Pedrell empezó a leer el semanario federal. Iba de vez en cuando a la biblioteca con el zapatero. Se enteraba de lo que decían el *Heraldo, La Época, El Liberal, El Imparcial*, el *Diario de Barcelona*... y algunas revistas como *Blanco y Negro* y *La Ilustración Española y Americana*. Esteban Pedrell seguía con mucha ansiedad las alternativas del proceso de Montjuich, que venía durando meses. Cotejaba las opiniones de los periódicos y revistas de diferentes tendencias para formar la suya propia.

Estaban presos en la fortaleza 148 encartados. Algunos de ellos, según se aseguraba, habían sido martirizados salvajemente por una escuadra de la Guardia Civil «especial» al mando del cruel teniente Portas. Muchos periódicos, no solamente de España, sino de Francia, Inglaterra, Alemania, Italia reproducían cartas y terroríficos relatos que los prisioneros habían conseguido filtrar y en los que se detallaban las bestiales torturas a que fueron sometidos. Los habían obligado a caminar, de un lado a otro de su celda, durante ocho días con sus noches, sin dejarlos dormir; les aplicaron hierros al rojo en la piel y en sus partes; les habían clavado astillas entre las uñas y la carne de los pies y las manos; les retorcieron y estrujaron los testículos, hasta hacérselos reventar a algunos de ellos; los privaron del agua y les daban a comer bacalao seco; les habían aplicado un casco de hierro con unos dispositivos que enganchaban los labios superior e inferior y, a la vez que los desgarraba, hacía una presión feroz, enloquecedora, en los parietales. Se decía que Luis Mas había perdido el juicio y que todos los otros —Tomás Ascheri, José Molas, Antonio Nogués, Francisco Callís, Sebastián Suñer, Francisco Gana, Juan Bautista Oller— estaban destrozados por los brutales martirios.

¿Eran ciertas semejantes noticias, que los periódicos, algunos de los más serios inclusive —como *El Imparcial*— recogían? El proceso, por lo pronto, se celebraba a puerta cerrada y se cometían algunas irregularidades que los periódicos denunciaban inútilmente. Se le había negado la entrada al juicio nada menos que al presidente de la Audiencia de Barcelona. ¿Por qué? ¿Qué ocurría allí? Se aseguraba, y así lo decían los encartados en sus patéticas relaciones, que, durante los interrogatorios, todos los torturados, sin excepción, habían declarado su inocencia y hecho patente que, si reconocieron su participación en el atentado de Cambios Nuevos, fue obligados por los martirios. ¿Era verdad? El tribunal militar condenó a muerte a Tomás Ascheri, Antonio Nogués, José Molas, Jaime Vilella, José Pons, José Vila, Luis Mas y Sebastián Suñer. Se condenó a los restantes encartados a penas que oscilaban entre veinte y ocho años, y tan sólo doce fueron absueltos. Sin embargo, eran tan insistentes las campañas de la prensa, tan escandalosas las noticias que los presos daban de las torturas, que el fallo hubo de ser sometido a la sanción del Consejo Supremo de Guerra y Marina. Se aguardó con una expectación enorme el veredicto del alto tribunal. Y fue de una lamentable crueldad. Antonio Nogués, Juan Alsina, Tomás Ascheri, José Molas y Luis Mas fueron sentenciados a la pena capital. En otros recayeron condenas de diez a veinte años, y salieron libres don Pedro Corominas y sesenta y dos detenidos más. Sin embargo, el Gobierno del inflexible señor Cánovas consideró benigno el fallo y decretó que los sesenta y tres absueltos fueran deportados a la colonia de Río de Oro.

El día 4 de mayo de 1897 eran fusilados, en los fosos del Castillo de Montjuich, los cinco condenados a muerte. El día 8 de agosto del mismo año, Cánovas del Castillo caía asesinado, en el balneario de Santa Águeda, por el anarquista italiano Angiolillo. El homicida confesó que lo había hecho como represalia por los tormentos de que habían sido víctimas sus correligionarios españoles. «He vengado —dijo— las torturas inferidas en Montjuich a los anarquistas.»

Esteban Pedrell no olvidaría jamás aquella madrugada. ¿Eran inocentes los reos? Y si lo eran, ¿sería posible que toda una nación los dejara ir, impasible, a la muerte? Esteban Pedrell se había acostado muy pronto. Trató inútilmente de conciliar el sueño. A las dos y media de la madrugada, nervioso y desazonado, se levantó. Salió a las Ramblas. La noche estaba fría y desapacible. Vio la masa oscura de las Atarazanas. El monumento a Colón se destacaba sobre un cielo tormentoso por el que corrían nubes deshilachadas. Soplaba un aire helado. Esteban Pedrell se caló la gorra de visera hasta los ojos y hundió el cuello en su tapabocas. La blusa le flameaba al viento. La sujetó con los codos, metiéndose las manos en los bolsillos del pantalón. Las Ramblas estaban iluminadas aún. Abrían un túnel pálido en la oscuridad. Las hojas tiernas de los plátanos, los henchidos y dorados brotes temblaban como insectos en la telaraña de luz.

A Esteban Pedrell, la tensión espiritual le predisponía a la ternura, a la nostalgia. Recordó sus años infantiles, su inocencia, su descuidada alegría. El padre solía llevarlo a ver las obras del monumento a Colón. Yacían por tierra los enormes segmentos de la columna. Su padre y él habían pasado muchas veces por aquellos redondos túneles de bronce, con un estupor y un gozo cándidos. Recordó cuando el alcalde Rius y Taulet había inaugurado la nueva iluminación de las Ramblas, allá por los años de la Exposición Universal de 1888. ¡La electricidad! Aún la gente no acababa de salir de su asombro ante este fabuloso invento. ¡Cuánto había prosperado la ciudad, «su» Barcelona, desde entonces! El padre le llevaba a ver las obras del Ensanche; le enseñaba dónde se hallaba la muralla de Canaletas, la primera que se derribó; o paseaban por los jardines de la Exposición y le explicaba que allí estuvo la fortaleza de la Ciudadela. De repente, el golpe metálico del chuzo de un vigilante sobresaltó a Esteban Pedrell. Le llegaron voces, la alegre música de algún garito o lugar de diversión. Después avanzó estrepitoso, con el rodar de un trueno, el ruido de un coche que avanzaba velozmente. Esteban Pedrell se detuvo. Eran varios jóvenes juerguistas de la buena sociedad. Conducía uno de ellos, azuzando a gritos al poderoso tronco de caballos. Iba de pie, sin sombrero, despeinado. Le flotaba en torno al cuello la blanca chalina de seda. El coche era descubierto. En el interior iban otros hombres y mujeres. Se ponían de pie, se abrazaban, caían riendo, gritando. Agitaban sombreros de copa, botellas. Cruzaron al galope. Esteban Pedrell pensó en los cinco hombres que iban a fusilar unas horas más tarde. Experimentó una sensación de asco, de odio, de tristeza inconsolable.

A las tres de la mañana llegó Esteban Pedrell a las cercanías del castillo de Montjuich. Otras personas le habían precedido. Vio sus siluetas, mudas o cuchicheantes, moviéndose en la oscuridad. Por los caminos de la montaña subía, al parecer, una gran multitud. Esteban Pedrell escuchaba los pasos, las voces. «¿A qué vienen aquí?» Es posible que a muchos de ellos los impulsara una curiosidad malsana. Pero todos iban, como él mismo, a ahondar en su dolor, a palparse la herida de su cruel abandono, a sufrir con aquellos seres —los condenados—, cuyo puesto, quizás, ocuparían mañana, estaban ocupando ahora mismo en las trincheras de Cuba y del archipiélago filipino.

Fuerzas de los regimientos de caballería de Borbón y de Ceuta estaban evolucionando para formar el cuadro. Las herraduras de los caballos golpeaban la tierra o las piedras con crispadores sonidos roncos o metálicos. Chocaban los sables. Un caballo relinchó de pronto con un quejido casi humano, aterrador.

Iban colocándose en los puntos estratégicos los guardias civiles y los policías encargados de vigilar el recinto de la ejecución. Eran el negro, sombrío cortejo de la muerte.

El tiempo pasa. Esteban Pedrell tirita. No sabe si es de frío o del horror de aquellos preparativos. Mira hacia la multitud. Se agolpa en el pretil del foso, se adensa por los alrededores del castillo. Hay muchas mujeres. Se oyen suspiros, gemidos, algún llanto, palabras bisbiseantes, ahogadas.

Amanece. Se ve la muralla gris del foso. Se ve la muralla gris del alba.

Las cinco. Gira la poterna que da al foso. Fluye, se encrespa la oscura ola de la multitud. Lentamente salen por la poterna dos compañías de Cazadores de Figueras. Brillan en la luz ácida, desteñida, sus correajes, el charol del kepis, la fría escarcha de las bayonetas. Forman frente al muro en que va a ejecutarse a los reos.

Ahora hay una suspensión angustiosa, un silencio acolchado por el sordo tumulto de cientos de corazones que laten violentamente. Los condenados están saliendo por la poterna. Nogués y Mas llevan americanas. Ascheri, Molas y Alsina visten blusa. La de Molas es azul; la de Alsina, blanca y larga. El aire las mueve. Ascheri es el único que ha confesado y ha hecho profesión de fe cristiana, arrepintiéndose de sus pasados errores, pero declarándose inocente del crimen que se le imputa. Ascheri empuña un Crucifijo, le acompaña un sacerdote. Los hermanos de la Cofradía de Nuestra Señora de los Desamparados van con los reos. También va el piquete encargado de la ejecución. Esteban Pedrell mira a estos improvisados verdugos. ¿Qué sentirán? Seguramente que será espantoso para ellos. Con la comitiva vienen los representantes del Juzgado municipal, el médico forense. Avanzan por el profundo foso, junto a la pavorosa sima del silencio de la multitud. Se oyen nítidos, escalofriantes, los pasos de los que marchan camino de la muerte. «¿Será posible?», piensa Esteban Pedrell consternado. Esos hombres tienen seres queridos y que los aman: hijos, esposas, padres, hermanos... Los obligan a dejarlo todo. Van a quitarles ahí, ahora mismo, la vida, algo que Esteban Pedrell, a sus veinte años, siente que es tan bello, y tan propio, tan nuestro e inviolable. ¿Por qué?, ¿por qué le pueden arrebatar a uno eso, lo único que realmente posee? Si son culpables, bien. Muchos infelices cayeron por su culpa, pero ¿y si son inocentes, como se ha venido asegurando? ¡Qué horror entonces!, ¡qué espantosa amargura!

Esteban Pedrell mira a los reos. Con sus pobres chaquetillas apretadas, con sus míseras y flotantes blusas. Parecen impasibles. ¿Lo estarán? ¡Ojalá lo estuvieran! ¿O es que caminan con el sonambulismo de la impotencia, de la entrega a lo irremediable? Los hermanos de la Cofradía les hablan, les dicen, sin duda, palabras de aliento, de consuelo. Ninguno de los condenados les presta atención. ¿Qué estarán oyendo? ¿Estarán oyendo el tumulto enloquecido de su sangre, el grito agónico de su desesperación?

Luis Mas sonríe. Sacude la cabeza con un aire de mofa o de reprobación. Esteban Pedrell recuerda que es de este desgraciado de quien se dice que las torturas le han hecho perder el juicio. Esteban Pedrell le mira estremeciéndose. Le han martirizado bestialmente, y ahora le van a matar. ¿Será posible?

Nogués avanza decidido. Los otros caminan con un andar inseguro y denso, afirmándose en las huellas de sus últimos pasos por la vida.

Ahí está la pared, la barrera de la muerte. Se paran. Es joven el oficial que manda el piquete. Debe de estar muy nervioso, aunque lo disimula. Su sable roza el suelo con una dentera escalofriante. Viste con elegancia. Su jadeante respiración le ciñe la guerrera al poderoso pecho.

La voz del oficial suena estridente, desarticulada por la emoción.

—¡José Molas Durán!

Molas se adelanta tres pasos.

—¡Soy inocente! —grita—. ¡Asesinos!

—¡Luis Mas Gasió!

Mas avanza.

—¡Soy inocente! ¡Viva la anarquía!

—¡Juan Alsina Vicente!

—¡Soy inocente! ¡Muera la Inquisición! —y con un susurro quebrado, de reproches inoperantes—: Esto es un asesinato.

Se adelantan uno tras otro a la voz del oficial.

La multitud calla, parece que no respira. Es una mancha blanca, turbia, ajada de palidez; es una enorme garganta agarrotada, un único corazón estrujado por la angustia. Esteban Pedrell se halla tenso, jadeante, herido por sus nervios, roto; está allí, entre los condenados, en aquel abismo, en aquel borde, en el horror aquel y el desfallecimiento de la muerte. Piensa en su cobardía y en la bravura de estos hombres que gritan su rebelde protesta.

Los cinco hombres. Sus rostros flacos, desencajados, grises. Sus voces empañadas: «¡Somos inocentes!, ¡somos inocentes!» El piquete encara los fusiles. Voces de socorro, de desesperación.

—¡Fuego!, ¡fuego! —grita Antonio Nogués.

Y vuelve como una súplica, como una terrible acusación, el susurro ronco, agónico, unánime: «¡Somos inocentes!, ¡somos inocentes!»

—Apuntad bien. ¡No nos hagáis padecer! —dice Antonio Nogués.

El oficial tiene un pañuelo en la mano. La multitud se tensa, se crispa, crujen sordamente sus nervios, sus músculos. El amanecer arroja una fría malla de acero.

—¡Viva la revolución social! —grita Molas.

Los fusiles están apuntando. Tiembla la mano del oficial. La masa de gente son unas rodillas fláccidas, que se doblan. Esteban Pedrell se apoya, casi desvanecido, en el pretil. «¡Piedad, piedad!», murmura con los ojos turbios de llanto.

Ahora es sólo un gemido apagado, lúgubre y casi infantil: «¡Somos inocentes!, ¡somos inocentes!»

El oficial agita su pañuelo. La descarga suena con un estrépito brutal. Agolpa en el foso una tormenta de fuego y oscuridad. Los reos se derrumban. Alsina sigue de pie. Cae ahora.

Están allí, revolcándose, arrastrándose, gimiendo. Se acercan a rematarlos. Disparan, disparan, disparan... El horror crece.

Están ahí, desarticulados, rotos, espantosamente destrozados.

Esteban Pedrell se aleja tambaleándose, huye. Va entre la multitud. Escucha los sollozos, los quejidos, las frases de protesta, de compasión. «*Éstos* son los míos —piensa—. *Éste* es mi pueblo.» Y se siente más sereno, confortado.

Anduvo de una parte a otra, sin rumbo, aturdido, dolorido, desconcertado. Aquellos hombres, en el instante último, en el instante de la suprema verdad, se declaraban inocentes. ¿Lo serían? Sólo una cosa parecía muy clara a un sector importante de la opinión: no era segura la culpabilidad de los reos. Se los había fusilado sin probarla radicalmente, sin aclarar el escandaloso supuesto de las torturas. ¿Por qué?

A partir de entonces menudearon las campañas de protesta, las manifestaciones populares que solicitaban la revisión y el esclarecimiento de lo ocurrido en el turbio proceso de Montjuich. El Gobierno terminó por ordenar que se hiciesen unas investigaciones. Sin embargo, las medidas gubernamentales parecían más encaminadas a proteger a los autores de los martirios que a las desdichadas víctimas. Las protestas continuaron. El 13 de febrero, poco antes de que Esteban Pedrell embarcase para las Antillas, una importante masa de cerca de 30 000 hombres recorrió las calles de Barcelona. Esteban se unió a los manifestantes. La ingente multitud se dirigió al Ayuntamiento, agolpándose en la plaza de San Jaime. Se destacó una comisión que hizo entrega al alcalde de las siguientes peticiones:

> 1.ª Ejemplar castigo de quienes resulten culpables de los martirios aplicados en Montjuich, según denuncias de la prensa nacional y extranjera, con motivo de los procesos anarquistas, y, en su caso, revisión de los mismos.
>
> 2.ª Inmediata suspensión de sus cargos a todos los funcionarios y autoridades que la opinión pública señala como responsables de los hechos denunciados, para que no puedan ejercer coacción, ni moral ni material, sobre cuantas personas hayan de contribuir al esclarecimiento de los hechos, auxiliando la acción de la justicia.

Esteban Pedrell, zambullido entre la muchedumbre, pensaba en los cinco hombres que había visto ajusticiar. No había olvidado, ni olvidaría nunca la espantosa escena.

Fue entonces, a raíz de los fusilamientos, cuando Esteban Pedrell se afirmó en la irrevocable decisión de indagar por qué ocurrían estas cosas en su Patria. Empezó a leer afanosamente, ansiosamente. ¡Cuántas mentiras, cuántas falsedades, cuántas contradicciones, cuánta estupidez, cuántas irresponsables ligerezas, cuánta vacía e inútil retórica leyó Esteban Pedrell!

Antonio Cánovas del Castillo y Práxedes Mateo Sagasta turnaban en el Gobierno por el mal llamado Pacto de El Pardo. Tenían la pretensión de haber implantado un sistema de relevo político semejante al británico. La presunción no podía ser más ridícula. En la Gran Bretaña, la rotación de los partidos respondía a un estado de opinión; en España no había opinión política. El país contaba diecisiete millones de habitantes; de ellos, solamente un escaso millón se interesaba por la cosa pública. Interés, además, casi siempre mezquino, basado en la aspiración unánime a empleos públicos, canonjías y sinecuras. Los dieciséis millones restantes eran una masa amorfa, sin criterio, analfabeta en un elevadísimo porcentaje, esclavizada a la tierra o al quehacer de fábricas, minas y talleres, con estipendios míseros y una jornada de trabajo de doce a catorce horas.

La única preocupación de los partidos turnantes parecía consistir en mantenerse contra viento y marea en el poder. A Cánovas le habían motejado el «Monstruo». Se le consideraba un hombre superdotado, una inteligencia portentosa. Quizá la poseyese, pero Cánovas era un individuo soberbio, nada flexible, y un escéptico. No tenía fe en el pueblo que osaba dirigir. Se decía de él que, consultado por los que redactaban el proyecto de una nueva Constitución acerca de cómo debía definirse a los españoles, replicó: «Pongan ustedes que son españoles los que no pueden ser otra cosa.» Esta chistosa salida venía a ser, en el fondo, una auténtica profesión de fe —de la falta de fe— del jefe del partido liberal-conservador. A Práxedes Mateo Sagasta, caudillo de las huestes liberales, le llamaban el «Viejo Pastor». Su figura resultaba más llana, más simpática que la del otro, pero tenía, efectivamente, la malicia, la socarronería, la marrullería y las trapazas de un pastor aldeano. Uno y otro partido contaban con una infalible organización de muñidores y caciques. Las elecciones eran, sistemáticamente, falseadas. Subía cualquiera de los dos partidos al poder y se alzaba, indefectiblemente, con la mayoría en ambas Cámaras: la de diputados y senadores. Al entronizarse el partido de turno, eran inmediatamente removidos de sus puestos todos los empleados públicos, fuesen de la categoría más alta o de la ínfima. Y así, llegado el instante de las elecciones, el nuevo ministro de la Gobernación sólo tenía que cursar sus órdenes a los flamantes gobernadores, y éstos a los alcaldes y caciques. Entraban, además, en el interesado y prometedor juego, todos los paniaguados, los estómagos agradecidos, cuantos beneficiaban, de una manera u otra, la reciente situación política. El engaño, el soborno, la coacción, el pucherazo, las palizas: todo era lícito para sacar victoriosas las candidaturas.

El resto de los partidos apenas si contaban. Los republicanos —federales de Pi y Margall, centralistas de Salmerón, posibilistas de Castelar— hallábanse divididos. Se celebraban reuniones para arbitrar una fórmula de compromiso y unirse en la acción. El resultado era siempre catastrófico y sólo servía para ahondar aún más las diferencias y las inquinas. Ruiz Zorrilla, el republicano progresista en exilio voluntario, había muerto ya. Con él morían las últimas, y fracasadas, tentativas de revolución, que sólo sirvieron para demostrar que habían pasado definitivamente los propicios años de la Gloriosa. Para el carlismo habían periclitado también las felices coyunturas de otros tiempos. Sus huestes eran poco numerosas y había aparecido, además, entre ellas, el absurdo cisma del «integrismo» provocado por el señor Nocedal. De vez en cuando levantábanse algunas partidas en el País Vasco, Cataluña o Navarra, pero eran rápidamente reducidas. Don Carlos VII, desde su residencia veneciana del palacio de Loredán, o alguno de sus secuaces, solían tronar periódicamente. Pero las baladronadas del carlismo eran recibidas con indiferencia y hasta con irrisión.

El pueblo bajo había desertado de la hueste republicana, que acabó pactando, más o menos vergonzantemente —y salvo raras excepciones— con la Corona, la casta adinerada, la reacción. Gastón Routier, un periodista francés, corresponsal de un diario de París, pudo escribir que los republicanos eran «la verdadera fuerza de la Monarquía».

Nuevos banderines de enganche se ofrecían a la clase trabajadora: comunismo, anarquismo, socialismo. Los anarquistas, naturalmente, eran los que sonaban más y los que empezaron a tener el mayor número de adeptos. Encajaban muy bien, en el marco de la desesperada, esclavizada y mísera clase proletaria, la sugestión de su misticismo revolucionario, el brutal desplante de los atentados, la expeditiva acción de organizaciones como la *Mano Negra*. Los comunistas apenas contaban. En cambio, los socialistas, dirigidos por un hombre de talento, Pablo Iglesias, hacían una labor menos aparatosa que los anarquistas, pero mucho más consistente y duradera. Sus parciales crecían sin cesar, ante la despreocupación y la ceguera de los gobernantes, o las burlas de caricaturistas, saineteros y escritores satíricos con sus alusiones al «problema social», que ese partido iba poniendo crudamente, irreductiblemente, de actualidad.

La Iglesia, la comunidad católica, cuya fuerza y cuyo dominio espiritual podían haber ejercido beneficioso influjo, yacían en lamentable postración. Un hombre tan auténtica y profundamente católico como el gran polígrafo montañés Menéndez y Pelayo, había dado la voz de alarma, inútilmente, en el conocido treno del epílogo de sus *Heterodoxos Españoles*.

La acción evangelizadora de las órdenes religiosas en Filipinas había sido funesta. Circulaban multitud de escandalosas historias de sus abusos de poder y de su inmoralidad. Se las señalaba como las culpables de la sublevación en aquel archipiélago. Los tagalos, efectivamente, pedían la expulsión de los religiosos. «¡Abajo los frailes!», era el grito de rebelión de los insurrectos.

En el Ejército y la Escuadra, los jefes, oficiales y subalternos luchaban heroicamente y morían con el tradicional valor de los españoles, pero su administración era deplorable. Menudeaban los abusos, las corruptelas, las irregularidades de todo género.

La Prensa estaba postrada en el más ruin de los extravíos, supeditada exclusivamente al servicio y al sucio juego de las banderías políticas. Algunos hombres sensatos la tildaban de «criminal» y la señalaban como uno de los principales reos de los males que aquejaban a la Patria. Este influyente órgano de opinión parecía aplicarse a desorientar y arrastrar al pueblo, con mentiras y falsedades, hacia su perdición y su muerte, en vez de aconsejarle o mostrarle, simplemente, la verdad.

En las Letras triunfaban novelistas como Valera, la Pardo Bazán, Galdós, Pereda; críticos como Menéndez y Pelayo y «Clarín», este último autor de una gran novela, *La Regenta*, que era un formidable revulsivo y pasaba, no obstante —o quizá por eso mismo—, inadvertida. Los máximos poetas del momento eran el realista ramplón y trasnochado filósofo Campoamor, y el sonoro y falsamente trascendental Núñez de Arce. Rosalía de Castro y Jacinto Verdaguer dejaban oír sus altas voces poéticas en la lengua vernácula de Galicia y Cataluña. Dominaba en el teatro la huera aparatosidad de los dramones de Echegaray. Hacía las delicias de los espectadores el género lírico con sus mediocres zarzuelas y sainetes. Había varios músicos notables: Chueca, Chapí, Barbieri... y un solo sainetero de gran talento: Carlos Arniches. Las temporadas de ópera en el teatro Real de Madrid y en el Liceo de Barcelona eran brillantísimas, y por sus escenarios pasaban los mejores cantantes del mundo.

Los escritores pertenecían a un partido político o a otro; eran admirados, pero no formaban opinión. Faltos de perspectiva para juzgar objetivamente —pese a su decantado realismo— la época, apuntaban a esta lacra o la otra, pero con una especie de «costumbrismo» sin profundidad, sumergidos, como se hallaban, en el aplauso y el halago, y movidos por una corriente de deformación paulatina, de hábito consuetudinario, de acomodación insensible a una circunstancia de la que les era muy difícil, si no imposible, escapar. Había un grupo de escritores jóvenes de los que se decía que «venían empujando»: los Quintero, Arniches, Valle, Benavente... Y otro grupo, joven también, de inconformistas que despotricaban violentamente «contra esto y aquello». Algunos de estos jóvenes exigentes —Unamuno, catedrático de Salamanca, y Ganivet, diplomático— habían publicado obras. Obras importantes que habían naufragado tristemente, ahogadas por la mediocridad, la suicida ligereza irresponsable y la atonía del momento. Ángel Ganivet, uno de los escritores más grandes del siglo, discurrió ignorado entre sus contemporáneos. Otros jóvenes de este mismo e inquieto grupo empezaban a escribir en los periódicos o bullían en las tertulias de los cafés, en los estrenos, en la «Cacharrería» del Ateneo. Se llamaban Maeztu, Martínez Ruiz, Machado... Y algunos de ellos habían oído las radicales y valientes opiniones de un curioso médico que se llamaba Pío Baroja.

Eran los años en que pintaba Madrazo, caricaturizaban Cilla y Mecachis y esculpía Benlliure. En las plazas de toros, después de la retirada de «Lagartijo» y «Frascuelo» y la dramática muerte de «El Espartero», triunfaban Reverte, Algabeño, «el Guerra», «Bombita»... El deporte de la bicicleta hacía furor. Y veíanse grupos de chavales entregados al pueril entretenimiento de darle patadas a una pelota sujetándose a ciertas reglas. A veces, algunos grandullones y hasta hombres bigotudos y respetables, en ridículo y lastimoso atuendo de paños menores, se divertían con este pasatiempo importado de Inglaterra y llamado *foot-ball*. Las gentes los contemplaban con una sonrisa entre desdeñosa y burlona, pues se les antojaba un juego bastante tonto e infantil.

Las ciudades derribaban sus cinturones de piedra y comenzaban a ensancharse. La luz de gas cedía rápidamente a la invasión del alumbrado eléctrico. Se hablaba mucho de los tranvías movidos por la nueva energía, que iban a reemplazar a los de tracción animal y de vapor. El fonógrafo, oído hasta entonces en círculos privados, con cierta religiosa expectación, comenzaba a difundirse. En las barracas de feria, un invento reciente, el cinematógrafo, proyectaba la salida de los obreros de una fábrica y otras escenas, e iba ganando adeptos rápidamente. De París venían las modas, los afeites, cuanto era lujo y refinamiento. Y de allí llegaban los incesantes ecos del proceso más sensacional de la época: el famoso *affaire* Dreyfus, que envolvería también, ruidosamente, al popular novelista Zola.

Esteban Pedrell se hallaba perplejo. Cuando Esteban Pedrell se sinceraba consigo mismo y meditaba sobre los datos que le había aportado la nada desdeñable información política e histórica del zapatero Jaime Castell, y sobre los que él mismo había aquilatado con sus lecturas personales, llegaba a la defraudante conclusión de que nada, o muy poco, había conseguido en el esclarecimiento de sus ideas, de que se hallaba tan confuso o, acaso, más que antes.

Esteban Pedrell asistía a los mítines siempre que le era posible y solía leer con frecuencia el *Diario de las Sesiones del Congreso*. Las sugestivas y brillantes piezas oratorias de aquellos hombres arrebataban a Esteban Pedrell. Sentíase arrastrado, persuadido, alternativamente, por Cánovas, por Sagasta, Castelar, Vázquez Mella, Salmerón, Pi y Margall, Silvela, Moret... Leía luego las contestaciones, las agudas réplicas de alguno de esos mismos prohombres; veía desmontar, desvanecerse las persuasivas razones del otro, como un castillo de naipes y, junto con ellas, se derrumbaban también sus repentinos entusiasmos. Y así era como Esteban Pedrell sentíase decepcionado también, alternativamente, por Cánovas, Castelar, Vázquez Mella, Salmerón, Pi y Margall, Silvela, Moret... ¿Dónde estaba la verdad? ¿Dónde la salvación de la Patria, cuya panacea todos, al parecer, poseían, y todos, a la vez, se negaban los unos a los otros en aquellos balances de errores con que se apostrofaban?

Prescindiendo de las galas oratorias y de la pomposa seducción de los discursos, que arrebataban o suspendían su ponderado juicio, Esteban Pedrell se percataba de que las reivindicaciones de los socialistas, por lo menos, contaban entre las más concretas e incluso alcanzables: aumento de salarios, jornada de ocho horas, descanso dominical, humanización del trabajo de mujeres y niños... A Esteban Pedrell le parecía que los socialistas eran los hombres del futuro y quizá los únicos que podrían redimir a su desventurada clase. Sin embargo, Esteban Pedrell no estaba seguro de nada. Lo único evidente era que vivía en un mundo de enredos, de intrigas, de bastardos e inconfesables intereses, en una maraña en la que él mismo se hallaba preso y de la que no avizoraba escape posible. A Esteban Pedrell se le antojaba que toda aquella podredumbre crecía como una avalancha, como una ola incontenible, y, cuando recordaba las fatídicas profecías de algunos hombres como Pi y Margall, que anunciaban una hecatombe de la nación, se sobrecogía de miedo. Porque Esteban Pedrell sentíase flotar, mísero y náufrago, en la amenazante ola. Ya se le había desvanecido la esperanza de que se libraría de la peripecia personal más temible y trágica: la guerra. Cuando en el sorteo le tocó ir a Cuba, aconsejó a su hermano Juan, que era de la quinta de 1898, que desertara. «¡A nosotros no se nos ha perdido nada en Cuba!» Sin embargo, él —Esteban— apresado, como se veía, en la circunstancia bélica, decidió que, por encima de todo, por la Patria —concepto del que tan aviesamente se estaba abusando, pero que él sentía— iba a demostrar, o a procurarlo, que era un español y un hombre.

CAPÍTULO III

Muchos de los reclutas se hallaban apiñados, formando grupos sobre la cubierta, a proa del *Montserrat*. Charlaban, reían o cantaban ruidosamente. Algunos hombres, sin embargo, permanecían solitarios. Mostraban síntomas de mareo o estaban, simplemente, abrumados por la tristeza o el temor.

Esteban Pedrell se hallaba sentado en el suelo, en un corro formado por media docena de hombres. Habían dejado en medio sus tortillas, sus chuletas y otros comestibles sobre grasientos papeles de periódicos. Dos botas de vino circulaban de mano en mano. Comían todos con apetito, bebían despaciosos, encendían cigarrillos y charlaban animadamente. Esteban Pedrell estaba sentado junto a Antonio Puig, el voluntario catalán con el que había trabado relación en la *golondrina*. Enfrente de él tenía a Basegoda, uno de los desertores. Todos los del grupo le llamaban, simplemente, el «Desertor». Era un muchacho alegre, risueño.

—Bueno; me agarraron ¿y qué? Pero antes de que me agarraran lo pasé bomba. Bueno; no lo pasé bomba. Lo pasé muy mal, pero me reí las tripas. Yo no había salido nunca de mi pueblo. ¿Y qué hay en mi pueblo?: cuatro ovejas tiñosas, un terreno que da lo justo para morirse de hambre, y ni cura ni maestro. Bueno; pero eso sí que sí, para la guerra no te olvidan. Y yo que me voy por esos mundos. «Mira esto y esto, chaval.» Las señoritingas con esos trajes y esos a modo de paraguas, que si les cae una gota... ¡Para partirse! Y los señoritos con aquel trasto en la cabeza... ¡Para partirse! Tú, y los coches, y los tranvías. ¡Mi madre! Ya os digo lo que me reí. ¡Me reí las tripas! Y luego me agarraron. Bueno; y se acabaron las risas para el santiamén.

Otro de los desertores estaba allí cerca, solo, aislado. Estaba sombrío. Pedrell le observaba de vez en cuando con discreción, aunque inútil, pues el individuo parecía no enterarse de nada, no importarle nada. Miraba hacia la tierra, que ya había desaparecido horas hacía, con una fijeza que a Pedrell le asombraba. «¿No se cansará?» Debía de ser un hombre muy tenaz, o terco, o le abrumarían alguno de esos dolores, de esas preocupaciones a las que no es posible o no quiere uno sobreponerse. A Esteban Pedrell le inquietaba, sin saber por qué, y le intrigaba el desertor.

Antonio Puig había cogido uno de los grasientos papeles de periódico.

—¿Tú sabes leer? —le preguntó el Desertor.

—Sí.

—¡Vaya una suerte! Anda; léenos algo. ¡Escuchad!

—¿Qué os parece si escogemos un sitio para ir esta noche?

—¡No me jorobes! —protestó Manuel Camino.

—¿Y por qué? ¡Venga de ahí! —exclamó otro.

—En el teatro «Català», a peseta la entrada, *Lo nuvi*, de Feliu y Codina.

—¡Fuera!

—«Novedades». La ópera *Aida*, a dos reales general.

—¡Nada!

—«El Dorado». *La boda de Luis Alonso* y...

—¡A otra cosa! ¡Mira tú que si no encontramos dónde ir!

Todos se rieron.

—También hacen *La guardia amarilla*, de Arniches. Tiene gracia ese Arniches.

—¡Que no!

—«Teatro Gran Vía». Revista, con cuerpo de baile. Entrada a real.

—¡Me apunto!

—¡Caray! Yo ya estuve: unas fulanas con todos los muslazos al aire, con una pechera... ¡Ay, quién las pescara!

—«Eden Concert». Troupe franco-española...

—¡Déjalo, Puig, que me voy a poner a llorar! —exclamó Camino—. ¿Te acuerdas? Éste y yo nos gastamos un día el parné. Estábamos en primera fila. Oye; te echaban la pata por el aire. Éste se ponía bizco.

—¿Que yo me ponía bizco?

—Sí; te ponías bizco, y te tuve que sujetar. ¿Te tuve que sujetar o no?

—Y yo a ti.

—Éste estaba como loco. «¡Que te voy a comer, chata!» ¡Armamos una!... ¡Hombre!, eso que te las pongan allí mismo, que casi las tentabas con las manos. ¡Ricas!, ¡ricas! ¡Huuuy!...

Los otros se reían con los ojos brillantes, excitados.

—¡Este «Madriles»!... ¡Cállate ya, «Madriles», que le pones a uno negro!

—«Velódromo Barcelona». Carreras organizadas por la «Peña Ciclista»...

—¡Mira tú que esos tíos corren!... Corren como demonios. Yo un día probé la de mi señorito. ¡Me di un morrón!... Es difícil. ¡Uf!, es difícil de verdad. Y ves a un chiquitín de nada... ¡Os lo juro! En mi pueblo, el hijo menor del amo... No levanta ni así. Pero se agarra el chismarraco ése, y ¡hala, hala!, como una flecha.

—Pues yo vi, en Zaragoza, yo vi unos tíos que iban de Barcelona a Madrid. Pasaron por Zaragoza.

—¿De Barcelona a Madrid? ¡Anda, hombre!

—¿Qué?, ¿que no los vi? Estaba yo en Zaragoza por un casual, y los vi.

—¿Crees que somos tontos? ¡Tú verías el tren! Tú, con lo paleto que tú eres...

—¿Yo paleto? Yo los vi. Había así de gente aplaudiendo, y todos lo decían. Y además lo traían los papeles.

—¿Lo traían los papeles? ¿Y tú sabes leer?

—No.

—Pues entonces te callas.

—¡Un momento! —intervino Pedrell—. Tiene razón. Cuando desembarcó Polavieja el año pasado en Barcelona, a su regreso de Filipinas, mandó a Madrid varios pliegos y los llevaron unos ciclistas. En etapas, desde luego. Empezaron uno que llaman Juanito Pedal y otro; y acabó la carrera Julián Lozano, que es el campeón de España.

—¡Anda! ¿Lo ves?, ¿lo ves?

—¿Qué voy a ver? En etapas también voy yo. ¡Mira éste! En mi pueblo hay un viejuco, el «Cristo», que se va a Madrid como si tal, un pie detrás del otro, y hay más de cien leguas. ¡Pues sí!...

—«Cinematógrafos Napoleón» —siguió Puig—. De 4 a 11. «Gendarmes y ladrones. Carnaval de Niza. Parque de Londres...»

—¿Y eso qué es? ¿Cine... qué?

—*Cinematrógafos*.

—No —dijo Agustín Arcos—; cimane... Cinee... cinee... maaa ¡tógrafos! ¡Caray! ¿Tú no lo has visto? Es muy grande. Yo un día entré. De modo es que iba mi amo a vender unas reses a Madrid, y me llevó. Y va y me dice: «Esta tarde, haz lo que quieras. Y ¡ojo!, porque hay muchos golfos por aquí. Vete a la pradera de San Isidro. Pero ya lo sabes, ¡ojo!» Y yo que voy. Había allí una barraca. Entré por una perra gorda. De modo es que había una fábrica y empiezan a salir tíos, como tú o como yo, hablando y moviéndose, como si fuese un modo de teatro todo negro. Te digo que es cosa de magia. ¡Como hay Dios! De modo es que yo: «Pero ¿qué es esto?» Pues eso son los cima..., los cime... ¡qué leche! Pues eso son.

—Ahora, léenos otra cosa.

Antonio Puig continuó la lectura. Los otros callaban, o reían, o hacían comentarios.

—Aquí habla de los proyectos de «la sustitución de la tracción animal por la eléctrica en los tranvías de Barcelona».

—¡No interesa!

Esteban Pedrell pensó que no conocería su ciudad cuando volviera y se quedó triste, abstraído. Antonio Puig continuaba la lectura.

—¡Pues eso me fastidia! —exclamó de repente y, al parecer, muy indignado Basegoda, el Desertor.

—Y a mí —dijo otro.

—¿Y por qué os fastidia?

—De manera que a los reclutas que salieron de Badajoz para Cuba les dieron dos pesetas a cada uno, y a los que salieron de Málaga una pesetilla y unos cigarros, y a vosotros ¿qué? Yo ya no me cuento, porque soy desertor. Pero a vosotros nada. ¿Hay derecho? Pregunto: ¿hay derecho?

—Escuchad —dijo Puig—. Esto tiene gracia: «Alcaldía constitucional de Barcelona. Ha sido hallada y depositada en esta alcaldía una gallina que será entregada a la persona que acredite ser su dueño.»

—¿Dónde está la gracia?

—¡Hombre! —exclamó Manuel Camino—, eso es para José Expósito.

—¿Qué quieres decir?

—Vosotros dejadme. Vosotros no tenéis más que seguir la corriente. José es el tío más tonto que ha parido madre, ya lo veréis.

Los otros le escuchaban con un regocijo expectante.

—¡Este «Madriles»!...

—¡Venga, «Madriles»!

—¡José! —llamó Camino—. ¡José Expósito!
Estaba allí cerca, en un grupo, y se volvió.
—¿Qué hay?
—Ven aquí.
—No; contigo no.
—Es para que pruebes este vino.
—A eso sí.
Y José Expósito se acercó muy ligero.
—A ver...
José Expósito agarró la bota. El mar se había picado. Un chorro de vino le fue a la nariz, otro al cogote. Expósito bajó la bota. Rió.
—¡Ya puedes moverte, ya!
Y levantó la bota nuevamente. Se estuvo.
—¡Bueno! —dijo el «Desertor», aunque la bota no era suya.
—¡Bueno! —dijo otro, y le quitó a José el chupito.
José Expósito chascó la lengua.
—¡Me gusta este vino!
—¡Ya se ha notado!
—Y ahora me voy.
—Espera un poco.
—No; contigo no. ¿A qué?
—Ahora lo sabrás. Pero ¿qué te he hecho yo a ti?
—Siempre me estás molestando.
—Quería enseñarte una cosa.
—¿El qué?
—A éstos. Todos son unos quintos; aquí donde los ves.
—Y tú también lo eres.
—Y yo. A los reclutas de otras provincias les han dado dinero y puros. Poco dinero: una peseta o dos. Y a éstos, nada. Diles cuánto te dieron a ti.
José Expósito le miró con desconfianza.
—¡A mí déjame en paz! ¡Me voy!
—¡Espera, hombre! Nadie te va a pedir nada. Y a ti te invitaron.
—¿Quién?
—¿Quién va a ser? ¿Es que estás tonto? Te invitaron los limpiabotas de la acera de Gobernación.
José Expósito se animó. Se rió.
—Me invitaron con callos y vino. Todo el vino que quise.
—Y también te invitó el señorito de Gobernación.
—¡Me voy!
A este José Expósito le había sucedido una cosa. José Expósito tenía un amigo. Era un funcionario muy modesto del ministerio de la Gobernación. José Expósito solía limpiar botas en

la acera del Ministerio. Dos veces por semana, limpiaba las del funcionario. Como eran amigos, no le cobraba. El funcionario le daba pitillos, y hasta algún puro. A veces le invitaba a beber unas copas en una tasca de la calle de Carretas. El funcionario era un hombre joven y simpático. Un día convidó a José Expósito con más esplendidez de la que solía.

—Oye, ¿y tú por qué no vas a Cuba? —le preguntó.

—¿Yo? ¿Y por qué voy a ir?

—Hay muchos que van.

—Si me llamaran... bueno.

—Puedes ir cuando te dé la gana.

—¡Ah!, ¿sí?

—Sí.

—¿Y por qué tengo que ir?

—Por hacer un favor muy grande a un amigo.

—¿A qué amigo?

—A mí, por ejemplo.

—¡Ya! Y si me pegan un tiro, ¿qué?

—Lo que pasa es que tú no eres un verdadero amigo. Y, además, ¿por qué van a pegártelo? A muchísimos no les tocan ni un pelo. Y encima te darán de comer, y ropa, y calzado, y...

—¿Sin trabajar?

—Sin trabajar. Y unas cuantas pesetas al mes.

—¿Sin trabajar?

—Sin trabajar. ¡Te lo juro!

—¡Bah! ¡Sin trabajar!...

—¡Que sí, hombre! Y yo te regalaré cuarenta duros si me sustituyes.

—¿Cuánto?

—Cuarenta duros.

—¡Qué va!

—Te daré veinte ahora mismo, para que veas que es verdad.

—¡Vengan!

José Expósito se incorporó a filas como sustituto del funcionario.

En el cuartel, a José Expósito le dijeron que su amigo le había engañado. Ningún sustituto cobraba menos de 500 pesetas. José Expósito se enfadó. Y no era solamente por las pesetas; además, todos se burlaban de él. Y fue entonces cuando a José Expósito le ocurrió aquella cosa.

El día de la marcha de Madrid a Barcelona, donde embarcaría rumbo a Cuba, el funcionario fue a despedirle a la estación. Le acompañaba su madre.

—No hice bien —dijo el funcionario ruborizándose—. Te engañé, pero es que no teníamos más dinero que el que te di.

—Es verdad —aseguró la madre—. Nos hemos visto obligados a vender los colchones, las mantas, cuanto teníamos de algún valor para reunir esos cuarenta duros. Mi marido era funcionario con Cánovas y quedó cesante al subir los liberales. Además, lleva varios meses enfermo en cama. Con lo que cobra mi hijo no tenemos ni para comer. ¿Qué sería de nosotros si él se marchara? ¡Compréndelo!

—Sí, señora. Pero a los otros les han dado mil reales, y más.

—Ya lo sé, y por eso te suplico que nos perdones. ¿Podrás perdonarnos?

A José Expósito se le formó una bola en la garganta. Bajó la cabeza.

—Sí, señora —dijo.

José Expósito llevaba en el bolsillo, en un nudo del pañuelo, el dinero que le habían dado. Apretó fuertemente las monedas.

—Cuando vuelvas, vente a casa —dijo la mujer—. Compartiremos contigo lo que tengamos. ¡Y gracias, hijo mío! ¡Perdona a esta pobre madre! ¡Gracias, gracias!

La mujer le estrechó entre sus brazos y le besó, mojándole de lágrimas las mejillas. José Expósito no pudo decir nada. Se había criado en un hospicio e ignoraba quiénes eran sus padres. José Expósito no había contado a nadie esta despedida. Llevaba aquello en su corazón. Llevaba también los cuarenta duros en el bolsillo. «¿Pues no me los dieron?», se defendía, a veces, José Expósito contra ciertos —o, mejor, inciertos— escozores de la conciencia.

—¡Caray contigo! —exclamó el Madriles deteniendo a Expósito por una manga—. ¡Espera! Diles a éstos lo de la gallina.

—¿Qué gallina?

—La que te regalaron los limpiabotas.

—¡Mentira!

—Una gallina así de gorda.

—¡Ya!...

—A éste, lo que le ocurre es que no quiere invitar —terció el Desertor.

—Es un gorrón —dijo Antonio Puig.

—Eso no —le defendió Camino—. Yo lo sé. Lo que pasa es que no tuvo suerte. ¡Y todo por un maldito quinto! Mirad: hay unos que nacen quintos, malditos borregos, como nosotros. ¡Una desgracia como otra cualquiera! Y los hay que nacen veteranos, como éste, como José, ¡miradle! Los tíos como éste agarran el chopo el primer día, y ya son veteranos.

José Expósito se balanceó un poco. Tenía una nube en el ojo izquierdo y miraba ladeando la cabeza. Su aire parecía ahora algo despectivo y algo suficiente, pero seguía en guardia.

—¡Bah! —dijo.

—¡Qué bah ni bah! Y por eso los limpiabotas te dieron la gallina, porque no eres un quinto, como estos desgraciados.

—¡A mí, déjame!

—Te la dieron, ¡dilo! Os lo juro —se dirigió a los otros—: Una gallina enorme. ¿Eh, Expósito?

—¿Y adónde iba yo con una gallina?

—Pero te la dieron. ¡Confiésalo!

—¿Y por qué lo voy a confesar? ¿Quién eres tú?

—Éste, lo que a éste le pasa —terció nuevamente el Desertor—, es lo que ya dije: que no quiere convidar. El fulano la tendrá amagada para él solito.

—A éstos los conozco yo muy bien —dijo Puig—. Vienen aquí, se beben el vino, y después...

—¡Que no, hombre! Que yo os digo que le pasó una desgracia. Y no por su culpa. Nos la íbamos a comer antes de salir, ¿eh, Expósito?

Expósito sonrió.

—...Nos fuimos hacia Montjuich. Y todo por un animal de quinto. Va éste y le da la gallina. ¿Eh, Expósito? Se nos cruza un coronel. El muy animal de quinto se acelera, se cuadra, y la gallina... ¡adiós! Sale arreando con un cacareo... ¿Eh, Expósito?

Expósito se rió francamente.

—...No vas a salir corriendo detrás de una gallina con un coronel delante —aclaró Camino—. Y total: que se perdió, que voló el banquete.

—¿Cómo que se perdió? —dijo Antonio Puig—. Eso lo he leído yo en los papeles —y empezó a revolver las grasientas hojas de diario—. ¡Aquí está!

Se habían acercado otros al grupo. Escuchaban con curiosidad o reían.

—¿Qué pasa? —preguntó uno.

—¡Casi nada! —dijo Camino—. Que José Expósito ha salido en los papeles.

—¡Bah! —dijo José Expósito. Y miraba con la cabeza ladeada, con cierta jactancia desdeñosa.

—¡Escuchad! —exclamó Antonio Puig, y leyó la nota de la Alcaldía.

Todos se echaron a reír con estrépito. Le daban golpes en el hombro a José Expósito, le manoseaban. José Expósito reía complacido. Se acercaron más reclutas. Otros se ponían de pie, o se volvían a mirar intrigados: «¿Qué ocurre?» La historia de la gallina circulaba por todas partes.

—¿Quién es el de la gallina?

Le señalaban con el dedo.

—Aquél.

—¿Y ha salido en los papeles?

—¡Claro que ha salido!

José Expósito se rindió. Dijo:

—Era una gallina muy grande. Todos los días le daba la mitad del chusco, pero con los quintos no se puede ir a ninguna parte.

José Expósito fue llevado de un lado a otro. Le daban de comer y beber. Los del grupo de Esteban seguían riéndose con estrépito.

—Ya os dije que era un infeliz. Al pobre —les contó el Madriles— le engañaron como a un chino. Le dieron cuarenta duros y le embarcaron como sustituto.

—No presumas, Madriles —le dijo Agustín Arcos—, que también tú...

—¡Sí! —exclamó Camino abriendo los brazos con un desespero cómico.

—De modo es que éste y otros muchos que hay por ahí eran del reemplazo anterior. Me los llevan al cuartel y les hacen la instrucción. De modo es que les dicen: «¡A casita!, ya estáis licenciados.» ¿Eh, Madriles? Y después me los agarran de nuevo. De modo es que eso es lo peor: que estás en tu casa muy *cacerito*, y te dicen... De modo que no hay que presumir.

—¿Y quién presume? Yo, lo único que os digo es que siempre hay un peor, ¿verdad, «Pajarito»? —preguntó el Madriles dándole un codazo a un recluta que estaba detrás de él, en otro grupo.

—¿Qué hay? —preguntó el «Pajarito», que era un hombre delgado, de cabeza pequeña.

—Diles cómo te agarraron a ti.

—No me empreñes, Madriles —replicó el «Pajarito»—. ¡Criminales! —añadió, rompiendo a reír.

—¿Qué vas a hacer, cuando vuelvas a la península, «Pajarito»?

—Le mataré; tú ya lo sabes. ¡Lo juro por mis muertos! —exclamó cruzando el pulgar sobre el índice y besándolo.

—A éste y a otros muchos ignorantes...

—¿Ignorante yo?

—Sí, «Pajarito»; ignorante.

—Está bien. Es verdad. Pero le mataré. ¡Lo juro por todos mis muertos!

Se rió fuerte, pero sus ojos brillaban con una resolución siniestra.

—Al «Pajarito» lo engancharon los reclutadores. Te viene un tío... Son unos fulanos con mucha labia. Te empiezan a hablar; te invitan a una copa; te van liando. Que si la Patria tal y cual. Te sirven otros copazos. Uno va calentándose. «¡Viva España!» Que si los hombres con agallas, los verdaderos españoles. Agarras un tablón que no te puedes ni lamer. Te ponen cuarenta duros en la mano y tú firmas lo que sea. Ellos, como cobran cien duros por cabeza, negocio redondo. Y, encima, los muy bandidos presumen de patriotas. Este sucio negocio lo habían prohibido, pero ahora lo han vuelto a autorizar. Estaba yo todavía de paisano, antes de incorporarme, con otro muchacho. Se nos acercó un tío de ésos. «¡Ya puedes pagar, ya!» Pero después me entró tanto coraje, que le salté al cuello. Si no me lo quitan, le mato.

—¡Anda, Madriles!

—¿Que no? Eso es como chalanear con carne humana; con esta asquerosa carne nuestra. ¡Porque mira tú que hay burros en este país! ¡Reíros!, ¡me c... en la mar! ¡Nosotros somos esos burros!

—Pues todos vosotros, nada —dijo el Desertor—. Aquí hay uno, que si lo supierais...

—¿Qué?

—Si guardáis el secreto, os lo digo.

—¡Venga!, ¡y déjate de historias!

—Fijaros en aquél —y ladeó la cabeza señalando al otro desertor, que continuaba solo y ensimismado—. Ése ha venido por amor.

—¿Por amor a qué cosa?

—Por amor a una mujer. ¡No seas idiota!

—¡Venga, venga! ¡Menos cuento!

—¿Que no? Consiguió escapar, pasando la frontera de Francia. Estaba allí muy bien, ganando una barbaridad, y un día se vuelve a España a ver a la individua. No podía estarse sin verla, ¿os figuráis?; y me lo trincaron. Yo se lo oí contar a uno de los guardias civiles que le detuvieron.

—¡Caray!

Y se quedaron mirando con asombro al solitario desertor.

CAPÍTULO IV

En un salón del *Montserrat* se había reunido, al anochecer de la partida del barco, una animada tertulia de jefes y oficiales. Don Manuel Deschamps, capitán del buque, comentando los recientes sucesos, había dicho que una especie de fatalidad parecía perseguir a España.

—A mí —añadió con una vaga sonrisa— esto de la guerra de

Cuba me parece algo así como un *Don Álvaro o la fuerza del sino*.

Deschamps hizo una rápida alusión a los últimos acontecimientos y, efectivamente, parecían confirmar su hipótesis fatalista.

Apenas hacía dos meses —el 1.º de enero de 1898— que había empezado a ejercer sus funciones el gobierno autónomo de Cuba bajo la presidencia del señor Gálvez. En la concesión de las libertades a la colonia antillana habían influido, por un lado, las exigencias de los Estados Unidos y, por otro, la convicción del partido liberal de que «la autonomía era la paz», como había afirmado Moret en su famoso discurso de Zaragoza, tres semanas antes del asesinato de Cánovas, que dio el poder a Sagasta.

Recién iniciada la gestión del gobierno autónomo, los periódicos de Cuba —incluso algunos, tan ponderados antes, como *La Discusión* y *El Diario de la Marina*— se lanzaron a una violenta campaña de ataques, críticas e insultos que tenía muy soliviantado al Ejército. El día 12 de enero, un periódico de La Habana, *El Reconcentrado*, publicó, bajo el título de «Fuga de granujas», el siguiente suelto: «En el vapor *Montserrat* marcha para la patria el capitán señor Sánchez, ejecutor de aquellas órdenes terribles del señor Maruri, que todos recordamos.» Aparte del ataque personal se volvía a machacar en la condenación de la política de dureza de que era acusado Weyler, capitán general de Cuba, dimitido a la caída del gobierno de Cánovas. Un grupo de oficiales de la guarnición de La Habana asaltó y causó destrozos en el local de *El Reconcentrado*. Se dirigieron después a los directores de *La Discusión* y *El Diario de la Marina* para presentarles una enérgica reclamación. El incidente en sí no tenía más importancia que el de un transitorio disturbio, pero fue muy bien aprovechado por el general Lee, cónsul de los Estados Unidos en La Habana, enemigo irreconciliable de España y exaltado *jingoe*, partidario irreductible de la intervención armada de los yanquis en la guerra de Cuba. Se sospechaba, y con bien fundados motivos, que el general Lee había mezclado en el alboroto a varios agitadores a sueldo, que arrastraron a una parte de la población civil en tumultuosa manifestación que hubo de ser dispersada por la fuerza pública. Bastó este suceso, que, aun en las inesperadas proporciones alcanzadas, no fue otra cosa que una pasajera alteración del orden, para que el gobierno del presidente Mac Kinley diese como fracasada —¡a los once días de su implantación!— la eficacia de la autonomía y su fuerza de coacción para terminar la guerra de Cuba. El general Lee aprovechó la propicia coyuntura de los sucesos para solicitar que se enviara un barco de guerra yanqui, con el fin de que salvaguardase las «amenazadas» vidas y haciendas de los súbditos estadounidenses de la isla. El gabinete de Washington accedió inmediatamente a tan grave medida y, dos semanas después, el 25 de enero, fondeaba en La Habana el *Maine*. Los Estados Unidos paliaron después su provocativa decisión con el subterfugio de una simple visita de cortesía y amistad. El Gobierno español, en sus anhelos de eludir a toda costa un conflicto bélico con los norteamericanos, aceptó esta pacífica versión y, en justa correspondencia, mandó al acorazado *Vizcaya* a Nueva York. No ignoraba, sin embargo, nuestro Gobierno, que los yanquis habían situado amenazadoramente, a cuatro horas de Cuba, en los cayos de las Tortugas, los acorazados *Indiana*, *Iowa*, *Texas* y *Massachusetts*, los cruceros *Detroit*, *Nashville*, *Montgomery*, *New York*, *Brooklyn* y *Marblehead* y los torpederos *Porter*, *Dupont*, *Vesubius*, *Terror* y *Ericson*.

Zanjado este vidrioso asunto, al menos en apariencia, con los paños mojados de la «amistad y cortesía», dos semanas después del arribo del *Maine* a La Habana, el Gobierno yanqui daba una nueva muestra de su sistemática hostilidad. El día 9 de febrero, los periódicos neoyorquinos publicaban una indiscreta misiva interceptada —en diciembre del año anterior— al representante diplomático de España en Washington, señor Dupuy de Lôme, y que iba destinada al señor Canalejas. Este destacado político español, tras de visitar los Estados Unidos, se había dirigido a las Antillas para conocer, en el propio terreno de la guerra, las particularidades del conflicto cubano. El señor Dupuy de Lôme, con una ligereza inconcebible en un diplomático, exponía en esa carta particular, abocada a las mil contingencias del extravío o la substracción, en ambientes tan hostiles como el yanqui y el bélico de Cuba, imprudentes juicios sobre la guerra, sobre la actitud de los ingleses y, lo que es aún más imperdonable, llamaba «débil y populachero» al presidente Mac Kinley, «y además —añadía— un politicastro que quiere dejarse una puerta abierta y quedar bien con los *jingoes* de su partido».

El Gobierno español tuvo que digerir la flagrante mala fe de que daba muestras el gabinete yanqui reservándose esta carta y autorizando que se diese a la publicidad en el momento más oportuno para desencadenar nuevos y enojosos incidentes: pocos días antes de la llegada del *Vizcaya* a Nueva York, en su misión de buena voluntad amistosa y cortés. Asimismo hubo de tragarse España la inaudita incorrección, el bárbaro atropello de entregar a la prensa una misiva privada. El señor Dupuy de Lôme fue destituido fulminantemente y reemplazado por el señor Polo de Bernabé. Se presentaron todo género de excusas al presidente Mac Kinley, y las vidriosas relaciones con los Estados Unidos tornaron a suavizarse un poco.

Apenas habían transcurrido seis días de la publicación de la carta, cuando un horroroso siniestro vendría a complicar, tal vez de un modo ya irremediable, la tirantez casi insostenible con los yanquis.

El día 15 de febrero, a las 9.40 de la noche, estallaba, en la bahía de La Habana, el crucero *Maine*. Dos terribles explosiones levantaron al buque sobre las aguas, arrojando trozos de la estructura hasta media milla de distancia. Después, las llamas señorearon el barco. Una espesa columna de humo se elevó hasta la altura de 160 pies. El *Maine* empezó a escorar por la banda de babor y acabó por hundirse bajo las olas. En el lugar de la catástrofe sólo sobresalía una parte de la proa, convertida en informe amasijo de hierros retorcidos. La popa había sufrido pocos daños. Veíanse, a flor de agua, la toldilla, las ruedas del timón, un reflector eléctrico y un cañón Hotkins.

Aunque el comandante del buque siniestrado, la mayoría de los oficiales y un número considerable de la tripulación hallábanse asistiendo a un convite en el *City of Washington*, mercante estadounidense, resultaron dos oficiales y 264 tripulantes muertos, y 59 heridos.

El buque español *Alfonso XII*, que se hallaba anclado cerca, acudió inmediatamente en auxilio de las víctimas, sin reparar en el grave riesgo de nuevas explosiones; y las autoridades de La Habana se desvivieron en los trabajos de recuperación de los cadáveres y el cuidado de los heridos. La prensa y la opinión españolas coincidían en achacar la voladura a un accidente fortuito. Algunos diarios, no obstante, acusaban crudamente a los propios yanquis, basándose, no sólo en su nada disimulado afán de tener un pretexto para hacerle la guerra a España, sino en la sospechosa ausencia del comandante, de casi toda la oficialidad y parte de la tripulación en el momento de la catástrofe. Dejando a un lado el lógico apasionamiento de las cábalas, lo indiscutible era que la explosión no pudo ser obra de españoles. A costa de una paciencia infinita, de una enorme ponderación, de humillaciones incluso, se había procurado eludir el choque con los Estados Unidos, y no se les iba a brindar ahora esa posibilidad con el más torpe, suicida y salvaje de los atentados.

En los Estados Unidos, naturalmente, se acusó a los españoles del siniestro. Sobrevino una furiosa campaña de prensa, con desmelenamiento, histerismo chillón y descompuestas voces de venganza y guerra. Fueron apedreados nuestros consulados y las tiendas de comerciantes españoles. Al *Vizcaya*, que fondeó en la bahía de Nueva York el 19 de febrero, lo recibió el populacho con gritos amenazadores e insultos.

Los Estados Unidos descubrieron, con increíble descaro, su

afán de aprovecharse del suceso, hasta sus últimas consecuencias. Nuestro Gobierno solicitó que trabajasen juntas las comisiones técnicas, española y estadounidense, encargadas de indagar las causas de la catástrofe. No accedieron los yanquis. Trataron los buzos españoles de investigar a fondo, dentro y fuera del *Maine*, los motivos de la explosión y lo prohibieron los Estados Unidos alegando la extraterritorialidad del buque. Finalmente, los yanquis, para borrar todos los vestigios que contribuyesen a aclarar lo sucedido, llegaron al extremo de proponer la voladura de los despojos del *Maine*, cosa a la que España se opuso terminantemente.

En aquel 25 de febrero de 1898, mientras el *Montserrat* navegaba rumbo a las Antillas, las comisiones técnicas seguían sus trabajos de indagación en el *Maine*. En España y los Estados Unidos se aguardaban los veredictos con suma expectación. Los telegramas de los periódicos españoles recogían el eco del inquietante clima de pesimismos y esperanzas: «Nueva York. La prensa y el público creen que lo del *Maine* fue debido a una maldad. Rumor que ha producido casi un pánico en la Bolsa.» «Madrid, 25 de febrero 1898, 12.15 de la mañana. Ninguna noticia alarmante se ha recibido de la Casa Blanca acerca del *Maine*, ni se espera recibir ningún dato importante hasta que la comisión técnica... presente su informe.»

La conversación de la tertulia de oficiales que navegaban en el *Montserrat* discurría en torno a estos sucesos. El capitán del barco terminó la enumeración de los recientes acontecimientos con estas palabras:

—...Todo ese cúmulo de desdichas ha sobrevenido en un plazo de mes y medio, y ahora, para remate, supongo que lo han leído ustedes en los periódicos de esta mañana, ocurre esa nueva fatalidad de las disensiones en el partido autonomista cubano.

—¿Qué clase de disensiones? —preguntó un teniente coronel de grandes barbas grises—. Aún no he tenido tiempo de leer los periódicos.

—Ni yo —dijo otro oficial.

—Pues verán ustedes —les explicó el capitán Deschamps—. Hace cinco días, el 20 de este mes, en una junta del partido autonomista, el señor Govín, miembro del actual Gobierno cubano y que representa la posición radical, hizo una grave propuesta. Al parecer, el señor Govín sólo es un hombre de paja, y tras él se halla un poderoso intrigante llamado Giberga. La proposición consistía en que se reservasen plazas de vocales de la Junta para los presuntos rebeldes que depusieran las armas. No les extrañe a ustedes que, al llegar a Cuba, nos encontremos con que nos gobiernan Calixto García, Máximo Gómez o cualquier otro de los principales caudillos de la sublevación, pues la propuesta fue aprobada. Esta derrota de la fracción conservadora del partido, que encabeza el jefe del Gobierno, señor Gálvez, apoyado por persona de tanto prestigio como el señor Montoro, ha producido una honda crisis que si no se resuelve...

—Dará nuevos y sólidos argumentos a los yanquis para considerar fracasada la autonomía y ponernos el puñal en el pecho —le interrumpió el capitán de infantería Méndez, hombre bajito, gordo, de cara rojiza y, al parecer, muy fogoso.

El capitán Deschamps se volvió. El capitán Deschamps era un hombre grueso, macizo. Tenía una barba corta, muy poblada y amplios bigotes. Parecía un hombre sereno, firme en sus convicciones, y que está por encima de muchas cosas.

—Exacto, capitán Méndez —sonrió Deschamps con benevolencia—, aunque, respecto a la eficacia de la autonomía, yo soy tan pesimista como los propios yanquis. No olviden ustedes que el generalísimo rebelde, Máximo Gómez, ha amenazado con pasar por las armas a todos los que la acepten. Y no ha amenazado en vano, como ustedes saben. Son muchos los que han pagado con la vida sus afanes de paz, entre ellos el jefe del escuadrón de su propia escolta, Néstor Álvarez, e incluso el emisario español que le envió el general Blanco, el heroico teniente coronel Ruiz, que fue vilmente asesinado, sin respeto alguno de las más elementales leyes de la guerra o de la simple humanidad. Sin embargo, podría muy bien ocurrir que cualquier caudillo insurrecto fingiera aceptar la autonomía y entrara en la Junta. Así nos combatirían, a la vez, desde el campo enemigo y desde el nuestro, instalándose en la privilegiada situación del propio Gobierno de la isla.

—Pero ¡eso es una atrocidad, un absurdo! —exclamó el teniente coronel de las barbas.

—¡Claro que es un absurdo, mi teniente coronel! —intervino nuevamente el capitán Méndez—. Pero ¿hay algo que no lo sea? Fíjese, por ejemplo, en nuestra diplomacia. En primer lugar, los ministros de Estado han mantenido a España en un aislamiento inconcebible del que, entre paréntesis, el principal culpable fue Cánovas, y ahora empezamos a tocar las consecuencias; y, en segundo lugar...

—Perdone, capitán —le interrumpió el comandante Callejo—, pero en ese paréntesis debió usted poner el nombre de Sagasta, y no el de Cánovas.

—Lo siento, mi comandante, pero yo insisto en la responsabilidad de Cánovas.

—Y yo en la de Sagasta —replicó Callejo con voz tajante.

—¡Por favor, señores! —medió el capitán del *Montserrat*.

El capitán Méndez se agitaba en su asiento. La mirada fría, imperiosa, del comandante le había turbado visiblemente. Callejo era alto, flaco, de tez pálida. Clavaba los ojos con una imperturbabilidad conminadora.

—Son... son puntos de vista —tartamudeó Méndez—, y puede que yo esté equivocado. No tengo inconveniente en rectificar, si usted me persuade de ello, mi comandante. Sin embargo —prosiguió el combativo capitán—, me permito recordarle que algunas iniciativas de tanta importancia, como la adhesión a la Triple Alianza, la posibilidad de tener en el mar Rojo una base naval y un depósito de combustible que carbonease a nuestra flota en viaje al archipiélago filipino, y varios aciertos más, algunos, como los anteriores, lastimosamente malogrados después, fueron obra del ministro sagastino señor Moret.

—¿Está seguro de lo que dice? Es la primera vez que oigo hablar de esa hipotética adhesión a la Triple Alianza.

—Pues yo le aseguro que existió durante cuatro años y que la renovó por otros cuatro el Duque de Tetuán. El tratado se ha mantenido secreto, pero yo tuve ocasión de enterarme, y ahora ya se puede decir. Precisamente la concesión de una base, que Italia nos hacía en el mar Rojo, se fundaba en ese tratado.

—Lo admito; pero le aseguro que a mí me sería fácil hacerle una lista mucho más abrumadora de los éxitos diplomáticos de Cánovas.

—Es posible, mi comandante. Y yo le escucharé con mucho gusto.

El comandante Callejo siguió mirándole severamente, pero parecía complacido.

—¿Y en segundo lugar? —preguntó con sequedad cortés.

—En segundo lugar —empezó Méndez dejando escapar un disimulado suspiro de alivio que hizo sonreír a un primer teniente, muy joven y de rostro animado y alegre—, nuestros diplomáticos son muy poco competentes.

—¡Protesto! —exclamó el primer teniente acentuando su sonrisa.

El capitán Méndez se volvió con viveza. Sonrió también al ver al autor de la protesta.

—Salvo excepciones —aclaró amablemente—. Ya sé, teniente Robles, que un pariente suyo está en la diplomacia, y puede que él sea una de esas excepciones que confirman las reglas. Pero no me negará usted que la pifia del señor Dupuy de Lôme es de las que hacen época, y la coronó entregando su imprudente carta, para darle curso, nada menos que a un confidente enemigo, a un espía que se le había colado entre su propio personal.

—Desde luego ha sido el colmo de la insensatez —dijo el teniente coronel barbudo.

—De acuerdo, mi teniente coronel —convino Robles—, pero tampoco sería justo olvidar que nuestros diplomáticos han pedido con insistencia, y sin ser atendidos, que se aumentaran las consignaciones de los servicios de espionaje. Admito la imprudencia de Dupuy de Lôme, pero sostengo que esa carta no hubiera llegado a manos enemigas de haber estado debidamente organizado nuestro contraespionaje. Y, además, el asunto tampoco está muy claro.

—¿Cómo que no está claro? —preguntó con voz viva el capitán Méndez.

—No olvide usted que existe la versión de que la carta no fue entregada a un espía, sino que la robó en el correo o en el hotel en que se hospedaba el señor Canalejas, un tal Gustavo Escoto, joven cubano.

—Aunque eso fuera verdad, la indiscreción de Dupuy no tiene excusa.

—Lo admito —convino el teniente acalorándose y ruborizándose, porque todos los jefes y oficiales presentes le miraban—, pero ¡me alegro de que los yanquis se hayan enterado de lo que todos pensamos de ese cerdo de Mac Kinley!

—¡Teniente, teniente! —le llamó al orden paternalmente el teniente coronel barbudo.

—¡Perdone, mi teniente coronel! ¡A sus órdenes!, pero es que me... me... ¡me saca de quicio esa gentuza!

—Y, ahora, mi teniente coronel, escuche usted el absurdo número dos: la actitud de nuestro Gobierno ante las peligrosas disidencias del partido autónomo —dijo el capitán Méndez, cogiendo el *Diario de Barcelona*—: «Los ministros y sus amigos negaron los hechos, como si fuese una de las obligaciones del perfecto gobernante cerrar los ojos a la evidencia, creyendo de este modo conjurar los peligros.» ¡Lo de siempre!, como usted ve —se sulfuró el capitán—. ¡La misma irresponsable estupidez de siempre!

—Pues ese «perfecto gobernante» es su admirado Sagasta —le dijo con tono helado y desapacible el comandante Callejo.

—¡Tanto como admirado!... ¡Uf!, no sé qué decirle. Sin embargo, no olvide usted, mi comandante, que los reparos que le puse a Cánovas fueron por cuestiones diplomáticas. Y no me negará usted —sonrió bromista— que, hasta en este asunto de las disidencias, la actitud reservona del «perfecto gobernante» no tiene peros, desde el punto de vista del disimulo y la discreción diplomática.

Los oficiales sonrieron. El comandante arrugó la nariz. Sorbió el aire con un ruidito. Parecía nervioso o desconcertado. Luego sonrió también, elevando apenas una de las comisuras de sus labios, estrechos y descoloridos.

—¿Por qué no lee usted las «Correspondencias particulares»? —dijo el teniente Robles—. Viene un fingido diálogo de mucha gracia e intención.

—Usted lo que quiere es reventar del todo al Gobierno sagastino —sonrió Méndez hojeando el periódico—. Bien; me resigno. «Correspondencias particulares del Diario de Barcelona.» ¿A ver?... El periodista empieza asegurando que ha interrogado a diversos ministros de la Corona, sobre la guerra y las relaciones con los yanquis. Dice que le han autorizado a reproducir las opiniones, aunque callando el nombre de tales ministros. «A juicio de éstos, la insurrección cubana decrece visiblemente y el estado de nuestras relaciones con la república norteamericana no puede ser más satisfactorio.» Después reproduce un fragmento del diálogo:

«—Pero ¿qué saben ustedes de los aprestos militares que hacen los Estados Unidos? —pregunté a uno.

»—Nada, son invenciones de los filibusteros —me contestó.

»—Sin embargo —añadí—, el Senado de Washington aprobó ayer la creación de dos nuevos regimientos de artillería.

»—Porque está demostrado que les hace falta ejército —respondió el consejero responsable.

»—Es igualmente exacto —agregué— que los norteamericanos activan la reconcentración de sus buques, las defensas de sus puertos y las construcciones navales.

»—No lo niego, pero eso no demuestra otra cosa sino que los Estados Unidos no están mejor preparados que nosotros.

»—Pero se preparan.

»—Nosotros lo haremos también.

»—¿Cuándo?

»—En el momento en que nos convenzamos de que los Estados Unidos no proceden de buena fe. Entretanto —añadió Su Excelencia—, el patriotismo impone silencio a la prensa, calma, mucha calma al país y prudencia, mucha prudencia en nosotros.» Aquí, al final, el periodista comenta: «...El Gobierno no tiene otro criterio que esperar con calma y con prudencia. Pero ¿qué entienden los ministros por prudencia?...»

—¡Cierto! ¡Ciertísimo! El diálogo tiene verdadera chispa y pone el dedo en todas las llagas de la indecisión, de la imprevisión, del absurdo y catastrófico desconcierto en que nos debatimos.

—No tanto, no tanto —dijo irónicamente el capitán Méndez—. Escuchen estas dos noticias. Primera: han llegado a Cádiz los torpederos *Azor, Ariete* y *Rayo*, que «formarán parte de la escuadrilla destinada a Cuba». Y segunda: en tren expreso ha llegado a la misma población don Fernando Villaamil, comandante de dicha escuadrilla. Algún preparativo hacemos, como ven.

—Sí, ya lo vemos. ¡Dios nos coja confesados!

—¿Han leído ustedes lo de ese submarino? —preguntó el capitán del *Montserrat*.

—¡Ah, sí!; disparatado.

—¿Qué es ello?

—Algo que refleja muy bien la petulante tontería de Yanquilandia. Calculen que un individuo de Baltimore pretende llegar al Polo Norte navegando bajo el hielo en el submarino inventado por un tal Lake.

Los oficiales sonrieron burlonamente.

—¿Es posible que den publicidad a tamañas estupideces?

—Publican cosas peores. Como lo de los 50000 dólares.

—¡Eso sí que es indignante, canallesco!

—Fíjese usted, mi teniente coronel, que el *Journal* de Nueva York ha tenido la cínica ocurrencia de ofrecer 50000 dólares al que demuestre que la voladura del *Maine* se debió a «una mano criminal» y descubra a sus autores.

—Que busquen entre ellos esa mano criminal —dijo el teniente Robles.

—¡Indudable! Aunque la catástrofe no haya sido provocada por los mismos yanquis, todo el mundo conoce la impericia de sus tripulaciones, en las que se alistan muchos aventureros y maleantes. No es la primera vez que han tenido incendios y explosiones en sus buques; por lo tanto, que no pretendan cargarnos a nosotros el muerto.

—¡Pues nos lo cargarán! No les quepa duda.

—Ahora que hablan ustedes de cargar muertos... —empezó el capitán Rubio con una voz fuerte, airada.

Los otros le miraron. El capitán Rubio se cortó. El capitán Rubio era hombre callado, aunque violento. Ofrecía el chistoso contraste, muy propicio a burlas y socorridas ocurrencias, de tener unas barbas negras, abundantes y borrascosas, y una oscura piel de musulmán. Los otros, a sus espaldas, porque no parecía hombre que tolerase estas bromas —y no las toleraba, desde luego—, le llamaban «El Teñido».

El moreno rostro del capitán Rubio se encendió. Le brillaban intensamente los ojos. El hecho de haberse cortado, había, sin duda, exacerbado su furor. Parecía fuera de sí.

—Digo —tronó— que en eso de cargar muertos, nadie aventaja en cinismo al señor Sagasta.

Naturalmente, el capitán Rubio era canovista, como el comandante Callejo, y sentíase picado desde que empezó la conversación. Varias veces había estado a punto de mediar en ella, pero se había tragado las palabras con una especie de gorgoteo sordo. Seguramente que el capitán Rubio era un hombre tímido también.

—...Recuerdo la forma inelegante, la desvergüenza —barbotó— con que el tal Sagasta se aprovechó, igual que los yanquis con el alboroto del *Reconcentrado*, de otro incidente similar, supongo que se acuerdan ustedes de lo ocurrido en *El Globo* de Madrid —el capitán Rubio sudaba de angustia, pues no era, evidentemente, hombre de largas parrafadas—, para sacudirse de los hombros y descargar en los de Cánovas el muerto de la sublevación de Baire, apenas iniciada.

El capitán Méndez, contra el que iban, desde luego, los tiros, sonrió con chunga.

—Estoy de acuerdo contigo, Rubio —replicó—, pero no me negarás que Cánovas, en primer lugar, le ha devuelto bien la papeleta y, en segundo lugar, lo ha hecho en forma definitiva, yéndose para el otro barrio.

—¡Eso es insultante! ¡No te lo permito! —chilló revolviéndose furioso el capitán Rubio—. ¡Te exijo que retires esas palabras.

—¡Por favor, señores! ¡Por favor!

—Mire usted, capitán Méndez —terció el comandante Callejo con su voz fría y cortante—, el asesinato de Cánovas ha sido la mayor catástrofe de estos años. No tiene usted ningún derecho a bromear con la muerte de ese hombre dignísimo, de ese auténtico mártir del deber.

—¡Perdone, mi comandante! Lo siento. Y perdona también tú, Rubio. Ha sido una broma de mal gusto, lo reconozco, y retiro mis palabras. Yo fui el primero en admirar las extraordinarias facultades de Cánovas, su enorme talento. Y deploro su muerte, aunque no cabe duda —siguió el irreductible capitán— que la firmó el mismo día en que condenaba a la pena capital a los anarquistas del proceso de Montjuich. Con un poco más de flexibilidad, de transigencia...

—¿Transigencia? —bramó el capitán Rubio—. ¡Hizo muy bien mandando fusilar a todos esos canallas! Fue un mártir, como decía el comandante Callejo, y cumplió con su deber, a despecho de la vida. Es una ofensa compararle con otros politicastros marrulleros y cobardes.

—¿Qué quieres decir con eso?

—¿Qué quiero decir con eso? Ya que tú te referías antes a la diplomacia de Sagasta, te recordaré que ese individuo es reo de la más grave y fatídica indiscreción de esta guerra. Debió ser juzgado y fusilado por delito de alta traición.

—¡Echa! —rió Méndez.

—¡No; no te rías! Te hablo muy en serio. Acuérdate de cuando se concedió la beligerancia a los rebeldes.

—¡Ya salió aquello! —exclamó Méndez encogiéndose de hombros.

—¡Claro que tenía que salir! —se sulfuró el capitán Rubio—. Tú te crees que eres más listo que nadie, que sabes más que nadie, pero los demás también tenemos memoria.

—¡Enhorabuena! —exclamó Méndez con chunga, pero parecía picado—. Y respecto a lo que yo me crea o deje de creerme, eso son suposiciones tuyas sin ningún fundamento.

—¡Ya! Pero hablas de un modo que ofende.

—¡Perdona! El único que, hasta ahora, ha dicho aquí palabras ofensivas, eres tú. Estos caballeros son testigos.

—Es que...

—Perdone que le interrumpa, capitán Rubio —acudió en su auxilio Callejo.

—¡No faltaba más, mi comandante! —suspiró Rubio aliviado.

—Como iba usted a referirse a la beligerancia... Yo, precisamente, por una verdadera casualidad, he tenido ocasión de conocer un documento muy importante, que ustedes quizá desconozcan, y que agrava la inconcebible ligereza del señor Sagasta. Como ustedes saben, el tal señor Sagasta —dijo con un retintín despectivo que hizo agitarse en su silla al inquieto capitán Méndez— descargó la responsabilidad de la guerra en Cánovas, según nos recordaba antes el capitán Rubio. En mayo del año pasado, al señor Sagasta y a sus huestes les debía de parecer que llevaban demasiado tiempo sin disfrutar de los cargos públicos y amamantarse de la nutricia ubre del presupuesto...

—¡Muy bien! —exclamó Rubio, entusiasmado con la elocuencia del comandante.

—Creo que de esa golosa propensión también puede acusarse a los canovistas —dijo Méndez.

—Probablemente —admitió Callejo con imperturbable flema—, pero el ataque de Sagasta ocurrió en unas circunstancias que me voy a permitir recordarle. Por entonces, Weyler comunicaba la pacificación de la parte occidental de la isla y se disponía a lanzarse sobre Máximo Gómez y Calixto García para terminar, tal vez, la guerra en un plazo corto.

—Lo dudo.

—¡Quiere usted escuchar, capitán! —le dijo el comandante con un tono exigente y desabrido que dejó helado a Méndez—. Los *jingoes*, como es natural, arreciaron su campaña de falsedades contra la supuesta crueldad de Weyler. Por entonces había tomado posesión de la presidencia de los Estados Unidos nuestro irreductible enemigo, Mac Kinley. Y fue en esos gravísimos momentos cuando nada menos que el jefe de uno de los dos partidos turnantes en el poder declaró que, después de mandar 200 000 hombres a Cuba y gastar más de mil millones de pesetas, aun admitiendo, «que era mucho admitir», fueron sus palabras, que estaba pacificada la mitad de la isla, en la otra mitad «no son dueños nuestros soldados más que del terreno que pisan».

—¡Lo que era una estúpida calumnia! —bramó Rubio.

—¡Claro que lo era, capitán! Desde el principio de la guerra, nosotros poseíamos, en aquella parte de Cuba, todos los pueblos de importancia y todas las ciudades. Concediendo mucho al señor Sagasta, podría admitirse que el despoblado, desde la reconcentración de pacíficos, era tierra de nadie, inesperado campo de batalla no poseído por ninguno de los contendientes. El señor Sagasta debería saber que las partidas no han ocupado ni ocupan territorio alguno. Andan siempre huidas por montes, ciénagas y vericuetos, porque su táctica es precisamente la movilidad. Por eso son tan difíciles de batir. Únicamente atacan por sorpresa, recurriendo a la emboscada, favorecidas por su exacto conocimiento del terreno, como los guerrilleros de nuestra Independencia. El documento a que antes me refería es la copia fidedigna de una carta dirigida a Calixto García por Estrada Palma, jefe, como saben, de la Delegación cubana en Nueva York, y que es el encargado de allegar fondos y enviar las expediciones filibusteras de hombres y material bélico. Estrada Palma le dice que comprende su difícil situación, pero que no puede enviarle refuerzos ni municiones, por falta de recursos económicos. Como ustedes recordarán, en la guerra del Zanjón los rebeldes no lograron que los yanquis les concediesen la beligerancia. En la actual, la solicitaron desde el principio de las hostilidades, pero les fue negada por Cleveland, antecesor de Mac Kinley. Estrada Palma alude a este vital asunto. Dice que el ser reconocidos como beligerantes es, prácticamente, su única esperanza para obtener fondos y seguir la guerra con probabilidades de éxito, pues la concesión de los créditos que ha pedido, está supeditada a tal reconocimiento. Y fue precisamente mientras se estaba discutiendo en el Senado yanqui la decisiva cuestión de la beligerancia, cuando se le ocurrió al señor Sagasta hacer sus funestas declaraciones. Era, si no lo recuerdo mal, el 19 de mayo de 1897.

—Exactamente —dijo el capitán Méndez suspirando con un aire de cómica resignación—. Y al día siguiente, 20 de mayo, el Senado concedió la beligerancia a los insurrectos.

—Les concedió algo que para ellos era capital, imprescindible para seguir la guerra, algo como de vida o muerte. ¿Y saben ustedes el argumento decisivo en que se apoyaron los senadores partidarios del separatismo cubano? Pues en las insensatas declaraciones del señor Sagasta, que fue aludido con sorna y puesto en merecido ridículo por los senadores *jingoes*.

—Lo acepto —dijo el capitán Méndez—. Acepto que la pifia de Sagasta fue imperdonable, porque precipitó la concesión de la beligerancia.

—¿Cómo que la precipitó? —preguntó Rubio.

—¡No seas ingenuo! —exclamó Méndez con premeditada hostilidad, mirando de refilón al comandante Callejo—, Mac Kinley hubiera concedido de todas formas la beligerancia a los insurrectos.

Méndez hizo una pausa dubitativa. Pero acabó por arrojarse a decir:

—La única oportunidad que hemos tenido para poner ventajoso término a la guerra fue bajo el mandato del neutralista Cleveland. Cánovas desperdició lamentablemente esa oportunidad que le brindaba la nota de míster Olney, Secretario de Estado, ofreciéndole la intervención amistosa de los Estados Unidos para terminar la lucha.

—Estoy completamente de acuerdo con usted —dijo Callejo con un rictus que debía de ser una sonrisa de ironía—. Pero ¿por qué no aceptó Cánovas? Por la presión de los restantes partidos, sencillamente.

—Es mucho decir. No creo que Cánovas aceptara presiones de nadie.

—¿Y por qué no? ¿Va usted a negar ahora la esencia misma del parlamentarismo? Las derrotas y las caídas de los gobiernos conservadores o liberales ¿no han sido obra de la presión de los otros partidos? ¿Lo niega usted?

—No; no lo niego. Planteada así la cuestión, es indudable.

Callejo sonrió más abiertamente, con aire de triunfo.

—Por una sola vez, y con la única excepción de Pi y Margall, hubo unanimidad entre los políticos: nada de intervención yanqui. ¿Qué podía hacer Cánovas?

—Poner en práctica esa misma terquedad con que ha dirigido «su» guerra sin cuartel, empleando «hasta el último hombre y la última peseta» —dijo Méndez con energía— para hacer una paz por la que todos le hubiéramos bendecido.

—Pues yo acuso de una indecisión mucho más grave al señor Sagasta —se alteró Callejo—, cuando por los mezquinos temores de una escisión en su partido, se negó a apoyar las reformas de Maura. Ésa sí que fue la única, la única ocasión, insisto en ello, capitán Méndez, de zanjar definitivamente las sublevaciones de las colonias. Maura planteó el asunto con una agudeza y una diafanidad meridiana. Había fracasado nuestra política colonial paternalista; fracasaba también el rabioso asimilismo del partido de Unión Constitucional. ¿Por qué?

—Sí; ¿por qué? —preguntó el teniente Robles, mirando con cierta inquietud al comandante.

Callejo se volvió hacia él. Parecía complacido.

—Se lo explicaré, teniente. Maura pretendía descentralizar, darles a las colonias unas leyes acordes con su personalidad. Lo que resultaba bueno para Aragón, Andalucía, Cataluña, para la península en general, no servía para Cuba, aunque los constitucionales sostuvieran lo contrario.

—Pero ¿por qué? —volvió a preguntar Robles impulsivamente.

Los otros oficiales sonrieron con benevolencia, y el teniente se ruborizó.

—He descuidado un poco estas cuestiones —dijo.

—Es usted muy joven aún —le excusó Callejo—. Verá, teniente. A la sazón había en Cuba dos partidos legales: el Constitucional y el Autonomista. Si el primero hubiera seguido las directrices de la política de Cánovas, y el segundo, las de Sagasta, no habría existido problema. Es posible que el asimilismo, o sea la equiparación de las Antillas a la Metrópoli hubiera resultado factible, puesto que los azares políticos de Cuba serían idénticos a los de la península. Pero en Cuba no ocurría nada semejante. El mal se remonta a tiempos lejanos. A las Cortes de Cádiz de 1812 enviaron diputados, no solamente Cuba, sino Filipinas. Hasta 1836, Cuba y la península vivieron bajo el mismo régimen de igualdad, con idénticas alternativas. En esa fecha se suprimió la representación ultramarina en las Cortes, y en 1837 se dictó una organización especial para nuestras posesiones, que quedaron convertidas en verdaderas colonias. Posteriormente se concedió a Cuba el derecho a la representación parlamentaria. Se llevó el asunto con torpeza y estrechez de miras. Precisamente la Guerra Chiquita estalló por la disconformidad de los cubanos con la base primera del Pacto del Zanjón, que se refería a la elección de diputados en las Antillas. En fin, como muestra de los abusos cometidos, sólo le diré que la mayoría de diputados que salían elegidos para representar los cuantiosos intereses de Cuba, no habían estado jamás en la isla.

—Pero ¡eso es monstruoso! —exclamó Robles.

—Sí, teniente —medió Méndez para ponerle una pulla al canovismo de Callejo—. Y tenga usted en cuenta que eso pasaba cuando había cierto remedo de elecciones, porque Weyler, durante su mandato, confeccionaba las listas de diputados él mismo, sin tomar en consideración las votaciones ni demás zarandajas.

El comandante Callejo le miró severamente.

—¿Y qué cree usted que hará el sagastino general Blanco en las próximas elecciones?

—Creo que, a pesar de la autonomía, hará lo mismo que el canovista Weyler.

Los oficiales se echaron a reír. Callejo sonrió también.

—El mal, como estaba diciendo —siguió el comandante—, venía de lejos, y la corrupción política de Cuba resultaba casi irreparable. El partido Constitucional es allí el de los peninsulares, el de los potentados. Hay uniformidad de intereses, pero no de credo político, ya que, entre ellos, existen conservadores, liberales, republicanos, carlistas...

—Pero, entonces, ¿su actividad política? —preguntó el teniente.

—Mire usted: la única preocupación de ese partido es mandar. Gobernase quien gobernase en la Metrópoli, a ellos iban a parar, indefectiblemente, todos los cargos de Cuba. Su decantado asimilismo es una farsa, puesto que las leyes de la península eran, fatalmente, deformadas, interpretadas de acuerdo con sus conveniencias.

—¡Ya entiendo!

—El autonomista era el partido de los criollos. Perseguían la mayor independencia posible en los asuntos locales, bajo la soberanía de España. A este partido se le consideraba, y con toda la razón, postergado, y se le rodeaba de un peligroso halo romántico. Mientras los constitucionales se desgastaban y se desacreditaban con su abusivo usufructo del poder, los autonomistas mantenían intacto su prestigio, despertaban las unánimes simpatías de los cubanos y acrisolaban todas sus esperanzas. ¿Lo comprende?

—Sí; está clarísimo.

—Pues ésas son las ideas de Maura. Las puede usted leer en el *Diario de las Sesiones del Congreso*. Maura sostuvo que sus reformas llevarían a las colonias «el más poderoso ejército» que había enviado nunca España para asegurarse definitivamente su dominio. Propuso dar cargos a los autonomistas, a los separatistas, inclusive, con el fin de minar su romántico prestigio y obligarlos también a superarse en las tareas de gobierno en beneficio de la Patria. Las protestas en el Congreso fueron terribles.

—Perdone, mi comandante —intervino Méndez—. Yo lo puedo testificar, porque asistí a las sesiones. «¡Eso nunca!», «¡Jamás!», gritaban los diputados en medio de un alboroto indescriptible. «¡Fusiles, y no reformas!», vociferó la prensa. Y ahora, mi comandante, tendrá usted que admitir —dijo Méndez en un tono amable y conciliador, pero resuelto—, que si la presión de los partidos le sirve de excusa a Cánovas para el asunto Olney, también debe servirle a Sagasta para el de las reformas.

—¡No es lo mismo! —protestó el capitán Rubio.

—¿Cómo que no es lo mismo?

—¡Cánovas no necesita excusas! La excusa es la excepción para él, y lo ordinario en el cambalache político de Sagasta. No puedes comparar a un gigante con un enano.

—¡Vaya, hombre! Pues, entonces, tu gigante, en primer lugar, ¿por qué no aprobó los salvadores proyectos de Maura al subir al poder? Segundo: ¿por qué suspendió, inclusive, la aplicación de las reformas de Abarzuza?

—Porque eran un nuevo error de Sagasta, el único culpable de la guerra.

—¡El único culpable fue Cánovas!

—¡Por favor, señores, por favor! ¡Basta de política! —se soliviantó el teniente coronel barbudo—. ¿Quieren ustedes atenerse a comentar los hechos y dejar al margen sus convicciones políticas?

—Sí, mi teniente coronel, pero es que...

—¿Quieren hacerme ese favor?

—Bien, mi teniente coronel. ¡A sus órdenes!

—Les ofrezco un blanco magnífico: descarguen sus invectivas contra los yanquis. No les pondré coto. ¡Lo juro! —exclamó sonriendo.

—Nadie ha recordado —dijo otro oficial que hojeaba *La Vanguardia*— un aniversario importantísimo.

—¿Cuál?

—¡El de la guerra! Segundo aniversario de la sublevación de Baire.

—¡Pues es verdad!

—¿Saben lo que nos ha costado hasta ahora? Más de 100 000 hombres y mil trescientos millones de pesetas.

—¡Es espantoso, espantoso! —murmuró el teniente coronel—. Un país cubierto de luto y arruinado, una calamidad nacional a la que no se le ve fin.

Todos guardaron silencio, abrumados.

—Y, en tercer lugar, como diría el capitán Méndez, ¡perdone, mi capitán! —intervino el teniente Robles provocando la risa de los presentes, la del aludido incluso—, lo que nos aguarda a todos cuando lleguemos a Cuba.

—¡Que no es poco! —exclamó uno.

—Oye, Méndez, no has leído lo mejor del *Diario*.

—¡Ah!, no recuerdo... ¡Ah, sí! Escuchen; esto tiene verdadera gracia: «Alcaldía constitucional de Barcelona. Ha sido hallada y depositada en esta Alcaldía una gallina que será entregada a la persona que acredite ser su dueño.»

Todos los reunidos soltaron la carcajada.

Estaban en el salón, a respetuosa distancia del grupo de oficiales, varios asistentes. Uno de ellos se adelantó un paso.

—Perdone, mi capitán —dijo—. Esa gallina la perdió un muchacho de la compañía.

—¿Cómo es eso? ¿A ver? ¡Explícate!

—La traía desde Madrid. Es uno que se llama José Expósito, soldado de segunda. Se la habían regalado unos limpiabotas. Él es limpiabotas. Le daba a la gallina la mitad del rancho. Antes de salir se la iba a merendar con otros. La dio a un compañero, un muchacho muy corto, mientras liaba un pitillo. Llega un general, el muchacho se cuadra, le da el susto, y la gallina sale de naja.

Los oficiales escuchaban sonriendo la relación.

—Pero ¿dónde la tenía? No me lo explico.

—De eso sí que no me he enterado, mi capitán.

—Me parece que el tal Expósito tiene mucha imaginación.

—¡Que no, mi capitán! ¡Se lo juro! Allí hay otros que iban con él cuando se escapó la gallina.

—¡Sí, hombre! —terció otro oficial—. No te extrañe. Estaría de acuerdo con cualquiera de esos golfos de rancheros o machacantes.

—Tendrá usted que telegrafiar a la Alcaldía de Barcelona reclamando la gallina, capitán Deschamps —bromeó el teniente Robles.

—¡Pobre muchacho! —exclamó el capitán—. ¡Con el banquete que pensaría darse!...

Aquella noche, a la hora del rancho, un cocinero, precedido por un soldado, avanzó muy pomposo con una bandeja tapada. Se detuvo ante José Expósito.

—¿Tú eres José Expósito?

José Expósito se turbó, se cuadró.

—Sí, señor. ¡A sus órdenes!

Todos los demás miraban. Sonreían burlonamente —«¡pero no veis a ese idiota cuadrado ante un cocinero!»— o guardaban silencio con estupefacción.

—Esto es para ti. Es un regalo del capitán del barco.

El cocinero destapó la bandeja y puso ante los asombrados ojos de José Expósito una rolliza y dorada gallina asada.

—¿Y es para mí?

—Para ti.

—¡Pues, hala! —exclamó José Expósito, y se sentó con la gallina.

Los que estaban cerca le dijeron:

—¡Hombre, Expósito!

—¡Nada! —replicó Expósito.

—¿Y te la vas a comer ahora?

José Expósito miró de medio lado, y hasta con malicia.

—Cumplo órdenes —dijo con insospechada socarronería.

Manuel Camino estaba allí próximo. Se acercó. Empujó enérgicamente al que se hallaba sentado junto a José Expósito.

—¡Quita de ahí!

—¡Ya voy, hombre!

Después, el Madriles se inclinó amistoso, tierno y confidencial hacia José Expósito.

—Oye, José...

—¿Qué hay? —preguntó Expósito poniendo los brazos en torno a la bandeja.

—Yo soy tu amigo, ¿no?

—¡No!

—¿No? ¿Gracias a quién tienes la gallina?

—Gracias al capitán.

—¡Gracias a mí!

—¿Gracias a ti?

—¿Quién inventó lo de la gallina?

—¡A mí déjame de cuentos!

—¿Quién lo inventó? ¡Dilo!

—¿Crees que soy tonto?

—Bueno, ¿quién?

—¿Y quién dijo que la gallina era mía?

—Yo; tu amigo.

—Pues, si es mía, me la como. ¿Tienes algo que decir?

—¿Algo que decir? ¡Que un día te romperé la cara, piojoso!

CAPÍTULO V

Un contingente numeroso de las tropas llegadas a la isla en el vapor *Montserrat* fue destinado a cubrir bajas en Santiago de Cuba. Esteban Pedrell formaba parte de la expedición. En el viaje hacia la capital de la provincia oriental, los incorporaron a otras tropas ya veteranas y se les confió la protección de un convoy. Lo formaba una larga fila de carretas tiradas por dos, tres y hasta cinco yuntas de bueyes. Seguían, a veces, un camino carretero; cruzaban a través de los campos, entre el alto verdor de la hierba guinea, tirando por los suelos las estacas con alambres de púas de los potreros, o rodeando las cercas de espinoso piñón; penetraban en terrenos baldíos, invadidos por la áspera vegetación de la manigua: palmas canas, de yarey, arbustos erizados de espinas, como el maribú, que se extendía en grandes manchas de espeso matorral, o el granadillo, de preciosa madera negra. Veíanse pitas enormes y algunos que otros cedros y caobos aislados.

—¿Tú crees que nos atacarán? —le preguntó Esteban Pedrell a un veterano.

—¡Seguro! —dijo el otro.

La certidumbre del veterano parecía alegre, pero Esteban Pedrell descubrió la repentina palidez de sus mejillas, el temblor de sus labios. Esteban Pedrell se sobresaltó. Pensó en su hermano muerto en la isla. ¿Moriría él también? Sintió su garganta repentinamente seca. Y tragó con dificultad una saliva pastosa. ¿Qué le ocurría? Todo su cuerpo lo agitaban unas sacudidas nerviosas que le embarazaban el paso. «Tengo miedo», pensó. Llevóse, con disimulo, una mano al pecho para contener el latir del corazón. Golpeaba sordamente, violentamente, aturdido. «¡Tengo mucho miedo! ¿Qué va a ser de mí cuando ataquen?» Miró a los otros hombres. Iban charlando, riendo. Muchos fumaban tranquilamente. Caminaban muy cachazudos, al paso de las carretas, con una absoluta despreocupación al parecer. Vio al Madriles y a José Expósito. Marchaban a unos doce o quince metros delante de él. José Expósito había encarado el fusil.

—¡Cuidado!, ¿eh? —decía—. ¡Mira que te pego un tiro!

El Madriles se reía a carcajadas. Se puso en cuclillas y empezó a saltar moviendo los brazos como unas alas:

—¡Cloc, cloc, cloc! ¡José Expósito! ¡Gallina, gallina!

Se acercaron otros hombres. Contemplaban el espectáculo riéndose. Llegó un segundo teniente. Era cuarentón. Decían de él que tenía más «mili» que Polavieja, el general «Cristino», que había ascendido desde soldado hasta las más altas dignidades del ejército. El teniente se llamaba Diego Calzado. Era bajo, gordo, con un cuello delgadísimo, la cabeza grande y un trasero enorme. Tenía la voz atiplada, estridente.

Diego Calzado se encaró con el Madriles.

—¿Qué es esto, soldado? ¿Qué es esto, qué es esto, qué es esto? Un tirito, un tirito, un tirito a ustedes.

Al segundo teniente Calzado le llamaban «Eco». Hablaba muy de prisa, pálido, con el chillido desapacible de una rata.

—¡Cuádrese, cuádrese, cuádrese!

El Madriles se cuadró. Tenía un aire de asombro e inquietud.

—¡Vuelva a su sitio! —ordenó el teniente—. Que no lo coja otra vez. No lo coja, no lo coja, no lo coja...

Y se alejó balanceando su enorme trasero.

—¿Os habéis fijado en el tío vaina ese? —protestó irritado el Madriles.

—¡Déjale! Es una marica «costipá».

Esteban Pedrell caminaba ahora abstraído. Pensó en su madre, en su familia. Recordó a María Luz. ¡Qué distante le parecía ahora todo aquello! Distante no sólo en el espacio; pensaba que jamás volvería a verlos. También recordó que, la mañana del sorteo, cuando le tocó prestar servicio en Cuba, había tomado una decisión viril, incluso heroica. Al llegar a la isla y ponerse en contacto con los soldados, su decisión se había afirmado por diversos motivos que antes no sospechaba siquiera. Esteban Pedrell oía hablar a los soldados. Le producían un gran estupor. Aquellos hombres odiaban la guerra, no les importaba, y sólo pensaban en la vuelta al hogar. Eran, en su mayoría, analfabetos o de una ignorancia inconcebible. Sufrían hambre, enfermedad y atroces penalidades. Estaban faltos de todo, hasta de la mísera soldada de unos céntimos de sobras. Aquellos soldaditos ignoraban quiénes y por qué los habían enviado al matadero colonial. Ignoraban quiénes y por qué gobernaban en España. Les hablaron de la Patria, del honor... «Bien —decían los soldados—, bien», y casi ninguno entendía esos conceptos. Sin embargo, aquellos soldaditos morían a miles en los campos de Cuba, en los hospitales; luchaban con un valor suicida; se cubrían de gloria. Aquellos soldaditos eran héroes, auténticos héroes. Y eran —sin las patrioteras declamaciones diarias de los periódicos, que repetían sin cesar la frase, ignorando su verdad, porque desconocían a esos hombres— «los mejores soldados del mundo». Ellos, a merced de la incuria, la imprevisión y el fraude, hambrientos, extenuados y rotosos, olvidados a la hora de las recompensas, abandonados en la enfermedad y la mutilación, ellos eran los héroes, los que salvarían la dignidad de España como nación, lo único que quedaría limpio e inmaculado, si toda aquella oleada de podredumbre en que Esteban Pedrell sentíase preso y asfixiado, reventaba en la ignominia de un desastre nacional.

Esteban Pedrell se dijo que todo aquello que él había pensado de «ser español y un hombre» eran cosas postizas, influencias librescas de sus lecturas, vana retórica, deleznables escorias de la patriotería peninsular de «los que *no iban* a la guerra». Y Esteban Pedrell empezó a odiar la guerra, a participar de las ideas —de la falta de ideas, tal vez— de sus compañeros, y quiso estar con ellos, morir con ellos —tan ignorante e indefenso como ellos— si fuera preciso. Eso sí que era un timbre de orgullo, de honor: «*estar* con aquellos hombres». Esteban Pedrell decidió que, cuando llamaran a la quinta del 98, le escribiría a su hermano Juan estas palabras: «No debes desertar. Vente aquí, con nosotros. Aquí está lo único verdadero, lo único digno que queda en España.»

—¿Qué te ocurre?

Esteban Pedrell se sobresaltó. Miró al veterano.

—¿Cómo? ¡Ah, nada! Estaba pensando.

Esteban Pedrell sonrió. Recapituló brevemente sus ideas. Hizo una mueca de ironía, porque ahora... Ahora solamente estaba asustado.

—¿En qué pensabas?, ¿en los mambises?

—Sí; también. En muchas cosas.

—No voy a engañarte. Sería estúpido. Un convoy es algo muy goloso para los insurrectos. Esa gente lo pasa mal. Les falta comida, municiones, armas, ropa, de todo. Se alimentan de plátanos, raíces de ñame o tallos tiernos de palmera; van casi desnudos, descalzos. Algunos sólo llevan machete y otros que no tienen ni eso, se arman con un garrote. ¡Excuso decirte lo que significa para ellos un convoy bien provisto, como éste! Son unos fulanos muy valientes, unos verdaderos suicidas, y como puedan... Ahora ya hará rato que nos vigilan. De esta misión se encargan los prefectos. Dan el aviso de nuestra presencia con lo que aquí llaman fotuto y en otras partes guamo. Mientras marchemos por la sabana, todo irá bien, supongo... Aquí, en terreno descubierto, es posible que no nos ataquen. Las partidas son poco numerosas por este sector. Lo malo vendrá luego. Hay que meterse entre unas colinas cubiertas de árboles y de matorral. Tenemos que cruzar un trozo de ciénaga y un río. Allí, aunque sean pocos, nos freirán vivos. Hay que rezar para que no llueva. Si llueve, todo se convertirá en un lodazal. Nos quedaremos empantanados con las carretas. ¡Y pobres de nosotros!

El veterano miró con inquietud hacia el firmamento.

—Pero ¿no estamos en la estación seca? —preguntó Pedrell.

—Sí; ¿y qué? La estación seca en este terreno es algo de risa. Aquí se arma un temporal horroroso por menos de nada. Ahora no son frecuentes, pero ¡fíjate en aquellas nubes! Fíjate qué blancas y qué brillantes son. Bonitas, ¿eh?

—Maravillosas, desde luego.

—Pues a mí no me gustan ni pío.

Esteban se volvió a mirarle, esperando, pero el otro no dijo nada más. El veterano se llamaba Ignacio Merino. Era de elevada estatura, delgado, de rostro agradable. Llevaba el sombrero de amplias alas, tirado hacia la nuca con cierta despreocupación. Había perdido la escarapela con la bandera española y el color crudo de la paja hallábase desteñido por la lluvia y churretoso de sudor y de barro.

Cruzaron unas tierras calcinadas por el fuego. El aire levantó un torbellino de cenizas plateadas.

—Eso era una plantación de tabaco. ¿No es una pena? ¡Los puros que nos podíamos haber fumado! Mira; también han quemado el bohío del veguero y el caney. A estos labradores los llaman aquí guajiros, y son blancos en su mayoría. Muchos de ellos proceden de las islas Canarias. Trabajan la tierra y cultivan el tabaco de una forma que causa asombro; son unos verdaderos artistas. Yo nací en un pueblo de Murcia. Allí tampoco se trabaja mal la tierra. Yo anduve, de chaval, en la labranza. A los quince años me metieron para cura. Colgué los hábitos y estaba de escribiente en el Ayuntamiento. Pero, a lo que te iba, al lado de éstos, los huertanos de mi tierra... ¡nada! ¡No puedes hacerte ni idea de lo que es el cultivo y la elaboración del tabaco! Ya te digo: verdaderos artistas. Yo, cuando vuelva a mi tierra, si es que vuelvo, empezaré otra vez a trabajar en el campo, y ¿sabes cuál es mi idea? Plantar tabaco. He aprendido mucho de eso aquí. Y lo intentaré.

El veterano se quedó pensativo. Volvió a mirar hacia la altura. Un cendal de nubes blanquísimas iba extendiéndose sobre los brillantes cúmulos. El veterano movió la cabeza con desaliento.

Empezaban a subir una suave colina. De unas matas salió volando un pajarillo.

—Eso es una vigirita —le dijo el veterano—. Nosotros llamamos así a los insurrectos, porque es un pájaro muy delicado y flojo. Aunque a mí no me parecen nada flojos los mambises.

Unos minutos después llegaron a la cumbre de la colina.

—¡Fíjate en aquello! —exclamó Pedrell extendiendo el brazo.

A lo lejos, en el llano de la sabana, se veía subir una espesa columna de humo negrísimo.

—Han incendiado un ingenio de azúcar.

—¿Quiénes? ¿Ya están ahí? —se sobresaltó Pedrell.

Merino sonrió.

—Puede —dijo—, pero también es posible que lo incendiaran los nuestros. Entre peninsulares y criollos va a quedar esta isla, que era un paraíso, convertida en tierra quemada, en un descampado.

La columna de humo se elevaba hacia el firmamento, enorme, gigantesca. Por su base rastreaban cárdenas llamas. Al cabo de unos minutos, la humareda se aclaró con un turbión de chispas. El cielo se coloreó de púrpura.

—En tu vida habrás visto unos fuegos artificiales como éstos, ¿eh? —dijo el veterano.

—Desde luego, ¡es fantástico!

—Aquí le llaman «dar candela», pero éstos igual los queman en tiempo de paz.

—¡Ah!, ¿sí?

—Sí; dejan una vela encendida en medio del plantío de las cañas y se marchan tranquilamente. La candela se va quemando y, al llegar cerca del suelo, prende la maleza y se provoca el incendio.

—¿Y por qué? ¿Por venganza?

—No; casi siempre, por ganar unos cuartos.

—No te entiendo.

—Pues, sí. Del cañaveral sólo se quema la hoja. La caña, que es lo que produce el azúcar, pierde bastante, desde luego, pero se puede aprovechar, si se hace la zafra en seguida, antes de que llueva. El agua echa a perder inmediatamente la caña quemada. Los amos se ven obligados a pagar jornales extraordinarios, y hasta a subirlos, para que la corta se haga velozmente, y ésa es la ganancia que los obreros consiguen, ¿te das cuenta?

—¡Caray! —sonrió Pedrell.

—Sí; el pobre, si no se espabila, está listo, porque esperar generosidad o justicia de los amos, o de los que te gobiernan... Ya te dije que he aprendido mucho del tabaco, y ¿sabes cómo? Trabajando aquí con un veguero. ¿Qué?, ¿te extraña?

—¡Hombre!, es bastante raro.

Se iban acercando al ingenio incendiado. Llegaba el estrépito del estallido de las cañas, como un rugiente viento de tempestad.

—Pues no te extrañe —dijo Merino—. A mí y a muchos otros nos han hecho unas canalladas... Nuestros gobernantes no tienen conciencia, ni talento, que es aún peor. Supónte tú que, un buen día, al ministro de la Guerra se le ocurre hacer economías. ¿Y cómo lo consigue? Muy fácil: a costa de los seres más desgraciados. Licencia a unos cuantos miles de hombres del ejército de Cuba.

—¡Ah, sí! Ya lo he leído.

—Es un crimen, un verdadero crimen. Te echan del cuartel y te dicen: «¡Arréglatelas!» No te facilitan el pasaje para volver a la península y te dejan tirado en medio de la calle. Muchos de esos hombres estaban enfermos. Se dedicaban a pedir limosna. Yo he visto a más de uno morir de hambre. ¿Te das cuenta? Por suerte, yo estaba sano. Me dio trabajo un veguero. Era un buen hombre. Estalló la guerra de Baire. Aún no había reunido lo suficiente para comprar el pasaje y volver a casa. Me agarraron nuevamente. Desde luego, porque uno es idiota perdido. «Ahora te dejo, ahora te cojo. Tú, juégate la vida, sácame las castañas del fuego y, cuando no te necesite, te doy la patada.» Pero así somos los soldados españoles: unos perfectos imbéciles. Muchos de los que dejaron abandonados en esta tierra, como a mí, luchan con los mambises.

—¿Ah, sí?

—Hay infinidad de peninsulares entre ellos. Algunos han ascendido mucho. Son coroneles, y hasta generales. Por ejemplo, el general José Miró, jefe del Estado Mayor de Antonio Maceo. En España los llaman traidores. ¡No sé qué decirte!... Con unos gobernantes que te tratan así ¿cómo va a sentirse uno patriota? Claro que España, nuestra pobre España, no tiene la culpa, y por ese motivo lucho yo aquí, pero tampoco seré yo quien juzgue a los desertores.

Cruzaron a prudente distancia del ingenio. Había decrecido mucho la intensidad del fuego, pero aún despedía achicharrantes vaharadas y un humo denso que hizo toser y apretar el paso a los hombres del convoy. Ardían también la hermosa casa de porche con columnas, de típico estilo colonial, los grandes tinglados y barracones.

—Esta caña —le explicó Merino— estaba ya «para tres trozos», como dicen aquí, o sea a punto para la corta, que se hace en pedazos como de un metro. La caña suele medir de cuatro a siete metros, e incluso más. Las tierras negras y rojas de este país son de una fertilidad milagrosa. Cada diez meses se hace la corta de la caña. Y así durante quince años o más. Después, para el nuevo plantío, basta con sembrar un trozo de tallo con nudo. Mira; eso es la casa de máquinas. Ahí están los trapiches para moler la caña. En aquella otra, la casa de calderas, se cuece y evapora el caldo. En la de más allá, se obtiene el azúcar cristalizado; la llaman la casa de pureza. Y en el batey es donde duermen los obreros y se almacena la leña.

Las llamas alcanzaron de pronto las copas de unas palmeras reales. Eran muy altas, de tronco liso y plateado, levemente hinchado por la mitad. Ardieron con una luz vivísima. Brillaban como soles en el oscuro y tormentoso cielo de la humareda; iluminaron la devastación con trágicas antorchas.

Los hombres pasaron. Algunos bromeaban, otros iban silenciosos. Esteban Pedrell se detuvo repentinamente, crispado. Tocó con mano temblorosa el brazo de Merino.

—¡Fíjate! ¡Qué horror!

Allí, próxima a las edificaciones del ingenio, había una ceiba gigante. De las ramas colgaban ahorcados tres hombres y una mujer.

—Pero ¿quién?... Y hasta las mujeres. ¿Cómo es posible? —dijo Esteban Pedrell, consternado.

—¿Quién? Pues los mismos que quemaron el ingenio: los mambises o nosotros. Son las salvajadas de la guerra. Sin embargo, yo diría que ha sido obra de los nuestros, porque no están enguasimados.

—¿Cómo?

Ignacio Merino sonrió.

—No lo hago por pedantería —dijo—. Te conviene saber todas estas cosas. Pueden ser muy útiles. Ese árbol es una ceiba. Sobre él hay una idea supersticiosa en la isla y los cubanos lo respetan. Ellos nos cuelgan de un árbol, que se llama guásima y por eso dicen «enguasimar».

Pedrell sonrió vagamente.

—Enguasimar —repitió sin poder reprimir un escalofrío.

El ingenio se quedó a sus espaldas. Esteban Pedrell se desabrochó la chaqueta de rayadillo. Hacía un calor pegajoso, asfixiante. El veterano miró el horizonte con inquietud. Estaba negro de amenazadoras nubes.

—A veces, la turbonada no llega a estallar. Aquí dicen que «se pasma». Si tuviéramos esa suerte...

El aire estaba quieto. De repente empezó a soplar con furia.

—¡Ya estamos! —suspiró Merino—. Prepárate, porque vamos a calarnos hasta los huesos.

El aire arrebató prendas de vestir, sombreros, papeles. Alzó columnas de polvo y briznas de hierba, hinchó el velamen de las carretas y se arrastró por la sabana con un roce áspero y mugiente. Los soldados corrían aturdidos detrás de las prendas, de los sombreros, se reían, o soltaban palabrotas.

—¡Vuelvan, vuelvan, vuelvan! —se oyó la voz estridente de «Eco»—. ¡Traidores, traidores, traidores! ¡Un tirito, un tirito, un tirito a ustedes!

—Pero ¿qué le pasa a ese fulano? —preguntó un soldado.

—¿Qué le va a pasar? —replicó otro—. Que es idiota.

El día se había oscurecido. Lo iluminó el cegador garabato de una centella que estremeció la atmósfera con un violento estampido.

Empezó a llover torrencialmente. Los soldados se colgaron el fusil a la funerala. Se pusieron la manta o un saco sobre los hombros o las cabezas. La lluvia era muy compacta, de gruesas gotas. Sonaba con estrépito, cegaba los ojos. El viento huracanado la arrojaba con furia, hiriendo casi la piel. Los soldados caminaban engurruñados, tendidos, agachando las cabezas. La lluvia caló en seguida las prendas de protección, el delgado traje de rayadillo. Esteban Pedrell sentía escurrir sobre su cuerpo el raudal del agua.

—Allí están las lomas —le dijo el veterano.

Se veían pálidas, blanquecinas, decoloradas tras el muro de la lluvia.

—Cuando lleguemos —continuó—, todo será un barrizal.

Merino suspiró apagadamente. Después soltó una blasfemia.

Esteban Pedrell observó que el suelo iba ablandándose rápidamente bajo sus pies. Minutos más tarde, sus botas chapoteaban en el lodo. ¡Plaf, plaf, plaf!... Las roderas de las carretas se ahondaban cada vez más profundamente. Llegaban, entre el rugido del temporal, las voces de los boyeros. Oficiales, sargentos y cabos empezaron a moverse con agitación a lo largo del convoy: «¡Empujad! —decían—. ¡Empujad!» Esteban y Merino se pusieron a la trasera de un carromato. Arrimaron el hombro para empujar. El viento les arrojaba la lluvia al rostro, con choques violentos, como un jarro de agua, impidiéndoles, casi, la respiración. Incesantemente, las chispas luminosas rayaban la tétrica oscuridad de las nubes, con fulminantes desgarrones azules o dorados. El brutal estallido hacía vacilar el suelo bajo los pies y parecía derrumbarse sobre ellos la bóveda celeste. El tableteo del trueno rodaba después, apisonando el paisaje.

Ahora empezaban a caminar entre las lomas. «¡Alerta!, ¡alerta!» Se oyó el ris-ras del cerrojo de los fusiles; pasó, a lo largo de la fila del convoy, como un escalofrío de terror. Los soldados se esforzaban en mirar con sus ojos enturbiados por la lluvia. Se hizo un gran silencio. Lo señoreaban las gotas con su incesante hervor. Las voces de los boyeros; el jadeo de los que empujaban; los terribles latigazos de las chispas eléctricas.

Avanzaba trabajosamente el convoy. Se detuvo.

—¡Ya estamos! —murmuró Merino con desaliento.

Esteban Pedrell miraba las lomas. Estaban cubiertas de vegetación selvática. Grandes y frondosos árboles, por los que trepaban los bejucos, cruzando de unos a otros y entretejiéndose en impenetrable maraña. Esteban Pedrell contemplaba con asombro la prodigiosa feracidad. Y también miraba con inquietud el oscuro verdor lavado por la lluvia. Estarían allí. Estarían, seguramente, encarando cuidadosos las armas, afinando la puntería. Quizá se hallaba dirigida hacia su pecho la boca de algún fusil. Esteban Pedrell apretaba el suyo con manos temblorosas. Tenía puesto el dedo en el gatillo. Había armado la bayoneta, como los demás. Estaba pegado a la trasera del carromato, un poco encogido, resguardándose, esperando. Llegaban palabras descompuestas, gritos, desde la punta del convoy. «¡Arre!, ¡arre!» Velaba el agua las voces. Sonaban con un ahogo que aterraba. Esteban Pedrell miró a sus compañeros. La mayor parte de la tropa había sido desplegada a los lados del camino, cerca de la falda de las colinas. Permanecían acurrucados o rodilla en tierra. Los sargentos y oficiales estaban de pie. Otros soldados, en su mayoría bisoños, seguían junto a las carretas. Se amparaban en ellas, en los bueyes; se acuclillaban protegiéndose con las ruedas. Miraban con inquietud hacia las lomas, hacia la vanguardia del convoy. ¿Por qué no arrancaban de una vez? Seguramente que todos, como él mismo, anhelaban ansiosamente abandonar el convoy aprisionado en el lodo y salir huyendo de aquella ratonera.

Los carros se movían nuevamente. Los gritos dominaron el estrépito de la borrasca, que ya había empezado a remitir.

—¡Arre! ¡Arre! ¡Empujad! ¡Empujad!

Esteban Pedrell se agarró a una de las ruedas. Apretó con toda su alma. Se embadurnó de lodo el pecho y las manos. Sus pies se hundieron en el barro hasta por encima del tobillo. ¿Sería posible que atacaran? ¿No era bastante desdicha todo aquello? Un anhelo único le movía. Todos sus sentidos y potencias se hallaban concentrados en el loco, desordenado afán de hacer correr, galopar la pesada carreta y escaparse con ella del peligro.

Esteban Pedrell despertó repentinamente de su obstinada abstracción. Al principio creyó que era el estampido de un rayo.

—¡Ya están ahí! —oyó gritar a Merino.

Le vio correr y acurrucarse detrás de unas rocas cercanas a la senda.

—¿Qué ocurre? —preguntó Esteban, desconcertado.

La segunda descarga le despabiló. Oyó las voces de los rebeldes. «¡Patones! —gritaban—. ¡Patones!» Esteban Pedrell corrió también, aturdido. Se arrojó al suelo de bruces, allí cerca, junto a unas matas. Su cuerpo sonó con un ¡plaf! ronco. Empezó a disparar hacia las lomas atropelladamente, sin hacer puntería. Al cabo de unos segundos logró sobreponerse a su desconcierto. Estaba hundido en un charco de agua y lodo. Se desvió rastreando. Los plomos pasaban con silbidos agudos, aislados, o llegaban en descargas cerradas, como un rugidor, instantáneo, golpe de viento. Esteban Pedrell inclinaba atemorizado la cabeza, volvía a levantarla. Vio al veterano, próximo a él, a su derecha, disparando rodilla en tierra, bien protegido por las rocas. Unos metros delante de Esteban Pedrell había otro hombre, un quinto sin duda. No disparaba. Llegó un sargento. Le dijo algo con aspereza. El quinto estaba tendido en el suelo. Le miró sin moverse, ladeando tan sólo la cabeza. El sargento se inclinó y le zarandeó rudamente. El quinto se puso en cuclillas y disparó un tiro. El culatazo lo sentó en tierra cómicamente.

Al pie de la loma estaban desplegados los hombres de una sección. Disparaban con regularidad. Seguían oyéndose los gritos, los insultos de los rebeldes. «¡Godos!, ¡patones!» Algunos enemigos asomaban entre la espesa vegetación. Descalzos, rotosos, con sus guayaberas de color crudo y sus sombreros de yarey. Esteban les apuntaba. Desaparecían antes de que hubiese apretado el gatillo. Miraba el fulgor rojizo de las explosiones enemigas, entre la maraña. Disparaba en aquella dirección. Ahora se oían las quejas de los primeros heridos. Detrás de él, en los carros, había uno que gritaba con un chillido largo, agónico, terrible. Seguramente que habían alcanzado también a alguno de los bueyes. Se oía chapotear con violencia.

—¡So! —gritaba el boyero—. ¡Soo! ¡Quieto!, ¡quieto, *Emperador*!

Esteban Pedrell giró la cabeza para mirar hacia atrás. Y entonces vio a aquel hombre. Estaba unos quince metros a su izquierda. De toda la fila de soldados que permanecía junto a los carromatos, era el único que disparaba de pie. Esteban, asustado, instintivamente, murmuró: «¡Échate al suelo!» Esteban Pedrell reconoció al hombre. Era Mijarazos, el desertor sombrío. Junto a él, tumbado en tierra, se hallaba Basegoda, el otro desertor. Basegoda tiraba del pantalón de Mijarazos, que sacudió la pierna sin hacer caso. Esteban se pasó una mano por la frente. «¡Está loco!», murmuró.

El convoy seguía progresando muy lentamente. Se detenía... Al cabo de unos instantes, tornaban a chirriar los ejes. La sección desplegada al pie de la loma avanzó. Llegaba un herido sobre una camilla. Era un oficial. El balazo le había atravesado la quijada. Se veía un agujero cárdeno del que brotaba con abundancia una sangre de color ladrillo, aclarada por el aguacero.

De repente sonó, claro, nítido, el toque de un clarín enemigo. Llegaron unas voces roncas, crispadoras. «¡A degüello!, ¡a degüello!» Esteban Pedrell se estremeció, se quedó como paralizado. Sabía muy bien lo que significaban los terribles ataques de los insurrectos armados con su afiladísimo y largo machete de cortar leña; temía no poder sobreponerse y afrontar el feroz choque cuerpo a cuerpo. Vio surgir a los mambises por todas partes, entre las rocas y la verde espesura. Esteban Pedrell disparó su fusil. Tenía las manos fofas, como dormidas. Los peninsulares de la avanzada se replegaban haciendo fuego. Segundos después los vio confundidos con los mambises. Aturdían y espantaban los gritos, los disparos, el escalofriante golpear del acero. Se alzó una voz poderosa entre los mambises:

Al combate corred, bayameses,
que la Patria os contempla orgullosa,
no temáis una muerte gloriosa,
que morir por la Patria es vivir.

Era una hermosa voz de barítono, pero a Esteban Pedrell sólo le produjo crispadores escalofríos.

Le vio hundir el machete en un soldado. Dejó atrás a los hombres de la sección, que le dispararon inútilmente. Avanzaba solo. Esteban Pedrell se inmovilizó. Le fijó el pánico con su mole de hierro. Era un negro enorme. Vio sus pantalones embarrados, harapientos, con unos colgajos que le llegaban hasta la mitad de la pantorrilla. Tenía los ojos inyectados de sangre, brillaba su dentadura entre los gruesos labios. Llovía muy poco ya. Esteban Pedrell veía al gigantesco enemigo con una nitidez absoluta, precisando, en su indefenso terror, los más insignificantes detalles. Avanzaba corriendo, gritando, blandiendo el machete. Lo descargó sobre la garganta del quinto que se hallaba unos metros delante de Esteban. El infeliz se había ladeado para salir corriendo. Saltó la sangre con violencia, en un espeso chorro. Esteban Pedrell se fue incorporando lentamente, como hipnotizado, a merced. La culata de su fusil descansaba apoyándose en tierra. El negro se le venía encima, fiero, implacable. Se le abalanzó de pronto con un movimiento rapidísimo, tendido, salvando la distancia con un salto de tigre. Esteban Pedrell encogió el cuello. «¡Madre!», murmuró ahogadamente. Sintió un choque brutal. El fusil escapó de sus manos, y rodó por tierra arrastrado por el corpachón del negro. Permaneció inmóvil, despavorido, cerrando con fuerza los ojos, como si fuese un niño. Después oyó aquel resollar estertoroso, de agonía. Oyó también la voz de Ignacio Merino.

—¡Pedrell!, ¡Pedrell!

Esteban abrió los ojos. El negro yacía a su lado. La bayoneta le había atravesado el pecho de parte a parte. Le salía la punta por la espalda. Esteban Pedrell corrió hacia donde se hallaba Merino. Se acurrucó allí, tembloroso. Merino le golpeó amistosamente la espalda.

—La primera vez es horrible —dijo—. ¡Cálmate!, ya pasó. Menos mal que a mí no me había visto. Le puse el pie delante, ¿sabes? Se ensartó él solito en tu bayoneta —sonrió Merino.

Esteban Pedrell miró al veterano.

—¡Gracias! —murmuró con la voz quebrada por la emoción—. Nunca olvidaré que te debo la vida.

—¡Bah! —exclamó Merino encogiéndose de hombros—. No tiene importancia —y se echó el máuser a la cara para seguir haciendo fuego.

Los soldados de la loma estaban avanzando nuevamente. Ya habían desaparecido los mambises. Decrecía el hervor de los tiros. El convoy estaba quieto. Yacían las manchas claras, sucias de lodo de los heridos y los muertos. El veterano dejó de disparar.

—Por ahora les hemos dado para el pelo —dijo—. Se retiran.

Sonaron aún varios tiros aislados. Después, una lluvia tenue llenó el espacio con su siseo.

—Voy a recoger mi fusil —dijo Esteban con voz insegura.

—Yo me encargaré de eso.

El negro yacía de medio lado. Le empujó enérgicamente con el pie. Se quedó boca arriba, el fusil muy enhiesto, clavado en mitad del tórax. El veterano cogió el arma con ambas manos, apoyó la bota en el pecho del cadáver y tiró con fuerza. Tiró varias veces, hasta que consiguió arrancar el fusil con un crujido escalofriante. Esteban apartó la vista horrorizado.

Merino se acercó a él. Le dio el máuser.

—Ven. Ayúdame a cargar a ese desgraciado en la carreta.

El quinto tenía un corte profundísimo, como una cinta roja alrededor del cuello. Esteban le cogió por los pies. Merino le pasó las manos por los sobacos. Levantó. La cabeza, casi seccionada por completo, cayó hacia atrás, mostrando el horripilante muñón del tronco. Esteban Pedrell soltó los pies del cadáver. Se alejó tambaleándose y vomitó con violentas arcadas. Varios soldados se detuvieron a mirarle. Esteban oyó risas y frases burlonas.

—¿Es esto lo que nos mandan ahora de la península?

—¡Cuidado, quinto! Como «Eco» vea que tiras el rancho, te va a meter un buen paquete.

Llegó un sargento.

—¡Venga! ¡Todo el mundo a los carros! ¡Empujad!

—¡Tiene gracia! —protestó uno—. ¡Empujad! ¿Qué somos aquí?, ¿soldados o acémilas?

—¡Burros! ¡Eso es lo que somos, «Canturrino»! —le replicó otro—. ¡De manera que agárrate al carro, animal!

Se oyeron risas. Se oyó también la aguda y chirriante voz del segundo teniente de intendencia Diego Calzado.

—¿Qué, qué, qué? ¿Qué ríen ustedes, qué ríen, qué ríen? ¡Canallitas, canallitas, canallitas! ¡Un tirito, un tirito, un tirito a ustedes!

Al segundo teniente Calzado le llamaban «Eco». Le llamaban también «Tirito» y «Tres y tres», y otras cosas relativas a su desmesurado trasero.

Pasó por allí, hacia las carretas de vanguardia, Agustín Arcos. Seguramente que Agustín Arcos había corrido lo suyo durante el tiroteo. Ahora volvía a su sitio, desmadejado y fofo, y de mala gana. Pasó con un aire ausente, sin fijarse en el oficial Diego Calzado. Y Diego Calzado se abalanzó sobre él.

—¡Cuádrese, cuádrese, cuádrese! —chilló, zarandeándole rudamente por el pecho.

Agustín Arcos se detuvo sorprendido. Miró a Calzado con estupefacción, entregándose enérgicamente.

—Pero ¿qué... qué pasa?

—¡Una bofetadita, una bofetadita, una bofetadita!

El teniente alzó la mano y, con un ademán femenino, le propinó un ligero cachete.

Agustín Arcos se revolvió.

—¡Mucho cuidado!, porque yo soy hijo del alcalde de mi pueblo. De modo es que mucho cuidado. De modo es que se lo advierto: a mí no me levanta nadie la mano.

El teniente Calzado se puso rojo de ira.

—¡No te levanto, levanto, levanto! ¡Un mes de calabozo, un mes de calabozo, calabozo!

«Eco», y «Tres y tres» y «Tirito», y otras cosas relativas a sus abundantes glúteos se marchó. Empezaron las risas y el jolgorio. La ocurrencia pasó de boca en boca. Y las voces fueron alzándose a todo lo largo del convoy, mientras cruzaba Agustín Arcos.

—¡Eh, «Hijo l'alcalde!» ¡Mándales que te devuelvan a casa, «Hijo l'alcalde»!

—¡Di que sí, «Hijo l'alcalde»! ¡Que a ti no te toca ni Dios, «Hijo l'alcalde»!

—¡Da parte por escrito, «Hijo l'alcalde»!

—¡Escríbeselo a tu papá, «Hijo l'alcalde»!

Agustín Arcos empezó enfadándose:

—¡Cuidado!, porque mi padre no es un cualquiera. De modo es que un día, un señorito del pueblo...

Pero no le dejaban continuar.

Después, Agustín Arcos se rehízo.

—Y lo soy —decía—. De modo es que...

Y luego estuvo sonriendo, y se ponía colorado a veces. Y comprendió lo que eran la guerra y la «mili» y que, en lo sucesivo, sólo le llamarían «Hijo l'alcalde».

Esteban Pedrell sentíase enfermo, y también avergonzado. Empujaba ahora débilmente la carreta.

—En seguida se te pasará —le dijo el veterano—. Y no te preocupes. A todos nos han ocurrido cosas parecidas al principio.

Las secciones de protección avanzaban por la ladera.

Chispeaba apenas la lluvia. Cesó completamente. El terreno se abrió. Había un gran espacio despejado. Lo cubría el agua. Sobresalían hierbas y arbustos. Lomas bajas a derecha e izquierda. Espesura de árboles y matorral. Un gran río al fondo.

—Ahí está la ciénaga —dijo el veterano—. Aquí también habrá diversión. Pero no te preocupes. No se atreverán a salir a «degüello» y tienen que disparar muy distantes. ¡Qué buena voz la de aquel mambí!, ¿eh? ¿Te fijaste?

—A mí no me gustó absolutamente nada —sonrió Pedrell.

Merino también sonrió.

—Ése era el himno de Bayamo. Lo sacaron durante la otra guerra, la del Zanjón. En ésta han sacado otro himno: el de la «Invasión» de Maceo. Los dos están bien, pero lo que tú dices: no da gusto oírlos.

Al llegar al espacio descubierto, las tropas de protección desplegaron arrimándose a las lomas.

Iban entrando los carromatos en la ciénaga. Se hundieron hasta los ejes. El convoy se detuvo. La típica flora de los tremedales cubanos —el pantabún, las palmas enanas, el júcaro, el mangle, el tengue...— parecía flotar a la deriva, sobre las aguas.

—Ahora ya puedes dejar el fusil, Pedrell, y agárrate a la rueda. Aquí vamos a sudar tinta.

Esteban se zambulló en el barro, hasta las rodillas.

Llegaban insistentes las voces:

—¡Venga!, ¡venga! ¡Todos a una! ¡Aa... uu...! ¡¡Aaa... uuu...!!

Los carros volvieron a avanzar muy lentamente. Sonaron los primeros disparos. Esteban miró a su compañero.

—Sigue empujando y olvídate de todo lo demás. Es lo mejor.

El combate ardía en las colinas.

—¡Soltad los *Mausel*! —gritaban los mambises.

En el convoy empezaron a caer los hombres. Se oían quejidos apagados o delirantes. Pero nadie parecía hacer caso.

—¡Venga, venga! ¡Todos a la vez! ¡Aa... uu...! ¡Aaa... uuu...!

Palmo a palmo, el convoy avanza. Salpican su lentísimo curso los heridos que tumba el plomo, los cuerpos que derrumba la muerte. Esteban mira al veterano. Casi deja de ocuparse de sí mismo. «Que no le maten a él», piensa. El veterano parece adivinar sus pensamientos, o es tan sólo la entrañable solicitud del camarada. Se vuelve de vez en cuando. Sonríe alentador. Esteban sonríe también. «Sí; todo marcha. ¡Gracias, compañero!»

Ya han llegado al río. Lo van cruzando con el agua a la cintura. Dos carros han quedado presos en la ciénaga. Han quedado también dos bueyes muertos y otro herido. El herido sacude la cabeza y muge con un quejido ronco, casi humano, que escalofría. Un hombre se vuelve. Este hombre era vaquero. Le llaman «Hijo l'alcalde». El hombre se detiene en medio del río, apunta cuidadoso y dispara. La cabeza del buey cae pesadamente. Y, después, el cuerpo da de banda con lentitud, dramáticamente, como un barco que desaparece bajo las olas.

El tiroteo crece mientras van atravesando el río. Uno de los carromatos se hunde en un bache profundo del cauce y la corriente lo vuelca. Lo soslayan como pueden los demás, y el convoy sigue cruzando. Hay unos cuerpos de hombre que se alejan río abajo, rodeados por una aureola de sangre.

Un soldado se ríe crispadoramente.

—¡Buen festín para los cocodrilos!

CAPÍTULO VI

26 de febrero de 1898.

Veinticuatro horas después de la salida de Barcelona del vapor *Montserrat*, que trasladaba a las Antillas a Esteban Pedrell y sus compañeros, se disolvían las Cortes, convocándose las nuevas para el 20 de abril.

El mismo día, una de las personas más destacadas de la Iglesia española, el cardenal-arzobispo de Valladolid, monseñor Antonio María Cascajares, hacía pública una Pastoral muy valiente, en la que podían leerse párrafos como los que siguen:

> No queremos, y lo sabe el Señor, que conoce nuestros corazones, acusar a nadie ni entregar nombres de personas a la animadversión pública. Pero los datos expuestos en documentos que son del dominio de todos y que están autorizados por firmas respetables, ahí han quedado como testimonio desconsolador de que, si en la paz no hemos sabido llevar a nuestras colonias con la severa moralidad de la administración y el imperio incorruptible de la justicia, aquel convencimiento íntimo de que, no habiendo ni el más ligero pretexto para rebelarse contra la Metrópoli, ésta encontraría en la fuerza de su razón medios suficientes con que exterminar a los traidores y turbulentos, en la guerra no se ha mirado con el esmero y la caridad conveniente por la salud de nuestros heroicos hermanos.
>
> Expediciones de enfermos y moribundos han venido a los puertos de la Península en número tan considerable y en tan triste situación, que más que de una guerra parecían venir de desiertos donde el hambre y la fatiga los hubieran aniquilado. Treinta y dos mil más quedaban en los hospitales de Cuba muriéndose de anemia, de fiebre y de tuberculosis.
>
> Si tantos millones como han salido del caudal de los contribuyentes españoles no sirven para dar de comer a los valerosos defensores del honor patrio, ¿para qué sirven?...
>
> Todos reconocen que la actual situación de España es la más crítica por que ha atravesado nuestra Patria en la actual generación...; y, sin embargo, a nuestros oídos llegan, con más estruendo que nunca, los rumores de públicas diversiones,

> preparativos ruidosos de festejos, de batallas de flores, de fiestas taurinas, de expediciones de placer, de bailes de máscaras; una exacerbación tan inoportuna como exagerada de las fiestas de carnaval.
>
> Ese lujo que se ostenta, ese dinero que se derrocha, está haciendo falta para alimento y medicinas a nuestros pobres soldados; está echándose de menos en nuestros arsenales para construir máquinas de guerra que hagan respetar nuestra bandera...
>
> De los dos partidos que turnaban en el Poder, el conservador quedó deshecho, sin que hasta la fecha haya logrado reconstruirse...; el liberal, quebrantadísimo en anteriores campañas, dirigido por un hombre ilustre a quien debe la Patria grandes servicios en momentos de crisis solemnes; pero a quien enfermedades físicas y desfallecimientos morales han mermado las energías, ahora más que nunca necesarias, debilitado por importantes disidencias, acaso próximo a desacreditarse del todo por el casi seguro fracaso de la solución autonómica que dio al problema cubano, no reúne las condiciones de robustez y consistencia necesarias para resistir el peso abrumador de los gravísimos compromisos que sobre él han amontonado los asuntos pendientes. ¿Cómo va a salir del atolladero el día, quizá no lejano, en que resulte fracasada su política?
>
> Hablan algunos de un Ministerio nacional, y esto pudiera ser ciertamente una solución que, impuesta por las circunstancias, daría resultados momentáneos solamente en el caso de que un grave e inminente peligro de la Patria, la guerra con los Estados Unidos, por ejemplo, obligase a todos los buenos españoles a prescindir de lo accesorio y a unirse en apretado haz para salvar lo esencial. Pero esto es una solución transitoria, sólo para aquel momento, y los males que la situación presente de la Nación ha creado en todos los órdenes, y señaladamente en la Hacienda, cuya restauración no puede menos de ser sumamente laboriosa y lenta, exigen soluciones de más dura, organismos políticos más sólidamente constituidos. ¿Cuáles pueden ser éstos? Según las aficiones de cada cual, unos presentan la solución en la República, otros en el carlismo.

El ilustre purpurado terminaba su Pastoral rechazando la primera solución por el escarmentador fracaso de la República de 1873; rechazando también la segunda, porque sólo le parecía viable a través de una nueva y catastrófica guerra civil.

La Pastoral de Cascajares levantó una oleada de enconados y aviesos comentarios, a los que el cardenal hubo de responder con ejemplar energía.

Por estas mismas fechas, Sagasta rechazó terminantemente el arbitraje que había sugerido, al parecer, el Príncipe de Bismarck:

> Aquí no puede haber arbitrajes por la sencilla razón de que no existe base en qué fundarlos. ¿Someter a arbitraje derechos indiscutibles de nuestra soberanía? ¿Admitir intromisiones ajenas en asuntos de España? Eso, ni siquiera puede enunciarse ni yo oírlo; eso, ningún gobierno español puede siquiera pensarlo. Tales ideas sólo pueden pasar como divagaciones de quienes ni nos conocen, ni nos estiman.
>
> El Gobierno rechaza y rechazará con energía, con la energía que da la razón y el derecho, todo acto, por pequeño que sea, que tienda a echar la sombra más leve sobre la indiscutible soberanía de la Nación, y mermar la libertad de sus acciones en todo territorio donde ondee la bandera española...

28 de febrero de 1898.

El *New-York Herald* publica la siguiente crónica:

> Aunque la comisión investigadora lleve sus indagaciones lo más secretamente posible, parece un hecho ya establecido que la explosión que ha destruido el *Maine* se produjo bajo la quilla del navío...
>
> La catástrofe ha sido, pues, ocasionada por una mina submarina.
>
> El Gobierno español afirma que no hay ingenios de esta clase en el puerto de La Habana; pero tal afirmación la contradice un mapa que existe en la biblioteca de Washington y que muestra la posición exacta de esas minas...
>
> Todo el mundo espera aquí con tanta seguridad la guerra, que los grandes periódicos se preparan a enviar sus corresponsales a Key-West, en la Florida, punto el más próximo de las futuras operaciones...
>
> Míster Mac Kinley ha declarado al senador Hobbart y a otros dos senadores que la guerra le parece inevitable. Poco importa, según él, que la explosión haya tenido lugar con o sin la connivencia de las autoridades españolas. El sentimiento del país no permitirá al Gobierno obrar de otra manera.

3 de marzo de 1898.

Una nutrida manifestación formada por 27 asociaciones con sus estandartes —uno de ellos de color negro, con la palabra *Justicia*— recorre las calles de Sabadell, en un acto de protesta contra la pasividad del Gobierno, que sigue sin esclarecer lo ocurrido en el proceso de los anarquistas de Montjuich.

5 de marzo de 1898.

La prensa filibustera denuncia las gestiones de José Acosta, comisionado por Antonio Govín, para ofrecer a los insurrectos que depongan las armas a cambio de una autonomía más generosa que la concedida recientemente por España.

El señor Govín, acusado de traidor por los rebeldes y desautorizado por el Gobierno de la Corona, ha tenido que pedir excusas.

Los periódicos españoles de la oposición sospechan, sin embargo, que debe de haber mucho de verdad en este nuevo y desesperado intento de reducir la sublevación, a base de unas concesiones mucho más amplias, tras el fracaso de la autonomía otorgada a fines de 1897.

Noche del 6 al 7 de marzo de 1898.

Cuando aún sonaban los ecos de los *Tedéum* entonados en acción de gracias por la paz de Biac-na-bató, que puso término a la guerra en el archipiélago filipino; cuando aún podían oírse los gritos de júbilo, la estrepitosa alegría de los festejos celebrados con aquel mismo motivo, los rebeldes de las Filipinas atacaron de noche el pueblo de Bolinao.

La insurrección ha cundido en la provincia de Zambales y pueblos limítrofes: Balicaguín, Alaminos, Anda, Bani, San Isidro, etc. Los choques con los rebeldes han sido muy sangrientos. Nuestras tropas se han batido con su proverbial bravura, destacando el heroico comportamiento del cabo cordobés Jesús Ruiz Gómez.

El cabo Ruiz, considerando que la resistencia en el pueblo de Bolinao resultaba muy difícil y poco provechosa, desde el punto de vista estratégico, decidió defender la estación del cable, casa aislada sobre un montículo, distante un kilómetro del poblado. Los rebeldes tenían un empeño enorme en apoderarse de la estación. El cabo Ruiz acudió rápidamente al mando de un destacamento formado por siete cazadores y tres guardias civiles. Apenas llegó a la casa, le sitiaron los enemigos. El cabo Ruiz organizó la defensa. Por medio de los empleados del cable, se puso en comunicación con Madrid, estableciendo contacto con el propio ministro de la Guerra.

—¿Qué hago, Excelencia? —le preguntó.

—¡Resistir! —ordenó el ministro.

—¡Resistiré! —dijo el cabo Ruiz resueltamente.

El cabo Ruiz había dado cuenta al ministro de los sucesos acaecidos y de su situación, pero dejó de consignar uno de los detalles, por considerarlo, tal vez, pequeño y desdeñable: que a los diez hombres a su mando los rodeaban mil enemigos.

El cabo Ruiz aguantó durante una semana el terrible acoso. En esos días fue el único representante de nuestro ejército que pudo estar en contacto con el ministro de la Guerra. Los rebeldes le intimaron a la rendición ofreciendo respetar las vidas, tributar honores al bravo defensor y facilitarle pasaje para regresar a la Península. El cabo Ruiz se negó. Tras aquella semana de angustia, fueron liberados por el transporte de guerra *Cebú*.

11 de marzo de 1898.

El ministro de Marina hizo entrega a los periodistas de la relación oficial de nuestros barcos de guerra:

Buques protegidos	17
Buques no protegidos	20
Cañoneros	80
Cazatorpederos	14
Torpederos	14
Transportes, buques-escuela, comisiones, pontones y lanchas torpederas	25
Total	170

Los periodistas publicaron, desde luego, la relación. Hubo, no obstante, varios de ellos que calificaron de «optimista» al ministro. Y otro más resuelto —tras de aludir, no se sabe si irónicamente, a la buena fe del ministro, un técnico en asuntos de marina— aseguró que aquello sólo iba a servir de «espejuelo de incautos, pues de tantos barcos no había una docena utilizables».

13 de marzo de 1898.

Fragmentos de un discurso pronunciado por el señor Moret:

> Nosotros tenemos la seguridad de que terminaremos la insurrección y de que nos acercamos a la solución del problema.
>
> Se dice que la autonomía ha fracasado; pues es falso, es mentira; esa política del Gobierno liberal está dando grandes, evidentes resultados.
>
> Se prueba viendo que, de un país devastado, Cuba se va convirtiendo en un país productivo; que la producción aumenta, que el cultivo se extiende y que la propiedad y la fortuna se rehacen.

> Yo sé que la Patria no perderá ni una pulgada de terreno...
> Y si llegase el momento supremo, señalaremos a los hijos de España... que no hay nadie bastante fuerte que ose poner sobre nuestro derecho la mano.

Zarpó de Cádiz, rumbo a Cuba, la escuadrilla de torpederos al mando de Villaamil. La gente, agolpada en el muelle, despidió con inmenso entusiasmo a nuestros marinos.

El Imparcial publicó el siguiente comentario:

> Ese viaje despierta entre los marinos de los países europeos grande interés y verdadero entusiasmo en los de España.
> Esa escuadrilla en la que cuentan barcos que son los de mayor velocidad que hoy existen sobre los mares, sería, si el caso llegara, uno de los elementos más eficaces para la defensa de la bandera española.

14 de marzo de 1898.

El presidente Mac Kinley envía a la reina Regente, doña María Cristina, un comisionado extraoficial que ofrece trescientos millones de dólares por la adquisición de Cuba, y un millón para los negociadores españoles que intervengan en la gestión. La oferta representaba un radical ultimátum planteado con la aviesa actitud del perro del hortelano: o se quedaban con la isla, mediante la compra, o nos expulsarían de ella, cediéndosela a los insurrectos.

La Regente consultó a las personalidades de mayor relieve: Sagasta, Montero Ríos, Vega de Armijo, Silvela, Martínez Campos, Weyler... e incluso a los republicanos, como Salmerón y Labra. Ninguno se atrevió a hacer frente a aquella grave responsabilidad. Las diligencias y consultas se llevaron con el más absoluto de los secretos. Ni la prensa ni el público tuvieron noticia de ellas. Fracasada esta última posibilidad de arreglo pacífico, el aterrador fantasma de la guerra con los norteamericanos se fue concretando de un modo irrevocable.

20 de marzo de 1898.

La comisión española encargada de esclarecer las causas de la voladura del *Maine* presenta sus conclusiones, que se pueden concretar en esta frase: «Sólo cabe honradamente asegurar que a causas interiores se debió la catástrofe.»

23 de marzo de 1898.

Conferencia de Mr. Woodford, embajador de Norteamérica en Madrid, con el señor Moret, ministro de Estado español. Míster Woodford entregó la siguiente nota:

> El informe sobre el *Maine* se halla en poder del Presidente de los Estados Unidos. No estoy autorizado para dar a conocer la tendencia ni las conclusiones del mismo, pero sí lo estoy para declararles que si dentro de muy pocos días no se llega a un acuerdo satisfactorio que asegure una paz inmediata y honrosa en Cuba, el Presidente no podrá por menos de someter, en su totalidad al Congreso, para su decisión, la cuestión de las relaciones entre España y los Estados Unidos, comprendiendo también en ella el asunto del *Maine*. Comunicaré inmediatamente, por vía telegráfica, al Presidente, cualquier indicación que al efecto pueda formular España, y espero recibir dentro de muy pocos días alguna proposición concreta que equivalga al establecimiento inmediato de la paz en Cuba.

El Gobierno español, haciendo hincapié en la realidad de la autonomía otorgada a Cuba, contestó a la amenazante nota alegando que la paz no podía ajustarse sin la intervención de las Cámaras de la isla, que debían reunirse el 4 de mayo.

Insistió nuevamente el Secretario de Estado, Mr. Day, saliéndose por los cerros de Úbeda del horror del sufrimiento de Cuba, «intolerable para el sentimiento de una nación cristiana» como los Estados Unidos, y afirmándose tercamente en que «el deseo del Presidente es la paz».

25 de marzo de 1898.

La reciente sublevación filipina, ocurrida a principios de marzo en la provincia de Zambales, había sido rápidamente sofocada. Pero el día 25 brotó nuevamente el movimiento separatista en la provincia de Ilocos Sur, propagándose con rapidez a la de Bulacán e incluso a las islas Visayas, donde revistió mucha gravedad, especialmente en Cebú. En todos los lugares afectados hubo sangrientos combates, incendios y asesinatos de religiosos y paisanos.

Intervención del Vaticano en el conflicto con los Estados Unidos. El cardenal Rampolla, portavoz de la Santa Sede, se dirige a nuestro embajador, Merry del Val, reconociendo «la calma y la moderación del Gobierno español» y aconsejando que se solicite de las otras potencias, sobre todo de Francia, su mediación para evitar la guerra con los norteamericanos.

26 de marzo de 1898.

Circula insistentemente el rumor de que el general Blanco ha tratado de sobornar a Máximo Gómez ofreciéndole varios millones de duros y la posibilidad de salir de la isla.

Se asegura que el generalísimo rebelde le ha contestado en estos duros términos:

> Trece años llevo luchando por la independencia de Cuba, y hace más de treinta y nueve que acaricio ese ideal como el más grande de mi vida; ¿habré llegado a la edad que cuento para que vos, ni otro cualquiera, me creáis capaz de cubrirme de ignominia, abandonando por una recompensa de oro a mis soldados? ¿Estáis en vuestro juicio, general?
>
> No estoy en situación que me obligue a buscar vapor en que salir de Cuba; lo necesitáis vos más que yo, y haríais bien en prepararoslo. Yo represento una revolución, que después de tres años de guerra es más fuerte que nunca, y vos una nación más que nunca débil...

27 de marzo de 1898.

Elecciones de diputados en la Península.

> Alcanzó, como de costumbre, gran mayoría el Gobierno, apelando, claro es, también como de costumbre, a todo género de malas artes (Pi y Margall, en el semanario *El Nuevo Régimen*).
>
> A pesar de las graves circunstancias por que atraviesa el País, no ha podido el Gobierno, en las elecciones, desprenderse de sus hábitos de fraude y violencia. Descaradamente, sin rebozo alguno ha falseado las del mismo Madrid, hasta el punto de hacer aparecer a los candidatos con 20000 votos, cuando es sabido que ni 6000 electores acudieron a las urnas (Pi y Margall, en ídem).
>
> En las colonias, cualquiera diría que, después de habérseles concedido la autonomía, no era de presumir que el Gobierno tratase de ejercer en las elecciones la presión que antes. La continúa ejerciendo y llevando allí los candidatos a que aquí no puede dar un distrito...
>
> ¿Cabe más desastrosa política? Lo que hizo Weyler en las pasadas elecciones, eso está haciendo hoy Blanco. Reparte entre los amigos y paniaguados del Gobierno los distritos, principalmente los ocupados por los insurrectos, de quienes se

sabe que no han de protestar las actas. ¡Qué ejemplo tan edificante para los rebeldes! (Pi y Margall, en ídem.)

28 de marzo de 1898.

Míster Woodford transmite al Gobierno español las conclusiones a que ha llegado la comisión técnica norteamericana, sobre las causas de la voladura del *Maine* y que, en resumen, se concretaban así: «Existía una mina submarina bajo el costado de babor del crucero americano.» La explosión de dicha mina había causado la destrucción del *Maine*.

* * *

Esteban Pedrell se hallaba ahora en un bodegón de la calle del Toro, en Santiago de Cuba, o, simplemente, Cuba, como decían en la isla. Habían llegado a la ciudad la víspera. Los veteranos les advirtieron que, muy pocos días después, estarían pegando tiros con la columna. Esteban Pedrell sentíase perplejo, desconcertado. Aún le costaba familiarizarse con la idea de que se hallaba en Cuba, en la guerra, de que había salvado su vida, casi milagrosamente, unos días antes.

Recién llegados a Santiago, Puig los llevó al café *La Favorita*, en la calle Alta de Santo Tomás.

—He escrito a Carbonell, uno de mi pueblo. Si se encuentra aquí con permiso, nos esperará. Ya lo veréis.

Carbonell estaba efectivamente. Les presentó a Carballo y a Novas.

—¿Adónde os destinan? —les preguntó Carballo.

—No sabemos nada aún.

—Os mandarán al regimiento de la *Constitución*, con nuestra columna, o al de *Talavera*, de *Asia*, de *Cuba*, al batallón provisional de *Puerto Rico*... Con nosotros estaríais muy bien, preciosidades.

—¿Podrás hacer algo? —le preguntó Carbonell.

—Sí, algo sí —dijo Carballo con cierto aire protector—. Ponedme los nombres en un papel.

Antonio Puig escribió los nombres. Carballo se levantó. El café *La Favorita* solamente lo frecuentaban soldados sin graduación, y clases. Carballo se acercó a la mesa de un sargento. Habló con él. El sargento era bajito, delgado, muy curtido por el sol, de ojos claros y vivaces.

—Me ha prometido que hará lo que pueda —dijo Carballo al volver—. Ese sargento se llama Carlos Blanco Rodríguez. Es muy buen hombre y muy valiente. Da gusto andar en los tiros con fulanos así. Ése va con la guerrilla de la *Constitución*. Son los que atacan en cabeza. Hablará con el capitán. Y no os preocupéis... Para ir a que te zumben los mambises, todo son facilidades, hermosos.

Después se había marchado al bodegón de la calle del Toro, donde en este momento se encontraban. Carbonell tenía una cita y no se reunió con ellos hasta por la noche. Tampoco ahora estaba en el grupo.

El bodegón se hallaba atestado de hombres: casi todos eran soldados sin graduación. Hablaban fuerte, reían. Varios grupos cantaban a voz en grito. Esteban Pedrell no ponía atención ni en las palabras ni en los cantos. Para él sólo eran ruidos desarticulados e inaprensibles. Pensaba en Ignacio Merino, un hombre al que debía la vida, un admirable compañero del que se despidió con pesadumbre. Pensaba también, estremeciéndose, en el negrazo al que había dado muerte casual. Algunas noches le veía en sueños y se despertaba sudando de terror. Los otros hombres que estaban sentados con Pedrell a la mesa, le dirigían a veces la palabra. Él los miraba vagamente o sonreía apenas, encogiéndose de hombros.

—¿Qué te pasa? —le preguntó de repente Antonio Puig.

—¿Cómo?

—¿Que qué te pasa?

—¿A mí? ¡Nada! ¿Qué quieres que me pase?

—Andará con la morriña —dijo Santiago Novas—. ¡Ay, quinto, quinto! —exclamó zarandeándole por el cuello.

Esteban Pedrell rechazó a Novas.

—¡Déjame en paz!, ¿quieres?

—Sí; dejadle. ¡Que nadie me toque a los paganos de la Metrópoli! —exclamó Pedro Carballo—. ¡La Metrópoli!, ¿eh, chicos?, como dicen los periodistas.

Todos se echaron a reír.

—Esta ronda la paga Pedrell. Y de la otra te encargas tú, ¿de acuerdo, quinto? —preguntó Carballo.

—Y los veteranos, ¿qué? ¡Vaya una cuadrilla de gorrones! —protestó Antonio Puig—. Aún no os he visto meter la mano en el bolsillo.

—¿Gorrones? Poco a poco, preciosidad. ¿Cuánto cobrabas tú en la península?

—Quince céntimos diarios.

—¡Buen sueldo!, ¿eh, chicos?

Los veteranos volvieron a reír. Miraban burlonamente al quinto.

—¿Qué os pasa?

—Te los pagaban todos los días, ¿eh? —siguió Pedro Carballo—. Te los daban en tu linda mano.

—Pues... sí —dijo perplejo Antonio Puig.

—Muy bien, preciosidad. Aquí, en Cuba, ¿sabes cuánto ganas?

—Pues...

—¡No lo digas! Aquí ganas doce pesos al mes, ¡y en oro! ¿Los has cobrado ya, hermoso?

—Pues...

—¡Tampoco lo digas! Te lo digo yo: no los has cobrado. Y pasará un día, y una semanita, y un mes, y otro... ¡Y no los cobrarás!, ¡y no los cobrarás! —canturreó Carballo con la musiquilla de la marcha de *Cádiz*, mientras los otros rompían en carcajadas.

—¡Eso te crees tú! —exclamó Puig, turbado.

—¡Díselo! —ordenó Carballo a Novas.

—Es verdad, filiño. Aquí no se cobra. Aquí sólo hay mambises, espías y traidores. Aquí sólo hay barro, hambre, fiebre y mierda. Los últimos alcances que aquí...

—¿Cómo? —preguntó José Expósito.

—¡Alcances, alcances!, el sueldo, las sobras... Pues los últimos alcances que aquí se cobraron fue en febrero del año pasado.

—Un añito y un mes sin que veamos ni un céntimo, encanto mío —terció nuevamente Pedro Carballo—. ¿Y vosotros sabéis lo del oro?

—No.

—¡Pues voló! Weyler, hijitos, tuvo la genial idea de cambiar el oro por papel. ¿Y qué pasa?: que el papel no te lo quiere nadie. Y, si te lo admiten, te lo tasan por la mitad. ¿Divertido, eh? Echad cuentas, hermosos, y veréis lo que se cobra, cuando se cobra, ¡malditos sean!, por morir en esta asquerosa isla.

—¡Pues sí! —exclamó Puig hoscamente—. Oye, ¿y el plus?

—¡El plus, el plus! Estos quintos lo saben todo. ¡Explícaselo, Novas!

—Ése no se cobra nunca. Ése te lo aplican a la ración de campaña. Y si no, pues no comes, filiño. Eso es. Como te lo cuento.

—Pero, consolaos —dijo Carballo—. Los oficiales tampoco cobran. ¡Ni falta que nos hace, ni a ellos, ni a nosotros!, como pensarán en la Metrópoli. Porque en esta condenada isla, una de dos: o te casca el mambí, o te las lías con el paludismo, o el vómito negro, o la tuberculosis, o el tétano...

—¿El qué? —preguntó José Expósito.

—¡El tétano, hermosura!

—¡Anda la leche! Yo creía que eso era una enfermedad de mujeres.

Todos se echaron a reír con ruidosas carcajadas. Esteban Pedrell había escuchado el final de la conversación. Se rió también.

—¡Bueno! —dijo Carballo, cuando se apaciguó su risa—. Ahora ya sabéis por qué los veteranos no pueden pagar: porque no tienen ni un centavo.

—Pero ¿es posible que los oficiales?... —le preguntó Esteban Pedrell.

—¡Y tan posible! Aunque ellos se las van arreglando con los usureros, unas sanguijuelas que les sacan hasta las mismísimas entrañas. También hay entre la oficialidad algunos bandidos que se forran a costa de nosotros, los pobres soldaditos.

—¿A qué te refieres?

—¡Hombre, Pedrell! ¿A qué voy a referirme? Yo los llamo los cuervos. Tú ya has sufrido la basura de rancho que nos dan. Tú y todos. De manera que no preguntes. Mira; ¿sabes tú lo que a mí más me joroba de esta cochina guerra? El hambre. ¡Tengo hambre, caray! ¡Hambre!, ¡hambre! ¡Maldita sea! Al soldado en campaña se le da mejora de rancho, ¡está en las ordenanzas, caray!; es un derecho, ¿y qué pasa? Que sólo te dan arroz blanco y garbanzos, un buche de caña, unas galletas más duras que la cabeza de Novas y el queque.

—¿El qué? —preguntó José Expósito.

—Pero ¿todavía estamos así, mi alma? ¡El queque, el panecillo, hermoso! Esa pizca que te comes en dos bocados. Yo lo llamo el ¿qué... qué?, ¡qué clase de tomadura de pelo es ésta! Y, además, todo ello es tan malo que no hay Cristo que se lo trague.

—¡Ah!, pues a mí me gusta —dijo José Expósito.

—¡Te gusta, te gusta! ¡Desgraciado! Tú, antes de venir aquí, escarbarías en los cubos de la basura. ¿No te va a gustar?

—¡Y claro que escarbaba! ¿Y qué? Un día me encontré medio pollo enterito y me puse... ¡me c... en la mar, cómo me puse!

—Anda, Expósito, ¡cállate!, que eres más tonto que hecho de encargo —le dijo ásperamente Manuel Camino.

—Sí..., tonto —replicó José Expósito—. ¿Y quién se comió la gallina, eh? ¿Quién se la comió?

—Mira; no me hables de eso. ¡No me hables de eso, porque te rompo la cara, besugo! —y el Madriles empezó a aletear con los brazos—. ¡Cloc, cloc, cloc!, ¡gallina, gallina!, ¡cloc, cloc, cloc!

Los otros le contemplaban riéndose.

—Pero no es toda la culpa de los oficiales —dijo Pedrell—. Yo he leído...

—¡Huy, huy, leer! —le interrumpió Carballo—. Yo también leo mucho y sé lo que vas a decirme... Pero escucha lo que te digo yo: ¡de acuerdo, chaval! El Gobierno es mil veces más culpable.

Manda aquí gentuza, funcionarios que sólo vienen a robar, ignorantes y gandules. Y así va todo. Ya os digo que hay militares a los que debían colgarlos, y a algunos, desde luego, si no tenían mucha influencia, desde luego, los han pringado a base de bien, porque Weyler no se andaba en chiquitas, pero al lado de esos otros indeseables que nos mandan de la península para gobernar...

—Pero, ahora, con la *automovía*... —empezó Novas.

—¡Autonomía, Novas, autonomía!, que pareces un quinto tú también.

—Pues, con la auto... eso, dicen que ahora mandan los cubanos.

—¡Qué van a mandar! Si no fueses tan ignorante y pudieras leer los papeles, sabrías que las recientes elecciones de diputados han demostrado que la autonomía no ha servido para nada. ¡Qué autonomía ni qué!... ¡Maldita sea! Los militares, por lo menos se portan, os lo digo yo que sé muy bien cómo se lucha y se muere aquí. Pero todos esos encamados, los cuervos de la retaguardia... ¡Ya veréis cuando salgamos de campaña! ¡Ya veréis lo que es pasar hambre! Y todo ¿por qué? Porque aquí hay el lío padre, un desbarajuste que no hay Dios que lo entienda, un tejemaneje para que se hinchen esos enredadores y bandoleros que nos envía Madrid.

—¡Oye, soldado, que ya está bien!

Carballo levantó la cabeza. El hombre que le hablaba, hallábase en una mesa próxima. Vestía uniforme de voluntario. Era un cuarentón gordo, con grandes mostachos. Tenía el rostro encendido de furia. A los voluntarios y a los bomberos se les había confiado el orden dentro de la ciudad. El gordo parecía estar muy poseído de su misión.

—¿Qué te pasa a ti? —le preguntó Carballo.

—¡Que ya está bien! —gritó el voluntario, levantándose ruidoso y amenazador—. Hace rato que te oigo. ¡Y no consiento que delante de mí se haga derrotismo!

Momentos antes habían entrado un segundo teniente, un comandante y un sargento. Se habían sentado a una mesa. El gordo los miró. Ellos hicieron una mueca despreciativa. Se levantaron y salieron del local. El gordo parpadeó azorado.

—¡Vaya, hombre! —exclamó Carballo abriendo los brazos y mirando a sus compañeros con rostro de chunga—. El señor no consiente que se haga derrotismo.

—¡No!, ¡no lo consiento! —dijo el gordo con menos energía.

—El señor no lo consiente. ¡Paciencia! El señor es un verdadero patriota. ¡Viva! El señor es cabo. Este cura también lo es. Y pregunto yo: ¿en qué acción le dieron a él los galones? ¿Quiere contarnos sus hazañas? El señor, queridos míos, cuando llegamos a la isla nosotros, los derrotistas, va desfilando por las calles detrás de la banda: ¡patatín, patatín!, ¡chin, chin! Y cuando nosotros, los derrotistas, partimos para la península, ¡perdón!, la Metrópoli, como el señor dirá, destrozados por las heridas, ciegos, cojos y mancos o enfermos de muerte, el señor desfila también y marca el paso al son de la banda, ¡patatín, chin, chin!

Ahora todos callaban en el bodegón. Miraban burlonamente al gordo, que se había puesto encarnado, sudaba.

—Y el señor —siguió implacable Carballo— va olfateando por ahí: «¿Qué haces tú?», «¿qué dices tú?», «¡Cuidado!» El señor tiene una importantísima misión. Pasea por la ciudad. «Eso no se hace.» «Daré parte por escrito.» «Nosotros, los patriotas...» ¡Mierda! —barbotó Carballo levantándose también—. Yo hablo así, porque puedo. Y tú, lo que tú tienes que hacer es callarte. Todos vosotros, los voluntarios, andáis amagados, como las liebres.

—¡Cuidadito con lo que dices!

—Te digo la verdad. En la guerra del Zanjón podíais hablar, porque luchasteis con los soldados, pero en ésta ¿qué? En ésta os habéis negado a salir de las ciudades. «¡Que peleen los otros!» Que los soldados os defiendan vuestro cochino dinero. Muy bien, pero ¡cállate! ¿Ves estos galones de cabo? —preguntó golpeándoselos con rabia—. Pues los gané en acción de guerra. ¿Y sabes dónde?: ¡en Cascorro! Y esto —añadió con otro enérgico golpe en las cintas que llevaba cosidas al pecho— son dos medallas del Mérito Militar. ¿Y sabes por qué me las dieron?

—No había visto que estabas condecorado —tartamudeó el gordo—. Y, además, eso no te da derecho a hablar como hablas —tornó a engallarse dirigiéndose, a la vez, a la concurrencia—. Y a vosotros, ¿qué os pasa?, ¿qué miráis?

—¡No me da derecho! Ya lo habéis oído. Llevo dos años y pico en la guerra. Tengo tres balazos en mi carne galana. Me agarraron las fiebres. Y no me da derecho. El cardenal Cascajares, todo un cardenal, ¿lo oíste?, dijo lo mismito que yo. Y la prensa... ¡Manuel! —gritó llamando al camarero—. ¡Manuel de mi alma!, ¡tráete la prensa que llegó con el último barco! Dásela al señor para que se entere. Todo lo que yo he dicho, y mucho más, viene en la prensa de la Metrópoli, como dice el señor. Naturalmente, la prensa puede decir lo que le dé la gana, el cardenal Cascajares puede decir lo que le dé la gana, los encamados de la península y ese voluntario para los desfiles pueden decir lo que les dé la gana, pero nosotros, unas basuras de soldados que estamos luchando y muriendo por todos ellos, tenemos que callarnos. ¡Cállate tú, gordinflón! Yo hablo aquí... demasiado, ya lo sé; pero, cuando salgo de operaciones, hablo también con mi fusil y mi bayoneta. ¿Lo oíste? —Carballo dejó su mesa y se adelantó hacia el gordo—. Y si no estás conforme, ¡sal fuera! Allí te explicaré un bonito cuento.

El gordo se puso pálido. Tenía unos brazos muy gruesos y cortos. Los movió como unas alas torpes, grotescas. Después se derrumbó pesadamente, mascullando confuso y acobardado.

Se oyeron voces, risas y aplausos.

—¡Muy bien, Carballo!

Pedro Carballo volvió a su mesa. Se quedó silencioso, como aplanado. Los otros le palmotearon las espaldas, miraban burlonamente al gordo.

—Ése no volverá por otra.

—¡Eres muy grande, Carballo!

—¡Ya está bien! —dijo Carballo secamente.

Esteban Pedrell permanecía callado y le observaba.

—¡Di lo que sea, pero no pongas esa cara! —le increpó Carballo.

—¿Yo? Yo no tengo nada que decir.

—¿Crees que soy de piedra? No me gusta nada hacer cosas así, pero me ponen negro estos individuos de la retaguardia. Que un soldado tenga miedo, me parece bien. El miedo es libre y no hay quien se escape de sentirlo. Pero una cosa es el miedo y otra la cobardía. Y esos fulanos son unos cobardes. Los conozco a la perfección. Andan aquí chuleando con los quintos, con los infelices. Pero ¡a mí, no! Te juro que no me gusta rebajar a un hombre, pero estoy hasta la coronilla de estos emboscados.

Carballo volvió a guardar silencio. Se quedó reconcentrado y sombrió. Pedrell no dijo nada. Estuvo pensando en Carballo. «Es un buen chico.» Pensó nuevamente en el veterano que le había salvado la vida. «Éstos son hombres.»

—¿Qué?, ¿nos vamos a dar una vuelta, antes de que volváis a la compañía? —propuso Novas.

—Bueno.

—¿Adónde iréis? —preguntó otro de los veteranos que estaba a la mesa y aún no había despegado los labios.

—¡Por ahí! ¿No lo has oído? A dar una vuelta y ver a las mujeres.

—¡Mujeres! Mi única mujer es la caña.

Salieron los otros.

—Éste... —dijo Carballo—. Éste es un verdadero demonio, un tío con mucha gracia. Es muy calladito y parece tonto, pero saca dinero hasta debajo de las piedras. Se emborracha. Luego se va a las casas de fulanas de «Barracones». Le dejan sin un centavo y después maldice a las mujeres.

La calle del Toro era estrecha y tortuosa. Caminaban sorteando los pedruscos, el lodo, los charcos de la lluvia reciente. Al llegar a la calle Baja de San Nepomuceno, doblaron a la derecha. Siguieron después por la Baja de San Germán.

—¿Dónde vamos? —preguntó Novas.

—A la plaza de Armas —contestó Carballo—. Quiero que los quintos la vean.

—Ya la hemos visto —aseguró José Expósito.

—¡Te callas, Gallina! —exclamó Madriles.

Entraron en la calle Alta de Santo Tomás, donde se hallaba el café «La Favorita». Era una calle de doce metros de anchura, embaldosada. Algunas de las baldosas se movían. José Expósito las pisaba con fuerza, soltaba de golpe y arrojaban un chorrito de agua sucia.

—¡Estáte quieto! ¡No seas imbécil! —le reprendió Manuel Camino.

—¡Déjame en paz!

—Tiene razón el Madriles. Vas a ensuciar a alguien —dijo Carballo.

—Cada uno se divierte como puede —replicó Expósito.

El Madriles se apretó la cabeza entre las manos.

—¿Por qué os traéis a esto?

La calle de Santo Tomás era de las más importantes de la ciudad. Había buenos comercios, cafés, barberías elegantes y algún hotel. Esteban leyó un letrero en voz alta.

—«El Palo Gordo». ¡Qué nombre tan raro!

—Ésos son unos almacenes. Ahí encuentras todo lo que se te ocurra comprar.

Por la calle circulaban lentamente soldados y oficiales que se hallaban con licencia, escribientes de las representaciones de los regimientos, voluntarios y bomberos de servicio, convalecientes de los hospitales. El voluntario gordo estaba en una esquina, muy plantado, mirando con severidad a la tropa. Los vio a ellos y se escabulló presuroso.

Poco después pasó un teniente de bomberos. Vestía un uniforme impecable. Caminaba muy tieso y marcial, mirando con insolencia. Les dirigió a ellos una ojeada conminadora. Le saludaron y cruzó, al parecer, muy satisfecho.

—¡Asqueroso! —murmuró Carballo—. Ése es todavía peor que el otro. Ése es periodista. Le ha hecho teniente el general Linares, a base de lamerle el trasero. Y siempre anda chuleando por aquí. ¡Cuidado con él, quintos, porque ése os meterá un paquete en cuanto os descuidéis!

Entre la población nativa predominaban los negros y mulatos.

—En esta provincia es donde hay más gente de color —le explicó Carballo a Pedrell—. Pero de eso del color me aprendí yo una copla de ese poeta nuestro, Campoamor: «En este mundo traidor, nada es verdad ni es mentira; todo es según el color del cristal con que se mira.» Y yo las miro con cristal de rosa. ¡Fíjate qué hermosura de chavalas!

—¡Ya me fijo! —rió Pedrell.

Las mujeres pasaban cimbreándose. Sus pies eran pequeñísimos. Tenían los cuerpos bien torneados, de carne que se adivinaba firme y elástica. Respondían con una voz cálida y melosa a los piropos. Sonreían insinuantes. Los dientes, blanquísimos, entre labios gruesos y sensuales. Y sus ojos negros, grandes, de intenso brillo. Vestían amplias faldas de colorines, almidonadas. Su piel, negra o tostada, lustrosa. Asomaba el nacimiento del pecho, alto y bien formado, por el amplio escote. Algunas circulaban por la calle esquivando, entre risas y dicharachos, el acoso de los oficiales y soldados; otras se hallaban acodadas en las barandillas de las casas. La mayor parte de las viviendas eran de un solo piso, o de planta, con porche de balaustres de madera. En el porche jugaban los chiquillos, departían las familias y recibían las mozas casaderas las miradas, los suspiros, los requiebros de los viandantes. Algunas casas de gente acomodada eran de estilo andaluz, con rejas, patio y jardín.

—Sí; ¡qué mujeres! —exclamó Pedrell.

—¡Canela en rama, hijo mío! —se relamió Carballo—. ¡Y son unas cachondas!... ¡Ay, negras de mi corazón! ¿Tú sabes lo que es pegar la boca a esos morros? Una cosa, a la vez, gorda y blandita. ¡La gloria, hermoso!

José Expósito le escuchaba con atención. José Expósito tenía una nube en el ojo izquierdo, miraba ladeado. Miró así a las mujeres, y con la boca abierta.

—¡Cuidado, quinto! —exclamó Carballo dándole un papirotazo—. Y esto va por todos vosotros. Aquí estamos rodeados de espías y traidores. Aquí, en la provincia oriental, han empezado todas las sublevaciones: la del Zanjón, la Chiquita, la de Baire. Estos fulanos son temibles. De aquí eran los Maceo. ¡Cuidado, hermosos! Fijaros que casi no se ven hombres. Y las mujeres... Bueno; las mujeres son novias, madres, hermanas o esposas de los vigiritas. ¡Cuidado!, porque puede que en vez de un festín con una de esas negritas, ¡ay, negras de mi alma!, recibáis unos machetazos.

—¡Bah! —dijo José Expósito—. A mí no me asustan. Una mujer, ¿qué?

—¿Qué? ¡Cuéntaselo, Novas!

—Sí; filiño; son de órdago. Son muy valientes.

—Una de ellas que se apellidaba Agramonte —dijo Carballo—, murió al frente de las fuerzas de Maceo. Dulces como la miel y bravas. ¡Qué hermosura!

—Oye, Carballo, cuéntales lo de la mujer rubia. Carballo es el que sabe más cuentos de esta guerra.

—¡Hombre! —exclamó Carballo complacido—. Empecé a luchar desde el primer día y aún no he parado. Yo he recorrido toda la isla palmo a palmo, pegando tiros con el ojo bien abierto. Al principio mandaba aquí Calleja. Como éramos cuatro gatos, tuvimos que echar hasta los hígados. Después llegó Martínez Campos y fue el desbarajuste. Estábamos descansando, llegaba una columna con tropas que ni eran del regimiento de uno, ni mandaban nuestros jefes. Pues te agarraban, y a correr detrás del mambí. Luego vino Weyler y nos breó a base de bien, pero las cosas se formalizaron bastante. Resulta que se presenta aquí uno de mi pueblo, capitán de la *Constitución*. Consigue que me trasladen. Me protege. Anduve de furriel, de escribiente... ¡La felicidad, niños! Y, a los seis meses, me lo matan. ¡Nada hermosos!, que no tengo suerte. Ahora que la vista... ¡Huy! Aquí, el que no tiene vista está perdido. Lo de menos son los balazos. Hay que conocer el terreno, para escabullirse, si se cae en una emboscada. No se debe dormir en cualquier sitio, porque esto está lleno de bicharracos tan peligrosos como las niguas. Hay plantas comestibles y otras muy venenosas. Procurad distinguirlas, por si os quedáis, y os quedaréis, sin comida. Atención al agua que se bebe, porque puede traer el vómito negro o el paludismo. Fijaros en las nubes para poder escapar de la lluvia y los rayos; y en toda clase de ruidos, para que no os sorprenda el mambí. Ya lo sabeís: o vais con cien ojos, o dejaréis la vida en este maldito país.

—Bueno; cuenta lo de la rubia, porque tú, cuando empiezas...

—¡Mira, Novas!, no me cabrees. ¿La rubia? Sí; eso tuvo gracia. Pues veréis. Andábamos luchando contra el regimiento *Calixto García*, o la partida de Collazo, como decimos los peninsulares. Estaba en mi compañía un cabo, un tío muy farruco, con mucha planta. Un tío como Carbonell...

—¿Dónde andará ése? —le interrumpió el Madriles.

—¡Mira qué pregunta! Detrás de alguna falda. Ése se pierde en cuanto llegamos aquí. Pues veréis. El cabo se llamaba Campos. También le veías siempre oliscando a las hembras como un chucho. Aunque, eso sí; no era como Carbonell. Era algo chulo y fanfarrón, muy creído. Pues en la acción de San Pedro salvó la vida, porque, cuando un mambí le tenía encañonado a placer, se presentó una individua rubia gritando: «¡No le maten!, ¡cójanlo vivo!» Y ni le mataron ni pudieron agarrarle. ¡Había que oírle después al fulano! Andaba por allí, presumiendo que las volvía locas sólo con que le mirasen. Y un buen día... Pues un buen día agarramos a un prisionero y nos contó que qué mujer rubia ni leches. Resultó que la rubia era Alberto Rodríguez, el jefe de la partida, un coronel temible, que estaba con fiebre y se había puesto una capa. Por cierto que con este coronel pasó una cosa muy buena en la acción del Caimán, que otro día os contaré. Bueno, con el tal Campos, ¡para qué deciros! «¿Eh, Campos?, ¿qué hay de la *Rubia*?» «¿Ya te acostaste con la *Rubia*, Campos?» «A este Campos, en cuanto le ven las mujeres, se desmayan, sobre todo si son rubias.» El pobre tuvo que pedir el traslado a otro batallón.

—Tú, y la «Capitana» —dijo Novas.

—¡Ah, caray!, la «Capitana». Eso cuéntalo tú.

—Con la «Capitana» habremos luchado más de una vez. Tiene más agallas que el tío mejor puesto. Yo lo supe por un paisano. Este galleguiño también era un tío muy bueno. Lo teníamos en capilla y yo, como era paisano suyo, hablamos. Este galleguiño desertó. Estuvo peleando con la partida de Collazo y llegó a teniente. Un día, no sé por qué, porque no me lo contó, les dio machete a varios chinos. Como Collazo le iba a fusilar, volvió con nosotros. Y, como quiera que te pongas, porque aquí, visto y no visto que le *afusilaron*. Pues la Capitana ascendió, por méritos de guerra, de soldado a capitán. Va un día y se queda sola en un mogote con otros dos. Ataca una guerrilla española. Se carga a los dos tíos y ella solita aguantó a los nuestros. Le pegaron un tiro que le voló el punto de mira del fusil, pero nada. Ella va en cabeza en todos los ataques, conque ¡rezad para no encontrarla! Lo que dice Carballo: son de miedo las criollas, y por donde quiera que las mires.

José Expósito había vuelto a abrir la boca. La mantuvo así un buen rato. La cerró. La verdad es que José Expósito, además de la nube del ojo, era canijo y feo, y picado de viruelas. Dijo:

—Pues, lo que es a mí, no me agarrarán.

—¡Seguro! —rieron también los demás.

—¡Y claro! —exclamó José Expósito muy satisfecho.

Entraron en la plaza de Armas. Allí estaba, en la parte norte del amplio recuadro, la casa del Gobierno, que alojaba también el Ayuntamiento y, frente por frente, la catedral. Había varios cafés que frecuentaban los oficiales: el «Venus», el «Casino Español», el «San Carlos». Las esquinas de la plaza estaban adornadas con parterres de plantas. Entre la vegetación había una bella fuente.

—¿Nos quedamos por aquí? —preguntó Antonio Puig—. Es muy bonita esta plaza.

—No —dijo Novas—, que igual sale un generalote y nos pega el susto.

Siguieron por la calle Baja de la Catedral.

—¿Y tú estuviste en Cascorro? —le preguntó Pedrell a Carballo.

—¡Qué si estuvo! —exclamó Novas—. Y fue cuando la hazaña de Eloy Gonzalo.

—Eloy Gonzalo García —dijo Carballo lentamente, ensimismado, con una voz que parecía dolorida—. Era un gran muchacho. Era un hombre como existen muy pocos en el mundo. Cuando lo pienso, me entran ganas de llorar. Me entran ganas de ponerme a maldecir y de quitarme el uniforme y pisotearlo.

—¿Por qué? —preguntó el Madriles.

—¿Por qué? ¿Y me lo preguntas? ¿No eres tú de Madrid?

—¡Desde luego!

—Eloy Gonzalo también lo era. Y fue el héroe de Cascorro.

—¡Ah, Cascorro! ¡Ah, sí!

—Eloy era un buen amigo, un buen compañero. Era alto, delgado. Parece que estoy viéndole. Era un poco triste, pero tenía unos golpes... Gastaba unos bigotes caídos y barbita. También tenía los ojos algo caídos. Ya os digo que él era más bien triste. Le gustaba beber y se metía en líos que le costaron más de un arresto. ¡Mirad, hermosos! ¿Sabéis lo que en Cuba nos espera?: nos espera la muerte. Los que caen por bala... mejor. Eso tiene cierta gracia... heroica, como dicen los periodistas. Pero hay otra muerte peor, asquerosa y maloliente, de enfermedad. Suponeros que os salváis, que tenéis mucha suerte y os pagan los alcances, que tenéis más suerte aún y os dan una pensión. ¿Sabéis lo de las pensiones? Yo me lo aprendí de memoria y os lo diré, para que cojáis ánimos. Pensión de general: 10000 pesetazas al año; pensión de jefes y oficiales: 6500; de sargentos: 300; pensión de soldado: 78 pesetas anuales. Con ese capital volvéis a casa, y ¡a vivir! ¡Malditos sean! Esperad. Ahora sigo con lo de Cascorro, la hazaña más grande de esta guerra. Ahora da gusto contarlo, hermosos míos, pero cuando estábamos allí... Estábamos 170 hombres al mando del capitán Neila. Cascorro es un pueblo de porquería, en el Camagüey, y nos llega el «Chino Viejo», o sea el generalísimo Máximo Gómez, ¿con cuántos?: con 3000 mambises. No está mal: 3000 contra 170. A casi veinte por barba. Nos rodean y se lían a zumbarnos. Y ya sabéis: «¡Patones!, ¡godos!, ¡gorriones!» Y nuestras queridas madres.

—¿Por qué nos llaman patones? —preguntó José Expósito.

—¡Cállate ahora y mira tus grandes patas, Gallina!

—Pues no veo nada.

—¡Mira los piececitos de ellos, burro! ¡Y calla! —le increpó Manuel Camino.

—Pues...

—¡Que calles!

—Claro que los gritos, a nosotros, ¿qué? Lo malo es que había una ensalada de tiros horrorosa, porque, además, traían cañones. Yo me veía perdido. ¡Os lo juro! Empiezan a caer de los nuestros. Había allí un pobre muchacho... Le hiere un cascote de metralla en la cabeza y se vuelve loco. Chillando como una fiera, embistiendo a todo el mundo. Nos iba a volver locos a los demás. Y entonces sale Carlos Clement. Era bajete, con cara de quinto, con un bigote muy chulo. Me agarra al loco, se lo echa al cuello y sale arreando bajo los tiros, hasta dejarle bien amparado y donde no molestara. ¡Era un tío muy bueno Clement! Veréis. El fuerte donde yo estaba, tenía una casa muy cerca. La toman los rebeldes. «¡Mala cosa!», dijo el teniente Perier. «¡Muy mala, mi teniente! —le digo yo—. Si nos ponen ahí un cañón, van a abrasarnos vivos.» «Lo veremos», me contesta. Salimos veinte hombres al mando de Perier, entre un tiroteo infernal. Tumbaron a una porción, pero no hubo manera. Le prendimos fuego a la casa y los desalojamos.

—¿Y Eloy?

—Ahora. Pues, hermosos míos, el cerco estaba tan apretado como una soga en el cogote de un enguasimado. Llevábamos varios días de asedio y no llegaban socorros. El peligro mayor era otra casa próxima al fortín, desde donde nos cañoneaban. Si no se los echaba de allí, estábamos perdidos. Y, entonces, va Eloy Gonzalo y le dice al capitán: «Yo mismo la incendiaré.» «¿Tú solo?» «Yo solo, mi capitán. Así se darán menos cuenta —y sonriendo, ya os dije los golpes que tenía—, y sólo habrá una baja.» El capitán se quedó mirándole. «Bien», dijo. Y ahora viene lo más grande. Porque, mañana, vosotros o yo, se nos sube la pólvora a la cabeza y hacemos una burrada. Pero hay que tener muchos redaños y un corazón como una casa, hermosos, para decir: «Amarradme una soga a la cintura para recobrar mi cuerpo si me matan.»

—¿Y le mataron? —preguntó Expósito.

—¿Oye, es que tú no puedes estarte calladito? ¡No!, ¡no le mataron! Incendió la casa con gasolina y volvió. El cinco de octubre, esto era en 1896, la columna del general Jiménez Castellanos nos liberó con fuerzas de la *Constitución* y venía mi paisano, el capitán que os decía antes. El cerco había durado diecisiete días. ¿Vosotros seríais capaces de una hazaña como la de Eloy? ¡No! Ni vosotros, ni yo, ni nadie. Entonces, ¿qué vamos a sacar de esta guerra?: ¡nada! Bueno; lo que ya os dije: la muerte, porque eso sacó el héroe de Cascorro. ¡Es que me... me... me vuelvo loco de rabia! A Eloy le dieron la laureada de San Fernando. No le ascendieron a cabo porque era analfabeto. Se le podía enseñar a leer, ¿no? Pero está bien. No digo nada. Lo que digo es esto: cuando Cirujeda luchó contra Antonio Maceo y le dio muerte, aunque sin saberlo, le destinaron al Cuarto Militar de la Reina. Eso estuvo bien. Había hecho mucho por la Patria y debía regresar a casita. Y pregunto, pregunto: ¿por qué no se obró así con el pobre Eloy? Era el héroe más grande de esta guerra. Vino en todos los papeles de España. No se hablaba de otra cosa. Se habló una barbaridad en el extranjero. Fotos e historias de la hazaña. ¿Le dijeron que volviera a la península, como a Cirujeda? ¡No! Ahora he oído que van a levantarle un monumento en la Cabecera del Rastro. ¡A buenas horas, mangas verdes! Eloy siguió pegando tiros, como uno más. Dicen que presumía mucho con su laureada. ¡Pobre desgraciado! Eloy enfermó. ¿Y sabéis? —dijo Carballo con los ojos llenos de lágrimas—. Falleció en un hospital de Matanzas, olvidado y solo, y seguramente que lleno de pena y de asco, por tanta injusticia, en junio del año anterior. ¡Y me c... en la mar!, me pondría a llorar como un niño, por él, y por todos nosotros, ¡desgraciados!

Los demás se quedaron silenciosos, entristecidos.

—Cuando murió, los periódicos empezaron que si esto, que si lo otro. ¡Ya! ¿Y por qué no lo cacareaban antes? ¡Bandidos! Y esa gentuza que nos gobierna: ¡bandidos! Sólo se acuerdan de nosotros para enviarnos al matadero. A mí, con la muerte del pobre Eloy, les entraría lacha y me ascendieron a cabo. A Clement también le hicieron cabo. Ahora anda por la parte de Manzanillo, con tropas a las órdenes de Bernal. Estos días ha habido combates muy duros por allí. Le deseo suerte.

—Y que no se corran los tiros hacia acá —sonrió Antonio Puig.

—Eso es lo que hace falta —dijo Novas—. Pero ya nos tocará.

—Sí, quintos, nos tocará. En la última marcha no tuvimos encuentros; pero aquí, más de quince días de respiro es un milagro. Porque todo eso de que, con lo de la autonomía, el general Blanco había parado las operaciones, es un cuento chino. Las paramos nosotros, pero mientras no las pare el mambí... Únicamente que nos brean un poquito menos. Con Weyler era terrible. No nos dejaba ni respirar. ¡Siempre corriendo de un lado a otro! ¿Y para qué? Aseguraba que iba a terminar la guerra en dos años, pero lo que yo os digo es que ni con él, ni con nadie he parado de pegar tiros, ni pararé, ya lo estoy viendo. Y que me vengan a mí con toda aquella historia de la pacificación. ¿Pacificación de qué, mi alma?

—Desde luego que da risa —dijo Pedrell—. ¿Tú leíste el discurso que pronunció Moret hace un par de semanas?

—¿Quién es Moret?

—¡Cállate, Expósito! Naturalmente que lo leí. El fulano dijo que la guerra está aquí casi terminada, ¿no lo sabíais, hermosos?; dijo que la *automovía*, como dice este animal de Novas, no ha fracasado, ¡qué va a fracasar!; dijo que con nosotros no hay quien pueda: eso sí; y que las tierras se están cultivando, funcionan los ingenios, las fábricas y todo lo que queráis.

Los otros empezaron sonriendo. Acabaron por estallar en carcajadas. Se daban palmetazos en los hombros con risueña exaltación de burla.

—¡Para matarlo! —exclamó Novas.

—¿De qué os reís? —preguntó Carballo—. A vosotros, hermosuras, lo que os pasa es que sois tontos perdidos. No tenéis ojos en la cara. Os lo digo. La vega de tabaco quemada, el ingenio incendiado, los tíos colgados, el ataque del mambí, cuando ibais en el convoy, son fantasías de vuestra mente. Los combates que yo decía antes, los que ha tenido mi columna y los de... ¡Esperad! Ahora mismo voy a daros un detalle de memorión. De verdad, tú, Pedrell. Otras cosas, no tanto, pero esto de la guerra... Supongo que será por lo que ya os dije: por la cuenta que nos trae. El asunto es que lo leo y no olvido ni así. ¡Escuchad, preciosidades! Desde fines de febrero hasta ahora hubo combates en las lomas de Santa Inés, en las de Hinojosa, en la Caridad, en el camino real de Cuba, en... en Pilón, en San Andrés, en Cuatro Caminos, en Ciego de Na... no sé qué, en Las Vueltas, en Managuaco, en Potrero Peralejos, en Sierra Chaparra, ¿qué más? Las bajas de ellos y nosotros fueron 1 700 heridos y 1 200 que palmaron. Pero eso ¿qué es? ¡Nada, hijos míos! ¿Quién ha dicho que aquí hay guerra? ¿Y quién ha dicho que la hay en Filipinas? ¡Cállate, Expósito! Lo de Filipinas, ¡nada tampoco!

—Oye, ¡qué grande lo que me leíste del cabo Ruiz! —dijo Novas.

—De acuerdo, precioso. Ahora que, os lo juro, si yo estoy como Ruiz, que le suelto cuatro cosas al ministro es más fija que Dios. ¡Por éstas! «Oiga, por lo menos podían pagarme mis alcances y ventajas, ¿no?» Yo, en el Caimán, conocí a un muchacho... ¿Qué iba yo a decir antes? ¡Ah!, la autonomía. Pues a todo el que va al mambí, peninsular o insurrecto, y les habla de autonomía, lo cuelgan. ¡Un éxito! Y ahora pregunto: ¿es que esos fulanos que nos gobiernan son ciegos, sordos e idiotas perdidos? ¿Por qué no vienen aquí? Si son tan listos para acabar la guerra en un cierre de ojos, ¿por qué no vienen? ¡Bandidos! Al Sagasta...

—Y ése ¿quién es?

—¡Cállate, Expósito! A ese otro que tal le propusieron un arbitraje para acabar la guerra, que es como un hombre bueno, cuando tienes un lío con alguien, ¿lo oyes, Expósito? El fulano dijo que ni hablar, que nosotros solitos acabaremos la guerra. Como él no está aguantando los tiros, ¿eh, preciosidades?

—Y ahora, después de todas esas flamenquerías —dijo Pedrell—, andan como locos detrás del Papa y las potencias para ver si nos ayudan a arreglar el lío con los cubanos y los yanquis.

—Oye —intervino Novas—, ya vale, ¿no? No entiendo ni jota de lo que decís.

Carballo abrió los brazos con un ademán de cómica desesperación.

—¿Te fijas, Pedrell? ¿Te fijas qué clase de desgraciados son éstos? Se van a jugar la vida mañana mismo y no saben por qué, ni lo que ocurre aquí.

—¡Eso te lo crees tú!

—¿Me lo creo yo? ¿A ver?, ¿qué?

—¡Hombre!... Te mandan aquí, ¿no? Ellos saben por qué. Si ellos no lo saben, ¿lo voy a saber yo? ¡Tienes cada cosa!... Se te pone un tío por delante que te va a arrear si tú no le arreas. ¿Es cierto o no? ¿Y tú qué vas a hacer? Defenderte, ¿no? ¿Verdad que sí, Pedrell? Y luego, la Patria, ¡caray!

—¡Qué sabes tú de la Patria!

—¡Más que tú! Yo, la Patria... ¿Somos o no somos españoles? ¡Me haces una gracia!... ¿Qué quieres?: ¿que eche a correr?

—¡Anda, Novas!, que no sabes ni lo que dices.

—¡Ah!, ¿no? Supónte el cabo Ruiz. Pues eso es lo que yo pienso de la Patria: «No me da la gana de rendirme.» Yo, porque yo, donde vaya otro, voy también. Sobre todo, si es para ir a casa. ¿Eh, filiños? —y se rió a carcajadas.

Rieron los demás.

—A eso me apunto —dijo el Madriles.

—Y éste —dijo José Expósito.

—¿Y te vas a meter en la compañía? —preguntó el Desertor—. Aún nos quedan casi dos horas.

—Estoy cansado de dar vueltas.

—Tenemos que recoger la ropa que di a lavar.

—Vete tú.

—¡Hombre!...

—Bueno; está bien.

—Te advierto que vale la pena. Es una mulata que está para comérsela.

—¿Sí?

—Oye, y muy rara. Me soltó que su hermano y su padre luchaban con los insurrectos. Era como si me desafiase. Y a mí me gustó. «Tú, por lo menos, no eres huérfana o viuda, como dicen las otras.» Yo creo que estuvo muy bien que se lo dijera, ¿no, tú?

—Sí, hombre. Estuvo muy bien.

—Oye, y se llama América. Yo creí que se chungueaba, y no. Dice que sí, que se llama América López. Yo me reí las tripas. Yo; lo que yo quería era meterle mano. Todos dicen que las cubanas son pan comido, pero ¡qué va!, no me atreví. Le dije que podía traerle algo de pan o del rancho. «¿Por qué?», me preguntó. «Porque sí; ¿no te traigo también la ropa para que me laves?» Ella tiene una forma de preguntar que te deja como tonto.

El Desertor le condujo a uno de los barrios más pobres de la ciudad, cerca del de «Barracones», donde se hallaban los prostíbulos. Se metieron por un laberinto de míseras barracas.

—Ahí la tienes.

La mujer estaba planchando a la sombra de una ceiba que se alzaba próxima a su barraca. Usaba una pesada plancha de carbón. La ceiba era achaparrada. De su recio tronco y de las ramas más bajas partían, en distintas direcciones, varias sogas. Hallábanse sujetas al tejado de la casucha y a unas cuantas estacas. De las cuerdas colgaban, inmóviles en la achicharrante atmósfera, diversas prendas de vestir, de variados colores. Producían una alegre sensación de verbenera, de tiovivo. El Desertor miraba a la mulata. Iba ligera de ropa. El sudor le adhería la tela del vestido a los robustos pechos, a las redondas ancas. El Desertor le dio con el codo a Mijarazos.

—¿Qué te dije? Está muy buena esa mujer.

Era alta. Debía de tener unos veinticinco años. Su magnífico cuerpo se adivinaba duro y elástico. Llevaba el cabello, muy abundante, rizoso y negrísimo, suelto a las espaldas, recogido apenas por una cinta azul.

—¡Hola, América! —saludó el Desertor.

La mulata se volvió.

—¡Hola!

Tenía la piel del rostro muy tersa. Parecía tirar de las sienes achinándole sus bellos y grandes ojos. Unos ojos muy brillantes y con algo cruel o fiero. Los labios de América eran gruesos y ancha la nariz. Mijarazos pensó que aquel rostro resultaba muy atractivo. Pensó que había algo peligroso, temible, en la espléndida cubana. Y, sin saber por qué, sintió lástima e inquietud por Basegoda.

—Éste es un compañero: Mijarazos. Te traje también su ropa, junto con la mía.

—¿Qué quieren? —preguntó la mulata.

Mijarazos observó el temblor de las aletas de su nariz. Observó el intenso fulgor de su mirada.

—¿Qué vamos a querer?: nada. Íbamos paseando por aquí cerca y le propuse a éste que nos llegáramos a ver si estaba la ropa.

—Le dije que estaría mañana.

—Ya, pero, por si acaso... ¡Como tú eres tan trabajadora!... —El Desertor lo dijo con un aire festivo, pero su apocamiento dio a las palabras un tono de adulación pueril, lamentable.

América les volvió la espalda y reanudó su labor. Había por allí varios cajones de conservas vacíos. Basegoda se sentó en uno. Mijarazos hizo un movimiento con la cabeza invitando al otro a marcharse. Basegoda levantó la mano y la agitó: «Espera.»

La mulata parecía haber imprimido una actividad más viva a su trabajo. Su pecho oscilaba grávido; subían y bajaban rítmicamente sus caderas. No miraba a los hombres, pero producía la impresión de estar pendiente de ellos. A veces se llevaba las manos a los riñones. Echaba el cuerpo hacia atrás y su busto se destacaba con fuerza. Sacudía el cabello. Toda su actitud tenía un algo de agresiva provocación.

La cara del Desertor era redonda, de pómulos muy pronunciados. Brillaban con intensidad sus pequeños ojos verdes. Al Desertor le caían sobre los labios los pelos de su amplio y borrascoso bigote. Eran unos pelos rojizos, duros como cerdas. El Desertor se los mordía nerviosamente, excitado. Sacó la petaca y le dio un cigarrillo a Mijarazos.

—¿Quieres fumar, América?

Ella le miró.

—Te traigo un buen puro. América sólo fuma puros —le dijo Basegoda a Mijarazos sonriendo.

América dejó la plancha. Basegoda se acercó. Sintió el olor agrio del sudor de la mujer, el olor de su carne joven, el fuego ardiente de la respiración. El cuerpo de la criolla vibraba cargado de potencia. Basegoda la contempló. Sus ojos eran dos llamas verdes.

—¡Haría cualquier cosa por ti! —murmuró roncamente.

—Pásate a los nuestros —dijo ella.

Basegoda se rió.

—¿Te has fijado en ésta? —dijo volviéndose hacia Mijarazos.

La mulata puso boca abajo un cubo de cinc vacío. Se sentó encima, remangándose la falda casi hasta las rodillas. Tenía los pies pequeños, los tobillos delicados, unas piernas largas, perfectas. Aspiró una bocanada de humo, con deleite, y lo arrojó al aire echándose un poco hacia atrás. Había separado las piernas. El declive de la calle era bastante pronunciado. Basegoda clavó la mirada en los redondos muslos de la mujer. Ella siguió impasible en aquel descuido que parecía deliberado. Mijarazos la observó atentamente. No estaba seguro de si era odio o desprecio, o ambas cosas, lo que descubría en sus ojos. Observó al Desertor. Estaba como preso de una sugestión hipnótica. «¡Mal rayo las parta!», pensó Mijarazos, furioso.

—Ustedes perderán la guerra —dijo la mulata de repente.

—¿Por qué la vamos a perder? —preguntó Mijarazos, agresivo—. ¡No te hagas ilusiones!

La ceiba, la mulata —aquella mujer de ojos felinos y desafiantes—, fumando a la sombra del árbol sagrado de Cuba, su descarada parcialidad, se le antojaron todo un símbolo a Mijarazos. Y sintió crecer sus temores, su desasosiego.

—Ustedes luchan forzados, sin convicción, y nosotros por la independencia, por la libertad de Cuba.

—También en el Zanjón luchasteis por eso mismo.

—Ahora es diferente.

—¿Qué más exigís de nosotros? Solamente unos soldados españoles te permitirían hablar como tú lo haces.

—No les tengo miedo. ¿Qué me puede pasar? ¿Que me maten?

Su mirada era ahora fría, resuelta, de un desplante insolente.

—¿Matarte?, ¡qué va! —exclamó Basegoda sonriendo con un aire indeciso, desconcertado.

—Ustedes nunca nos han tratado como españoles. Ustedes sólo han venido aquí a robar a los criollos, a acostarse con las mujeres.

—¿Quiénes?, ¿nosotros?, ¿los soldados? —preguntó Mijarazos—. Éste y yo fuimos desertores. No nos importaba nada esta guerra. Y no hemos venido a buscar nada aquí. Ni nosotros, ni la mayoría.

—¿Qué hacéis entonces ahí sentados? ¿Qué queréis de mí? —preguntó tuteándolos.

Mijarazos se dio cuenta, entonces, de que la sangre le quemaba en las venas, de que estaba devorando con la vista a la hermosa mulata. Descubría en los ojos de ella el cambiante tumulto de los más arrebatados sentimientos, la llamarada de la pasión. «Esta mujer es capaz de todo: de amar como ninguna, de matar.» Se dio cuenta de su aturdimiento, de que anhelaba que Basegoda y cuanto le rodeaba desapareciesen. Se veía solo delante de la mujer, en medio de la manigua. Se arrojaría ciegamente sobre ella, enloquecido de deseos. Mijarazos sacudió la cabeza. La pregunta de la criolla era una terrible acusación:

«¿Qué queréis de mí?» Creyó descubrir en su mirada, el odio, el asco, el más profundo desdén. Mijarazos se estremeció.

—¡Cerdos asquerosos! —barbotó la mulata—. Esto es lo único que queréis.

Con las dos manos se levantó las faldas hasta el vientre. Se incorporó. No llevaba calzones. Se quedó de pie mostrando la perfección de sus formas, su intimidad.

Los dos hombres la miraron, al principio, con asombro, desconcertados.

—¿Qué esperáis? —preguntó desafiante y fiera.

Avanzó hacia la barraca y se plantó bajo el dintel. Los dos hombres la acechaban ahora con una tensión brutal. Basegoda se fue incorporando. Murmuraba, roncamente, palabras ininteligibles. Mijarazos avanzó hacia ella con lentitud. Cogió con mano crispada el rebujo de ropa de la falda de la mujer. Tiró con fuerza hacia abajo, cubriendo la desnudez. Levantó luego la mano y la descargó con todas sus fuerzas en el rostro de la mulata, que cayó al suelo.

—¡Vámonos! —le dijo después a Basegoda.

Echaron a andar.

Basegoda estaba aturdido, asustado, quejoso también, pero no se atrevía a decir nada.

Fueron a la alameda Cristina. Mijarazos se sentó en un banco, cerca del templete de la música. Tenía un aire muy deprimido, apagado.

—¿Por qué le pegaste? —se atrevió a preguntar Basegoda.

—Ten cuidado con esa mujer. No vuelvas por allí. Es peligrosa.

—¿Por qué?

—Te lo advierto: no vuelvas. Puedes tener un disgusto muy serio.

—¿Disgusto? Yo hubiera entrado con ella. ¿Te fijaste cómo está? ¡A mí qué me importan los disgustos!

—¿Es que no lo sabes? Esos traidores han matado a más de un imbécil como tú.

—¡Claro que lo sé! Pero, ¡caray, tú! Yo, esta tarde, aunque me hubieran matado...

Mijarazos le dio un golpe amistoso en las espaldas.

—Sí; las mujeres saben cómo volvernos locos. Y por eso no debes volver. Acabarías siendo su esclavo. Date cuenta. Una mujer así te arrastraría a la perdición, haría de ti lo que le diese la gana.

—No; eso sí. Estoy conforme.

—Mujeres no te faltarán, no te preocupes.

—No volveré, puedes estar seguro. Parecía una fiera. ¿Te fijaste?

—Sí.

Mijarazos calló pensativo.

—Oye, tú, ¿y la ropa? —preguntó el Desertor.

—¡Déjala! ¿Vas a preocuparte por una camisa y un calzoncillo sucios?

—No —dijo Basegoda, y se rió fuerte.

El grupo de Pedrell acababa de entrar en la alameda Cristina, el paseo más bello de Santiago. Tenía una amplitud de sesenta metros. Estaba dividido en tres tramos: por el central circulaban los coches, y por los otros dos, los paseantes. Vieron a Mijarazos y Basegoda sentados en un banco.

—Vosotros que hablabais de mujeres. Ahí tenéis a ése. Ése sí que es un caso.

Carballo se volvió con aire interrogador.

—¡Ah!, ¿tú aún no lo sabes? Según Basegoda, Mijarazos desertó por una mujer. Huyó a Francia. Y, como no podía estarse sin verla, volvió y le trincaron.

—¡Es lo único que me faltaba oír! —exclamó Carballo—. ¿Qué es lo que nos mandan ahora de la península?: ¿locos?

Se acercaron a los desertores.

—¡Hola, enamorado! —saludó Puig sonriendo.

Mijarazos le miró. Miró a Basegoda con un aire de reproche. Basegoda inclinó la cabeza turbándose.

—¡Déjanos en paz, Puig! —murmuró.

—¿A ver, hermoso? Explícame eso —pidió Carballo—. No es posible, no lo puedo creer.

—Son las bromas de éstos —dijo Mijarazos.

—¡Me lo figuraba! Para locos, ya hay bastante con Puig, Carbonell y los demás borricos que se vienen voluntarios.

—Pues Basegoda lo juró —dijo Puig.

—¿Que yo lo juré? ¡Yo no juré nada! ¡No me fastidies!

—Bueno; ya está bien —intervino Esteban Pedrell—. Cada uno con sus cosas. ¡Qué manía de meterse en los asuntos de los demás!

Mijarazos le contempló atentamente. Después se pasó una mano por las mejillas con un aire de abstracción o de perplejidad, como si le hubiese asaltado de repente una idea o un recuerdo que no tenía nada que ver con lo que le rodeaba. Dirigió a los otros una mirada indecisa. Se levantó y echó a andar sin despedirse.

—¡Eh, Mijarazos! ¿Dónde vas?

No contestó.

El Desertor se quedó contemplándole. Movió la cabeza.

—Es un buen muchacho —dijo—. Algo especial. Tiene muchas agallas. En el combate del convoy no se quiso tirar al suelo. Y os aseguro que no existe otro compañero como él. Ahora, que no hay que buscarle las cosquillas: os lo advierto.

El Desertor se marchó detrás de Mijarazos.

—¡Mijarazos! ¡Espérame, hombre!

—¿Vosotros creéis que es verdad ese cuento de la mujer? —preguntó Novas—. El Desertor es un tío con mucha fantasía.

—¡Cállate ahora! —exclamó Carballo.

Cruzaba por delante, en un coche descubierto, una mujer joven, bellísima. Vestía un traje de seda azul, mate. El cuello cerrado, adornado con encaje blanco. Dos anchas cenefas de bordados partían de los hombros formando un triángulo con el vértice en la cintura, en la fragilísima cintura de la dama. Las amplias mangas «jamón» eran de organdí y transparentaban sus redondos brazos. Llevaba guantes de piqué blanco, sombrero de grandes alas adornado con plumas de avestruz. Iba muy tiesa, pero sin afectación, apoyándose en una sombrilla de larguísimo mango. La sombrilla era del color del vestido y tenía un borde de níveo encaje. Los soldados se detuvieron. Se quedaron mirándola con un pasmo admirativo.

—Pero ¿todavía quedan cosas así en el mundo? —preguntó Carballo.

El cochero era un mulato de grandes patillas. Les dirigió una mirada furibunda.

—¿Qué le pasa a ese tío? —se soliviantó el Madriles.

La dama volvió levemente la cabeza. Y levemente sonrió a los soldados. Carballo abrió los brazos.

—¡Hijos míos!, dejadme que me siente.

Y como estaba cerca un banco, lo hizo.

—Supónte que ataca el mambí y que tienes la divina suerte de salvar a esa señora. Supónte lo que será coger entre los brazos a una ricura así y apretar, apretar, apretar... ¡Vamos!, que la mato, que me la como viva, enterita, con zapatos, y con el paraguas, y con el tiesto de la cabeza con sus plumas y todo. ¡Eh, venid! Tengo que verla otra vez.

Carballo caminaba de prisa. Le siguieron los demás. Salieron de la alameda. El coche iba ya distante.

—Esperemos un poco.

—¿A qué vas a esperar? No te hagas ilusiones —dijo Novas.

—Esta tarde pareces un verdadero quinto, Novas. ¡Claro que no me las hago! Yo a esa dama no la puedo ni descalzar. ¿Crees que no lo sé, burro? ¡Qué más quisiera yo que descalzarla y besarle las patitas! ¡Hermosa, hermosa! ¡Viva tu madre! Pero la vista es libre, ¿sí o no? Y, si es libre, puedo mirarla y comérmela con los ojos. ¡Que me la como es más fijo que Dios! Y, por lo tanto, esperad.

—¡Espera tú!

—¿Adónde vais?

—Pues por ahí, por el muelle.

—¿A qué muelle? ¿No iréis a meteros en la compañía?

—¡La compañía! ¿Quién es ahora el quinto? —preguntó el Madriles.

—Pasaremos por delante —dijo Puig—, por si Carbonell me ha dejado recado para vernos.

—A ése no le verás hasta la noche. Ése tendrá algún asunto de faldas. Ya te lo he dicho. Ése es más águila que todos nosotros. Mira, es el único veterano que a mí me puede —confesó Carballo.

Llegaron al muelle de la Luz. Era un lugar polvoriento. Se veían montones de tierra, maderas y tablones arrumbados, arbolillos raquíticos y los tinglados churretosos de mugre. En uno de ellos se alojaba, provisionalmente, parte de la expedición de reclutas.

Antonio Puig se acercó al centinela.

—Oye, ¿ha venido a preguntar por mí un tal Carbonell?

—¿Un tío que apestaba a colonia?

—¿Lo veis? —intervino Carballo.

—Dijo que os vería cuando os incorporaseis a la columna en San Luis; que era seguro que a ti y a los otros os destinaban a la *Constitución*.

—¡Enhorabuena, hermosos! —exclamó Carballo—. ¡Lo conseguí! Si tu paisano no ha mentido, porque ese canalla, para quedarse solito...

Siguieron bordeando la bahía. Pasaron el muelle Real, limpio y agradable, con el bello edificio de la Capitanía del puerto, con sus graciosos faroles de gas. Cruzaron ante el club náutico.

—Aquí viene la gente de postín. Aquí vendrá la niña del traje azul. Dan unos bailes de miedo. ¡Y se ven unas elegancias!... Supónte a mí, con una de esas americanas de rabo, bailando con aquella hermosura... ¡Me desmayaba, preciosidades!

El club náutico era un edificio de planta, cuadrado, con una galería abierta, de arcadas de medio punto y barandillas todo alrededor. Lo sostenía sobre el agua otra serie de arcadas gemelas y el conjunto producía bellísimo efecto.

Entraron por la calle Baja de San Fernando. Allí les señaló Carballo el depósito de torpedos.

Continuaron por la calle Alta de San Fernando y se metieron en el camino del Morro.

—¿Por qué venimos aquí? —preguntó Novas.

—Es un presentimiento —dijo Carballo.

—¡Ah!, Carbonell. Sí; no me extrañaría nada. Ése sabe dónde hay que llevar a una hembra.

—Yo me las llevaba a la Dehesa de la Villa —suspiró Manuel Camino—. Últimamente andaba yo con una novia medio formal. Era blanca y mantecosa. Y lo ganaba. Ella y su madre tenían un aguaducho en el Prado. Me sentaba yo allí, como un señorito. Con mi gorrita-visera a cuadros, el pañuelo blanco de seda, las botas de charol. Más chulo que un siete. Mi futura suegra lo veía bien. Yo soy comerciante. Lo gano de verdad. Chalaneo en el Rastro con chatarra. Lo que es que, últimamente, tuve algún tropiezo, que si no, a mí, por mil quinientas pesetas... Cuando los asuntos se me dan de cara, las mil quinientas de la redención, nada.

—Eso lo dirás tú.

—Eso lo dice mi menda. ¿Y qué hay con eso?

—¡Fuh! ¡Mil quinientas pesetas!

—¿Y en un negocio qué son?

—Para chatarra, mucho.

—Bueno; vamos a dejarlo. Vosotros no entendéis.

—Lo que entendemos es que estás aquí; con tu chatarra y tu ¿agua qué?, *aguachucho*, o lo que sea.

—Éste; éste lo hace por molestar —dijo José Expósito—. Siempre está molestando.

—¿Os habéis fijado con la perra que ha escogido el fulano? Ya está bien, ¿no, José?, ya está bien, me parece a mí. ¡Caray, con el tiñoso éste!

Llevaba al Morro un camino de carros. Era bastante amplio, polvoriento. Se ahondaba en la espesura del matorral que lo flanqueaba.

—Oye, Pedrell —dijo Antonio Puig—, una tarde, con tiempo, tenemos que ir a visitar a unos paisanos que están en las baterías. Hay una buena tirada.

—Seis o siete quilómetros —dijo Novas.

—Tenemos que salir pronto. Nos enseñarán las baterías. Uno de mi pueblo es cabo.

—¿Qué tales cañones hay?

—Más viejos que Matusalén —aseguró Carballo.

—Menos mal que los mambises no tienen escuadra. Si la tuvieran, ¡pobres de nosotros!

—Sí, pero ahora, con lo del *Maine*, igual se nos meten los yanquis en la guerra —dijo el Madriles.

—¡No empecéis con lo del *Maine*! —protestó Carballo—. ¡El *Maine*, el *Maine*! ¡Estoy hasta la coronilla, niños!

—¡Ah!, pues yo no sé lo que es, ¿qué es? —preguntó José Expósito.

Carballo hizo un ademán desesperado. Desvióse del camino y empezó a subir por una colina áspera de rocas y matorral.

—¡Eh, quintos, venid! Quiero enseñaros una cosa.

Los otros fueron detrás de él.

—¡Mirad! —dijo Carballo deteniéndose en la cumbre—. Una hermosura así sólo se ve en la Perla de las Antillas. ¡Y cállate, Expósito, por caridad!

Declinaba la tarde. En el horizonte se veía una franja de nubes oscuras. El sol encendía su cresta. Brillaba con una luz clarísima, increíble. Y la atmósfera tenía una limpidez absoluta.

—Yo —dijo Carballo— soy de Zamora, de un pueblo de la tierra de Campos. Allí hay noches y días maravillosos. Hay amaneceres y puestas de sol, como para volverle a uno loco.

—¡Anda éste! —exclamó José Expósito, mirándole con la cabeza ladeada—. Pues el sol es el sol, y las estrellas, ¿qué?

—¡Cállate, Expósito!, que tú eres un tarugo.

—¡Mirad esta luz! —dijo Carballo—. ¡Mirad esta claridad única!

Carballo movió las manos en el aire, como si quisiera bañarlas en la transparencia.

—¿No lo comprendéis?

Esteban Pedrell miraba insistente, reconcentrándose.

—Sí —dijo—; es extraordinario.

Los otros sonreían burlones.

—¡Éste es un chalado! —exclamó Novas—. Éste es medio poeta.

Se echaron todos a reír.

—¡Burros! —dijo Carballo—. Desde luego que me gustaría ser poeta. ¿Y qué? ¡Pedazos de burros! Por lo menos, ya que no tenéis ojos para mirar, agradeced que eso indica la «seca». ¡Ya veréis cuando lleguen las lluvias, preciosos! ¿Os acordáis cuando vinisteis en el convoy? Pues eso no fue nada. Mirad, esas montañas más próximas son la sierra del Cobre, después sigue la sierra Maestra, que va bordeando el mar. Hacia el otro lado, por la parte de Baracoa —yo estuve unos meses en Baracoa—, hay unas montañas criminales. Nos destrozábamos los pies en ellas. ¡Y vete a buscar mambises allí! Se nos escurrían como conejos. ¡Malditos sean! Por allí está lleno de lo que llaman «cuchillas». Un terreno infernal, ya os lo digo.

La luz seguía avanzando entre las nubes, blanqueaba el mar; todo brillaba con una nitidez cegadora. Los soldados guardaban silencio.

—Vosotros tenéis que iros ya, para que os encierren —dijo Carballo.

Esteban Pedrell le mira. Se levanta. Las nubes destellan, parecen poseer luz propia, más potente que la del sol. Y las nubes empiezan a sangrar la púrpura del crepúsculo. El mar es verde. Un cielo azul marino. Las montañas próximas derraman oscuras tintas por sus laderas. Las montañas distantes se van elevando con un ligerísimo cendal celeste.

—¡Eh!, lo que os dije, hermosos. Por allí viene aquel bandido. ¡Acerté! —exclama Pedro Carballo, riéndose jubiloso.

Juan Carbonell viene con dos mulatitas jóvenes. Es un muchacho de elevada estatura y muy fuerte. Tiene cierto parecido con Antonio Puig. Expósito les preguntó si eran hermanos. Carbonell vino voluntario a Cuba. Los voluntarios catalanes se han cubierto de gloria en esta guerra. Los asturianos, también. Pedro Carballo asegura que no lo entiende. Contempla estupefacto a Carbonell y a Puig. Les recrimina «su locura». No obstante, Pedro Carballo admira y respeta a Juan Carbonell, e incluso al quinto, Antonio Puig.

—¡Siempre el mismo! —ríe Novas—. Éste es un perrillo faldero. A éste acabarán por agarrarle en una emboscada y liquidarlo a machetazos.

Las cubanitas son guapas. Tendrán dieciocho o veinte años. Una se llama María del Cobre y la otra, Pilar. El grupo de soldados espera.

—¡Vosotros! —les grita Juan Carbonell—. ¿Qué hacéis ahí parados? ¡Seguid! ¿Por qué no seguís?

Los soldados sonríen.

Se acerca Juan Carbonell con las muchachas.

—María del Cobre y Pilar —dice—. Éstos son mis compañeros. No os fiéis de ninguno; son de cuidado.

María del Cobre tiene unos ojos muy grandes y luminosos. Su piel es de color de la canela. Esteban Pedrell la mira. Siente una emoción repentina e intensa.

Caminan todos juntos hacia la población. Juan Carbonell va al lado de Pilar. Pedro Carballo empareja con María del Cobre. Los otros marchan detrás.

La voz de María del Cobre es pastosa. Arrastra las sílabas. ¡Qué bien suena la voz de María del Cobre! Esteban Pedrell la escucha, contempla su perfil. Tiene los labios un poco gruesos, como ofreciéndose. La nariz es muy graciosa, algo respingona. Esteban Pedrell sueña. ¡Qué bonita es María del Cobre!

A veces, María del Cobre se vuelve hacia él. Esteban Pedrell quisiera hablarle, pero no se le ocurre nada que valga la pena.

—¿Tú eres de aquí?

—No; de Pinar del Río.

Esteban Pedrell se calla. Se apostrofa: «¡Qué imbécil soy!» Traga saliva.

—Yo soy de Barcelona —dice.
María del Cobre se vuelve.
—¿Cómo?
Esteban Pedrell se pone colorado.
—No; nada, nada.
Ella observa su turbación. Sonríe burlona.
—¿Con quién estáis vosotras? —pregunta de repente José Expósito.
Pilar se vuelve con viveza. Sus ojos brillan. Parece muy ofendida.
—¡Nosotras somos españolas! ¿Qué se cree éste?
—También yo soy español —replica José Expósito—. ¡Anda! Y los mambises, ¿qué son? Un amigo mío, funcionario, me explicó que eran españoles.
—¡Déjale!; no le hagas caso —le dice Carbonell a Pilar. Luego se inclina y le habla al oído.
—¿De verdad? —pregunta ella—. ¿A que no?
—¡A que sí! ¿Te gustaría?
—Me gustaría mucho.
—Pues no hay más que hablar.
Carbonell llama a Puig y a Carballo. Se queda atrás con ellos y les habla.
—¿Qué? —le pregunta a Puig.
—¡Magnífico! —exclama Puig—. Pase lo que pase, iré. ¡Cuenta conmigo!

CAPÍTULO VII

El tinglado del puerto en que se alojaban, era un caserón destartalado. Dormían sobre delgados colchones de borra, encima de tablas armadas con banquillos de hierro. Eran más de cien hombres. Estaban casi hacinados y hacía mucho calor, aunque el portalón de la entrada permanecía siempre abierto. Un centinela cruzaba por delante, cachazudo, pero sin cesar. Esteban Pedrell no podía dormir. Miraba al centinela. Miraba el esplendoroso cielo tropical. Las estrellas brillaban nítidas, palpitantes. El firmamento era un pecho viril, jadeante, sudoroso de astros. Esteban Pedrell pensó en Carballo. Tenía razón. Nunca había visto un cielo como aquél. Lo recordaría. Si la suerte le ayudaba y volvía alguna vez a Barcelona, recordaría estas noches de Cuba, sus amaneceres, las puestas del sol. Recordaría también a María del Cobre.

Un cucuyo cruzó las sombras como una estrella fugaz. El centinela hizo un ademán y silbó: «¡Fíu!» La tarde anterior, Pedro Carballo le había hablado a Esteban Pedrell de los cucuyos de Las Villas. «Mira —le contó—, hay épocas en que los cucuyos vuelan a millares. Pasan como una bandera de luz —Carballo, que tenía aquellos pujos y atisbos de poeta, se había ruborizado—, pero lo más fabuloso es cuando se detienen en los árboles. Un día vi un árbol que se llama ateje, cubierto desde el tronco hasta la copa. Parecía arder en la noche como una inmensa llamarada azul. Te aseguro que era algo maravilloso, y yo pensé con asco en la estúpida crueldad de los hombres, en que nos estábamos matando españoles contra españoles, habiendo cosas tan bellas en el mundo, cosas que uno no se cansaría jamás de ver, que uno quisiera conservar la vida propia, y la ajena, para gozarlas.»

Esteban Pedrell se levantó a beber agua de una cuba que se hallaba en medio del caserón. El agua estaba caliente.

—¡Hola!

Esteban Pedrell se volvió.

—¡Ah!, ¿qué hay?

—¿Cómo está el agua?

—Como caldo.

Mijarazos metió el jarrillo en la cuba. Bebió un sorbo.

—No hay quien duerma con este calor.

—Pues ésos no lo notan —dijo Pedrell girando un poco la cabeza.

—Sí; es una suerte.

Se quedaron silenciosos. Pedrell sentíase algo turbado, incómodo.

—¿Quieres fumar un pitillo?

—Yo tengo una picadura muy buena —dijo Mijarazos.

Liaron un pitillo y lo encendieron. Mijarazos se recostó en la yacija. Pedrell vaciló unos instantes. Acabó por sentarse en el camastro. No había qué decir.

—¿Qué opinas tú de lo del *Maine*? —preguntó Mijarazos.

—Lo veo muy mal. Los yanquis dicen que lo volamos nosotros.

—¿Crees que entrarán por eso en la guerra?

—Sí; casi seguro. Por eso o por otra cosa. Exigen que hagamos en seguida la paz con los cubanos y si no..., se lían con nosotros.

—Desde luego, no hay quien lo entienda. Quieren que acabe la lucha y se meten ellos también.

—Sí; es bastante absurdo. Eso es lo del refrán: «un clavo saca otro clavo». Los yanquis creen que nos vencerán fácilmente.

—¿Y tú qué crees?
—No lo sé; la verdad. Cuanto más leo, más lío me hago.
—A ti siempre te veo con periódicos y revistas.
—Sí; me gusta. Me interesa mucho.
—A mí no.
—¿No?
—No. Me da todo igual.
—Pedrell volvió a sentirse desazonado. Dijo:
—Creo que nuestra escuadra es muy poderosa. Tenemos muchos barcos bien armados y rápidos. Aunque algunos aseguran que los yanquis nos superan.
—A mí me parece que nosotros tenemos bastante con los mambises.
—Eso creo yo también.
—¿Y de los millones que dicen le han ofrecido a Máximo Gómez?
—Es posible. La paz filipina de Biac-na-bató se arregló así: sobornando a Aguinaldo.
—¡Para lo que ha servido!
—A ellos, mucho. Con esos cuartos han podido sublevarse ahora nuevamente.
Volvieron a quedarse callados.
—¿Es verdad lo que cuenta Basegoda? —preguntó Pedrell de repente.
—¡Bah!; hasta cierto punto.
Pedrell dio varias chupadas calmosas al pitillo. Sentía que la atmósfera se había hecho efusiva y cordial. Arrojó la colilla al suelo y la pisó.
—Voy a acostarme —dijo—. A ver si puedo dormir.
—¿Tienes sueño?
—No; nada en absoluto.
—Yo tampoco. Esta tarde tuvimos un incidente muy desagradable con una mulata. Aún estoy con los nervios de punta.
—¿Qué ocurrió?
—Las cosas de las mujeres. Ya sabes. ¡Mal rayo las parta!
Mijarazos se sentó.
—A mí me parece que yo soy un bicho bastante raro —dijo después de una pausa.
—¿Por qué?
—Me lo parece.
Calló de nuevo. Pedrell aguardaba. Le observó de reojo. Mijarazos permanecía inmóvil, con la vista clavada en la penumbra. Parecía haberse olvidado de él. Esteban volvió a sentirse incómodo. Tenía deseos de marcharse.
—¿En qué consiste la rareza? —preguntó.

—¿Cómo? ¡Ah! Pues en muchas cosas. Todo eso que hemos hablado. No me interesa nada de lo que pasa aquí, ni los yanquis. ¡Que vengan! ¡Total!... Lo que cuenta Basegoda es cierto, y mucho peor de lo que supone. A veces me parece que no me ha sucedido a mí, que no puede ser. ¡Es tan absurdo! En mi pueblo había doce mozos de la quinta del noventa y seis. Hablamos entre nosotros y con las familias. No se nos había perdido nada en Cuba ni en Filipinas. Desertamos los doce. Por cuatro duros cada uno nos pasaban la frontera de Francia. Buscamos los guías. Nos dieron armas. Escopetas y algunas pistolas. «Si nos sorprenden, hay que defenderse a tiros.» Pero nosotros pensábamos tirar las armas y salir corriendo. Caminábamos de noche. Fuimos a la frontera por la parte de Puigcerdá. Para la última tirada salimos a las dos de la madrugada. Un guía iba delante y otro detrás. Nosotros teníamos mucho miedo. Nada; no vimos bicho viviente. Llegamos a Francia y pagamos a los guías. Yo, de los franceses, sólo puedo hablar bien. Me fui con un compañero hacia la parte de Narbona. Por allí se habla francés y catalán. Más o menos, nos entendíamos. Fuimos a una casa de campo. Era de un matrimonio con una hija mayor, muy guapa. A los españoles nos tenían lástima por lo de la guerra. «¡Pobres españoles!, ¡pobres españoles!» Nos trataban bien. Era durante la vendimia. Nos dieron trabajo. Allí pagan mucho. Resultaba cerca de siete pesetas al día, más del doble que en España, y sólo se trabaja ocho horas.

—Sí, eso he oído.

—Ocho horas, y de las ocho... Para los españoles, acostumbrados a pencar como fieras de sol a sol, aquello era Jauja. Yo, la primera vez que salí a vendimiar y vi que los hombres besaban a las mujeres, creí que ellas eran unas zorras. Los españoles, que somos muy mal pensados. Allí tienen una costumbre de la vendimia que llaman *caponé*, y besan a las mujeres. Nosotros aprendimos en seguida. ¡Calcúlate! La vendimia era muy alegre. Daba gusto trabajar así. Muchas solteras llevaban un hijo al cuello. No les preocupa.

—¿Es posible?

—Son costumbres diferentes a las nuestras. Yo allí tenía todo lo que un hombre puede apetecer.

—¿Pues entonces?

—Las rarezas que te decía. Yo estaba enamorado de una de mi pueblo. Todavía ando así. Bueno; estoy loco por ella. Te lo digo con tranquilidad; pero estoy rematadamente loco. No sé si lo comprendes.

—Pues... pues sí.

—Casi que no puedo pensar otra cosa. Es como un veneno.

Algo que está en mi sangre, en todo mi cuerpo. Algo que no me deja vivir. Si me dijesen que me iban a permitir verla esta noche y que me fusilarían al amanecer, aceptaría inmediatamente. ¿Lo crees?

—Sí; lo creo. Te vi durante el ataque al convoy. Ahora me lo explico. Querías que te mataran.

—Sí; lo quiero. No me explico por qué no me he suicidado.

—Porque dicen que es una cobardía y tú eres valiente.

—¿Valiente? No.

—Sí, muy valiente. Uno puede desear que le maten, pero para aguantar de pie los tiros, como aquel día, hace falta mucho valor.

—No sé; no lo he pensado. Y, además, aunque aguanté, sentía miedo.

Hablaba pausadamente, sin exaltarse, como si efectivamente contara la vida de otro, y eso impresionaba aún más a Pedrell.

—Ella es una señorita. Es la hija del maestro. Su padre llegó al pueblo sin un real. Pero tenía talento. Ése acabará siendo el más rico de aquellos contornos. Ya casi lo es. Empezó ganando unas pesetas con las clases de adultos y preparando para el bachiller a varios hijos de los señores de por allí. Compró casas y tierras. Sobre todo creo que ha hecho muchos cuartos en la Bolsa. Es un hombre muy listo. Yo lo poco que sé, lo aprendí con él. Elisa tiene un año menos que yo. Fuimos juntos a la escuela de su padre. De chicos éramos novios. Las cosas de los niños. Después... Yo soy labrador, soy pobre. El maestro se había convertido en uno de los mayores potentados del pueblo. Allí hay varios señorones. Van poco al pueblo: a cazar, y sobre todo en el verano. Elisa empezó a andar con los hijos de los señores. Yo me volvía loco. Ya casi que ni hablábamos. ¿Qué era yo?: un destripaterrones, un desgraciado. Su padre la mandó interna a un colegio muy caro. Cuando volvió la traté de usted. Aquello acabó de enloquecerme. Me puse enfermo de pena y sólo deseaba morirme. El último verano, antes de desertar... Había habido una epidemia de tifus en el colegio y volvió a casa antes de que terminara el curso. Sus amigos no habían llegado aún. Una tarde me la encontré a la salida del pueblo. Hablamos. No sé. Salió todo. Empezamos por recordar cuando éramos niños. Yo no podía callarme. Le dije que estaba enfermo y enloquecido por ella. Lloré. Lloramos los dos. Nos besamos muchas veces. Le dije que iba a conquistar todos los tesoros del mundo para ella.

Se volvió hacia Pedrell.

—No eran palabras tontas de enamorado. Estaba dispuesto a lo que fuese.

Frunció las cejas, el rostro se le puso sombrío, casi feroz. Calló unos instantes. Su rostro se transfiguró por completo.

—La felicidad de aquellos meses... Jamás podré olvidarla. Jamás aspiré a otra cosa. Daría mil veces la vida por volver a gozar aquello. Nos veíamos a escondidas. Estábamos decididos a fugarnos. Dentro de mi locura, yo veo con claridad las cosas. Mientras yo estuviera a su lado... ¡Esta maldita guerra! Deserté por Elisa. Si me mandaban a Cuba o a Filipinas, ¿qué? Estábamos desesperados. Ella le robó dinero a su padre para que yo pudiera redimirme. Pero mil quinientas pesetas no se reúnen fácilmente. Además, su padre debía de haberlo descubierto todo. No dijo nada, para no empeorar las cosas, pero no la dejaba salir sola y la vigilaban constantemente. Lo que iba a pasar después, yo lo sabía. Ella me olvidaría; se daría cuenta, estando yo lejos, de la realidad, de que yo no era sino un pobretón y un patán. Es ridículo hacerse ilusiones tontas. Para mí hubo una ocasión de felicidad en la vida, y ya ha pasado. Ahora hace dos años de todo esto que te cuento. ¿Qué voy a esperar?

—¡Hombre! ¡Quién sabe!

—No; es inútil. En Francia aguanté unos meses. Pero ya no podía resistir más sin verla. Regresé a España. Discutí con el guía y acabó dejándome, porque yo le obligaba a caminar y caminar casi sin descanso. Habíamos llegado, por suerte, o, mejor, por desgracia, a los montes de mi tierra, que yo conocía bastante bien, pero aún me faltaban cuatro días de camino hasta el pueblo, pues no me atrevía a subir en trenes o diligencias. Caminaba noche y día. La impaciencia, mi locura, me perdieron. Una mañana me tumbé en el suelo para beber agua en un arroyo. Hacía sol. Llevaba muchas horas sin dormir y creo que tampoco me acordaba de comer. Al levantarme, sentí un mareo. Me tumbé nuevamente y me salpiqué la cara. Me puse boca arriba. El cielo parecía dar vueltas y el sol me hería la vista. Cerré los ojos. Cuando los abrí nuevamente estaba anocheciendo. Los dos guardias civiles se hallaban delante de mí.

—¡Qué mala suerte tuviste!

—Sí; aquel verano... Pero ya pasó todo. La vida es como es. No es una historia de libros.

—Puedes encontrar otra mujer.

—No. Para mí, Elisa es algo único, como mi madre. Otra mujer podría quererte y quererla tú como a una madre. Pero no es lo mismo. Madre sólo hay una. Es inútil darle vueltas a eso.

Esteban Pedrell se quedó callado, sin saber qué decir.

—¡Buenas noches! —exclamó de repente Mijarazos con sequedad.

Esteban Pedrell le miró para hablarle, pero el otro se tumbó de espaldas. Esteban se levantó. Se alejó despacio, casi de puntillas, procurando no hacer ruido. Al llegar a su camastro, encendió una cerilla. Eran las doce de la noche. Se tumbó. Estuvo pensando en el desertor. Sentíase desconcertado y entristecido. ¿Era un hombre excepcional o un desequilibrado?

Esteban Pedrell sintió una mano que le zarandeaba suavemente. Como estaba tan absorto en sus pensamientos, se volvió sobresaltado.

—¿Quién anda ahí?

—¡Chissst!

Antonio Puig se hallaba a gatas junto a su camastro.

—¿Qué ocurre?

—Vente con nosotros. Vamos a salir.

—Pero ¿adónde? ¡Estáis locos!

—Esta tarde Carbonell quedó con Pilar y María del Cobre en que iríamos a verlas. Traerán a otras amigas. Dentro de nada nos enviarán a la columna. No seas tonto, y ven.

—Desde luego que voy. Pero ¿por dónde saldremos?

—Ya te lo explicaré. Date prisa.

Esteban Pedrell se deslizó al suelo y se vistió rápidamente. Luego, precedido por Antonio Puig, rastreó por debajo de las yacijas. Al fondo del caserón, sentado en el suelo, esperaba José Expósito. Puig le había podido sacar diez pesos. Los dio con la condición de que no los acompañase Manuel Camino.

Frente a ellos había dos cuchitriles acristalados que servían, en circunstancias ordinarias, de oficinas. En el primero, un poco más amplio y con puerta practicable al exterior, dormía el sargento de semana. El otro lo ocupaba el machacante. Ambos tenían una pequeña ventana.

—Estamos en una duda —le cuchicheó Antonio Puig a Esteban Pedrell—. No sabemos si despertar o no al machacante. Si no le despertamos y nos descubre, como ése es un asqueroso chivato, dará parte. Un arresto importaría poco, pero nos jugamos los permisos a Santiago cuando estemos con la columna.

—Pues, entonces, avísale. Yo no quiero correr ese riesgo.

—Es que es un tío asqueroso. Yo, en el barco, dormía junto a él. Varias veces estuve a punto de romperle la cabeza. Tiene la mala uva por arrobas y nos estropeará la fiesta. Puedes estar seguro, porque se empeñará en venir con nosotros.

—Entonces, ¿qué?

—Únicamente, que ese fulano duerme como un tronco, como un muerto. Es un fenómeno. En el barco, ya podía haber tempestad, o que cayera agua, o que le pisaran. Y en el convoy... A ese fulano, cuando está dormido, no hay quien lo despierte.

—Pues en marcha.

—Ése es como el Madriles —intervino Expósito—. A esos que les gusta molestar, se despiertan cuando menos falta hace.

—¡La voz de la razón! —dijo Pedrell con asombro.

—Hay otra cosa —siguió Puig—. El sargento que le ha dado el destino es paisano suyo y está de servicio. Si nos agarra, puede que haga la vista gorda.

—Pues entonces, ¿por qué habláis tanto? —preguntó Expósito.

Desde luego, el machacante parecía una marmota sumida en el letargo invernal. Hubo que sentarle en la cama y sacudirlo durante un buen rato.

—¿Qué hay?, ¿qué pasa? —despertó al fin.

—Oye, que hemos quedado para esta noche con unas chavalas guapísimas.

—¿Y a mí qué me importa? Por este cuarto no saldrá nadie. Salid por la puerta.

—¿Cómo?, ¿quieres decirnos? ¿Matando al centinela?

—Como os dé la gana.Yo tengo sueño —dijo echándose nuevamente.

Pedrell le agarró por la camisa y volvió a incorporarle.

—Nos darán algo de comer y de beber.

—¿Seguro?

—¡Seguro! —terció Puig—. Y Carbonell llevará embutidos y unas latas. Nosotros compraremos otras cosas.

—No; no quiero responsabilidades.

—¡Déjate de responsabilidades y de cuentos! Está tu paisano de semana. Y, además, ¿qué te crees?, ¿que cuando vayas a la columna te van a reservar el puesto?

—Me da igual. Si queréis, marchaos vosotros. Os dejo.

—¿Lo dices de verdad?

—Di sí o no, como Cristo nos enseña —intervino Expósito.

—¡Cállate, Expósito!

—¡Pues claro! —exclamó el machacante.

Puig le miró con recelo.

—¿No dirás nada?

El machacante sonrió ladinamente.

—Si no me preguntan, no.

—¡Vaya un compañero que eres tú! ¡Parece mentira!

El machacante le miró calmoso.

—Tú tienes una navaja muy buena. Te la he visto.

—Sí; ¿y qué pasa? —preguntó Puig agresivo.

—Me gusta —dijo el machacante.

—¡Cerdo!, ¡cerdo asqueroso!

—¡Oye, tú!, ¡mucho cuidado!

Puig sacó la navaja.

—¡Toma, y cállate!

El machacante cogió la navaja.

—Y, ahora, explícame cómo vamos a salir.

—No te hagas ilusiones —le dijo Puig con ironía—. Unos veteranos amigos nuestros han arrimado por la parte de fuera un montón de paja.

—¿Y para volver a entrar?

—Muy fácil.

En un rincón del mechinal que ocupaba el machacante había varios camastros inservibles: tablas astilladas, banquillos cojos y colchonetas destripadas y rotosas. El ventanuco quedaba a considerable altura. Carbonell cogió todas las colchonetas y las puso al pie.

—Nos tiramos de cabeza encima de esto —dijo.

El machacante se vistió rápidamente. Puig se subió al rimero de colchonetas. Alcanzó con las manos el marco del ventanuco. Hizo flexión. Se apoyó en el marco, sobre el vientre, se inclinó hacia delante y desapareció. Segundos después les llegó su voz.

—¡Perfecto! —dijo—. Va como una seda.

Pedrell y el machacante le siguieron. José Expósito se quedó el último. Tardaba. Llegaron Carbonell, Carballo y Novas.

—¿Qué?, ¿ya estáis?

—Falta Expósito.

—¿Y por qué no sale?

—¡No puedo! —les llegó en aquel instante su voz quejumbrosa.

—¡Que se quede! —exclamó el machacante—. ¿Para qué os traéis a ese idiota?

Esteban Pedrell, ayudado por otros dos, se asomó al ventano.

—¿Qué te pasa?

—Que no puedo subir.

—¡Empuja, hombre! Tienes que flexionar; bueno, que doblar los brazos. ¡Haz fuerza!

—¡Ya hago, ya! ¡Me cago en la mar! Empujo como un buey, y nada. Será que me pesa mucho el culo; no sé...

Esteban les pidió a los otros sus cinturones. Hizo una cuerda con ellos. Arrojó la punta a José Expósito. Y así consiguieron auparlo.

Se deslizaron de prisa, silenciosos, siguiendo oscuras callejas. Puig los hizo detenerse en un bodegón y entró a comprar varias botellas. Después continuaron la marcha.

—¡Por cierto, hermosos! —dijo Carballo—. Es verdad que os destinan a la *Constitución*. Esta noche, después de dejaros, hablé con el comandante Gutiérrez. Me hizo infinidad de preguntas sobre vosotros. Sobre ti, Pedrell.

—¿De verdad?

—Y también sobre ti, Puig, sobre Mijarazos y todos los demás. Ese comandante es un águila. Vosotros ni le habéis visto, y él ya os ha observado uno a uno. No se le escapa detalle. Supongo que le habrá hecho preguntas también al sargento Blanco. El comandante Gutiérrez es el que más se interesa por los soldados. Es uno de los mejores jefes que tenemos. ¡Recordadlo, hermosos! Y don Joaquín Vara de Rey, nuestro general, es bueno como el pan y un valiente. Casi todos los ascensos los ha ganado por méritos de guerra. El último, a general de brigada, en octubre del año pasado.

Pilar vivía en una casa de porche con balaustres de madera. La puerta de acceso daba entrada a la sala. Los muebles eran escasos y modestos, pero todo estaba muy limpio y el ambiente resultaba agradable. Había cuatro mujeres jóvenes: Pilar, María del Cobre, Rosario y Panchita. Rosario era mulata; Panchita, negra. Estaba también la madre de Pilar. Había sido esclava. Recobró la libertad cuando la guerra del Zanjón. Su marido, un mulato, había muerto luchando con la partida de Máximo Gómez. Ella volvió a contraer matrimonio. Su actual marido y el hijo mayor peleaban en las filas rebeldes. Ella era una mujerona de 48 años, gorda, con una cara grande y unos pechos enormes. Se llamaba Basilia. Su segundo esposo era un pardito «blanconazo», delgaducho, muy callado, tenaz.

—Es muy hombre —decía Basilia—. Me ha hecho seis hijos. Unos los perdí de pequeños, y dos, de hambre, con la concentración que mandó Weyler. Me quedan ésta y el mayor, que anda con su padre pegando tiros por la independencia de Cuba.

Naturalmente, Basilia no contaba a todo el mundo tales pormenores, y menos a soldados. Basilia estaba, no cabe duda ninguna, con los insurrectos, pero le ocurría una cosa: le tiraba mucho la carne blanca. Era lo que ella decía: «Una vez que la has probado...» Como Basilia no se clareaba, algún simple llegaba a pensar si habría sido caníbal —y puede—, pero no se trataba de eso.

Basilia había corrido mucho en esta guerra. Como no tenía más amparo que el pardito, su esposo, y el hijo; y como éstos, heroicamente, habían quemado el bohío y arrasado las tierras al irse con los rebeldes, ella y sus tres chiquillos andaban siempre, con sus aproches y lejos, al socaire de las partidas. Al principio de la guerra permanecieron Basilia y sus retoños en la provincia oriental. Después, como su marido y su hijo formasen en las tropas de infantería al mando de Quintín Banderas, y habiendo engrosado éste las fuerzas de Antonio Maceo, durante la famosa hazaña de la Invasión, hubieron de recorrer, Basilia y la prole, de un cabo al otro de la isla. Llegados a Pinar del Río, y como anduviera Maceo con sus huestes atacando ya en aquella región, ya hostilizando La Habana, acabó por instalarse Basilia en un bohío abandonado de esta última provincia. Era por los tiempos en que acababa el mando en Cuba del general Martínez Campos, que fue sustituido por Weyler. Apenas llegó éste a la isla, reforzó la trocha de Mariel a Majana y dispuso que se alargara y completara esta línea, con objeto de encerrar a Maceo en Pinar del Río e impedirle la vuelta a La Habana. Basilia, sorprendida por estas medidas, pasó muchos sobresaltos y terrores. Veíase abandonada, sin recursos, en riesgo de morir de hambre. Sin embargo, Maceo, con uno de sus característicos golpes de audacia y arrojo, atravesó la trocha, antes de que Weyler tuviera tiempo de cerrarla completamente. Basilia cobró ánimos; se lanzó a indagar el paradero de las partidas; esperó con ansiedad que el pardito o su hijo se presentasen a socorrerla. Las columnas de Weyler, sin embargo, acosaban sin cesar a Maceo. El general Linares le derrotó y le puso en fuga en la loma del Porvenir. Tras de otros combates y escaramuzas en la provincia de La Habana, Maceo se vio obligado a refugiarse en Pinar del Río, donde le batieron, causándole muchas bajas, el coronel Hernández de Velasco y el general Suárez Inclán. Basilia se enteró de todos estos desastres y del más grave de ellos: la terminación de la línea de Mariel a Majana, que impediría a Maceo salir de Pinar del Río. Cierto que su previsor pardito le había mandado, cuando más apurada era la situación de Basilia, a un hombre de confianza que la proveyó de víveres y de dinero. Basilia bendijo la estrella que la había hecho unirse a hombre tan apañado. Porque, además, el comisionado resultaba individuo de bastante buen ver, aunque de la raza negra y algo corto. Pero siendo Basilia mujer campechana y muy resuelta, le puso, primero en un brete, y después en la cama, con mutua complacencia.

Partió el comisionado a los dos días y volvió Basilia a pensar con terror en el futuro. Tenía cubiertas sus necesidades para algún tiempo, pero ¿qué iba a ocurrir después? Además, Weyler había decretado la concentración de pacíficos. No afectaba aún esta orden a la provincia de La Habana, cuya grave situación despejó rápidamente el nuevo capitán general, pero Basilia, que había conocido la concentración en la otra guerra, tenía pánico y vivía inquieta, encerrada todo el santo día en el bohío y manteniendo a raya con dificultad a su revoltosa prole. Después le ocurrió a Basilia cierto lance.

A regular distancia de su bohío había un ingenio abandonado. Los mambises habían prendido fuego a los cañaverales y los tinglados, pero se salvó la casa del patrono, desde donde el destacamento enviado por Martínez Campos hizo resistencia. Actualmente, el edificio solía usarse, a veces, como hospital de campaña, e incluso, por hallarse alejado ya del campo de operaciones, como casa de reposo. Hallábase allí, por entonces, un solo oficial convaleciente de sus graves heridas, del que cuidaban dos soldados de probado valor. Uno de los soldaditos, asistente del oficial, era arriscado y oliscador. Como le vagase el tiempo, anduvo curioseando por las cercanías. Y así fue como vio y estuvo de palique con Basilia. A ella —aparte de lances pasajeros, como el del comisionado, que eran simples exigencias de la prolongada abstención y de la fisiología— le pasaban esas cosas y ese tirón de la carne blanca, y sin muchos rodeos ni preámbulos se entregó al soldadito. Dedicábase éste a la labranza en su pueblo. Le gustaban, como suelen, las mujeres gordas y mantecosas, y, así, todo marchaba divinamente para los amantes. El soldadito era, además, hombre bien predispuesto, ingenioso, y proveía abundantemente a Basilia. Y ella, la verdad, vivía muy descuidada y contenta, con su pardito a buen recaudo en Pinar del Río, tras la infranqueable línea de Mariel a Majana. Por entonces, Weyler hostigaba implacablemente a Maceo. El caudillo mulato escurría el bulto esperando recibir refuerzos de Máximo Gómez. Para que activase el envío, mandó por mar a José Miró, jefe de su Estado Mayor, y a Collazo, que debería cruzar la trocha. Ambos empeños, sobre todo el de tierra, representaban grave riesgo. La trocha tenía treinta y cinco quilómetros y estaba guarnecida por 14000 hombres. A lo largo de toda la línea se alzaban numerosos blocaos y fuertes comunicados por teléfono. Se había talado un amplio espacio que se iluminaba con proyectores de luz oxhídrica, y diversos ingenios, como los caballos de Frisia, los pozos y trampas de lobo, amén de cuatro filas de estacas, erizadas de alambres de púas, contribuían a hacer infranqueable la trocha. A pesar de todo, Collazo la pasó con un grupo de hombres. Entre ellos iba el pardito. Ansioso como estaba el hombre por la suerte de Basilia y los chiquillos, se presentó voluntario.

Por entonces, el pardito convalecía de un tiro muy grave en el vientre, que le salió por la espalda. Andaba engurruñado y con la color quebrada.

Collazo le miró.

—¿Y dónde va usted todo encogido que parece un carcamal?

—Yo voy donde vaya usted, mi coronel.

Collazo sonrió. Conocía bien a aquel hombre. Era valiente, calladito y sufridor.

—¡Véngase! —le dijo.

Apenas llegado a la provincia de La Habana, el pardito se enteró de lo que ocurría. No dijo absolutamente nada. Estuvo rumiando. Él era lento, aunque muy empeñoso. Y rumiaba. Y un día habló con dos compañeros.

—Pues yo tengo que hacer un recado.

—¿Y qué?

—Pues que, si ustedes me acompañan, lo hago.

—Usted no está para recados.

—Pues entonces voy solo.

—¡Vaya! —le dijeron los otros.

—Bueno —replicó el pardito.

El pardito abandonó una noche el campamento. Se llevó consigo dos caballos. Uno de los caballos era un matalón que casi no podía moverse, el otro era un excelente animal.

Llegó el pardito a las cercanías del ingenio abandonado, antes de amanecer. Dejó el penco en mitad de los campos. El otro lo ató junto a unas matas y se apostó entre ellas. Diariamente, los dos soldados acostumbraban a salir para forrajear. Los acompañaba un negro muy fornido. El pardito sabía estos detalles. El pardito llevaba una tercerola sin culata, malamente atada con alambres. Llevaba tan sólo cuatro tiros en la recámara y, desde luego, iba armado con su machete. El pardito esperó. Los vio aparecer hacia las ocho de la mañana. Venían los tres a caballo. Se acercaron al matalón. El soldadito adúltero echó pie a tierra. Weyler había dado orden de matar todos los caballos inservibles. El soldadito atravesó el penco con su bayoneta. Montó nuevamente. Los tres hombres galoparon hacia donde se encontraba el otro animal. Se detuvieron allí. El pardito apuntó al amante de Basilia. Falló la bala. Los tres hombres oyeron nítidamente el escalofriante martillazo. Trataron de armar sus fusiles, pero el pardito volvió a hacer fuego. Cayó mal herido en tierra el soldado. Se quedó revolcándose. El pardito disparó nuevamente. Derribó muerto al otro soldado. El negro huyó al galope. Salió del matorral el pardito y disparó su última bala. Hirió al caballo, que rodó por el suelo con su jinete. Mientras el negro se debatía para zafarse de la montura, el pardito remató «dándole machete», al soldado traidor. Luego cogió los fusiles, las cartucheras y los caballos, y se alejó pasito, como el hombre templado que era.

Después, el pardito le dijo a Basilia:

—Si vuelves con un patón, te mato.

—Es que me tira la carne blanca, chico.

—Te mato —dijo el pardito.

—Bueno —dijo ella.

Anduvo luego el pardito a las órdenes de Máximo Gómez. A los cubanos en general, y a los orientales, sobre todo, no les gustaba luchar fuera de su propia provincia. Los orientales habían seguido con gusto a Maceo, durante la Invasión, porque todos admiraban y hallábanse sugestionados por la gran personalidad del caudillo mulato. Muerto Maceo, los orientales empezaron a regresar al terruño. El pardito se enteró de que Banderas, su antiguo jefe, luchaba en la provincia oriental. El pardito habló con su hijo. Desertaron de la tropa de Máximo Gómez. El pardito metió a toda la familia en un cayuco y cruzó por mar la trocha de Júcaro a Morón. El pardito y su hijo se incorporaron a las filas de Quintín Banderas. Basilia se instaló en Siboney, cerca de Santiago. Tenía amigos y parientes en la provincia, y todo marchaba bien.

Por el mes de abril de 1897, las columnas de Weyler acosaban a Máximo Gómez para acorralarlo y aniquilarlo contra la trocha de Júcaro a Morón, mucho más poderosamente fortificada que la de Mariel a Majana. Quintín Banderas acudió en su auxilio. Pasó la trocha al frente de sus hombres. Fue ésta una gran hazaña, y un nuevo y rudo golpe también para la estrategia de Weyler, que vería arreciar los encarnizados ataques de sus enemigos y la campaña de desprestigio que acabaría con su destitución. A Basilia le volvieron los apuros y los sobresaltos. Sin el consejo, la previsión y el socaire del pardito, me la agarraron un día los reconcentradores y fue enviada al campamento de «pacíficos» próximo a Santiago de Cuba. Enfermos, lisiados, mujeres, niños y ancianos habían sido obligados a concentrarse en las afueras de las poblaciones en que hubiese guarnición de tropas peninsulares. Se apiñaban al aire libre o en inmundos bohíos y míseros tinglados. La mortandad era espantosa. Aquellos infelices caían a centenares, minados por la enfermedad, el hambre y las pestes. Weyler había dispuesto que se les facilitaran tierras de cultivo y raciones. Unas y otras eran escasas, las condiciones mínimas de higiene no existían y el porcentaje de fallecimientos resultaba aterrador. Basilia perdió dos de sus hijos. Solamente Pilar sobrevivió.

Un día asomó por la concentración el segundo teniente de intendencia encargado de las raciones. Basilia se le quedó mirando. En aquellas angustiosas circunstancias, Basilia no tenía nada que perder. Dijo:

—¡Vaya un culo que tienes, rico! ¡Ya podrás, hijo, matándonos a todos de hambre!

A este teniente le llamaban «Eco», y «Tres y tres», y «Tirito», y otras cosas relativas a su formidable trasero. En la concentración le llamaban también «Jesucristo», porque, así como el señor multiplicaba por mil los panes y los peces, así decían que multiplicaba el teniente las raciones de aquellos desdichados.

El teniente se la quedó mirando. Sonrió.

—Pues tú tampoco andas mal en eso, tampoco, tampoco. No andas mal, no andas mal, no andas mal.

—Y tú tienes mucha gracia, chico. Pareces un lorito, rico.

Estuvieron mirándose. Y como comprobasen los dos que estaban, efectivamente, muy bien presentados en aquello, es así como comenzaron a avenirse.

Basilia consiguió, después, la casa en que ahora vivía. Sus provisiones eran abundantes. En el tejemaneje anduvo, como es natural, la carne del segundo teniente Diego Calzado.

José Expósito miraba, ladeando la cabeza, como solía, los rollizos y poderosos brazos de Basilia.

—¿Es carne todo eso? —preguntó.

Como Basilia era una mujer sencilla, campechana, muy alegre, se rió con estrépito, echando la cabeza hacia atrás. Tenía la boca grande y los dientes blanquísimos. A Basilia le gustó que José Expósito dijera aquello.

—Pues ¡claro! —replicó—. Toca, y verás.

José Expósito se acercó a ella. Tocó el brazo, lo volvió a tocar. Estuvo apretando.

—¡Mamá! —protestó Pilar.

—¿Qué ocurre, niña? ¡No me va a comer! ¿Tiene éste cara de comerse a nadie?

Se rió otra vez, ruidosamente. José Expósito se rió también.

—¿Cómo te llamas tú?

—José Expósito, para servirla.

—¡Qué nombre tan lindo! ¡Siéntate a mi lado, *solche*!

A las fuerzas españolas les decían *el soldado* en Oriente, *la columna* en el Camagüey, *el solche* en Sancti Spiritus. Como Basilia había corrido la isla de cabo a rabo, unas veces llamaba a los soldados de una manera, y otras, de otra.

José Expósito se sentó al lado de Basilia. Él tiraba a pequeñajo. Basilia abultaba sus tres veces más. Le abrumaba. Pero José Expósito se arrimó a ella. Se quedó muy pegadito. Basilia le pasó el brazo por los hombros, le atrajo zambulléndole casi en sus enormes pechos. Y José Expósito mirándola con la cabeza ladeada, casi descoyuntada.

—¡Chata! —exclamó José Expósito.

Basilia rió nuevamente con sus sonoras carcajadas.

—Éste es igual que mi hombre. Eres muy rico, chico.

Le dio un manotazo que casi derriba a José Expósito de la silla. Él se tambaleó sin alterarse; se afirmó luego y volvió muy empeñoso a la querencia.

Juan Carbonell había dejado sobre la mesa unas latas de conservas y unos chorizos; y Antonio Puig, las tres botellas de ron

Bacardí que había comprado. Basilia añadió una botella de vino tinto.

—Ésta es de la intendencia —dijo—. ¡Porque se puede! —exclamó riendo.

—¡Mamá, por favor! —protestó la hija.

—¿Qué te ocurre? Una es una viuda —éste era el subterfugio de Basilia—. Tiene su cuerpo. El cuerpo tiene que comer y todo lo otro. ¿Sí o no?

—Sí, señora —dijo José Expósito, muy comedido y con profundo convencimiento.

—¡Ay, señora! ¡Qué rico es este hombre! ¡Jesús!

Mientras comían las viandas que había traído Carbonell, Basilia les preparó un plato típico del país.

—Esto es criollo —dijo riéndose— y no las porquerías que le dan al *soldado*.

Basilia peló varios plátanos verdes. Los echó en agua hirviendo con unos boniatos, sazonándolos bien con sal. Después los sacó y puso en el agua varios trozos de carne untados con ají y jugo de naranja.

—Yo ya lo he comido —aseguró el machacante con un desapacible tono entre despectivo y suficiente.

—¡Qué vas tú a comer, *sanaco*! La *columna* sólo come garbanzos y arroz.

—¡Está muy bueno! —exclamó José Expósito relamiéndose.

—¡Di que sí, rico! Pero ¡qué simpaticón es este hombre!, ¡lindo!

Pilar sacó un timple y se puso a tocarlo. Le pidieron a María del Cobre que cantase. Tenía una voz muy bella. Cantó varias guajiras. Todos aplaudieron. Después, Basilia entonó, con voz ronca, aguardentosa, pero con mucho arte, una extraña y bella salmodia africana:

Yo fui quien maté el caimán,
caimán,
caimán...
yo fui quien maté el caimán...

José Expósito la miraba arrobado. Después, Basilia empezó a bailar una lúbrica y frenética danza. Se agitaba y se movía con una agilidad pasmosa.

—¡Olé!, ¡olé! —gritaba José Expósito.

Cuando Basilia terminó, sudorosa y excitadísima como estaba, cogió entre sus manos la cabeza de José Expósito y le besó en la boca.

—¡Qué guapo eres, chico!

El machacante se irritó mucho. Como si hubiera sido una ofensa personal.

—¿Ése? ¡Ése es un pedazo de idiota!

—¿Éste? Éste parece *fato*, pero ponle un dedo en la boca. ¡Qué más quisieras tú, rico!

Y José Expósito engallándose:

—Sí; ¡qué más quisieras! ¿Lo ves?

El machacante se había acercado a Panchita. Pero no le decía nada. Al cabo de unos minutos de estar allí, le había puesto la mano sobre los muslos. Ella le rechazó indignada.

—¡Oye!, ¿qué se cree éste? Éste es un sinvergüenza.

Panchita se levantó y fue a sentarse entre Santiago Novas y Pedro Carballo. El machacante se quedó solo. Estaba mucho más furioso que avergonzado por su desafortunada evidencia. «¡Negra idiota!», pensaba.

—¿Qué?, ¿nos vamos? —preguntó.

Luego le había apaciguado un poco la euforia de la comida y la bebida. Pero más tarde volvió a importunar a los otros.

—¿Nos vamos? ¿O qué?

—Ahora —le respondía alguno.

Esteban Pedrell se hallaba sentado frente a María del Cobre. Estaba cohibido. Junto a María del Cobre se encontraba Pedro Carballo. Esteban Pedrell miraba a la bella mulata.

—Tú hace poco que estás en la isla, ¿verdad? —le preguntó ella.

—¿Cómo lo has conocido?

—Escucha... —empezó Pedro Carballo, pero María del Cobre no le hizo caso.

—Muy fácilmente —dijo—. Pareces asustado.

—¿Asustado? No; ¿por qué?

—Lo pareces.

—¡Haz el favor! —insistió inútilmente Pedro Carballo.

—Es otra cosa —dijo Esteban Pedrell.

—¿Quieres que la adivine?

Esteban Pedrell se turbó.

—No —dijo.

María del Cobre se echó a reír.

—¡Oye! —protestó finalmente Pedro Carballo—. ¿Con quién estás tú, hermosa?

—¿Cómo con quién?

—Estás conmigo.

—¡Pues ya no lo estoy!

María del Cobre se levantó y fue a sentarse al lado de Esteban Pedrell.

—¡No hay derecho! —protestó Pedro Carballo—. Eso es una traición, una crueldad.

Lo dijo con aire festivo, simulando indiferencia y despreocupación. Pero después se enfurruñó y, cuando el machacante preguntaba si se iban ¿o qué?, él —al que Panchita no le gustaba, o lo pensaba así, porque le hacía más caso a Santiago Novas— se apresuró a convenir:

—Será lo mejor. Es muy tarde, y si os agarran... Yo soy cabo y cargaré con la mayor responsabilidad.

Pero los otros no le hacían caso.

—¿En qué barco viniste? —le preguntó María del Cobre a Esteban Pedrell.

—En el *Montserrat*.

—¿Cuántos erais?

—Creo que más de mil.

—Vendría mucho armamento en el barco.

—No lo sé.

—¿No lo sabes?

—No. Pero tú eres muy curiosa.

—Di mejor que tengo interés.

—¿Por mí?

—¡Adivínalo!

Fue entonces cuando instaron a María del Cobre para que saliese a cantar. Casi todas las guajiras hablaban de amor. La mirada de los bellos ojos de la mulata se dirigía insistente hacia Esteban Pedrell. La sentía él como una caricia aterciopelada. Veía palpitar su redonda garganta, palpitar sus labios.

Cuando María del Cobre terminó, volvió a sentarse junto a Esteban Pedrell.

—Tienes una voz preciosa.

—¿Te ha gustado?

—Mucho, y...

—¿Y qué?

—Y también me gustas tú.

—¡Ya, los peninsulares! Luego volvéis a vuestra tierra, ¡y adiós!

—Yo no soy de ésos.

—¿Que no?

—No.

Ahora estaba cantando Basilia.

—Tiene gracia esta mujer —dijo Esteban—. ¿Tú vives aquí?

—No; más abajo, con una tía.

—¿Viuda también?

—Viuda.

—No tendrás hermanos, supongo...

—¿Quién es ahora el curioso?

—¿Los tienes?

—No.
—Y que conste que no es curiosidad, sino interés.
María del Cobre se rió.
—¡Ay, españolito!
Esteban Pedrell cogió sus manos. Eran pequeñas y doradas. María del Cobre se las abandonó. Esteban hizo una cálida presión que fue correspondida.
—Me estoy enamorando de ti, María del Cobre.
Ella volvió el rostro. Se miraron fijamente, profundamente. Los labios de la mulatita estaban muy cerca, temblorosos. Esteban Pedrell experimentó un vehemente, casi irreprimible deseo de estrecharla entre sus brazos, de besarla. Sentíase emocionado y feliz.
El machacante se levantó.
—¡Me marcho! —dijo hoscamente.
—¡No fastidies, hombre!
—Es tarde —le apoyó Pedro Carballo.
—¡Me marcho! —repitió terco y desapacible el machacante.
—Media hora más, ¡te lo ruego! —suplicó Antonio Puig.
—Vosotros, quedaros. Y que cada uno se arregle como pueda.
—Pero ¿qué le pasa ahora a *la columna*? ¡Ven acá, *solche*! ¡No seas así, chico! —le dijo Basilia.
—¡Buenas noches!
Giró en redondo y se dirigió hacia la puerta.
—¡Quedaos los demás! ¡No os preocupéis de ese aguafiestas! —exclamó Basilia.
—Tú aún no le conoces. ¡Menudo bicho! Nos hará cualquier trastada —dijo Puig—. ¿Qué hacéis vosotros? —les preguntó a los veteranos.
—A ver si lo adivinas, filiño —replicó Novas.
—Te veré en la columna —dijo Carbonell—. Es nuestra última noche de permiso y hay que aprovecharla.
Se despidieron presurosos. María del Cobre colocó sus manos en el pecho de Esteban. Él puso encima las suyas. Apretó con fuerza. Sintió el tibio contacto a través del traje de rayadillo.
—Vendré a verte mañana.
—Te espero.
Echaron a correr por la calleja y alcanzaron al machacante.
—¡Nos has fastidiado bien!
—¡Encima! Pues por mi cuarto no volveréis a salir.
—¡Tú te lo pierdes! —exclamó Puig.
—¿Qué voy a perderme?
—Pilar ha dicho que si nos quedamos aquí unos días, para otra noche vendrán unas cuantas amigas más. Tendremos para todos.

—No me interesa.

—¡Allá tú!

—¿Allá yo? Pues como no saltéis por la ventana del sargento.

—Entonces... ¿qué es lo que quieres?

—No quiero nada: que me dejéis en paz.

Siguieron caminando silenciosos, enfadados.

Llegaron al caserón.

—Yo entraré primero —dijo el machacante.

Antonio Puig, que era el más alto, se quedaría el último.

Ayudaron a subir al machacante.

—Avisa, ¿eh, tú?

—Sí; desde luego. Por la cuenta que me trae...

Se apoyó sobre el vientre en el marco de la ventana y se arrojó dentro.

Alguien, un soldado con toda seguridad, había andado revolviendo por allí en demanda de una colchoneta, algún banquillo o una tabla. El machacante se dio un golpe terrible en un hombro, con un banquillo de hierro que había quedado sobre las colchonetas. Se revolvió por el suelo, quejándose de dolor con las mandíbulas apretadas.

Los otros aguardaban fuera. Le llegó al machacante una voz apagada, sobresaltada.

—¿Qué?, ¿qué hay?, ¿qué ocurre?

—Nada —contestó el machacante—, todo va bien. Tiraros sin miedo.

—Ahora esta calamidad de Expósito —dijo Puig.

Le auparon. Desapareció por la ventana. Les llegó un ahogado grito de dolor. Expósito había caído de cabeza sobre el banquillo de hierro.

—¡Así aprenderéis! —murmuró el machacante aviesamente—. ¡Y tú calla, animal! ¿O quieres que nos agarren a todos?

José Expósito se había quedado hecho un ovillo. Se cogía la cabeza entre las manos. Se quejaba roncamente.

—¡Bueno!, ¡no es para tanto! —dijo el machacante, y le apartó las manos.

El machacante sintió el tibio contacto de la sangre. Brotaba a borbotones. El machacante se asustó. Apartó el banquillo.

—¡Daos prisa! —apremió a los otros.

Puig y Pedrell entraron en pocos segundos.

—¿Qué ha ocurrido?

—Estuvo aquí alguien. Dejó un banquillo sobre las colchonetas. No me fijé. Él se ha abierto una brecha.

—¿No te fijaste? —preguntó Puig.

—¡No!, ¡no me fijé! No soy tan bestia.

—Tú eres capaz de eso y de canalladas aún peores.
—Pues tú, ten cuidado, porque...
—¡Dejaros ahora de discutir! —exclamó Esteban—. Y pensad lo que vamos a hacer.
José Expósito tenía una herida de varios centímetros en el cuero cabelludo. Sangraba como un toro.
—Si avisamos, descubrirán todo el pastel.
—Se me ocurre una idea —dijo Puig—. Sobre la cama de Expósito hay una tablilla con unos cajones vacíos. Los dejamos caer al suelo. Éste se arrea un grito, y todo solucionado.
—¿Lo has entendido, Expósito?
—¡Me duele mucho!
—Pero ¿lo has entendido?
—Sí —murmuró.
—Y tú, machacante, limpia la sangre que ha quedado por aquí.
El centinela seguía cruzando despacioso ante el portalón. El imaginaria dormitaba. Oíanse ronquidos, jadeos de respiraciones. Se acostaron todos. Puig derribó los cajones. Puig chilló al mismo tiempo que José Expósito, porque no estaba éste para demasiados dibujos. El imaginaria se incorporó sobresaltado. Despertaron algunos hombres. Ahora, Expósito, como ya nadie le ponía el veto, se quejaba a modo.
—¿Qué hay? —preguntó el centinela deteniéndose.
Llevaron a José Expósito a la enfermería.
Volvió al cabo de una hora con cinco puntos de sutura en la cabeza.
—¿Qué?, ¿cómo te ha ido? —le preguntó Puig, que era su vecino de cama.
—Muy bien, muy bien. Le estuve tocando los muslos y se dejaba.
—No; si yo digo la cabeza.
—¡Ah! Escocía. Escocía bastante, no te creas.

CAPÍTULO VIII

29 de marzo de 1898.

Míster Woodford entrega al señor Sagasta una nota muy explícita en que se recogen las ideas y pretensiones del Presidente de los Estados Unidos. Cuatro puntos importantes se destacaban en esa nota:

A.—El Presidente desea diga a V. E. que nosotros no queremos la posesión de Cuba.

B.—También me manifiesta haga a V. E. presente, con la misma claridad, que deseamos la completa pacificación de la isla.

C.—Para este fin me sugiere la idea de un armisticio inmediato, que dure hasta el primer día de octubre, durante el cual se negocie la paz entre España y los insurrectos, contando para ello con los amistosos oficios del Presidente de los Estados Unidos.

D.- Desea, por último, la revocación inmediata de la orden relativa a los reconcentrados, de modo que puedan volver a sus propiedades, al mismo tiempo que los más pobres y necesitados sean socorridos con alimentos y recursos que se les envíen de los Estados Unidos. Esta Nación cooperará con las autoridades españolas, para que el remedio sea completo y eficaz.

31 de marzo de 1898.
Respuesta de España:

El Gobierno español, más interesado que el de los Estados Unidos en dar a la gran Antilla una paz honrosa y estable, se propone confiar su preparación al Parlamento insular, sin cuya intervención no podría llevarla a cabo...

Como las Cámaras Cubanas no se reunirán hasta el 4 de mayo, el Gobierno español no tendría, por su parte, inconveniente en aceptar, desde luego, una suspensión de las hostilidades pedida por los insurrectos al general en jefe, a quien corresponderá, en este caso, determinar el plazo y las condiciones de la suspensión.

El general Blanco, siguiendo las instrucciones del Gobierno, acaba de revocar en las provincias occidentales el bando relativo a los reconcentrados, y aunque esta medida no podrá alcanzar todos sus complementos hasta que las operaciones militares terminen, el Gobierno pone a disposición del gobernador general de Cuba un crédito de tres millones de pesetas, a fin de que los campesinos vuelvan desde luego y con éxito a sus trabajos.

El Gobierno aceptará, sin embargo, cualquier auxilio que para alimentar y socorrer a los necesitados les sea enviado a los Estados Unidos...

Esteban fue al encuentro de Puig.

—¿Has visto a Expósito?

—Salió hace rato. Le han dado permiso para irse antes.

—¿Seguro?

—Como lo oyes. Y aquí me tienes a mí pelando guardia. ¡Para que se fíe uno de los tontos! Me dijo que te esperaba en el bodegón.

—¡Ah, bien!

—Estoy seguro de que ha sido una faena del asqueroso machacante. Ayer tuviste guardia tú. Hoy me la han puesto a mí. Después que el muy canalla me robó la navaja y se llenó el papo como un cerdo...

—Pero ¿y Expósito?

—Le ha tenido miedo. Como es tan atontado, igual lo contaba todo.

—Es posible.

—Oye, ¿has leído esto? —preguntó Puig enseñándole un periódico.

—¿Qué es?

—La contestación de España a lo del armisticio.

Pedrell dio una ojeada al periódico.

—¿Tú que opinas? —le preguntó Puig—. A mí, si se concede el armisticio, me va a dar un ataque de alegría.

—Yo lo veo difícil.

—¡No seas cenizo, hombre!

—Siguiendo la guerra, la intervención de los Estados Unidos es casi segura y los mambises pueden conseguirlo todo. En cambio, con la paz, se quedarán como se encuentran ahora, poco más o menos. Por desgracia, no creo que les interese.

—Pero si los yanquis ayudan, como ellos mismos dicen, los cubanos tendrán que tragarse la paz.

—Los yanquis sólo ayudarán a seguir armando a los mambises.

—Está visto. No puede uno hacerse ilusiones. Y tú aún no sabes lo peor de todo.

—¿Qué ocurre?

—Que mañana mismo nos incorporamos a la columna.

—¡Mala suerte! —murmuró Pedrell, aplanado.

Se despidió de Puig y salió a la calle. El Madriles se acercó a él.

—¿Dónde vas?

—Al bodegón de la calle del Toro.

—Voy contigo.

—Bueno.

—¿Sabes la jugarreta del Expósito? La otra noche no os acompañé porque él se opuso. Acabo de enterarme.

—Sí; ya lo sabía.

—Ese Gallina me está resultando un canalla. Te juro que, en cuanto le vea...

—Ahora le verás. Me está esperando allí.

—¡Adiós! Si le veo, vomito. Pero ese atontado me las pagará. ¡Por éstas!

Pedrell siguió un trecho solo. Le dio alcance un quinto de su compañía al que acompañaba un veterano del regimiento de *Asia*.

—¡Hombre, Pedrell!, tú que sabes de esas cosas, ¿es seguro que va a terminar la guerra? —le preguntó el quinto.

—No; nada seguro.

—¡Ah, no! ¿Lo ves, paisano? —añadió el de *Asia*—. ¿Ves lo que te dije? Éste y yo íbamos a cogernos una borrachera para celebrarlo.

—La cogeremos igual, tú: para matar la pena.

—¡Hombre, sí! Has tenido una idea, recluta.

—Y oye, Pedrell, dónde están los yanquis, ¿por dónde cae?

—Como a la derecha de Cuba, ¿verdad tú?

—Sí; más o menos. Según en la posición en que te pongas.

—¡Ah, Cristo! En eso no había pensado yo.

—Yo, lo que yo no entiendo es por qué esos fulanos se meten con nosotros.

—Según ellos, por varios motivos: porque en Cuba viven muchos norteamericanos y tienen aquí grandes negocios e intereses que peligran; porque dicen que se perjudica su comercio. También porque Cuba está muy próxima a Estados Unidos y, según ellos, es un grave trastorno y un peligro para su país. Y además, por compasión. Los pobres dicen que no pueden sufrir tantos horrores.

—¡Anda!, ¡qué risa! Pues si estuvieran aquí... Será mentira todo eso, ¿no?

—No; algo hay de verdad. Pero la cuestión es otra. Hubo un yanqui que dijo que América para los americanos. Hace tiempo que se empeñan en echarnos de aquí y, si pueden, se quedarán con Cuba.

—¡Mira qué guapos!

Entraron en el bodegón de la calle del Toro. Expósito no había llegado aún. Se sentaron los tres a una mesa. En la próxima había un grupo de soldados del regimiento de *Talavera* y del batallón provisional de *Puerto Rico*.

—¡Eh, *Talavera*! ¡Los de *Talavera* y *Puerto Rico*, nada! —les gritó el veterano.

—¿Y tú qué, *Asia*? Vosotros os desmayáis con el olor de la pólvora. ¡A que sí!

—¡Calla, calla, «Cabezota»!, con lo que tú has corrido, ya estarías en la península si hubiera un puente.

—¡Eso sí! —rió el otro.

—¡Anda!, si ahí está Pinazo. ¡Pinazo! —le llamó el veterano.

—¿Qué hay?

—¡Ven aquí!

—¿Invitas?

—¡Invita tú!

Pinazo le volvió la espalda haciendo un ademán desdeñoso.

—Ese Pinazo estuvo en una buena, y el «Cabezota» es un tío valiente de verdad.

—¡Ah!, ¿sí? —dijo Pedrell.

—Sí. ¡Pinazo! —volvió a llamar.

—¡Me aburres! —exclamó el otro volviéndose apenas.

—¡Ven aquí!

—¡Ven tú!

—Éstos quieren que les cuentes lo del fortín.

Pinazo era de corta estatura. Debió de ser regordete. Ahora le colgaban fláccidas las mejillas. Tenía un color macilento. Su cabello era pajizo, las cejas muy pobladas, unos ojos azules, pequeños y hundidos. El bigote de foca, teñido por la nicotina, le tapaba por completo los labios. Fumaba un gran veguero al que daba profundas chupadas envolviéndose en nubes de humo. Los ojillos de Pinazo se avivaron.

—¿Para qué? —preguntó.

—Para nada. Les gustaría oírtelo.

Pinazo era cachazudo. Se quedó mirando a los otros tres, con la cabeza vuelta. Apoyó el puño en la sien. Tenía un aire de burla, o de malicia, o de regocijo interno. Para incorporarse, se afirmó con fuerza en los codos. Después se acercó perezosamente, balanceando el cuerpo para adelantar las piernas. Tenía las piernas cortas, los brazos cortos. El traje de rayadillo flotaba, colgado de los hombros, sobre sus carnes amarillentas, enfermizas.

—Siéntate —le dijo el veterano.

Pinazo se volvió a mirar donde estaba el camarero.

—¡Muchacho! —llamó—. Una de ron aquí —luego se sentó.

—¿Dónde has estado?

—En el hospital. Me agarró la amarilla.

—A ti no te matan ni las fiebres. ¿Y esa chimenea dónde la pispaste?

—Me la dio mi teniente.

—¡Ya!

—Me la dio. ¡Vaya tagarnina!, ¿eh, tú? —y se rió él solo, feliz, con un ruido gutural.

—Bueno, ¡cuéntalo!

—¿El qué?

—Para que aprendan estos quintos.

—¿Quintos? —Pinazo los miró—. «El que con quintos se acuesta...» —y volvió a reír, atragantándose con la risa y el humo.

—¡Venga, hombre!

—¿Hay prisa?

—No, hombre, pero si lo vas a contar...

Pinazo se rascó fuertemente la cabeza.

—Esto pasó hace mucho, en agosto de 1895. Ya casi no me acuerdo —cogió el vaso que acababan de servirle y se lo bebió de un trago.

—¡Venga ya! —le dijo el veterano.

Pinazo le miró. Se volvió hacia el camarero.

—¡Muchacho, tráete otra!

—¡Venga, Pinazo! Y no abuses.

—Si molesto, me voy.

—No, no molestas. Y empieza.

—Pues éste es el asunto. Esto fue cuando la Invasión de Maceo. Se le incorporan el dominicano Máximo Gómez y el polaco Roloff, el que inventó la dinamita en esta guerra, ¡así reviente!, con 3500 del mambí. Me los agarra el general Suárez Inclán y les zumba la pandereta en Trilladeras.

Pinazo se detuvo. Miró a los quintos con un descarado aire de superioridad. Desapareció casi tras la humareda del puro.

—¿Qué? ¿Estoy o no estoy enterado?

—¡Claro que lo estás! —dijo el veterano—. ¡Sigue!

—¿Hay prisa? —preguntó otra vez con insolencia—. Después de arrearles, el ejército mambí se separa en dos grupos. Siguen el avance. ¡Y mira qué graciosos! Se reúnen de nuevo los dos grupos y se nos vienen encima. Estábamos en el fuerte el sargento Domínguez, el cabo Mena y quince soldados.

Pinazo metió el dedo en el vaso de ron que acababan de servirle. Era un dedo corto, grueso, de uña larga, curvada hacia dentro y negra de suciedad. Hizo un círculo en la mesa.

—Esto es el fuerte. Por aquí junto pasa el ferrocarril de Puerto Príncipe a Nuevitas. Por aquí, por aquí y por aquí, el matorral de la manigua. ¿Sabéis vosotros lo que es la manigua? —preguntó mirando a los otros con una sonrisa fanfarrona y descarada—. ¡Qué vais a saber! Y aquí un trozo despejado. Hay que acordarse de esto, ¿eh? ¡Aquí mismo! No lo olvidéis.

Entornó levemente los ojillos. Ahora tenía un aire como soñoliento. Chupó con suavidad el puro y arrojó el humo lentamente.

—El fuerte era de troncos de jiquí. Buena madera, pero estaba sin terminar. ¿Y qué le faltaba? Poquita cosa: la puerta y parte de la empalizada. El asunto es que se colocan unos troncos con pincho. Si quieres subir, te los clavas en la barriga —se rió fuerte, y luego soltó una blasfemia—. Ponerse a clavar troncos con este calor. El sargento y el cabo: «¡Venga, venga!» «¡Caray, mi sargento!, yo ya estoy derretido.» Y otra cosa no tendré, pero orejas... Y voy: «Mi sargento, ¿oyó el ruido?» «¡Déjate de ruidos y trabaja!» Ya sabéis cómo son ellos. Y yo: «¡A sus órdenes!, pero se lo juro.» Y yo con las orejas así, como dos sombrillas. ¡Como dos sombrillas! —se rió largamente, complacido—. Y el corazón: toco, toco, toco, toco. «¿Y ahora, qué?» «¡Y dale!» —el sargento mirando a los otros—. ¡Eh!, ¡ya está éste!» Todos empezaron a reírse. «¡Anda, Pinazo!» «¿Hay miedo, Pinazo?» «¡Ya está ahí el mambí! ¡Tirirí!» Y yo: «¿Qué os pasa a vosotros, desgraciados?» Pero os juro que no les duró la risa. ¡¡Pruurruum!! Una descarga cerrada. Ahora me reía yo. «¡Reíros ahora, desgraciados!» El sargento y el cabo que empiezan a gritar como locos: «¡Cubrirse! ¡Fuego a discreción! ¡Todos al fuerte! ¡Fuego!» Ya había dos patas arriba. El uno para los restos; el otro, revolcándose. Yo me tumbo detrás de un puñado de los troncos que clavábamos. Empiezo a disparar. Y va el sargento: «¡Al fuerte, Pinazo!» «¡Ya voy, mi sargento! ¡Caray con usted!» Otros dos que caen despatarrados. Le echo mano a uno que estaba cerca. Le empiezo a arrastrar. «¡Cuidado, Pinazo!» ¡Qué cuidado, ni qué!... No iba a dejarle allí. Y el resumen: que me meten un tiro por aquí, por el pecho, con interés en un pulmón.

—¿Con qué?

—Con interés. ¿Qué le pasa a este quinto? ¿Está sordo?

—¿Con interés?

—Que le interesó un pulmón —aclara Esteban.

—¡Bueno! ¿Lo cuento o no lo cuento?

—¡Callarse todos! Y tú sigue, Pinazo.

—Me palpé. Sangraba como un cerdo. Voy arrastrándome otra vez hacia los troncos. Tiro de la pata de aquel muchacho para ampararle. «¡Ésta me la pagáis!» Aún disparé dos tiros. Los de ellos pegan en la madera. ¡Cloc, cloc, cloc! «¡Ay, Pinazo de mi alma, que aquí la palmas tú, hijo!» Tenía como un horno y, cada vez que respiraba, se me partía el pecho. Respiraba así —Pinazo abocinó los labios—, a chupitos, a ver... Y ni eso. Echaba sangre por la boca. «¡Aquí te me mueres tú, hijo, Pinazo!» Me iba quedando todo tieso, con un *runmurio*, como cuando se te duerme una pata. ¿Y veis? Aún quería disparar. ¡La madre que parió a los mambises! «¡Rendiros, patones! ¡Rendiros!» Nos rodeaban a cientos. Los otros ya se habían metido en el fuerte. Afuera yo y los cuatro despatarrados. A mí se me iba yendo la vista. Y en esto... «¡Tú, tú!» Al principio no lo comprendía. Era el cabo Mena. «¡Hola, cabo!» «¿Puedes andar?» Casi que me enfadé.

¡Mire usted que la pregunta! «¡Venga, Pinazo!» Agarro el fusil. «¡Déjate de fusiles!» «¡Ni hablar!», le dije. «Ésta es mi novia», le dije. Voy a levantarme, el dolor me tiró de cabeza. El cabo me arrastró por los sobacos. Yo ya ni veía. Me vi en el fuerte. «¿Qué tal, Pinazo?» «De primera, mi sargento.» Ese sargento era un valiente. Estaba herido. Yo miraba su mancha de sangre. Miraba la mía. Las dos iban creciendo. Yo estaba recostado contra el muro de troncos. Miro. Había varios muertos y otros que se revolcaban gritando. Quedaban en pie el sargento Domínguez, el cabo Mena y un soldado. ¡Pum! El cabo Mena se despatarra herido en la cabeza. Se vuelve a levantar. La sangre le corre por la cara, pero sigue disparando. Los tíos de fuera: «¡Rendiros, rendiros!» «¡Que se rinda tu madre!» Ahora, escuchad esto: el sargento, el cabo y el soldado dejan de disparar. Y el sargento: «A mí sólo me queda un tiro.» Y va el soldado: «Y a mí otro.» Mena estrelló su fusil: «Yo, nada, mi sargento.» Y yo: «¡Se acabó lo que se daba, Pinazo!» Dice el sargento: «No desperdicies el tuyo, soldado.» Los mambises: «¡Rendiros, rendiros! Os perdonaremos la vida.» Nosotros callados como muertos. ¡Qué gritos, muchachos! Se lanzan al fuerte como fieras. ¡Quintos! ¡Aquí! ¡Mirad aquí! Éste es el descampado. Yo lo veía por una aspillera. Dos van delante, gritando a degüello con los machetes en alto. ¡Ji! Dos pajaritos. Disparan el sargento y el soldado. Los pajaritos caen redondos. ¡Y se acabó! «¡A morir tocan, Pinazo!» ¿Qué os dije yo de las orejas? Oigo un ruido. Fu, fu, fu... «¡Mi sargento!» Y ¡prurrum! Una descarga como un trueno. Los mambises que se paran. «¡Los nuestros, los nuestros! ¡Viva España!» Llegaba un tren con tropa. Y yo llorando como un chavalín, llorando, llorando. Me desmayé de alegría, de miedo ¿y de qué más? ¡Pues de la pérdida de sangre, burros!

Pinazo se levantó. Los miró con aire despreciativo y enfadado al parecer. Y se alejó despacioso.

—¿Eh?, ¿qué tal? Es un tío muy grande este Pinazo. ¡¡Pinazo!! —le gritó—. ¡Qué cacho de animal eres!

Entró José Expósito. Olía muy fuerte a colonia barata.

—¿Dónde has estado?

—En el barbero. Uno de verdad, no en la compañía, donde os pelan a vosotros, tiñosos.

—¿Te pagas algo?

—No.

Se despidieron de los otros y salieron del bodegón.

—Oye, Expósito.

—¿Qué hay?

—Ando muy mal de cuartos.

—¿Y qué?

—Te vendo mi reloj de plata.
—¿Y qué hago yo con un reloj? No sé mirar la hora.
—Yo te enseñaré. Y haces un buen negocio. Te lo doy en la mitad de su valor. No te engaño.
—Te prestaré diez pesos. Cuando me los devuelvas, yo te devuelvo el reloj.
—Muy bien. Gracias.
—¿Qué harás con la María? ¿Saldréis a pasear?
—Sí; eso espero.
—¿Y yo qué haré? Yo, si me quedo solo con la Basilia no sé qué voy a hacer.
—No te preocupes. Ella te ayudará.
—Es que... ¿Seguro que me ayudará?
—Sí; no te preocupes.
—¡Menos mal! Como yo nunca he tenido novia... A mí Basilia me gusta mucho. Me gusta porque es negra y gorda —rió Expósito.
Basilia estaba sola.
—¿Y María del Cobre? —preguntó Pedrell.
—Hoy no ha venido por aquí. Y Pilar ha salido con el *soldado*. Ésa tiene los *solches* a patadas, aunque hace ascos a todos. ¡Qué loca! ¡Con lo ricos que sois los españolitos! Pasad y os pondré un refresco de coco.
—No, gracias. Yo voy a ver si encuentro a María del Cobre. ¡Hasta luego!
—Voy contigo —dijo José Expósito.
—No, rico. Tú no vas a ninguna parte.
Le quitó el sombrero. Le puso la mano en la cabeza. Se la cogió como si fuera una pelota y lo condujo hacia el interior de la casa.
Expósito se quedó de pie, algo encogido, con las manos cruzadas sobre el abdomen.
—¡Vamos! ¿Qué te pasa a ti, *compañé*? ¿Es que me tienes miedo?
—No, señora.
—¡Ay, señora! Me da mucho gusto que me llames señora. ¡Qué rico eres, chico! *Horita* te traigo el refresco.
Fue. Volvió con dos vasos.
—Bebe. A ver si está bueno.
Expósito bebió.
—Está muy bueno.
—*Horita* ven aquí.
—¿Cómo?
—Arrímese. Deje el vaso y arrímese.
—Es que a mí me pasa una cosa...

—¿Qué te pasa a ti, rico?
—Yo nunca he tenido novia.
—¡Ay, novia! Pero ¡qué rico eres, lindo!
Basilia le cogió de los brazos. Dio un tirón y se lo echó de bruces sobre los pechos.
—¡Dímelo otra vez, lindo!
—Nunca he tenido novia.
—¡Lindo, lindo! ¡Jesús!
Basilia le cogió la cabeza. Se ladeó y empezó a besarle en la boca.
—¡Rico!, ¡que eres más dulce que el guarapo! ¿Quién te va a querer a ti, *faíno*?
—¡Tú!
Basilia se lo llevó. Los pies de José Expósito casi no tocaban el suelo. Basilia se arrojó con él encima de la cama.

Esteban Pedrell vagaba lentamente por las callejas de Santiago. No encontró a María del Cobre en su casa. Primero anduvo dando vueltas por allí, mirando por las ventanas. Luego se decidió a llamar a la puerta. Se asomó una chiquilla.
—¿Y María del Cobre?
—Salió con el capitán.
—¿Qué capitán?
—El capitán.
Esteban se marchó. Sentíase defraudado, celoso y triste. Pensaba en Mijarazos. ¿Se enamoraría alguna vez así? ¿Se enamoraría así de María del Cobre? Desde que la conoció había pensado en ella sin cesar. Esteban anduvo de una parte a otra. Entró en varios bodegones a beber un trago. Volvió, al cabo de un par de horas, a la casa de María del Cobre. La encontró allí, en el porche.
—¡Hola!
—¡Hola! ¿Has venido a buscarme?
—Sí.
—Lo siento. Tenía un compromiso.
—Lo tenías conmigo, ¿recuerdas? Ayer no pude venir, porque me pusieron guardia. Te avisaron, ¿no?
—Sí.
—Y te dijeron que vendría esta tarde.
—Sí; también. Y aquí estoy.
—¿Quién es él?
—Un capitán. Un buen amigo.
—¿Sólo amigo?
—¡Sí, claro!

—¿Como yo?
—Más o menos...
—Eso es lo que yo te pregunto, ¿más o menos?
—Menos.
—¿De verdad?
—Sí; de verdad.
—¿Quieres que vayamos a dar un paseo?
—¡Pues sí!
Se dirigieron hacia las afueras de la población.
—He oído que van a desartillar el *Reina Mercedes* y a poner sus cañones en la batería del Morro. ¿Tú sabes algo?
—No.
—También dicen que van a fortificar Santiago. ¿De verdad que no sabes nada?
—No.
—¿Qué clase de soldado eres tú?
—Pues un soldado. Yo sólo tengo que obedecer.
—Tú vales mucho para eso sólo. ¿Qué te pasa? ¿Te disgusta que hable de estas cosas?
—Sí; estoy de guerra hasta la coronilla.
—Pues a mí me interesa mucho.
—¿Por qué?
—No puedo decírtelo.
—¿Es algo grave?
—Tú dudas de mí. ¡Confiésalo!
—No, tanto como eso, no. Pero me sorprende. Es raro que una mujer se interese tanto por ciertas cosas: los refuerzos que han llegado, las fortificaciones, las baterías...
—Tengo mis motivos.
—¡Ya! Y no pueden saberse.
—Son cosas muy personales, muy tristes. Algún día te las contaré. Yo quiero que España gane la guerra. No hay nada que desee tanto en la vida. ¿Te basta por ahora con eso?
—Sí; me basta. No te creía tan patriota.
—Ya lo veo. Sigues dudando de mí. Te diré una cosa. No es por patriotismo. Es por venganza. ¡Por odio!
Esteban la miró fijamente. Los ojos de la bella mulata brillaban con un fulgor intenso.
—¿Qué te ha ocurrido?
—¡No, por favor! Dejemos eso ahora. ¡Te lo suplico! —rogó con gran excitación, acongojada.
Esteban guardó silencio. Miró hacia el mar, hacia los montes.
—Es muy bella tu isla.
—¿Te gusta?

—Me gusta tanto, que acabaré por quedarme aquí.

Esteban se inclinó a cortar una bella flor rosada. Era un copey. Rozó una mata próxima y sintió un dolor muy agudo, como una quemadura, que le hizo retirar vivamente la mano.

María del Cobre se echó a reír.

—Has tocado una pringamoza. ¡Ay, españolito, cuánto tienes que aprender!

—¿Me lo enseñarás tú?

—Si tú quieres...

—Lo quiero. Escúchame, María del Cobre. En mi compañía hay un tal Mijarazos. Él mismo dice que es un hombre raro. Yo lo creí. Me pareció que estaba loco. Ha hecho muchos disparates por una mujer. Ahora creo que yo soy tan raro como Mijarazos, que estoy loco, igual que él.

—No lo parece.

—Éste es el segundo día y la tercera vez que te veo. Tú dirás que es absurdo. Pero estoy enamorado de ti. Lo siento como lo digo. ¡Te lo juro! Siento que te quiero, que estoy loco por ti.

Esteban detuvo a María del Cobre por un brazo. Le puso una mano en la barbilla y le hizo volver el rostro.

—Mi felicidad depende de una sola palabra tuya. ¿Me quieres?

Ella sonrió dulcemente.

—Yo no estoy loca —dijo.

Esteban se inclinó para besarla. María del Cobre desvió el rostro.

—...Pero temo que esa enfermedad tuya sea contagiosa —añadió.

Esteban la atrajo hacia sí. Le pasó un brazo por la cintura. Ya no pensaba en besarla. Le bastaba con su proximidad, con mirarse en sus ojos. Su felicidad era un gozo intenso, y risueño, sin pesadumbre.

—¡Ojalá que el contagio sea fulminante! —dijo sonriendo.

Después sintió tristeza.

—Mañana nos vamos de aquí para incorporarnos a la columna.

—¿Saldréis de operaciones?

—Eso dicen.

—¡Qué lástima!

—¿Te acordarás de mí?

—Me acordaré todos los días. Te esperaré.

—¿Lo dices de verdad?

—Sí. Y ten cuidado, ¡por favor!

—¿Me quieres un poco entonces?

—Creo que sí.

Esteban la estrechó entre sus brazos y la besó largamente en la boca.

CAPÍTULO IX

El comandante Manuel Gutiérrez Bárcena paseaba con su sobrino José Luis Robles Gutiérrez, teniente primero, por la calle Alta de Santo Tomás.

—¿Sabes lo que me acaban de contar? —dijo el teniente—. Que los yanquis han introducido contrabando aprovechándose del permiso que se les dio para que entraran sin pagar derechos los socorros que enviaban a los reconcentrados.

—Sí; ya lo había oído. Creo que han metido joyas y otros objetos de matute entre los comestibles. ¡Vaya gentuza!

El comandante era un hombre de cuarenta y cinco años, de mediana estatura, macizo, reposado. Tenía ese aplomo, la serenidad descuidada del soldado veterano, que se advertía hasta en su modo de vestir. El teniente era bisoño. Su uniforme había sido cortado por un buen sastre y estaba limpio y muy bien planchado. El teniente miraba a los peatones, los coches que circulaban por la calle, con un aire mixto de curiosidad y de cierta insolencia jactanciosa. Miraba también a las mujeres que pasaban, aunque lo hiciese con relativo disimulo. El comandante le observaba sonriendo.

—Son guapas, ¿eh? —dijo de pronto.

El teniente se volvió. Sonrió algo turbado.

—¡Ah, las mujeres! Sí; muy guapas, desde luego.

—A estas islas emigraron muchos franceses, huyendo de las revueltas de Haití. Esas mujeres tan elegantes, tan mimosas y femeninas son el magnífico resultado de la mezcla de sangre española y gala.

—Pues las mulatas también son preciosas.

—También. Ahí han contribuido esa distinción, la insuperable gracia de movimiento que sólo poseen los africanos, y nuestra raza, que les ha embellecido los ojos y la boca, les ha aclarado la piel y les ha añadido una buena dosis de ardor.

El teniente era muy joven. Sonrió ensoñador, con un nerviosismo, con un gozo que se le adivinaba lleno de impaciencia, de la presunción de inminentes aventuras amorosas.

El comandante sonreía benévolo.

—¡Cuidado! —le dijo.

—¿Por?

—Las mujeres pueden arrastrarte a muchos peligros. Hablo por experiencia. Yo vine a Cuba de soldado, como sabes. Tenía tu edad. Era bastante alocado y no había salido nunca de nuestro pueblecillo. En la guerra del Zanjón tuve suerte. Me distinguí en varias acciones y fui ascendido a segundo teniente con rapidez. Me veía con algún dinero, con prestigio, con mando. Empecé a frecuentar los lupanares, los guateques y rumbas de los «accesorios», lugares de diversión de los puertos, donde las mujeres, negras y mestizas sobre todo, bailaban desnudas. Tuve muchos amoríos. Las hembras de vida irregular se pirran por los héroes, y yo gozaba fama de serlo. Las mujeres me arrastraron a la bebida. Necesitaba dinero, y jugué. Fui llenándome de trampas; me perseguían los usureros. En un baile de sociedad conocí a la esposa de uno de los jefes del partido constitucional. Por entonces, y casi no hemos mejorado en eso, el ambiente de inmoralidad, de corrupción, era muy grande en Cuba, sobre todo en las altas esferas políticas y sociales. De la Duquesa de la Torre, esposa del Capitán General, se aseguraba que había aceptado obsequios valiosísimos, como una vajilla de oro. Contaban que, en una ocasión, le enviaron una bandeja de plata con joyas de mucho precio, para que escogiese, y se quedó con todas. Esta gente vivía con una fastuosidad que deslumbró a la princesa Eulalia de Borbón cuando hizo su viaje a las Antillas. La cubanita de que te hablaba era preciosa, mucho más joven que su marido. Tenían una fortuna inmensa. Yo era entonces bien parecido, audaz, con esa simpatía que poseen, ya que no otra cosa, los sinvergüenzas. Gozaba, como te dije, fama de valiente, hasta de héroe. Aquellos señores me invitaron en varias ocasiones. La cubanita, desde luego, me hizo mucha impresión. Creo que me enamoré. Por entonces estaba yo destinado en La Habana. Supe que ella solía pasear a caballo por las afueras de la población. La acompañaba una negrita. Me hice el encontradizo. En fin... para no cansarte: la cubanita correspondió a mi amor. La cosa trascendió en seguida, porque, como tú sabes, a los enamorados puede pedírseles de todo, menos prudencia. Me condenaron a pasar tres meses en San Isidro, horroroso lugar de la Trocha del Este.

—Luego me explicarás algo de las trochas; he oído tantas opiniones contradictorias, que no sé a qué atenerme.

—Sí, hombre; con mucho gusto. Llegué a mi forzado destino en la «plataforma», como llamábamos al tren militar que circulaba diariamente entre San Isidro y San Miguel de Nuevitas, la ciudad más importante de esta trocha, que principia en Bagá. Mi impresión fue terrible. San Isidro hallábase emplazado en un terreno bajo y pantanoso, extensa sabana sembrada de ciénagas.

—¿Y cómo no han intentado desecarlas? Se ganarían muchas tierras para el cultivo y se evitarían enfermedades.

—Sí, tienes razón; pero no es cosa nada fácil. Además, te advierto que, algunas partes de las ciénagas, en el Caimán, por ejemplo, o en la de Zapata, son una gran fuente de riqueza.

—¡Ah!, no me lo figuraba.

—La feracidad de esos tremedales en asombrosa. Pueden quemarlos, arrasarlos, entrar en ellos a saco los carboneros... Las plantas vuelven a crecer invadiéndolo todo. Allí se hallan maderas muy preciosas... Pero no sé si te interesan estos pormenores de botánica.

—¡Claro que sí! Me interesan mucho.

—En los terrenos que rodean la ciénaga, lo que aquí llaman «costaneras», abundan los mangles y yanas, de los que se hace un carbón magnífico, sobre todo de las yanas. Luego está el júcaro, madera incorruptible, sumamente útil para traviesas y obras marítimas. En la construcción se usan el roble blanco, el roble de olor, el ocuje, el chicharrón prieto...

—¡Qué nombre tan curioso!

—¡Ah, sí! Más curioso es el que llaman corazón prieto. Y hay otros como el patabún, el tengue, la majagua, de la que se hacen sogas, la palma enana, etcétera. Los carboneros abren zanjas en la ciénaga, arrojando el lodo a ambos lados. Estos canalillos se llenan en seguida de agua y el lodo se convierte en tierra firme. Las ciénagas resultan un formidable laberinto de acequias y senderos, en el que hasta los mambises necesitan prácticos para poder circular y no extraviarse. Algunas ciénagas, como la del Caimán, son nidos inexpugnables de rebeldes. Allí se halla, habitualmente, el cuartel general, la base de operaciones y el seguro refugio de la partida de Collazo. Todos los intentos para apoderarse del Caimán han fracasado. Los mambises se escurren por el complicadísimo galimatías de los senderos o desaparecen por los canales en sus pequeñas embarcaciones: cayucos y cachuchas. Además, aquello está fortificado por trincheras disimuladas por la feraz hierba bruja, y protegido por alambradas. Allí han *fusilado*, como dicen ellos con razón, muchas veces a nuestras tropas. Los ataques por sorpresa, las emboscadas son constantes, dentro de un laberinto tan sumamente complicado y desconocido por nosotros.

—Desde luego, ¡qué lucha tan terrible!, ¡qué alardes de valor se están haciendo!

—¡No lo sabes tú bien! Y lo que más sulfura es que en la península parece que ni se enteran. Volvamos a mi infernal trocha. Había allí uno de los hospitales de campaña, la enfermería de

San Isidro, enorme caserón de madera en el que se hallaban postrados más de trescientos hombres. Para protegerlo, se había levantado un fortín que alojaba a la tropa. Desperdigados por las cercanías, veíase algún que otro miserable bohío habitado por lavanderas y trabajadores negros. Había en San Isidro muchos oficiales castigados: borrachines, jugadores, mujeriegos, juerguistas... Te aseguro que quedaban curados para siempre de sus vicios. Al bajar yo de la «plataforma», vi traer a un capitán y un teniente que habían cumplido dos meses de arresto. Los transportaban al ferrocarril en camillas, porque no podían sostenerse de pie. Ambos estaban atacados de la terrible anemia palúdica. Amarillentos, con la piel pegada a la osamenta, parecían cadáveres de hombres muertos por consunción. Al llegar al fortín, supe que los dos tercios de los soldados de la guarnición hallábanse constantemente enfermos. El paludismo, la disentería, el vómito negro, la tuberculosis hacían espantosos estragos. Nuestra mísera alimentación parecía haber sido ideada para aniquilarnos a todos más rápidamente. Se componía de arroz, galletas, pan y café. Muy de tarde en tarde, los negros de los bohíos o los «vianderos» que aparecían por allí, nos traían algún plátano, algunos cocos o piñas que se agenciaban en los ingenios o sitierías abandonados y que se hacían pagar a precios exorbitantes. Contribuían a hacer horrorosa la vida en San Isidro las terribles plagas de insectos: millares y millares de cucarachas, pulgas, hormigas, niguas y espesas nubes de mosquitos *anopheles* y del diminuto y feroz jején, que eran un verdadero martirio. Las niguas se introducen en la carne, bajo las uñas de pies y manos. Producen un picor insufrible y llagas muy peligrosas. Han pasado casi veinticinco años y todavía me estremezco de horror al recordar aquellos meses. Sin embargo, «no hay mal que por bien no venga». Yo sufrí, en el infierno de San Isidro, unas experiencias tan terribles, como aleccionadoras —el comandante se interrumpió; se quedó sonriendo con un aire vago, de abstracción evocadora y de tristeza.

El teniente se volvió hacia él con una mirada interrogante.

—Estaba pensando en Hachero, mi asistente, un pescador de Ayamonte. ¡Qué pedazo de bruto y qué gran muchacho! Tuvo una muerte increíble, la más extraña que se puede concebir. Hachero había venido conmigo de la península, en la misma expedición. Era un hombre magnífico, ingenuo como un chaval, generoso, de un valor suicida y más fuerte que una mula, pero las mujeres le hacían perder el juicio. Andábamos siempre juntos, detrás de las hembras. Al ascender yo a oficial, le nombré mi asistente. Nunca se apartaba de mí. Ha sido el afecto más fiel y entrañable que me ha deparado la vida. Mi asistente era un ser primitivo, mejor que yo en casi todo. A las mujeres, por ejemplo, yo las perseguía mucho más por jactancia, por vanidad, que por otros sentimientos más nobles. Me conducía con un perfecto y superficial donjuanismo. ¿Tú has leído *La Regenta*, de Clarín?

—No.

—Te la recomiendo. En esa magnífica novela se habla de esta clase de donjuanismo. Mi asistente, en cambio, era un hombre tremendamente sexual; se volvía loco. No sé si llegó a enamorarse, pero su actitud con las mujeres resultaba algo muy auténtico, absolutamente sano. Hachero era un ser instintivo, puro como un semental. Cuando me castigaron, se empeñó en acompañarme a la trocha, pero me opuse terminantemente. «Allí no hay mujeres —le dije—, y tú reventarías.» Antes de que transcurriese una semana de mi arribo a la trocha, le vi aparecer.

»—*¿Qué haces tú en este sitio? ¿No te había ordenado que no vinieras?*

»—*Y no pensaba venir, mi oficial. Te juro que fue mi mala suerte. Me di una vuelta por el relajo «La Criolla». Yo sólo iba a mirar. Y, mirando, mirando, estaba allí Panchita, la mujer de Irene, el dueño. Va ella y me mira también; me guiña el ojo y se va para el huerto. Voy yo. La agarro y se me empieza a dar. No sé si es que alguien nos vio y quiso ella echarle su disimulo. El caso es que la muy zorra se pone a gritar como una cabra. Tú ya sabes cómo soy yo: una vez puesto, no hay quien me pare. "Chilla, preciosa, que a mí no te me escapas." Llega el Irene. Le doy un mamporro. Se me torna y le descalabré con una de las botellas vacías que estaban por allí. Total: tres meses de trocha.*

»—*¡Mira! Déjate de cuentos. Has armado todo ese barullo para seguirme a San Isidro, pero ¡prepárate! Ya te dije que aquí no había mujeres; y no las hay.*

»—*Ya me las arreglaré.*

»Una semana más tarde empezó a dar las primeras muestras de desesperación. Yo, mucho menos sensual que él, me conformaba y, además, empecé a sufrir de disentería y estaba bastante postrado.

»—*Yo voy a escaparme de aquí, mi oficial* —me dijo Hachero un día.

»—*¡Estás loco! Te fusilarán por desertor.*

»—*No; si yo volveré. Yo no te dejo a ti; pero he de hablar unas palabritas con una hembra. Si no lo hago, me moriré. ¿Cómo andas de dinero?*

»Le di unos cuantos pesos. Estoy seguro de que intentó lo imposible. Le vi en conciliábulos con un negro muy sinvergüenza, del que ya te hablaré; daba coba a los furrieles, a los carteros: a todos los que, por un motivo u otro, salían de nuestro poblado, ya que San Isidro dependía completamente de San Miguel, que lo aprovisionaba de víveres, munición, medicamentos, etc. Adulaba a nuestros guardianes; se ofrecía voluntario para trabajar en las obras de fortificación y reparaciones de la trocha, que se hacían fuera de San Isidro; estuvo también en tratos con un sitiero arruinado por la guerra y que andaba de «viandero» por la trocha vendiendo algunos comestibles y otros artículos. Este sitiero, borrachín empedernido y degenerado, era de Bagá. Tenía varias hijas con cuyo cuerpo comerciaba también. Ayudé con otros préstamos a mi asistente, porque sabía cuánto le hacía sufrir su irresistible propensión, y me daba pena. Sin embargo, la vigilancia en la trocha era sumamente estricta. Había también mucha inmoralidad, pero mis escasas posibilidades económicas no bastaban para poder aprovecharse de ello. Hachero no debió de conseguir absolutamente nada, pues le vi languidecer de tristeza y ansiedad. Me contó que había intentado «hincarle el diente a las lavanderas», pero sólo había sentido repulsión ante aquellas míseras ancianas negras o mulatas. Hachero enflaqueció de un modo alarmante; casi no comía. Serio, callado siempre, mustio, no parecía el mismo hombre. Solamente en sus ojos había un intenso brillo de fiereza o desesperación. Yo pensé que acabaría por darle un ataque de locura. Le observaba atentamente, le hablaba procurando darle ánimos. Un día, a las tres semanas de su llegada, le destinaron, por fin, a trabajar en la reparación de las fortificaciones, en Bagá, pueblo próximo a San Isidro. Se encuentra en la bahía de Nuevitas, y allí empieza la Trocha del Este, cuya extensión es de cincuenta y dos kilómetros. Yo fui uno de los oficiales puestos al mando de la tropa. Al principio, Hachero dio muestras de gran alegría y excitación. Yo estaba muy preocupado. Temía que hiciera algún disparate y me propuse vigilarlo estrechamente. Mi preocupación fue en aumento cuando llegamos a Bagá. La actitud de Hachero cambió radicalmente. Le veía apático, indiferente a todo, muy postrado. Pensé si sería para despistarme, para que yo me confiara, pero no estaba seguro. Nos acompañaban dos oficiales de la guarnición, que vigilaban no sólo a los soldados, sino a mí mismo. Las posibilidades de Hachero eran nulas. Le vi trabajar con bastante aplicación toda la tarde. Al anochecer, no sé cómo, desapareció. Pedí permiso a los oficiales para dar una vuelta por los alrededores, y me autorizaron. Nosotros habíamos hecho una breve escala en Bagá, al principio de la guerra, con el transporte que nos conducía a la provincia oriental. Yo conocía, lo mismo que Hachero, la existencia de pequeños núcleos de pescadores, próximos a Bagá, que habitaban a las orillas del agua. Las fortificaciones habían cambiado completamente todo aquello, con sus blocaos, alambradas, etcétera. Me alejé de allí, preocupado por la decepción que habría tenido mi asistente y con el temor de que hubiera hecho cualquier disparate. Le encontré, al cabo de unos minutos, derrengado sobre la arena, en una pequeña playa desierta. Parecía más triste y aplanado que de costumbre.

»—*¿Qué haces aquí? ¡Parece mentira, Hachero! Ya no eres capaz de escurrirte entre las alambradas, ni de burlar a unos centinelas. ¡Estás perdiendo facultades, viejo!* —bromeé para animarle.

»Me dirigió una extraña mirada de extravío, que me produjo pésima impresión.

»—*Esto se acaba, mi oficial* —dijo.

»—*¡Cállate, hombre! No digas tonterías.*

»—*No; si lo prefiero. Tres meses en San Isidro, sin mujeres. Lo prefiero. ¡Te lo juro, mi oficial! Lo prefiero mil veces.*

»No sé si tú sabes que, cerca de las orillas del mar, sobre todo en las desembocaduras de los ríos, suelen verse todavía algunos ejemplares de manatí, ese animal parecido a las focas. Es un cetáceo muy curioso, que se cree dio origen a la leyenda clásica de las sirenas. La hembra del manatí tiene los pechos colocados igual que una mujer y amamanta a sus crías sacando el busto fuera del agua. De este parecido con los seres humanos hay un dato muy curioso. Según los negros antropófagos, que la esclavitud trajo a estas islas, la carne del manatí tiene un gusto muy semejante a la del hombre.

—¡Qué barbaridad! —sonrió el teniente.

—¡Desde luego! —sonrió también el comandante—. Estábamos, como te digo, en la playa. Apareció una hembra de manatí. Me figuro que Hachero no había visto nunca un animal como aquél. El manatí sacó fuera del agua su busto, que era, por cierto, bellísimo de forma y muy desarrollado, y se puso a darle de mamar a la cría.

»—*¡Mi madre! ¡Una mujer!* —exclamó Hachero.

»Yo me eché a reír.

»—*¡Qué borrico eres, Hachero! Eso es un animal que se llama manatí.*

»—*¿Eso es un animal? ¿Eso que hay ahí? ¡Tú estás ciego, mi oficial! Eso es una gachí, y me voy a acostar con ella, aunque tenga que forzarla.*

»Pensé que bromeaba y, antes de que pudiese yo reaccionar, ya estaba el pobre Hachero, vestido como se hallaba, nadando velozmente hacia el manatí.

»—*¿Qué haces, Hachero? ¡Estás loco! ¡Vuelve aquí!* —le grité.

»Hachero era un excelente nadador, pero se hallaba, como te dije, en un lamentable estado de postración y agotamiento.

»—*¡Vuelve!* —insistí—. *¡Te lo ordeno! ¡Vuelve inmediatamente!*

»No me hizo ningún caso. Eché a correr por la playa. Vi a unos hombres algo distantes. Les grité pidiendo socorro y volví a la orilla. Me arrojé al mar, después de descalzarme y aligerarme de ropa. Hachero me llevaba mucha ventaja. Le vi acercarse al manatí. El animal permaneció quieto, mirándole. Hachero le hablaba. No sé qué apasionados disparates le diría. Cuando estaba a pocos metros de distancia, el manatí se zambulló. Hachero se zambulló también. Reapareció al cabo de unos instantes, que a mí se me hicieron eternos. Le grité con todas las fuerzas de mis pulmones:

»—*¡Hachero, Hachero! ¡Espérame, Hachero!*

»Volvió a zambullirse. Yo, entonces, aunque había mejorado mucho de la disentería, me encontraba ya afectado por el paludismo y, además, nunca he sido buen nadador. Sentí de repente que estaba agotado por completo, que no me podía sostener. Me hundí bajo las olas. Empecé a chapotear desesperadamente, tragando mucha agua. Me sacaron desvanecido a la playa. A Hachero no se le pudo encontrar. Una semana después, las olas arrojaron su cadáver a la orilla. Yo era muy joven entonces. Quería mucho a Hachero. Su tragedia, de la que me sentía, hasta cierto punto, responsable...

—¡No, hombre!, ¿por qué?

—Porque pensaba que le había llevado a la trocha su fidelidad hacia mí. La tremenda impresión que recibí, precipitó y agravó mi dolencia, y contribuyó a que se operase un cambio radical y definitivo en mi vida. En esto último influyó también mi amistad con un hombre admirable que llegó, por entonces, a San Isidro. Como te decía antes, en aquella especie de antesala de la muerte, se le rebajaban en seguida los humos a todos los oficiales y soldados levantiscos. No había nadie que escapara a las terribles dolencias producidas, según se cree, por las miasmas de los pantanos. Muchos enfermaban y morían a poco de llegar. A los restantes se los repatriaba en grave estado a la península, donde casi todos fallecían rápidamente, si es que no se quedaban por el camino y eran arrojados al mar para servir de pasto a los tiburones.

—He oído que los tiburones persiguen, durante días y días, a nuestros barcos de enfermos y repatriados, seguros de recibir carnaza.

—Y es verdad. Esos inmundos animales, que infestan el mar de las Antillas, tienen un olfato finísimo para ventear las presas, y mucho instinto.

—¡Ah, ya veo! Continúa.

—Los que curaban, como yo, y conseguían reintegrarse al servicio activo eran los menos. ¿Sabes a quién debemos, yo y algunos otros, la vida?

—No. ¿A quién?

—Pues a la integridad, a la decisión, a la ciencia de ese hombre excepcional a que antes aludía y que ahora es famoso en el mundo: a don Santiago Ramón y Cajal.

—¡Caramba! ¿Es posible?

—En 1873, durante la República, se implantó, bajo la presidencia de Castelar, el servicio obligatorio, que no admitía ni redención a metálico, ni sustitutos. Aquélla fue la llamada «quinta de Castelar», y don Santiago pertenecía a ella. Ingresó en el cuartel como soldado raso; pero, por entonces, se convocaron unas oposiciones para cubrir plazas de médicos segundos de Sanidad Militar. Don Santiago opositó y obtuvo una de las vacantes. Le destinaron a las fuerzas que operaban en la provincia de Lérida contra los carlistas, que estaban ya muy quebrantados. Castelar había conseguido restablecer la disciplina en el ejército. Dejó de verse el lamentable y todavía reciente espectáculo de la soldadesca que disparaba a los pies de sus jefes y oficiales, gritando: «¡Que baile!, ¡que baile!» Las fuerzas en que formaba don Santiago persiguieron incansablemente a las mermadas partidas de Tristany y Saralls. Fue, según me contaba don Santiago, una especie de juego a la gallina ciega. Andaban pisándole los talones constantemente a las partidas, pero se les escabullían y nunca llegaron a chocar. En 1874 se celebró un sorteo para cubrir bajas en el ejército expedicionario de Cuba, y Cajal fue de los «afortunados». Le ascendieron, como a todos los oficiales destinados a las Antillas, al grado superior; es decir, al de capitán. El padre de don Santiago le instó para que pidiese la licencia absoluta y dejara el servicio de las armas, ante el doble peligro de la enfermedad y la guerra que le esperaba en Cuba. Don Santiago, muy gallardamente, le replicó con estas palabras, un tanto pomposas, que me repitió con ironía y que yo aún recuerdo: «Mi dignidad me ordena compartir la suerte de mis compañeros y satisfacer mi deuda de sangre con la Patria.» Luego, Cajal me confesó que, aparte de su sentimiento del deber, sentíase arrastrado a Ultramar por el deseo de aventuras y por la seducción de aquella América tropical que con tan bellos y atractivos colores pintaban los escritores románticos, como Chateaubriand y Bernardino de Saint Pierre. Su padre le proveyó de cartas de recomendación para el capitán general y otras personalidades de la isla; pero Cajal, muy quijotesco y romántico, prescindió de ellas. Le asignaron, como era inevitable, uno de los peores destinos: la enfermería de «Vista Hermosa», lugar del distrito de Puerto Príncipe, aislado en plena manigua. Allí enfermó del paludismo, que se le complicó, además, con la disentería. Solicitó y obtuvo licencia para reponerse en Puerto Príncipe, donde pasó grandes apuros económicos, porque entonces, como ahora, se abonaban las pagas con indignante retraso. Antes de que se repusiera de su grave enfermedad, le destinaron a San Isidro. Acababa de fallecer el médico-director, que, a su vez, había reemplazado a otro médico fallecido también.

—¡Vaya un panorama!

—Sobrecogedor, desde luego, porque sus antecesores habían caído fulminados por las dolencias de la trocha. Yo me encontraba gravísimo cuando Cajal llegó. Me atendió, a mí y a todos los demás, con un interés y una solicitud infatigable. Reinaba en San Isidro, como te dije, un ambiente de la más detestable corrupción, porque era a costa de nosotros, los pobres enfermos. Allí robaba todo el mundo: desde el jefe de la guarnición a los oficiales, furrieles, practicantes y cocineros. Nosotros nos dimos cuenta en seguida de la honradez y la integridad de don Santiago. Le pusimos en antecedentes y le rogamos que procurase remediar lo que ocurría. El hombre se indignó y juró poner fin a los intolerables abusos. Y aquí sale a relucir ahora aquel negro sinvergüenza del que antes te hablaba. Resulta que a los enfermos graves, como yo, se nos daba ración de gallina. Le dijimos a don Santiago que aquella carne no sabía a nada. Parecía, efectivamente, cartón mojado o trapos viejos. Un día, paseando Cajal por las afueras del poblado, en sus discretas indagaciones, descubrió un magnífico gallinero, poblado de aves, que era propiedad del cocinero del hospital. Se encargaba de cuidarlo el negro de marras. Don Santiago averiguó que las abundantes raciones de gallina que se nos daban a los infelices enfermos graves, habían sido hervidas previamente, sacándoles toda la substancia. Este suculento caldo iba a parar a las mesas del jefe de la guarnición, los oficiales, practicantes, enfermeros y demás desaprensivos.

—¡Qué horror!

—¡Espera, espera! Descubrió también Cajal que los practicantes le ponían a la firma diaria, en sus libretas, un número de raciones muy superior al que consumían los enfermos. Así, todos aquellos mangantes y estafadores se atiborraban de pollo y aún sobraba para abastecer el gallinero del cocinero.

—¿Cómo es posible que sucedan cosas así?

—Las pesquisas de don Santiago alumbraron otra infinidad de irregularidades: todo el jerez, la cerveza, los huevos, la carne, etcétera, que consumía la oficialidad, procedía de lo defraudado al presupuesto del hospital. Llamó al orden a practicantes y cocineros. Le replicaron que, si quería vivir en paz, como sus antecesores, dejase las cosas en el estado en que se hallaban. Con ello, no sólo se ahorraría disgustos, sino que tendría comida gratis y podría economizar íntegro su sueldo.

—¡Es indignante!

—El pobre Cajal, que había vuelto a ser atacado por el paludismo y la disentería, estaba gastándose por entonces sus últimos centavos para atender a su sustento; pero, naturalmente, no se dejó coaccionar. Tuvo una violenta entrevista con el comandante del fuerte, al que censuró con acritud su indigna conducta y le anunció que pondría radical coto a los abusos. El comandante, los oficiales y subalternos se conjuraron para hacerle la vida imposible. Le mantenían aislado; le atosigaban con toda clase de impertinentes triquiñuelas, ensañándose con un hombre que se hallaba, por entonces, seriamente enfermo. Te contaré una de las añagazas más exasperantes de que se valieron para sacarle de quicio. Solían menudear las alarmas en San Isidro. El comandante tenía dos caballos. Como no cabían en el fuerte, los encerraba en el hospital, con los enfermos, hasta que pasaba el peligro. Cajal se opuso resueltamente. El comandante cedió al principio, pero, rotas ya las hostilidades entre ellos, a la primera alarma que sobrevino dio orden de meter los caballos en el hospital. Don Santiago oyó el ruido. Estaba postrado en el lecho con fiebre muy alta. Se levantó y rechazó a empujones a los individuos que traían los caballos. Llegó el comandante. Discutieron violentamente.

»—*¿Quién es usted para desobedecerme? ¡Aquí represento la suprema autoridad y usted tiene el deber de acatar ciegamente mis órdenes!*

»—*Dispense usted; dentro de este recinto no hay más autoridad que la mía. Pesa sobre mí la responsabilidad del tratamiento y el cuidado de los enfermos y, en conciencia, no puedo consentir que, por un capricho de usted, se convierta la sala en una cuadra inmunda.*

»Estuvieron a punto de liarse a golpes. Intervinieron los oficiales y consiguieron apaciguarlos. Pero el comandante le instruyó sumario por insubordinación y amenaza. Movió influencias, pues tenía parentesco con un general muy bien relacionado en las altas esferas, y juró que le mandaría a presidio. Sin embargo, las declaraciones de Cajal hicieron que la causa no prosperase. Se le echó tierra al asunto. El comandante fue trasladado, so pretexto de enfermedad, y la calma renació en San Isidro, que, en adelante, fue administrado honestamente.

—¡Vaya una historia más sucia! Parece increíble.

—¿Sí? Pues las cosas no han mejorado apenas desde entonces. Harían falta muchos Cajales para terminar con la corrupción, con las estafas de que es objeto el Estado aquí y en la península. ¡Cuánto Pepe «el Huevero» campa todavía impunemente en las bajas como en las altas esferas de la nación! ¡Cuántas injusticias siguen cometiéndose con nuestros pobres soldados, ante la más cruel impasibilidad de los que gobiernan! Hemos traído aquí, como sabes, a los más pobres, a los más indefensos, a los más ignorantes. ¿Y hay derecho a que, además, les exijamos jugarse diariamente la vida, cuando no les proporcionamos ropa, ni les pagamos su mísera soldada, ni les damos siquiera de comer? Te aseguro que esos hombres son admirables, dignos de todos los respetos. Tú eres oficial, has entrado en relación con ellos desde tu categoría de superior jerárquico. Te lo advierto. Ten mucho cuidado. No los desdeñes, no te consideres más que los soldados. Yo lo fui. Compartí íntimamente la vida con esos hombres y los conozco bien. No solamente Hachero: había muchos más que eran mejores que yo en todo. Nuestra única superioridad, que es sólo aparente y casual, reside en haber nacido en el seno de una familia algo acomodada, en haber tenido ciertas facilidades. De hombre a hombre, a su lado somos, en general, poca cosa. Tal vez influya el dolor, que los ha ennoblecido; la ignorancia, que los ha hecho inocentes; no lo sé, pero observa a esos muchachos: son magníficos.

—Sí; me fijaré. No olvidaré lo que me has dicho.

—Aquí hay oficiales que los tratan mal, que los desdeñan, que se creen que están muy por encima de ellos. ¡Desgraciados! Ese tipo de oficial no sirve ni para descalzar al más insignificante soldadito. Ponte en el lugar de la tropa por un momento. Medita en su triste situación, en lo que exigimos de ellos y en la heroica manera con que lo cumplen. Nosotros no lo resistiríamos, nos sublevaríamos.

—Sí; es verdad; probablemente.

—Hace unos días entré por casualidad en un bodegón. Me acompañaban un teniente y un sargento. Estaba allí un grupo de soldados de tu compañía. Uno de ellos era cabo. Ascendió cuando la hazaña de Cascorro.

—Sería Carballo.

—Sí; el mismo. Tiene varias medallas, ha sido herido en más de una ocasión, estuvo muy grave del vómito negro. Es un muchacho de inteligencia despejada y muy valiente. Es hablador, pero con buen sentido. Ha estado en multitud de acciones, es un observador notable y posee muy buena memoria. A él debo una porción de datos interesantes sobre esta guerra. Además, a mí me inspira especial simpatía, porque tiene, como yo, ciertas aficiones literarias.

—¿Aficiones literarias tú? No sabía nada.
—Sí; ya te contaré. Me han dicho que Carballo escribe versos. A mí me parece que ese muchacho si hubiera podido estudiar, habría llegado, tal vez, a algo importante. Le he oído referir a sus compañeros alguna de las historias que me ha contado a mí. Tiene talento de narrador, y lo más curioso es la facilidad con que adapta su lenguaje a la cultura de los oyentes, facultad típica de los escritores. Aquel día estaba metiéndose con todo bicho viviente, con los oficiales, con el Gobierno; aseguraba a voz en grito que tenía hambre. Observé a un tipejo gordo, un voluntario despreciable que, reparando en nosotros, se quiso aprovechar y ponerle en aprietos. Me figuro que no llevaría frío, porque Carballo no se muerde la lengua. Naturalmente, nosotros nos marchamos. Yo no podía autorizar las críticas de Carballo y, mucho menos, la reprimenda del gordo. Es decir; al gordo le hubiera metido un paquete de buena gana.
El teniente se rió. Se rió también el comandante.
—En tu compañía hay muchachos excelentes. Y no sólo entre los veteranos, sino entre los quintos que acaban de destinar. Me he fijado, por ejemplo, en Pedrell, en Puig y en varios otros. He hecho indagaciones. Pedrell ha leído bastante, según dicen. Me figuro que será de la clase de individuos del pueblo que van tomando conciencia de su situación. De hombres como él depende el porvenir, la salvación de la Patria quizá, si no los aplastan nuestros torpes burgueses, si no los envenenan con su injusticia y crueldad. Es posible que te parezca exagerado, pero tengo esa certidumbre, confío en el pueblo. Dejando a un lado la parte pésima que nos toca en el asunto, ¿acaso no es admirable la lucha de ese pueblo, pueblo hispanocubano por su independencia? Es una gran hazaña, créelo, una verdadera epopeya. Y frente a ellos nuestros soldados, el pueblo más pueblo de la península, que está escribiendo las páginas más gloriosas del heroísmo español.
—¡Caramba! Nunca había oído un lenguaje como el tuyo.
—¡Bah! —sonrió el comandante, algo turbado—. Llevo muchos años en Cuba, estoy solo. He tenido tiempo de meditar. También hay otro quinto en tu compañía... Un tal Mijarazos. Ha sido desertor. No sé... Me preocupa. He observado en él algo inquietante. Vigílalo. Ayúdale, si puedes. Tú te encontrarás más cerca de él, en un terreno más propicio y confidencial.
—No te preocupes. Lo haré.
El teniente estaba muy afectado.
—Ahora me doy cuenta de lo que significa ser oficial, un buen oficial —dijo.
El comandante sonrió mirándole complacido.

—Como te decía, por las fechas en que Cajal terminó con los abusos de San Isidro, mi enfermedad había hecho crisis y podía levantarme algunos ratos. Solía ir a ver a Cajal. Se hallaba en un estado deplorable. Cajal era muy fuerte, un hombretón. Había practicado la gimnasia, según me dijo. Daba pena ver a aquel fornido muchachote hecho casi un viejo. Amarillo, encorvado, tan flaco que sólo le colgaba la piel del esqueleto.

»—*Usted, don Santiago* —le decía yo—, *nos ha dado a nosotros la vida, pero le ha costado la salud.*

»—*Son gajes del oficio* —replicaba él sonriendo.

»La enfermedad de don Santiago se agravaba peligrosamente. Pidió permiso y se lo negaron. Pasaba las horas en su cuartito del hospital mirando las lúbricas y frenéticas danzas de los negros, escuchando sus monótonas canciones, asistiendo a los conciertos que nos daba un pobre saboyano hidrópico, que los desaprensivos reclutadores habían alistado después de emborracharle. Y también hacía otra cosa increíble don Santiago: estudiaba.

—Pero ¿es posible?

—Como lo oyes. Tenía una pequeña biblioteca de libros técnicos, aprendía inglés, dibujaba y trabajaba en un laboratorio fotográfico que montó en su cuarto. También escribía y tomaba notas. Me dijo que, más adelante, quizá publicara algo sobre sus experiencias en Cuba. A mí, aquello me hizo una impresión tremenda. Le veía muy enfermo, grave de verdad, y estudiando, pensando en el futuro. Me dije que el hombre, si es resuelto y tenaz, si no se compadece demasiado de sí mismo, puede hacer cosas que valgan la pena, incluso en las peores circunstancias. Y, entonces, empecé a preocuparme de la cultura. Sin embargo, he conseguido muy poco. Al principio creí que iba a ser una cosa relativamente sencilla adquirir cierta preparación. Me engañaba. Lo que a mí más me seducía era la Historia. Conozco muy bien lo que ha pasado en esta isla. Lo he vivido en gran parte. Suelo interrogar a oficiales y soldados, a los mambises que cogemos prisioneros. Publiqué algunos articulillos en *El Diario del Ejército* de La Habana. No; no es nada fácil. No poseo dotes de escritor. Veo bien las cosas en mi cabeza, pero me pongo a escribir... ¡Y no hay forma! Además, me falta base, preparación; carezco de conocimientos muy elementales. Había empezado el bachillerato antes de venir a Cuba, pero lo dejé. A mí me hubiera gustado escribir una historia de la guerra. He trabajado mucho para eso...

El comandante se calló. Se quedó abstraído, con un aire apagado, de tristeza.

—¡En fin! —exclamó después, animándose—. De todas formas, me he divertido. He llenado la vida. A veces, sin embargo, me parece injusto y siento una gran amargura. ¿Por qué unos hombres poseen ciertos dones y otros, que los desean tanto como yo, nada? Hubiera dado con gusto la mitad de mi vida por ser escritor. Pero no basta con querer.

Ahora el comandante tenía un aire ausente, como si pensara en voz alta. Miró de pronto a su sobrino. Se sobresaltó y calló visiblemente turbado.

—¡No sé por qué te cuento todas estas tonterías!

—Yo te agradezco mucho que me las cuentes.

El comandante no dijo nada. Se volvió algo sorprendido hacia el teniente. Luego hizo una cálida presión en su brazo.

—Te dije eso de mi falta de base. No; tampoco es verdad. Muchas veces creo que se trata de pretextos que yo mismo discurro para consolarme. Aquí tuve ocasión de conocer a un muchacho muy joven, inteligentísimo. Me habían invitado a visitar una fábrica de tabaco. No sé si sabes que es costumbre leerles a los obreros, mientras trabajan.

—No; no lo sabía.

—Ellos mismos pagan de su sueldo al lector. Forman un comité para seleccionar las obras. Por cierto, esta costumbre ha tenido una influencia extraordinaria en la sublevación.

—¿En la sublevación? No lo entiendo.

—La lectura iluminó la mente de muchos cubanos, les dio conciencia de quiénes eran, ¿comprendes? Yo he tomado algunas notas. He hecho indagaciones sobre los libros leídos en las fábricas. El muchacho de que te hablaba me explicó, por ejemplo, el éxito que tuvo un drama social, leído por él, de un autor tan moderno como Ibsen. Se podría hacer un bonito trabajo con todo eso. Pero, a lo que iba. Me sorprendió aquel joven lector de la fábrica. Tenía un rostro agradable, despierto. Leía muy bien. Me detuve a escucharle. «Vale mucho (me dijo el dueño). Es muy simpático, muy inquieto, hasta revolucionario. Me parece que escribe.» Yo, como estaba, ya entonces, con mi manía, me interesé por él. Me lo presentaron. Se llamaba Ramiro de Maeztu.

—¿Maeztu? Ese nombre me suena mucho.

—No tiene nada de particular. Colabora en los periódicos más importantes.

—¡Ah, sí! Ahora recuerdo. He leído algo suyo en *El Imparcial*.

—Efectivamente. A mí me entusiasma. Sus artículos son de una lucidez y un valor extraordinario. Sostiene que la guerra colonial es una aventura quijotesca, que ni el pueblo la quiere, ni el país la puede sobrellevar; propuso, hace ya tiempo, una generosa autonomía; asegura que nuestros males proceden de que mandan los peores; critica duramente la falta de información, la culpable ignorancia en que se tiene al pueblo; vaticina un desastre nacional; y, en fin, mantiene otra serie de agudos puntos de vista que yo comparto íntegramente. Simpaticé con Maeztu, desde el instante mismo en que me lo presentaron. Le invité a que cenáramos juntos. Charlamos por los codos. Había leído una barbaridad, poseía sólidos conocimientos y tenía ambiciosos planes para el porvenir. Por entonces debía de contar dieciocho o diecinueve años. Había llegado a Cuba a los diecisiete. Fue cobrador de recibos, dependiente, pintor de brocha gorda, empujó carros, pesó azúcar. Era un anticlerical furibundo, le preocupaban los problemas sociales y estaba empapado de las doctrinas socialistas y anarquistas, que defendía con ardor. Me habló pestes de Echegaray, de Campoamor y Núñez de Arce, e incluso le ponía reparos a Pérez Galdós. Para mí, aquellos escritores eran una especie de dioses. Él me ponderaba a las nuevas generaciones. Por Maeztu leí a Rubén Darío, un poeta nicaragüense que entusiasma a los jóvenes. Al principio me desconcertó, pero ahora me gusta extraordinariamente. Maeztu me llevó a su casa de huéspedes. Me enseñó algunas prosas y versos que había escrito. Admiraba mucho a Espronceda, y sus poesías rebosaban pasión y violencia. En prosa escribía maravillosamente bien. Le dije que aquello era genial. Rompió a reír a carcajadas. Me aseguró que no valía nada todo lo que había escrito, que eran tonterías, que quizás más adelante llegara a sacarse del magín algo menos malo. Hablaba con ese desdén, con esa indiferencia, y te aseguro que eran unos trabajos admirables. Estuvimos de charla casi hasta el amanecer. Volví a casa en un estado de ánimo difícil de explicar. Yo llevaba años y años tratando de escribir ¡y nada! Tuve envidia de aquel muchacho. Una envidia sana, hecha de admiración hacia él y de tristeza por mi incapacidad. Bueno; no sé si mi vida era buena. No quise volver a verle. Sentía una gran decepción de mí mismo, una honda amargura. Dejé de leer, de intentar escribir. Al cabo de un par de meses, torné a mi cabezonada. La verdad es que me aburría soberanamente charlando con los otros oficiales, jugando a las cartas...

—¿Y no escribirás tu libro?

—No; me parece que no.

—Pero eso es absurdo.

—¿Por qué? Me divierto, he llenado mi vida. Ya es suficiente. En fin; volvamos a Cajal. Cumplí yo mi castigo y le dejé a él, en muy grave estado, en la trocha. Luego nos escribimos. Como no había forma de que le diesen permiso, me comunicó que iba a pedir la licencia absoluta, porque era la única forma de escapar a la segura muerte que le aguardaba en San Isidro. Llevaba, por entonces, seis meses allí. Cursó la instancia renunciando a la carrera militar. Las autoridades de Puerto Príncipe retuvieron su solicitud, negándose cruelmente a darle curso. Don Santiago pensó que ya no saldría vivo de la trocha. Por fortuna, este sistema estratégico hallábase cada día más desacreditado. Presentóse un brigadier a inspeccionar la línea de Bagá. Quedó aterrado de las pésimas condiciones en que se hallaba la guarnición. Ordenó derruir el fortín y retirar la tropa. Don Santiago habló con él, y cuál no sería su estado que el brigadier le prometió que se encargaría personalmente de tramitar su petición. Lo hizo, en efecto. La instancia se resolvió favorablemente, tras un examen médico en el que se le diagnosticó caquexia palúdica grave, incompatible con cualquier clase de servicio. Fue entonces a La Habana, para cobrar las ocho o nueve pagas que se le debían. Allí me lo encontré yo, que andaba también, como otros muchos, con la «pretensión» de que nos abonasen los sueldos pendientes. El habilitado, con sus acostumbradas triquiñuelas, negóse a pagarle a Cajal. Suplicó él insistentemente y, al fin, cobró, pero dejando el cincuenta por ciento de sus haberes en las rapaces uñas de aquellos ladrones. Todavía, antes de embarcar, tuvo don Santiago una última pesadumbre. Le sobrevino un ataque gravísimo de disentería. El pobre, con los pasajes sacados y todo listo para el viaje, desesperaba de angustia, ante la posibilidad de quedarse en tierra. Menos mal que, en el último momento, experimentó una ligera mejoría y pudo embarcar. He sabido que en la península estuvo a la muerte, pues su paludismo degeneró en tuberculosis. Por fortuna, se ha salvado para gloria de la ciencia española. —El comandante hizo una pausa—. Tú antes me habías preguntado algo...

—Sí; lo de las trochas.

—¡Ah!, sí; las trochas. Precisamente hablé mucho de esto con Cajal. A él, a mí y a todos los que fuimos víctimas de esa desdichada invención, nos parecían, desde luego, un disparate, una atrocidad. En los tres años de la actual guerra hemos tenido ya más de sesenta mil muertos; otros veintiocho mil hombres han regresado a la península inútiles para el trabajo; miles y miles de enfermos yacen en los hospitales de la isla. De esos sesenta mil muertos, apenas dos mil cuatrocientos han caído en acción de guerra, los otros han sido víctimas de las enfermedades. Solamente las trochas, ese diabólico instrumento de muerte, esas espantosas tumbas, se han tragado a veinte mil hombres.

—¡Qué horror!

—Se han tragado también, con su complicado sistema de fortificación, una fabulosa cantidad de millones que han contribuido a la ruina de la Patria.

—Pero entonces... ¿Cómo es posible? Me dejas asombrado.

—¡Qué quieres que te diga! La trocha empezó siendo, simplemente, un camino abierto en la manigua. La de Júcaro a Morón une el Norte con el Sur de Cuba, hacia la mitad de la isla, y por uno de los lugares más estrechos: setenta y cinco kilómetros aproximadamente. Se pensó que, si se fortificaba la trocha, se evitaría que los rebeldes pudieran pasar de la porción oriental a la occidental, y viceversa. Esto, por una parte, dificultaría que la rebelión se afirmase en cualquiera de esas dos regiones y, por otra parte, facilitaría el aniquilamiento de las partidas en aquella especie de compartimientos estancos.

—¡Vamos! «Divide y vencerás.»

—Exactamente. Hubo que talar la manigua, tender vías de ferrocarril, trazar caminos, poner alambradas, cavar fosos, construir fuertes, blocaos y hospitales, instalar teléfonos y reflectores, etcétera. Se trazaron otras líneas, como esa trocha de Bagá de mis pecados o la de Mariel a Majana; se aprovecharon y fortificaron algunas líneas naturales, como los cursos de los ríos, el Habanaba, por ejemplo. La trocha de Júcaro a Morón, que es la más larga y poderosa, tiene unos setenta kilómetros. Cada mil metros hay un fuerte, y cada quinientos, un blocao. En Ciego de Ávila, que es la parte central de la línea, seis piezas de artillería, montadas sobre plataformas del ferrocarril, están preparadas constantemente para trasladarlas a los puntos atacados por el enemigo. Esta trocha se construyó venciendo enormes dificultades. Solamente el chapeo de la exuberante vegetación de la manigua costó la vida a muchos hombres. Además, en esa trocha hay la friolera de diez kilómetros de pantanos, multitud de charcas y tres arroyos. Las lluvias torrenciales que azotan la isla, inundan y hacen intransitables muchos puntos. Diversos poblados se hallan incorporados a ésta, como a las demás líneas. Todo ello, poblados, fuertes y blocaos, se halla defendido por nutridos contingentes de tropas. En la trocha de Bagá hay de ocho a diez mil hombres; en las de Júcaro a Morón y de Mariel a Majana, de doce a catorce mil para cada una. Calcula lo que significa mantener inactivos y mal alimentados, sobre un terreno inhabitable, a tal cantidad de hombres. Ése fue el gravísimo error de las trochas. Pudieron prestar útiles servicios, pero no se pensó en los pantanos que existen en todas ellas, en los terribles focos de enfermedad y muerte que fueron. Puede sostenerse, incluso, su eficacia, reconocida hasta por los mambises, pero ha sido a costa de un espantoso derroche de vidas humanas. A estas alturas, ya casi todo el mundo admite que los millares de hombres retenidos por las trochas hubieran resultado más útiles operando en columnas y, sobre todo, la mortandad hubiera sido infinitamente menos aterradora.

—Y, por si fuera poco, los mambises han pasado con facilidad las trochas.

—No, con facilidad, no; pero las han pasado siempre que se lo han propuesto, echando por tierra su presupuesta inexpugnabilidad. Collazo, Banderas, Maceo, Máximo Gómez... se colaron bonitamente dejando en ridículo a nuestros jefes y estrategas. Cuando Antonio Maceo y sus dieciocho hombres la burlaron por última vez, por mar, tuvieron que hacer cuatro viajes en un pequeño bote. Desembarcaban en el muelle «Gerardo» de la bahía de Mariel, ante las mismas narices de nuestros soldados, pues la bahía está llena de fortificaciones, de centinelas, y a sesenta metros del punto de arribo había un retén de tropa.

—¡Vaya una tomadura de pelo!

—Y eso no es nada. Ahora hemos sabido que en esa misma bahía de Mariel los insurrectos han estado pasando, durante meses, no sólo el correo, sino a sus comisionados, oficiales, etcétera.

—¡Qué desastre! Pero, entonces, la cacareada estrategia de que Weyler sentíase tan orgulloso, ¿qué?

—¡Ah, Weyler! Ése es un tema inagotable.

—Y confuso, ¿no? —dijo el teniente sonriendo.

—Sí; y confuso, porque todo lo enturbian y enredan los bastardos intereses, la política.

—Pero tú conoces bien la actuación de Weyler.

—Pues sí. Bastante bien.

—Si no has perdido ya demasiado tiempo conmigo, te agradecería mucho que me explicaras algo más. Me interesa extraordinariamente. Yo creía estar un poco enterado de la guerra. Y no sé nada; cada vez me convenzo más. Cuando viajábamos hacia aquí en el vapor *Montserrat*, se me ocurrió meter baza en la conversación. Me puse en ridículo con mi ignorancia.

—De acuerdo. A mí el tema me apasiona. Te hablaré con gusto de lo que sé. El nombramiento de Weyler fue acogido con mucho entusiasmo, lo mismo aquí que en la península. El fracaso de su antecesor, Martínez Campos, había sido, como sabes, rotundo. Él mismo lo reconoció así, con su habitual franqueza, y fue quien sugirió que se nombrara a Weyler. Martínez Campos no tenía ya la fogosa decisión de aquellos años, cuando se sublevó en Sagunto, contra los deseos de Cánovas, para restaurar a los Borbones. En realidad, él ha sido siempre un negociador, un «Pacificador», título que, como sabes, le dieron después de ajustar la paz del Zanjón. También fue obra suya la paz de Marruecos, una paz poco afortunada, como el propio general admitió.

—Lo recuerdo. Dijo que le sorprendía «no haber sido recibido en la Corte a pedradas».

—Sí; eso es. Enviarle a Cuba fue un gran error.

—¡Hombre!, era difícil prever su fracaso, pues no puede negarse que es un buen general.

—Sin duda. Y muy valiente. Incluso temerario. Ya te contaré algunos episodios notables. Pero yo no me refería a eso. Martínez Campos había hecho, en nombre del Gobierno, una serie de promesas a los cubanos cuando la paz del Zanjón. Las promesas quedaron sin cumplir y, aunque él no tuviese la culpa, era la figura visible, el símbolo, si quieres, del chasco de los insurrectos. No podía serles grato, y su acción contemporizadora, diplomática, estaba llamada a un irremisible fracaso.

—¡Ah, ya entiendo!

—Martínez Campos es hombre de escrúpulos. Pensó en la conveniencia de la concentración de pacíficos, aunque veía sus muchas dificultades, aleccionado por las que esta grave medida le ocasionó durante la guerra del Zanjón; se daba cuenta también de que no se podía llevar la lucha con paños mojados; pero confesó, en carta a Cánovas, que no tenía «condiciones para el caso», porque sus principios y sus creencias le impedían ordenar la concentración, los fusilamientos y otros actos represivos. Y, en fin, con unas cosas y otras, su mandato resultó un desastre. Cuando él llegó a Cuba, sólo existían algunos focos de rebelión, especialmente en esta provincia oriental. Maceo desencadenó su famosa «Invasión», que ha sido una de las mayores hazañas de esta guerra.

—Tú habrás luchado muchas veces contra Maceo. ¿Cómo era? En la península le ponían verde.

—Sí; es lógico. Pero Maceo era un caudillo extraordinario, un verdadero dios de las batallas. Cuando lo del Zanjón ascendió, por méritos de guerra, desde soldado a mayor general. Se había unido a las partidas con su padre y sus hermanos. Todos ellos han caído en la lucha. José, su hermano, llegó también a general y fue uno de los jefes rebeldes más destacados. Murió poco antes que Antonio.

—¡Vaya una familia!

—Sí; hay que descubrirse ante enemigos de esa talla. Yo, naturalmente, he luchado en muchas ocasiones contra Antonio Maceo. Te aseguro que resultaba un espectáculo formidable, sobrecogedor también, verle atacar al frente de sus hombres, montando su magnífico caballo. Hemos disparado infinidad de veces sobre él, pero parecía invulnerable, como un semidiós.

—¡Caramba!

—No lo era, claro. Antonio Maceo llevaba en su cuerpo las cicatrices de veintidós heridas, que se dice pronto: y tomó parte en más de ochocientos combates.

—¿Es posible?

—Es exacto. Se le dio muerte en Punta Brava, por casualidad, sin saberlo. Unos soldados españoles despojaron su cadáver de la ropa. Después se supo que Maceo había caído en esa famosa acción.

—También José Martí era un gran hombre, ¿no?

—¡Extraordinario! Era un idealista y un escritor prodigioso. Yo le admiro mucho. Le hicieron general. Fue, tal vez, un error. El hombre se creyó obligado a honrar sus entorchados en la acción de Dos Ríos. Se lanzó impetuosamente contra los nuestros y allí perdió la vida, casi al principio de la guerra. Cuando la muerte de Maceo ocurrió un episodio notable, del que, sin duda, habrás oído hablar: el del periodista Luis Morote.

—¡Ah, sí!, pero no recuerdo muy bien los detalles.

—Este periodista es un verdadero *dandy* y un hombre muy bragado. Estuvo ya en peligro de muerte, cuando la guerra de África, durante el cerco y el desastre de Cabrerizas Altas. A Morote se le ocurrió la disparatada idea de venirse a Cuba para hacerle una entrevista a Máximo Gómez.

—¡Qué barbaridad! Ahora ya recuerdo.

—Se lanzó al campo absolutamente solo, se metió en los terrenos frecuentados por el mambí y, un buen día, sin que nadie le detuviese, burlando vigilancias y centinelas, se presentó en la tienda del generalísimo cubano.

—¡Fue una hazaña asombrosa, desde luego!

—Sí; un milagro. Máximo Gómez montó en cólera, le formó Consejo sumarísimo y quería fusilarle a toda costa, pero fue absuelto y se le facilitó un salvoconducto para regresar a La Habana. Ocurrió por entonces la muerte de Antonio Maceo. A su lado cayó el hijo de Máximo Gómez. Los mambises aseguraban que le habíamos asesinado nosotros.

—Se suicidó, ¿verdad?

—No es seguro. Sobre la muerte de Maceo hay discrepancias de detalle, incluso entre los relatos de los mismos rebeldes que tomaron parte en aquella acción. Lo que consta es que el hijo de Máximo Gómez no abandonó a su caudillo y murió junto a él, ya fuese porque se suicidó o porque le mataron los nuestros durante la refriega. El supuesto asesinato fue una invención de la propaganda enemiga para excitar el odio. Máximo Gómez lo creyó. Escribió al periodista Morote una carta amenazante. Le decía que lamentaba mucho que el Consejo de Guerra le hubiese absuelto, que estaba ansioso de derramar sangre española, para curarse del dolor que le había causado el asesinato de su hijo, y dejaba traslucir con toda claridad que Morote hubiera sido fusilado irremisiblemente si él llega a conocer antes la noticia de lo ocurrido en Punta Brava.

—No cabe duda de que Morote es un hombre de suerte.

—Escapar del sitio de Cabrerizas y de las garras de Máximo Gómez... ¡Casi nada! Como te iba diciendo antes, pese a las muchas tropas que se le enviaron a Martínez Campos, la guerra se extendió de un extremo a otro de la isla. Tres meses le bastaron a Maceo para llevar victoriosamente la sublevación desde esta provincia hasta Managua, el punto más occidental de Cuba. La Habana hallábase gravemente amenazada. Martínez Campos tuvo que formar, con los bomberos y voluntarios, numerosas patrullas y retenes de vigilancia y encarar hacia tierra los cañones de las baterías. En la ciudad habían cundido el terror y la indisciplina. A Martínez Campos se le recibía con «mueras» y se daban «vivas» a Weyler y a Polavieja. La Habana se convirtió en un nido de conspiradores y de tráfico de armas y de munición para los rebeldes. Se criticaba todo con el mayor descaro y se hacía chacota de nuestras autoridades con absoluta impunidad.

—¡Parece mentira que se pudiese llegar a esos extremos!

—La descomposición del ejército era increíble. Eso me ha permitido a mí, y a muchos otros, estar en multitud de acciones y conocer a fondo las peripecias de la lucha. Resultaba que las columnas se formaban arbitrariamente, con elementos de unas fuerzas y otras, con mandos que no eran los suyos propios. Al llegar a un destacamento, los jefes dejaban parte de sus tropas y se incorporaban las de refresco que les parecía. Los soldados de caballería montaban sin sillas, usaban machetes en vez del sable reglamentario y sus cabalgaduras estaban tan agotadas, que eran impotentes para perseguir al enemigo. No había suficientes hospitales y se alojaba en las casas a heridos y enfermos. Se carecía de establecimientos de intendencia, y las tropas tenían que racionarse en las tiendas particulares. Además, las fuerzas, tras los combates y la persecución del enemigo, se retiraban a pernoctar en los ingenios poblados, nidos de espías que comunicaban inmediatamente con los insurrectos, facilitándoles nuestra situación, número de hombres y todo género de pormenores que les permitían atacarnos con ventaja o rehuir la lucha. Grave error de Martínez Campos fue situar destacamentos poco numerosos para la protección de algunas fincas o ingenios. El enemigo acudía con fuerzas muy superiores, copándolos, pasándolos a cuchillo o arrasando a fuego los edificios y los cañaverales, ante la mirada de la reducida guarnición, impotente para otra cosa que para defender la vida con enormes apuros y derroche de bravura.

El comandante dejó de hablar.

—Me parece que te estoy aburriendo.

—No, no; al contrario. Me interesa mucho, ya te lo dije.

—Para no hacer interminable esta relación de desdichas y desaciertos, añadiré sólo uno más: la creación de guerrillas y unidades de voluntarios. Se concedían empleos de capitán, y hasta de comandante, a todo el mundo que lo solicitaba, o poco menos. Hacíase esto con precipitación, sin un mínimo de prudencia, y muchos de esos individuos se pasaban después a los mambises, con tropas, armas y municiones. Aparte de lo que cundía con todo ello la inmoralidad, pues se reclamaban sueldos de plazas que sólo existían en el papel.

—He oído decir que, en ese aspecto, la labor de Weyler fue muy eficaz. Creo que corrigió muchos abusos, restableció la disciplina y saneó el ejército.

—Sí; consiguió bastante. Pero aún queda mucho por hacer, y no sólo en ese aspecto, sino en otro más urgente: el refuerzo de nuestra potencia militar. No hemos podido aún con los mambises, estamos abocados a una guerra con los yanquis, nuestros gobernantes y los supuestos patriotas gallean y ¡si supiesen en qué estado de indefensión nos encontramos!

—¿No serás tú un poco pesimista? —sonrió el teniente.

—Quizás... Otro día te facilitaré algunos datos, para que juzgues por ti mismo.

—De acuerdo. Sigue con Weyler.

—Ya sabes que Weyler es pequeño de estatura, descuidado en el vestir y un poco estrafalario, pero posee una voluntad de hierro. Hombre muy callado, tenaz, poco flexible por lo tanto, terco. Se obstinó en resucitar la fracasada estrategia de las trochas. Cuando él llegó, se hallaban en un deplorable estado de abandono. Se habían podrido las empalizadas y las estacas de los alambres de púas. Un viento algo fuerte derribaba aquellas míseras defensas. Weyler fortificó poderosamente y terminó la línea de Mariel a Majana, con el fin de encerrar a Maceo y aniquilarlo en la provincia de Pinar del Río. Después haría otro tanto con Máximo Gómez, acosándolo entre aquella trocha y la de Júcaro a Morón. Finalmente, apoyado por esta última línea, se lanzaría sobre Calixto García, acabando la guerra en la provincia oriental.

—Dicho así, la cosa parece bastante fácil y hacedera.

—Efectivamente —sonrió el comandante—. Y tuvo su eficacia lo de las trochas, como ya te dije. Además, Weyler sometió a nuestras columnas a un ajetreo terrible. Parceló el territorio y lo hizo recorrer casi palmo a palmo, en un incesante acoso de las partidas. Yo he tenido ocasión de interrogar a muchos presentados y prisioneros. Me confesaron que la persecución de Weyler les resultaba casi irresistible, que no tenían ni un momento de reposo. Andaban de una parte a otra, fugitivos, durmiendo mal, comiendo peor, y sus caballos morían de agotamiento. La partida de Collazo, que es el regimiento de caballería *Calixto García*, se convirtió en tropa de infantería al perder sus cabalgaduras.

—Por eso decías tú que, si los 40 000 hombres de guarnición en las trochas se hubieran unido a las columnas en estas operaciones, podrían haber sido mucho más eficaces.

—Así parece. Una de las medidas acertadas de Weyler fue obligar a que las tropas pernoctaran en los lugares en que las sorprendía la noche. Se evitaba así, en gran parte, el inconveniente del espionaje, y nuestros hombres, cosa importantísima en esta guerra, se familiarizaban con el terreno en que debían combatir. Weyler andaba mucho entre los soldados. Recorría incesantemente el teatro de las operaciones. Es un individuo muy observador y llegó a conocer esta isla tan bien como el más ducho de sus enemigos. No cabe duda de que Weyler es un soldado en toda la extensión de la palabra. Yo le he visto dormir en el santo suelo, como el más insignificante de sus hombres. Si no había otra cosa, le bastaba un pedazo de pan, una lata de sardinas y un trago de vino. No bebía licores ni fumaba. Era férreo y hasta duro en la disciplina, pero procuraba obrar con justicia. Su valor no se puede discutir, pues ya lo había probado, hasta la saciedad, en la guerra del Zanjón, al mando de los famosos Voluntarios de Valmaseda. Finalmente, es también hombre estudioso. Posee grandes conocimientos de ciencia y arte militares, superando, me parece a mí, a casi todos los jefes españoles.

—Pero ¿entonces?...

—Espera un momento. Ahora entramos en la gran cuestión. ¿Fracasó Weyler en Cuba? ¿Hubiera acabado la guerra en dos años y pico, tal como afirmó al embarcar en Cádiz rumbo a las Antillas? Weyler llegó aquí el 10 de febrero de 1896 y fue relevado a principios de octubre del año pasado. Estuvo, pues, algo más de año y medio. ¿Qué había conseguido hasta entonces? Cuando llegó a La Habana, la capital estaba, como te dije, poco menos que sitiada. Weyler no pudo comunicar a las autoridades de la isla su toma de posesión de la Capitanía General, porque no funcionaba ni el teléfono, ni el telégrafo, ni los ferrocarriles. Escaseaba mucho la comida, porque los rebeldes controlaban el suministro de la ciudad. Al día siguiente del desembarco del nuevo capitán general prohibieron la entrada de un artículo tan necesario como la leche. En muy poco tiempo consiguió Weyler mejorar la situación. Batió a Máximo Gómez y a Maceo, encerró a éste en Pinar del Río y despejó el asedio de la ciudad. Durante su mando, las campañas y choques con los rebeldes fueron, en general, victoriosos. Dio muerte a José y a

Antonio Maceo, a Quintín Banderas, Rius, Alberto Rodríguez y otros muchos jefes importantes. A Máximo Gómez lo tenía arrinconado. En La Habana, Matanzas y el Camagüey, las comunicaciones telegráficas y telefónicas funcionaban normalmente, y en los trenes podían circular las autoridades de estas provincias, sin necesidad de protección. El propio Weyler recorría el territorio de La Habana, Matanzas, Las Villas y Sancti Spiritus, acampando, incluso en lugares muy frecuentados por las partidas, sin más escolta que veinticinco bomberos de color. El trabajo de las tierras y la zafra de los ingenios se reanudaron. Incluso la prensa yanqui hubo de rendirse a la evidencia de la pacificación de estas provincias. En el *New York Times* se publicó un artículo que atestiguaba la absoluta tranquilidad de aquella porción de la isla, que fue visitada por uno de sus corresponsales. En abril de 1897, Weyler comunicó al ministro de la Guerra que no necesitaba más tropas. Y al mes siguiente le dio parte de la pacificación de Cuba desde el cabo de San Antonio a la trocha de Júcaro a Morón. Ya el 29 de abril de 1897, el Gobierno decretó la inmediata implantación de las reformas de Abarzuza, que habían sido concedidas a los cubanos y cuya aplicación suspendió Cánovas al sobrevenir el alzamiento de Baire. La lucha, pues, parecía llegar a su fin. Weyler aseguraba que en Pinar quedaban unos doscientos rebeldes; quinientos en La Habana; cien en Matanzas y trescientos en Las Villas. Todos estos individuos, bandoleros negros y mulatos, según él, vestían andrajos y apenas si tenían armamento. Bastaba, pues, con que se pacificase esta provincia oriental, y la guerra habría concluido.

—¿Lo dices con ironía o lo crees así?

—Mitad y mitad. Weyler, sin duda, exageró, y por eso fue fácil presa de los periodistas y se vio atacado y ridiculizado.

—¡Perdóname un momento! ¿Cuántos hombres sumaban esos restos de las partidas?

—Mil ciento.

—Pero, ¡hombre!... recuerdo perfectamente que, a poco de la destitución de Weyler, en Pinar del Río hubo encuentros muy sangrientos entre la columna del general Hernández de Velasco y las partidas de Ducasi, Delgado y «Periquito» Díaz; pero, aun sin contar eso, en los recientes combates de febrero y marzo tuvieron los mambises, sólo en bajas, un número mucho mayor.

—¡Muy bien! Has puesto el dedo en la llaga de una de las exageraciones más palmarias y absurdas del capitán general. El 28 de mayo comunicaba Weyler que, en las provincias pacificadas, había únicamente esos 1 100 insurrectos. El fácil cómputo bastó para que *El Correo* le desmintiese con sarcásticas burlas. Resultó que, sumando solamente las bajas enemigas de muertos, prisioneros y presentados que traían los partes de las columnas que operaban en el supuesto territorio pacificado, la cifra, desde aquella fecha de mayo al 16 de septiembre, era superior a 9400 hombres.

—Pero ¡eso es ridículo!

—¿Y qué quieres? *El Imparcial, El Correo, El Nuevo Régimen*, las sangrientas caricaturas del *Blanco y Negro*, etcétera, ponían también en tela de juicio la pacificación, porque si era cierta, ¿qué sentido tenía seguir manteniendo la crueldad de la reconcentración en un terreno limpio de rebeldes?

—Pero, hombre, de la cacareada pacificación, ¿qué?

—Fue algo muy relativo, muy quebradizo. Weyler sofocó, indudablemente, el fuego más visible de la sublevación, pero la ardiente brasa de la rebeldía siguió latiendo inextinguible. Weyler consiguió, en definitiva, la ocupación de una parte de Cuba, pero no su pacificación. Es posible que hubiese logrado esa misma ocupación militar en toda la isla, pero tal cosa no bastaba para dar por concluida la lucha.

—Naturalmente que no. Volveríamos a tener sublevaciones y guerra, como hasta ahora. Indudablemente, la autonomía pudo ser la paz.

—Concediéndola a tiempo, tal vez sí. Al general Blanco, que había fracasado en la guerra de Filipinas por su blandura, según se aseguraba, le enviaron aquí por ese mismo motivo: para contemporizar con los insurrectos y persuadirlos a aceptar la autonomía. Blanco suspendió las operaciones, y las supuestas partidas aniquiladas tornaron a dar violenta fe de vida.

—Aclárame lo de las crueldades de Weyler, que ha dado tanto que hablar.

—Weyler era hechura del inflexible Cánovas. Vino para replicar «a la guerra, con la guerra; al fuego, con el fuego». Se propuso no dar cuartel al enemigo. Su crueldad fue exagerada por los *jingoes* y la prensa *amarilla* de los Estados Unidos. En defensa de Weyler salieron: Martínez Campos, aunque más tarde también le atacó; el destacado político cubano Montoro; el corresponsal del *World*, de Nueva York, míster Bower; el ilustre caballero inglés Winston S. Churchill, y hasta Máximo Gómez.

—Entonces fue una campaña española.

—Verás... Los rebeldes conducían la guerra a sangre y fuego. «Hay que quemar y destruir —decía Maceo en sus proclamas—; es insensato pelear como si fuésemos un ejército europeo. A donde no alcanzan los fusiles, llega la dinamita.» Máximo Gómez ordenó «ahorcar inmediatamente» a todos los propietarios de los ingenios que osaran cultivar sus tierras o hacer la zafra. Y respecto a Calixto García, el tercero de los grandes jefes de la insurrección, basta recordar el espectáculo de Guisa, cuando se reconquistó en diciembre del año pasado. La guarnición española fue degollada íntegra. Incendiaron el pueblo y pereció toda la población, incluso las mujeres y los niños. Encontramos, además, cincuenta hombres ahorcados. Era un espectáculo horroroso, dantesco. Todas las guerras civiles traen consigo estas espantosas crueldades. Los rebeldes incendiaban, rociándolos con petróleo, pueblos, fábricas, bateyes, plantíos... A dondequiera que dirigieses la mirada, veíanse las negras columnas de los incendios, que les servían, además, para comunicarse la situación de las partidas. Saqueaban casas, tiendas; violaban mujeres, y hasta niñas; desjarretaban los bueyes; mataban los caballos que no podían llevarse; arrancaban las vías del ferrocarril; volaban, con dinamita o con bombas de relojería, trenes de indefensos pasajeros; destruían los puentes, las líneas telegráficas; fusilaban a los que descubrían trabajando y a los peninsulares que se negaban a incorporarse a sus filas... ¿Para qué más? Weyler replicó con parecida dureza. «¿Cómo quieren que haga la guerra? —le oí decir un día, al leer las críticas de sus detractores—. ¿Con pastorales de obispos y con ofrecimientos de dinero y de caramelos?» Su postura estaba, pues, en cierto modo justificada, por lo menos al principio. Luego, la guerra se ha humanizado. Los mambises han puesto coto a los excesos. Algunos de sus jefes son personas muy dignas. Frecuentemente nos devuelven a los prisioneros, curan a nuestros heridos que quedan en su poder y no fusilan a nadie, si no es condenado por un Consejo de Guerra. Y volviendo al tema de la crueldad de Weyler, si se encarnizaron con él fue por haber decretado la concentración de pacíficos, que yo considero un error tan grave como el de las trochas.

—¿Por qué?

—Porque, exactamente como ocurrió con las trochas, los provechos de esa medida fueron muy inferiores al espantoso balance de muertos que ocasionó. Se calcula que son, pues aún no ha terminado la espantosa pesadilla, 400000 reconcentrados. Solamente de los 120000 que hay en La Habana se cree que ya han fallecido 20000 de hambre. En total, parece que ha habido 200000 muertos.

—¡Qué horror!

—No cabe duda de que esos habitantes de los campos eran todos, ya por miedo o por convicción, espías y traidores. No solamente facilitaban noticias sobre nuestras columnas, sino que proporcionaban alimentos a los rebeldes y acudían a los puntos de desembarco de las expediciones filibusteras para ayudar al transporte del material bélico o servir de guías. Sin embargo, con la concentración perdimos también nosotros unos auxiliares muy valiosos, pues esos mismos individuos, ya fuese por el soborno o el temor, nos facilitaban utilísimos informes sobre el movimiento de las partidas. Entre mis papelotes conservo las páginas de un «Diario» que encontré en un campamento que el enemigo había abandonado precipitadamente. Debió de pertenecer a un oficial mambí. Habla bastante de la concentración y la considera un grave error de Weyler. Dice que, gracias a ella, pueden descansar, pues las confidencias que nos hacían los pacíficos les obligaban a desplazarse sin cesar. No cabe duda de que es cierto, pues los mismos mambises colaboraron a la concentración expulsando a los guajiros que aún quedaban en los campos y quemándoles sus plantaciones y bohíos para que no pudieran volver.

—Pero ¿Weyler no se dio cuenta de eso?

—Supongo que sí. Pero se negaría a reconocer que estaba equivocado. Ya te dije que es hombre testarudo, de ideas fijas, que tampoco contrastaba nunca con las opiniones de los demás. Desde luego, con unas cosas y otras, los pobres pacíficos han sido las víctimas propiciatorias de los dos bandos en lucha. Te dije antes que la guerra se había humanizado. Hay, naturalmente, excepciones. Los horrores de Guisa son una prueba. Entre nuestras tropas había un coronel filipino, llamado Bueno, que decía de sí mismo que de bueno sólo tenía el apellido. Al parecer dio muerte a muchos pacíficos, aunque fueran mujeres o criaturas, con inaudita crueldad. Y en el «Diario» a que aludí antes, se habla con desprecio de un tal Raúl Arango, coronel mambí, que ahorcó, sin más ni más, a muchos de esos mismos desgraciados pacíficos.

—¿Quieres que te diga una cosa?: estoy asombrado.

—¿Por qué?

—Porque de la mayor parte de las noticias que tú me das, no tenía ni la menor idea. Y de las otras... Bueno; las otras me habían llegado tan deformadas a través de la prensa o de las declaraciones de los gobernantes, que hasta ahora no había comprendido casi nada de lo ocurrido o tenía de ello una opinión completamente falsa. Opino que harás muy mal, un verdadero disparate, si no te decides a escribir y publicar tu libro.

—Bien; ya hablaremos de eso con más calma. Estoy seguro de que tú tendrás algo que hacer —sonrió el comandante.

El teniente también sonrió. Miró a una bella criolla que pasaba.

—Sí; me gustaría intentar algo, por lo menos —dijo.

El teniente se despidió. Alejóse muy tieso y marchoso. Pasó una mujer y se inclinó para piropearla. El comandante se quedó observándole. Sonreía con un aire melancólico.

CAPÍTULO X

2 de abril de 1898.

Función patriótica en el Teatro Real, con objeto de allegar fondos para el aumento de la Armada. Toda la prensa se hace eco de la esplendidez de nuestros potentados. El marqués de Villamejor pagó 50 000 duros por un palco. Las butacas se adquirieron a 1 000 pesetas cada una. La recaudación total ascendió a 150 000 duros. Asistió la Regente, a quien el público recibió con estruendosas ovaciones. El fervor patriótico fue delirante al término de la función, cuando se descubrió, a los acordes de la marcha de *Cádiz*, el monumento con los emblemas patrios, obra de Benlliure, Lhardy y otros artistas.

El único que se atrevió a echar un jarro de agua fría sobre el unánime entusiasmo de la prensa fue Pi y Margall. Decía, con razón, que aquella suma no bastaría para comprar ni un trocito de un barco de guerra. Y decía también:

> Habría mucho que hablar sobre esa esplendidez tan enaltecida; esplendidez que habría dado muy poco de sí, como no hubiera satisfecho un solo hombre por un palco 250 000 pesetas.
>
> Una sola observación haremos. ¿Qué darían esos ciudadanos tan generosos si mañana se les invitase a contribuir a la edificación de escuelas, a la creación de laboratorios de química u observaciones de astronomía, a la construcción de un canal o de un puente, o la realización de cualquier otra empresa que pudiera aumentar la cultura o el bienestar de España?
>
> Nada o muy poco, como no se les entregaran acciones o títulos productivos, de la renta. Aquí se es pródigo para todo lo superfluo; avaro hasta lo sumo para todo lo útil. Para templos, para capillas, para frailes, para monjas, para cañones, para buques de guerra, la bolsa abierta; para lo demás, cerrada.

La Subcomisión nombrada por la Comisión de Relaciones del Senado yanqui emite dictamen sobre el hundimiento del *Maine*. Se culpa a nuestra Patria de «responsable de negligencia, cuando menos, al permitir que fuera volado el *Maine*». Se asegura que «la explosión fue preparada por agentes oficiales de España». En vista de todo ello, la Subcomisión solicita que se reconozca la independencia de Cuba, que se exija a las fuerzas españolas el abandono inmediato de la isla y, caso de oponerse, obligarlas a ello empleando todo el poderío naval y terrestre de Norteamérica.

El embajador en la Santa Sede, Merry del Val, comunica que el Pontífice León XIII indicará la conveniencia de conceder el armisticio si España considera que su mediación no es compatible con el honor nacional.

Respuesta del ministro de Estado, señor Gullón:

> Desde el momento en que el Presidente de los Estados Unidos se halla dispuesto a aceptar el apoyo de Su Santidad, la Reina de España y su Gobierno acogerán agradecidos su mediación, y para facilitar la elevada misión de paz y de concordia que Su Santidad inicia, prometen acoger la propuesta que de una suspensión de hostilidades formule o transmita el Santo Padre, haciendo presente a Su Santidad que al honor de España conviene vaya unida a la tregua, la retirada de las aguas de las Antillas de la escuadra norteamericana, con objeto de que la República de los Estados Unidos demuestre también su propósito de no alentar ni sostener voluntaria ni involuntariamente la insurrección de Cuba.

La poco entusiasta, aunque favorable, respuesta del ministro reflejaba claramente la actitud del Gobierno, que consideró la intervención papal como una impertinencia.

Telegrama de León XIII a Mac Kinley:

> Como jefe de la religión de fraternidad, solicitaré de España conceda un armisticio.
>
> En nombre de la humanidad, os ruego que, esperando el resultado de esta gestión, tengáis a bien suspender toda decisión extrema.

Contestación de Mac Kinley:

> En todo caso, por respeto a Vuestra Santidad, esperaremos deseando el éxito de vuestras gestiones.

Del periódico carlista *El Siglo Futuro*:

> La intervención de León XIII sobra; España no debe guarecerse en las sagradas vestiduras de Su Santidad el Papa; está obligada a defender su bandera y clavarla en el corazón de su agresor.

3 de abril de 1898.

El arzobispo de Nueva York, monseñor Ireland, visita a Mac Kinley. El Presidente le confesó que él era partidario de la paz, pero que el Congreso votaría la intervención o la guerra.

Nuestro embajador, Polo de Bernabé, comunica al Gobierno los esfuerzos realizados por el arzobispo en favor de la paz y sugiere la conveniencia de ceder a las pretensiones de los Estados Unidos. *Con vivo interés me pidió* —monseñor Ireland— *hiciéramos el último esfuerzo, que podría ser el acceder sin condiciones al armisticio.*

En los medios políticos españoles se comenta que es lógica la negativa de nuestro Gobierno a conceder el armisticio, sin que lo soliciten los rebeldes, y se critica la gestión del arzobispo Ireland, achacándole no haber apoyado eficazmente la intervención del Papa.

Por estas fechas, ambos contendientes imprimen mucha actividad a sus preparativos guerreros.

El Senado yanqui aprueba la concesión de un crédito para la compra inmediata de doce torpederos y otros tantos contratorpederos. Los cónsules norteamericanos de La Habana, Matanzas y Sagua disponen que los súbditos de su país embarquen y salgan de la isla. La Junta revolucionaria de Cuba, en Nueva York, ofrece enrolar 60000 hombres para luchar en la isla si los Estados Unidos les facilitan las armas. En Cayo Hueso, el puerto de la Florida más próximo a Cuba, se procede cuidadosamente a tomar las primeras medidas para la movilización de la flota.

El Gobierno español, por su parte, decide concentrar la Armada en las islas de Cabo Verde. Se ordena a los capitanes generales de la península que estén prontos para reforzar las defensas y bases marítimas de la Metrópoli. Los zapadores e ingenieros de guarnición en Logroño son trasladados a las Baleares. Se cursan instrucciones al extranjero para que se activen los trabajos que se realizan en algunos de nuestros barcos y se nos envíen con urgencia los adquiridos últimamente. Con idéntica celeridad se gestiona la adquisición de material bélico.

6 de abril de 1898.

Declaraciones a los periodistas del ministro de la Guerra, señor Correa:

> Refiriéndome directamente al conflicto con los Estados Unidos, hoy las impresiones no son desesperadas, porque se

sabe que míster Mac Kinley, en el Mensaje que envía al Congreso, no habla de la Independencia de Cuba ni de otros extremos que se habían anunciado.

La única razón que puede explicar este cambio de actitud, es la actitud enérgica del Gobierno de España. Si cuando sufrimos la primera humillación no hubiésemos bajado la cabeza, no nos encontraríamos hoy como nos encontramos.

No soy de los que alardean de seguridades en el éxito, caso de romperse las hostilidades; pero soy de los que creen que, de dos males, éste es el mejor; el peor sería el conflicto que surgiría en España si nuestro honor y nuestro derecho fuesen atropellados.

La opinión no debe alarmarse porque los Estados Unidos, si la guerra estalla, nos eche a pique algún barco. Esto puede ser consecuencia natural de la guerra.

Lo que se debe evitar a todo trance es que nos cojan un barco y se dé motivo para que el telégrafo anuncie que se ha izado la bandera americana en uno de nuestros acorazados.

Antes volarle.

¡Ojalá que no tuviésemos ningún barco!

Esto sería mi mayor satisfacción.

Entonces podríamos decirles a los Estados Unidos desde Cuba y desde la Península:

«¡Aquí estamos! ¡Vengan ustedes cuando quieran!»

Fueron muy bien recibidos el desplante jaquetón y la tontería de semejantes declaraciones. Ésta era la vana retórica con que se excitaba al pueblo español, para hacerle arrostrar una guerra que, mintiendo con suicida deliberación, se le presentaba con los bellos atractivos de los desfiles victoriosos. La prensa no dejó de contribuir, como siempre, al extravío de la opinión y, así, *El Imparcial* publicó el siguiente comentario a las palabras del ministro:

Este lenguaje robusto, varonil y digno, propio de los militares españoles, produjo en todas partes saludable impresión, porque encontraba en todos los pechos un eco simpático.

Así hemos sentido y hablado siempre.

Así es la Patria.

El embajador de los Estados Unidos, míster Woodford, comunica al ministro de Estado, señor Gullón, «su extrañeza» por no haber tenido noticias aún de la suspensión de las hostilidades en Cuba. Le da un plazo, verdadero puñal al pecho, hasta las veinticuatro horas del mismo día 6, para recibir la respuesta del Gobierno español y poder transmitirla a Washington con tiempo suficiente para que Mac Kinley la incorporase al Mensaje que, sobre los distintos aspectos de la cuestión cubana, leería en el Congreso.

El señor Gullón sólo pudo contestar que no se había prometido nada respecto a la suspensión de las hostilidades en un plazo tan breve.

7 de abril de 1898.

Tiempo hacía que nuestros embajadores en Rusia, Alemania, Gran Bretaña, Francia y otros países importantes venían comunicando al Gobierno la excelente disposición de las grandes potencias para con España. Los días, sin embargo, cada vez más cargados de amenazas y siniestros presagios para nuestra Patria, iban transcurriendo, ante la apatía o la total indiferencia de las cancillerías de Europa. Finalmente, y por la presión, sobre todo, del emperador Francisco José de Austria, a cuyo parentesco apeló María Cristina, se entregó al presidente Mac Kinley una nota colectiva que más parecía de simple formulismo que de eficaz coacción:

> Los firmantes, representantes de Alemania, Austria-Hungría, Francia, Gran Bretaña, Italia y Rusia, debidamente autorizados para ello, se dirigen a vos, Presidente de los Estados Unidos del Norte de América, en nombre de sus respectivos Gobiernos, apelando con todo interés a los sentimientos de humanidad y moderación del Presidente y del pueblo de los Estados Unidos en el litigio que sostiene en la actualidad con España.
>
> Sinceramente esperan ulteriores negociaciones que conduzcan a una inteligencia que, al mismo tiempo que asegure el mantenimiento de la paz, ofrezca las necesarias garantías para el restablecimiento del orden en Cuba.
>
> Las potencias no dudan de que el carácter humanitario y puramente desinteresado de estas observaciones que hacemos, será plenamente reconocido y apreciado por la nación americana.

Respuesta del Presidente:

> El Gobierno de los Estados Unidos reconoce la buena voluntad que ha inspirado la amistosa comunicación que acaba de serme leída, y participa de la esperanza en ella expresada de que la solución de la situación de Cuba puede constituir el mantenimiento de la paz entre los Estados Unidos y España, dándose garantías para el restablecimiento del orden en Cuba,

y poniéndose así término al crónico estado de los disturbios que allí vienen prevaleciendo.

Estos disturbios perjudican hondamente los intereses y amenazan la tranquilidad de la nación americana por el carácter y consecuencia de la lucha que se mantiene a nuestras puertas, y que además hiere sus sentimientos humanitarios.

El Gobierno de los Estados Unidos aprecia el carácter desinteresado y humanitario de la comunicación que acaban de presentarme en nombre de las potencias citadas en ella, y por su parte, confía en que se apreciarán igualmente los esfuerzos sinceros y en nada egoístas que el Gobierno americano ha hecho y está haciendo para cumplir los deberes de humanidad, poniendo término a la prolongación indefinida de un estado de cosas que se había hecho intolerable.

8 de abril de 1898.

El contraalmirante don Pascual Cervera, jefe de la escuadra española, zarpa de Cádiz, rumbo a San Vicente de Cabo Verde, con los cruceros *María Teresa* y *Cristóbal Colón*. En Cabo Verde le aguardaba la flotilla al mando del capitán de navío don Fernando de Villaamil, formada por los torpederos *Ariete, Rayo* y *Azor*, y los destructores *Plutón, Furor* y *Terror*. Allí acudieron también los cruceros *Almirante Oquendo* y *Vizcaya*.

9 de abril de 1898.

Ante la conciliadora intervención de las potencias de Europa, cuyos embajadores en Madrid visitaron a nuestro ministro de Estado para insistir en la conveniencia de conceder el armisticio, el Gobierno accedió a ello, justificándose con la siguiente declaración:

> En la anterior guerra con los separatistas cubanos se concedieron varios armisticios, especialmente por los generales Dulce y Martínez Campos. El caso, pues, no es nuevo, aunque las circunstancias son realmente distintas.
>
> Exigido el armisticio por los Estados Unidos, el Gobierno lo negó; suplicado más tarde por el Papa, tampoco creyó decoroso concederlo. En el primer caso era una imposición del enemigo, y hubiera sido una mengua acceder a él; en el segundo, por lo mismo que el Papa no representa más que un poder moral, estimó que podía interpretarse como una prueba de debilidad consentir en lo que se solicitaba.
>
> Ahora son las grandes potencias de Europa, que tienen una alta idea de la dignidad y de la fuerza, las que aconsejan

el armisticio, entendiendo que no proponen ninguna cosa indecorosa; y el Gobierno, después de madura reflexión, convencido de que el honor de las armas españolas no sufre menoscabo alguno, hace un nuevo sacrificio por la paz y acuerda concederlo.

10 de abril de 1898.

Zarpa de Cádiz el vapor *Montserrat*. Lleva a bordo 500 soldados, bastantes jefes y oficiales y un cargamento de víveres, carbón y municiones. Al llegar a La Coruña, el capitán, don Manuel Deschamps, declaró: «Llevo dos malas chocolateras, pero llevo mucho peso en el fondo del buque y, además, muchísimo corazón, y lo que no pueda hacer con balas, lo haré con una embestida.»

* * *

Aún era de noche cuando la columna empezó a prepararse para la marcha. Esteban Pedrell se había lavado someramente, con una celeridad sobresaltada. Escuchaba las risas, las conversaciones, los tacos de sus compañeros. Veíanse confusamente las casuchas, los bohíos de San Luis de las Enramadas, centro de las operaciones de la columna al mando del general don Joaquín Vara de Rey. Aunque Carballo, Carbonell y Novas le habían hablado de la insignificancia del poblado, fue muy grande la decepción sufrida por Pedrell.

—¿Y es esto? —preguntó cuando descendieron del ferrocarril y entraron en el lugar.

—Esto mismo, hermoso —le dijo Carballo, que había salido a su encuentro—. Ahora nos brearán de mala manera. Saldremos con la columna en persecución del mambí por el maldito terreno de la sierra Maestra, buscando una aguja en un pajar. Aunque esa aguja, hermoso, acabará por clavársenos en un pie cuando menos se espere, porque esos canallas sólo atacan por sorpresa y a traición.

—Ya, ya conozco esa táctica —murmuró Pedrell deprimido.

—Y cuando ya no puedas con tu alma, después de destrozarte los pies y echar los pulmones en horrorosas marchas por la sierra; cuando estés agotado de dormir mal, de comer peor, de recibir la lluvia y el sol en tu cuerpo galano, y de aguantar los sustos y los feroces ataques de aquellos cabritos, si tienes suerte y no te arrean un balazo o te tiran de culo las fiebres, entonces, preciosidad, te traen de descanso dos o tres días a este paraíso: a San Luis de las Enramadas. Ésa será tu vida en adelante, encanto. ¡Maldita sea!

—Pero a vosotros os dieron permiso para ir a Santiago.

—De acuerdo. Ésa es nuestra única ventajilla: el tren de San Luis a Cuba. Y si demuestras que tienes el valor del Cid, si eres más bueno que el pan, si tus oficiales son de lo mejorcito y andan de excelente humor, si el sargento tampoco es malo y no hay ningún pelota que vaya con cuentos que te perjudiquen, no niego que existe la posibilidad de que te den un permiso para pasar un día, dos como máximo, en Cuba. ¡Ya lo sabes, hermoso!

—¡Pues sí! —exclamó Esteban, aplanado.

—¡Anímate, hombre! Tenemos aquí otra cosita que no posee nadie: dos cañones de montaña de tiro rápido.

—¿Y qué?

—Que eso es casi mejor que una gachí, en los tiempos que corren, hermosura.

Las fogatas de las cocinas parecían flotar de un lado a otro entre las sombras. Eran brillantes medusas doradas y rojas, que recogían y alargaban sus tentáculos, desplazándose en el oscuro océano de la noche. Los rancheros se movían próximos a las hogueras. Las llamas iluminaban de repente sus caras. Las proyectaban unos instantes, cárdenas o de cobre, contra las tinieblas, y volvían a desvanecerse, como una fantástica aparición que tenía algo de alucinante o de macabra.

Ahora, dos rancheros traían un saco de café. Lo zambulleron en la perola. No tardaría en hervir el agua y estar a punto de olorosa bebida. Esteban venteó el aire. Sentía el estómago vacío. El excelente café de Cuba, aunque preparado de una forma tan primitiva, era lo único apetecible del rancho.

En el horizonte apuntaba ya una claridad leve, una oscuridad desteñida. La estaría golpeando, comiéndole el mar su color.

Dos hombres pasaron junto a Pedrell. Se detuvieron cerca.

—¡Que sí te digo! —exclamó uno—. Yo, con una herida como ésa, me escapaba esta vez de la columna. Apúntate a reconocimiento, no seas tonto.

El otro hombre se quitó el sombrero. Se tocó el parche de esparadrapo que llevaba en la cabeza.

—Aún me duele —dijo.

—Tú, al médico, le juras que te duele a reventar, que no puedes resistirlo.

—Es que casi no me duele.

—¡Cuidado que eres idiota, Gallina! ¿Tú quieres ir con la columna, o no quieres ir?

—No; no quiero ir.

—Pues entonces, haz lo que te he dicho.

—Iré a preguntárselo a Pedrell. Si él me lo dice, bueno.

—¡Haz lo que te dé la gana! —exclamó el otro marchándose.

El que se quedó, parecía estar tocándose nuevamente la herida.

—¡Pedrell! —llamó.

Pedrell guardó silencio, y el soldado echó a andar en pos del que se alejaba.

—¡Madriles! —gritó.

—¡Olvídame! —contestó el otro.

Pedrell sonrió vagamente. Luego se abstrajo. Había recibido, juntas, tres cartas de la familia. Le escribían sus padres y sus hermanos. Los pequeños habían dibujado al final unos monigotes. Su madre era analfabeta. El padre le había servido de amanuense. «Madre dice que te cuides mucho. Madre dice que comas, que te abrigues. Madre dice que...» Decía muchas cosas: que pensaba en él, que deseaba verle, que estaba muy asustada... Los veía a los dos, en el comedorcito, en la soledad de la noche. Ya se habrían acostado los amos, dormirían los hijos. Ella insistiría: «Dile también que...» Y el marido, calmosamente: «Sí, lo que tú quieras. ¡Sí, mujer!» Probablemente, su madre tendría el pañuelo en las manos. Se lo llevaría a los ojos... Esteban pensó en ellos intensamente. ¡Cómo le gustaría encontrarse allí, en su casa! ¡Qué hermoso y confortable le parecía ahora su humilde hogar! Todos le rodearían, le preguntarían. Sus caras alegres, jubilosas. Él empezaría a contar: «Veréis...» Escuchaba las risas, las exclamaciones de sorpresa de su hermana. «¿Es posible? ¡No lo puedo creer!» A su hermano Juan le contaría los combates: «Era un negro enorme, un gigante...» o «un día salimos con la columna. Nos metimos en aquellos terribles andurriales de la sierra Maestra, y de pronto...». También se lo contaría al zapatero, Jaime Castell. Y su padre, seguramente, le llevaría a la tertulia: «Aquí lo tenéis. Éste anduvo a tiros con los insurrectos cubanos. ¡Explícales, explícales!» Pasearía nuevamente por las Ramblas. Pasearía con María del Cobre. ¡Qué sorpresa se iban a llevar! «Ésta es María del Cobre», les diría. Pensó en ella, pensó en Mijarazos. ¿Cuándo volvería a verla? María del Cobre le olvidaría, naturalmente. «¡Tiene razón Mijarazos!» murmuró.

Se oía el ruido metálico de los jarrillos, de los platos, que chocaban contra una hebilla, un fusil o eran golpeados por las cucharas. Los soldados iban agrupándose cerca de las cocinas, impacientes, en hileras aún desordenadas, confusas. Esteban se aproximó también.

La claridad del horizonte aumentaba. Parecían tirar de ella las sombras, sacarla del océano como un paño húmedo y gris.

Esteban recibió su ración: varias galletas duras como piedra y un jarrillo de café. Se sentó en el suelo. Expósito se acercó a él.

—Te andaba buscando.

—¿Qué hay?

—El Madriles me ha dicho que me apunte a reconocimiento, que me darán la baja y no saldré con la columna. ¿A ti qué te parece?

—Que no le hagas caso.

—Ya me lo figuraba. Y eso que le dije que casi no me dolía. ¡Siempre me está molestando!

La columna formó rápidamente. Se dio la orden de marcha. Los oficiales cabalgaban los pequeños, vivarachos e incansables caballos criollos. Esteban se fijó en el general Vara de Rey, jefe de la columna. Recordó lo que Carballo le había contado. Vara de Rey tenía fama de valiente y de buena persona. Contaba ya cincuenta y siete años. Había luchado en España, durante las guerras civiles; en las Filipinas, cuando la campaña de Mindanao; pidió voluntarios para Cuba, al estallar la sublevación de Baire. Ahora, con la salud muy quebrantada, había solicitado licencia para reponerse en la península. Esteban Pedrell le observó. Tenía el rostro macilento, demacrado. El aire mañanero le arremolinaba sus grandes barbas grises. Esteban se alegró de formar parte por primera vez en la columna, bajo el mando de un hombre como aquél. Le miró con afecto, con una sensación de confianza esperanzadora. Miró también al comandante Manuel Gutiérrez Bárcena.

—Es muy buen hombre —le había dicho Carballo—, y sabe una barbaridad. Yo le traigo loco con mis historias. Siempre me dice que le cuente todo lo que vea. Está escribiendo un libro de la guerra de Cuba. Si yo supiese tanto como el comandante, acabaría realizando el sueño de mi vida: ser poeta. Pero un pobretón y un ignorante como yo, ¿qué? ¡Nada! ¡Maldita sea!

El primer teniente José Luis Robles Gutiérrez, sobrino del comandante, cabalgaba muy cerca de Pedrell. Parecía mal jinete. En realidad, ninguno de los jefes y oficiales demostraba dominio de la equitación. Robles procedía del mismo contingente de tropas llegadas en el *Montserrat*. Se incorporó poco antes de partir hacia Cuba. Esteban sólo le había visto una vez en el muelle de Barcelona y un día en el caserón del puerto de Santiago. Seguramente que llegó a la ciudad por ferrocarril, pues no formó parte del convoy. Carballo, como era tan charlatán y decidido, ya había hablado con él un par de veces. Le causó buena impresión. Y Carballo parecía no equivocarse al juzgar a las personas. Le había hecho, sin embargo, una objeción —«es muy quinto aún»— que atenuó en seguida —«¡pero vale!»—. Pedrell le observaba. Le veía escurrirse en la silla o ladearse un poco, cuando la cabalgadura aceleraba el paso. El teniente tornaba a colocarse bien, deslizándose con cierto disimulo. Miraba de reojo, con algo de preocupación seguramente, a los soldados. Después erguía el busto y miraba con severidad.

Llegaron a un pequeño y abrupto repecho. El caballo del teniente lo salvó con un paso muy vivo. Robles resbaló bruscamente de la silla y perdió los estribos, quedándose montado sobre las ancas. No fue despedido por la grupa, porque pudo agarrarse con ambas manos a la silla. Al teniente se le coloreó el rostro. Miró abochornado hacia la tropa. Su vista se cruzó con la de Pedrell.

—¿Quiere que le ayude, mi teniente? —dijo un soldado acercándose.

—No; gracias. Ya puedo.

El teniente volvió a colocarse en la silla. Había sorprendido algunas sonrisas en los soldados. Seguramente que no le parecieron despreciativas, ni aviesas, porque volvió a mirar sonriente, moviendo la cabeza. «¡Qué le vamos a hacer!» Su vista se cruzó nuevamente con la de Esteban, que correspondió a la sonrisa de Robles con otra de comprensión y simpatía.

Ya asomaba la cresta el sol. Las aguas del mar hirvieron unos instantes en un caldo púrpura y de oro, y el astro se abalanzó fiero, abrasando el paisaje con un chorro de luz.

Durante una hora caminó Pedrell en silencio. Habían cruzado junto a una «manguera». Los soldados, y él mismo, cogieron al pasar, casi sin detenerse, los dulces y sabrosos mangos. Más adelante, un compañero le dio una especie de uvas ácidas con cáscara.

—Son mamoncillos. Te gustarán.

—¡Ah, gracias!

La sierra subía escalonándose en terrazas. Luego venían los profundos barrancos y la aspereza de las «cuchillas» de que le habló Carballo. Y después se alzaban las altas cumbres, con sus fangales y bosques donde florecían las orquídeas. Sin embargo, Pedrell no pensaba en nada de eso. Atendía exclusivamente a la marcha. Ascendía con ritmo, procurando ahorrar esfuerzos. Le preocupaba la idea de no poder resistir la caminata. Sentíase ya muy agotado. El sol era una masa abrumadora, agobiante, algo que cabalgaba sobre él, un pegajoso y terrible animal que le hería clavándole sus diminutos dientes en la carne.

Esteban observó el cielo. Se fijó en las nubes. Carballo era el cabo de su escuadra. Iba delante de él.

—¡Tú, Carballo! ¿Qué te parece? Va a llover, ¿no?

—¡Vaya, hombre! ¡Aprended, quintos! Aquí hay uno que, por lo menos, se fija. ¡Claro que va a llover, hermoso!

—¡Menos mal!

—¡Rectifico! ¡No!, ¡no aprenderéis nunca! ¡No hay manera!

—¿Qué ocurre? Prefiero mojarme que morir achicharrado.

—Pues yo prefiero abrasarme seco que abrasarme cocido como una patata. ¡No me mires así, hermoso! Lloverá, desde luego; y entonces conoceréis las verdaderas delicias del clima cubano.

—¡Está bien, maestro! —sonrió Esteban.

Carballo también sonrió.

—¿Tienes idea del sitio adónde vamos? —le preguntó luego Esteban, acercándose a él.

—¡Pssh!, regular. Si no cambia de dirección... yo diría que nos dirigimos hacia Palma Soriano, Cauto Delgado, Arroyo Blanco, Descanso de los Muertos, Barbacoa, Jiguaní...

—Oye, ese Descanso de los Muertos... ¡Vaya un nombrecito!

—¡Maldito sea! A mí me revuelve el estómago.

—¿Fue por Jiguaní por donde hubo algún combate de los de febrero y marzo?

—Sí, hubo, hermoso.

—¿Y qué?

—¿Y qué de qué? Nunca se sabe dónde pueden aparecerse esos fulanos.

—¿Tú crees que aquí mismo?... —preguntó Esteban con la voz algo alterada.

—No, por aquí, no. No lo creo. Más adelante. Ya te avisaré. Tú, fíjate en la guerrilla. Ésos van siempre en vanguardia, de descubierta. Son unos tíos muy bragados y que conocen su oficio. Ellos darán la voz de alarma. Allí va el sargento Blanco. ¿Le ves? Ese sargento vale. Es pequeñajo y se escurre como una ardilla. Tiene mucho olfato y una vista de lince. Ahora que los demás tampoco tenemos que dormirnos: mucho ojo y mucho oído.

Carballo sonrió socarronamente.

—Supónte que ahora mismo oyes gritar: «¿Quién va?» ¿Tú que harías?

—Contestar «España» y quitarle el seguro al fusil, por si acaso.

—Mal.

—¿Por qué?

—Quitar el seguro y liarte a tiros. Los mambises preguntan: «¿Quién va?», y contestan: «¡Cuba libre!» ¿Te enteras? La pregunta de los nuestros es: «¿Quién vive?»

—¡Ni idea! —exclamó Pedrell—. Y será lo mismo en todo. ¡Pues estoy bien arreglado!

—Tú, junto a mí, y no te preocupes. Aquí se aprende pronto. ¡Qué remedio! Aquí, en seguida te dan ocasión. ¡Maldita sea!

—Sí; o aprendes o cascas —sonrió Esteban, aunque con tétrico humor.

—Sí; eso también es verdad, hermoso. ¡Malditos sean mil veces!

Ahora cruzaban un bosque.

—Yo, en mi pueblo, me dedicaba a la carpintería. No sé si te lo había contado —dijo Carballo.

—Pues no.

—Aquí podría hacerme rico. En esta isla hay una variedad y un tesoro en maderas, que tira de espaldas. Ahí mismo lo puedes ver. Esos árboles son caobos y cedros. Más allá tienes el quiebrahacha o caiguarán y el sabicú. Yo sólo pediría que me dejasen llevar las traviesas del ferrocarril. Hay muchísimas de caoba y de cedro. ¡Un verdadero crimen!

El bosque era sumamente sombrío. Seguían un sendero estrecho y fangoso, entre la maraña del matorral y los bejucos. La evaporación les arrojaba al rostro unas vaharadas ardientes y apestosas. El sol filtraba algunos rayos entre el tupido follaje. Eran aceros al rojo, que se templaban, casi con un chirrido, en la humedad de la atmósfera.

El bosque se oscureció más aún, cuando iban a salir de él. Vio que Carballo ladeaba la cabeza para escuchar.

—¡Ya está ahí! —exclamó.

A Pedrell le dio un vuelco el corazón. También él había oído algo. Descolgó el fusil y le quitó el seguro con nerviosa y desmañada celeridad.

Carballo se echó a reír.

—¡No, hombre! La lluvia.

Se llenó el bosque del alegre y múltiple rumor de las gotas. Sopló con fuerza el viento. A Pedrell le pareció que todos los misteriosos seres de sus cuentos infantiles habían empezado a cantar una extraña melopea.

Los soldados se pusieron la manta de campaña, especie de poncho con una abertura al medio. La lluvia se les arrojó encima apenas dejaron el bosque. Caía con fuerza.

—Yo, un día, estuve en un huracán. Aquí no abundan mucho. Es algo terrible —dijo Carballo.

—¿No te pasó nada?

—No. Aunque hubo un momento en que creí que iba a llevarme por los aires.

Los soldados agradecieron la lluvia. Se oía reír.

—Ahora da gusto —dijo Carballo—, pero no durará.

Efectivamente, media hora después, el sol ardía como una llama. La ropa húmeda quemaba la piel.

—Tenías razón. ¡Es horrible! —exclamó Esteban—. Ya casi no puedo resistir más. ¿Cuándo descansamos?

—Pronto. Ahora no te preocupes de eso. ¡Y vosotros, los de la escuadra, que estáis dormidos! ¡Mucho cuidado, preciosidades, que aquí nos pueden dar un susto!

Todos tocaron sus fusiles con mano nerviosa. Pedrell miraba los arbustos, los árboles, la aspereza de las rocas, las altas cumbres. Todo parecía oscilar y confundirse en el cegador reflejo de la luz. La columna avanzaba lentamente, silenciosa, alerta, reptando como un inmenso ofidio azulado. Delante de todo, la guerrilla. Llevaban armadas las bayonetas. Brillaban de repente con instantáneos reflejos, que eran como la nerviosa lengua bífida del enorme reptil.

La columna se detuvo media hora más tarde, a orillas de un río.

—No lo entiendo —confesó Carballo—. Estoy hecho un lío. Me parece que no iremos por la parte de Palma Soriano. Este río debe de ser un afluente del Cauto, pero ignoro cuál. En cuanto pueda, se lo preguntaré al comandante Gutiérrez.

Se acercaron al río. Casi todos los soldados estaban bebiendo, chapuzándose. Reían, hablaban fuerte y bromeaban como si formasen parte de una excursión dominguera.

—¡Cuidado con los cocodrilos! —le advirtió Carballo.

—Sí; ya lo sé.

Se les reunieron Expósito, el Madriles, Hijo l'alcalde, el Desertor, Mijarazos, Carbonell y Puig.

—¿Qué tal, quintos? ¿Os gustó el paseo?

—Yo tengo llagas en los pies —dijo Expósito.

—Eso lo tendréis todos al final. Eso no es nada. Al principio sangraréis como unos cabritos y caminaréis sobre morcillas en lugar de patas. Pero, con un poco de suerte, es posible que, al volver, os den de baja unos días y os quedéis sin ir a Santiago. ¡Qué vida más bestia la del soldado!

—Yo no —aseguró Hijo l'alcalde—. Yo tengo los pies de piedra. De modo es que a mi padre le regaló unas botas muy buenas el amo del cortijo. Y dice mi padre: «Póntelas tú, a ver si las ensanchas, porque al amo le van chicas y a mí también. Pero no andes demasiado, no te vayas a dañar.» De modo es que fui a buscar unas reses. Estaban muy lejos y, además, anduve tirándole a las perdices. De modo es que volví con las botas todas reventadas. Y le digo riendo: «Ya las ensanché, mi padre.» Mi padre es un hombre muy cabal. De modo es que me dio un garrotazo, que aún llevo la marca —dijo Hijo l'alcalde hurgando en su pelambrera—. Y va mi padre: «También yo te ensancharé a ti la cabeza, animal.»

—Lo único bueno de las marchas —dijo Novas— es que, aunque tienes que echar los pulmones, luego te hinchas a comer. Ahora mismo vais a verlo. Deberían sentir vergüenza, ¿no? ¡Pues no!

Les dieron un mejunje de arroz blanco y garbanzos, un queque y un jarrillo de caña.

—¡Jamás volveré a comer arroz blanco y garbanzos cuando vuelva a la península! ¡Lo juro! —exclamó Carbonell.

Caminaron toda la tarde. Pedrell tenía los pies llenos de ampollas. Le dolían atrozmente. Muchos otros soldados caminaban cojeando. El sol era un martillo. Sentía en la cabeza su sordo, incesante golpeteo. Pedrell despegó un poco la manta que llevaba cruzada sobre el pecho. Había amarrado a ella su hamaca de campaña. Le pesaban abrumadoramente, impidiéndole casi la respiración. El metal del fusil parecía arder al rojo vivo. Las cartucheras tiraban como bloques de plomo, hundiéndole en la piel las tiras del correaje. Respiraba con la boca abierta, jadeando. El sudor le escurría caliente y pegajoso por la carne. Sentíase preso en la llameante atmósfera, como arrojado a un horno ardiente, atado de pies y manos, enfardado en asfixiantes vendas y torturadores dogales. «¿Cuándo terminará este martirio?, ¿cuándo terminará?»

Las horas siguieron pasando. Se detuvieron a descansar. Reanudaron la marcha. El sol descendía hacia el horizonte.

—Ya se sacaba esto. ¡Ánimo, Pedrell! —le dijo Carballo.

—¿Crees que pueden atacar aún? No tengo fuerzas ni para defenderme de un niño.

—No; casi seguro que no.

—¿Y de noche?

—Algunas veces lo hacen, pero es raro.

—¿Y nosotros? Dejarán que descansemos, ¿no?

—Sí. Nosotros nunca operamos de noche. Sólo faltaría que... —Carballo le dio un enérgico empujón a Pedrell—. ¡Tírate al suelo! —exclamó.

Pedrell se arrojó en tierra. La descarga estalló violentamente.

«¡Desplegar!, ¡desplegar!», gritaron los oficiales, los sargentos.

La columna se hallaba metida en una depresión profunda, en una especie de vaguada. Los mambises se habían apostado en las alturas. Pedrell vio echar pie a tierra al teniente Robles, que mandaba su sección. La columna se desperdigó en unos segundos. Los soldados corrían a resguardarse en las matas, en las rocas, en las quiebras del terreno. Empezaron a disparar inmediatamente. Esteban también corrió, siguiendo a Carballo y a los demás hombres de su escuadra.

—¡Esto no es nada, hermosos! —exclamó Carballo.

Pedrell se tumbó junto a unas piedras. Comenzó a disparar. Su corazón golpeaba con violencia el suelo, que le devolvía la azorada percusión como una caja de resonancia, llenándole de extraños y desconcertantes ecos. Se fijó en el teniente Robles, en el capitán de su compañía y en otros oficiales. Se mantenían de pie en medio del combate. La guerrilla empezó a avanzar por una de las faldas de la vaguada.

El fuego era muy nutrido. Los camilleros trotaban encorvados. Los vio cargar a un herido que braceaba desesperadamente. Oíanse gritos de dolor. Oíanse las voces chillonas de los mambises.

—No son muchos. No hay cuidado —dijo alguien a sus espaldas.

—Son los suficientes para hacernos papilla si no salimos pronto de aquí, ¡Carbonell, mendrugo! —replicó Carballo.

Ahora vio el ademán del sargento, de los oficiales de la compañía.

—¡A la ladera! ¡Adelante! ¡Todos a la ladera!

—¡Vamos! ¿No habéis oído? —gritó Carballo.

Pedrell corrió como los demás. Si encontraba al paso unas rocas, un matorral, se agazaba un instante. Volvía a correr. Los plomos pasaban estirando a lo lejos su silbido, jadeando con un zureo ronco, aproximando su yerto soplido. Llegaban desde varias direcciones, aislados, o se agolpaban en un hervidero escalofriante, armados con su mortal aguijón. Araban la tierra levantando nubecillas de polvo, chasqueaban en las rocas o se hundían en la carne con un sonido opaco que estallaba en una blasfemia, en una palabra de estupor, en un quejido, o se desvanecía en el silencio mudo, en el eco sordo de un hombre que se derrumbaba muerto.

Esteban Pedrell seguía de cerca a Carballo. Casi que no pensaba en otra cosa: seguirle adondequiera que fuese. Procuraba dominar sus nervios. «Si hay que morir...» Veía disparar a Carballo. Ponía la rodilla en tierra y disparaba también. Luego volvía a trotar.

Se detuvieron al pie de la ladera. Se tumbaron allí. Cargaron los fusiles y armaron las bayonetas.

—¡Arriba, muchachos! ¡Viva España!

—¡Viva!

Trepaban al trote, describiendo eses para salvar los obstáculos. Pedrell miró a derecha e izquierda. La columna, con su rayadillo azul claro, coronada con espumosos bordes de sombreros y disparos, montaba como una ola golpeando el acantilado de la ladera. Las balas de los mambises descendían a ras de tierra. Caían como una rugidora catarata arrastrando y golpeando los cuerpos hasta lo hondo. O los dejaban clavados en el sitio, ensartándolos con su invisible estilete.

Cerca ya de la cumbre oyó Pedrell el agudo toque del clarín

enemigo. «¡A degüello!» Los vio aparecer en la cresta. Aprestó el fusil entre sus crispadas manos. Descendían blandiendo los machetes. Rotosos y sucios, gritando desaforadamente: «¡Patones!, ¡godos!» Pedrell se levantó. Afirmó los pies. No veía a sus compañeros. Le parecía encontrarse solo frente a los mambises. Disparó el fusil. Uno de los enemigos se dobló lentamente, cayó de rodillas. Pedrell volvió a disparar. Los mambises seguían avanzando. Estaban allí mismo, a tres o cuatro metros. Veía sus rostros contraídos de fiereza, de rabia asesina. ¿Iba a morir ahora, allí mismo, dentro de unos segundos? Sintió un pueril deseo de hablarles, de suplicar. Eran siete u ocho. Dos cayeron pesadamente, como por arte de magia. Los restantes chocaron salvajemente contra los hombres de su escuadra. Brillaban los aceros en la luz, chocaban con crispador estrépito. Gritos ahogados, jadeos, quejidos. La sangre estallando en calientes chorros. Uno de los mambises le acometió con el machete en alto. Paró el golpe sosteniendo el fusil con ambas manos. Fue un chasquido rudo, terrible.

—¡Arréale una patada, filiño!

Esteban descargó el pie con todas sus fuerzas. El mambí se dobló con un gesto de dolor y Pedrell le derribó en tierra, propinándole un culatazo de revés.

Se quedó inmóvil, paralizado, con el hombre tumbado a sus plantas.

—¡Venga, tú!, ¿qué haces? —le gritaron.

Volvió a entrar en su cabeza el atronador estrépito de los disparos, de las voces y la furia del combate. Los enemigos se retiraban ordenadamente. Desaparecieron en la cresta. Pedrell pasó por encima de los que yacían muertos, de los heridos que gemían o se revolcaban. Alcanzó la cumbre junto con los demás hombres de su compañía. Los enemigos iban ya distantes. Los persiguieron tiroteándolos. A sus espaldas, en otros puntos de las laderas, seguía la lucha. La compañía se detuvo.

—¡Alto el fuego!

En la ladera de enfrente continuaba sonando un tiroteo bastante vivo. Cesó con rapidez. Se oyeron unos disparos sueltos. Y después, nada. Y luego subió desde lo hondo, como un rumor húmedo de llanto, angustioso, el lamento de los heridos, de los agonizantes.

—¡Bien, muchachos! ¡Bien por mi sección! —exclamó el teniente Robles.

—Eran pan comido, mi teniente —dijo Carballo.

—¿Muchas bajas en la escuadra?

—Una, mi teniente. El pobre Parrado.

—¿Muerto?

—Creo que sí, mi teniente.

Robles movió la cabeza con pesadumbre.

—No me fijé. ¿Dónde cayó? —preguntó Pedrell.

—A mitad de la ladera.

—¡Qué lástima! Parecía muy buen chico.

—De lo mejor. ¿Os acordáis cómo renegaba de las mujeres después de gastarse los cuartos con ellas? ¡Pobre Parrado!

—¡Novas! ¡Ven aquí, Novas! —le llamó Pedrell.

—¿Qué hay?

Pedrell le abrazó, le palmoteó.

—¡Gracias! Si no llega a ser por ti...

—Ése es un golpe muy bueno. Es un golpe bajo, pero ¿qué? No vas a andar con esas tonterías en la guerra, ¿eh, tú? Desde luego, no hay tío que resista un leñazo en la entrepierna. Ese golpe lo empleo yo mucho. Y no falla, filiño. De verdad.

Se quedó un pelotón en la cumbre. Los otros descendieron por la ladera.

—Aquí le pegué un tiro a uno, y cayó —dijo Pedrell.

—Lo herirías solamente o pudieron llevárselo.

El otro estaba tumbado allí cerca. Se quejaba roncamente. Tenía la cabeza llena de sangre, hinchada. Pedrell se acuclilló a su lado. Sentía deseos de pedirle perdón.

—¿Quieres agua?

—¡No me matéis, hermanos!

Pedrell le acercó su cantimplora a los labios. El herido bebió ansiosamente.

—¿Y esto qué es? ¡Métele un bayonetazo en la barriga a ese hijo de p...!

Pedrell se volvió furioso. Era Ortiz. Un vallisoletano de tez biliosa, pequeño, tripudo, de ojos de un azul desteñido, frío.

—Ése es un pelotillero asqueroso y un cobarde —le había dicho Carballo—. Ése sólo tiene agallas con los mambises desarmados o indefensos. Es un mal bicho y no seré feliz hasta que me lo quiten de la escuadra.

Pedrell miró a Ortiz con desprecio.

—Yo soy un soldado y no un asesino.

—¡Pues sí! Con tíos delicados como tú, no se gana una guerra.

—Con cobardes como tú, todavía menos.

—¡No te permito que digas eso!

—¡Ya está bien! —exclamó Carballo—. Y tú, Ortiz, no te desmandes. Ya que eres tan flamenco... ¡Venga! Ahí lo tienes, hermoso. ¡Métele el bayonetazo en la barriga!

—¡Hombre! Es que con los nervios del combate... —vaciló Ortiz acobardado.

—¡Los nervios, los nervios! Ésos te los curaré yo de una guantada. ¡Arrea para abajo! Y tú también, Pedrell. ¡Eh, vosotros! Traed al prisionero.

Parrado estaba tendido, efectivamente, hacia la mitad de la ladera. Tenía un tiro en el vientre y otro junto a la boca. La sangre le había dejado en las mejillas unas estrías cárdenas, como las huellas de un terrible zarpazo. Y la roja mancha del vientre se le había pegado a la piel como un extraño y repugnante animal.

Le miraron de reojo unos instantes y apretaron el paso. Se detenían ante los heridos. Les hablaban, les ofecían algo de beber. Huían de los muertos, aunque sintiesen piedad. Estaban allí, rotos, tan sumamente aplastados contra la tierra, desconocidos, arrojados en inverosímiles o grotescas posturas, con los agujeros amoratados de las balas, el hoyo negro de las bocas abiertas y la dura impasibilidad de sus ojos petrificados.

A Pedrell le tocó el segundo cuarto de guardia. Aún estaba despierto cuando Carballo fue a buscarle. Pedrell contemplaba sus pies, llenos de ampollas y de heridas sanguinolentas.

—¿Qué ocurre?

—Tengo los pies llenos de heridas. No sé cómo voy a caminar mañana.

—Muy mal, pero no hay solución. Vamos; hay que hacer el relevo.

—Tendré que ir descalzo. No me entran las botas.

—Y las niguas, ¿qué? ¡Espera! Traigo unas alpargatas en mi mochila. Para otra vez, ya lo sabes, hermoso.

—Ya.

Pedrell se puso las alpargatas y siguió a Carballo. Los soldados dormían en sus hamacas. Las habían amarrado entre los árboles. Producían un raro efecto en la oscuridad.

—¡Ya está bien! —protestó el centinela, cuando llegaron—. ¿Dónde fuiste a buscarle?, ¿a San Luis?

—¡Te callas, hermoso!, o te arreo un guantazo.

—Es que a mí... ¡ventajillas, no!

—Y si te doblo la guardia, ¿qué?

—Si me doblas, me partes. ¡Caray! ¿A que tiene gracia?

Pedrell se quedó solo. La noche tropical resplandecía gravitando y latiendo como una telaraña abrumada por las rutilantes gotas del rocío. Pensó con temor en la caminata del día siguiente. Pensó con sobresalto en el combate. Lo había vivido casi como sonámbulo. Ahora medía todo su horror. Pedrell sintió que se le crispaban los cabellos. «¡Y estamos sólo al principio!», pensó con angustia. ¡Cuánto tendría que sufrir aún! Recordó a María del Cobre. También era algo que se iba quedando muy distante, como su familia. Sintió un enorme vacío. Nada que le acompañase, que le consolara, que dejara un eco cálido en su pecho. Se encontró solo, absolutamente solo para afrontar la muerte y el dolor.

CAPÍTULO XI

11 de abril de 1898.

Bando del Capitán General Blanco, en el que ordena la suspensión de hostilidades:

> El Gobierno de Su Majestad, accediendo a los deseos reiteradamente expresados por el Santo Padre León XIII y encarecidos por los embajadores de las seis grandes potencias de Europa, ha resuelto, para preparar y facilitar la paz en toda la Isla, decretar la suspensión de hostilidades, ordenándome que así lo haga público.
>
> Por lo tanto dispongo:
>
> Artículo 1.º Declárense suspendidas las hostilidades en todo el territorio de la Isla desde el día siguiente al en que se reciba este bando en cada localidad.
>
> Artículo 2.º Los detalles de ejecución y el plazo de duración de la tregua se determinarán por instrucciones especiales comunicadas a los comandantes generales.

* * *

Los soldados que habían obtenido permiso para trasladarse a la ciudad, estaban formando en una fila. Esteban se incorporó a ella. Llegó un sargento para pasarles revista.

—¿Adónde vas tú? —se encaró con el primero.

—A Santiago, mi sargento.

—¡Bien, hombre! ¿Y esto qué es?

—Una mancha, mi sargento.

—¿Y esto?

—Otra mancha, mi sargento.

—¿Y aquí?

—Un roto, mi sargento.

—¡Un roto! Y me lo dices con esa frescura.

—Usted ya lo sabe, mi sargento. Me lo hizo el machete de un mambí, en el ataque del otro día.

—Y porque te lo hizo el machete de un mambí, vas a andar echo un andrajoso, ¿no? ¡Sal de la fila y lo coses!

—Es que falta el cacho de tela y no lo puedo coser.

—No me vengas con cuentos y cámbiate de uniforme.

—No tengo otro uniforme, mi sargento.

—¡Pues lo pintas!

El sargento pasó al siguiente.

—¿Y tú, qué?

—Nada, mi sargento.

—¿Dónde están tus botas?

Casi todos calzaban alpargatas de cintas.

—No tengo botas —dijo el soldado con inquietud.

—Sin botas no se puede ir con permiso.

—¿Y qué quiere que haga, si no me las dan?

—¿Y qué quieres que haga yo?

El siguiente era el Madriles. Le miró el sargento.

—¿Veis? Así hay que presentarse para salir de paseo: con las botas limpias y el uniforme curioso.

El Madriles sonrió satisfecho.

—¿Eres quinto? —le preguntó el sargento.

—Un poco, mi sargento.

—¡Bien, hombre! Gracioso, ¿eh? Te voy a decir una cosa: aquí, el único que hace gracias soy yo. Te conviene mucho meditar en ello. ¡Sal de la fila!

El sargento continuó. Eliminó a los cinco siguientes.

—Bueno —dijo—. Ahora ya lo sabéis: para ir a Santiago hay que llevar el uniforme limpio, las botas lustradas, los botones sin que me falte ni uno. ¿Lo habéis entendido?

—¡Sí, mi sargento!

—Bien. ¡A la estación todo el mundo!

Se marcharon riéndose, contentos.

—¿Os habéis fijado en el fulano?

—Ese sargento está como una cabra.

—Es una buena persona.

—Eso habría que verlo. Él ha recibido órdenes del capitán. Cada uno se pone lo que tiene. El sargento lo sabe, pero le gusta chinchar a la gente.

—¡Qué chinchar! Tú, mírate bien. Pareces un pobre de pedir. Aunque sepa que no tenemos otra cosa, debe decirte algo, o esto sería el desbarajuste.

—¡Déjame en paz! El desbarajuste es de los golfos que se quedan con nuestros alcances, nuestra comida, nuestra ropa. Tú, lo que pasa es que tú eres un pelotillero que anda detrás de los galones.

—¿Que yo quiero galones?

—¡Claro que los quieres!

—Pues, espérate a que los tenga.

—Pues, antes de que los tengas, te voy a romper la cara.

—¡Ya está bien! —se cruzó otro soldado en medio.

—Oye, dicen que la Reina ha concedido el armisticio.

—¿Y qué va a pasar ahora?

—Algo muy gordo: que, en cuanto lo implanten en Cuba, se acabaron los tiros.

—No lo creo. ¡No lo creo, ni aunque me maten!

—¡Pero, ven acá, so desgraciado! ¿Por qué te supones que ha vuelto tan pronto la columna a San Luis?

—¡Y yo qué sé!

—Pues por el armisticio.

—Está bien. Me alegro. ¿O crees que a mí me gusta andar pegando tiros?

—¿He dicho yo que te guste?

—No sé si lo has dicho.

—Pero ¿os fijáis qué pedazo de bestia es este hombre?

Había anochecido hacía ya bastante rato cuando Pedrell se despidió de María del Cobre. Le hubiera gustado salir con ella después de cenar. La mulata le dijo que no podía. Pedrell experimentó esa sensación de recelo que, a veces, le producía la conducta de María del Cobre.

Ahora, Pedrell se encaminaba al bodegón de la calle del Toro. Oyó el estrépito mucho antes de que llegara. Cuando iba a entrar en el local, tres soldados del regimiento de *Talavera* y el «Cabezota», que pertenecía al batallón Provisional de *Puerto Rico*, se le abalanzaron, le arrastraron al medio de la calzada abrazándole con un pegajoso manoseo.

—¡Compañero! —gritaba el «Cabezota»—. ¡Viva España, compañero!

El «Cabezota» llevaba la guerrera en una mano. La agitó como un trapo.

—¡Viva España! ¡Viva la paz!

Se plantó en medio de la calle. Se abrió de piernas tambaleándose y se puso a orinar. Llevaba la camisa fuera, toda manchada de vinazo y de ron.

—¡Viva España, Cristo, que aquí se acabó la hostilidad!

Luego se puso a entonar con voz insegura de borracho la marcha de *Cádiz*:

> *¡Viva España!,*
> *que vivan los valientes...*

Se interrumpió.

—¡Que vivan los valientes como este cura! ¡Viva *Puerto Rico* y *Talavera*, y viva la *Constitución*, compañero!

—¡Vivan! —exclamó Pedrell riendo y agitando la mano.

Luego entró en el pandemónium del bodegón. Casi todos los soldados estaban borrachos. Cantaban a voz en grito. Daban vivas estentóreos. Un andaluz taconeaba encima de una mesa. La mesa se volcó y el soldado fue a caer pesadamente sobre los demás. Estallaban risas estrepitosas. El suelo estaba húmedo y resbaladizo de los líquidos derramados, de las vomitonas. Había un olor nauseabundo, y la atmósfera, ardiente y sudorosa, densa de humazo, apenas se podía respirar.

Pedrell vaciló indeciso. Los borrachos le zarandeaban, le tendían vasos de bebida, le abrazaban riendo, gritando.

—¡Pedrell!, ¡Pedrell! —oyó que le llamaban.

Vio a Carballo. Se había subido a una silla y le hacía señas con la mano.

Habían juntado varias mesas y las rodeaban. Encontró allí a Carbonell, Expósito, Hijo l'alcalde, Puig, Novas, Mijarazos, el Desertor, el machacante y varios más.

—¿De dónde sales? —le preguntó Carbonell.

—¡Éste va a ganarte a ti, Carbonell! —exclamó Carballo, y se puso a entonar una habanera balanceándose lúbricamente—. «¡Ay, mulatita querida!...»

—De modo es que yo estaba de guardia —empezó Hijo l'alcalde—. De modo es que llega uno: «¡Hijo l'alcalde, se acabó la guerra!» Y voy yo: «Pues que agarre el chopo la madre que los ha parido.»

—Todos los fulanos con agallas hemos abandonado el servicio y nos hemos escapado de San Luis. Hasta éste —dijo Novas señalando al machacante—. Éste, como es un pelota...

—¡Cuidadito, tú! Yo no soy ningún pelota.

—¿Cómo que no eres un pelota, filiño? ¿A que sí? Perdiste el destino de machacante y ahora andas lamiendo a todo Cristo para que te den otro.

—¡Mentira!

—Pues éste no se quería venir. Empezó con que nos iban a meter un paquete. Y llega Carballo: «O vienes tú también, o te rompo la cara.»

—Pues yo tengo un funcionario amigo, un señorito —murmuró Expósito con voz estropajosa.

—¡Y se la romperé! Hoy no, porque hoy es el primer día de la paz, ¡viva la paz!, pero se la romperé mañana mismo. ¡Maldita sea tu estampa, hermoso! —exclamó Carballo dándole un fuerte papirotazo en la cabeza.

—¡Ay!, ¡no seas animal!
—...Pues este funcionario no es como vosotros...
—¡Cállate, machacante! ¡No me excites! Te la rompo ahora, ¿eh? Mira que te la rompo, preciosidad. ¡Te lo juro!
—...Me dio los cuarenta duros, y luego, la madre fue a la estación y...
—¡Expósito! —dijo Madriles—. ¿Sabes quién viene a Cuba?
—No.
—Viene el *Montserrat* con su capitán.
—¿Y qué?
—¿Sabes lo que te trae?
—No.
—A ver si lo adivinas.
—¡Venga, Madriles! —gritaron los otros riéndose.
El Madriles le dio una patada a una silla, derribó a un borracho que estaba cerca. El borracho se sentó en el suelo. Dijo gravemente:
—¡No *arrempujar*, hombre, no *arrempujar*!
El Madriles se puso a brincar en cuclillas:
—¡Expósito, Expósito! ¡Cloc, cloc, cloc! ¿A ver si lo aciertas? ¡Cloc, cloc, cloc!
Soltaba unos chillidos estridentes, se agitaba de un modo frenético, golpeándose los flancos con los codos, dándose palmadas en los muslos. Los otros se retorcían de risa.
Expósito miraba vagamente, con ojos indecisos y soñolientos de borracho.
—Y ahora me volveré sano a Madrid y con los cuarenta duros —empezó otra vez, tercamente.
—Oye, ese capitán del *Montserrat* es un tío muy grande. ¿Sabéis lo que dijo a los periodistas? —preguntó el Desertor.
—Lo sabemos —aseguró Hijo l'alcalde—. De modo es que si topa con la escuadra yanqui, le da un metido.
—Tú, Carballo, ¿qué son las chocolateras? —preguntó Novas.
—¿Y éste es veterano? —dijo Puig—. ¡Cañones, hombre, cañones!
—¡Ah, caray! Cañones.
Pedrell había bebido varios vasos de ron. Bebió otro.
—¿De dónde habéis sacado el dinero?
—El teniente Robles nos dio veinte pesos —contestó Carballo—. Expósito ha puesto cinco más.
—¿Y esos otros?
—¡Ah!, no sé; los quintos. Y le han dicho al dueño que hoy les fiaba o le pegaban un tiro. «¡Un tirito, un tirito, un tirito a usted!» El bandido ese ha accedido, porque sabe que el mes próximo nos pagarán los alcances de abril del año pasado.

Pedrell siguió bebiendo. Empezó a sentirse muy mareado. Miró fijamente a Mijarazos.

—¿Qué?

—Bien.

—¿Estás borracho?

—Sí.

—¿Estás contento?

—Sí.

—¡Mira que si dentro de unos días nos mandan licenciados a casa!...

—Sería como soñar.

—¡Ahí lo tenéis! Éste no dice nada y es el más feliz de todos nosotros. ¿Eh, Mijarazos?

—Sí; bastante. Ahora hasta tengo un poco de esperanza.

—¿Que un poco? Te vuelves a España y lo arreglas. ¡Ya lo verás! Y me alegro, ¿sabes? Tú eres un hombre, un hombre, ¿sabes? Y me alegro. A un hombre de verdad no hay nada que se le resista. ¡Bebe conmigo! ¡Por el amor!

—¡Por el amor!

Pedrell se levantó. La borrachera le hizo oscilar pesadamente. Se acercó a Mijarazos y le pasó el brazo por los hombros.

—Yo también estoy enamorado, estoy loco. ¡Viva el amor, compañeros!

—¡Viva!

—Bueno; y ahora todo Cristo a la compañía —dijo Carballo levantándose—. Es muy tarde. Ya sabéis que nos tenemos que alojar en el barracón del puerto.

—¡Sí, hombre! Lo sabemos de memoria.

—¡Pues en marcha!

—¡Olvídanos!

—¡Escuchad! Se han portado como unos tíos buenos con nosotros, ¿no?

—¡Sííí!

—Podían haber detenido a los que se escaparon y meterlos en el calabozo, ¿no?

—¡Sííí!

—Pues ahora, ¡a la compañía!

—¡Vete tú!

—¡Novas!

—¡A la orden!

—¡Pedrell!

—¡A la orden!

—¡Mijarazos!

—¡A la orden!

—¡Expósito!

—...Pues éste es un señorito...

—¡Cállate ya, Expósito!

Acabaron por salir todos a la calle. Llovía torrencialmente y hacía bastante frío. Unos cuantos se retrasaron. Se apoyaban en las paredes para vomitar.

El desertor Basegoda escupió en el suelo varias veces. Se pasó la manga por los labios. Sentíase algo mejor después de la vomitona. Vio que los de su grupo se distanciaban.

—¡Eeeh! —los llamó—. ¡Esperadme!

Los otros parecieron no oírle. Basegoda levantó la cara. Se estuvo así un rato, con la boca abierta, apoyado en un muro, recibiendo la torrencial y fresca lluvia. Se enjuagó después con el agua que había recogido, y la escupió. Echó a andar. Dio unos pasos y se detuvo. Sus ojos se avivaron con un intenso fulgor de alegría y ansiedad. Torció por una calle perpendicular a la que seguían sus compañeros. El alcohol le tambaleaba, pero caminaba de prisa. A veces tropezaba con un pedrusco, daba un traspié, componía el paso y seguía avanzando rápidamente.

Entró en el barrio de «Barracones». Los prostíbulos tenían las puertas abiertas. Arrojaban una luz cruda, hiriente. Oyó las risas, las canciones de los soldados; las carcajadas, las voces estridentes o roncas de las hembras. No se detuvo. Entró en el laberinto de las barracas. Casi todas estaban a oscuras. Había dejado de llover, pero el cielo seguía nublado y tormentoso. Se orientó con dificultad en las tinieblas. Chocó contra la pared de una barraca.

—¿Quién anda ahí?

Se alejó de prisa, sobresaltado.

Olían muy intensamente las flores tropicales, la tierra mojada. Basegoda respiraba casi con un jadeo.

El grupo de Pedrell llegó al tinglado del puerto. Sólo encontraron una veintena de hombres. Varios dormían ya la mona. Los otros seguían cantando y alborotando. El teniente Robles había hecho traer al puerto una perola llena de café, pagándola de su bolsillo. Dos soldados se encargaban de servir y mantener la bebida caliente, al rescoldo de una fogata. Fueron allí Carballo, Pedrell, Novas y Carbonell. El frío y la lluvia los habían despejado un poco.

—¡Viva el teniente Robles! ¡Vivan los rancheros!

—¡Venga! Tomaros el café y a la cama.

—¡Qué cama ni cama, hermosos! ¡Viva la paz!

—¡Eh, vosotros!, ¿y el azúcar? —preguntó Novas.

—No hay azúcar.
—Pues no lo tomo.
—¡Tómalo, no seas burro! —dijo Carballo—. Es para que se te quite la borrachera.
—¡Ya lo sé! Y por eso no lo tomo, filiño: para que no se me quite. ¡Mira éste!
—Bueno, Pedrell —empezó Carballo—, ¡grandísimo cenizo! ¿qué me dices ahora?
—¡Que no diga nada! —exclamó Novas—, porque éste es el cenizo más terrible que ha caído en la *Constitución*.
—No te preocupes. Solamente digo que este café amargo está muy bueno.
—¿Lo ves, desgracia? ¿Ves como tú siempre lo pintas todo muy negro? ¿Qué te dije yo?
—Y yo, filiño —medió Novas—. A que lo dije, ¿eh, Carballo?
—¡No!, ¡no lo dijiste!
—¡Está bien, hombre! ¡Caray! ¡Tenéis una mala uva!...
—Ahora, lo que hace falta es que el mambí acepte el armisticio.
—¿Ya vas a empezar? —preguntó Novas.
—No empiezo. Sólo digo que es lo que hace falta.
—¡Tú lo que quieres es fastidiarnos a todos!
—Me voy a la cama y así no fastidio a nadie.
—Sí, ¡vete! ¡Vete de aquí!
—No; que espere —dijo Carballo—. Y desembucha.
—¡He dicho que me voy a la cama!
—¡Mira; no me cabrees, hermoso!
—¡No me cabrees tú a mí!
—Te advierto que, si me vienes con flamenquerías...
—¿Por qué no os calláis los dos? ¡Estáis borrachos! —exclamó Carbonell—. Irse a dormir, y tengamos la paz en paz.
—Es que este tío... —empezó Novas—. Carballo tiene toda la razón.
—Escucha... —dijo Carballo calmosamente—. Sin enfadarse, ¿eh? ¿Tú crees que el mambí no quiere la paz?
—No lo sé.
—¡Pues te callas!
—¡Ya me callé!
—No; habla. ¡Bueno!, haz el favor.
—Supónte que continúan la guerra. Si hubiesen deseado el armisticio, ya lo hubieran solicitado, supongo...
—También yo supongo que ellos no querían dar el primer paso. Nosotros tampoco. Se dio, y todo arreglado, porque eso pretendía el mambí: sacarle el mayor jugo posible a la paz.
—¡Dile que sí, Pedrell de mi alma! —exclamó Novas.

—No; eso sí. Yo no lo había pensado y es posible que tengas razón. ¡Ojalá que la tengas! España no cabe duda que quiere la paz. Los yanquis dicen también que sí, pero no paran de hacer preparativos de guerra. Eso es lo que a mí me escama. Y, sobre todo, ¿sabes lo que me ocurre?: que me parece tan maravilloso, que no puedo creerlo. Cada vez que recordaba el ataque al convoy y lo del negrazo aquél, y luego los sustos que pasé en el combate de la columna... Y esto no era más que el comienzo de los líos en que iba a verme. ¡Os lo juro!, me entraba una tembladera... Y, de pronto, ¡la paz! No lo puedo ni creer.

—Pues yo sólo sé una cosa —dijo Carballo—: que «dos no riñen si uno no quiere».

—Eso habría que verlo.

—Pues yo lo he visto, hermosura. ¡Cuidado que eres duro, Pedrell! Lo vi, y pasó en el Caimán.

—No empieces con tus cuentos.

—¡Cállate, Carbonell! —exclamó Novas—. ¡Cuéntalo, Carballo!

—¡No!; que no lo cuente —insistió Carbonell.

—¡Oye!, ¿qué te pasa a ti conmigo?

—Que parece que eres el único que ha hecho la guerra. Y tú no estuviste en el Caimán.

—¿Que yo no estuve? Estuve en Batabanó, y en el Caimán también, para que te enteres, hermoso.

—Pero no estuviste en aquel combate.

—¿Y qué? Me lo contó uno del regimiento de caballería *Pelayo*, que lo vio. Y, encima, hablé con aquel muchacho en el hospital. ¿Tienes algo que decir?

—Lo que ya dije: que tú no estuviste.

—Pero lo guardo todo aquí —aseguró golpeándose la frente— y lo puedo contar sin que falte ni esto, ¡para que lo sepas, hermoso!, porque tengo más memoria que Menéndez y Pelayo.

—¡Ése sé yo quién es! —gritó Novas con exaltación—. Ése es un sabio terrible. Coge un libro y lee una página con un ojo y otra página con el otro ojo: las dos al mismo tiempo.

—¡No seas burro, Novas!

—¿Qué? ¿Que vas tú a saber más que el señor maestro de mi pueblo?

—El maestro de tu pueblo es un animal.

—¡Carbonell, no me calientes! ¡Calla de una vez y déjale contar a Carballo!

—¡No me da la gana! —replicó Carballo—. Tú eres tonto, Novas. Me lo has oído mil veces. Y, además, ¿para qué voy a contarlo, si no estuve en el combate? Carbonell tiene razón.

—¡No le hagas caso a Carbonell!

—¡Déjame en paz! Te he dicho que no.

—Me voy a la cama, porque éste lo contará. Podéis estar seguros.

—¡Mira qué gracioso, hombre!

Carbonell se marchó.

—¡Cuéntalo ahora!

—¿Es que eres sordo? Ya he dicho que no.

—Pedrell no lo ha oído y yo tampoco —medió Mijarazos.

—Y hace unos días prometiste que lo ibas a contar —insistió Novas.

—¿Yo dije eso?

—Lo dijiste. ¿Verdad, Pedrell?

—Verdad.

—Oye, ¿y Basegoda? —preguntó de repente Mijarazos.

—Se habrá echado a dormir.

—¿Estás seguro?

—¡Segurísimo! Venía detrás de nosotros. ¡Menuda trompa se agarró el Desertor!

El Desertor se detuvo al pie de la ceiba, con una indecisión repentina, acobardado. La ceiba arrojaba una oscura mancha de sombra. Se había desprendido una de las sogas de tender. Le rozó el rostro. El Desertor dio un paso hacia atrás, sobresaltado. Luego sonrió. Su respiración era jadeante. Esperó unos momentos. El metal de la luna bruñía la barraca. El Desertor la miraba ansiosamente. Su corazón latía tumultuoso. El Desertor aspiró profundamente el aire y se acercó a la puerta de la barraca. La empujó suavemente. Empujó haciendo más fuerza. Estaba cerrada.

—¡América! —llamó golpeando con los nudillos.

—¿Quién es?

—Soy yo, Basegoda.

—¿Qué quieres?

—Vengo a buscar la ropa.

—¡Vete de aquí!

—¡Abre, te lo suplico!

—¡Vete, patón asqueroso!

—¡Por favor, abre! Tengo que decirte una cosa.

La mulata guardó silencio.

—¿No quieres abrirme? Sentí mucho lo del otro día. Yo no tuve la culpa. ¡Por favor, abre! Solamente unas palabras, y me voy. ¡Te lo juro!

El silencio de la mulata exasperó a Basegoda. Empezó a sacudir con furia la puerta.

—¡Abre!, ¡abre! ¡Te juro que la derribo! ¡Abre! ¡Tengo derecho a recoger mi ropa!

La puerta cedió. La luna arrojaba una luz agria a través de los desgarrones de las nubes. La mulata, con un camisón blanco, se proyectó fantasmal en el recuadro iluminado de la puerta.

—Si quieres la ropa, págame lo que debes.

—Antes tengo que decirte algo.

—¡No quiero oírlo! Paga ¡y fuera de aquí!

—¿Por qué no repites ahora lo de la otra tarde?

—¿Crees que te tengo miedo?

—¡Dilo ahora que estoy solo!

El Desertor avanzó resueltamente.

—¡Fuera! —gritó la mulata retrocediendo—. ¡Fuera de aquí, o pediré socorro!

Basegoda se abalanzó sobre ella. La estrechó por la cintura con el brazo izquierdo. Con la otra mano hizo presa en el abundante cabello. Le inmovilizó la cabeza con su poderosa zarpa de labrador. Y estampó los labios en la boca de la mulata.

América se defendió fieramente. Le golpeó el rostro a puño cerrado. Le arrancó túrdigas de piel con las uñas. Basegoda no apartaba los labios. Jadeaba roncamente, enloquecido de deseos. Los gritos de protesta, de violencia y de socorro que la mujer lanzaba, morían con un rumor de angustia en la boca del hombre.

Rodaron por tierra. La mano izquierda del Desertor acariciaba el crispado cuerpo de la mulata, con un roce áspero e intenso. Poco a poco, fue cediendo la resistencia de la mujer. Poco a poco, las manos que golpeaban, las uñas que rajaban la piel empezaron a deslizarse con suavidad, se apelmazaron en ardientes caricias y la boca se entreabrió buscando y devolviendo los besos del hombre.

—Lo contaré —dijo Carballo—, pero solamente para quitarle la razón a ese cabezota de Carbonell. ¡No!, ¡no lo cuento!

—Pareces Pinazo, ¡caray!

—¡Yo no soy ningún Pinazo!

—Pues lo pareces.

—¡Está bien!, ¡está bien! Primero y principal: los quintos aún no sabéis lo que es una ciénaga en serio. Vosotros sólo habéis visto charquitos de fango. La ciénaga del Caimán es un lío terrible de caminos, de zanjas, de trincheras ocultas, de alambres de pincho. ¡Horroroso, niños! Se encontraba allí la partida de Collazo. Hay muchos peninsulares, y muy valientes, como el sargento «Poca Ropa» (ya la diñó) o el galleguiño que fusiló Pedrol y que Novas os contaba el otro día. Ésos han luchado en más de doscientas acciones. Tienen muchas agallas y son como fieras. Cuando la autonomía, les mandamos a dos parlamentarios. Los ahorcaron. Después les mandamos a otros. Los ahorcaron también.

—Dile lo del negro Collazo —rió Novas.

—¡Ah, el negro Collazo! —rió también Carballo.

—¿De qué os reís? —preguntó Mijarazos.

—De nada, Enamorado. De que Collazo es más blanco que tú.

—Pues si yo he leído... —empezó Pedrell.

—¡Huy, leer! Ya te lo dije, hermoso: no basta con leer para enterarse de lo que pasa aquí. El general Hernández Ferrer, un andaluz muy cachondo, siempre hablaba en sus partes del *negro* Collazo. Un día le advirtieron que Collazo era rubio. «Ya lo sé —dijo el general—, lo pongo para que se chinche.» Se lo contaron a Collazo y le hizo mucha gracia. Bueno; regular. Porque dijo que, si agarraba al general, iba a colgarlo. Y veréis. Se mete en la ratonera del Caimán el regimiento de caballería *Pelayo*. Estos del *Pelayo* son los tíos más farrucos que luchan en esta guerra.

—¡Dile lo de aquel soldado!

—¡Mira que eres tonto, Novas! ¿Pues no es eso lo que voy a contar?

Basegoda se incorporó lentamente, emocionado.

—A mí no me importa que seas de color, ni nada, ni que estés con el mambí. Yo te quiero, América.

—¡Vete! —exclamó la mulata con voz ronca.

—¿Qué te pasa?

—¡Vete, cerdo asqueroso! ¡Vete de aquí!

—Pero...

—¡Te odio! ¡Fuera de mi casa! ¡Fuera!

Basegoda retrocedió desconcertado.

—Me voy ahora, pero volveré. ¿Oyes?

Salió a la calle.

América se echó un manto sobre los hombros. Salió también de la barraca. Vio a Basegoda, que se alejaba lentamente, y escupió en el suelo. Después torció por una de las callejas. Llamó con los nudillos, con un toque convencional, a la puerta de una casucha. Abrió un hombre. América cuchicheó con él. Volvió luego sobre sus pasos y se apostó en la esquina de la calle. Vio venir al hombre con el que había hablado. Le acompañaba otro individuo. Caminaban presurosos.

—A este soldado le hirieron muy grave en una pierna. Se va hacia atrás para que lo curen, pero le atizan un culatazo y lo derriban del caballo. El individuo se arrastra hacia un árbol. Se levanta y se queda apoyado contra el tronco. Los nuestros se baten en retirada. Había mambises por todas partes. Llega un grupo y se le encara. El soldado estaba allí, tan tranquilo, como en un tiro al blanco. Tan tranquilo ¿veis? Pero se le acercaba un vigirita más de la cuenta y levantaba el fusil apuntando sin azararse ni esto.

—¿Eh?, ¿os fijáis? —preguntó Novas excitado.

—Os diré que aquel día nos dieron un buen palizón, pues nos mataron a 76 hombres. Y estaba el grupo mirando al herido. Estaban allí como las hienas. Pero se aproximaba uno y el soldado levantaba el máuser. Yo, un día le vi luego en la enfermería. Tenía una cara grande, seria. No hablaba mucho. Es de los que no hablan.

—¡Déjate de eso ahora!

—¡Y tú quieres dejarme a mí en paz! No, no hablaba; no era perro ladrador. A mí me dijo: «Que vinieran ¿no? Yo tenía mi fusil.» Pues en el grupo estaba ni más ni menos que el coronel Alberto Rodríguez, el jefe de la partida, y dijo: «¡Vámonos de aquí! Éste es un día muy grande para entristecerlo con una desgracia y éste va a matar a uno de nosotros. ¡Déjenlo que se vaya!» Y desde luego que se fue; y arrastrándose llegó medio desangrado a Pozo Blanco. ¿Dónde está Carbonell?

—Se ha ido a la cama.

—¡Ya lo sé! ¿Crees que soy idiota! ¡Carbonell! ¡Maldita sea! A ese desgraciado de Carbonell voy a romperle la cara. ¿De manera que yo no estuve en el Caimán? ¿De manera que yo no estuve en Batabanó y por las ciénagas de Güira y Alquizar? ¡Allí hubiera querido yo ver a ese fanfarrón! ¡Carbonell!

—¡Calla, calla! Que estás borracho.

—¿Y tú qué? Lo que yo os digo es que en Batabanó se pasaban muy negras. Lo teníamos rodeado de fosos y protegido por alambradas. Y por la noche había que iluminar todo ello con faroles para que no nos sorprendieran. Pues, así y todo, lo asaltaron cuatro veces, saquearon lo que les dio la gana y nos hicieron correr como galgos. Me acuerdo muy bien cuando le dieron machete a la guerrilla de Batabanó, y voy a contaros lo que pasó con un sargento del regimiento de la *Lealtad*. Les habían zumbado los mambises la pandereta a base de bien. Corrían como conejos los peninsulares. ¡Sálvese quien pueda, hermosos!, ya lo sabéis. Unos pocos pudieron esconderse en el manigual. El sargento se quedó solo en una alcantarilla del ferrocarril. Se defendía a tiros, como un verdadero tigre. No sé a cuántos mató. Se le echa encima nada menos que Emilio Collazo en persona. Le dispara el sargento y falla el cartucho. Allí mismo le destrozaron a machetazos, mientras gritaba «¡Viva España!». Y así murió, ¡aprended!, gritando «¡Viva España!» y ¡Viva España! digo yo. Ése era un valiente de verdad. Pues a los infelices que aún quedaban en la manigua les tenían cortada la retirada. No había salvación. Pero resulta que el mambí descubre que los nuestros traían una carreta atestada de pan. Como andaban muertos de hambre, se echan al pan, y los otros, ¡pies, para qué os quiero! Ocurre cada cosa en esta guerra... ¡Carbonell! ¡Maldita sea! ¡Ven aquí, desgraciado!

—¡Cállate, hombre!

—¡Cállate tú! ¿De manera que no estuve en el Caimán? ¡Estuve, fanfarrón! Y estuve en una de las más gordas, y con el coronel López Morentín, el que dio muerte a Alberto Rodríguez.

—A ese Alberto Rodríguez le cantan en coplas. Hay una: «Que ese valiente murió — por el máuser de un patón.»

—Es verdad. Hay mambises que no saben leer ni escribir y te sacan lo que llaman décimas, que son algo grande. El asunto es que atacamos 4000 hombres al mando de tres generales. ¿Y sabéis quién iba con el batallón de Otumba? Iba Canalejas.

Basegoda oyó los pasos de los dos hombres. Volvió la cabeza. Se detuvo a esperarlos. Pero reanudó en seguida la marcha. No tenía deseos de hablar con nadie. «¡Mujeres! —pensaba—. ¡No hay dios que las entienda!» Se enjugó la sangre que aún le manaba de los arañazos. Tenía el rostro hinchado de los golpes. Se tocó suavemente los hematomas. «¡Así reviente!» Se abstrajo para pensar en los besos, en la entrega de la mulata. «Pero ¡cómo me gusta esa mujer, caray!» ¿Qué debía hacer ahora? Se lo contaría a Mijarazos, en cuanto llegara al barracón.

La calle estaba muy oscura y solitaria. Los dos hombres se le acercaron. Basegoda se volvió nuevamente. Observó que los dos hombres se separaban. Empezaron a caminar por los lados de la calle, pegados a la pared y un poco encogidos.

A Basegoda le chocó.

—¿Quiénes sois vosotros?

Dio unos pasos lentos, avanzando de espaldas.

—¿Quiénes sois?, ¿qué queréis?

Pegó la espalda al muro.

—¿Qué queréis?

—¡Viva Cuba libre! —dijo uno de los hombres, sin alzar mucho la voz, roncamente.

Basegoda se llevó la mano a la bayoneta. Se le arrojó encima uno de los dos hombres blandiendo el machete. Le golpeó en la cara, abriéndole un profundo tajo. Basegoda se tambaleó. Se abrazó al individuo y rodaron por el suelo. El otro hombre cogió a Basegoda por los hombros y le apartó de un enérgico tirón. Le puso un pie en el vientre y le descargó un machetazo en la cara. Después le atravesó el pecho de parte a parte.

Los dos hombres echaron a correr. Se perdieron en seguida en el oscuro dédalo de las calles.

Basegoda resollaba agonizando. Estaba tendido de espaldas. Tenía el rostro, la boca llenos de sangre. La luna brillaba con un resplandor difuso detrás de las nubes. Basegoda la miraba fijamente. Se interpuso una sombra negra. El Desertor trató de sacar su machete del tahalí.

—¡Zorra! —murmuró con un jadeo estertoroso—. ¡Tú fuiste, zorra!

Haciendo un esfuerzo sobrehumano, logró colocarse de medio lado, apoyándose en el codo. Tosió roncamente. Expulsó un chorro de sangre y su cabeza cayó golpeando el suelo con un choque bronco.

—¿El político Canalejas? —preguntó Pedrell.

—El mismo. A mí, ese Canalejas me gusta. Leí unos artículos que publicó en el *Heraldo de Madrid*. Ése no se mordió la lengua.

—Yo también los leí —dijo Pedrell—. Y es verdad. Creo que nadie ha hablado tan claro sobre lo que pasa en Cuba. Pero ¡para lo que ha servido!

—Pues yo, para mí lo mejor de Canalejas es otra cosa. Tú, Novas, aunque eres tan borrico...

—¿Sabes que me estás cansando mucho?

—¡Bueno, no seas burro! ¿Quién te quiere más que yo, hermoso? Supónte que cae un pedrisco o que se inunda tu cacho de tierra. ¿A ver?, ¿qué harías tú? ¿Irías a verlo?

—¡Tienes unas preguntas! Pues ¿qué iba a hacer? Iría al galope, ¿no?

—¡Ahí quería verte, hermoso! Porque en Cuba, querido mío, hace unos cincuenta años que hay más que pedriscos e inundaciones, hay guerras, ¡guerras! Los hombres mueren a miles, se gastan millones de pesetas ¿y qué? ¿Creéis que a los políticos que gobiernan se les ha pasado por las mientes la ideíca de venirse aquí para ver lo que pasaba? ¡Pues no!

—Casi no lo puedo creer —dijo Mijarazos.

—Pues te estoy hablando del Evangelio. El único al que, para enterarse de lo que sucedía, se le ha ocurrido una cosa tan sencilla como venirse aquí, ha sido a Canalejas. Estuvo primero en Nueva York. Habló con los rebeldes. Después se trasladó a Cuba. Recorrió el teatro de la guerra, como dicen los periodistas, y quiso presenciar una acción. La lucha de aquel día en el Caimán fue terrible. Emilio Collazo mandaba la partida mambisa. Fue herido en la garganta y le reemplazó su hermano Rosendo. Nosotros tuvimos muchas pérdidas. El coronel López Morentín se portó como un héroe. Anduvo en medio de la horrorosa ensalada de tiros sin bajarse nunca del caballo. Yo gané allí una de estas medallas. ¡Carbonell! A ese desgraciado se lo voy a contar mañana mismo. Y si no me escucha, le rompo la cabeza. A López Morentín le dieron la laureada. Hubo 143 recompensas y ascensos por la victoria. Yo, de esto de la victoria, no estoy muy seguro. Los partes del mambí decían que nos habían dado la gran paliza. Y los nuestros decían que fuimos nosotros los que les zumbamos a modo. Aquí, chicos, pase lo que pase, resulta que siempre ganamos nosotros, y siempre ganan ellos. Y yo lo que sé es que he estado en muchas victorias, pero también he corrido lo mío, ¡caray, si he corrido! Y aquel día fue uno. Ahora que yo, nada. El que corrió como una locomotora fue Canalejas.

—¿Ah, sí? —preguntó Pedrell riendo.

—Y perdió el sombrero de jipijapa, ¿eh, Carballo? ¡Y casi pierde el culo! —exclamó Novas soltando la carcajada.

—Es verdad —dijo Carballo—. El mambí encontró el jipijapa. Se supo por un prisionero que agarramos. También se supo que la partida sólo disponía de 318 hombres y 3000 cartuchos. Nosotros atacamos 4000 tíos y hubo que retroceder. Pero ¡venga de medallas y recompensas!

—¡Eso sí que es un escándalo! —exclamó Pedrell—. He leído que, en lo que va de guerra, se han concedido más de 90000 distinciones, entre ascensos y medallas. El ejército español tiene, hoy en día, más generales que cualquier otro del mundo.

—¡Tú lo has dicho, hermoso! Pero lo que tú no sabes es que varios de esos momios los han obtenido algunos jefes y oficiales, con trampas, sin oír ni un maldito disparo o apropiándose cínicamente de las victorias conseguidas por otros. Ahora que te advierto que entre los vigiritas pasan cosas parecidas.

—¡Por algo son también españoles! —rió Pedrell.

—¡Ahí diste en el clavo, querido mío! Y mientras, a nosotros y a los sargentos no nos llegan ni las migajas de ese banquetazo de ascensos y condecoraciones. El comandante Gutiérrez me decía hace poco...

—¡Eeeh!, ¡ayudadnos! —les llegó una voz apremiante.

—¿Qué pasa?

—¡Venid! ¡Han matado a uno!

Echaron a correr.

Le traían entre cuatro. Colgaba hacia atrás la cabeza. Una de las luces del puerto le dio en el rostro. La herida de la cabeza le llegaba hasta la frente. Y el horripilante tajo de la cara le había cortado la nariz y la mejilla. Tenía en el pecho una gran mancha de sangre.

—Es el Desertor —dijo Carballo.

—¿Dónde lo encontrasteis?

—Tirado en una calleja. Ya estaba muerto. Dicen que han asesinado a otros de *Talavera*.

—Tenías razón —dijo Carballo volviéndose hacia Pedrell—. Fracasará el armisticio.

—No le dieron tiempo a sacar la bayoneta —les explicó uno de los que le traían—, pero ha debido de pelear y defenderse como una fiera, porque está lleno de golpes y arañazos.

Mijarazos guardaba silencio. Sentía sus ojos turbios de lágrimas. Se acercó al muerto. Levantó con cuidado su cabeza. Después le pasó las manos por los sobacos y le alzó con suavidad. La cabeza de Basegoda descansó sobre su pecho. Los dos hombres que le conducían por los brazos soltaron el cadáver sin decir nada.

—Era mi único amigo —murmuró Mijarazos—. ¡Yo te vengaré, Basegoda! ¡Lo juro! —exclamó roncamente.

CAPÍTULO XII

El mismo día, 11 de abril de 1898, en que el Capitán General hacía público su bando suspendiendo las hostilidades en Cuba, el Presidente Mac Kinley, desdeñando la intervención papal y de las potencias, y haciendo caso omiso de la pacífica actitud de España, que se había plegado a todas las exigencias yanquis, leía ante el Congreso un agresivo mensaje. Este documento resultaba sumamente confuso e indeciso, pero venía cargado con la terrible dinamita de la intervención armada de los Estados Unidos en la guerra de Cuba.

Planteaba el Presidente la cuestión del *Maine* afirmando que la catástrofe se debió a una causa externa; halagaba y exacerbaba el sentimentalismo *jingoe* asegurando que «este suceso ha llenado el corazón nacional de indignación y de horror»;

decía que no se habían determinado aún las responsabilidades, pero «la destrucción del *Maine* prueba que el estado de cosas en Cuba es tal, que el Gobierno español no puede garantir la seguridad y la inmunidad de un barco de la nación americana en el puerto de La Habana, cuando va a él en misión de paz». El cinismo del Presidente, al hablar de esta supuesta «misión de paz», quedaba superado en el propio mensaje, al referirse a la suspensión de las hostilidades. Mac Kinley solicitaba poderes al Congreso y el concurso de todas las fuerzas navales y terrestres de la nación «para adoptar medidas que aseguren el completo y definitivo término de las hostilidades entre el Gobiero de España y el pueblo cubano». No podía ignorar, desde luego, el Presidente, la concesión del armisticio, y se refería a ello de una forma dubitativa que casaba muy mal con su pugnaz solicitud de poderes. «Ayer, después de haber preparado el anterior mensaje, he sabido que el último decreto de la Reina Regente de España ordena al general Blanco que proclame una suspensión de hostilidades, cuya duración y detalles no me han sido aún comunicados, con objeto de preparar y facilitar la paz... Si esta medida produce un resultado satisfactorio, se realizarán nuestras aspiraciones como pueblo cristiano y pacífico.»

El mensaje disgustó, como es lógico, a los españoles, pero disgustó casi más a los cubanos. Mac Kinley solicitaba poderes para que, a la vez que permitiesen poner fin a la guerra, asegurasen «el establecimiento en la Isla de un gobierno fuerte, capaz de mantener el orden y de cumplir sus deberes internacionales, garantizando la paz y la seguridad de sus ciudadanos, así como la de los nuestros». ¿A qué gobierno se refería Mac Kinley? No hablaba de la independencia de Cuba. No decía que ese gobierno hubiera de ser elegido por los rebeldes. ¿Qué pretendía? ¿Que lo formasen los autonomistas, los reformistas, los constitucionales, el propio Estado español acaso? ¿Se proponía anexionarse Cuba e imponer un gobierno yanqui?

Mac Kinley dejaba al Congreso la tarea de discernir en el galimatías del mensaje presidencial: «Hoy la solución depende del Congreso en todas sus terribles responsabilidades. He agotado todos los esfuerzos para remediar el intolerable estado de cosas de un país que se halla a nuestras puertas, y estoy dispuesto a cumplir las obligaciones que me imponen la Constitución y las leyes. Aguardo vuestros acuerdos.»

El Congreso y el Senado yanquis no vacilaron en su respuesta al mensaje. Decidieron que procedía la intervención inmediata de los Estados Unidos en la guerra. Hubo discrepancias, sin embargo, respecto a la independencia de Cuba, y esto obligó a que ambas Cámaras tuvieran que reunirse para votar una *joint resolution* (resolucción conjunta).

De esta *resolución conjunta* dependía que nos viésemos obligados a combatir con los yanquis. En nuestra Patria se vivían horas de inmensa ansiedad e incertidumbre. El pueblo español, trastornado por los embustes de la prensa y engañado por los desplantes de los ministros y del propio jefe del Gobierno, señor Sagasta, se lanzó a la calle, presa de un arrebatador delirio bélico y de una legítima furia contra los que humillaban y calumniaban a nuestra nación. En Madrid, Barcelona, Valencia, Santander, Zaragoza, Valladolid, Oviedo, Bilbao, Granada, Sevilla, Córdoba, Málaga... Hasta en los últimos rincones de la nación resonaron los gritos de guerra y venganza. La multitud desfilaba tumultuosa, enfebrecida, a los acordes de la marcha de *Cádiz*, llevando banderas, estandartes y escarapelas con los colores nacionales. Fueron arrancados los escudos de los consulados yanquis y, en algunos puntos, las fuerzas del orden se vieron obligadas a cargar para reprimir la fiera y peligrosa exaltación de los manifestantes.

La Reina Regente, mientras tanto, en la amarga soledad de su viudez, no podía hacer otra cosa que rezar, llorar, deplorar, acaso, el cruel destino que la había traído a un país extranjero que amaba, y por el que era respetada y querida, para presidir uno de los momentos más dramáticos de su historia.

El Gobierno, curado ya de su reciente altanería, aunque sabría mantener el decoro hasta el momento postrero, volvió a intentar detener el mazazo de la guerra escudándose en la acción diplomática. Solicitó nuevamente los oficios del Papa y cursó una circular a nuestros embajadores para que advirtiesen a las cancillerías de Europa, el atropello de que íbamos a ser víctimas.

Nada podía hacer ya el Pontífice. Contestó, por medio del cardenal Rampolla, deplorando que «su intervención, secundada por las grandes potencias, no haya dado el resultado que él deseaba», y recomendando «la calma y dignidad» que tantas simpatías le habían granjeado a nuestra causa.

Las potencias temían enemistarse con un país tan poderoso como los Estados Unidos. Además, el problema antillano no afectaba a sus intereses ni a su seguridad; Cuba quedaba muy lejos de Europa. Las potencias se lavaron las manos dejándonos abandonados a nuestra suerte.

Los insurrectos, por su parte, habían rechazado el armisticio. El Consejo de Gobierno de la llamada República de Cuba, replicó en los términos siguientes:

«...La falta de consideración que se nos ha tenido siempre, llega hoy, no ya a suponer, como antes, que no somos factor apreciable para la solución de los asuntos que a Cuba conciernen, sino hasta suprimir nuestra existencia como elementos que combaten a España con las armas en la mano.

»No de otro modo se explica la pretensión de dictar un armisticio por una sola de las partes combatientes, cosa que nunca le había ocurrido a ejército alguno, cualquiera que sea la situación en que se haya encontrado. Se dice que esa medida tiene por objeto preparar y facilitar la paz en esta Isla. España debiera saber, como lo sabe hoy el mundo todo, que sólo hay un medio de obtener la paz en Cuba: reconocer nuestra independencia...»

* * *

—Oye, ahí fuera hay una mujer que te busca.

—¿A mí?

—Preguntaba por el Desertor. Le dije lo que le había pasado y preguntó por su compañero —el soldado guiñó el ojo—. ¡Los hay con suerte! —exclamó.

Mijarazos vaciló durante unos momentos. Después salió del cobertizo. Estaba algo apartada, con la cabeza caída sobre el pecho, abstraída. Mijarazos se acercó.

—¿Qué quieres?

Ella levantó la cabeza sobresaltada.

—He venido a traer la ropa.

—¿Cuánto te debo?

—No sabía nada de lo ocurrido. Lo siento mucho.

—¿Lo sientes?

—Sí.

—¿Por qué vas a sentirlo? Tú nos odias.

—Yo deseo la independencia de Cuba. Nada más. Odio a los que asesinan, a los que violan a las mujeres, pero no a los soldados que luchan con nobleza —le miró francamente a los ojos—. No puedo odiar a un hombre como tú.

Mijarazos esbozó una sonrisa desdeñosa. Después sus facciones se contrajeron con una furia repentina.

—Haces mal —dijo—. Os causaré todo el daño que pueda. Vengaré el asesinato de mi compañero.

Dirigió a la mulata una mirada fija, escrutadora.

—Supongo que no le verías la otra noche.

—No; no le vi. No he vuelto a verle desde aquella tarde. Y no hables de venganza. No estáis en condiciones de vengaros de nadie.

—Lo veremos.

—Los norteamericanos entrarán en la guerra. Seréis aplastados.

—Yo, a ti, debería denunciarte. Debería hacer que te metieran en prisión.

—Hazlo. No me importa.

—¿No te importa? —sonrió burlón—. No te preocupes, no voy a convertirte en heroína.

—¿Por qué me hablas con tanto desprecio?

—No es desprecio.

—O con burla. ¿De qué es de lo que tienes que defenderte?

Mijarazos la miró sorprendido, algo desconcertado.

—Eres muy lista, pero conmigo no te será fácil jugar —murmuró roncamente, irritándose de nuevo.

—No pretendo jugar contigo, ni con ningún otro. Estos días he pensado mucho en lo de aquella tarde.

—¿Sí?

—Deseaba que volvieras. Estoy avergonzada de lo que pasó. A veces me vuelvo loca. Odio a los hombres que sólo ven una hembra en mí. Ahora vivo miserablemente, pero antes era muy distinto. Yo no soy una cualquiera, no estoy a disposición del primer soldado que llegue. Aquel día me equivoqué.

—Te figuras que yo soy diferente...

—Eso creo.

—Pues te engañas. Dime cuánto debo.

Mijarazos metió la mano en el bolsillo.

—¿Cuánto? —insistió.

—Nada. Tu amigo ya me había pagado. ¿Tienes algo para lavar?

—No. Hemos terminado.

—Me tratas con dureza, con demasiada dureza. ¿Por qué?

Mijarazos se calló turbándose.

—Te espero —dijo ella—. Tú vendrás a buscarme.

—¿Estás segura? —preguntó Mijarazos rehaciéndose, sonriendo.

—No; no lo estoy. Pero me pegaste por algo.

Dio media vuelta y se alejó lentamente. Mijarazos sintió un deseo casi irresistible de seguirla.

Desde allí se veía el camino del Morro. Serpenteaba polvoriento y solitario entre la verdura. Más abajo asomaban los trozos de la bahía, azules y muy quietos, como enormes cristales arrojados. Enfrente, la pared de las montañas. Por el horizonte parecía trepar, separado apenas del cielo por una tenue raya celeste y gris, el nivel de las aguas. Se habían sentado en una pequeña clara de hierba. Los rodeaba la vegetación por todas partes. Se oyó en la soledad el canto de un sinsonte.

—Parece mentira que estemos en guerra —dijo Esteban Pedrell.

—Sí; parece mentira.

—¡Los canallas de los yanquis! Si no hubiera sido por ellos, todos los cubanos habrían acabado por aceptar la autonomía. ¿Qué podían hacer los rebeldes sin el apoyo de los Estados Unidos? Nada: rendirse.

—Sí; tienes razón, pero no pienses en eso ahora.

—¿Cómo no voy a pensar? Estoy a tu lado. No quisiera separarme nunca de ti.

—¿Es cierto?

Pedrell le había pasado el brazo por la cintura. Hizo una leve presión.

—¡Claro que es cierto! No he querido nunca a otra mujer.

María del Cobre apoyó la cabeza en el hombro de Pedrell.

—Hace años que no era tan feliz como ahora —dijo.

Volvió el rostro para mirarle. Sus ojos estaban velados de ternura. Esteban acarició su mejilla y la besó en los labios.

—Poco después de conocernos te prometí que te contaría mi historia. Es muy triste. Si no la puedo terminar, dispénsame.

—¡Qué cosas dices!

—Mi padre descendía de un peninsular y una mujer de color. Era muy bueno e inteligente. Yo tuve una niñez muy dichosa... Éramos cuatro hermanos. Una hermana mayor y los dos pequeños. Mi madre nos quería con locura. Era muy bonita, silenciosa. Trabajaba sin cesar. Yo creo que nuestra madre conocía a fondo nuestros corazones. Siempre nos adivinaba todos los deseos. Ya te digo que hablaba poco, pero si teníamos cualquier pena... Mamá se sentaba delante. «¿Qué ocurre?» Era fácil contárselo todo. Y siempre encontraba la palabra precisa para consolarnos.

—Tú también serás una madre así.

—¡No; yo no! —exclamó María del Cobre alterándose.

—¿Por qué no?

—He sufrido demasiado.

—Pues yo percibo tu dulzura. Y será por eso, porque has sufrido, por lo que puedes ser dulce y comprensiva con los demás...

—No. Te engañas. Hay mucha gente a la que odio. Día y noche pienso en vengarme de los que destrozaron mi hogar. Y no retrocederé ante nada.

Pedrell observó, silencioso, el sombrío fulgor de su mirada.

—Mis padres —siguió María del Cobre— habían conseguido una vida cómoda e independiente agotándose a trabajar. Mi padre estuvo bastante tiempo en una vega. Después se colocó en una fábrica de Pinar del Río. Se ganaba bastante dinero. Allí están los famosos vegueríos de Vuelta Abajo que producen el mejor tabaco de Cuba y del mundo. Mi padre empezó siendo anillador y fileteador, luego le pasaron a la «galera» de los torcedores...

—¿Cómo, cómo?

—¿Quieres que te lo explique?

—¡Naturalmente que sí!

—¡Gracias! Me gusta mucho hablar de estas cosas, de mis padres y hermanos, de aquel tiempo... Los anilladores y fileteadores se encargan de poner las anillas a los puros y cierran las cajas. Los torcedores son los que los lían. En esta labor destacan los mulatos, y hay que tener los dedos muy largos. Mi padre los tenía —dijo María del Cobre con ternura y emoción evocadora—. El interior del puro, la tripa, se envuelve con las hojas mejores, llamadas capas.

Pedrell sonreía complacido de las explicaciones. Pensaba vagamente en la felicidad que sentía.

—Después le hicieron despalillador, que son los que arrancan los palillos o venas de las hojas. Es un trabajo muy delicado. ¿No te aburro?

—¡No, no! Al contrario.

—Se llaman rezagadores los que seleccionan las hojas. Mi padre también lo fue. Al obrero que se paga más es al escogedor. Son seleccionadores de hojas también, y llegan a ello solamente los guajiros y canarios, con alguna excepción, como la de mi padre. Es gente muy lista y capaz. Casi todos los dueños de las fábricas de tabaco han sido antes escogedores.

—¿Ah, sí? No tenía ni idea.

—Mi padre prefirió volver al campo. Con algo de dinero, con ganas de trabajar y sabiendo lo que se traía entre manos era fácil conseguir una tierra. Mi padre aspiraba a eso. ¡Nunca olvidaré cuando llegamos a la vega! Yo tenía pocos años aún, pero lo recuerdo como si acabara de suceder. Mi padre llevaba a mamá pasándole el brazo por la cintura. Recorrimos lentamente el terreno. Callábamos todos. Yo estaba muy conmovida. Recuerdo que uno de mis hermanitos se rió y le reprendí ásperamente. Mi padre se detuvo. Después que dimos la vuelta a la vega. «Hijos míos, todo esto nos pertenece. Aquí vamos a ser muy felices.» Aunque en casa éramos poco religiosos, mi padre hizo la señal de la cruz. «¡Dios nos bendiga!», dijo. Y yo me puse a llorar de emoción.

—Es muy bello lo que me has contado.

—De las vegas y sitierías próximas vinieron para ayudarnos a construir nuestro bohío. Era de forma cuadrada. Cantábamos y reíamos durante el trabajo. El bohío, como todos, estaba hecho de pencas de la palma guano. Los tabiques eran de troncos revocados con barro y el techo de hojas de palma real. La cocina estaba aparte, ya habrás visto cómo.

—No importa. ¡Cuéntamelo!

—Estaba en otro bohío más pequeño, unido a la vivienda por un patio lleno de flores, donde se encontraba el pozo. Después se construyeron la cuadra y el caney.

—El caney es donde se seca el tabaco, ¿no?

—Sí. La «maduradera», como decimos nosotros. En el caney no hay ventanas. Tiene dos puertas bajas para que se ventile sin que entre la luz. Madurar el tabaco requiere muchas operaciones y muy delicadas. Luego se vende en fardos o tercios liados con láminas del tallo de la palma real.

—Creo que el cultivo es también difícil. Me ha hablado de eso un veterano que trabajó en una vega.

—Las plantas necesitan muchas atenciones. Hay que cuidarlas una por una y hoja por hoja, sobre todo por los insectos. Se riegan de noche. La cosecha se hace a los tres meses de trasladar del semillero las plantitas o «posturas». Las hojas mejores son las de arriba. Se cortan de dos en dos, con un pedacito de tallo, en «mancuernas». Se llaman de «corona» y se usan para la capa de los puros. Luego nacen hojas más estrechas, «capaduras», y retoños o «mamones». ¡No puedes figurarte lo que yo disfrutaba trabajando en la vega! ¡Y cuánto nos divertíamos! Mi hermana tenía diecisiete años, y yo quince, cuando el grito de Baire. Mi hermana era preciosa. A las dos nos rondaban muchísimos pretendientes. Celebrábamos fiestas en la casa e íbamos a otras de los bohíos y los poblados próximos. ¡La guerra acabó con todo! Mi padre la odiaba. El abuelo peninsular, su padre, luchó en el Zanjón con los españoles; los hermanos y parientes de la abuela, con los mambises. La familia de los abuelos maternos también se dividió en la lucha. Nunca más han vuelto a reconciliarse. Al abuelo peninsular lo mataron en una de las primeras acciones. Mi padre tenía catorce años. Él y su madre vagaron casi desnudos, hambrientos, por montes y maniguas, como tantos desgraciados niños y mujeres de esta guerra. La abuela murió consumida de cansancio y de la falta de alimentos. Mi padre pasó unas penalidades terribles y sobrevivió casi de milagro. Hacia el final de la guerra ya era un hombre de más de veinte años. Seguía vagando fugitivo. Los mambises le cogieron, le apalearon bestialmente dejándole por muerto.

—No cabe duda de que tenía motivos para odiar la guerra.

—Cuando Maceo llegó a Pinar del Río, la mayor parte de los vegueros y sitieros quemaron sus plantaciones y bohíos para seguirle. Mi padre se negó. Le advirtieron que los «pacíficos» corrían el riesgo de ser reconcentrados. «Ni reconcentración, ni guerra —dijo mi padre—. Este bohío y esta vega son mi patria. Aquí moriré, si es preciso.»

—Pero...

—Perdona; espera. Mi padre pensaba así, y creo que todos los demás de la familia también. Una tarde... —María del Cobre tragó saliva con dificultad y sus manos se crisparon entre las de Pedrell—. Estábamos trabajando en la plantación. Yo acababa de irme a la cocina para preparar la cena. Oí unos tiros y me asomé muy asustada. Eran diez mambises. Seguramente la patrulla de exploración de alguna partida. Seis rodearon a mis padres y hermanos apuntándoles con los fusiles. Los otros se dirigieron al bohío. Me escondí entre las plantas del jardín del patio, que era muy frondoso. Los insurrectos entraron. Descargaban sus machetes contra los muebles; arrojaron por el suelo nuestras ropas. Nosotros estábamos bien provistos de bebidas y artículos de comer. Cargaron abundantemente y salieron a reunirse con los otros.

María del Cobre hablaba con una voz casi sin inflexiones. Tenía los ojos muy abiertos, fijos como si se hallase sumida en una especie de sonambulismo.

—Hicieron un círculo en torno a mi familia. Empezaron a comer, y a beber sobre todo. Reían salvajemente. Se emborracharon. Los veía revolcarse en tierra como cerdos. Se levantaban tambaleándose. Mis padres y mis hermanos seguían de pie en medio del grupo. Dispararon algunos tiros por encima de sus cabezas. Veía temblar de terror a mis hermanitos, mientras aquellas bestias feroces se reían a carcajadas.

—Será mejor que no sigas —dijo él al verla tan demudada.

María del Cobre pareció no oírle.

—Aquel hombre. ¡Jamás olvidaré su cara! ¡Jamás olvidaré las caras de ninguno de ellos! El hombre se acercó a mamá. La estrechó por la cintura y quiso besarla. Mi padre se arrojó encima de él. Lo tiraron al suelo de un culatazo en la cabeza. Yo no pude reprimir un sofocado grito de angustia. Se volvió uno de los individuos. Su mirada, aunque distante, me inmovilizó de terror. El hombre dio unos pasos hacia el bohío. Yo temblaba como una hoja. Le vi detenerse, mirar con insistencia. Luego volvió con los otros. ¡Lo demás fue tan terrible, tan terrible...!

Se tapó la cara con las manos.

—¡No sigas, te lo ruego! ¡Sufres demasiado!

Unos estremecimientos constantes agitaban el cuerpo de María del Cobre.

—Mis hermanos pequeños tenían diez y doce años. Al ver que golpeaban a papá, se echaron llorando a gritos sobre aquellos criminales. Los mataron a machetazos, los mataron a machetazos... Aún oigo, siempre los oigo, los gritos de horror de mi madre y de mi hermana. A padre lo ataron de pies y manos. Luego, allí mismo, ante su vista, ante los cadáveres de los niños, violaron a mi madre y a mi hermana. ¡Fue algo tan espantoso!... Después las asesinaron a tiros. Mi hermana huyó enloquecida. Le dieron muerte riéndose a carcajadas, jugando con ella al tiro al blanco. Y luego ahorcaron a mi padre.

María del Cobre estalló en sollozos. Esteban la atrajo contra su pecho.

—¡Pobre! ¡Pobre!

Esteban Pedrell la acariciaba tiernamente. Y tenía los ojos llenos de lágrimas.

—¡Siempre maldeciré mi cobardía! —continuó María del Cobre, cuando se calmó—. Debí salir y correr la suerte de los míos. Creo que incluso lo pensé. Pero no podía moverme. El pánico, el horror, me tenían paralizada. Incendiaron la vega, el bohío, la cuadra... todo. No sé lo que ocurrió después. Las llamas me rodearon por todas partes. Recuerdo la angustiosa sensación de asfixia que me producían el humo y el calor. Pero ignoro lo que hice. El instinto de conservación debió de guiarme de una forma maquinal. Me es imposible recordar cuándo ni cómo me moví. Pero lo hice indudablemente. Debí de deslizarme por la cuerda del pozo. Estuve allí, con el agua hasta el cuello. Me sostenía apoyando los pies en el balde con que sacábamos agua. Me recogieron, ya de noche, unos soldados peninsulares. Dicen que lloraba y gritaba sin cesar. Tampoco lo recuerdo. Me llevaron a un poblado próximo y aquella misma noche me escapé. Anduve perdida por el monte, no sé cuánto tiempo, con la razón trastornada. Me hallaron desvanecida de hambre, a punto de morir. Estuve varios meses en un hospital. Luego he recorrido toda la isla buscando a esos hombres. Algún día los encontraré y me vengaré de ellos. ¡Los odio con todas mis fuerzas!, ¡los odio!

—Lo que te ha sucedido a ti es espantoso. Es la tragedia más horrible que he oído en mi vida. ¡Perdona por haber desconfiado! Yo no sé... No puedo decirte que perdones ni que olvides siquiera. Solamente te pido, te suplico que pienses en ti misma. Con el odio no se puede vivir. Destrozarás por completo tu propia existencia.

—¡No importa! ¡No me importa nada!

—¡Tiene que importarte! Piensa un poco. Esos hombres habrán muerto tal vez; habrán desaparecido. Quizá no los encuentres nunca.

—No se trata de ellos solamente. ¡Odio a los mambises!

—No; escucha... escucha... Aunque sea natural que pienses así, no es justo. Ellos son también mis enemigos. Sé perfectamente que, entre los mambises, hay indeseables, que varias cuadrillas de bandoleros, de salteadores de caminos, de verdaderos criminales se han incorporado a la lucha. Los que asesinaron a tu familia serían algunos de esos canallas. Pero ¿vas a juzgarlos a todos igual? También entre nosotros hay seres despreciables, gentuza, ex presidiarios e individuos sin entrañas. Pero ¿qué culpa tenemos los demás? ¡Piénsalo!

—¡No lo puedo pensar! ¡No lo quiero pensar! Deseo con toda mi alma que ganéis vosotros la guerra. Sólo seré feliz el día que vea aplastados a los insurrectos.

—No; perdóname. No lo puedo creer. No creo que la venganza produzca satisfacción duradera, ni menos felicidad. Necesitas amor. Yo procuraré darte ese amor. Antes pensaba quedarme en Cuba, a tu lado, cuando la guerra terminara. Ahora no. Te llevaré a mi tierra. Si tú quieres, claro. ¿Lo quieres?

—Sí. ¡No! No sé... Es mejor que te alejes de mí.

—¿Por qué motivo? ¿Cómo puedes decir eso?

—Estoy dispuesta a sacrificarlo todo por mi venganza. Óyelo bien. Cuanto amo, mi propia vida naturalmente: todo.

—Yo no me apartaré de ti. Pase lo que pase, no te dejaré nunca, si es verdad que tú me quieres.

—Te quiero, sí. Ya lo sabes. Cada día que pasa te quiero más. Eres la única persona que he llegado a amar tanto como a mis padres.

—¿Entonces? ¡Escucha, por favor! Esta pesadilla pasará. Nos iremos a Barcelona. Mis padres y mis hermanos serán tu familia. Ten confianza. Son buenos todos. Son muy buenos. Y yo... Yo te querré tanto, que acabarás por ser dichosa y olvidarte de los horrores del pasado.

—¡No!, ¡no podré!

—Podrás. Tienes que poder.

—Tú no lo comprendes aún. Yo no quiero olvidar. Yo no descansaré hasta que consiga vengarme. Y tú me puedes ayudar.

—¿Cómo voy a ayudarte?

—No lo sé aún. Pero me interesan todas las noticias. Un dato, al parecer insignificante, puede serme muy útil. Tus compañeros te cuentan cosas. Han hablado con infinidad de presentados, con prisioneros, con guajiros, con gentes de ciudades y pueblos. Una palabra, un dato cualquiera pueden darme una pista, ¿comprendes?

—Sí; ya entiendo.

—He de advertirte una cosa: no os fiéis de Basilia ni de Pilar. El marido de ella y su hijo mayor están con los insurrectos.

—No me sorprende demasiado. Los criollos de esta ciudad me producen la sensación de que son todos espías y traidores.

—Todos puede que no, pero casi todos. De mí se fían bastante, creen que estoy con ellos y tendré oportunidad de hacerles mucho daño. Ven que trato de averiguar noticias de la guerra. Si supiesen... No me importaría verlos morir uno por uno.

Esteban sintió un profundo malestar. Ella debió de notarlo.

—¿Qué te ocurre?

—Nada, ¿por qué?

—No sé; me lo parecía. ¿Te disgusta que hable de estas cosas?

—Sí; es posible. He notado una impresión rara. Tal vez me gustaría más que te mantuvieras al margen de todo.

—Tienes miedo.

—¿Cómo? Sí; probablemente se trata de eso. Sí; ahora me doy cuenta. Creo que ha sido una sensación de peligro —«o de repugnancia»; esta turbia idea cruzó como un relámpago por la mente de Pedrell, que la rechazó con energía—. Me asusta —continuó— ese mortal juego que haces. Te asesinarán, como a aquellos desgraciados que mataron la otra noche.

—También tú expones la vida. Así estaremos juntos en todo —dijo ofreciéndole los labios.

Esteban la besó apasionadamente.

—¡Ten mucho cuidado! —le suplicó luego.

—¡Tenlo también tú! El otro día, cuando me contabas el ataque a la columna... ¡Me da tanto miedo!...

—No te preocupes. Tendré cuidado. No quiero que se pierda nuestro amor. ¡No lo quiero, María del Cobre! Eso es lo que, en realidad, me asusta. No quiero que nada se interponga entre esa dicha que tú y yo podemos alcanzar. Hay veces que pienso...

María del Cobre se estrechó contra él.

—¡Dilo!, ¿qué es lo que piensas?

—¡No!, ¡nada, nada!

—Yo también lo he pensado —murmuró ella a su oído—. También he pensado que nuestra dicha puede durar ya muy poco, que tal vez...

El sinsonte volvía a cantar. Cruzó un cucuyo. Dejó una leve cinta de luz sobre el cielo gris del anochecer. Brillaban discretamente las primeras estrellas. Todo se había puesto cálido, íntimo, propicio para la belleza, para la generosa entrega del amor juvenil.

CAPÍTULO XIII

18 de abril de 1898.

La Cámara de Representantes, por 310 votos contra 6, y el Senado, por 42 contra 35, aprueba la *joint resolution* (resolución conjunta), cuyo texto decía así:

> Considerando que el odioso estado de cosas que ha existido en Cuba durante los tres últimos años, en isla tan próxima a nuestro territorio, ha herido el sentido moral del pueblo de los Estados Unidos, ha sido un desdoro para la civilización cristiana y ha llegado a su período crítico con la destrucción de un barco de guerra norteamericano y con la muerte de 266 hombres entre sus oficiales y tripulantes, cuando el barco visitaba amistosamente el puerto de La Habana;
>
> Considerando que tal estado de cosas no puede ser tolerado por más tiempo, según manifestó ya el Presidente de los Estados Unidos, en Mensaje que envió el 11 de abril al Congreso, invitándole a que adoptase resoluciones;
>
> El Senado y la Cámara de Representantes, reunidos en Congreso, acuerdan:
>
> 1.º Que el pueblo de Cuba es y debe ser libre e independiente.
>
> 2.º Que es deber de los Estados Unidos exigir, y, por la presente, su Gobierno exige, que el Gobierno español renuncie inmediatamente a su autoridad y su gobierno en Cuba, y retire sus fuerzas terrestres y navales de las tierras y mares de la isla.
>
> 3.º Que se autoriza al Presidente de los Estados Unidos y se le encarga y ordena que utilice todas las fuerzas militares y navales de los Estados Unidos, y llame al servicio activo las milicias de los distintos Estados de la Unión, en el número que sea necesario para llevar a efecto estos acuerdos, y
>
> 4.º Que los Estados Unidos, por la presente, niegan que tengan intención alguna de ejercer jurisdicción, ni soberanía, ni de intervenir en el gobierno de Cuba, si no es para su pacificación, y afirman su propósito de dejar el camino y el gobierno de la isla al pueblo de ésta, una vez realizada dicha pacificación.

Faltaba solamente la sanción del Presidente de los Estados Unidos, que todos daban como segura.

19 de abril de 1898.

Continúan los alborotos en Barcelona. Los estudiantes exigen que la Guardia Civil y la Policía se retiren de los alrededores de la Universidad. El Rectorado suspende todas las clases hasta nueva orden.

El señor Sagasta reúne a las «mayorías» de las Cortes, cuya apertura debería tener lugar al día siguiente. El discurso del Presidente del Consejo estuvo a la altura de lo que los acontecimientos parecían exigir:

> Las circunstancias apremian. Todo obliga a condensar. Se necesitan actos y no discursos, hechos y no palabras. El Gobierno ha demostrado una gran prudencia en el conflicto pendiente, deseoso de la paz, y ha atendido la voz del venerable anciano que representa en la tierra el espíritu evangélico. Responderemos cual corresponde a nuestra historia. El Gobierno constituido representa la Patria, y tiene derecho a exigir el concurso de todos para la empresa en que se ventila el honor nacional.

También la «oposición de Su Majestad» celebró su obligado cambio de impresiones, en el salón de presupuestos de la Alta Cámara. Las ponderadas palabras del señor Silvela estuvieron, asimismo, a la altura de la gravedad del momento:

> Hoy, enfrente de un probable conflicto con una nación extranjera, es nuestro deber prescindir de procedencias y de toda significación política y apoyar por de pronto resueltamente al actual Gobierno en todas las soluciones que impone el patriotismo...
>
> ...Días vendrán en que podamos exigir las responsabilidades en que hayan incurrido los que hoy nos gobiernan...

Los carlistas y los republicanos hicieron patentes, a través de sus periódicos, la adhesión y el apoyo al Gobierno constituido, que su amor patrio les aconsejaba por encima de las convicciones ideológicas.

Solamente Pi y Margall continuó denunciando los excesos a que nos arrastraría el mal entendido honor nacional y la sangrienta hecatombe que se preparaba ante ese funesto e implacable dios Moloch de un extraviado concepto de la Patria. El líder federal insistía en la inmediata concesión de la independencia de Cuba, como único recurso para conjurar la catástrofe que vaticinaba con sus trenos apocalípticos. Según él, lo único sensato y verdaderamente patriótico era evitar que se consumara la ruina de la nación y rescatar la vida de los miles de hombres que iban a ser lanzados a un sacrificio estéril.

El señor Gullón, ministro de Estado, envía un memorándum en el que expone la moderada conducta de España, frente a la actitud agresiva de los Estados Unidos. El memorándum, que intentaba ser un último aldabonazo que despertarse la dormida conciencia, el impasible despego de las potencias de Europa, terminaba con estos párrafos:

> El Presidente Mac Kinley había ofrecido, en su Mensaje anual, que sólo acudiría a intervenir por la fuerza, cuando la necesidad de la medida fuese tan evidente que obtuviera el apoyo y la aprobación del mundo civilizado, y sin embargo, a pesar de que las grandes potencias le han expresado sus deseos de paz, haciéndole ver que debía acudir a medios diplomáticos y prescindir de los violentos, se coloca enfrente del común sentir y sigue impertérrito, o, por mejor decir, inicia ya en la práctica sus planes de meditada agresión.
>
> En tanto que se soluciona el presente conflicto, expuestos como quedan los antecedentes de la cuestión y el irrevocable propósito de España, el Gobierno de S. M. sólo desea hacer constar ante el mundo civilizado que la razón y el derecho están de su parte y la provocación y la injusticia de la de los Estados Unidos.

20 de abril de 1898.

Washington, 11 de la mañana. El Presidente Mac Kinley sanciona la resolución conjunta de las Cámaras.

Pánico en la Bolsa española. Las acciones de Tabacos bajan 14 enteros; las del Banco de España, 28; la renta Interior, 5; las obligaciones de Aduanas, 6; las Cubas, 4.

* * *

Félix Martínez Losa estaba muy excitado. Había salido subrepticiamente del ministerio de la Gobernación para tomarse un refrigerio en la tasca de la calle de Carretas que solía frecuentar. Por lo menos, ése era el subterfugio que Félix Martínez pensaba alegar si el terrible señor Alaminos, jefe del Negociado, le pedía cuentas de su escapatoria. Realmente, Félix Martínez estaba ansioso de indagar en la calle si era cierto el rumor que circulaba con insistencia por los despachos y pasillos de la Gobernación. Se decía que el telégrafo había transmitido que el Presidente Mac Kinley acababa de sancionar la «resolución conjunta», lo que equivalía a un inminente estallido de la guerra entre España y los Estados Unidos.

Cuando sonaron en la Puerta del Sol los primeros gritos de los alborotadores, el señor Alaminos levantó la cabeza vivamente. Parecía muy indignado.

—¡Ya tenemos ahí a esa gentuza! —exclamó.

El señor Alaminos se llevó las manos a la corbata para comprobar el estado del nudo. Se quitó los manguitos. Dio unos golpes con el dorso de la mano derecha en sus solapas. Se atusó las barbas y los bigotes. Adoptó un aire solemne, de indiscutible importancia.

—Voy a ponerme a las órdenes del jefe de la sección. Es posible que nos llame el subsecretario, el propio ministro. En estos gravísimos instantes en que peligra la seguridad, la integridad de la Patria, los que ocupamos puestos responsables debemos...

El señor Alaminos se calló prudentemente, arqueó las cejas, preocupado al parecer por la indiscreción que había estado a punto de escapársele, soliviantado como se hallaba por su «permanente preocupación patriótica», frase favorita del jefe del Negociado.

—Bien, señores —dijo después.

Y salió del despacho, muy tieso, empinándose sobre la punta de los pies con un leve balanceo, cosas todas ellas cuidadosamente estudiadas por el señor Alaminos, hombre chiquitín, de estatura, indudablemente, muy inferior a sus méritos.

Cuando salió el señor Alaminos, el oficial primero le guiñó el ojo al segundo haciendo una mueca de burla.

—¿Qué te parece? —preguntó.

—¡De risa! —exclamó el otro.

Fue entonces cuando Félix Martínez se escapó a la calle. En la Puerta del Sol veíanse numerosos grupos aislados, de diez, quince, hasta veinte personas; verdaderos hongos que hacían nacer, infaliblemente, la expectación pública, la inminencia de acontecimientos importantes. Esa metáfora la había ideado el mismo Félix Martínez y había merecido un solemne cabezazo de aprobación y pláceme del propio señor Alaminos, hombre pequeño que había logrado aventajar su talla, entre otros recursos ya dichos, con una seriedad constante, cierta misteriosa reserva y, desde luego, con un extremado rigor. La metáfora de Félix Martínez había gozado, sin que él lo supiera, de una excelente fortuna. Se la apropió el señor Alaminos y hubo de soltársela, con un adobo muy personal, al jefe de la sección. Gustó éste de ella. Le sorprendió, incluso, que hubiera salido del caletre de «aquel finchado pigmeo» y, por eso mismo, no tuvo ningún reparo en beneficiarla, contribuyendo a hacerla remontarse hacia más altos destinos.

Félix Martínez Losa se había acercado a uno de los grupos.

—¡Perdone! —dijo dirigiéndose a un individuo que le pareció persona asequible—. ¿Es verdad lo del Presidente Mac Kinley?

—Sí, señor. Acabo de leerlo en las pizarras del *Imparcial*. El salchichero ha hablado y tendremos guerra.

—¿La tendremos?

—¿Es que lo duda usted? ¿No será usted uno de esos traidores pacifistas?...

—¡Dios me libre!

—Pues la habrá, evidentemente. Si nuestros gobernantes se oponen, con su blandura y su indecisión, aquí estamos nosotros, el pueblo de España, para obligarlos a lavar las afrentas que se le han hecho a la Patria, aplastando a los cerdos yanquis.

—Sí, señor; muy bien. Pero ¿por qué va a oponerse el Gobierno?

—Porque Sagasta no quiere la guerra, y se sabe que Moret la quiere menos aún. ¡Abajo Moret!

—¡Abajo! —respondieron otros grupos.

—¡Viva la guerra!

—¡Viva!

—¡Mueran los yanquis!

—¡Mueran!

Se alzaron estrepitosos vivas y mueras en distintos puntos de la Puerta del Sol. Los grupos empezaron a moverse, a integrarse unos en otros. A Félix Martínez le pareció que la expectación pública no era ya de la especie de las talofitas. Ahora los grupos se le antojaban los gruesos goterones de una lluvia torrencial. Se multiplicaban, se fundían. El aguacero humano percutía por toda la ciudad. Lo canalizaban hacia la Puerta del Sol, los afluentes de las calles de Alcalá, la Montera, Preciados, Arenas, Carretas, la Carrera de San Jerónimo... Y cuando la Puerta del Sol no pudiese ya contener el turbulento raudal, reventaría por una o varias vías, en una incontenible y violenta avenida inundadora.

Félix Martínez Losa se complació en redondear y darle oportunos toques a su idea. Estaba seguro de que iba a merecer el beneplácito del señor Alaminos.

Cuando Félix Martínez se rehízo de su momentánea abstracción, encontróse con que le arrastraba por la calle de Alcalá, y a muy buen paso, una multitud enfebrecida y chillona, que llevaba banderas y carteles. Observó los rostros encendidos de furia, puños que se levantaban amenazadores. Los vivas y mueras henchían el espacio. Oscilaban los palos de las banderas y carteles. Alzábanse bombines y bastones, como pedruscos y astillas despedidos por el tumultuoso oleaje del fiero torrente.

Los comercios, las casas, iban cerrando sus puertas. La muchedumbre, cada vez más enardecida, las golpeaba con los pies y los puños. Sonaban con el ronco fragor que acompañaba a los ríos desbordados.

Numerosos coches, tranvías y simones habían varado entre las turbulentas aguas. Cortaban la multitud como un tajamar u oscilaban a punto de ser arrastrados, entre el piafar inquieto y asustadizo de las caballerías.

Ahora, una sola palabra unánime, acompasada, atronaba la calle con su estrépito:

—¡Guee...rra!, ¡guee...rra!, ¡guee...rra!...

Félix Martínez unió su voz a la de los manifestantes. Gritó con todas sus fuerzas, con febril entusiasmo:

—¡Guee...rra!, ¡guee...rra!...

Sentíase arrebatado de un fervor patriótico delirante.

De pronto, Félix Martínez enmudeció. Un hombre, cerca de él, aburrido quizá de la monótona cantinela, había gritado:

—¡Viva la muerte!

Félix Martínez se estremeció. Pensó en algo que muy raramente acudía a sus recuerdos: en José Expósito, un limpiabotas que le había sustituido por cuarenta duros. «¿Qué será de él?» Félix Martínez miró en torno suyo. La multitud, en su mayoría, estaba formada por hombres, poco más o menos, de su edad. Todos ellos serían, sin duda, redimidos a metálico, o habrían conseguido, como él, hallar un sustituto. «Guerra-muerte.» ¿Qué pensarían los soldados de Cuba y Filipinas? ¿Pedirían también la guerra contra los yanquis? «Seguramente —pensó Félix Martínez— el honor de la Patria...» Pero sintió que sus ardores bélicos se habían enfriado mucho. Le hicieron caminar largamente. Hallábase muy cansado, con deseos de irse. El irregular pavimento de las calles de Madrid, con sus fementidos pedruscos llamados «cabeza de perro», destrozaban sus pies. Trató de escabullirse, pero la compacta multitud se lo impedía. Félix Martínez experimentaba, sobre todo, una extraordinaria fatiga espiritual, una abrumadora decepción de sí mismo. Le acometían deseos agresivos de plantar cara a la gente y preguntarles: «¿Por qué no vais vosotros a la guerra?»

La avalancha humana se había encrespado. Ahora era una masa enloquecida y fiera. Caras rojas, sudorosas, descompuestas, que se volvían mirando a los demás con los ojos inyectados.

—¡A la embajada!, ¡a la embajada! ¡Muera Woodford!

Félix volvió a vibrar, a sentirse arrebatado por la electrizante corriente que circulaba entre el gentío. Y gritó también:

—¡A la embajada!, ¡a la embajada! ¡Muera Woodford!

Poco a poco perdió la conciencia de sí mismo. Su propia voz le aturdía, le trastornaba, iba haciendo crecer en su interior una furia ciega, asesina.

—¡Muera Woodford! ¡Mueran los cerdos!

Ya sólo era una partícula, una molécula del salvaje animal dañino que avanzaba dispuesto a arrasarlo todo.

Más tarde, a Félix Martínez le pareció que despertaba de una horrorosa pesadilla. Algunos otros debieron de tener seguramente la misma sensación. Los veía mirar en torno suyo, contemplar con asustadizo estupor a la gente que los rodeaba. Aquella súbita reacción había sido provocada por un enmudecimiento paulatino de la gente. Se detenían las filas, golpeaban unas contra otras, como el oleaje repelido por la resaca.

—¿Qué ocurre?

—¿Qué es lo que pasa?

—Es don Alberto Aguilera, el gobernador.

La noticia pasó de boca en boca.

—El gobernador civil.

—Es el gobernador.

Don Alberto Aguilera, un hombre alto, de sonrisa agradable. Hablaba persuasivamente. El pueblo de Madrid le apreciaba.

—¿Qué es lo que dice?

—¿Qué quiere?

—¡Callaros!

Ahora se iban volviendo unos hombres. Hablaban. Empujaban a los otros amistosamente.

—¡Venga! ¡Despejad! El gobernador nos lo ruega. Se acabó la manifestación.

Muchos otros hombres respondieron al estímulo. Sentíanse halagados, un poco poseídos de su importancia.

—¡Se acabó lo que se daba! El gobernador nos lo pide. ¡Venga!, ¡marchaos! Si sois patriotas de verdad...

—¡Viva don Alberto Aguilera!

—¡Viva!

La manifestación se disolvió rápidamente. Caminaban aislados o en grupos. Se detenían a hacer comentarios, reían. Su aspecto era inofensivo. Félix Martínez pensó: «¡Qué bestias podemos llegar a ser los hombres!» Pero no se sintió afectado, ni tuvo remordimiento, como si su violencia de unos minutos antes hubiese sido un fenómeno de orden colectivo a cuya responsabilidad escapaba personalmente.

Al pasar junto a un pequeño grupo detenido en la acera, oyó decir:

—De acuerdo. Vámonos a ver a los Reyes.

Félix Martínez recordó que aquel día, 20 de abril, se inauguraban las nuevas Cortes. La Reina Regente leería el discurso de la Corona en el Palacio del Senado. Félix Martínez vaciló unos instantes. Era ya una hora muy avanzada y su madre se impacientaba, se alarmaría seguramente, cuando supiera que había habido alborotos en la calle. Sin embargo, Félix Martínez no había asistido nunca al espectáculo de la apertura de las Cortes. Cierto que tampoco le permitirían entrar en el Senado. Félix Martínez titubeó indeciso.

La manifestación se había rehecho en parte. Se dirigía hacia las calles del trayecto que debían seguir los Reyes. Félix Martínez se incorporó a ella. Aguardaría sólo hasta ver pasar la comitiva.

Fue entonces cuando le llamaron.

—¡Don Félix!, ¡don Félix!

Al principio creyó que no se trataba de él.

—¡Don Félix!, ¡don Félix Martínez Losa!

El individuo estaba a la puerta de un café. Era un hombre extremadamente flaco, extremadamente alto, encorvado de un modo, al parecer, deliberado, vergonzante. Vestía un paletó espejeante en los codos, desteñido y ajado, de color castaño. Se tocaba con un bombín de idéntico color y lo llevaba metido casi hasta las cejas, circunstancia que le daba un aspecto equívoco y contradictorio, de policía o de conspirador.

A Félix Martínez le complació el encuentro.

—¡Don Herminio! —exclamó—. ¿Qué es de su vida?

—He andado malucho últimamente —contestó don Herminio estrechando la mano de Félix.

—Lo siento mucho, don Herminio. ¿Algo grave?

—No; el mal de la cesantía, don Félix. Ya lo conoce usted. A veces aprieta encarnizadamente en el píloro y sus aledaños, y se desfallece.

—Sí; ya lo conozco —dijo Félix con un aire indeciso, ignorando la conveniencia de sonreír o no, porque con don Herminio le resultaba imposible dilucidar si hablaba trágica o irónicamente.

—¿Ha venido usted entre esa turbamulta de ganapanes?

—Sí, don Herminio —admitió Félix algo confuso—. Ahí he venido.

—¡Mal hecho, mal hecho! No es digno de un respetable funcionario; y, menos aún, de un funcionario de la actual coyuntura política. A su ilustre jefe, don Amadeo Alaminos, bajo cuya competente férula está usted, no le gustará.

—Pues le aseguro a usted que ha sido apasionante. Estábamos dispuestos a dar un buen disgusto a míster Woodford, pero ha intervenido el gobernador.

—¡Demonio! ¿El gobernador en persona?

—Como lo oye, don Herminio.

—Muy honrados, muy honrados...

Don Herminio movió la cabeza con un aire de profunda convicción. Los lóbulos de sus orejas se agitaron. Tenía las orejas muy grandes, amarillas y casi translúcidas. El lóbulo le caía como una masa muy sensible, osciladora y blancuzca, que parecía alargarse sin cesar, con riesgo de desprenderse. Como llevaba el bombín tan metido hacia las sienes, le doblaba las orejas por la parte superior, adhiriéndose al ala como unos pegotes o unas palomillas de sostén.

—Le confieso a usted —continuó don Herminio— que la exteriorización de los sacrosantos sentimientos patrióticos y, en situaciones no comprometedoras, como la mía, de cesantes de la dignísima oposición de Su Majestad, se me antojan plausibles, incluso en su tumultuaria exaltación. Yo, sin embargo, modestia aparte, he lucubrado, al respecto, cierta teoría, decantada fundamentalmente de palmarias limitaciones de índole física. Un caballero de estatura normal, como usted, don Félix, si el exaltado fervor popular degenera en condenables excesos, como los que usted me apuntaba, y provoca, contingencia que no es lícito descartar, adiestrados, como lo estamos, por la experiencia consuetudinaria, la intervención de la benemérita fuerza pública; usted, don Félix, repito, puede escudarse del ludibrio del garrote o la ignominia del palmetazo del sable, sin perder su dignidad, con una leve y morigerada inclinación de la testa y una leve y casi imperceptible flexión articular de las rodillas. Yo, por contra, me veo abocado a esta doble, desoladora disyuntiva: o me mantengo erecto e impávido afrontando un riesgo de cuyas infaustas consecuencias ya tuve en años más mozos contundentes muestras, o me he de engurruñar con una tan ostensible y bochornosa ostentación de curvatura, achaque todo ello de mi desmesurada talla, que es imposible en absoluto mantener aquel decoro y aquella dignidad, atributos indeclinables de todo hombre que se estime.

Aunque Félix Martínez apreciaba sinceramente a don Herminio y hasta admiraba su elocuencia, le ocurría muy a menudo que perdía el hilo de su discurso o, sencillamente, dejaba de escucharle y se ponía a pensar en otra cosa. Por estos motivos, a Félix Martínez se le podía tildar —y tal vez lo fuese— de jovenzuelo despreocupado, aturdido y nada respetuoso. No obstante, por lo que a sus relaciones con don Herminio atañía, es de justicia alegar en su descargo, que el caballero cesante, ya fuese por una prevención de lo descomunal de su persona en todo, ya por un simple fenómeno físico de la estatura, lo cierto es que la voz de don Herminio le llegaba a Félix muy apagada, distante, y con frecuencia ininteligible, amén de amodorrante, pues la tenía de un único y monótono registro. Por lo tanto, Félix Martínez dijo con mucho desparpajo:

—Ahora me dirigía yo a presenciar la apertura de las Cortes, en el Palacio del Senado.

Don Herminio no se molestó, ciertamente, pues parecía muy tolerante, de una conformidad a que le había habituado el ejercicio de las cesantías, anejo a su profesión de funcionario.

—También yo pensaba encaminarme allí. Usted ya conoce mis aficiones.

—¿Estará su amigo?

—Mi amigo, el excelentísimo señor diputado, estará, sin ninguna duda, cumpliendo sus sacrosantos deberes, como todos los patricios de la nación.

—¿Cree usted que podrá colarnos?

Don Herminio hizo una mueca.

—Es factible que pueda introducirnos en ese venerado templo donde se forjan los altos destinos de la Patria.

—Vamos, entonces.

Don Herminio se cogió entre el índice y el pulgar la nariz. La tenía enome, muy estrecha, torcida hacia un lado y caída por la punta. Como don Herminio poseía un rostro muy largo y los bigotes lacios, todo él parecía un individuo goteante. Parecía estar estirándose colgado de una percha invisible.

—Lo haremos cuando discurra esta exacerbación multitudinaria.

La edad de don Herminio Busto Cordón era indefinida. Podría tener treinta o cincuenta años. Lo que resultaba absolutamente inconcebible es que hubiera sido alguna vez un adolescente y, menos todavía, un bebé.

Cuando pasó la «exacerbación multitudinaria», don Herminio y Félix Martínez se dirigieron hacia el Palacio del Senado.

—No le he preguntado a usted cómo sigue la preciosa salud de sus señores padres.

—Mamá está bien, gracias —dijo Félix—. Y papá se encuentra bastante mejor, más animado desde que ha concebido un proyecto del que, precisamente, queríamos hablarle a usted.

—¡Muy honrado, don Félix, muy honrado! —exclamó don Herminio encorvándose confidencialmente; más de lo que, de ordinario, le obligaba su vergonzante sensación de la estatura.

—Papá sigue, como usted mismo, muy cuidadosamente los sucesos políticos. Ha observado que los partidos de la oposición dan facilidades y no tratan de obstruir la continuidad del Gobierno de Sagasta. Durante el mandato de Cánovas ocurrió, a usted no tengo que decírselo, exactamente igual; y sin su desgraciada muerte, aún seguiría en el poder.

—¿Y bien?

—Evidentemente, la moderación de los partidos se funda en que nadie se atreve a afrontar las responsabilidades de la guerra. Tenemos, pues, situación liberal para rato, ya que ahora, con la segura entrada de los yanquis en el conflicto, las hostilidades se prolongarán, seguramente, por mucho tiempo, pues nos costará vencer a dos enemigos más de lo que ya nos ha llevado la lucha con uno solo.

—¿Y bien? —volvió a decir deferentemente don Herminio.

—Por otra parte, papá teme que la descomposición del partido conservador sea definitiva, después del asesinato del gran hombre. Sus fieles seguidores, los «Caballeros del Santo Sepulcro», no cuentan, como usted sabe.

—¡Mi querido don Félix! Excúseme si le interrumpo. ¿Y la Unión Conservadora constituida, ha pocos meses, con el poderoso aglutinante del eximio prohombre excelentísimo señor don Francisco Silvela? ¿Acaso no cuenta tampoco para su señor padre?

—Sí, cuenta, don Herminio, sí cuenta. Pero don Francisco, el único rival y el único sucesor indiscutible de Sagasta, parece también el menos deseoso de asumir, por el momento, las tareas de gobernar.

—No me diga usted ni una palabra más, don Félix. Su padre ha decidido dejar las huestes conservadoras y engrosar la falange sagastina.

—Ha acertado usted.

—En principio, me parece bien. Las ideas y las convicciones de los entes de razón son materia opinable y están sometidas a muy inesperados embates. Cuando la conciencia, cuando el convencimiento íntimo establecen pugna con lo que, hasta el momento, defendíamos con innoble tesón, la dignidad, la propia estimación, aconsejan, imponen un cambio radical en nuestras dedicaciones políticas. Y le remito a usted al constante ejemplo de los prohombres más ilustres de esta época. Por mi parte, y dejando aparte la dignísima y reciente inclinación liberal de su digno progenitor, he de hacerle, sin embargo, algunas observaciones. La diversidad ideológica en el seno de sus venerables lares, se me antojaba merecedora de los mayores respetos y, otrosí, de la más rendida admiración. Sus lares, mi querido don Félix, eran un trasunto fiel, excelso, un dechado y una réplica paladina del acaecer político de la venerada Patria, un Pacto del Pardo doméstico, en fin. ¿Lo comprende? Y, aparte del arraigo de sus convicciones, del inagotable celo con que ustedes las defendían y ostentaban, beneficiándose, además, y muy legítimamente, turnando en el usufructo del presupuesto, ora reintegrándose al servicio su ilustre padre, con la entronización del partido conservador, ora usted, con la exaltación al poder de los liberales. ¡Perfecto, don Félix! ¡perfectísimo! Por lo que a mí atañe, debo advertirle que, de tener yo más familia que esa venerable anciana y tía, doña Mercedes, hubiera meditado con solícito interés en la conveniencia, corroborada por la convicción, naturalmente, de un estado de cosas semejante. Una sola objeción se me ocurre. Mi ilustre abuelo, como usted sabe, llegó a jefe de sección. Mi amadísimo padre, de no haber sido por el luctuoso percance de un óbito prematuro, hubiera alcanzado también las altas esferas de la administración, pues se hallaba en trance de encumbrarse a jefe de negociado. Yo mismo soy, en la actualidad, oficial primero. ¿Y a qué debemos atribuir tan venturosos *cursus honórum* escalafonales? Pues, a que, y le ruego excuse la chabacanería de la expresión, a que le echamos toda la carne al asador de la insobornable entrega a los conservadores.

Don Herminio era, sin duda, un razonador consecuente. Era, sobre todo, un funcionario perfecto, el prototipo inclusive y la ideal encarnación del empleado público finisecular. La única ocupación de don Herminio consistía en agotar todos los medios de información política. Leía la prensa; asistía a las sesiones del Congreso; acudía a las tertulias y mentideros de Madrid; escuchaba las opiniones de la calle... Poseía don Herminio una acuidad asombrosa y casi un don profético —emanados del punto más sensible de su organismo: el estómago— para barruntar el devenir de los acontecimientos de la vida pública.

En cuanto al desempeño de su profesión de funcionario, don Herminio rayaba a una altura inigualable. Acudía al despacho con puntualidad matemática. No lo abandonaba nunca, a no ser por breves urgencias fisiológicas inexcusables. Poseía una resistencia inagotable para pasar las horas sin hacer nada, mano sobre mano. Ni se impacientaba, ni se aburría. Como pendolista casi no admitía rival, y sus luchas con el público eran algo digno de contemplarse, único, épico, de una estrategia verdaderamente asombrosa. No existía nadie tan bien dotado para decir «vuelva usted mañana» con la cortesía más exquisita y la más rotunda e inconmovible de las decisiones. Al público recalcitrante le sometía don Herminio al más abrumador e irreductible de los interrogatorios. Y siempre descubría la fecha, el dato, el documento, el recibo, la póliza, el timbre móvil... que faltaban. Don Herminio sonreía satisfecho: «Vuelva usted mañana; hágame ese favor.» Sonreía don Herminio modestamente, sin envanecerse por su legítimo triunfo, porque para él la pugna era, sencillamente, nuevos lauros, una victoria más conseguida por y para la Administración del Estado.

Uno de los fuertes de don Herminio eran los recibos que solían acompañar a la documentación de ciertas solicitudes. Recibos de gas, de contribución, de inquilinato... Uno de esos recibos se había hecho justamente célebre. En el *argot* covachuelista se le llamaba «el de las seis vueltas».

Don Herminio examinó atentamente el recibo.

—¿Cómo se llama el solicitante?

—López.

—Perdone usted. Aquí lo mismo puede decir López, que Lobo, Lazo, Losa... Hágase usted cargo de mi gravísima responsabilidad. El reglamento ordena... Yo no pongo en duda su buena fe, pero podría tratarse, y le pido mil perdones, de una superchería, de un dolo, de una suplantación, de un fraude... Tráigamelo mañana en regla, ¡tenga la bondad!

Al día siguiente, el recibo rezaba «López» con absoluta claridad. Don Herminio lo cogió.

—¿López? —preguntó don Herminio.

—Sí —sonrió la víctima—; López. ¿Está claro? —preguntó con cierta ironía, aunque sobresaltada.

—¡Muy claro, caballero! ¡Clarísimo!, no cabe duda. Pero voy a tomarme la libertad de hacerle una observación: ¿qué López? ¿Pablo, Antonio, María, Jesusa?... No sabemos de qué López se trata.

Don Herminio se extendió en muy prolijas y persuasivas consideraciones sobre el reglamento y la responsabilidad. Despachó amablemente al solicitante, que volvió, irreductible, al otro día.

Don Herminio leyó el recibo: «M.ª Carmen López.» Meditó concienzudamente.

—¿Hija natural? —preguntó.

—¡Cómo hija natural! —exclamó el reo, visiblemente turbado.

—¡Dispénseme usted!, ¡se lo ruego! No he tratado en modo alguno de ofenderle, pero como aquí sólo consta el apellido paterno.

—¡Usted me dijo!... —se soliviantó la víctima.

—Yo no digo nada, señor mío. Yo me atengo exclusivamente a la letra. Si es hija natural, lo consignaremos así.

El solicitante le arrebató el recibo y se fue. Volvió dos días más tarde. Don Herminio clavó la vista en el papel. «M.ª Carmen López y Santos.»

—¿Y ahora?

—Casi perfecto —aseguró don Herminio con una sonrisa alentadora—. Pero ustedes se obstinan; se obstinan en ponerle trabas a la administración. ¡Por favor!, observe aquí, mire esta abreviatura. Usted mismo, bajo palabra de hombre honrado, ¿podría desentrañar semejante galimatías? ¿Qué es lo que dice? ¿Mariana, Marina, Manuela, Margarita, María?

—¡Todo el mundo sabe que eso es la abreviatura de María!

—¡Pues ahí está el peligro, señor mío! ¡Ahí está el riesgo! Ese gato de María, y excuse usted la vulgaridad de la expresión, es el que permite darlo por la liebre de Mariana, o Margarita, o etcétera. ¿Me comprende, caballero?

El hombre del otro lado de la ventanilla se marchó abrumado. Volvió días más tarde. Exhibió su recibo sin decir ni una palabra.

—«María Carmen López y Santos» —leyó don Herminio.

Tras una breve pausa, don Herminio exclamó rotundamente.

—¡Bien!

El hombre del otro lado lanzó un ruidoso suspiro de alivio.

—¡Bien, bien! —repitió don Herminio cambiando la inflexión de la voz—. María Carmen López y Santos.

—Sí, señor.

—¿María Carmen López y Santos?

—Sí, señor.

—Si no es excesiva molestia, me gustaría que recapacitara usted sobre la pregunta: ¿María Carmen?, ¿María Carmen López y Santos?

—Sí, señor: María Carmen —palideció el otro.

—Yo solamente lo hago para dar facilidades. Es nuestro deber primordial. Pero repare usted. Si fuese María Carmen, debería estar escrito: María, coma, Carmen. ¿Se percata, caballero? Yo, personalmente, me inclino por otra versión: María del Carmen. ¿Qué le parece?

—¡Es María Carmen! ¡Lo juro!, ¡lo juro!

—Lo aclararemos en seguida, no se preocupe. Es sencillísimo. Tráigame usted un certificado de nacimiento. ¿Dónde nació la interesada?

—En Huelva.

—Legalizado por tres notarios, ¿comprende? Es la ley.

El hombre del otro lado de la ventanilla se marchó. No volvió nunca más.

La fama de don Herminio se asentaba sobre todo, en el asunto de la póliza, que le había hecho popular en todas las covachuelas de Madrid.

Cierto día, don Herminio se halló ante un rival de su misma talla. Aquélla fue una lucha terrible, sin cuartel, homérica. El rival de don Herminio volvió un día, y otro, y otro... Salvó, una por una, todas las trabas, todas las triquiñuelas, todo el impresionante aparato defensivo del perfecto funcionario. Y una mañana se presentó con la documentación íntegra en regla. Don Herminio estaba desolado, asustado. Acudió a la ventanilla con esa sensación amarga y terrible de la derrota. Don Herminio, sin embargo, fue creciéndose, esperanzado, durante el interrogatorio. Pero fue desinflándose, derrumbándose anonadado ante los implacables golpes de su enemigo. «Sí, señor; lo traigo»; «Sí, señor; está en regla»; «Con el visto bueno, sí, señor.»

—¿Y la póliza? —preguntó don Herminio con un hilo de voz, angustiado.

—También; sí, señor. Está pegada en su sitio.

Don Herminio, evidentemente, era un hombre genial. Le acudió una de esas asombrosas intuiciones que han permitido el descubrimiento del cloroformo, la vacuna, la electricidad, la fuerza motriz del vapor, el fonógrafo, los rayos equis...

—¿Cómo la ha pegado usted?

—Con la lengua, naturalmente.

—¿Con la lengua? Lo siento mucho, caballero. Tendrá usted que volver mañana.

—¿Cómo es eso? ¡No lo permito!

—¿Quién me asegura a mí que no tiene usted el cólera, el vómito negro, la viruela, la tuberculosis... y no va a inficionar la veneranda administración del Estado?

—Yo se lo puedo asegurar. Estoy sano como una manzana.

—Perdone, distinguido señor; pero eso únicamente lo puede asegurar un médico. Vuelva usted mañana con el oportuno certificado.

—¡No lo consentiré! —gritó el otro—. ¡No lo consentiré! ¡Acudiré al ministro, al jefe del Estado, a la Reina Regente!

Aquel hombre estaba fuera de sí, se descomponía peligrosamente. Su cara se había puesto roja, hinchada. Iba a darle un síncope, un ataque de vesania...

Don Herminio se asustó.

—¡Es una broma! —dijo—. ¡Cálmese, por caridad! ¡Se lo suplico! Es una broma inocente.

El hombre se calmó. Se quedó silencioso. Estuvo meditando. Le tendió la diestra a don Herminio.

—¡Chóquela! Es usted un coloso.

—¡Gracias, caballero! Usted también lo es —dijo don Herminio.

—Entonces —dijo Félix Martínez—, le parece acertado que

papá se pase a Sagasta, que le echemos toda la carne al asador liberal.

—Me parece mediano solamente. No es que me mueva el móvil egoísta de ver gravemente mermada la hueste conservadora con la ausencia de un correligionario tan distinguido como su señor padre... No, no es eso. Permítame hacerle observar, y le ruego que no se ofenda, que Sagasta se ha desacreditado mucho con el fracaso de la autonomía. Supongamos que se rehaga logrando un éxito, una victoria en la guerra. A pesar de ello, Sagasta se encuentra agotado. El ilustre hombre es ahora un anciano enfermizo. El día que falte, su partido se desintegrará. Créalo. Detrás de Cánovas se hallaba la ingente figura de Silvela. Detrás de Sagasta no hay nadie.

—¿Y don Antonio Maura?

—La veta de don Antonio Maura es conservadora. No lo olvide. Y no olvide que los hombres del futuro más próximo son los conservadores.

—No lo olvidaré. Sus deducciones son de una lógica irrebatible. Se lo diré a papá.

—Me honran ustedes en exceso. ¡Gracias, don Félix!

En el trayecto que había de seguir la comitiva regia y frente al palacio del Senado, se apiñaba una multitud expectante. La puerta de acceso al edificio estaba cubierta por un baldaquino de terciopelo rojo. Nutridas fuerzas de la guardia civil, con uniforme de gala, y alabarderos formaban a ambos lados de la calle.

Don Herminio se abrió paso entre la multitud.

—¿Me permiten ustedes? ¡Hagan el favor!

Como don Herminio tenía aquel aire mixto de policía y conspirador, la gente le dejaba avanzar. Se colocaron en primera fila, frente a la puerta del Palacio.

Llegó el diputado al que conocía don Herminio. Le hizo una seña. El diputado habló con un oficial. Éste se dirigió a los guardias civiles que cubrían la carrera. Abrieron paso. Y don Herminio, seguido de Félix, seguido de la admiración de la muchedumbre entró en el Palacio.

Don Herminio había trabado conocimiento con el diputado en unas circunstancias que aquél tildaba de «históricas» y fueron bastante singulares.

Cierto día, poco antes del asesinato de Cánovas, hallándose en el uso de la palabra el «Pollo Antequerano», Romero Robledo, hombre que a don Herminio le cargaba por sus agresivas despabiladeras, se salió de los pasillos del Congreso. Estando allí apareció Cánovas. Don Herminio se sobrecogió ante la presencia del famoso estadista. Le saludó con una solemne reverencia a la que correspondió el gran hombre. Cuando cruzaba, don Herminio observó que el admirado caudillo llevaba una mancha de cal en su impecable levita.

—¡Perdóneme vuecencia! —le dijo.

Cánovas se volvió con un aire hosco, desapacible, temiendo el asalto de uno de los innumerables pedigüeños que le asediaban sin cesar.

—Se ha manchado vuecencia la espalda.

Cánovas se detuvo.

—¡Ah, muchas gracias!

Don Herminio se acercó respetuosamente.

—Si vuecencia me permite...

Sacudió la cal con unos golpecitos muy suaves, delicadísimos, atemorizados.

—¡Muy agradecido! —exclamó don Antonio—. ¿Es usted correligionario?

—Tengo ese honor, excelencia. Mi abuelo y mi padre, que en paz descansen, y toda mi familia han sido siempre conservadores a ultranza.

—Lo celebro. ¿Cómo se llama usted?

—Herminio Busto Cordón, para servir a vuecencia, oficial primero de la administración pública por la inagotable generosidad de vuecencia.

—¿Está usted satisfecho de su destino?

—Estoy encantado, excelencia aunque lo considero superior a mis méritos.

En ese momento se acercó el diputado. Desde lejos había visto cómo aquel hombre palmoteaba de un modo familiar, cosa verdaderamente insólita, las espaldas de Cánovas del Castillo. Después había observado el animado y, al parecer, confidencial diálogo que sostenían.

Al acercarse él, Cánovas le presentó al hombre.

—Don Herminio Busto Cordón, un joven que vale mucho, aunque con un gran defecto para los tiempos que corren, pero que es la virtud que yo más estimo: la modestia.

Cánovas se despidió instantes después.

—Le ruego que presente mis respetos a su señor padre.

Ciertamente, Cánovas había olvidado ya que su padre estaba muerto, pero a don Herminio no le escapó la impresión que todo ello había causado en el diputado. A partir de entonces, el diputado no dejó de corresponder atentamente a los saludos de don Herminio. Le honraba, a veces, con su conversación en los pasillos de la Cámara. El diálogo discurría por los interesantes e inagotables cauces de la realidad o el pronóstico atmosférico.

—Hace mucho frío hoy.

—Sí señor diputado; hace.

—Parece que va a llover.

—Sí, señor diputado; parece.

El diputado observó que otros colegas suyos, y hasta algunos ministros contestaban también, muy ceremoniosamente, al saludo de don Herminio. ¿Qué sería aquel hombre?, ¿un policía, un guardaespaldas, un cacique, un muñidor de elecciones, un avieso currinche de la prensa? ¿Sería depositario de algún importante secreto de Estado? El diputado hizo varias, discretas indagaciones. Nadie conocía a don Herminio, pero todos estaban persuadidos de su importancia. El diputado la aumentó aún más, refiriendo las familiaridades que don Herminio se permitía con el malogrado jefe del partido liberal-conservador.

Don Herminio y Félix entraron en una de las tribunas reservadas al público. Estaba abarrotada de damas elegantísimas y de aristocráticos caballeros. Algunos de los presentes se volvieron a mirar, y con ostensible desagrado, a los dos desharrapados intrusos.

El salón de sesiones ofrecía un aspecto brillantísimo. Los diputados y senadores ocupaban los bancos. Vestían todos de chaqué. Los militares lucían sus barrocos uniformes de gala, cuajados de condecoraciones, rutilantes de estrellas y entorchados, ceñidos de fajines y cruzados de bandas de vistosos colores.

Entre los bancos laterales, que ocupaban los senadores y diputados, un amplio pasillo alfombrado conducía al fondo del salón. Allí estaba el estrado del trono con los sillones destinados a Sus Majestades la reina regente, doña María Cristina, y su hijo, el rey don Alfonso XIII. Desde una enorme corona dorada, colgaba, para cobijar a las augustas personas, un dosel de terciopelo rojo, forrado de blanco y moteado de negro, réplica del manto de la realeza.

A la izquierda del trono hallábase la tribuna destinada a Su Alteza, la serenísima infanta doña Isabel; a la derecha, la mesa presidencial con los sillones reservados al señor Montero Ríos, presidente de la Alta Cámara, y los cuatro secretarios de edad. Próximo a la mesa había un repostero con los atributos de la realeza, sobre un tapete de terciopelo rojo, bordado de oro.

A las dos menos cuarto ocuparon sus asientos el señor Montero Ríos y los secretarios. Seguidamente se dio lectura a la lista de las diputaciones del Senado y del Congreso, nombradas para acoger a Sus Majestades y a la Infanta. Doce senadores se encargarían de recibir y despedir a los reyes; ocho, a doña Isabel. Doce diputados acompañarían a las reales personas, a su entrada y salida; seis, a la Infanta.

A las dos y veinte hizo su entrada doña Isabel con su acompañamiento. Vestía un elegantísimo traje de cuerpo y manto morados y falda de brochado color de caña. Llevaba corona y collar de brillantes y le cruzaba el pecho una banda de todas las Órdenes que poseía.

Segundos después penetraron en el salón Sus Majestades, precedidos de los maceros y acompañados de lucido séquito.

El vestido y el manto de la Regente eran de color violeta. Destellaba la pedrería de los lazos del pecho y de su gran corona de brillantes, colocada sobre unas plumas en la cabeza. El marqués de Montalvo llevaba la cola del manto de Su Majestad.

El rey don Alfonso XIII ostentaba las insignias del Toisón de Oro sobre su uniforme militar.

Todos los asistentes a la ceremonia se habían puesto de pie. Sonaron estentóreos los aplausos, los vivas a España, a los Reyes, al Ejército y a la Marina. Una gran emoción embargaba todos los pechos. Félix Martínez miraba el rostro menudo, agradable, entristecido, de la Reina Regente. Miraba también el vivaz y seductor rostro del Rey niño.

—¿Qué le parece, don Félix?, ¿qué le parece? ¡Es grandioso! Si no estuviésemos bajo el imperio de tan luctuosas circunstancias... ¿Sabe usted lo que esa augusta, admirable, inteligentísima, y, por todos conceptos, bondadosa dama, que acredita el apelativo de doña «Virtudes», que la sagaz intuición del pueblo le ha dado, dijo, ante el inaudito despego de las potencias? Dijo: «Ya no hay Europa.» ¡Es portentoso, prodigioso, don Félix!, porque créame usted, no la hay, no la hay... Esa excelsa señora sabe lo que dice. El propio Castelar ha sostenido que Su Majestad la Regente y él son los mejor enterados de lo que ocurre en el mundo.

Los Reyes subieron los escalones del estrado. Se sentaron en los tronos. Detrás de ellos se colocaron los jefes de palacio, y a la derecha, el Gobierno.

El Presidente del Consejo de Ministros, señor Sagasta, entregó el discurso de la corona a la Regente.

Se hizo un profundo silencio. Doña María Cristina estaba visiblemente emocionada. Su voz, habitualmente tan segura, sonaba muy débil, temblorosa. Félix Martínez estiraba el cuello y ladeaba la cabeza; don Herminio adelantó con ambas manos los pabellones de sus grandes orejas. Tenía un extraño aspecto de murciélago o de lechuza.

—No oigo nada. ¡No oigo absolutamente nada! —murmuró don Herminio, desolado.

Se escucharon vivas y aplausos. La voz de doña María Cristina se afirmó. Ahora leía con un tono perfectamente audible:

> ...La actitud de una parte del pueblo de los Estados Unidos que, al ver pronta y cercana la constitución de aquella personalidad, solemnemente ofrecida a las Antillas en mi anterior mensaje, presiente que la libre manifestación de la voluntad del pueblo cubano representaba por sus Cámaras va a destruir para siempre los planes que contra la soberanía de España vienen fraguando los que, con recursos y esperanzas enviados desde aquellas costas, han logrado mantener el fuego de la insurrección en aquella querida y desgraciada isla...

Se habían puesto a cuchichear unas damas que estaban delante de Félix, y don Herminio tuvo la inoportuna idea de murmurarle algo al oído. Siseó un caballero y Félix volvió a oír las palabras de la Reina:

> Posible es, sin embargo, que el atentado se consume, y que ni la santidad de nuestro derecho, ni la moderación de nuestra conducta, ni la expresa voluntad del pueblo cubano, libremente manifestada, sirvan para contener las pasiones y los odios desencadenados contra la Patria española. Y por si llega ese supremo momento, en que la razón y la justicia tengan por único amparo el valor de los españoles y la tradicional energía de nuestro pueblo, he acelerado la reunión de las Cortes, cuya decisión suprema sancionará, sin duda, la inquebrantable resolución que anima a mi Gobierno de defender nuestros derechos, cualquiera que sea el sacrificio que para lograrlo se nos exija.
>
> A los graves asuntos que de esta suerte solicitan vuestra atención hacia los mares de Occidente, viene a unirse el estado de nuestras posesiones en el Lejano Oriente. Las Islas Filipinas, cuya lealtad ha puesto a prueba una grave insurrección, felizmente dominada, sienten todavía las consecuencias de aquella agitación profunda. Para calmarla y para prevenir en lo futuro el descontento, remediando las causas del anterior malestar, mi Gobierno os someterá importantes resoluciones.
>
> Señores diputados y senadores, por oscuro y sombrío que el porvenir se nos presente, no han de ser superiores las dificultades que nos rodean a las energías del país para vencerlas. Con un ejército de mar y tierra, cuyas gloriosas tradiciones enardecen su valor ingénito; con una nación unida y compacta ante la agresión extranjera y con aquella fe en Dios que guió siempre a nuestros mayores en las grandes crisis de la historia, atravesaremos también, sin mengua de nuestra honra, la que hoy se intenta provocarnos sin razón y sin justicia.

Acabó el discurso entre vítores y aplausos. La Regente lo entregó al ministro de Gracia y Justicia, para que se publicase en la *Gaceta*.

Finalmente, a indicación de Su Majestad, el señor Sagasta proclamó: «Su Majestad la Reina me manda declarar que quedan legalmente abiertas las Cortes de 1898.»

El mismo día, 20 de abril, se reunió el Consejo de Ministros. Ante la bélica actitud que representaba la sanción del Presidente Mac Kinley a la resolución conjunta, se decidió entregarle sus pasaportes a míster Woodford y ordenar a Polo de Bernabé que pidiera los suyos.

Entre otras medidas adoptadas, como los gravámenes y el aumento de los impuestos, se acordó llamar a filas a 30000 mozos de la quinta de 1897, excedentes de cupo.

Los periódicos siguen publicando relaciones comparativas de los navíos de guerra españoles y yanquis. Los más ponderados establecen una igualdad de fuerzas; los otros disminuyen el poderío de la escuadra norteamericana o la colocan en palmaria inferioridad.

En aquel trascendental y angustioso día, a muchas leguas de la Patria, en la isla de San Vicente de Cabo Verde, el contraalmirante Pascual Cervera convocó junta de jefes para darles cuenta de las instrucciones del Gobierno.

Bajo la presidencia de Cervera, se reunieron los capitanes de navío, comandantes de los buques: Víctor M. Concas, del *Infanta María Teresa*; Emilio Díaz Moreu, del *Cristóbal Colón*; Juan Bautista Lazaga, del *Almirante Oquendo*; Antonio Eulate Ferry, del *Vizcaya*; Fernando Villaamil, jefe de la división de *destroyers*; Joaquín Bustamante, jefe del Estado Mayor, y José María Paredes Chacón, general segundo jefe de la escuadra.

Dos días antes, el 18 de abril, habían llegado a San Vicente de Cabo Verde el *Oquendo* y el *Vizcaya*. Había llegado también el mercante *San Francisco*, con 2000 toneladas de carbón y con instrucciones para la escuadra. Con enorme sorpresa de los jefes reunidos, el almirante Cervera comunicó que se les ordenaba dirigirse a Puerto Rico.

Ante la gravedad de las circunstancias, Cervera dio a conocer los aspectos más interesantes de la copiosa correspondencia reservada —y mantenida, hasta entonces, con el más absoluto de los secretos— que había sostenido, desde hacía más de dos meses, con el general de la Armada y ministro de Marina, Bermejo:

Cartagena, 6 de febrero de 1898.
Del almirante Cervera al ministro de Marina, Bermejo:

> ...De la escuadra debemos rebajar el crucero *Alfonso XIII*, en pruebas desde hace tantos años, y al cual no parece hemos de tener el gusto de contar entre nuestros buques útiles, quedando reducida a los tres acorazados de Bilbao (*María Teresa, Vizcaya* y *Oquendo*), el *Colón*, el *Destructor* y los cazatorpederos *Furor* y *Terror*... La artillería de 14 cm, principal fuerza de estos buques (los tres acorazados de Bilbao), está prácticamente inútil, por el mal sistema de cierres de culata y la debilidad de los casquillos, de los cuales no hay más que los que existen a bordo. Al *Colón*, que es, sin duda, el mejor de todos los buques que tenemos, bajo el punto de vista militar, le faltan sus dos cañones gruesos... El *Destructor* puede servir como aviso, por más que su andar resulta deficiente para serlo de esta Escuadra. Los cazatorpederos *Furor* y *Terror* están en buen estado, pero dudo que puedan hacer uso eficaz de sus piezas de 75 cm. De los recursos exteriores que necesita una escuadra se carece, con frecuencia, aun de los más necesarios... No tenemos cartas de los mares de América, y aunque supongo que estarán encargadas, hoy no podríamos operar...

Cartagena, 11 de febrero de 1898.
Del almirante Cervera al ministro de Marina, Bermejo:

> ...El telegrama que sobre la artillería gruesa de éste (el *Colón*) puse ayer a V. es reflejo de mis conferencias con Guillén: ...los cañones números 325 y 313 son malos y deberían desecharse en circunstancias ordinarias, no hay la menor duda, pero si realmente la necesidad apremia, como no hay otros, no parece que haya más remedio que procurar que nos los cambien y si no tomarlos, malos y todo... Mientras la artillería de 14 centímetros continúe con los actuales extractores, me parece prácticamente de desecho, quizá más aún que los cañones del *Colón*... Si se pueden cambiar desde luego los cañones de este buque números 20 y 28, que Guillén dice que están completamente inútiles, para tener de lo malo, lo menos malo; y sucesivamente, cuando regresen el *Oquendo* y *Vizcaya*, los que Guillén señala en esos buques, según creo, son hasta cuatro...

Cartagena, 12 de febrero de 1898.
Del almirante Cervera al ministro de Marina, Bermejo:

...Como no ceso de pensar en la posible guerra con los Estados Unidos, creo que sería muy conveniente que se me dieran los informes posibles de lo siguiente: 1.° Cómo están distribuidos los buques de los Estados Unidos y movimiento que hagan. 2.° Dónde tienen sus puestos de aprovisionamiento. 3.° Las cartas, planos y derroteros de lo que pueda ser teatro de operaciones. 4.° Qué objetivos han de tener las operaciones de esta Escuadra, ya sea la defensa de la Península y Baleares, ya la de Canarias o la de Cuba, o por fin el caso improbable de las costas de los Estados Unidos, cosa que no podría ser, a menos de tener algún aliado poderoso. 5.° Planes que el Gobierno tenga, en cada caso, para la campaña. Puntos donde la Escuadra pueda encontrar recursos y cuáles sean, porque es extraño que aquí, por ejemplo, no haya encontrado beta de 4 pulgadas ni tubos de nivel para calderas, ni otras cosas tan sencillas como éstas. También creo conveniente saber para cuándo se cuenta con el *Pelayo, Carlos V, Vitoria* y *Numancia*, y si éstos han de incorporarse a la Escuadra o formar cuerpo independiente de ella... Con el conocimiento de estas cosas podría ir yo estudiando lo que convenga hacer, y llegado el día crítico, se emprendería sin vacilaciones la conducta que nos convenga seguir, tanto más necesario para nosotros, cuanto que su Marina es tres o cuatro veces más fuerte que la nuestra, y cuenta con la alianza de la insurrección de Cuba...

Madrid, 15 de febrero de 1898.
Del ministro de Marina Bermejo al almirante Cervera:

...*Colón*... No se pueden admitir los propuestos números 325 y 313; de hacerlo... sería promover un incidente ruidoso, pues el expediente sobre este punto es terminante, y llevado a las Cortes por excitación de la prensa, nos colocaría en situación muy desfavorable... Artillería de 14 cm. Comprendo el defecto de los extractores y la influencia que sobre el fuego rápido tiene. Este defecto no se puede subsanar por el momento... Los dos cañones del *María Teresa* se cambiarán, y sobre los casquillos nuevos, Faura ha salido para Inglaterra, a quien he recomendado con gran interés este asunto... Los torpedos Bustamante, concedidos en el número que es posible, pues tengo que tener presente Filipinas y la isla Cabrera... Pasando sobre sus consideraciones de la guerra con los Estados Unidos, expresaré a V. mi pensamiento: en la Península y en las proximidades de Cádiz quedará una división compuesta de la *Numancia, Vitoria* y el *Alfonso XIII* o *Lepanto*, los tres «destroyers» *Audaz, Osado* y *Proserpina* y tres torpederos. En Cuba, *Carlos V, Pelayo, Colón, Vizcaya, Oquendo, María Teresa*, tres «destroyers» y tres torpederos, que unidos a los ocho buques principales del Apostadero, tomarán la posición de cubrir las comunicaciones entre el Seno Mejicano y el Atlántico, procurando destruir a Cayo Hueso, donde tiene hoy principalmente su depósito de víveres, municiones y carbón la Escuadra de los Estados Unidos...

Cartagena, 16 de febrero de 1898.
Del almirante Cervera al ministro de Marina, Bermejo:

...Yo no sé cuándo podrán incorporarse el *Pelayo* y *Carlos V*, pero sospecho que no llegarán a tiempo; del primero nada sé en absoluto, pero del segundo tengo algunas noticias, por cierto no muy satisfactorias en cuanto al tiempo que tardará en estar listo... En la división de Cádiz creo que faltará la *Numancia*. Con el *Lepanto* me parece que no se puede contar... El *Colón* aún no está artillado, y si viene la guerra, le sorprenderá sin su artillería gruesa. Los ocho buques principales del Apostadero de La Habana, a que V. alude, son buques sin valor militar alguno... Nuestra fuerza naval, comparada con la de los Estados Unidos, está, aproximadamente, como 1 a 3, por lo que me parece un sueño que raya en delirio, pensar... en establecer el bloqueo de ningún puerto de los Estados Unidos...

Cartagena, 25 de febrero de 1898.
Del almirante Cervera al ministro de Marina, Bermejo:

El almirante acusa recibo de dos Memorias y dos Estados de las escuadras que le han sido remitidos por el jefe de Estado Mayor General del Ministerio. Cervera replica —prescindiendo de los torpederos, *destroyers* y otros barcos de escaso valor militar— con el siguiente estado comparativo, partiendo de los datos yanquis fidedignos:

	Estados Unidos	*España*	
Acorazados	5	4	*(Pelayo, María Teresa, Oquendo, Vizcaya)*
Cruceros acorazados	2	1	*(Colón)*
» protegidos	12	3	*(Carlos V, Alfonso XIII, Lepanto)*
» rápidos sin protección	3	–	(Ninguno)
Toneladas de dichos buques	116445	56644	

...Y esto suponiendo —decía el almirante— que estuvieran disponibles el *Pelayo*, el *Carlos V* y el *Lepanto*, y dando el valor que desea al *Alfonso XIII*...

Seguramente que Cervera, para no acentuar más aún la nota pesimista, o coaccionado por la rutina clasificadora, no ya de la prensa ignara e irresponsable, sino del propio ministro y de los técnicos del ministerio de Marina, dejó de hacer patente que, en realidad, no poseíamos ni un solo acorazado que se pudiese equiparar a los cinco yanquis. El único acorazado nuestro, aunque no de primera clase, era el *Colón*, que llevaba las poderosas corazas Harvey que usaban los navíos norteamericanos. Los restantes buques españoles no eran sino cruceros protegidos y muy malos para el combate.

Respecto al potencial de la artillería de los buques, y asignándole Cervera los números 328, 270, 156, 80, 41, etcétera, según los calibres de los cañones, resultaba el siguiente cómputo: Estados Unidos, 132397; España, 50622. En este balance no había descontado tampoco los barcos españoles que, seguramente, no estarían a punto en el momento del combate.

En estas condiciones, a Cervera le parecía poco menos que imposible una victoria de nuestra escuadra, pero aunque tuviésemos esa problemática fortuna, «¿dónde y cómo —preguntaba— remediaríamos nosotros las averías sufridas? Yo desconozco lo que puede haber allí (Cuba), pero a juzgar por lo que ocurre en este Departamento, donde no hay nada absolutamente de cuanto nos pudiera ser necesario, es de creer que lo mismo ocurrirá en todas partes, y que la consecuencia inmediata del primer combate naval, sería la inacción de la mayor parte de la escuadra por todo el resto de la campaña, fuese el que fuese el resultado de ese gran combate; y mientras tanto, el enemigo se repondría de sus pérdidas dentro de sus hermosos ríos y auxiliado por su poderosa industria y enormes recursos. Esta falta de industria y de repuesto, alejan la posibilidad de sostener una campaña ofensiva, que ha sido el objeto del estudio de las dos Memorias que se ha servido enviarme el Excmo. Sr. Jefe de Estado Mayor. Esas dos Memorias constituyen, a mi juicio, un estudio muy bien hecho de las operaciones que examina, pero les falta la base principal, que es el dominio del mar, primera necesidad para emprenderlas. Por eso no me parecen aplicables...»

Cartagena, 26 de febrero de 1898.
Del almirante Cervera al ministro de Marina, Bermejo:

...Cuando recibí ayer su carta en la que, entre otras cosas, me preguntaba si el *Colón* podría salir a hacer ejercicios de tiro al blanco, al par que le contesté que el buque estaba listo, me ocupé de ver que se recargaran los casquillos que empleara, y resulta que no hay horno en que puedan recibir el recocido que necesitan ni aparato para recalibrar los casquillos, volviéndolos a las dimensiones que pierden por la dilatación, de suerte que resultan inútiles las cargas de respeto que trajo, que son 72 por pieza... Por esta razón he telegrafiado a V. proponiéndole la adquisición de casquillos, que son 720 de a 15 y 432 de a 12. Hoy va el oficio que le anuncié ayer: tristes y desconsoladoras son sus conclusiones; pero ¿estamos en el caso de hacernos ilusiones? ¿No debemos lealmente a nuestra Patria, no sólo nuestra vida, si es necesario, sino la exposición de lo que creemos?... Me pregunto si me es lícito callarme y hacerme solidario de aventuras que causarán, si ocurren, la total ruina de España, y todo por defender una isla que fue nuestra y ya no nos pertenece, porque aun cuando no la perdiéramos de derecho con la guerra, la tenemos perdida de hecho, y con ella toda nuestra riqueza y una enorme cifra de hombres jóvenes, víctimas del clima y de las balas, defendiendo un ideal que ya sólo es romántico. Y creo más: creo que esta opinión mía deben conocerla la Reina y todo el Consejo de Ministros...

3 de marzo de 1898.
Del almirante Cervera al ministro de Marina, Bermejo:

...Siento muchísimo la penosa impresión que le han causado mis reflexiones; pero... todavía quizá (queden) por debajo de la realidad. En su misma carta de V. se ve la prueba, pues la dificultad para adquirir casquillos para el *Colón*, es falta de recursos, en vísperas tal vez de emprender la guerra contra la nación más rica del mundo. Se trata de recargar los usados; se pide así respecto de unos cuantos de 14 cm que se averigua que hay vacíos en este Departamento, y contestan que aquí no se pueden recargar... Cuanto detalle se toca, pone de manifiesto, tan pronto nuestra falta de recursos, tan pronto nuestra falta de organización; pero, en resumen, nuestra falta de preparación para todo...

A la serie de observaciones hechas por el almirante sobre nuestra indefensión, la falta de recursos y los defectos de los navíos que estaban en condiciones de navegar; a su presunción de que algunos barcos —como el *Carlos V, Pelayo,* etc.— no se hallarían a punto para el combate; a sus precisiones sobre la inferioridad de la escuadra española; a su vaticinio del inminente desastre que se avecinaba, etc., contestó Bermejo con la más irresponsable de las ligerezas, echando mano de los latiguillos de la patriotería vacua con que se extraviaba el juicio del pueblo y se le arrastraba con falaces engaños a la guerra. El ministro ponía en solfa a las tripulaciones norteamericanas, hablaba de la pericia de nuestros marinos, del heroísmo español, de esa barrera de pechos patrios, capaz de oponerse y de vencer, casi sin otros recursos, a los acorazados yanquis. Este grotesco lenguaje, inevitable en el guirigay de una prensa desquiciada y sin responsabilidad, era no sólo estúpido, sino ofensivo e indignante, cuando se estaba planteando seriamente, angustiosamente, y secretamente, no de cara a la galería, nada menos que el porvenir, la integridad, la substancia misma de la Patria, y la vida de muchos miles de sus hijos.

El ministro, colocado ya en el disparadero de su necedad y su cerrazón patrioteras, llegaba más lejos todavía. Un hombre como él, general de la Armada, ministro de Marina, un técnico por lo tanto, un consumadísimo especialista, osaba enviarle a otro especialista de su talla, el siguiente estado comparativo de las escuadras:

ESCUADRA DEL ATLÁNTICO DEL NORTE
Combinación posible

Estados Unidos		*España*	
	Toneladas		*Toneladas*
New York	8200	Vizcaya	7000
Indiana	10288	Pelayo	9900
Massachusetts	10288	Carlos V	9250
Texas	6315	María Teresa	7000
Brooklyn	9271	Oquendo	7000
Iowa	11410	Colón	6800
Montgomery	2000	Alfonso XIII	4826
Marblehead	2000	M. Ensenada	1064
Detroit	2094	Alfonso XII	3900
Nashville	1071	Venadito	1189
M. Terror	3600	Reina Mercedes	2900
Town (Aviso)	–	Infanta Isabel	1189
Total	66537	Total	62018
5 torpederos: término medio de andar, 21 millas.		3 *destroyers* y 3 torpederos, término medio de andar, 25 millas.	

Cartagena, 7 de marzo de 1898.

Cervera contestó disintiendo de las optimistas apreciaciones del ministro sobre los barcos dudosos. «Me parece que se equivoca usted —le decía— al creer que en todo el mes de abril habrá variado nuestra situación.» Acompañó un nuevo estado de toneladas y potencia artillera de las escuadras. La española no llegaba a la mitad de la yanqui. Insistía el almirante en la segura derrota, en la irremediable pérdida de la isla, y pronosticaba que ni siquiera una problemática victoria podría evitar que «el resultado final fuese un desastre». Hacía también funestos augurios sobre otros posibles teatros de la guerra: «Nunca he pensado en las fuerzas que los Estados Unidos tienen en el Pacífico ni en Asia, para el desarrollo de los sucesos en las Antillas, pero siempre he visto en ellas un gran peligro para nuestras Filipinas, que no tienen fuerzas que oponerles ni aun parecidas como una sombra.»

Sobre el pueblo español, ese pobre y desdichado pueblo, en cuyo nombre hablaba el ministro con la misma ligereza y el descaro con que los políticos de todos los tiempos se arrogaban su representación, sin tomarse, jamás, la molestia de interrogarle, ni la preocupación de acercarse a él para conocerle, Cervera replicaba: «Yo no sé fijamente cuáles son los sentimientos patrios respecto a Cuba, pero me inclino a creer que la inmensa mayoría de los españoles desea la paz antes que todo: sólo que los que así piensan, sufren y lloran en sus hogares y no gritan como la minoría, que vive o medra con la continuación de este orden de cosas.»

Finalmente, a la cuestión de las tripulaciones y la retórica patriotera del ministro, Cervera objetaba: «Respecto a las dotaciones, no las conozco, pero lo mismo las reclutaban cuando vencían a nuestros antecesores en Trafalgar.»

Cartagena, 16 de marzo de 1898.

Del almirante Cervera al ministro de Marina, Bermejo:

> ...Creo del mayor interés que todo el Consejo de Ministros, sin exceptuar absolutamente a ninguno, estén iniciados con toda claridad en nuestra triste y desconsoladora situación, para que no quede la menor duda de que la guerra nos conducirá seguramente a un desastre, seguido de una paz humillante y de la ruina más espantosa; razón por la cual es preciso no sólo eludir la guerra, sino buscar una solución cualquiera que la haga imposible en adelante...

Puerto Real, 2 de abril de 1898.
Del almirante Cervera al ministro de Marina, Bermejo:

> ...Mis temores se realizan, porque el conflicto se aproxima en tren expreso y el *Colón* no tiene sus cañones gruesos; el *Carlos V* no está recibido y le falta la batería de 10 cm; al *Pelayo* le falta terminar el reducto y me parece que la artillería mediana; la *Victoria* está sin artillería y de la *Numancia* no hay que hablar...

Cádiz, 8 de abril de 1898.
Del almirante Cervera al ministro de Marina, Bermejo:

> ...Siento mucho salir sin haber concertado ningún plan en líneas generales, para lo que tan repetidas veces solicité ir a Madrid... Creo entrever... que se persiste en la idea de que la escuadra vaya a Cuba, y me parece una aventura que puede costarnos muy cara... No hay que hacerse ilusiones acerca de los refuerzos de nuestra escuadra; si usted repasa nuestra correspondencia de hace dos meses, verá que no he sido profeta, sino que me he quedado corto...

Madrid, 8 de abril de 1898.
Del ministro de Marina Bermejo al almirante Cervera:

> ...Tan pronto como reciba V. E. esta orden, saldrá con el buque de su insignia y el *Cristóbal Colón* para San Vicente de Cabo Verde, donde se incorporará a esa escuadra de su mando la expresada división (de torpederos), que quedará, por tanto, a las órdenes de V. E. con el transatlántico *Ciudad de Cádiz*, que la acompaña...

Tras de advertir a Cervera la incorporación del *Vizcaya* y el *Oquendo* a la escuadra, el ministro decía:

> Si las contingencias que son de temer permitiesen fijar el objetivo de la expedición, éste será la defensa de la isla de Puerto Rico...

Para terminar esta serie de calamidades y despropósitos, Cervera aludió, con una sonrisa de amargura, a la profecía que, dos años antes en 14 de marzo de 1896, había hecho en carta dirigida a su amigo Juan Spottorno:

> ...Como no tenemos apenas escuadra, a donde vaya ha de ir toda, porque fraccionarla sería, en mi juicio, el mayor de los disparates; pero el segundo quizá sea enviarla a las Antillas, dejando indefensas nuestras costas y el archipiélago filipino. Por mi parte, no envidio la triste gloria, si gloria puede haber en ser vencido a ciencia cierta, de perecer a la cabeza de la escuadra: si me toca, tendré paciencia y cumpliré con mi deber...

Los comandantes de los buques estaban consternados. Reaccionaron todos ellos con violencia, con menos violencia, no obstante, de la que se podría esperar frente a tamaño cúmulo de insensateces. Los pormenores que les daba el almirante los cogía por sorpresa, sin tiempo para digerirlos, para medirlos en toda su catastrófica extensión. Alguno de los presentes le reprocharía después a Cervera el haber guardado hasta última hora el secreto de su correspondencia reservada con el ministro.

—De modo —dijo Concas— que se nos ordena dejar desguarnecida y a merced del enemigo las Canarias, las Baleares y la propia península. Y no contentos con esa atrocidad, se nos envía a llevar la escuadra, es decir, la guerra, a Puerto Rico, una isla que goza de absoluta paz.

—No olvide usted que en el comunicado que acaba de traer el *San Francisco* —replicó Cervera con tono impasible, pero en el que se adivinaba la ironía— se me autoriza también a ir a Cuba.

—¿Y qué vamos a hacer allí? —preguntó Concas fogosamente.

—¿Qué quiere que hagamos? —medió Bustamante—. Perder la escuadra, como el almirante ha advertido mil veces. Y, como lógica e inevitable consecuencia, perder Cuba también.

—Lo que no entiendo —dijo Díaz Moreu— es cómo alguien, y no digamos ya el ministro de Marina y el Gobierno, puede desconocer la aplastante superioridad de la escuadra yanqui. Usted, Villaamil, publicó, hace cinco años, sus valientes artículos de *El Globo* hablando de este problema y, además, ahí está su libro *Viaje de circunnavegación de la corbeta «Nautilus»*; y usted, Concas, ha dado a conocer exhaustivos estudios de las características de la flota yanqui.

—Y usted —le replicó Villaamil—, siendo diputado, armó aquel alboroto en las Cortes, en junio de 1894. Lo recuerdo perfectamente. Aseguró usted que no teníamos ni un solo barco en condiciones de entrar en combate y que, si llegaba el caso, que ya ha llegado, por desgracia, volvería a repetirse el desastre de Trafalgar.

—Sí; es cierto. ¿Y de qué sirvió? Nombraron una comisión para deducir responsabilidades por el estado de la armada y volvimos a quedarnos como nos hallábamos.

—¡Y hasta qué punto!... En aquella ocasión habló usted también de la lentitud con que se hacían los trabajos del *Pelayo*. Y ahí lo tienen: han transcurrido los años y partiremos, tal como usted vaticinó, almirante, sin ese navío.

—Algunos —intervino Eulate, que llevaba afeitado el mentón y usaba enormes patillas de lobo de mar o de cochero— alegan, para disculpar a los periodistas —los gobernantes no tienen tal excusa—, que el acrecentamiento del poderío naval de los yanquis se ha producido a partir de 1895. Y es evidente, pero resulta que hace ya un año que se publicó, como todos ustedes saben, el completísimo estudio de la escuadra americana, obra de Adolfo Martínez Jurado, capitán del Maestrazgo de La Habana.

—Y ayer mismo casi —dijo Paredes—, cuando Canalejas estuvo en Nueva York, el jefe de nuestra escuadra, Vega de Seoane, le aseguró, señalando a los acorazados yanquis que había en el puerto: «Uno solo de estos barcos basta para deshacer toda la marina militar española.»

—Pero ¡qué quiere usted! —exclamó Eulate—. Los periodistas, aun sabiendo la verdad, añaden, tranquilamente, a los barcos de guerra, los transatlánticos; y los entendidos y responsables, que podrían evitar este escandaloso engaño, o no lo hacen, o lo fomentan, facilitando ellos mismos las fantásticas listas que ustedes conocen.

El capitán de navío Lazaga, de rostro agradable y vivo, de facciones muy correctas y de larga y sedosa barba, medió también en la conversación:

—Y sobre ese enviarnos a las Antillas sin plan ninguno, aunque eso sí, con orden, pero absurda —sonrió— y con desconcierto, les recordaré la traducción...

—De Severo Gómez Núñez —le interrumpió Bustamante.

—Exacto. Como los yanquis no pueden callarse nada en absoluto, publicaron, hace tiempo, los planes de los movimientos de su escuadra, en caso de una guerra con España. El comandante Gómez Núñez los tradujo y los insertó en *El Diario del Ejército*, que dirige en La Habana. Estoy seguro de que los yanquis, substancialmente, seguirán esos planes y, de acuerdo con ellos, se podían haber trazado los de nuestra escuadra.

—Estoy conforme con usted —dijo Cervera—, y yo he meditado largamente sobre ello.

Tras de algunos otros desahogos de los capitanes, centróse la discusión en el tema concreto del viaje a las Antillas. El debate duró cuatro horas. Al final de él, todos habían llegado a la conclusión de lo disparatado de semejante medida.

—Comunicaré al ministro Bermejo la opinión de esta Junta —dijo Cervera—. Usted, Concas, debe formular por escrito su voto particular, y no hay ningún inconveniente en que usted, Villaamil, como diputado liberal y amigo de Sagasta, le telegrafíe. Confiemos en que, entre unos y otros consigamos hacer entrar en razón al Gobierno, para el mejor servicio de la Patria.

Todos los reunidos miraban atentamente al almirante. Su noble rostro de barbas blancas, sereno y resuelto, inspiraba confianza y simpatía. Todos abrigaban el temor de que iban a resultar inútiles cuantos esfuerzos se hicieran, de que la escuadra sería obligada a partir hacia su segura destrucción, y ellos, quizás, hacia la muerte; pero, ante la tragedia que se avecinaba, les complacía afrontar su amargo destino a las órdenes de un jefe experto y valeroso, de un hombre de honor.

CAPÍTULO XIV

21 de abril de 1898.

Fragmentos del artículo *Obsesión*, publicado por Juan Maragall —uno de los escritores jóvenes más importantes de la época— en el *Diario de Barcelona*:

> ¡La guerra, la guerra...! ¡La guerra con los Estados Unidos! No hay medio de hablar de otra cosa. ¡Qué hablar!..., ni pensar siquiera, ni soñar es posible en algo en cuyo fondo no se vea la guerra...
>
> ...Despierta el español por la mañana y encuentra bajo su mano el periódico que de pronto le mete en el alma la condensación de todas las fiebres y agitaciones de la víspera. Noticias enormes, que se contradicen, de barcos que van y vienen, de notas diplomáticas que se cruzan, de discursos patrióticos que entusiasman y de otros agresivos que indignan; peligros que se forjan en la oscuridad; esperanzas que brotan, que se ensanchan y desaparecen para renacer luego y volver a disiparse; temores por todos lados; pánicos en la Bolsa; motines con «¡vivas!» y «¡mueras!» en las calles, y en el fondo de todo ello la guerra, la guerra que viene, la guerra que avanza, que ya llega, horrible, fascinadora, manteniendo calenturientos y jadeantes a dos pueblos que a cada momento parece que van a echarse uno contra otro... y que nunca aca-

ban de hacerlo, como petrificados en una angustiosa inminencia. Con esta angustia entramos cada día los españoles en nuestra labor diaria...

...La obsesión ha llegado ya al punto en que se siente la necesidad, hasta fisiológica de deshacerse de ella de cualquier manera: ha llegado a convertirse en un clamor unánime de que esto acabe y sea lo que haya de ser. No hay partidario de la paz, por acérrimo que sea, que no esté deseando que rompa de una vez la guerra, si ella, con todas sus catástrofes, ha de acabar con tanta incertidumbre; no hay partidario de la guerra que no esté ya harto de cañones y de torpedos, y de desembarcos y bombardeos y buques quilla al sol antes de que se haya disparado el primer cañonazo: ya le parece que lo ha visto todo y que ha pasado por todas las victorias y derrotas de la historia universal: ya desearía poder pasar a otro capítulo. Uno y otros están, estamos extenuados de puro imaginar lo que va a venir. Si cuando empezó esta agitación mental hubiera, en vez de ella, empezado la guerra de verdad, tal vez muchos estaríamos ahora mal parados y otros muchos muertos, pero todos menos cansados, menos agotados que ahora, en que todavía no hemos hecho nada...

...Al punto de tensión a que hemos llegado... es muy posible que, cuando oyéramos de lejos o de cerca el primer cañonazo, nos sorprenderíamos a nosotros mismos exclamando inconscientemente: «¡Gracias a Dios!»

Tal vez en el camino de este artículo de la redacción a la imprenta haya sonado ya en toda España ese «Gracias a Dios» o bien otro más consciente y más pacífico...

Apenas sancionada la Resolución Conjunta por el Presidente Mac Kinley, se le enviaron instrucciones a míster Woodford, para que presentara al Gobierno español el siguiente ultimátum:

> Si a la hora del mediodía del sábado próximo, 23 de abril, no ha sido comunicada a este Gobierno por el de España una completa y satisfactoria respuesta a la Resolución, en tales términos que la paz de Cuba quede asegurada, el Presidente procederá sin ulterior aviso a usar del poder y autorización ordenados y conferidos a él, tan extensamente como sea necesario.

Nuestro Gobierno se anticipó a la gestión de Mr. Woodford. Pío Gullón, ministro de Estado, le envío una comunicación para anunciarle que quedaban rotas las relaciones entre España y los Estados Unidos:

> Tengo el penoso deber de poner en su conocimiento que, habiendo sancionado el señor Presidente de la República del Norte de América resoluciones de sus Cámaras, en las que atenta a los derechos de España y se encarga una intervención armada en nuestro territorio, lo cual equivale a una declaración de guerra a la Nación española, nuestro representante en aquel país, cumpliendo órdenes de nuestro Gobierno, ha abandonado el territorio de aquella República, con todo el personal de la legación, cesando desde este momento las relaciones diplomáticas y oficiales de España con todos los representantes de aquella nación.
>
> Lo que participo a S. E. para su conocimiento y efectos consiguientes, reiterándole la consideración personal...

Polo de Bernabé encargó los asuntos españoles al embajador de Francia, monsieur Jules Cambon, y al de Austria-Hungría, señor Hengelmüller von Hengervar, y partió de los Estados Unidos con dirección al Canadá.

Casi al mismo tiempo salía de Madrid míster Woodford con el personal de la legación, confiando los negocios estadounidenses al embajador de Inglaterra.

Al ver alejarse el tren que conducía a míster Woodford hacia Francia, el gobernador de Madrid dijo: «Ya estamos solos; ya podemos gritar hasta cansarnos ¡Viva España!» Esta frase fue muy comentada en los diarios y en las tertulias. No cabe duda de que era ocurrente e intencionada, pero, sin que lo pretendiese su autor, llevaba también la real y trágica nota de nuestra efectiva soledad.

El entusiasmo bélico arrebató a todo el mundo. Se produjeron manifestaciones callejeras y alborotos en Madrid, Barcelona, Zaragoza, Valladolid, Granada y otros puntos. Resonaron unánimemente, por todos los ámbitos de la geografía patria, los gritos de «¡Mueran los tocineros!»; «¡Viva España con honra!»; «¡Viva la guerra!»; y, naturalmente, los ineludibles compases de la marcha de *Cádiz*.

La Sociedad Velocipédica de Zaragoza clavó una cabeza de cerdo en una asta, sobre un letrero que rezaba: «¡Mueran los yanquis!» Después se comieron la cabeza en alegre y patriótico ágape.

La prensa se volcó en insultos a los «mercaderes» y «tocineros» yanquis, aireó toda la guardarropía de la retórica patriotera y, a tono con las circunstancias, exaltó la *felicidad* del momento: «Por fin estamos en guerra con los Estados Unidos...», empezaba Fernández Bremón su crónica de *La Ilustración Española y Americana*. En Zaragoza, un periodista recordaba, a este propósito, la gráfica, brutal y españolísima frase de un cartel paseado por la Ciudad de los Sitios, cuando el incidente de España con Alemania por el asunto de las Carolinas: «Menos notas y más pelotas.»

Los poetas dejaron también oír su voz, en aquéllos y en días sucesivos, para encorajinar a los españoles y denigrar a los yanquis:

Despliegue España su pendón al viento:
por fin llegó el momento.
Pasaron, sí, las horas enlutadas
en que muda de asombro vio la tierra,
como lobas hambrientas mal domadas,
la venganza y la guerra...

FEDERICO BALART

Soñaste en vano, con artera traza,
a mansalva lograr tu felonía;
que al peso abrumador de tu amenaza
no inclina la cerviz la Patria mía.

¿Qué nos importa el insolente alarde
de tu poder, que tu soberbia aumenta?
Calcula el riesgo... el mercader cobarde,
no el caballero al vindicar su afrenta.
. . . .
Raza formada por la vil escoria,
ni el odio ni el poder te regenera;
no se roban los timbres de la historia,
ni se compra el honor de la bandera.
. . . .

CARLOS LUIS DE CUENCA

...Si de insultos y vilezas
os parece que ya basta
y en el campo del honor
queréis esgrimir las armas,
elegid con la ocasión
las armas que más os plazcan,
y con sable y con cañón,
en tierra o sobre las aguas,
luchad si tenéis coraje,

lidiad si tenéis entraña,
y veréis, cerdos inmundos,
bellacos con forma humana,
en vuestra sangre cerdil,
flotar los hijos de España.

P. PITOS

La suscripción nacional, encabezada por la Regente con un millón de pesetas, aumentaba con rapidez. Por todas partes se hacían colectas y se celebraban funciones benéficas pagándose a elevados precios las entradas. Los españoles de Argentina y Méjico contribuían con importantes sumas, y un coronel de voluntarios de Cuba entregó diez millones de pesetas.

Sin embargo, tales rasgos de generosidad no eran sino la excepción de la habitual sordidez de las gentes adineradas de todos los tiempos.

«La Patria pide sangre —decía una revista— y los pobres la dan sin quejarse. ¿Negarán los ricos el auxilio de sus capitales?» Lo negaron, naturalmente, y los comerciantes y logreros se apresuraron a acaparar y a subir los precios de las subsistencias.

El público formaba largas colas ante las ventanillas de los Bancos para cambiar sus billetes por plata.

«¡No tenga miedo al dinero —se leía en un periódico— cuando nadie en España debe sentirlo! ¡Seamos españoles!... Por la honra de la Patria no debe escatimarse ni una sola gota de sangre, ni un solo céntimo...»

Una entidad mercantil de Zaragoza —la Casa de Banca de los Hijos de don Félix Ripollés— salió al paso del deprimente espectáculo, haciendo colocar un patriótico letrero: «Se cambian billetes del Banco de España, con prima.»

Entretanto, Sagasta, Moret, Gullón, Bermejo... todos los responsables de la guerra vivían horas de amargura e inquietud. Procuraban escudarse y tranquilizar su conciencia con el delirante espectáculo de la multitud enfebrecida: «El honor de la Patria lo exige y el pueblo lo quiere.» Pero sabían perfectamente que, si no hubiesen engañado a ese pueblo, si le hubiesen dicho toda la verdad, o una parte tan sólo, el espectáculo de la agitación y los disturbios callejeros habrían sobrevenido también, pero para exigir la paz y arrojar a sus mendaces dirigentes de los escaños del Gobierno.

> Hoy no ve aún el país la imprudencia cometida. Se la ocultan unánimes el Gobierno, la prensa, el clero y las dos Cámaras,

de las que no ha salido una sola voz contra la guerra. La verá, y no tarde; y entonces maldecirá a los que hoy nos gobiernan.

(Pi y Margall, en *El Nuevo Régimen*.)

Consejo de Ministros presidido por la Reina Regente. El Gobierno dimite en pleno y presenta la cuestión de confianza.

De acuerdo con los usos constitucionales, son llamados a consulta los prohombres políticos y las personalidades más destacadas del momento: Pidal, Silvela, Gamazo, marqués de la Vega de Armijo, Montero Ríos, Elduayen, Romero Robledo, los generales Azcárraga, Martínez Campos, López Domínguez, Weyler, Polavieja, el almirante Chacón... Como era de esperar, salvo Weyler y Romero Robledo, que proponían se formase un Gobierno conservador, todos los demás estuvieron acordes en que Sagasta y su partido siguiesen afrontando la responsabilidad de la guerra.

Silvela, con autorización de la Regente, empleó por primera vez la práctica de dar una nota a la prensa con los términos en que había respondido a la consulta:

> Un cambio de Gobierno —dijo Silvela a la Reina— en las actuales circunstancias, en mi sentir, no es conveniente, es imposible.

Y continuaba:

> No se puede hacer lo que no se debe hacer, y después de haber disuelto las Cortes, de convocar y elegir otras para legalizar las reformas coloniales, de poner en manos de Vuestra Majestad el discurso que se dignó leer el miércoles y de haber dirigido la palabra a las mayorías el martes, en los términos resueltos y explícitos en que lo hizo el señor presidente del Consejo, nada ha ocurrido que no sea el natural, lógico y previsto desenvolvimiento de sucesos y actos conocidos del Gobierno y del país y para lo cual no podía menos de estar preparado el Gobierno todo.

Telegrama del almirante Cervera al ministro de Marina, Bermejo:

> Cabo Verde. Mientras más medito, más es mi convicción que continuar viaje sería desastroso. Los comandantes de los buques tienen igual opinión, y algunos más enérgica que yo...

22 de abril de 1898.

Telegrama del almirante Cervera al ministro de Marina, Bermejo:

> Cabo Verde. Suplico a V. E. que me permita insistir en lo desastrosas que conceptúo las consecuencias de nuestro viaje a América para el provenir de la Patria. Así opinan todos estos hombres de honor...

Telegrama de Villaamil a Sagasta:

> Cabo Verde. Ante trascendencia que tendrá para la Patria el destino dado a esta escuadra, creo conveniente conozca usted por el amigo que no teme las censuras, que si bien como militares están todos dispuestos a morir honrosamente cumpliendo sus deberes, creo indubitablemente que el sacrificio de este núcleo de fuerzas navales será tan seguro, como estéril y contraproducente para el término de la guerra, si no se toman en consideración las repetidas observaciones hechas por su almirante al ministro de Marina.

Carta del almirante Cervera al ministro de Marina, Bermejo:

> Cabo Verde. ...La sorpresa y el estupor que ha causado a todos estos comandantes la orden de marcha a Puerto Rico, es imposible de pintar, y en verdad, tienen razón, porque de esta expedición no se puede esperar más que la destrucción total de la escuadra, o su vuelta atropellada y desmoralizada... Habla usted de planes; y por más que he hecho para que se formaran, como era juicioso y prudente, no he obtenido la menor satisfacción a mis deseos, hasta el punto que si hubiesen sido otras las circunstancias, habría pedido mi pase a la reserva, como lo pediré (si Dios me saca con vida de ésta) el día en que haya pasado el peligro. Aún le pediría hoy, sin importárseme un bledo que me tacharan de cobarde, si ese paso mío no produjera en la escuadra el deplorable efecto de una deserción de su almirante frente al enemigo... ¡Qué me ha facilitado cuanto he pedido! El *Colón* no tiene sus cañones gruesos, y yo pedí los malos, si no había otros; las municiones de 14 cm son malas, menos unos 300 tiros; no se han cambiado los cañones defectuosos del *Vizcaya* y *Oquendo*; no hay medio de recargar los casquillos del *Colón*; no tenemos un torpedo Bustamante; no hay plan ni concierto, que tanto he deseado y propuesto en vano; la consolidación del servomotor de estos buques sólo ha sido hecha en el *Teresa* y el *Vizcaya*, cuando

han estado fuera de España; en fin, esto es un desastre ya, y es de temer que lo sea pavoroso dentro de poco...

Díaz Moreu, exasperado ante la cerrazón de los gobernantes, que se obstinarían, seguramente, en dar a la escuadra el más insensato y catastrófico de los destinos, llegó a proponer a los otros comandantes que, por el bien de la Patria, se desobedecieran las órdenes, volviendo a España y arrostrando todas las gravísimas consecuencias de la insubordinación. Sin embargo, Concas —y con él estuvieron acordes los otros jefes— le hizo observar que era tan grande el desconocimiento que se tenía, hasta entre las personas cultas, de la realidad de los hechos, que, además del castigo, recaería sobre ellos el baldón de cobardía, sin que comprendiese nadie jamás «lo sublime del sacrificio, ni lo heroico de la resolución».

Sigue el alistamiento de soldados en Norteamérica. El Gobierno ha dado orden de llamar a filas a 100 000 reclutas.

Salvo entre los *jingoes*, la guerra no es popular en los Estados Unidos. Las dificultades en la incorporación de tropas lo demuestra. Según los exagerados cálculos yanquis, se eleva a 700 000 el número de voluntarios que se han ofrecido para luchar, pero se niegan a integrarse en el ejército regular y pretenden obrar con independencia conservando sus particulares organizaciones. El episodio más sonado de los dimes y diretes del alistamiento fue el del 7.° regimiento de voluntarios, llamado *Guardia Nacional* de Nueva York. Estaba formado por los hijos de las familias ricas de la ciudad. Sometieron a votación su participación en la guerra y la mayoría se pronunció en contra. Los periódicos yanquis les dieron el título de *Cowardly Seventh* (el Séptimo de Cobardes), y las paredes del edificio en que se reunían, aparecieron llenas de plumas blancas, símbolo de la falta de valor.

23 de abril de 1898.

Por real decreto de esta fecha, España formalizó su declaración de guerra a los Estados Unidos, dando por caducados todos los tratados con la nación americana y estableciendo normas sobre el bloqueo, el contrabando de guerra, el derecho a facilitar patentes de corso, etc.

Doce buques de guerra norteamericanos se presentan frente a La Habana, pero manteniéndose distantes de las baterías del Morro.

El general Blanco da cuenta del estado de guerra con los Estados Unidos publicando un llamamiento a las armas en la *Gaceta de La Habana*.

Entusiásticas manifestaciones de fervor patriótico en la capital cubana. El general Blanco se dirigió a la multitud:

> ...Prometo no salir vivo de Cuba, si no salgo victorioso... Ahí tenéis, detrás del castillo del Morro, a la escuadra americana; pero la bandera española está clavada allí, y no será arriada jamás...

La euforia, o la ingenuidad, del general Blanco llegó al extremo de escribirle al generalísimo Máximo Gómez una misiva que giraba en torno a proposición tan inoportuna y peregrina como ésta:

> ...Ha llegado, por tanto, el momento supremo en que olvidemos nuestras pasadas diferencias y en que unidos cubanos y españoles para nuestra propia defensa, rechacemos al invasor...

Respuesta de Máximo Gómez:

> Me asombra su atrevimiento al proponerme otra vez términos de paz, cuando sabe que cubanos y españoles jamás pueden vivir en paz en el suelo de Cuba. Usted representa en Cuba una monarquía vieja y desacreditada, y nosotros combatimos por un principio americano, el mismo de Bolívar y de Washington...

También el capitán general Basilio Agustín dio a conocer, en el archipiélago filipino, la declaración de guerra, con la inexcusable soflama:

> La lucha será breve y decisiva. El Dios de las victorias nos la concederá tan brillante y completa como demandan la razón y la justicia de nuestra causa. España, que cuenta con la simpatía de todas las naciones, saldrá triunfante de esta nueva prueba, humillando y haciendo enmudecer a los aventureros de aquellos Estados que, sin cohesión y sin historia, sólo ofrecen a la humanidad tradiciones vergonzosas y el espectáculo ingrato de unas Cámaras en que aparecen unidas la procacidad y la difamación, la cobardía y el cinismo.

> Una escuadra, tripulada por gentes advenedizas, sin instrucción ni disciplina, se dispone a venir a este Archipiélago con el descabellado propósito de arrebataros cuanto significa vida, honor y libertad...

Los cruceros yanquis *Nashville* y *New York* apresan a los vapores españoles *Buenaventura* y *Pedro*, cerca de Cayo Hueso y La Habana, respectivamente. Los periódicos de Estados Unidos y algunos de Europa aseguran que ha sido apresado también el vapor *Montserrat*, que zarpó de Cádiz el 10 de abril.

El Gobierno, ante los telegramas recibidos y la unánime opinión de los comandantes de la escuadra de Cervera, solicita un informe técnico de los generales de la Armada.

Celebrada la reunión bajo la presidencia del ministro de Marina, expresaron su parecer favorable a la inmediata salida de la escuadra para las Antillas y la conveniencia de defender Puerto Rico: Ramón Auñón, Antonio Terry, José Guzmán, Eduardo Reinoso, Manuel de la Cámara, Ismael Warleta, Antonio de la Rocha, José Navarro, Manuel Pasquín, Fernando Martínez, Carlos Valcárcel, Joaquín Cincúnegui, José Béranger y Guillermo Chacón. Solamente votaron en contra Joaquín de Lazaga, Manuel Mozo, Eduardo Butler y Gómez-Imaz.

Gómez-Imaz y Lazaga acudieron, incluso, a la Regente y a Silvela para prevenirlos del seguro desastre de la escuadra, pero todo fue inútil.

24 de abril de 1898.

Telegrama del ministro de Marina Bermejo al almirante Cervera:

> Oída la Junta de generales de Marina, opina ésta que los cuatro acorazados y los tres *destroyers* salgan urgentemente para las Antillas. Sometida esta opinión al Gobierno de S. M., la acepta, disponiendo que se den a V. E. amplias facultades para dirigirse a las Antillas, confiando en su pericia, conocimiento y valor; pudiendo tomar informes sobre aquéllas antes de recalar en Puerto Rico o en Cuba, si lo estimase más conveniente, en vista de informes recibidos. La derrota, recalada, casos y circunstancias en que V. E. debe empeñar o rehusar el combate, quedan a su más completa libertad de acción. En Londres tiene a su disposición 15000 libras. Los torpederos deben regresar a Canarias, con los buques auxiliares, marcándoles V. E. la derrota. La bandera americana es enemiga.

25 de abril de 1898.

Los Estados Unidos hacen la declaración *oficial* de guerra a España, pero aprueban un *bill* con efectos retroactivos —declarando: «existir y haber existido la guerra a partir del 21 de abril inclusive»— con objeto de justificar las presas de seis vapores españoles, además del *Buenaventura* y *Pedro*.

El cónsul de los Estados Unidos en Singapur, firma un convenio con Aguinaldo, jefe de los insurrectos filipinos. El primer artículo del convenio estipulaba:

> Se proclamará la independencia de las islas Filipinas.

26 de abril de 1898.

Del ministro de Marina, Bermejo, al almirante Cervera;

> Dado orden Londres enviar 5000 toneladas carbón destino Curaçao...

27 de abril de 1898.

Del almirante Cervera al ministro de Marina Bermejo:

> Con la conciencia tranquila voy al sacrificio, sin explicarme ese voto de los generales de Marina, que significa la desaprobación y censura de mis opiniones; lo cual implica la necesidad de que cualquiera de ellos me hubiera relevado.

El vapor *Montserrat*, al mando de su valiente capitán, Manuel Deschamps, burló el asedio y la persecución de los navíos americanos entrando en Cienfuegos. Pasó luego a La Habana y regresaría después a España, rompiendo, por lo tanto, tres veces consecutivas el bloqueo yanqui.

En Cárdenas, la cañonera *Ligera* combatió con el torpedero enemigo *Cushing* haciéndole huir con varias averías.

28 de abril de 1898.

Los cruceros acorazados *New York*, *Puritan* y *Cincinnati*, al mando del almirante Sampson, bombardean las baterías de

Matanzas, disparando un centenar de obuses de grueso calibre y provocando las protestas de los cónsules de Francia y Austria-Hungría, por haber caído algunos proyectiles en la ciudad.

29 de abril de 1898.

Al mando del almirante Cervera, zarpa de San Vicente de Cabo Verde —rumbo a las Antillas, donde aguardaban treinta poderosos navíos americanos— la escuadra española, compuesta por el acorazado *Colón*, los cruceros *María Teresa, Vizcaya* y *Oquendo* y los destructores *Furor, Terror* y *Plutón*. Los vapores *Ciudad de Cádiz* y *San Francisco* y los torpederos *Ariete, Rayo* y *Azor*, cuyas calderas estaban prácticamente inservibles, se dirigieron a las Canarias.

Al conocerse en los Estados Unidos la salida de la escuadra de Cabo Verde, se ordenó apagar casi todas las luces del puerto de Nueva York. El almirante Sampson dispuso que los cruceros auxiliares *Harward* y *Yale* navegaran a la búsqueda de la escuadra española y, si la avistaban, se dirigiesen a la estación telegráfica más próxima para comunicar su situación. Dispuso también que la escuadra volante del comodoro Schley, formada por los acorazados *Massachusetts* y *Texas*, los cruceros *Brooklyn, Columbia, Newarck* y *Vesubius*, armado con una batería de cañones de dinamita, y el monitor *Katahdin*, saliera al encuentro de los buques españoles, procurando destruirlos y evitar a toda costa su arribo al mar Caribe.

Ante una interpelación, en el Congreso, del diputado y notable publicista, Rafael Gasset, pidió la palabra el ministro de Marina, Bermejo, para afirmar resueltamente:

> Todo, puedo decirlo sin que sea por alabarme, todo está previsto como exigen las necesidades de la guerra.

30 de abril de 1898.

La escuadra yanqui apresa al vapor español *Argonauta* y tres de sus navíos bombardean durante una hora las fortificaciones de Cienfuegos.

Proclama de los profesores de Derecho de las Facultades de París y Aix, que condena la intervención armada de los Estados

Unidos, considerándola una tropelía basada en «miserables pretextos».

* * *

Estaba lavando a la sombra de la ceiba. Él se sentó en un cajón vacío. Hacía un calor bochornoso, asfixiante. La ceiba proyectaba una sombra gris. Parecían crepitar en ella, inmóviles, ardientes lunares de luz, como brasas que le fuese arrojando el voraz incendio del sol. El hombre observaba a la mujer, absorta en el trabajo. Su cuerpo oscilaba hacia delante, hacia atrás. Levantaba el brazo armado con la pala. Volvía a descargarla con un ¡plaf! ronco. El hombre seguía con una minuciosidad atenta, reconcentrada, centímetro a centímetro, el perfecto dibujo de las formas de la mujer. En sus ojos había un brillo de febril excitación.

La mujer se volvió de repente. La figura del hombre, a pleno sol, se desdibujaba o se fundía en la luz, como si ardiese en la fogata del mediodía. La mujer, deslumbrada unos instantes, frunció sus felinos ojos y miró al hombre con hosquedad.

—¡Ah!, ¿eres tú? —dijo luego sonriéndose.

—El mismo.

—¿Qué haces ahí, al sol?

—Abrasarme.

—¿Te gusta eso?

—Quizá no me sea posible evitarlo.

La mulata sonrió nuevamente. Se sentó en un cajón. Dio una palmada en otro que estaba cercano.

—Un hombre no debe temer eso.

Mijarazos se levantó. Fue a sentarse en el cajón que le brindaba América.

—Hay amores que matan —dijo sonriendo, pero clavando la vista en la mulata con escrutadora fijeza.

La mujer no parpadeó, no movió ningún músculo de su cara.

—¿Tú sabes algo de eso? —preguntó.

—Tal vez...

—Sí lo sabes —aseguró la mulata—. Lo he visto en tus ojos, en tu cara, desde el primer día.

Mijarazos guardó silencio.

—Tú estás enamorado —siguió América—. Tú eres capaz de amar como muy pocos hombres.

—¿Por qué lo dices?

—Me haces una pregunta de la que ya conoces la respuesta.

—¿Por qué? ¿Porque también tú eres así?

—También.

—Hay una diferencia: el odio.

—¿Qué has hecho durante todo este tiempo? —preguntó ella desviando la conversación—. Hace más de cuatro semanas que te vi por última vez.

—Y acertaste: he vuelto. ¿Te sientes orgullosa?

—Tú sabes que no. Estoy contenta; nada más. Sé que has estado operando con la columna de Vara de Rey. ¿Muchos combates?

—Dos.

—¿Has matado a algún hombre?

El rostro de Mijarazos se ensombreció.

—Sí; sí he matado. Estoy vivo aquí, por eso.

—No necesitas excusarte. Es la ley de la guerra.

Mijarazos se revolvió en su asiento con inquietud.

—¿Tú adivinas todos los pensamientos?

—Algunos. Otras cosas las tengo que preguntar. Por ejemplo ésta: ¿mataste sin odio?

—No me crees, ¿verdad?

—No; no te creo. Tú puedes odiar tanto como yo misma. Observé tus ojos cuando me dijiste que vengarías la muerte de tu compañero. Ni tú mismo te conoces. Yo sí. Yo sé cómo eres.

Mijarazos la miró sobresaltado.

—Amas y odias a la mujer que te hizo daño —siguió la mulata.

Mijarazos experimentó una gran alegría interna. Suspiró aliviado. Se dio cuenta de la enorme tensión expectante con que venía siguiendo el diálogo. Ahora sus nervios cedían, cedía también su agitación espiritual. Se quedó un poco desmadejado, con un bienestar vago, como indeciso.

—Te equivocas —replicó—. La quiero solamente. Es probable que nunca sea mía. Puse la vista demasiado alta. Ella no tiene la culpa, por lo tanto. Y la quiero. La quiero, como tú dices, en eso has acertado, con todas mis fuerzas.

—Y acabarás odiándola con igual fuerza, cuando ya no te queden esperanzas y sea un imposible para ti.

Mijarazos volvió a descomponerse. Perdió por completo la serenidad y el dominio de sí.

—¡Mientes! —exclamó.

Y comprendió al mismo tiempo que la mulata le dominaba, que era superior a él. La miró de reojo, apocado. Pero América no parecía orgullosa de su victoria. Su rostro seguía impasible. ¿Y sus ojos? ¿Qué era lo que velaba sus bellísimos ojos de gata? ¿La ternura, la astucia?

—Voy a descubrirte mi secreto —sonrió la mulata—. Varios amigos tuyos me han traído su ropa a lavar: Novas, Carbonell...

A Mijarazos le dio un vuelco el corazón. Experimentó un malestar profundo, hecho de violencia, de temores y desencanto. Ella le miró, al parecer, con ironía, con un aire dominador. Mijarazos esperó sus preguntas, a la defensiva, preocupado. Pero América sólo dijo:

—He averiguado bastantes cosas. No soy una bruja.

—Yo no estoy tan seguro —sonrió Mijarazos.

América también sonrió:

—No, no lo estés. Lo que tus compañeros me contaron, no hizo más que confirmar lo que ya sabía.

—¿Y qué era?

—Que estabas muerto de soledad, de tristeza, enloquecido de amor, desesperado.

—¿Y nada más? —preguntó Mijarazos con impulsiva ironía de la que inmediatamente se arrepintió.

—Sí. Luego he adivinado otra porción de cosas, «Enamorado» —sonrió burlonamente América.

Mijarazos se sintió, sin saber por qué, ridículo, y, al mismo tiempo, furioso.

—¿Te hacen gracia las penas de los demás?

—Las de los que luchan contra los cubanos, en general, sí; lo confieso. Pero, en ti, lo que me hace gracia es tu orgullo.

—¿Orgullo? —preguntó él con asombro.

—Te aferras ferozmente a tu amor, tu desesperación, a toda esa historia. Te gusta. Te dejarás matar, incluso, como un héroe romántico. Y morirás orgullosamente. Morirás convencido, satisfecho, seguro de que para ti no había esperanza. ¿Por qué no despiertas?, ¿por qué te obstinas en cerrar los ojos?

Mijarazos la miró fríamente.

—Eres cruel —dijo—. Eres muy cruel. Sabes cómo torturar a un hombre, cómo enloquecerlo, cómo intentar quitarle lo único que ya le queda, cómo manchar también con la sospecha lo único hermoso que hay en su vida.

Mijarazos se levantó para irse.

—¡Espera! —dijo la mulata levantándose también—. Te equivocas. Sólo pretendo que veas claro en ti mismo, que recobres la esperanza.

—¿Tú vas a intentar eso con un español?

—Sí; yo misma.

—¿Acaso no nos odias?

—Sí. Pero eso no basta. Y deberías saber por qué.

—Prefiero ignorarlo. ¡Adiós, América!

—Márchate si quieres. Pero te arrepentirás de haberte ido sin escuchar mis explicaciones, después de acusarme.

Mijarazos se detuvo. Se quedó de medio lado.

—Sé que no finges, que es cierto que sufres —empezó América con una voz velada, conmovida—, que estás desesperado y hasta deseas la muerte. Pero hay algo que te niegas a admitir y que tal vez tú mismo ignores.

Mijarazos se volvió lentamente.

—Ignoras —siguió la mulata— que estás, no ya enloquecido, abrasado de deseos... Una cosa así podrías solucionarla sin demasiados escrúpulos. Pero tú estás ansioso de cariño, lo necesitas. A pesar de todo lo que te ocurre, por encima de ello, necesitas ese cariño. No puedes resistir más tiempo. ¡Lo necesitas! Y a eso has venido aquí: a buscarlo.

Mijarazos, exactamente como un animal salvaje que se ve perdido, acorralado, sintió de pronto crecer su fuerza, su capacidad defensiva.

—Ni el mismo demonio en persona —replicó con serenidad, con un tono ligeramente burlón— hubiera ideado nada tan convincente, pero ya te advertí la última vez que nos vimos, que yo no soy un hombre con el que se puede jugar.

—Y yo te dije que no lo pretendía. Te dije también que me pegaste por algo. Y ahora, puesto que tan seguro pareces de ti mismo, te lo vuelvo a preguntar: ¿por qué? ¡Contesta! ¿Por qué me pegaste?

Mijarazos volvió a sentirse indefenso, sin recursos. Dijo con sinceridad:

—No lo sé.

—¡Claro que no lo sabes! Y te lo voy a decir yo. Me pegaste porque estaba delante tu compañero, porque me deseas para ti solo. Por la misma causa, hace un momento, no pudiste reprimir tu disgusto al enterarte de que me rondaba ese Carbonell que presume de conquistador. Ignoro si me quieres, si tu obcecación te permitirá quererme algún día, pero deseas mi cuerpo y deseas que te ame. ¡Atrévete a negarlo! Deseas mi cariño, mis caricias, que yo te hable de amor. ¡No hay nada en el mundo que ansíes tanto como eso ahora! ¡Atrévete a negarlo!, ¡atrévete a negarlo!

La mulata fue retrocediendo poco a poco. Se detuvo bajo el dintel de su barraca. Y, desde allí, temblando todo su cuerpo, encendidos los ojos de furia y de amor, le gritaba su desafío y su apasionada invitación.

Mijarazos estaba blanco de palidez, apretaba con fuerza los dientes, los puños, clavándose las uñas en las palmas. Dio media vuelta y se alejó con rapidez. Solamente experimentaba un sentimiento de profunda tristeza. «¿Será posible?, ¿será posible esta nueva crueldad?»

—¡Cobarde! —le gritó con rabia y despecho la mulata—. ¡Cobarde!

El comandante Gutiérrez Bárcena había llevado a su sobrino a una habitación que tenía alquilada en Santiago. En la habitación había una mesa, un armario, varios estantes; todo ello abarrotado de libros, de paquetes de periódicos, de legajos y carpetas.

—Aquí es donde trabajo siempre que dispongo de algún tiempo. Antes me llevaba conmigo los papelotes. Pero ya no es posible. Voy reuniéndolo todo aquí. Cuando termine la guerra, mandaré estas cosas a la península. Ahora, no sé por qué, siento deseos de volver a la Patria. ¡Estoy harto de esta tierra!

—¡Y con toda la razón ! No sé cómo has podido resistir tanto tiempo y luchar en tres guerras. Yo, estos días que hemos entrado en combate... ¡qué angustias he pasado!

—También las paso yo. Aunque acaba uno por acostumbrarse, por resignarse y tomarlo con cierto fatalismo. Es posible que me haya quedado aquí con la esperanza de hacer una carrera militar brillante, pero no he tenido mucha suerte... Hay algunos... A propósito. Prometí contarte algunos rasgos de temeridad del Pacificador.

—¡Ah, sí; me alegro de que te hayas acordado!

—Yo luché en el famoso combate de la sabana de Peralejo, en julio de 1895. Estaba por entonces en la columna que mandaba el general Santocildes. Martínez Campos había salido de Manzanillo, en dirección a Bayamo. Supo que, a tres leguas de esta última población, se hallaba Maceo con 7500 hombres. Martínez Campos sólo disponía de cuatrocientos, pero se decidió a atacar.

—¡Qué locura!

—Por suerte, Santocildes acudió a tiempo en su auxilio. Nuestra columna contaba con mil hombres. La lucha fue terrible. Duró cinco horas. Los soldados se portaron heroicamente y Maceo tuvo que retirarse, después de sufrir muchas bajas. Las nuestras fueron también muy numerosas. Santocildes resultó muerto. Me acordé de esta batalla, porque en nuestra columna luchó Miguel Primo de Rivera. Es un oficial inteligente y de extraordinario valor. Le concedieron la cruz laureada de San Fernando en la guerra de Melilla, cuando el sitio de Cabrerizas Altas. Entonces era teniente. Vino a Cuba y, como a todos los oficiales, le ascendieron al grado superior, a capitán. En Peralejos se portó muy bien y le hicieron comandante. Le reclamó su tío, don Fernando Primo de Rivera, capitán general de las Filipinas. Se encargó de acompañar al exilio a los jefes de la sublevación tagala, cuando la paz de Biac-na-bató, y por ese motivo le ascendieron a teniente coronel. Es casi un chaval, y ahí lo tienes. Miguelito llegará muy lejos. Ya lo verás.

—No cabe duda. Las señas son mortales: valor, inteligencia, suerte y padrinos. En cambio tú... que habrás luchado en cientos de combates...

—Todo en la vida es igual. Hay quienes nacen de pie. Es inútil darle vueltas. Otro rasgo de la valerosa temeridad de Martínez Campos fue cuando ajustó la paz del Zanjón. Antonio Maceo se había negado a rendirse. Citó a Martínez Campos para celebrar una entrevista en su cuartel general. Se había preparado un complot para asesinarle. A Martínez Campos le enviaron un anónimo advirtiéndoselo. No se inmutó. En vez de adoptar precauciones, redujo su escolta a media docena de oficiales. El Pacificador ignoraba, naturalmente, no sólo que Maceo nada tenía que ver en el complot, sino que, cuando lo supo, montó en cólera y juró que antes tendrían que pasar sobre su cadáver. Llegó Martínez Campos al campamento del caudillo mulato. Había allí, en una gran explanada rodeada de gigantescos árboles, muchos centenares de mambises armados y numerosos jefes insurrectos. Martínez Campos avanzó impasible, adelantándose a su escolta. Se aproximó un oficial. El único detalle de recelo que dio Martínez Campos fue descabalgar por la grupa, quedándose plantado frente al oficial rebelde. Los centenares de mambises se habían ido acercando. Formaban una inmensa y hostil mancha blanca. Aquel hombre que se hallaba allí, era el capitán general de Cuba; era también su mayor enemigo, el jefe del ejército que los había derrotado. ¿Qué debían hacer? ¿Rendirle honores? Hubo unos instantes de embarazosa vacilación. La salvó Maceo caballerosamente. Dio la orden con energía, y los mambises presentaron armas. Hubo conversaciones y banquete. La persuasiva diplomacia de Martínez Campos no convenció a Maceo, que decidió seguir luchando, aunque por poco tiempo. Abandonado por los demás, hubo de ceder y marcharse al extranjero.

—¡Vaya hombres!

—Es curioso: Maceo, tiempo después, se vería en un trance parecido. Maceo fue víctima de varios atentados. Aseguran que los preparamos los españoles, pero lo ignoro. Hallándose en Costa Rica, le advirtieron que le iban a matar en el teatro al que se disponía a asistir. No hizo caso. A la salida de la función, se armó un gran tiroteo. Maceo recibió un balazo en la espalda. Le condujeron al hotel. El plomo se le había quedado dentro. La intervención quirúrgica se hizo sin anestesia. El médico anduvo hurgando en la herida, pero no le fue posible extraer la bala. «Está muy profunda —dijo el cirujano—. Habrá que ensanchar la herida.» «Mire, doctorcito. Llevo mucho plomo y mucha metralla en el cuerpo. Un pedazo más no tiene importancia. Usted ya se dio gusto escarbando en el agujero. De modo que me lo deja así.» Y se quedó con la bala dentro.

—¡Qué bárbaro! ¡Cuántas cosas han ocurrido en esta isla! ¡Cuánto derroche de valor, de sangre, de dinero! ¿Cómo acabará todo? ¿Qué crees tú?

—Es difícil hacer una profecía. Sin embargo, yo estoy convencido... —el comandante se interrumpió sonriendo—. No olvides que una vez me llamaste pesimista.

—Por desgracia, cada día me persuado más de que tu pesimismo está basado en la realidad de los hechos. Me pongo fuera de mí cada vez que recuerdo las listas de los buques de guerra nuestros que aparecían en los diarios. Y no sólo hay que acusar a los periodistas. ¿Qué se ha hecho de aquella escuadra de 174 barcos que nada menos que el propio ministro de Marina decía que teníamos? A la hora de la verdad, ha quedado reducida a media docena, aparte de los que pueda haber en las Filipinas.

—¿En las Filipinas? Allí no hay más que viejos cascarones de hierro o de madera. Sólo servirán para que la escuadra de Dewey haga ejercicios de tiro al blanco.

—¡Por favor! ¡No es posible! —exclamó el teniente Robles, consternado.

—¡Claro que es posible! Te asombrará saber que nuestro Gobierno descartaba el ataque a las Filipinas. El teniente de navío Gutiérrez Sobral, agregado naval de la legación española en Washington, les advirtió su error, que también había que deducir del más elemental conocimiento de la estrategia, pero todo fue inútil. Claro que, como tampoco era verdad que poseyésemos barcos, no quedaba otra solución que resignarse. A mí me parece que la única resistencia considerable que se hará a los americanos, será aquí, por el ejército de tierra.

—En eso sí que parece absoluta nuestra superioridad. He leído que el ejército yanqui sólo tiene 25000 hombres, y, con la recluta de voluntarios, ya has visto lo que ocurre.

—Sí; pero no te hagas excesivas ilusiones. Aunque la cifra de 700000 voluntarios sea muy exagerada, pueden enviar un contingente de tropas enorme. No olvides que Estados Unidos es una nación de setenta millones de habitantes, que está junto a Cuba, que posee una industria y unos recursos incalculables y tiene una moneda tan saneada como el dólar. En la guerra de Secesión, pusieron en pie de guerra un millón de hombres. Hoy pueden superar esa cifra. Nosotros, una nación de diecisiete millones de habitantes, agotada y arruinada después de tantos años de lucha, con una moneda que no se cotiza ¿cómo podemos hacer frente a uno de los países más poderosos del mundo?

—Sí; pero los 200000 hombres de Cuba son veteranos, están adiestrados en el combate y su valor es indiscutible. Les daremos muchos quebraderos de cabeza.

—Puedes estar seguro. Pero nos vencerán por consunción. Si tuviéramos una escuadra poderosa, sería distinto. La de Cabo Verde será destruida si no consigue burlar el bloqueo.

—Eso no parece difícil. Ya has visto al *Montserrat*. ¡Qué valiente don Manuel! ¡Me llevé una alegría!...

—Y yo. Pero no es lo mismo. En pos de Cervera andan las jaurías de Sampson y Schley. No le será tan fácil escapar, y, aunque lo consiga, ¿qué puede hacer? El único puerto en condiciones de defensa es La Habana. Aquí, la segunda ciudad de la isla, sólo ahora se empiezan a hacer fortificaciones. En los otros puertos no hay nada. Los yanquis están bombardeándolos con absoluta impunidad. Aunque Cervera entre en La Habana, quedará acorralado. No podrá salir, pues no hallará refugio seguro en ningún otro puerto de la isla. Entretanto, los mambises atacarán por tierra, recibirán todo el material que necesiten, los yanquis bombardearán las ciudades, desembarcarán fuerzas, si es necesario, y, mientras, nosotros no recibiremos más auxilios que los insignificantes e insuficientes de algún heroico capitán Deschamps.

—O sea, que estamos perdidos.

—¿Y lo dudas?

—Pues...

—Además, eso de los 200000 hombres del ejército de Cuba es otra fantástica historia como la de nuestra escuadra. Estamos tan acostumbrados a leerlo, a que nos lo machaquen sin cesar en la cabeza los periodistas y los políticos, que incluso nosotros, tú, yo, nuestros jefes, lo repetimos a sabiendas de que no es verdad. Escucha los datos que voy a leerte, publicados en *El Imparcial*, pero tomados de la fuente más auténtica: de la revista de noviembre del año pasado. En esa fecha, el ejército de Cuba estaba reducido a 114961 hombres. «Hay —leyó el comandante— 35628 destacados y 26249 enfermos, quedando, pues, para combatir, 53030, pero aun de esta cifra hay que descontar los que prestan otra clase de servicios y los que, sin entrar en el hospital, están enfermos, que no son pocos.» Añade los refuerzos últimamente recibidos, desquita las bajas de muertos y heridos de los combates de estos meses y las que se habrán producido por enfermedad, y ¿qué queda? Haciendo un cálculo muy optimista: 50000 hombres para cubrir todo el territorio de la isla y enfrentarse con los mambises y los yanquis.

—Después de todo eso, voy a hacerte una pregunta. No creo que sea una cobardía, sino la única conclusión lógica.

—¡Venga la pregunta!

—¿Quieres explicarme por qué demonios estamos aquí? ¿Por qué demonios se sostiene la guerra?

—Pues mira: estamos aquí por un sentimiento que ahora, fríamente examinado, puede parecernos absurdo, pero que yo experimento, aunque critico tanto todas las cosas, y que tú experimentarás también. Hace años, al principio de la guerra, estuvo en Cuba un oficial inglés, de una de las familias más ilustres de la Gran Bretaña, míster Winston S. Churchill. Habló con el teniente coronel Benzo, jefe del Estado Mayor. A mí me lo contó el propio Benzo. Parece que Churchill no comprendía nuestra obstinación en seguir sosteniéndonos en Cuba. Benzo le replicó que luchábamos por la integridad de la Patria. Al inglés le sorprendieron esas palabras. Y le dijo a Benzo, con un acento de gran sinceridad, que sentía lástima de nosotros. Tenía razón. Nos hemos portado mal, mezquinamente, con los cubanos, pero sentimos que esta tierra es un pedazo de la Patria. Ahí radica el misterio. Ésa tiene que ser la razón por la que nuestros soldados, pese a su ignorancia, y nosotros estamos decididos a morir aquí: para defender nuestro suelo.

—Me parece una buena explicación. Contra los «afrancesados» mambises y contra el Napoleón yanqui, un puñado de patriotas volverá a ofrecerse en sacrificio. La historia se repite.

—Yo mismo, que soy hombre equilibrado, metido ahora en la lucha contra los yanquis, furioso contra esos canallas que no han cesado de combatirnos con mano ajena, aunque conozco nuestra inferioridad, te juro que no paro de pensar y de repetir aquellas absurdas palabras del ministro Correa, que tanto critiqué: «Aquí los esperamos. ¡Que vengan!» Seguramente que caeré en los combates, pero te juro que les haré pagar cara mi vida, las humillaciones que le han inferido a España, el atropello que han cometido con nosotros.

Pedrell, Carbonell y Expósito llegaron a la casa de Basilia. La mujerona los recibió alborozada. Se abalanzó sobre José Expósito y le estrechó entre sus brazos.

—¡Venga acá, *solche*! ¿Dónde estaba usted? ¡Explíquese y no me mienta! ¡Más de dos semanas sin ver a su Basilia!

A José Expósito, como era pequeñajo, se le quedó sumergido el rostro en la pechera de Basilia. Retiró la cabeza hacia atrás, dificultosamente, luchando con la enorme afluencia.

—Yo quería, pero no me dejaban. Cuando te agarra la columna... Ésa es más que una novia. Ésa, ni tú. ¿Lo ves?

Y la cabeza de José Expósito cedió nuevamente, volvió al gulusmeo y quedóse él quietecito.

—¡Qué hombre! —exclamó Basilia—. Éste tiene respuestas para todo. Ya lo oyeron, *solches*. ¡Y es tan goloso! ¡Miren!

Basilia apretó más fuerte aún. José Expósito casi desapareció en el blanduzco corpachón de la negra.

—¿A ver? ¡Dile algo a tu Basilia! ¿A ver?

—¡...!

—¿No sé lo que quieres decir? ¡Mírenlo cómo presume!

—¡Es que no puedo respirar!

Basilia se rió fuerte, con toda su alma. Aflojó un poco a José Expósito, pero no le soltó.

—¡Jesús! ¡Qué hombre tan gracioso! ¡Jesús!

José Expósito pugnó, volvió la cabeza hacia sus compañeros, orgullosamente.

—Es mi novia —dijo.

Puso los brazos en torno a la cintura de Basilia.

—No la puedo ni abarcar —añadió—. Y es mi novia.

Basilia estalló en unas estrepitosas carcajadas que hacían danzar su enorme vientre, sus senos. Zarandeaban a José Expósito al mismo compás.

Cruzaba un grupo de soldados. Se detuvieron asombrados a mirar la grotesca escena.

—¿Qué le pasa a la *columna*? —preguntó Basilia—. Éste es de casa. Y le manejo así, porque se puede. Y porque es pequeñín. —Basilia volvió a reírse—. Pero pincha... ¡Más que todos vosotros, *soldado*!

—Para eso habría que hacer la prueba —replicó uno.

—Y para eso tendría que dejarte éste.

—¡Y claro! —dijo José Expósito—. Y es no.

—¡Bueno! —exclamó otro soldado—. Cuando termines de parirle, avisa, porque vendremos al bautizo.

—Pues tú también has tenido gracia, *solche*. Palabra de Basilia, rico —dijo la mujerona guiñándole el ojo.

El grupo de soldados se alejó riendo. Pedrell y Carbonell celebraban también a carcajadas aquel descaro inaudito, sin rebozo, la asombrosa espontaneidad de Basilia.

—Tu hija debería haber salido a ti —dijo Carbonell.

—¡Huy!, ésa tiene muchas pretensiones.

—¿Dónde está?

—Ni lo sé.

—¿Regresará pronto?

—¿Ésa? Ésa no dice nada.

—Volveré más tarde. Que me espere. Sólo nos han dado un día de permiso.

—¿Un día? ¿Y qué hago yo con éste en un día?

—¡Demasiado! —rió Carbonell—. Me voy al bodegón a esperar a Puig. ¡Hasta luego!

Pedrell también se despidió. Fue en busca de María del Cobre.

Basilia se llevó adentro a José Expósito. Le sentó en una silla.

—Y ahora me sentaré yo en sus piernas.

José Expósito desapareció tras la montaña de carne.

—¿Le peso? —preguntó Basilia.

—Mucho; sí, señora.

—¡Virgen del Cobre!, ¡y qué descarado eres, lindo!

—Pero me gusta.

—¡Y qué rico eres también! Béseme ahora, ¡ande!

José Expósito anduvo buceando, sin encontrar la salida en el oleaje de carne y grasa.

—¡Mire! ¡No se me esconda! —rió Basilia.

Expósito también se rió.

—También tú tienes gracia —dijo ahogadamente, desde la profundidad.

—¡Jesús, qué chiquito es este hombre! ¡Y qué loca me trae! ¡Jesús!

Basilia se levantó. Sentó a José Expósito en su falda.

—¡Un día! —exclamó—. ¿Y qué vamos a hacer tú y yo en un día?

—Haremos lo que se pueda.

—¡Mírenlo! —rió Basilia—. ¡Y parece *sanaco*! A ti, lindo, tengo que agarrarte yo una semana. Nada más que una semana, y se te acabaron los yanquis y los mambises. Te volverán a la península más seco que un *nacoreta*.

—Pues como te agarre yo a ti...

—¿A que no? —dijo Basilia levantándose muy juguetona.

Expósito se levantó también. Tiró del brazo de Basilia.

—Pero ¿adónde me llevas, rico? —preguntó mimosa.

Más tarde, Basilia le dijo:

—Hoy te quedas a comer, a cenar y a dormir. Cerraremos por dentro. ¿Sabes, rico? Y si viene Pilar, le mandaré que vaya a acostarse a casa de María del Cobre.

—¿Qué es esto?, ¿qué es esto?, ¿qué es esto?

El segundo teniente de intendencia, Diego Calzado, estaba en la puerta de la habitación.

Basilia no se inmutó, quedóse impasible en su completa desnudez. Expósito cubrió, con un pico de la sábana, lo que conviene al decoro.

—¡Miren quién está ahí! —exclamó Basilia alegremente.

—¡Canallitas, canallitas, canallitas! ¡Un tirito, un tirito, un tirito a ustedes!

—¿Qué le pasa a la *columna*? A ver... ¿Por qué anda usted *aguaitando* por las puertas?, ¡mire!

—¡Negra sinvergüenza, sinvergüenza, sinvergüenza!

—¿Qué te pasa a ti, «Lorito»? ¿Avisaste que ibas a venir, rico? ¡Claro que no! ¿Me mandaste al asistente? ¡Tampoco!

—¡Y ése, ése, ése! ¡Lo mataré, lo mataré, lo mataré!

—¿Éste? ¡Miren por dónde me sale ahora! Pues ¡no va a tener celos de éste! Éste es como de la familia, «Lorito», rico; como un verdadero hijo, lindo.

El segundo teniente se fijó en las ropas de Expósito, que estaban sobre una silla. El teniente se descompuso más aún. Le dio un ataque de rabia.

—¡Un soldado de segunda, de sesegunda, dede sesegunda! ¡Lo fusilaré, lo fusilaré, lo fufufusilaré! Y tú, reconcentrada, reconcentrada, rerere... ¡Zorrita, zorrita, zorrita!

—¡Mire! ¡Cállese ya!, ¿me oyó? Si abre el pico, me voy al capitán, al *tiniente* coronel, ¿me oyó? Y les cuento todita la historia, ¡mire! Así que vuelva mañana, «Lorito», porque ahora estoy en familia.

El teniente Diego Calzado giró en redondo.

—¡Me vengaré, me vengaré, me vengaré! ¡Cerditos, cerditos, cerditos!

—¡A la orden! —dijo José Expósito.

La voz del *Eco* fue perdiéndose en la distancia con su desapacible chirrido.

Pedrell llegó a la casa de María del Cobre. Sentada en el porche, en una sillita baja, estaba una vieja de mucha edad fumando una tagarnina de «cuerda». Era una mujer muy flaca, encorvada, de ojos vidriados por las cataratas y piel negra, desteñida por algunos manchones claros.

—¿Está María del Cobre? —le preguntó Esteban.

—No les daré ni un peso si no me traen al mocito. Ni un peso si no me traen al mocito.

Esteban la miró estupefacto.

Apareció la niña.

—¿Y María del Cobre?

—No está.

—¿Volverá pronto?

—No lo sé.

—¡Niña! —exclamó la vieja—. Tráigame al mocito. Si no me lo traen, no les daré ni un peso.

La niña se llevó el dedo índice a la sien.

—Está loca —dijo—. En seguida se lo traigo, abuela.

—Yo misma le arrancaré los ojitos.
La vieja se rió siniestramente. Esteban la miró asombrado, estremeciéndose. Luego le preguntó a la niña:
—¿Sabes dónde ha ido?
—A buscar al teniente.
—Al capitán, ¿no?
—No; al teniente.
—¿Me van a traer al mocito? —preguntó la vieja.
Pedrell se marchó. Se fue al bodegón de la calle del Toro. Encontró a Carbonell, Puig, Novas y Carballo.
—¿Cómo vuelves tan pronto? —le preguntó Carbonell.
—Tampoco estaba —dijo Esteban, aplanado.
—¿Y qué esperabais, hermosos? Viéndolas un día cada tres semanas o cada mes... ¡Con los pájaros que hay aquí permanentes! Los escribientillos, los oficiales bonitos de las representaciones y del Estado Mayor... Si se puede hacer algo, se hace. Menos hacerse ilusiones, hermosos. ¡Maldita sea! ¡Malditos seáis todos vosotros!
—¿Qué te pasa ahora?
—¡Qué me va a pasar! Que me he juntado con una cuadrilla de locos. Con estos dos burros, que se vienen voluntarios; contigo, Pedrell, que estás como una cabra por María del Cobre; y con el Enamorado, que ya es lo único que me falta. Yo creía que la locura no se pegaba. ¡Pues se pega, hermosos! Ahí tenéis a nuestro general, Vara de Rey. Incluso me lo habéis contagiado a él. Tenía licencia para marcharse. ¡A casita, hermosos! Y ha renunciado, enfermo como está, al enterarse de la guerra con los Estados Unidos. Claro que el general no es un loco. Es un valiente. ¡Yo sí que estoy loco de remate, preciosos míos!
—Eso te está bien por bocazas —rió Novas.
—¡No me calientes, Novas!
—¡Por bocazas, filiño!
—¿Os acordáis de la niña que vimos paseando en coche por la Alameda? Solamente a un chalado, pero a un chalado más grande que todos vosotros juntos, se le ocurriría pensar en ella. ¡Ese chalado soy yo, preciosidades! ¡Maldita sea! La otra vez que estuvimos aquí hablé con un escribiente que conozco. «¡Sí, hombre! —me dijo—. La señorita Matilde Solís. Toda la oficialidad de la plaza anda detrás de ella. Tiene el dinero a patadas. A su casa van los generales Linares, Toral y otros jefazos. Vive cerca del general Linares, con un lujo de espanto, detrás de la catedral.» Otro se hubiera caído del susto, ¿no? ¡Pues no! Porque allí me voy yo ahora mismo para ver si me encuentro con esa preciosidad. ¿Estoy o no estoy loco?
—¡De remate! —exclamó Carbonell.

—Pues yo voy a saludar a mi paisano del Morro. ¿Venís alguno? —preguntó Puig—. Nos enseñará los cañones.

—Yo no —dijo Carbonell—. ¿Vamos a echar el día de permiso yendo al Morro? ¡Que no, Puig! Yo le ando poniendo los puntos a mi lavandera. Es una verdadera ricura, como dice Carballo.

—¿Y vosotros?

—Yo iré contigo —accedió Pedrell.

—¿Y tú qué haces, Novas?

—¿Qué quieres que haga, si no tengo ni un centavo? Yo me iría a las fulanas de Barracones. Pero sin dinero, ¿dónde voy a ir? ¡Al Morro! ¡Hacéis cada pregunta!...

Pedro Carballo caminaba de prisa. Entró en la calle Alta de Santo Tomás. Por ambos lados desembocaban en ella, perpendicularmente, otras muchas. Carballo se detuvo antes de llegar a la plaza de Armas, en la última bocacalle. Miró hacia la izquierda. Allí vivía la dama. Carballo lo comprobó con desaliento. Había tres oficiales jóvenes: un capitán y dos comandantes. Uno de los comandantes estaba de plantón en la acera de enfrente. El capitán se hallaba en la misma acera, un poco más lejos. Se miraban de vez en cuando, sin ninguna simpatía al parecer. El otro comandante paseaba por la acera de la casa. Parecía un hombre muy nervioso. Caminaba arriba y abajo, en un trecho muy corto, de prisa. No miraba hacia ningún sitio ni se preocupaba de sus rivales. Daba la impresión de ser un individuo imperioso, de genio vivo.

Carballo no se atrevió a quedarse en la esquina. Se llegó hasta la plaza de Armas. Volvió. Cruzó ante la calle de la dama. Miró como distraídamente. Siguió hasta la otra esquina. Regresó nuevamente. Arriba y abajo durante una hora.

El coche estaba frente a la casa. Salió la señorita. Subió. Los oficiales se cuadraron, saludaron. Sonreían o la miraban con suplicantes y velados ojos de carnero. El coche partió. Carballo lo vio venir. Lo vio girar y meterse en la calle Alta de Santo Tomás. Se alejaba. De repente, Carballo echó a correr detrás del vehículo.

—¡Señorita!, ¡señorita!

Los paseantes miraban asombrados. La señorita parecía inquieta, o incómoda. Se había ruborizado. Estaba bellísima la señorita. Mandó parar el coche.

Carballo se llevó la mano al bolsillo. Sacó su pañuelo. Estaba horrorosamente sucio.

Carballo se acercó.

—Me parece que se le ha caído esto, señorita —dijo asomando solamente una punta del pañuelo.

—No; muchas gracias, seguro que no. Tal vez al cochero.

—¡A mí no se me ha caído nada! —replicó el cochero fulminando a Carballo con una mirada iracunda.

—¿Me perdona, señorita?

—¿Qué ocurre, soldado?

—El pañuelo es mío.

—¿Entonces?

—Solamente quería ver de cerca el sol.

—¡Gracias, soldado! —sonrió la señorita.

—Mire, señorita; en una guerra nunca se sabe lo que va a ocurrir. Si algún día le hace falta un hombre que tenga que dar la vida por usted, aquí estoy yo.

La señorita le miró atentamente.

—Estoy segura, soldado. Y no lo olvidaré.

—Pedro Carballo Gómez, del regimiento de la *Constitución*, número veintinueve, para servirla y jugarse la vida por usted.

—Oye, les estamos dando más que a una estera a los yanquis, ¿no, tú, Pedrell? Al *Cursi*... ¡Cuidado que usan unos nombres!... A ése ya lo dejamos listo.

—¡*Cushing*, Novas, *Cushing*!

—¡Bueno!, ¿y no es raro? Con vosotros no se puede ni hablar.

Pasaron frente a un grupo de soldados que trabajaban en las fortificaciones. Estaban clavando estacas, poniendo alambres de púas, cavando trincheras.

—¡Eh, gandules! ¡Venid a ayudar!

—¡Trabajad, esclavos! —replicaron riendo.

—¡Ya os agarrarán, ya!, no os preocupéis.

—¿A quién?, ¿a nosotros? ¡Me extraña! Eso es para los quintos; los padres tenemos licencia.

—A mí, lo que me gustó, fue lo del *Montserrat* —dijo después Novas—. Los tíos así de valientes, como si fueran familia de uno.

—¡Pues vaya una familia que te trae a la guerra! —replicó Puig burlonamente.

—¡Ya estáis! ¡Vosotros tenéis unas cosas!... Él es un mandado, ¿sí o no? Él no tiene la culpa.

La entrada a la espaciosa bahía de Santiago era larga y accidentada. Su estrecha boca la flanqueaban el Morro, talud rocoso de sesenta y tres metros de altura, con una vegetación de arbustos achaparrados, y la Socapa, otro talud más bajo, de cincuenta y tres metros.

Entraron al recinto de las baterías del Morro, por un puente de madera tendido sobre el foso. A los infantes les impresionaron los cañones, los muros de mampostería.

Avisaron al cabo artillero, paisano de Puig. Se llamaba Emilio Bosch Casals.

—Éste es un tío muy flamenco —dijo Puig—. Ahora lo veréis.

El artillero se acercó. Se detuvo.

—Pero ¿qué es lo que veo? ¡La madre que te parió, Tonio! ¿Qué haces tú en Cuba?

—¡La que te parió a ti, Miliu! ¿Qué quieres que haga? Pegar tiros con la *Constitución*.

Echaron a correr y se abrazaron palmoteándose.

—Me lo escribieron de casa, pero no podía creerlo. ¡Si te dejé que aún te orinabas en los calzones!

—¡Anda allá!

—¿Y esos otros?

—Éstos son de la compañía. Pedrell y Novas. Pedrell es de Barcelona, no es de pueblo como tú.

—¡Ah, Barcelona! ¡Yo me iba allí todos los domingos! Aquello es lo más grande del mundo. ¿Cuándo vinisteis?

—Salimos a finales de febrero.

—¿Y mis padres?, ¿y los *avis*?

—Todos bien. Recuerdos.

—¡Ya! ¿Qué otra cosa iban a darte los pobres? ¿Y mi hermanita?

—¿Tu hermanita? ¡Se está poniendo!... ¡Cómo se está poniendo, muchacho!

—¡Eh, tú, cuidado!

—¡Nada de cuidado! Tú y yo acabaremos siendo cuñados —rió Puig.

—Pues si tú te acuestas con mi hermana, me acuesto yo con la tuya. Porque mira que tu hermana... La hermana de éste... ¡Fuh! Eso es un pastel de fiesta mayor. ¡Para comérsela y chuparse los dedos! Y lo dicho, dicho, Tonio.

—Con la Iglesia por delante: bueno.

—Yo, a tu hermana, con la Iglesia, con lo civil, con la suegra, los cuñados y hasta con el animal de tu padre.

—¡A mi padre déjalo!

—¿Podemos ver los cañones? —preguntó Novas.

—¿Los vejestorios? ¡Venid, venid! Nosotros, si se nos presenta la escuadra yanqui, andamos con una duda.

—¿Cuál es?

—Pues... si emplearemos los cañones o combatiremos a escupitajos.

—¡Venga, hombre!

—¡Ah!, pero ¿no lo sabías?

El artillero los llevó al terraplén.

—Estos tres morteros de treinta centímetros tienen casi dos

siglos. Son de 1724, 1733 y 1737. Aquellos dos son más jovencitos. Tienen unos ciento veinte años. Estos dos se llaman cañones de sitio. Han cumplido sus buenos ciento cincuenta años con salud. Los fustes, de madera, están casi podridos, y cualquier día se nos caen. ¡Y se acabó la historia! Ya no hay más cañones. De manera que si vienen... ¿Veis estos muros? Pues, para los acorazados yanquis, como si fueran de cartón.

—¿Y en las otras baterías qué pasa?

—Pasa lo que aquí. En la del faro hay un *avi* de 1718. Los otros cañones y morteros, tan escasos y tan inútiles como los de aquí, y de su misma edad. También hay unos obuses que tiran tetones.

—¿Qué? —preguntó Novas.

—Tetones. Unas balas de hierro fundido de cuando Dios andaba por el mundo.

—¡Ah, caray! Tetones. Eso es para José Expósito. A ése le diré que, si no anda con cuidado con Basilia, van a desartillarla. ¡Seguro que se lo diré, filiños!

—Pero ¿de qué habla éste?

—Nada; de uno de la compañía. ¡Cállate, Novas!

—Ahora van a trabajar en la Socapa el coronel de artillería Díaz Ordóñez y el coronel de ingenieros Caula. Díaz Ordóñez inventó los cañones Ordóñez. Ellos saben su oficio y algo harán. Dicen que ampararán las baterías con grandes cajas y cubas de cemento. ¡Que no se olviden del Morro! En la Socapa pondrán dos cañones Hontoria de dieciséis centímetros, sacándolos del *Reina Mercedes*, que no puede navegar. Los Hontoria son bastante buenos. Se puede disparar un cañonazo cada dos minutos. En la Socapa Baja hay cañones de poco calibre y una ametralladora, para defender la línea de torpedos. En Punta Gorda se pusieron, hace poco, dos cañones Krupp de nueve centímetros y dos obuses Mata de quince centímetros. Dicen que colocarán allí otros dos Hontoria, pero como esta batería está enfilada hacia la boca de la bahía...

—¿Qué pasa?

—Pues que si la escuadra viene, sólo la podremos combatir con cinco morteros, siete cañones y cinco obuses de más de un siglo, y los Hontoria. Total: diecinueve piezas contra más de trescientas cincuenta de tiro rápido y modernísimas que le oí decir a mi capitán que trae la flota yanqui.

—Tú, filiño, sabes mucho de fechas, y siglos, y morteros, y obuses, y puñetas. Pero me has fastidiado bien. Solamente los tetones, porque eso se lo soltaré a Expósito. ¡Y que sí! ¡Pero muy bien que me has fastidiado! Los catalanes... ¡Caray! ¿Queréis decirme lo que os pasa a vosotros? ¡Siempre le estáis fastidiando a uno! ¿Sí o no?

—¿De dónde habéis sacado a este bicharraco? ¿Qué le ocurre? ¿Es que es tonto?

—¡Qué tonto ni tonto! Con contar todo eso no se adelanta nada, ¿no?

—No le hagas caso, paisano. Y sigue.

—Salvo los Hontoria, las otras piezas se cargan por la boca; son de bronce y hace tiempo que habían sido declaradas inservibles por la Junta Central del Parque de La Habana.

—Y con todo eso ¿qué, filiño?

—Que, además, sólo hay una compañía de artilleros. Y si quieres venir voluntario, ya lo sabes, porque van a pedir hombres.

—Lo que yo te digo también lo sabes: ¿qué?

—¡No seas burro, Novas! —exclamó Puig—. Lo primero que debe saber el soldado es las armas con que cuenta y, si es posible, las que tiene el enemigo. ¿O qué quieres?, ¿ir al matadero con los ojos cerrados?

—Yo sí. Me mataron ¡y se acabó! A mí, los oficiales no me dan razones. «Tú, aquí.» Y yo: «Bueno.» Con mi fusil, hasta que me maten. Pero vosotros le metéis a uno el pánico en el cuerpo. Y ya no se puede vivir. Es como si te mataran mil veces. ¿Sí o no? ¡Me voy! Ya me habéis fastidiado la tarde. ¡Me habéis fastidiado bien, filiños! Os lo digo.

—Pero ¡ven acá, hombre!

—No; que me voy. ¿Tenéis algo de bebida para invitar.

—No.

—Pues me voy.

Los otros regresaron a la ciudad cuando anochecía. Esteban fue a la casa de María del Cobre. No estaba. Volvió después de cenar. María del Cobre se hallaba sola en el porche.

—¡Qué alegría que hayas vuelto otra vez! —exclamó—. Te estaba esperando.

Tendió los brazos hacia él, pero Esteban se mantuvo distante, hosco.

—¿Estás enfadado?

—A ver si lo adivinas...

—¿Por lo del teniente?

—La otra vez fue un capitán. ¿Cuántos más hay?

—Un día, no hace mucho, te advertí que estaba dispuesta a sacrificarlo todo, incluso mi cariño.

—¡Ya lo has hecho! No me es posible soportar esta situación. Es mejor que acabemos de una vez.

—Como tú quieras.

Se quedaron en silencio, frente a frente, irritados, broncos.

—Aquí sólo ocurre una cosa, María del Cobre: que no me quieres.

—Te engañas. Lo que ocurre es que tú te niegas a comprender, que sigues sin tener confianza en mí.

—¿Cómo voy a tenerla? ¿Cómo voy a permitir que la mujer que quiero más que a mi vida ande con unos y con otros?

—Lo dices de una forma que me ofende, como si yo tuviera algo que ver con esos hombres. Es simple amistad. Y tú sabes por qué la busco. También sabes que te quiero, que no he querido ni podré querer a otro hombre.

Pedrell guardó silencio hoscamente.

—¡Ven!, ¿quieres? ¡Acércate!

Pedrell no se movió. María del Cobre se aproximó a él. Cogió su cara entre las manos.

—¡Eres muy desconfiado, españolito! Pero yo te quiero mucho. Y te lo voy a demostrar. He sufrido estos días. He sufrido horriblemente pensando que te podían matar. Tengo derecho a mi venganza, Esteban. Y también tengo derecho al amor. Tú y yo tenemos derecho al amor. Dentro de dos horas, la niña y la tía ya dormirán. Vuelve. —María del Cobre dio unos golpes suaves, con los nudillos, en la barandilla de la balaustrada—. Así. Tres golpes. ¿Volverás?

Esteban la estrechó entre sus brazos.

—¡Perdóname, te lo suplico! ¡Perdóname, amor mío!

Después Esteban le contó que había estado en el Morro. Le dio los detalles que le había facilitado el artillero.

—Esas noticias pueden ser útiles. ¿Ves como es fácil averiguar cosas?

—Ya lo sé; pero preferiría que tú...

—¡No me lo digas! Tengo que hacerlo. Para mí es el más sagrado de los deberes. Pero ahora quiero olvidarme de todo. Menos de mi felicidad. Por primera vez, desde hace tres años, voy a ser completamente feliz. ¡Lo quiero!

Esteban vagó de una parte a otra, perdiéndose en el laberinto más oscuro y menos transitado de las calles de la ciudad. Le parecía que no iba a transcurrir nunca el plazo convenido. Y luego lo encontró muy breve, instantáneo. ¿Sería posible tanta felicidad?

Dio los tres golpes en la puerta. Su mano temblaba. ¿Ocurriría algo de pronto? ¿Ocurriría algo que le impidiese colmar su dicha? La puerta cedió suavemente. Estrechó en sus brazos el tibio cuerpo de María del Cobre. La puerta volvió a cerrarse silenciosa.

CAPÍTULO XV

A finales del mes de abril de 1898, el capitán general de Filipinas, don Basilio Augustín, telegrafió al Gobierno que la situación en el archipiélago era tranquilizante, aunque había algunos síntomas de rebelión. Aseguraba también que se hallaba preparado para resistir un ataque de los Estados Unidos. La bahía de Manila, según él, estaba barreada por minas submarinas, desde tierra firme, hasta la isla del Corregidor, que se hallaba guarnecida por 2000 hombres y artillada por varias piezas de seis pulgadas. La capital del archipiélago contaba también con la protección de numerosas baterías y reductos.

30 de abril de 1898.

Ante la inminencia del arribo de la flota yanqui, al almirante Montojo, jefe de la escuadra de Filipinas, se le presentaba la siguiente alternativa: o defender las bocas de entrada a la bahía de Manila, situándose en el puerto de Subic, o afrontar el combate, dentro de la bahía misma, al amparo de las defensas costeras de la capital filipina y las, aunque deficientes, de Cavite.

Montojo se dirigió a Subic. Se encontró con la desagradable sorpresa de que no se habían montado aún los cañones que debían proteger el puerto. Ante la indefensión de Subic, viose obligado a retroceder y fondear en Cavite. Ya en 1882, el capitán de navío Víctor M. Concas había escrito que Cavite era «desde el punto de vista militar, un absurdo, una horrible ratonera», donde nos esperaba «un desastre en la primera ocasión».

Entretanto, la flota del almirante Dewey, procedente de Hong-Kong, había destacado al *Boston* y al *Concord* para que reconocieran el puerto de Subic. No hallando allí a los navíos españoles, la escuadra yanqui se dirigió a la entrada de la bahía de Manila. Amparándose en las sombras de la noche, penetró, en orden de batalla, por la boca grande —espacio comprendido entre tierra firme y la isla del Corregidor. Las bocas se hallaban protegidas por las baterías instaladas, no sólo en esta isla, sino en las de Pulo Caballo, La Monja, El Fraile, La Restinga...

Las primeras noticias recibidas no podían ser más confusas y contradictorias. Según una de las versiones, las baterías del Corregidor abrieron fuego cuando había pasado la mitad de la escuadra yanqui. Los tiros de nuestros cañones se quedaron cortos. Otra versión aseguraba que un cañonazo disparado desde dicha isla anunció que los yanquis se habían filtrado en la bahía.

Al parecer, la línea de torpedos, que se decía barreaba la boca, resultó ineficaz, por haber cortado los cables algunos cómplices de la sublevación tagala. Y no faltaron quienes asegurasen que la tal línea no existió nunca, salvo en la mente y los proyectos de los estrategas. Respecto a las baterías instaladas en las islas de la boca, parece que no pasaron de ser otra cosa que fantasías o loables propósitos. Efectivamente, seis días antes, el 25 de abril, Montojo le comunicaba al general Augustín que se hallaban en disposición de hacer fuego los cañones que defendían la entrada a la bahía y cuyo insignificante número estaba distribuido de la siguiente forma: 3 en El Fraile, 3 en Pulo Caballo, 4 en la isla del Corregidor, 3 en la Punta de Mariveles y 2 en la Punta de Lasisi.

La escuadra española arbolaba la insignia del almirante Montojo, en el crucero *Reina Cristina*, al mando de Luis Cadarso. Se había confiado el mando de los otros buques a los comandantes Alonso Morgado, del *Castilla*; José Sedrach, del *Isla de Cuba*; Miguel Pérez Moreno, del *Isla de Luzón*; Juan de la Concha, del *Don Juan de Austria*, y José de Iturralde, del *Antonio Ulloa*. El resto de la escuadra se componía de varios buques auxiliares (*Manila, Velasco, Mindanao*), los cañoneros *Argos* y *General Lezo* y el aviso *Marqués del Duero*; todos ellos sin valor militar alguno para hacer frente a una escuadra tan poderosa como la yanqui.

Solamente dos de nuestros cruceros (aunque de muy poco tonelaje: el *Isla de Cuba* y el *Isla de Luzón*) poseían casco de acero y estaban protegidos; es decir, con plancha protectora en cubierta. El *Castilla* era un viejo e inservible barco de madera. Tenía las máquinas deterioradas y hubo de permanecer anclado, inmóvil durante el combate. Los restantes cruceros eran anticuados navíos de casco de hierro, de lentísimo andar, carentes de protección, y con abundante madera en la estructura. Uno de ellos, además (el *Antonio Ulloa*), se ofrecería como blanco inmóvil al fuego enemigo, igual que el *Castilla*, por hallarse también inservibles sus máquinas.

Todos los navíos de la escuadra yanqui eran de casco de acero. Estaban protegidos: el *Olympia*, buque insignia, el *Raleigh*, el *Boston* y el *Baltimore*; semiprotegidos: el *Petrel* y el *Concord*; sin protección: el *Mac-Culloch*. Acompañaban a la escuadra los mercantes *Nasham* y *Zaphir*.

Desplazamiento de la escuadra española: 11 350 toneladas.

Desplazamiento de la escuadra yanqui: 19 172 toneladas.

Artillería de la escuadra española: 34 cañones de mediano calibre y 26 de calibre pequeño. Casi ninguno de estos cañones era de tiro rápido.

Artillería de la escuadra yanqui: 70 cañones de grueso calibre y 64 de calibre menor. Todos los cañones eran modernos y, en su mayoría, de tiro rápido. Especialmente las baterías de 12 cm, y las de 57 y 35 mm fueron las que hicieron mayores destrozos en nuestros buques.

1 de mayo de 1898.

La batería de Punta Sangley rompe el fuego contra la escuadra enemiga, a las cinco y cuarto de la mañana. La escuadra yanqui se acerca. El *Olympia*, arbolando la insignia del almirante Dewey, precede a los demás buques. A las cinco y cuarenta y cinco minutos, el *Olympia* dispara el primer cañonazo.

La escuadra española había adoptado la siguiente posición de combate: en la ensenada de Cañacao, acoderado con el costado de babor frente a Manila, el *Reina Cristina*; acoderado entre él y Punta Sangley, el *Castilla*; los cruceros *Isla de Luzón* e *Isla de Cuba*, por la amura y la aleta de babor del buque insignia; a su propia, el aviso *Marqués del Duero*; y en el espacio que quedaba detrás del *Castilla*, el *Don Juan de Austria* y el *Ulloa*. Hallábase, pues, nuestra escuadra absurdamente apiñada, en la disposición más favorable para que los americanos no desperdiciaran ninguno de sus tiros.

Precedió a la batalla una breve arenga del almirante Montojo. Al estrépito de los primeros cañonazos, resonaron en el *Mindanao* tres vivas entusiastas al Rey, a la Reina y a España. El *Mindanao*, con otros barcos (el *Manila*, el *General Lezo*) de valor militar nulo, hallábase en la ensenada de Bacoor.

Apenas generalizado el fuego, una mortífera granizada de proyectiles cayó sobre los indefensos navíos españoles. La escuadra yanqui pasaba y repasaba paralelamente a la nuestra, acribillándola con su feroz bombardeo; se acercaba o se retiraba, manteniéndose a una distancia que osciló entre las 2000 y las 5000 yardas. A la flota enemiga le bastaba con situarse a unas 2500 yardas para que no pudieran llegar a ella los disparos de los defectuosos o anticuados cañones de los navíos españoles.

Con absoluta impunidad, apenas sin riesgo, los yanquis destrozaron a la escuadra de Cavite, en una especie de alevosa e impune práctica de tiro al blanco. Además, como las tres baterías de Manila sostuvieran un fuego sumamente vivo, que molestaba y había causado algunas averías en los buques yanquis, el almirante Dewey envió un mensaje advirtiendo que, si no cesaban los disparos inmediatamente, bombardearía la ciudad. Atemorizado el general Augustín, ordenó que enmudecieran las baterías, siguiendo así la serie de sus inauditos desaciertos, que habrían de culminar con la derrota y la pérdida del archipiélago filipino.

Generalizado el combate, nuestros buques aguardaron impávidos, casi inmóviles, el terrible fuego aniquilador de los yanquis. Montojo no ordenó maniobra alguna. Parecía que no existiese allí plan, ni concierto, ni unidad de mando, ni previsión de ninguna clase para afrontar al enemigo con algunas probabilidades de éxito. Los comandantes de los navíos, por propia iniciativa, intentaron diversos movimientos. Se destacaron dos lanchas con la intención de disparar sus torpedos. Una de ellas fue hundida rápidamente y la otra embarrancó. El *Don Juan de Austria* avanzó con el propósito de abordar al *Olympia*. Una catarata de proyectiles lo frenó, inmovilizándolo.

Hacia las siete se inició el incendio en el *Reina Cristina*. Poco después ardía también el *Castilla*. El *Reina Cristina* fue la primera víctima del tremendo estrago producido por el devastador fuego yanqui. Destrozado el castillo de proa, acribillada su estructura, al garete, por haber sido averiados los aparatos de gobierno, herida o muerta casi toda la oficialidad y gran parte de la tripulación, inutilizados sus cañones, cubierto de cadáveres y consumido por voraz incendio, hubo de ser abandonado por el almirante Montojo y su Estado Mayor, que se trasladaron al *Isla de Cuba*. El comandante, Luis Cadarso, permaneció en el buque insignia dirigiendo el salvamento de sus tripulantes. Y allí cayó, destrozado por una granada, que dio muerte también al primer condestable, al primer contramaestre e hirió a varios marineros. Pocos minutos después, el crucero *Reina Cristina*, convertido en una inmensa fogata, hacía explosión y se iba a pique.

El *Antonio Ulloa* se hunde también. Sigue batiéndose heroicamente el *Castilla*, a pesar de los incendios. El *Don Juan de Austria*, aunque con averías graves, trata de acudir, inútilmente, en su auxilio. El *Castilla* acaba por desaparecer bajo las aguas.

Poco más de tres horas había durado el bombardeo yanqui. De sus buques solamente sufrieron algunas averías considerables el *Baltimore* y el *Boston*, en el que se observaba un incendio.

Hacia las nueve de la mañana, con gran sorpresa de los supervivientes de la escuadra española y de cuantos presenciaban desde tierra el desigual combate, el almirante Dewey dio orden de suspender el fuego. Los barcos yanquis se retiraron, colocándose al amparo de los mercantes extranjeros, anclados en la bahía, con objeto de dar un descanso a la tripulación y reponer las municiones. Sin embargo, tiempo después, el ayudante de Dewey hubo de confesar que, en la retirada influyeron también los serios temores que sobresaltaban al almirante americano. Cierto que se observaban incendios en algunos buques españoles, pero continuaban evolucionando y haciendo fuego. Los yanquis tenían muy mermada la munición, se hallaban a 7000 leguas de su país y tardarían, por lo menos, un mes en recibir repuestos. La victoriosa acometida inicial podría tener un catastrófico desenlace. La explosión de los pañoles del *Reina Cristina*, sin embargo, tranquilizó en parte a Dewey y le hizo comprender que los destrozos en nuestros barcos eran mucho mayores de lo que se figuraba.

Durante la tregua, los buques *Isla de Luzón*, *Isla de Cuba*, *Don Juan de Austria* y *Marqués del Duero* se refugiaron en la ensenada de Bacoor. El almirante Montojo bajó a tierra, luego de ordenar a los comandantes que se hallaran preparados para desembarcar a sus tripulaciones abriendo antes los grifos de inundación de todos los buques.

Los yanquis reanudaron su ataque después de las once. En veinte minutos echaron a pique a los cruceros *Isla de Cuba* e *Isla de Luzón* y dejaron fuera de combate a los demás, que ardieron en trágicas fogatas. Bombardearon también el arsenal de Cavite, donde apareció muy pronto la bandera blanca de la rendición.

El comandante general del arsenal, Enrique de Sostoa, solicitó que se autorizara la evacuación de las mujeres y los niños. Accedió Dewey, pero con la condición de que se consumara la destrucción de los barcos españoles que aún no habían desaparecido bajo las aguas, y se ordenara que enmudecieran las baterías de las bocas de entrada a la bahía.

Como los americanos no tomaron posesión inmediata del arsenal, corrieron grave peligro de ser aniquilados por los insurrectos, los heridos y supervivientes de nuestra deshecha escuadra, que tuvieron que defenderse de sus encarnizados ataques.

Bajas yanquis en el combate naval de Cavite: 9 heridos.

Bajas de la escuadra española: 68 muertos y 236 heridos.

Bajas en el arsenal: 23 muertos y 54 heridos.

* * *

Después de comer, Félix Martínez Losa se había reunido con don Herminio Busto Cordón en el café Suizo.

—Tenía muchos deseos de hablar con usted, don Herminio —aseguró Félix—. Desde que nos vimos, hace diez días, estoy in albis de lo que sucede en el país.

—¡Mal hecho, mal hecho!

—¡Qué quiere usted! Ordinariamente, salvo los episodios que vivo yo mismo en la calle, es papá quien me informa de los acontecimientos.

—¿Le ocurre algo a su digno padre? ¡No lo permita Dios!

—No; nada grave. Verá usted... Le transmití las reflexiones

que usted me hizo sobre su propósito de ingresar en el partido de Sagasta. Le parecieron muy sensatas, se le apagaron los entusiasmos liberales y, junto con ellos, el humor y hasta el deseo de leer la prensa. El pobre se halla ahora muy postrado.

—Lo siento mucho, ¡créame! Lo siento de todo corazón.

—¡Gracias! Y es que, además... Usted es un hombre reservado, don Herminio...

—¡Soy una tumba, caballero!

—Verá, don Herminio. En nuestra casa de vecindad vive, desde hace unos meses, la señora Rosita. Es una mujer de treinta años. Hace cinco que enviudó de un guardia municipal. La señorita Rosita es cigarrera. He de advertirle, don Herminio, que la señorita Rosita tiene unos ojos negros más grandes que la Puerta del Sol. Y una boca, don Herminio, como para beber en ella la muerte.

—Está usted muy inspirado, muy poeta.

—No sé si lo estoy, don Herminio. Pero escuche... Doña Rosita es blanca, con un moño negro más grande que una corona imperial. Tiene unas curvas que no hay galera que las pueda coger sin hacerles maniobra. Y para no cansarle: ¡está para comérsela! ¡Es una *rosita* de mazapán, don Herminio!

—¡Ah, la eviterna y dulce vesania de la juventud! —suspiró don Herminio, con una gran caída de ojos.

—Yo, se lo confieso a usted, estaba que bebía los vientos por ella. Le echaba unas miradas de cordero degollado ¡que para qué decirle a usted! Por desgracia, la señora Rosita ni siquiera reparaba en mí. Un mocoso como yo... ¡Calcule! Además, he de advertirle que ella tiene su apaño. Es un chulo de mala sombra, un matasiete que ya lleva encima varias condenas. ¡Vamos!, un hombre como para frenarle los entusiasmos a cualquiera, y más a una persona honrada y pacífica como yo.

—¡Plausibles cautela y abstención, querido amigo, plausibles!

—No, no lo crea, don Herminio; no lo crea. Porque no me los frenaba del todo. Y andaba yo haciéndome el encontradizo con la chulapona cigarreta, pero no había forma, don Herminio, de que fuese más lejos de las miradas que ya le dije, y de los «buenos días», «buenas tardes» o «buenas noches», según el caso. Y mire usted, don Herminio... Me entraba, al verla, un ahogo, una angustia, que estoy seguro de que si la señora Rosita me dirige la palabra, me caigo redondo.

—Ésos son, mi dilecto amigo, los sempiternos deliquios de la afección erótica.

—El otro día, después de asistir con usted a la inauguración de las Cortes, volvía yo a casa muy presuroso. Subí de dos en dos los escalones, porque ya recordará usted que era muy tarde.

A causa de lo avanzado de la hora, todo el mundo debía de estar comiendo. No encontré a nadie. Al llegar a mi casa, me veo a doña Rosita ascendiendo por la escalera como una maravillosa aparición. Ella vive dos pisos más arriba que nosotros. La señora Rosita se volvió. Llevaba un cesto de ropa sobre la cabeza. La saludé. Me hubiera brindado con gusto a cargar con el cesto; pero, naturalmente, no me atreví a decírselo. Estaba yo a punto de entrar en mi casa, cuando oí la voz de la señora Rosita: «¡Ay, Jesús!, que me da un vahído.» La veo tambalearse y cogerse al pasamanos. Corro escalera arriba, como una exhalación. La sujeto por la cintura, ¡qué cintura, don Herminio de mi alma! «¡Gracias, Felisillo! ¡Jesús, qué mala me siento!» La descargo del cesto, toro a sujetarla por la cintura. Se había puesto muy pálida. Le temblaban los labios. Temblaba toda ella, don Herminio. «Yo la ayudaré, señora Rosita. No se preocupe. Aquí estoy yo.»

—¡Mi querido amigo! —le interrumpió don Herminio—. ¿Tendría usted la bondad de aclararme cierto sutil extremo? Sin ánimo alguno de ofender a esa distinguida dama, ¿quiere usted ilustrarme sobre si su trémula alteración y la quebrada color del rostro las observó usted antes o después de rodear con el brazo su delicada cintura?

—Es usted muy malicioso, don Herminio —sonrió Félix.

Sonrió también don Herminio.

—¡La experiencia de la vida, mi querido don Félix, la suspicaz experiencia de la vida!

—Sinceramente le confieso que no me fijé. Cogí el cesto con la mano izquierda y, pasándole el otro brazo por la cintura, la fui acompañando escalera arriba. «Es que, para tener tiempo de descolgar la ropa, he comido muy de prisa. ¡Qué mala, pero qué mala me siento!», suspiró apoyando la cabeza en mi hombro. En mi vida he llevado, ni creo que vaya a llevar carga más dulce. Aquello fue, don Herminio, una ascensión por la escala de los bienaventurados.

—¡Sí!, ¡poético, poético, muy poético! Mis más efusivos plácemes, don Félix.

—Llegamos a su puerta. Entramos. Dejé el cesto. Pero ni yo le soltaba la cintura ni hacía ella movimiento alguno. «Bueno, chiquillo, ¿y ahora qué?», me preguntó de repente. Oiga, don Herminio; yo me quedé helado, sin saber qué decir. Me cogió la señora Rosita el brazo izquierdo. Se lo llevó en torno a su cintura. ¡Ella tiene una chispa, don Herminio!... ¡Una guasa!... «Llevas muchos meses devorándome con los ojos. Cada vez que pasaba junto a ti, me dejabas en el puro esqueleto. ¿Y ahora qué?» Oiga, don Herminio, la estrujé entre mis brazos. «Pero, ¡chiquillo, que si sigues apretando así, hará falta un cirujano para que nos separe!» El resto ya se lo puede usted figurar. Pero lo que usted no se figura es que, desde entonces, estoy tan loco, que ni veo, ni pienso, ni vivo para otra cosa. Que me paso las noches en los divinos brazos de mi Rosita y que, entre el amor y el miedo, estoy con el alma en vilo, porque si un día se nos presenta el matasiete...

—¡Cuidado, cuidado! Moderación, don Félix, moderación. Los excesos de la libido, los arrebatos afrodisíacos pueden llevar a muy desdichadas consecuencias, y hasta es de presumir algún luctuoso acaecer, mediando en el trance un bigardo de la catadura que usted dice.

—Ya lo sé, don Herminio. Pero lo malo es que todo ello contribuye a aumentar las delicias de mi locura. Pues el pánico que con frecuencia me acomete no hace sino atizar el fuego de la pasión. ¿Se da cuenta ahora por qué he vivido tan ignorante de lo que ocurre?

—Me doy cuenta, don Félix. Me percato y le excuso. Por otra parte, tampoco han sobrevenido sucesos de interés superlativo.

—¿Es posible? Yo pensaba que, durante estos días, con motivo de la guerra, las sesiones del Congreso habrían sido apasionantes.

—Pues yerra usted, don Félix. Aquellos eximios prohombres han aludido, efectivamente, con patriótico y encendido verbo al acontecer marcial, aunque en brevísimos parlamentos. No vea usted, mi dilecto amigo, una acerba crítica antiliberal en lo que voy a decirle, pero las sesiones empezaron con polémicas sobre aprobación de las actas electorales; elección de presidente del Congreso, que recayó en el excelentísimo señor marqués de la Vega de Armijo; elección de vicepresidente, etcétera. Juraron los señores diputados; quejáronse de la medida los republicanos, por boca de su vocero, el ilustre novelista Blasco Ibáñez; quejáronse también los carlistas, siendo su portavoz el distinguido y elocuente señor Barrio y Mier, y, en consecuencia, prometieron y no juraron las escuetas falanges de uno y otro credo. Continuaron las sesiones, mi querido don Félix, alargándose en un minucioso aquilatar, discernir y denunciar los atropellos, sobornos, cohechos, varapalos, trampantojos, pucherazos, y hasta un crimen, habidos en las recientes elecciones.

—Pero no me negará usted que esas irregularidades... Que también los canovistas...

—No lo niego, don Félix. Con estas bochornosas alternativas ha discurrido siempre, durante los sufragios, la exteriorización de las convicciones del pueblo, para ludibrio y escarnio del país. En la actual coyuntura electora se han denunciado las tropelías comprobadas en Cuba, Puerto Rico, Jerez, Miranda de Ebro, Alcañiz, Asturias, etcétera, etcétera.

—¿Y qué ha sucedido?

—Lo consuetudinario, don Félix. Que se ha sometido a votación la validez de las actas y, siendo aplastante la mayoría liberal, han sido aprobadas, a despecho de todo, tras los larguísimos debates. Sin embargo, es de justicia alegar, a este respecto, que una golondrina no hace verano, ni unos cuantos desafueros pueden ser óbice para que la sacrosanta expresión de la voluntad popular se refleje con meridiana exactitud, hoy, en el triunfo de los liberales; mañana, *Deo volente*, en el de los conservadores.

—Estoy absolutamente de acuerdo con usted.

—¡Muy honrado, don Félix! Después se ha puesto a discusión el Mensaje de la Corona, que ambos tuvimos el alto honor de oír de consuno. Los dignísimos diputados Sol y Ortega, y Muro, republicanos, han pasado prolija revista a los Gobiernos de la Restauración, condenándolos sin distingo y encarnizándose sin rebozo en sus, para mí, sobre todo en lo que atañe a los canovistas, y con todos mis respetos para los sagastinos, supuestos errores. Replicaron los próceres de la situación y estuvo muy afortunado en sus punzantes e irónicas réplicas el excelentísimo conde de Romanones, que provocó la hilaridad del ilustre conclave. Como todos los oradores disparasen salvas en loor del Ejército y la Marina, hubo de intervenir, con fortuna, el señor Barrio y Mier, alegando que, si tanto se quería a los heroicos defensores de la Patria, ¿por qué no se les abonaban sus haberes? Dijo que se les adeuda casi un año e hizo suya la reiterada proposición de su colega, señor Sanz, de que no cobrase ningún funcionario, el señor Barrio lo es, de la Metrópoli, hasta que no se pague a nuestros invictos soldados.

—¿Y fue aprobada esa moción?

—¡Tranquilícese, don Félix! Esas medidas drásticas, o románticas, no se aprueban jamás.

—No; si yo estoy dispuesto... Si yo...

—¡No me diga usted nada! Conozco su férreo estoicismo patriótico, su decisión a darlo todo en holocausto de España. Debo advertirle, y espero que usted lo admita, solamente bajo mi palabra de honor y a despecho de sus convicciones liberales, que fue el eximio prócer don Francisco Silvela el que más sobresalió y el que hubo de liquidar, casi, aquel inoportuno balance de los pretensos errores de la Restauración. Las palabras del gran tribuno se me han grabado en la mente. «Me niego —dijo— a todo debate retrospectivo, entiendo que basta para cada día su trabajo, y que la obra de hoy, como la de mañana, es de los que piden que pongamos los ojos en el porvenir y no en el pasado.»

—Muy bien. Me parece muy bien.

—Eso esperaba yo de su clara inteligencia y de su dúctil criterio, don Félix. Los debates sobre el discurso de la Corona siguen. Entre otros temas planteados, el señor Junoy le pidió a su excelencia, el ministro de Justicia, que le aclarase si habían cesado o continuaban practicándose diligencias para esclarecer el ominoso proceso de los anarquistas de Montjuich, martirizados, según dicen, y yo, personalmente lo dudo, por la guardia civil.

—No lo dudo yo. Y le ruego que me excuse.

—Cada cual en lo suyo, don Félix; con todos mis respetos.

—Lo digo porque hace ya dos años de esa vergonzosa causa, y seguimos como el primer día.

—La garantía del acierto en el que juzga, se basa en su cuidadosa lentitud y su prolija discriminación. A estas conclusiones me llevaron las palabras de su excelencia, que aseguró continuaba instruyéndose celosamente el sumario. El señor Canalejas, por su parte, protestó contra la redención a metálico, acriminándola con el apabullante dicterio de privilegio de casta.

—Y de la guerra, ¿qué?

—De la guerra, prácticamente, nada.

—¡Asombroso, don Herminio!

—¡Asombroso, don Félix!

La animación de la calle de Alcalá crecía por momentos. Una multitud bulliciosa y alegre se dirigía hacia la plaza de toros, para asistir a la cuarta corrida de abono. A pie, en coches alquilados, en lujosos trenes, pasaban hombres y mujeres. Flores, peinetas, mantillas, abanicos, sombrillas, mantones de Manila. El brillo de las miradas, el donaire o el desgarro de los piropos.

—Pero ¿de qué nos extrañamos? —dijo don Herminio—. Vea a esa abigarrada muchedumbre beoda de júbilo. ¿Quién diría que nos hallamos bajo el vandálico azote de la guerra?

—¿Usted no va a la corrida?

—No voy, don Félix. Por falta de humor, unida a la inopia de pecunia.

—Por ese último motivo no pensaba ir yo, pero lidian el «Guerra», Fuentes y «Bombita». Y lo que es más importante: va mi prenda. Va con su matasiete; pero yo, con tal de verla, incluso de lejos... He empeñado mi reloj. Y allá voy. Hace unos días, mi Rosita asistió por la noche a la función del Príncipe Alberto, con el individuo de marras. Yo me reservaba el reloj para la corrida y no sabía qué hacer, porque privarme de verla es privarme del aire que respiro. Se me ocurrió la feliz idea de unirme a los grupos de patriotas que, ya sabe usted, irrumpen en los teatros y suspenden la representación, porque público y actores se les unen, electrizados por el fervor de la guerra. Entré, tal como le digo, vi a mi amada y presencié la ocurrente salida de la señora García Rubio. Representaban *La Bohème*, y, cuando el amante llama a Mussette: «*Vipera!*», la señora Rubio replicó: «¡Yanqui!» Se armó el consiguiente alboroto. Risas, aplausos, vivas, la marcha de *Cádiz* e interrupción de la función.

—¡Admirable!, ¡admirable!

—¿Qué ocurre? —preguntó de pronto Félix Martínez.

En el café se había producido un instantáneo movimiento de expectación. Se levantaban unos hombres; iban a una mesa; hablaban atropelladamente; se dirigían a otra; se formaban grupos. Las bocas se redondeaban con exclamaciones de estupor; se balanceaban las cabezas; se agitaban los brazos...

Félix llamó a un camarero.

—¿Qué sucede?

—Que hay malas noticias de Filipinas. Nuestra escuadra ha combatido con los cerdos yanquis en Cavite. Parece que hemos perdido algún barco. Hasta se teme una derrota, pero ¡no es posible!

—¡Claro que no es posible! —exclamó don Herminio—. Las impenetrables corazas de los navíos españoles, las inconmovibles murallas de los pechos de nuestros invictos marinos serán el bastión en que se estrellará la sevicia de esos mercaderes y dará nuevos e inmarcesibles lauros a la Patria.

El camarero había abierto la boca. La sostuvo en su pasmo. Pestañeó sobresaltándose.

—Tiene razón su excelencia —dijo.

Las malas nuevas habían cundido también en la calle. Se detenían algunas personas. Hablaban con un aire preocupado o de excitación. Rostros que se volvían, que indagaban. «¿Qué sucede?» Hombres que retrocedían, que avanzaban. Ademanes desde los coches. Vehículos que se acercaban a las aceras. Bustos que sobresalían, cabezas que se tendían. «¿Cómo?, ¿en Cavite? ¿Un desastre?» Y la alegre caravana, entre el holgorio y la inquietud, siguió su camino hacia la plaza de toros.

Las noticias, vagas aún e inciertas, que habían empezado a cundir entre la gente, procedían de las sumamente atenuadas que el capitán general de Filipinas, Augustín, había facilitado al Gobierno, sobre el descalabro de Filipinas: «...Brillante combate» de nuestra escuadra; «...ha sufrido grandes averías» la americana; «...nuestra escuadra, ante excesiva superioridad enemiga, ha sufrido bastante, y fuego a bordo en el *Cristina*, y otro está estallado...».

Félix Martínez tampoco desistió de ir a la plaza. La lidia resultó desastrosa y no pudo localizar a su amada entre la multitud. Abandonó el coso taurino de pésimo humor, con la conciencia sobresaltada. ¿Qué habría ocurrido en Cavite?

Al llegar a la Cibeles, observó que la gente comenzaba a dar muestras de agitación. Pasó frente al Banco de España. Caminó de prisa con la esperanza de hallar a don Herminio en el Suizo. No estaba. Se metió en el café de Fornos. Dio vueltas por la calle de Sevilla. Fue a la Puerta del Sol. Por todas partes iba recogiendo nuevos y cada vez más alarmantes pormenores de la tragedia de Cavite.

Se detuvo a escuchar a un hombre que peroraba en un grupo.

—He asistido a una reunión del partido socialista que se ha celebrado en el Liceo Rius. Han hablado Pablo Iglesias, Caballero y Morato. Había setecientas personas. Pronto serán miles y miles. Esos hombres barrerán la podredumbre de la Patria, acabarán con los que han arrastrado al país a la ruina y la humillación. Los trabajadores, el pueblo español, no tenemos más que esa esperanza: el socialismo.

—Lo dudo, joven —replicó uno de los oyentes—. Aquí, en España, la política sólo tiene una finalidad: alcanzar puestos y honores. ¡El pueblo, el pueblo!... Todos tienen esa palabra en la boca, igual que la saliva. Y usan al pueblo como la saliva: mientras se atiborran y hacen la digestión. Luego la escupen.

—¡Muy bien!, ¡muy bien! —se oyeron varias voces.

—Cuando en España el patriotismo sea un sentimiento puro, desinteresado y no declamación y palabrería, puede que cambien las cosas. Pero ese día no lo veremos nosotros, ni nuestros hijos, ni nuestros nietos. Aquí, los únicos que hacen Patria de verdad son los que ni siquiera saben lo que significa esa palabra y por eso pueden sentirla limpiamente, sin la mugre de los vocingleros: los soldados que mueren en Cuba y Filipinas.

El hombre que acababa de decir estas palabras, se fue. Todos los del grupo habían enmudecido. Félix Martínez, sugestionado, siguió al hombre. Era de mediana estatura, más bien bajo, un poco grueso, con una barba negra, corta, en punta. A Félix le hubiera gustado hablar con él, pero no se atrevió a abordarle. Luego, el hombre se perdió entre la multitud, que empezaba a lanzar gritos de indignación e iba agolpándose con rapidez. Se había hecho de noche. En la Puerta del Sol y en la calle de Sevilla se apelotonaba un enorme gentío. Arrancó de repente en compactas manifestaciones de protesta. Oíanse insultos y amenazas contra Sagasta y Moret. Félix Martínez se refugió en un zaguán.

Los gritos retumbaban en la noche.

—¡A la Presidencia!, ¡a la Presidencia!

—¡Fuera Moret!

—¡Abajo Sagasta!

—¡Viva Weyler!

Un hombre entró en el zaguán. Era bajo, fuerte, de cuello corto, bufante.

—¿Ha oído usted a esos cretinos? «¡Viva Weyler!» Yo no puedo unirme a los que gritan semejante estupidez.

Félix Martínez hizo un gesto indeciso.

—Ese Weyler, ese general que dicen que sabe tanto, propuso, hace muy pocos días, en el Senado, que, aprovechándonos de la desorganización de los yanquis, deberíamos hacer un desembarco de 50000 hombres en las costas de los Estados Unidos. ¿Cómo puede ganarse ésta ni ninguna otra guerra con jefes tan ignorantes e insensatos?

—Pues... —titubeó Félix Martínez retrocediendo.

—¿Dónde están los cientos de barcos que se necesitan para transportar a esos hombres? ¿Dónde las poderosas escuadras que permitan el desembarco? ¿Dónde la inteligencia de ese generalito?

Félix Martínez seguía retrocediendo, porque el otro le acercaba el rostro, encendido de furia.

—¡Idiotas! —exclamó el hombre abandonando el zaguán atropelladamente.

Félix Martínez se quedó con un aire de abatimiento y perplejidad. Las palabras del enfurecido visitante no le habían afectado gran cosa. Seguía aún bajo la impresión de las que le había oído a aquel otro hombre que habló en el grupo. Félix Martínez se sintió invadido, poco a poco, por una amarga decepción. Se encontraba apabullado, sin energías para protestar, ni menos aún para hacer alardes de patriotismo. Sólo experimentaba una gran pesadumbre. Y pensó, por primera vez, emocionado, en José Expósito, el infeliz que estaba luchando por él en Cuba. «Si vuelve, le ayudaré en todo lo que pueda. Será como un hermano para mí.»

Luego pensó en Rosita. Salió del zaguán. Pegado a la pared, pugnando y debatiéndose contra los manifestantes, para que no le arrastraran, consiguió llegar y escabullirse por el callejón de Gitanos. Todos sus generosos sentimientos, tristezas e inquietudes se habían desvanecido. Sólo le embargaba el afán de encontrarse pronto entre los brazos de la hermosa cigarrera.

CAPÍTULO XVI

2 de mayo de 1898.

El aniversario de la guerra de la Independencia pasa inadvertido. Madrid yace postrado en una gran decepción. No se ven colgaduras ni gente en los balcones. Los edificios públicos parecen desiertos.

En las calles, sin embargo, tornan a reproducirse los alborotos de la víspera. Muchas mujeres se unen a los manifestantes, llevando cintas con los colores de la bandera nacional, como un signo de patriótica y esperanzada afirmación.

A la protesta por el desastre de Cavite se unen el odio al impuesto de consumos, la airada reclamación contra el encarecimiento de las subsistencias. Las algaradas van degenerando rápidamente hacia los peligrosos cauces de la violencia. Fracasa la autoridad del gobernador civil, don Alberto Aguilera, que declina el cargo en don Antonio Dabán, capitán general de Madrid.

En éste, y en días sucesivos, cunden por toda España los excesos de los manifestantes. Las fuerzas del orden público intervienen. Se provocan gravísimos incidentes, sobre todo en Linares, donde, en la refriega, resultaron doce muertos y catorce heridos. El Gobierno suspende las garantías constitucionales.

Las potencias extranjeras, después de habernos abandonado a nuestra suerte, dan constantes muestras de su simpatía por la causa de España.

El general argentino Mansilla hace unas declaraciones proféticas que son publicadas en *Le Temps*. Reconoce el legítimo derecho de Cuba a luchar por su independencia, pero le reprocha haber recurrido a la intervención yanqui y se ofrece para pelear por España.

> La guerra creará —añadía— una fuerte marina norteamericana, una vez convertida en gran potencia naval, nada podremos hacer en nuestra casa sin permiso de los norteamericanos...
>
> No sólo tendremos que sufrir nosotros ese protectorado; Europa, que asiste inmóvil e impotente a esa intervención tan contraria al derecho de gentes, también sufrirá las consecuencias...

3 de mayo de 1898.

Los yanquis ocupan el arsenal de Cavite. El gobernador de la plaza, general García Peña, rehusó rendir la ciudad, pero, finalmente, hubo de plegarse a las intimaciones del almirante Dewey. Una vez inutilizados los cañones y recogido el armamento, la guarnición de 1 500 hombres abandonó la plaza.

Borrascosa sesión en el Congreso de Diputados. Se pide cuenta al Gobierno por el desastre de Cavite. Se sacan a relucir todos los errores, la imprevisión, los despilfarros, descuidos, inmoralidades y embustes de los gobiernos de la Restauración. Se les reprocha la culpable apatía mostrada frente a las advertencias de los técnicos de Marina sobre la indefensión de nuestra escuadra. Los liberales y conservadores se defienden. Sagasta se queja con amargura de la obstrucción que se hace a la tarea del Gobierno. Solicita y se accede a que sea aprobado el discurso de la Corona.

Distinguióse en el debate el republicano Salmerón con su ajustada dialéctica y armó gran revuelo el carlista Vázquez Mella con una frase inspirada en el *Eclesiastés*:

> ¡Desgraciados los pueblos, desventurados los pueblos que en estas crisis hondas están regidos, como por una maldición divina, por un niño y una mujer!

5 de mayo de 1898.

El *Alfonso XIII*, barco de la Trasatlántica, burla la persecución de dos cruceros yanquis y llega a Puerto Rico.

6 de mayo de 1898.

El *Heraldo de Madrid* insiste en la convicción de que Cervera se dirige a las Filipinas para no dejarlas a merced de los yanquis y vengar la derrota de Cavite.

8 de mayo de 1898.

Un telegrama de Charleston (Carolina del Sur) anuncia que la escuadra de Cabo Verde ha sido vista en aguas norteamericanas. La noticia produce enorme pánico en los Estados Unidos.

Otro telegrama de Washington asegura que se halla cerca de Santo Tomás o la Martinica.

Dos navíos neutrales comunican haberla descubierto navegando a lo largo de Puerto Rico.

Entretanto, la escuadra «fantasma» de Cervera avanzaba dificultosamente hacia las Antillas. El *Vizcaya*, después de su viaje a Nueva York y La Habana, había llegado a Cabo Verde con los fondos muy sucios, poco menos que inutilizado, y retrasaba la marcha de los otros navíos. Los tres *destroyers*, cuyas delicadísimas máquinas se averiaban con facilidad y hubieran quedado inservibles en un viaje tan largo, tenían que ser remolcados constantemente por el *Teresa*, el *Oquendo* y el *Colón*.

Crisis en el Gobierno, provocada por la desairada situación en que el desastre de Cavite había dejado a algunos ministros, como Bermejo (Marina), Gullón (Ultramar) y Moret (Estado).

9 de mayo de 1898.
El *Furor* y el *Terror* se destacan de la escuadra, al mando de Villaamil, para tratar de obtener noticias.

11 de mayo de 1898.
Cuatro cañoneros yanquis bombardean Cárdenas y Cienfuegos para proteger un desembarco de armas y municiones destinadas a los insurrectos. El combate duró cuatro horas y, aunque sin resultados para los americanos, demostró su alarmante empeño de poner pie en la isla, propósito ya anunciado por Mac Kinley, que preparaba el envío de 50000 voluntarios y 17000 soldados de las fuerzas regulares.

Siembra gran alarma y decepción en Madrid la noticia —confirmada desde Londres por el agregado naval de la embajada yanqui— de que la escuadra de Cabo Verde navega rumbo a Cádiz.

Los cruceros americanos *Columbia* y *San Francisco* buscan a los navíos de Cervera en aguas de las Antillas inglesas.

Cervera halla al *Terror* —que luego hubo de ser abandonado en Fort-de-France (Martinica) con las calderas quemadas—

completamente inutilizado, bajo la custodia del *Furor*, que continúa su viaje, destacándose otra vez de la escuadra.

Noche del 11 al 12 de mayo de 1898.

Regresa el *Furor*, después de tocar puerto en la Martinica y de haber conseguido escabullirse de la persecución de un barco auxiliar enemigo, gracias al valor y la pericia de Villaamil. Las noticias que trae el *Furor* no pueden ser peores: la escuadra de Cavite ha sido destruida; bloqueo yanqui de Puerto Rico y desde Cárdenas a Cienfuegos en la costa de Cuba; situación estacionaria de la guerra terrestre; crisis ministerial; y la más grave de todas: no había llegado a la Martinica el carbón prometido por el Gobierno, ni se les permitía adquirirlo en el puerto, por razones de neutralidad. Tampoco habían llegado las instrucciones ni la información que era presumible enviarían desde Madrid.

12 de mayo de 1898.

La escuadra de Sampson bombardea San Juan de Puerto Rico. Después zarpa en busca de Cervera, a lo largo de la costa cubana. Los insurrectos de Pinar del Río, envalentonados por la presencia de la flota yanqui, atacan y sufren un grave revés. Entre los 200 muertos que dejaron en el lugar de la lucha, se hallaba el cadáver del famoso cabecilla Emilio Collazo.

La escuadra «fantasma» hace rumbo a Curaçao, con la esperanza de encontrar allí el combustible prometido.

El ministro de Marina, Bermejo, aterrado —tras la derrota de Cavite— por la suerte que podría correr la escuadra de Cervera, envía un telegrama, que no había de llegar a tiempo para que lo leyese el almirante:

> Desde su salida han variado las circunstancias. Se amplían sus instrucciones para que, si no cree que esa escuadra opere ahí con éxito, pueda regresar Península, reservando su derrota y punto de recalada, con preferencia Cádiz. Acuse recibo y exprese su determinación.

14 de mayo de 1898.

La escuadra «fantasma», tras de hacer un falso rumbo hacia Santo Domingo, llega a Santa Ana (Curaçao Chico), a las 7 de la mañana. Sólo se autoriza a que tomen puerto dos buques y por un período de 48 horas. Entraron el *Teresa* y el *Vizcaya*. Cargaron víveres y 300 toneladas de carbón, que no procedía, desde luego, del anunciado por el ministro de Marina en su telegrama del 26 de abril, puesto que no había llegado.

15 de mayo de 1898.
Siguen, entre los yanquis, la incertidumbre y las noticias contradictorias sobre el rumbo de la escuadra «fantasma». Siguen también los incesantes movimientos de sus buques, que acabarían por dejar libre el camino hacia Santiago de Cuba.

Los cruceros *Conde de Venadito* y *Nueva España* obligan a retirarse a cinco barcos yanquis que se hallaban frente a La Habana.

16 de mayo de 1898.
El Gobierno ordena que se prepare para zarpar de Cádiz la escuadra española de reserva, al mando del contraalmirante Cámara. No habían podido incorporarse a ella los cruceros *Lepanto* y *Alfonso XIII*, recién construidos en Cartagena, a causa de sus defectos. Quedó, pues, reducida la escuadra, que, probablemente, sería enviada al archipiélago filipino para dar la réplica a Dewey, a dos únicos barcos con valor real para el combate: el acorazado *Pelayo* y el crucero acorazado *Emperador Carlos V*; los restantes buques —*Rápido*, *Patriota*, *Meteoro*, *Buenos Aires*, *Antonio López*, *Alfonso XII*, *Montserrat* y *León XIII*— no eran sino transatlánticos transformados en cruceros auxiliares los tres primeros, y simplemente armados los restantes. Los «destroyers» *Audaz*, *Osado*, *Proserpina* y *Destructor* completaban la heterogénea flota, dotada, además, de tripulantes bisoños, que ni tenían instrucción ni se habían ejercitado en el tiro.

17 de mayo de 1898.
Se resuelve la crisis ministerial del día 8, en la siguiente forma: Vicente Romero Girón (Ultramar), Ramón Auñón (Marina), Duque de Almodóvar del Río (Estado). El conde de Xiquena, que desempeñaba la cartera de Fomento y se había unido a los ministros salientes, fue sustituido por Germán Gamazo.

Al enterarse el general Blanco de las órdenes cursadas para el regreso de Cervera a la península, telegrafió sumamente alarmado, haciendo funestos augurios:

...Medite el Gobierno la gravísima trascendencia de ese acuerdo, que podría ser causa de una página de sangre y de baldón, derrumbándose nuestra historia, y de la perdición definitiva de esta isla y de la honra de España. Si nuestra escuadra es batida, aumentaría aquí la decisión para vencer o morir; pero si huye, el pánico y la revolución son seguros.

18 de mayo de 1898.

El capitán general de Puerto Rico telegrafía en términos semejantes a los de Blanco.

La inquietud de ambos jefes carecía, sin embargo, de fundamento, no sólo porque Cervera no recibió el telegrama de Bermejo, que le mandaba regresar, sino porque Auñón —que, en la Junta de Generales de la Armada, ya había votado a favor de la partida de la escuadra hacia las Antillas— se apresuró a rectificar al ministro saliente, ordenando que la flota siguiera viaje rumbo al mar Caribe.

Produce gran pánico en los Estados Unidos la noticia de que una nueva escuadra española *fantasma*, distinta de la de Cabo Verde, navega por aguas de las Antillas.

Se señala la presencia de los torpederos españoles en Puerto Rico.

El terror en algunos puntos de la costa yanqui degenera en verdadero histerismo. Se aseguraba que Cervera se dirigía hacia el golfo de Méjico para bombardear varios puertos de los Estados Unidos. Bastaba la aparición de un buque cualquiera para que el pánico viese en él a un explorador de la temible amenaza de la flota de Cabo Verde. Los habituales y numerosos veraneantes del litoral de Portland a Savannah dejaron de acudir casi por completo.

La escuadra de Cervera zarpa de Curaçao.

19 de mayo de 1898.

A las nueve de la mañana entra en el puerto de Santiago de Cuba la escuadra española, burlando el bloqueo y la caza yanquis y produciendo el asombro del mundo entero.

* * *

—¡Ya os lo dije, hermosos! —exclamó Carballo—. Ya os dije que me habíais contagiado la locura. ¿Qué hago yo aquí cargando sacos de carbón como una bestia? ¡Os lo digo, hermosos! Esto se pone muy mal. Empieza uno así, con estas chifladuras, y no sabe cómo terminará. ¡Un cabo, y un veterano con más mili que «Tirito», cargando carbón!

—¡Cállate ya! —le replicó Novas—. ¿No te presentaste voluntario? ¡Pues cállate!

—¡Me callo! Pero, os lo advierto, marineritos de agua dulce: como me estropeéis los barcos... ¡Es lo único que me faltaba por ver!: que el ejército tenga que salvar la escuadra.

—¡Qué vais a salvar vosotros! —le replicó el cabo de mar Juan Llorca, del *María Teresa*—. Vosotros, los de tierra, ¿qué? Vosotros tenéis mucho espacio para salir corriendo.

—Si te dejan, sí. También vosotros tenéis los mares. Que no son chicos, hermoso.

—Ya, los mares —dijo otro cabo del *María Teresa*, Andrés Sequeiros—. La cubierta del buque, y pare usted de contar.

—¿Y hasta ahora qué habéis hecho? —medió Novas—. Rascaros la tripa en Cabo Verde, filiños. A que sí, ¿eh, Carballo? Y nosotros pegando tiros hace una eternidad. Y, encima, nos dan suelta dos días y nos presentamos voluntarios para cargar carbón como dice Carballo, como bestias.

—Eso ya es otra cuestión —dijo el cabo Juan Llorca—. Yo, cuando llegamos aquí y se armó aquel jaleo de vivas por todas partes y la gente como loca de alegría, y con los mandones de Madrid enviando telegramas de felicitación... «Eso se presenta bien», porque las cubanitas... ¿Y vosotros os quejáis? ¡Hay que ver cómo están las cubanitas, muchacho! Yo pensaba: «Me forro. Aquí me forro.» Pues... llegar e hincar el pico todo fue uno. Hay que carbonear y hacer agua a toda prisa, limpiar calderas y salir arreando. Pero hablemos de otra cosa. ¿Quiénes les han metido el pánico en el cuerpo a los yanquis? Nosotros. ¿Quiénes los han dejado con la boca abierta que no la podrán cerrar en un mes? Nosotros. Andaban buscándonos igual que manadas de lobos. Y ya lo habéis visto. ¡Es muy grande Cervera!

—Ahí ya te doy la razón —dijo Puig—. Debió de ser emocionante.

—¡Venga!, que ya están los sacos —exclamó Sequeiros.

—¡Ahora va! —protestó Novas—. ¿Qué quiere éste?, ¿que la *Constitución* solita cargue toda la escuadra?

Llevaron los sacos hasta el muelle. Eloy Culla depositó el suyo.

—¡Eh, Manzanares! —le dijo a Tomás Manzanares, fogonero del *Furor*—. Cada día te veo más negro. Y cuidadito con éstos, hermano. Estos de infantería son muy brutos y, si te confunden con un mambí, te cascan.

—¡Y sí que lo somos! —exclamó Novas—. Pero, de brutos y brutos, habría que ver.

—Con Manzanares, ya está visto. ¡Y perdona, hermano! Ése se alistó en la marina y no sabe ni nadar.

—¿Y qué? —replicó Manzanares—. ¿Para qué quieres que sepa? A mí no hay ningún guapo que me tire del buque y me haga tocar el agua.

—Eso último ya se te nota —rió Carbonell.

—¿Hay graciosos en la infantería? —preguntó el fogonero.

—Eso pregunto yo también, Manzanares —dijo Eloy Culla—. Y los hay, hermano. Estos tíos de la escopetita, pim-pim, tienen gracia. ¡Juégate la cabeza a que la tienen, hermano!

—Y juégate tú algo a que te la rompo —masculló Carbonell.

—¿Tú a mí? ¿De qué, hermano?

—Las únicas cabezas que van a romperse aquí, será cargando carbón —intervino Sequeiros—. Así es que, arreando. Y tú, Culla, te metes la lengua donde ya sabes.

—Cuando me enseñe primero cómo se hace, hermano.

Se echaron todos a reír.

—¿Que si fue emocionante? —dijo el cabo Juan Llorca—. Si vosotros le llamáis así al canguelo... Traíamos un solo farol en la popa de los barcos. Por los lados iba protegido con pantallas. El farol sólo era para no perder contacto. Tres semanas navegando en completa oscuridad...

—Y de día ¿qué? —le interrumpió Novas.

—¿Es tonto éste? —preguntó Juan Llorca.

—Regular —dijo Carballo.

—¡No me calientes, Carballo! ¿Soy yo marinero? En el día hay luz, me figuro. Si no soy marinero, puedo preguntar. ¿Sí o no? ¿Y a quién voy a preguntárselo? ¡Tenéis cada tontería!...

—¡Cállate ya, Novas!

—¿Tú te llamas Noval, hermano? —preguntó Culla.

—Más o menos. ¿Por qué?, ¿qué pasa?

—En el *Furor* hay un alférez de navío que también se llama Noval.[1]

—¡Ah, caray! Igual somos parientes. ¡Categoría, filiños! Yo me llamo Novas, pero por una letra más o menos...

—¡Límpiate, hermano! El alférez Noval es de la marina y de lo mejor que ha parido madre. ¡Puff! Y tú, como ser, pareces una basura.

—Puede, filiño. Pero, a mí, el que me prueba, repite. Seguro que repite el segundo tortazo.

1. Por una confusión involuntaria, en las anteriores ediciones de *Héroes de Cuba* el apellido del alférez Noval aparecía erróneamente escrito «Novas».

—¡Ya será menos!
—Según... —dijo Novas.
—¿Habéis terminado? —preguntó Llorca.
—Según... —dijo Culla.
—Ya te lo digo yo, porque voy a terminar antes que vosotros. Pues, como os decía... Íbamos en la oscuridad con los ojos abiertos como platos, temiendo a cada instante que nos agarraran los cerdos yanquis. Rodando de isla en isla, pidiendo carbón como pobres de pedir. Ahora ya me he enterado de que ni el almirante sabía por dónde andaban los yanquis, pero los olía como un perro de caza.
—Pues a ver si hacéis algo ahora, hermosos, y no tanto huir. Esos tíos nos han bombardeado Cienfuegos, Cárdenas, Bahía Honda, Nuevitas, Guantánamo, Sagua la Grande... Quieren desembarcar. A ver si la escuadra sirve de algo.
—Servirá cuando esté lista para zarpar, si no morimos antes de cansancio.
—¿Y tú te quejas?
—¿Qué vas a decir ahora?
—Que, al lado de los *destroyers*, los cruceros son fondas de lujo, hermano.
—¿Los *destroyers*? ¡Si os hemos traído a rastras casi hasta aquí!
—¡Echa! ¿Sabéis lo que son los *destroyers*, hermanos? Son el infierno. Esos bestias no tienen más que máquinas, máquinas, calderas y máquinas. Vosotros no sabéis lo que es pasar calor.
—¡Seguro, filiño! Aquí, de eso, ¡ni pum! ¡Será burro!...
—Tú y yo ya hablaremos después. A los fogoneros y maquinistas los sacan a cada rato a cubierta medio asfixiados. Se quedan allí igual que muertos, con los ojos en blanco. «Éste ya está listo.» Y no, hermano. Que han de volver al infierno. Y allí nos abrasamos vivos todos los demás. No se puede dormir ni descansar. Y ya queda todo dicho. Menos aquel según que dejamos pendiente tú y yo.
—Cuando quieras.
—A mí me va bien ahora —dijo Culla esgrimiendo la pala.
—¡Culla! —se oyó una voz perentoria.
Eloy Culla se volvió.
—¡A sus órdenes, mi alférez!
—¡Me estoy hartando de ti!, ¿oyes?
—¡Perdone, mi alférez! Es que estos de infantería...
—Esos de infantería están ayudando a dejar la escuadra en condiciones. Otros fortifican la ciudad y colocan cañones, ¿sabes para qué?
—No, mi alférez.

—¡Pues deberías saberlo, estúpido! Es para defender la escuadra, para que no pueda ocurrir lo de Cavite.

—¡Ah, ya!

—¡Discúlpate ahora mismo!

—¡Hombre, mi alférez! ¿Con los de infantería?

—¡Cualquiera de ellos vale mucho más que tú! ¡Pídele perdón a ese muchacho!

—¡Mi alfééérez!... ¿Sabe una cosa, mi alférez? Éste se llama casi como usted. Se llama Novas.

—¡Estoy esperando, Culla!

—Perdona, hermano.

—¿Cómo? —preguntó Novas cazurramente.

—¿Se ha fijado, mi alférez? ¡Que perdones, que perdones! ¿Lo has oído ahora?

—¡Ah, bueno! Perdonado, filiño.

—¿Te llamas Novas?

—Santiago Novas, mi alférez. ¡A sus órdenes!

—Sólo hay una letra de diferencia.

—¿Verdad que no es casi nada, mi alférez? Es lo que yo les decía a éstos.

Los soldados y marineros reanudaron la faena.

El alférez José Noval de Celis sonrió. Volvió a reunirse con el teniente José Luis Robles. Se habían conocido de estudiantes y tenían mucha amistad. Se hallaba también con ellos el guardia marina Enrique Saralegui. Era muy joven, de rostro aniñado, asustadizo.

—¡Este Culla...! —exclamó Noval—. Es un grandísimo fresco. Sabe que tengo debilidad por él, y se aprovecha. No puedo quitarle la vista de encima, porque siempre anda buscando pelea.

—Te advierto que esos que hay ahí de la *Constitución* tampoco son mudos ni mancos. Pertenecen a mi compañía. Ya les llamaré la atención.

—No; de ningún modo. Encima de que se han ofrecido voluntarios... Y el culpable habrá sido Culla. Yo le tolero muchas cosas, porque sé cuánto me aprecia. Además, nuestros hombres se hallan agotados, de pésimo humor. El viaje fue sumamente penoso y, en vez de concederles un descanso, los hacemos trabajar como nunca. Las tripulaciones de los destructores, sobre todo, están deshechas. Esos barcos son un crimen, como dice el ayudante Arderíus.

—Deben de saltar como caballos sobre las olas, ¿no?

—Pero ¡no sabes hasta qué extremo! Las cuatro horas de guardia en la proa, agarrado a la barandilla, zarandeado brutalmente, salpicado por el agua, le dejan a uno materialmente destrozado. Y, para descansar, los oficiales disponemos de la especie de ataúd que son nuestros reducidos camarotes. Entre el sol, que casi traspasa el delgadísimo casco de cinc, y el calor que despiden las máquinas y calderas, se derrite y se asfixia uno. La única ventilación es la toldilla de entrada. Si se mantiene abierta, las olas inundan el camarote; si se cierra, la atmósfera se vicia rápidamente y acaba uno intoxicado.

—¡Caray! Desde luego que debe de ser un martirio.

—¡Pues calcula los horrores que sufrirá la marinería!...

—¿Y ustedes cómo lo pasan? —le preguntó a Robles el guardia marina Enrique Saralegui.

—Podría jurarle que no lo pasamos mucho mejor.

—He dicho una tontería! —murmuró Saralegui con voz confusa, casi ininteligible.

—¿Crees que conseguiréis salir pronto de aquí? —preguntó Robles.

—Se hará lo imposible —dijo Noval—. Tú, que la conoces mejor, sabes que esta amplia bahía de estrecho canal y de estrechísima boca, se ha comparado muchas veces con una botella. Si no escapamos antes de que lleguen los yanquis y le pongan un tapón, jamás saldremos. ¡Desespera pensar que ya estaríamos en La Habana, si el Gobierno nos hubiera enviado el carbón ofrecido! El que estamos cargando, es pésimo. Y, además, los navíos necesitan 1000 toneladas cada uno para llegar a La Habana, y aquí sólo tienen 2000 en total. No existen lanchones suficientes, ni remolcadores, ni condición alguna para la carga. Hay que hacerla en sacos, como ves, a razón de 150 toneladas diarias. Los comerciantes se resisten a proveernos de víveres...

—¡No me hables de esos canallas! Como se les adeuda dinero, han dejado de abastecerse, por temor a que se les embargue. La escuadra y el ejército les deben de oler a cadáver y ya se están preparando para recibir al vencedor. ¡Cuadrilla de traidores!...

—Necesitamos munición, sobre todo de 14 cm, pero aquí no la hay. Hemos preguntado a La Habana, y en aquel apostadero tampoco tienen nada en absoluto. Los barcos de guerra que se aseguraba existían en Cuba, y con los que iba a reforzarse nuestra escuadra, resulta que no tienen valor militar ninguno y que ni siquiera se hallan en condiciones de navegar. Excuso decirte...

—Y aún no le has explicado lo de la aguada —intervino tímidamente Saralegui.

—¡Ésa es otra! Necesitamos 600 toneladas para renovar el agua de las calderas. Con los cuatro aljibes de que disponemos aquí, sólo se pueden cargar 48 toneladas al día...

—¿Entonces no hay esperanza?

—¡Pssh...! Si llegara el carbonero que se espera de un momento a otro y nos solucionase el principal inconveniente... También parece que hay combustible en Puerto Rico. Sin embargo, por allí rondan los acorazados yanquis. Habría que aprovisionar la escuadra en 48 horas y salir pitando, pero ¿en qué condiciones se hallará aquel puerto? ¿No ocurrirá lo mismo que aquí? Y, entretanto, cada minuto que pasa es una sentencia de muerte para la flota. Los comandantes tendrán que decidir algo urgentemente para escapar de esta ratonera.

Vieron acercarse muy de prisa al alférez de navío del *Vizcaya*, Luis Fajardo.

—¿Ya sabéis la noticia? —dijo con la voz alterada.

—No. ¿Qué sucede?

—Se han visto cuatro buques de guerra yanquis frente a la ciudad.

—¿Aquí? —preguntó Saralegui palideciendo.

—¡Claro! Aquí.

—Puede que sólo sea un destacamento de la escuadra de Sampson.

—¡Ojalá! Con un par de días que nos den... La de Schley aseguran que sigue en Cayo Hueso. ¡Aún hay patria, amigos! —sonrió Fajardo forzadamente.

Los soldados que cargaban carbón miraban a los oficiales.

—¿Qué se tracrán ésos? —le dijo Carballo a Pedrell—. Parecen preocupados.

—Sí; puede.

—¿Y a ti qué te pasa? Llevas horas sin despegar los labios.

—¡Déjame! Haz el favor.

—¡Pues sí que te ha dado fuerte! ¿Que tu amadísima no está? ¡Bueno!; ya la verás mañana.

—Tampoco la veré. Ha ido a visitar a unos parientes de Guantánamo.

—¡Vaya! Lo siento. Yo también fui a rondar a mi hermosura. ¡Y nada! Pero tú no debes quejarte, Pedrell. Tú tienes la suerte por arrobas. ¡Todo se sabe, amigo! En cambio yo... Lo único que pediría es sentarme frente a ella y hartarme de mirarla... ¡Seré burro! ¡Seré pedazo de burro! ¡Novas, ven aquí! ¡Ven aquí, Novas, y rómpeme la cabeza con la pala! Hazme ese favor, Novas. ¡Maldito seas!

—Oye, ¿dónde están Expósito y el Enamorado? —preguntó Puig.

—El Enamorado haciéndome la pascua a mí —dijo Carbonell—. Seguro que andará detrás de la lavandera. Ese llorón de Enamorado acabará por darnos lecciones a todos.

—¿Y Expósito?

—Fue al hospital.

—¿Qué me dices? Siempre está renegando de Camino y ahora va a verle.

—No; fue por Hijo l'alcalde —aseguró Novas.

—También; pero sobre todo por el Madriles. ¡Me jugaría la cabeza!

—Le metieron un buen trallazo al pobre Hijo l'alcalde.

—¡Y tan bueno, Puig, que nunca dejaréis de ser quintos! ¡Para mí quisiera un balazo en el muslo! Veréis aquí; con la escuadra metida en Santiago. Yo por eso me mato a trabajar. ¡Que se larguen en seguida! Ya tenemos suficientes fuegos artificiales en este asqueroso lugar.

El Enamorado la llamó al acercarse.

—¡América!

—¿Tú por aquí? Pensé que ya no volverías.

—¿Lo pensaste de verdad?

—¿Por qué me lo preguntas?

—Dijiste que me conocías mejor que yo mismo.

—Y lo sigo sosteniendo. Tú eres un hombre de mucha fuerza de voluntad, obstinado.

—La voluntad puede usarse de varias formas...

—¿Atormentando a la gente, por ejemplo?

—Sí; podría ser una de las formas, pero no estoy seguro de haber venido con esa intención.

—¿Lo dices sinceramente?

—¿Por qué no? Además, contigo me arriesgaría a llevar las de perder. He pensado mucho en todas las cosas que me dijiste el otro día. No sé si me han hecho un gran bien o un daño muy grande.

—Mi intención fue buena. Y tú lo sabes.

—¿Lo sé?, ¿cómo voy a saberlo?

—Desprendiéndote, simplemente, de la idea de que somos enemigos.

—¿Y no lo somos?

—Sí. Detesto a España por lo que significa, porque se opone a la independencia cubana, pero no puedo odiar a cada uno de sus habitantes. Y hasta puedo querer a un español. ¿Lo dudas?

—No debería dudarlo. Sé por experiencia que no hay sentimiento tan fuerte como el amor. Pero solamente puedo hablar de mi propia experiencia.

—Ya te advertí que eras orgulloso. ¿Te niegas a creer que los otros pueden amar tanto como tú?

—No; no me niego, pero me parece que es arriesgado admitir esa creencia.

—En ti hay una cosa que me sorprende mucho.

—¿Qué es?

—Me han dicho que eras labrador.

—Y lo soy.

—Discurres con muy buen sentido, con demasiada agudeza. Y hablas bien. Pareces un hombre de estudios.

—No lo soy. No tengo más cultura que la de la escuela. El maestro era excelente, eso sí. Estuve enfermo una temporada bastante larga y leí varios libros; no muchos, y periódicos.

—Yo había empezado a asistir a la universidad. No he conocido muchos hombres como tú.

Mijarazos sonrió.

—¿Qué intentas ahora?, ¿alabar mi vanidad?

—¿Eres vanidoso?

—Tú, por lo menos, lo crees. Y es posible que tengas razón. Seguramente que soy algo vanidoso —Mijarazos volvió a sonreír—. Estoy lleno de defectos aprovechables, como ves.

—Pero los conoces —sonrió también América—, y así no se pueden aprovechar.

—Exageras mis posibilidades. Los labradores de la península somos desconfiados. Ése es nuestro único talento. Llevamos una vida muy dura, terrible. Hay que defenderse como una fiera, estrujarse el magín. Todos somos algo picapleitos. Allí, a las cosas se le dan vueltas y más vueltas. Hay mucha malicia.

—Ya lo he notado. Pero tú, además, eres inteligente.

—Y tú me ganas en todo.

América rompió a reír.

—¿Qué te ocurre?

—Nada —dijo ella—; que yo también desciendo de guajiros. Te lo advierto.

—Entonces, no hay más que hablar. Los aldeanos de aquí se parecen a los nuestros. Y hasta los aventajan. Sé que muchos dueños de grandes empresas, fábricas de tabacos, eran antes guajiros.

—Es verdad. Pero tú...

—Yo ¿qué?

—En ti hay algo muy especial...

—¿Y en ti no? Hace algún tiempo, hablando con uno de mi compañía, le dije que yo me consideraba un hombre raro. Tal vez por eso no he dejado de venir a verte: porque me siento comprendido.

—¿Y nada más?

Mijarazos la miró con desconfianza. Dijo:

—Probablemente hay otras cosas.

—¿Probablemente? ¿Qué exiges tú de una mujer?

—Tal vez demasiado.

—¿Más de lo que yo estoy dispuesta a darte?

—No basta. No sé... Me desconciertas.

—Le bastaría a cualquier hombre.

—A cualquier hombre que no se exigiera nada a sí mismo —replicó Mijarazos alzando la voz.

Ella le miró desdeñosamente.

—¿Y qué te exiges tú? ¿Olvidar antes tu otro amor? ¿Quererme a mí tanto como a ella?

—Quizás...

—Tú sabes que no arriesgas nada.

—Yo no estoy tan seguro —sonrió Mijarazos rehaciéndose.

—Eso es casi una declaración —sonrió también la mulata, pero en seguida volvió al ataque—. ¿Tienes miedo a un desengaño?

—¿Por qué no?

América se echó a reír. Los ojos se le achinaron más aún. Tenían un brillo relampagueante.

—¿De qué te ríes ahora?

—Has pensado mucho. Me doy cuenta. Pero ya verás como no te sirve de nada, porque tú correrás todos los riesgos —le dijo con un aire retador, volviéndole la espalda.

Mijarazos guardó silencio.

La mulata sacó una prenda húmeda de un cubo de cinc. Se subió en un cajón y la tendió en una de las sogas. Descendió nuevamente y cogió otra prenda. Repitió varias veces la misma operación. Se agachaba, se levantaba. Los atractivos escorzos de su cuerpo; los deslumbradores diamantes de las gotas rajando el cristal de la luz; los empapados gallardetes de la ropa. Se colocaba de puntillas, alargando sus bellísimos brazos. Seguramente que no llevaba ninguna prenda bajo el vestido. Estiraba todo su cuerpo. La tela se le ceñía a la piel. Realzaba los músculos de sus espaldas, dibujaba la línea de sus costados, de sus redondas caderas. Parecía hallarse desnuda. La belleza de su cuerpo surgía elástica, tendida, del tumultuoso oleaje del sol. Se ofrecía a la mirada del hombre en toda su turbadora perfección.

La voz de Mijarazos sonó ronca, ahogada:

—¿Quieres que te ayude?

—Sí, gracias. Si no te molesta...

—¿Por qué iba a molestarme?

Mijarazos le dio una prenda. Le dio otra. No se la dio. La retuvo. América se volvió hacia él. Se quedaron inmóviles, respirando entrecortadamente, mirándose a los ojos.

—¡No me digas nada! —rogó la mujer—. ¡No me digas nada! ¡No digas tampoco que me quieres!

Mijarazos le pasó los brazos en torno a la cintura. Ella le echó los suyos al cuello. Mijarazos la bajó suavemente del cajón.

Después, lentamente, reclinados, con las cabezas juntas, entraron en la cabaña.

El hospital era un enorme caserón de planta, de arquitectura idéntica a la de los cuarteles. Estaba situado en la parte alta de la ciudad. Anduvo de un lado a otro, tercamente. Le interrogaban con fatigante amabilidad, o se reían de él, pero no cejaba. Sentíase muy cansado. «¡Quintos! —pensaba—, ¡quintos! ¡Con quintos no hay manera!»

Se coló en otra sala.

—¿A quién buscas tú?

—A Hijo l'alcalde.

—¿Estás de broma, jovencito?

—¿Qué jovencito?, ¿qué? Yo soy veterano. ¿Y vosotros qué sois? Hijo l'alcalde y Hijo l'alcalde. ¿Hablo claro, quinto?

—¿Te apuestas cualquier cosa a que te echo a patadas? ¡A ver!, ¡su excelencia el hijo del señor alcalde!

—¡Aquí! —oyóse una voz hacia el medio de la sala.

—¿Y ahora qué? —preguntó José Expósito.

—¡Camina, anda, camina! —masculló el enfermero—. ¡Encima tener que aguantar a estos mendrugos!

Expósito se alejó volviéndose.

—*¡Aborregao!* ¡No son más que unos *aborregaos*!

—Expósito! ¡Ven acá, hombre!

La sala era sombría y triste. Hallábanse apelotonados los heridos y los enfermos, en filas de seis incómodas yacijas sin respaldo, que se rozaban unas con otras. Había un olor nauseabundo, casi irrespirable, de sudor, de suciedad, de podredumbre. Hombres demacrados, cadavéricos, en una inmovilidad parecida a la de la muerte; heridos con sus vendajes manchados de pus, de sangre negra. Varios enfermeros y algún doctor se movían entre las camas. Sus oscuras batas. Parecían enterradores.

—¡Aquí me tienes! —dijo José Expósito acercándose.

—¿Y los otros?

—Están de quintos en las fortificaciones y cargando carbón para la escuadra. ¿Y tú qué?

—Regular. De modo es que había perdido mucha sangre. Y me dice el matasanos: «Si se te echa *dormoformo*, te puedes quedar en la operación.» Y voy yo: «Pues no me lo eche, señor doctor, mi capitán.» «Te va a doler.» «Yo soy bastante bruto, señor doctor, mi capitán. De modo es que un día, en el pueblo, la mula del amo...» «Ya me lo contarás en otra ocasión. ¡Agarradle!»

Luego, aquí me han dicho que qué de perder ni perder sangre, que andan muy mal de medicinas y las guardan para los oficiales. De modo es que, si nosotros no somos hijos de Dios, que peguen ellos los tiros. Y eso es lo que le diré algún día al capitán, pero ahora, no. Va el matasanos. Me ponen unas trabillas en las piernas y en los brazos, me agarran bien. El matasanos me arrea un puñalón con unas tijeras de pico. Yo te lo pregunto a ti, Expósito, y con la mano en el corazón. De modo es que le menté a la madre que lo había parido. Y él, como una fiera, que iba a dar parte y el *concejo* de guerra. «Pues póngame un bozal, porque a mi propio padre se la miento si me hurga como usted.» El criminal se vengó bien. De modo es que anduvo escarbando con unos cuchillos de punta y las malditas tijeras de pico. Y yo: «¡Hurga, hurga, que ya te cansarás, me c... en tu padre!» De modo es que se lo decía dentro de mi cabeza. Y así es como el doctor me sacó la bala y yo le dejé a él y a toda su familia muy bien ciscados.

—¿Y ahora cómo te encuentras?

—Así, así... Lo temeroso es por las curaciones. Arrancan los parches de un tirón. Te meten unas pinzas por el *bujero*... De modo es que yo no digo nada. Pero no se me han escapado ni el doctor, ni ningún enfermero, con sus padres y toda la familia al respective.

—¿Y el Madriles dónde está?

—Le tienen allí, al fondo. Le he voceado, pero nada. De modo es que, si no espicha, le andará cerca.

—Voy a verle.

Expósito se acercó.

—¿Qué hay, Madriles?

—¡Hola, Expósito!

—¿Cómo te encuentras?

—Mal, muy mal.

Había enflaquecido mucho. Estaba empapado de sudor, tiritando.

—Creo que de ésta no podré salir, Expósito. Creo que voy a morirme.

—¿Morirte? Tú lo haces por molestar. Después de que vengo a verte... ¡Siempre estás molestando!

—¡Que no, José! Que te lo digo en serio. Ahora me dan gallina. Y siento ganas de vomitar. Ésa te la guardo. Cuando me la hubiera podido comer, no me convidaste.

—Porque siempre me estás molestando.

—¡Di quién inventó lo de la gallina! ¡Dilo! ¿Quién lo inventó?

—Tú.

—¡Ah, bueno!

—Lo inventaste tú solo.

—Lo dices ahora, porque sabes que voy a morir.

—Pues si hubiera otro delante, no lo diría.

—También lo de mi novia de Madrid es verdad. Y la chatarra también. ¡Jura que no me moriré!

—¡Lo juro!

—Yo te fastidio, porque me divierte. Pero te aprecio bastante.

—Pues a mí me molesta mucho. Ahora que, con tal de que te pongas bueno..., ¡bueno!

—¿Volverás esta noche?

—¿Y me lo preguntas?

—Te espero a las once.

—Aquí estaré.

Mijarazos salió de la cabaña. Caminó con lentitud, absorto. América permaneció en el lecho. Se estiró perezosamente, como una gata. Luego se vistió y se puso a recoger la ropa que había tendido.

Mijarazos entró en el bodegón. Pidió un vaso de caña. Permaneció allí hasta que se hizo de noche. Luego fue a la calle del Toro. Encontró a sus compañeros. Mijarazos les habló. Se expresaba serenamente, pero estaba muy pálido. Parecía luchar con unos sentimientos contradictorios de esperanza y de temor. Pero ni el gesto ni la voz traslucían nada. Excepto la palidez, excepto aquel tono ausente, como si contara cosas que no le atañían.

Esteban Pedrell recordó la noche en que Mijarazos le había referido sus amores. Ahora también le escuchaba impresionado.

—Casi que no podemos sostenernos de pie —dijo Carballo—. Pero se hará como tú quieres, hermoso. ¿Qué opinas, Pedrell?

—Por mí, de acuerdo.

—Los demás estaremos allí también.

—Tú a mi lado, Novas. Sin moverte, hasta que yo lo mande.

—¿Por qué dices eso?

—Por nada, hermoso. ¡Adivínalo!

—¡Aquí, el único burro eres tú!

—¡Conforme, querido mío! Pero sin moverte.

Eran las once en punto cuando Mijarazos llamó a la puerta de la barraca.

—¿Quién es?

—¡Mijarazos!

La puerta se abrió. Entró Mijarazos. Oyó el chirrido de la puerta, el del cerrojo. La oscuridad era absoluta. Aspiró el perfume de la mujer. Sintió cómo se iba aproximando. Irradiaba algo tibio, electrizante. Tendió los brazos en las tinieblas y tocó su cuerpo desnudo. La estrechó con fuerza, angustiado, con una desesperación repentina.

Algún reloj, en algún punto de la ciudad, dio la una cuando salió a la calle. Mijarazos caminó sin prisas. Dejó atrás el dédalo de las chabolas y los míseros bohíos. Cruzó el barrio de Barracones, siguiendo un callejón estrecho y solitario. Oyó unas pisadas. Se volvió sobresaltado. Eran dos hombres.

—¡Espéranos, guapa!

—¡Si es un tío, animal!

Mijarazos sonrió. Apretó el paso. Ahora avanzaba por una calleja pina, de empedrado muy irregular. Los dos hombres le seguían. ¿Eran los mismos de antes? Mijarazos sentía deseos de echar a correr. Dos hombres de pisadas rápidas y silenciosas.

Mijarazos se volvió. Se detuvo.

—¿Qué sois? ¿soldados o marineros?

Le hubiera gustado recibir una respuesta.

Volvió a caminar rápidamente. Dobló en una esquina. El callejón descendía bruscamente. Avanzó con más lentitud. Los dos hombres se acercaron.

Mijarazos les plantó cara.

—Creo que me he perdido.

—Nosotros te guiaremos —dijo uno tirando de machete.

—Esta vez seré el guía —replicó Mijarazos—. ¡A mí la *Constitución*!, ¡a mí la *Constitución*! —gritó con fuerza.

Cinco hombres irrumpieron en el callejón. Los dos que perseguían a Mijarazos casi no hicieron resistencia. Cayeron acribillados a bayonetazos.

—¡La mujer! —exclamó Carballo—. ¡Allí está la mujer!, ¡que no se nos escape!

Vieron una oscura silueta en la parte alta del callejón. Huyó corriendo.

—Este asunto lo resolveré yo solo —dijo Mijarazos.

Mijarazos echó a correr. Empuñaba la bayoneta en una mano. La apretaba crispadamente. Sentía un odio asesino, una furia vengativa. Pero no pensaba en el desertor Basegoda. Sólo tenía deseos de matar, de ensañarse. «¡Perra maldita!» Hundiría cien veces la bayoneta en su cuerpo.

Mijarazos llegó a la parte alta del callejón. Dobló la esquina. La mujer ya había desaparecido. No se oía tampoco el ruido de sus pasos. Mijarazos siguió corriendo con todas sus fuerzas, sin desviarse del camino que conocía. A la mujer le iba a ser muy fácil escabullirse en el dédalo de los callejones, escapar a su venganza huyendo después de la población. ¿Fallaría también en esto? ¿Sería posible? ¿Serían falsos también sus fieros desplantes, su valor? «No —pensaba Mijarazos—, no. Estará allí.»

Y allí estaba, efectivamente.

Mijarazos se detuvo ante la ceiba. Hallábase empapado de sudor y resollaba estertorosamente. Ahora, Mijarazos sólo sentía piedad. Sentía el dolor como una espantosa herida que desgarrase todo su cuerpo. No había luna. Las estrellas arrojaban una claridad azulada, leve como una neblina. La ceiba era una mancha oscura, un pozo sin fin abierto por la muerte.

Se detuvo un instante tan sólo. El cuerpo de la mulata colgaba de la ceiba. Se había ahorcado con una de las sogas de tender la ropa. Mijarazos se abalanzó. Cortó la cuerda subiéndose en uno de los cajones. Estrechó fuertemente a la mulata.

—¡América, América! —la llamó gritando con una voz extraña, desolada.

El cuerpo de la mujer se agitó convulsamente entre sus brazos. Se puso rígida. Oyó un jadeo ronco. Y, después, nada. El cuerpo se distendió de repente. Se le quedó entre los brazos como una masa fofa, con la cabeza caída hacia atrás.

Se sentó con ella en el suelo. Hundió el rostro en su seno. Y lloró.

Después la tendió en tierra. Le cruzó las manos sobre el pecho. Arregló sus ropas en desorden, su cabellera. Y se alejó sin volver la vista hacia atrás.

Al pie de la sierra del Cobre se halla la ciudad de Santiago de Cuba. Está construida en forma de anfiteatro. En la parte más alta se encuentran los cuarteles y el hospital militar.

A las tres de la noche, casi todas las casas de la población yacían en la más absoluta oscuridad. A esa hora, alguien se despertaba, en la parte baja de Santiago, y se movía en su habitación con una luz en la mano. Pasaba cuatro veces ante la ventana. Dos a la izquierda y dos a la derecha. Diez minutos más tarde, exactamente, otra persona parecía desvelarse en su punto más alto, hacia el medio de la ciudad. La luz cruzaba una vez a la derecha y otra a la izquierda. Finalmente, transcurrido un cuarto de hora, en uno de los lugares más elevados de la población, o acaso en una de las colinas próximas, veíase una luz fija. Durante un minuto, y se extinguía.

Por la elasticidad de sus movimientos, se adivina fácilmente que esta mujer es joven. Antes de apagar la luz que lleva en las manos, ha cruzado con ella, ante la ventana dos veces: una a la derecha y otra a la izquierda. Después ha permanecido inmóvil, apoyada en el marco, mirando, sin pestañear casi, hacia un punto fijo de las tinieblas. Ha estado así durante quince minutos. Y ha visto encenderse una luz. Cuando se ha desvanecido, ha vuelto a tenderse en su cama.

Días antes, esta misma mujer, apenas oyó los vítores, la estrepitosa alegría ante la llegada de los barcos de Cervera, salió a la calle. Se mezcló en el bullicio, participó del júbilo general dando vivas a la escuadra. Luego se fue hacia las afueras de la población. Estuvo hablando con un capitán que dirigía a unos soldados que trabajaban en las fortificaciones. Bromeó también con los soldados. Luego, sin que nadie lo advirtiera, sin que nadie le diera importancia tampoco, salió de la ciudad.

La mujer se adentró en la sierra por unos caminos sólo frecuentados y conocidos casi exclusivamente por las partidas de insurrectos.

Tras unas horas de marcha, le dieron de repente el alto. La mujer hablaba con autoridad. La llevaron ante el jefe de la partida. Se llamaba Cebreco. Cebreco fue el primer individuo de las tropas rebeldes que supo que Cervera había entrado en la bahía de Santiago. Desde entonces, cada noche, se ven las misteriosas luces en la ciudad.

Hoy, 23 de abril, esta mujer no se ha movido de sus habitaciones, no se ha asomado a la ventana. Al día siguiente, tampoco saldrá de su cuarto. Sabe que han venido a preguntar por ella y que volverán a hacerlo. La contestación será siempre la misma. «Está de viaje.»

La mujer se halla tendida de espaldas en el lecho. No duerme. Sus ojos están abiertos en la oscuridad y su respiración es sobresaltada. De pronto, se vuelve, se agita de una manera convulsa y ahoga los sollozos en la almohada.

A las cinco y media hay una claridad azulada en el horizonte. Parece como si el mar trepase por la curva del cielo, empujando las sombras. Las estrellas se hunden suavemente en la bonanza marinera que llega.

Hace ya varias horas que este hombre camina sin cesar. Hace horas que trepa por los ásperos repechos de la sierra del Cobre. Lleva siempre el mismo paso. Ni lento, ni presuroso. Este hombre parece un autómata. También parece insensible a la fatiga. La tierra yace aún en la oscuridad. El amanecer adensa más todavía las sombras de los árboles, de las matas, de las peñas y desfiladeros. En este instante, el hombre avanza por una estrecha cañada. Va hacia la cumbre. Parece como si nadara contra la corriente en un río de aguas negras. El hombre gana la altura. Y allí le detiene la voz. Suena inesperada, estridente como un estampido.

—¡Alto!, ¿quién va?

El hombre levanta la cabeza.

—¡Viva España! —grita abriendo los brazos.

Su silueta se recorta, oscura, nítida, contra el horizonte, donde ya asoman los primeros rayos del sol.

El hombre cae, como está, con los brazos abiertos, crucificados por la descarga.

Se acercan cuatro individuos. Ríen, bromean. Se disputan las ropas que le van quitando al hombre caído.

El hombre jadea estertorosamente. Se agita. El pegajoso terciopelo de la sangre va cubriendo a trozos su cuerpo desnudo.

CAPÍTULO XVII

24 de mayo de 1898.

El alférez de navío Luis Fajardo estaba acodado en la borda del *Vizcaya*. Vio izarse en el buque insignia *Infanta María Teresa*, la señal de «comandantes a la orden».

—Ahora se va a decidir esto —dijo volviéndose hacia el condestable Orjales.

Orjales tenía los ojos enrojecidos, la mirada turbia.

—¿Ha vuelto usted a beber?

—¡No! ¡Se lo juro, mi alférez! Unos traguitos ayer, y nada más.

—Un día va usted a tener un disgusto muy serio...

—No; no lo tendré. Bebo un poco, pero sin emborracharme. Lo necesito, mi alférez. ¡Se lo juro!

En los navíos, y en tierra, la expectación era enorme. ¿Qué decidiría la junta de comandantes? Los marineros, sobre todo, suspendían de vez en cuando su tarea y miraban con inquietud hacia el buque insignia. Hablaban, bromeaban y reían nerviosamente. O reflejaban, en la ansiedad de sus rostros, la preocupación y el temor. Sabían que, el día antes, se habían presentado cuatro buques enemigos frente a la ciudad. Se aseguraba que, ese mismo día, la flota de Sampson, formada por doce buques, fue vista navegando delante de Cienfuegos. Si Cervera salía de Santiago, tendría que trabar combate. Los marineros estaban enterados de la inferioridad de la escuadra española, no sólo por su reducido número de barcos, sino por los defectos de los cañones y la munición, que los artilleros y servidores conocían perfectamente. Los marineros vivían alerta. Sorprendían algunas reveladoras palabras de la conversación de los oficiales, veían sus rostros preocupados. Y ya nadie ignoraba que la salida de la flota era una sentencia de destrucción y muerte.

La junta de guerra terminó.

Villaamil le dijo a su ayudante de órdenes, Arderíus:

—No; no zarparemos por ahora. A La Habana es difícil que podamos llegar. Sabemos positivamente que en Puerto Rico hay carbón, pero sólo dispondríamos de unas horas para cargarlo, y tememos encontrar las mismas dificultades que aquí. A la amenaza de Sampson se ha unido la de Schley, que ha zarpado de Cayo Hueso con rumbo a las Antillas. Iba a ser muy difícil burlarlos, y absolutamente imposible escapar, porque el *Vizcaya* nos obliga a reducir la marcha a catorce millas. Por todo ello se ha decidido esperar una ocasión más propicia.

—¿Qué han dicho de los telegramas de Madrid?

—¡Qué quiere usted que digan...! ¡Que ojalá respondieran a la realidad! Sería muy bonito haber escapado de este cepo y hallarse navegando rumbo a La Habana.

—A Sampson le ponen verde en los Estados Unidos por habernos dejado *huir* —recalcó Arderíus con una amarga sonrisa.

—Me parece que es lo único que vamos a lograr: darles algún que otro susto como ése. La profundidad de la bahía les impedirá descubrir si continúa o no la escuadra. Y aunque la ciudad está llena de traidores, el espionaje no resulta fácil. Los mambises sabrán que permanecemos aquí; pero, como la infantería cubre la costa, les será poco menos que imposible comunicarse con los yanquis.

—Es un pequeño consuelo.

—¡Y tan pequeño! Si nos bloquean la salida, poco importa que sepan si estamos o no; ya lo averiguarán. Lo terrible es que nunca podremos escapar.

Al día siguiente, el cabo de artillería Emilio Bosch estaba trabajando, como un soldado cualquiera, en las obras que se hacían en el Morro, para colocar dos cañones Hontoria de 16 cm, procedentes del inservible crucero *Reina Mercedes*. El cabo Bosch se enjugó la frente. Miró hacia el mar. Enormes olas grises, coronadas de espumas, se embestían luchando como extraños y feroces animales. El viento soplaba con furia. El Morro parecía estremecerse. Lo golpeaba sin cesar, con violencia, el testuz incesante de las olas. La estrecha entrada de la bahía era una rugiente boca llena de espumas. El cabo Bosch clavó la vista en la lejanía, donde creyó descubrir algo sospechoso.

—«¡Pecho Cántabro!» —llamó—. ¡A ver esa vista tuya de águila!

En ese momento, el semáforo estaba señalando la presencia de barcos enemigos. La escuadra de Schley se hallaba frente a Santiago. Por desgracia, se hallaba también otro buque ante la boca de la bahía: era el *Restamel*, vapor británico, procedente de Curaçao, que traía carbón para los navíos de Cervera. Schley lo apresó a la vista del Morro. Se alzaron, impotentes, los puños, los insultos de los artilleros.

—¡Lástima no tener aquí algunos cañones decentes para dispararles a esos piratas! —exclamó un oficial.

Yo me conformaría con que fuesen la mitad de buenos de lo que se asegura en Madrid. Dicen que Cervera saldrá, cuando se le antoje, al amparo de nuestras baterías, de nuestras pobres baterías... Con Schley a la vista y con Sampson, que no tardará en llegar... Si conseguimos que no entren y se zampen a Cervera, será el milagro del siglo.

—Tú te olvidas de la escuadra de Cámara —sonrió el otro oficial—. En Madrid afirman que sacará bonitamente a Cervera, el día que le dé la gana, con sus *poderosísimos transatlánticos* —subrayó sarcásticamente.

—Aquí saldremos como el gallo de Morón. Ya lo verás. Nos harán trizas a todos en la más absoluta indefensión, y aún nos lo echarán en cara, porque en la península les han hecho creer que estamos armados hasta los dientes.

La escuadra de Schley estaba virando. Hizo rumbo al sureste, para abrigarse del temporal a sotavento de la isla de Jamaica.

El almirante Cervera, ante la gravedad de los acontecimientos, convocó nueva junta de jefes el día 26. La tempestad de la víspera parecía haber aumentado en potencia y mantenía alejado al enemigo.

La junta se decidió unánimemente por la salida. Se dio orden de encender las calderas y disponerlo todo para zarpar rumbo a Puerto Rico, a las cinco de la tarde.

A las dos empezó a aclarar el tiempo. Y el semáforo señaló la presencia de tres barcos yanquis. Cervera convocó otra vez a los comandantes. Había surgido, además, una nueva complicación. En la punta del Morro existía una laja que, aunque de poca extensión, podría producir, a causa de lo revuelto que se hallaba el mar, graves averías, e incluso la pérdida del *Colón*, nuestro buque de mayor calado.

Se requirió la presencia de un práctico llamado Miguel. Se le envió a reconocer la boca para que pudiese dar mejor su dictamen.

—En circunstancias normales no sucedería nada —dijo el práctico—, pero con la marejada de hoy es muy probable que el *Colón* toque en la laja.

El almirante se dirigió a los otros jefes:

—¿Conviene arrostrar los riesgos de avería del *Colón*, o suspender la salida en espera de que se presenten mejores circunstancias?

—Yo voto por la salida inmediata —replicó Joaquín Bustamante, jefe del Estado Mayor—. Estoy conforme con lo que decía hace unos momentos el almirante: hoy es casi seguro que las escuadras enemigas no están sobre el puerto; mañana es casi seguro que lo estarán. La nuestra, frente a la abrumadora superioridad yanqui, tiene muy pocas probabilidades de salir unida. El que lo haga cada buque a la ventura, me parece muy expuesto. Y el salir o presentar combate lo considero hasta inhumano, por la seguridad de la derrota; aparte de que sería una gran torpeza política proporcionarle triunfo tan fácil al enemigo. ¿Qué podemos hacer?, ¿capitular junto con la plaza, dentro de un mes, cuando la escuadra enemiga y la falta de víveres nos bloqueen por mar y tierra? Yo me decido resueltamente por la salvación de tres buques y el riesgo de perder el cuarto. Riesgo, por otra parte, relativo. El *Colón* cala 24,93 pies ingleses, y la laja está a 27,50. Quedan, por lo tanto, 2,57 pies, margen de seguridad que los prácticos dejan siempre, como ustedes saben. Esta mañana fui a la boca. La marejada no me pareció excesiva, aunque soplaba más viento que ahora. Es posible que el *Colón* no toque fondo o que se produzca una avería que no le impida seguir viaje.

—Estoy absolutamente de acuerdo con Bustamante —dijo Víctor M. Concas, comandante del *María Teresa*—. La escuadra de Sampson, que esperábamos esta mañana, se hallará detenida por el temporal, pero puede presentarse aquí al amanecer. Desde ese instante habrá que romper el bloqueo contra fuerzas inmensamente superiores, aun sin contar con la escuadra yanqui, que se asegura viene por el canal viejo. La situación de la plaza es de suma gravedad. Al Ejército y a la Marina se les adeuda la paga de once meses. El Ejército, además, debe elevadas sumas a los proveedores, que se niegan a abastecernos y han dejado de proveerse. Para nadie es un secreto que tendremos que retirarnos de esta ciudad, bloqueados no sólo por mar y tierra, sino por sí misma, porque no hay víveres ni se hace nada para traerlos. Voto, pues, por la salida, aun a riesgo, para mí también dudoso, de la pérdida del *Colón*. Temo que ésta sea nuestra única y nuestra última oportunidad, pues presumo que, en los veinte o veinticinco días que aún puede resistir la plaza, no se presentará otra.

Los jefes restantes, salvo Cervera, que se reservó su voto, se pronunciaron en contra de la salida.

La discusión fue acalorándose. Concas y Bustamante se hallaban fuera de sí.

—Como hombre de honor y de conciencia, abrigo el absoluto convencimiento —afirmó Concas— de que en Madrid han decidido sacrificar la escuadra lo antes posible, como un medio para que se establezca rápidamente la paz. Por lo tanto, conviene salir, y no porque sea lógico, sino porque recibiremos la orden militar y terminante de hacerlo aun en peores condiciones.

—Suscribo íntegramente las palabras de Concas —dijo Bustamante.

Los otros jefes guardaron silencio unos instantes, impresionados. Después, la discusión volvió a encenderse.

Cervera apaciguó la disputa con unas breves palabras:

—Considero que las circunstancias no son tan críticas como para exponernos a perder el *Colón*. El *Gerona*, de menos calado que él, dejó parte de la zapata en esa laja del Morro. Se suspende, pues, la salida, en espera de que se calme la mar y se presente otra ocasión más propicia.

Los comandantes volvieron a sus barcos. Se ordenó apagar ocho calderas de cada buque y permanecer a la expectativa.

Eloy Culla estaba contento. Se asomó por la toldilla de las máquinas.

—¡Manzanares! —gritó—. ¡Bestia del infierno! ¡Apaga tu cochina hoguera, que ya no salimos!

No tardó en presentarse un crucero estadounidense: el *Minneapolis*. Asomaron otros. Un muro de acero acababa de cerrar la bahía de Santiago. El temido bloqueo de la escuadra española era ya un hecho.

Dos días después, Fernando Villaamil, jefe de los *destroyers*, tuvo una conversación con el alférez de navío Venancio Nardiz, al que se había puesto al mando de la sección de dos cañones Hontoria, procedentes del *Reina Mercedes*, que se iban a instalar en la Socapa.

—Acabamos de recibir del Gobierno una confidencia muy importante. Parece que los yanquis quieren taponarnos más aún la boca —sonrió Villaamil, y añadió siguiendo el no deliberado juego de palabras— y asfixiarnos del todo, hundiendo un barco en ella. Coloque usted una luz verde en lo alto de la Socapa. Enciéndala en cuanto observe que algún buque enemigo se acerca a la boca. ¿Me ha comprendido?

—Perfectamente, don Fernando. ¡A sus órdenes!

El día 31 de mayo, la escuadra yanqui se aproximó a la costa para establecer contacto y tantear nuestras defensas. Los acorazados *Iowa, Texas* y *Massachusetts*, que arbolaba la insignia del almirante, el crucero acorazado *Brooklyn* y algunos otros navíos bombardearon durante cerca de dos horas.

Nuestras baterías repelieron el ataque con la ayuda del *Colón*, que, avanzando por la bahía, fondeó en Punta Gorda y disparó sus cañones de 15 cm.

Tras el bombardeo, los yanquis se retiraron con algunas averías en el *Iowa* y el *Harward*. Los daños causados en nuestras fortificaciones y baterías fueron escasos y no hubo víctimas que lamentar.

La ciudad vibró de entusiasmo. Los artilleros multiplicaron sus esfuerzos para montar rápidamente los cañones Hontoria. Hasta entonces sólo había podido instalarse uno en el Morro. Dos días después se hallaban listos para disparar los dos de la Socapa y el segundo del Morro.

En España se recibieron partes muy optimistas desde Santiago. La prensa exageró la nota, como de costumbre. Parecía que un solo barco nuestro, el *Colón*, había rechazado a toda la escuadra enemiga.

—¿Ves, cabo?, ¿ves lo que pasa? —le dijo el soldado Pecho Cántabro a Emilio Bosch—. Tú mucho presumir de puntería, y no lo niego, porque anteayer le atizaste un buen leñazo al *Iowa*. Pero ya sabes lo que yo te dije: «Y si esos fulanos se nos cabrean, ¿qué?» Ahí lo tienes.

El cabo Bosch se asomó al parapeto. Veintiún barcos enemigos, entre ellos seis acorazados, se hallaban delante de la ciudad.

—¿A ti qué te parece? —preguntó Pecho Cántabro.

—Me parece bien. Aquí vamos a tener entierro. Y ya que lo habrá, que sea de primera categoría.

—¡Se te ocurren unas bobadas...! ¡Hombre! No gastes bromas con eso. A mí, como morir morir, no me gusta. Yo ya lo comprendo. Que si tal, que si cual... Pero es que no me gusta nada, ¡caray!, ¡pero nada! Y en mi vida pensé que iba a verme en una tan gorda. Yo, de criúco... Yo soy de un pueblo de Santander. Allí enviamos las vacas a la montaña, al puerto, como nosotros decimos. Bajan gordas a reventar. Les echamos campanos. Y se tiran *cuhetes*. Yo, de criúco, me daban miedo. «Que tires uno —me decía mi padre—. Mira que te arreo un tortazo...»

«Que no, padre; que le digo que no.» «Que te arreo, ¿eh?» Y ahora me tienes aquí, en artillería. ¡Y qué tirar *cuhetes*! Aguantando los de esos tiúcos, que es peor.

En la oscuridad de la noche del día 3 de junio, un barco, con todas las luces apagadas, navega lentamente hacia la entrada de la bahía de Santiago. A poca distancia de él, un crucero acorazado, el *New York*, avanza también sin ninguna luz que denuncie su presencia.

El buque de vanguardia es un viejo mercante fuera de servicio. En sus costados, teñidos por la herrumbre, puede leerse el nombre: *Merrimac*. Su dotación la componen el ingeniero teniente de navío Hobson y siete marineros. Ocho hombres, ocho suicidas. Ocho héroes norteamericanos que van a ofrecer sus pechos, su gran corazón, solos, indefensos, a los cañonazos de la escuadra y de las fortificaciones de Santiago.

El viejo *Merrimac*, cargado de chatarra, navega pesadamente. Sobre su cubierta va un hombre. Otro gobierna el timón. Los restantes trabajan en las calderas y las máquinas.

El hombre de la cubierta se llama Hobson. Es joven, de rostro atractivo, de firme mentón. Gasta un bigote grande y sedoso, con las puntas levemente dirigidas hacia arriba. Está tranquilo este hombre. Ante él hay un mecanismo con una batería de pilas. La corriente que genera la batería va a parar a unos torpedos provistos de espoleta eléctrica, que se hallan atados en el fondo y los costados del buque. Unas jarras de pólvora, convenientemente colocadas, contribuirán a la destrucción. Llegado el momento oportuno, el hombre de la cubierta hará funcionar el mecanismo, provocando la explosión y el hundimiento del *Merrimac*. Si este hombre y sus compañeros consiguen escapar a los mortales peligros de los cañonazos y la voladura, huirán sobre una balsa y un bote a motor, e irán al encuentro del acorazado *New York*, encargado de recogerlos.

Son las tres y media de la madrugada. La bahía de Santiago abre su estrecha y oscura boca, regurgitando el oleaje con un leve batir. No se oyen más ruidos. Hay un grande, tenso y engañoso silencio. Hace días ya que los destructores *Plutón* y *Furor* vigilan la boca. También está allí el inservible crucero *Reina Mercedes*, convertido en batería flotante. Algunas chalupas artilladas, expectantes, inmóviles, aguardan la menor señal de alarma. En la batería baja, protectora de la línea de torpedos, en el Morro y la Socapa, los centinelas otean sin cesar las sombras.

Las tres y media de la madrugada. El *Merrimac* se introduce por la boca de la bahía de Santiago, el *New York* le sigue, va retrasándose. En lo alto de la Socapa se enciende una luz verde. El silencio se puebla de extraños ruidos amortiguados. Carreras presurosas sobre las puntas de los pies, órdenes ásperas y terminantes en voz baja, ronco zumbido de motores, el silencioso girar de los cañones, que balancean pesadamente su trompa. Se ha poblado el silencio, sobre todo, del tumulto de los corazones de los soldados, que se aprestan para la lucha.

El *Merrimac* avanza impasible. Se distancia cada vez más del barco protector. Le salen al encuentro los destructores *Furor* y *Plutón*. Carlos Boado, alférez de navío del *Plutón*, dispara el primer proyectil. Es un rojo y certero relámpago de fuego que hiere mortalmente al *Merrimac*, estropeando el gobierno de la nave. La fiera tempestad se desencadena. Disparan los destructores, las baterías del *Reina Mercedes*, las de la defensa submarina, las de la Socapa. Huye la noche de la encrucijada de la bahía. Un dragón apocalíptico se ha alojado en el estrecho canal. Arroja humo y fuego abriendo sus pétreas fauces del Morro y la Socapa.

El *New York* retrocede, el *Merrimac* deriva, sacudido por los salvajes latigazos de los cañones. No queda posibilidad alguna de hundir el barco en el lugar previsto. El teniente Hobson reúne a sus hombres. Se arrojan al agua. Solamente dos han resultado con heridas leves.

Un torpedo automóvil hace trizas la proa del *Merrimac*. Los hombres que lo tripulaban navegan sobre la balsa, a merced de las olas. Momentos después, el *Merrimac* se hunde.

Al día siguiente, el almirante Cervera, en su visita de inspección a los barcos, las baterías y el lugar de la lucha, descubrió en tierra a los valerosos náufragos del *Merrimac*. Cervera felicitó calurosamente a Hobson y a sus bravos compañeros por la atrevida hazaña, y prometió negociar su canje por algunos prisioneros españoles que estaban en poder de Sampson. Y, en efecto, cumplió inmediatamente su palabra enviándole un parlamentario al almirante de la flota americana.

Indudablemente, los españoles habían conseguido hacer fracasar el empeño de obstruir la boca de la bahía. Esta empresa, no muy considerable, fue desorbitada hasta lo grotesco por la mendacidad sensacionalista de los periódicos. Se la presentó como un fracasado intento de la flota enemiga para forzar la entrada de la bahía; se ocultó el móvil que perseguían los yanquis; y no se aludió, naturalmente, a que el *Merrimac* era un inservible cascarón desarmado e indefenso.

«Los prisioneros americanos —se leía en una de estas referencias— han sido embarcados a bordo del *Reina Mercedes*; éstos son: un teniente de navío y siete marineros del *crucero* yanqui hundido.

»Se ignora la suerte del resto de la tripulación.» (!!)

Cervera recibió muchas felicitaciones, entre ellas la de la propia Reina Regente.

En los Estados Unidos no fue menor el entusiasmo. Ciertamente, los yanquis tenían más motivos que nosotros para enorgullecerse del arrojo y el temerario valor de Hobson y sus hombres.

El parte de Sampson exageraba al asegurar que Hobson había tenido éxito en la misión que le confiaron. En todo lo otro se ajustaba a la realidad de los hechos, incluso al hacer la fatídica profecía con que terminaba: «Hay en el puerto de Santiago seis buques de la escuadra española que no podrán evitar su apresamiento o su destrucción.»

El Gobierno de los Estados Unidos ascendió al teniente Hobson a capitán de navío y concedió medallas y premios en metálico a sus compañeros.

El embotellamiento de la escuadra de Cabo Verde en Santiago de Cuba, la energía y el heroísmo con que los viejos cañones de la plaza impedían que la flota yanqui forzase la entrada, para destruir los navíos españoles dentro de la bahía, obligaron a cambiar radicalmente los planes concebidos por la *Strateg War* (Junta de Guerra) de Washington. No ignoraban los Estados Unidos que España poseía en Cuba un ejército poderoso, adiestrado en el combate y de indiscutible valentía. Momentáneamente, la inferioridad yanqui, en ese aspecto, era palmaria. Habían descartado, pues, la idea de desembarcar tropas y decidir la lucha en tierra. Un empeño de esta índole tendría que ser dirigido, necesariamente, contra la capital de la isla. La toma de La Habana representaría un triunfo moral que, tal vez, decidiera la guerra a su favor. Sin embargo, la ciudad hallábase unida por ferrocarril a tres provincias. Los españoles podrían concentrar rápidamente un núcleo de tropas muy elevado, al que les sería sumamente difícil batir. Con esta argumentación se ratificaban los americanos en su propósito de no aventurarse a desembarcar en Cuba. Ni lo consideraban necesario tampoco. El aniquilamiento de la escuadra de Cavite, seguido de la sublevación de los tagalos, dejaba prácticamente a su merced el archipiélago filipino. La isla de Puerto Rico sólo contaba con una débil guarnición de 17000 hombres. La mitad de estas tropas procedía de la recluta voluntaria; gentes poco adictas que, probablemente, harían causa común con los yanquis. Les sería, pues, muy fácil apoderarse de la Pequeña Antilla. Una vez conquistadas las Filipinas y Puerto Rico, los españoles pedirían seguramente la paz.

Y aunque continuasen la resistencia, en Cuba, bloqueada la isla, bien pertrechados por ellos los rebeldes y sin recibir auxilio los españoles, terminarían por rendirse sin que los Estados Unidos tuvieran que arriesgar la vida de uno solo de sus súbditos sobre el suelo de la Gran Antilla.

La escuadra de Cervera desbarató completamente esos planes tan bien urdidos. Obligada la flota yanqui a concentrarse y mantener el estrecho bloqueo de Santiago, disminuyó considerablemente su vigilancia de las costas de la isla. Los españoles podrían desembarcar —ya habían empezado a hacerlo— refuerzos, víveres y municiones para el ejército de Cuba. La guerra se alargaría mucho más de lo que los yanquis calculaban. Habían entrado en ella con la seguridad de resolverla rápidamente. La prolongación de las hostilidades entrañaba muchos peligros. La guerra se haría impopular, originaría graves trastornos, podrían surgir complicaciones internacionales... En vista de ello, los Estados Unidos decidieron desembarcar tropas, apoderarse de Santiago y liquidar el estorbo de la escuadra de Cervera. Una vez conseguido esto, la victoria final se les presentaba rápida e indiscutible.

Hasta que adoptaron tal resolución, los yanquis apenas si habían establecido contacto con los insurrectos. Ni siquiera se habían molestado en comunicarles que se hallaban en guerra con nuestro país, trascendental noticia que los mambises conocieron por los periódicos españoles y por las misivas de algunos amigos. Pero, una vez decidido el desembarco, los yanquis pidieron la ayuda de las fuerzas de Calixto García, jefe del ejército de la provincia oriental. Con este objeto enviaron al teniente Andrew S. Rowan que, tras muchas dificultades y peripecias, se entrevistó con el caudillo mambí. El otro contacto fue establecido por el general Enrique Collazo, que acudió a la capital norteamericana. Se convino que los insurrectos apoyarían al «Ejército libertador» yanqui y aceptarían los planes de su general en jefe, Nelson A. Miles, sin perjuicio de que las tropas mambises conservaran su peculiar organización.

Tras de estos acuerdos, los yanquis trataron de desembarcar en Punta Cabrera y Aguadores, lugares próximos a Santiago, pero fracasaron en su intento.

Los gobernantes españoles siguen dando muestra de supina ignorancia o de inconcebible ligereza. Pese a las noticias facilitadas por el almirante sobre su embotellamiento en Santiago y su destrucción segura, si trataba de forzar el bloqueo, en Madrid continuaban opinando, tan necia como absurdamente, que la escuadra podía ir y venir a su capricho y trabar victoriosos combates, como si nos perteneciesen por completo el dominio y la superioridad naval sobre los mares. Tan insensatas suposiciones se reflejaban en el telegrama enviado —3 de junio— por el ministro de la Guerra, Correa, al general en jefe, Blanco:

> La situación muy seria de Filipinas nos obliga a mandar allí buques y refuerzos tan pronto como sea posible. Con objeto de poder contender con la escuadra del enemigo en Manila será indispensable mandar allí una escuadra que no sea inferior... La única cosa que podemos hacer es enviar todos los barcos de la escuadra de Cervera, que pueden salir de Santiago, pero antes de adoptar una resolución en este sentido, el Gobierno desea conocer su opinión con respecto al efecto que podría producir esto en el pueblo de Cuba, la retirada de la escuadra de Cervera. Este movimiento sería sólo temporal, y una vez conseguido el objeto en Filipinas, la escuadra volvería a Cuba sin pérdida de tiempo y fuertemente reforzada.

El general Blanco, acreditando la misma y aún menos excusable ignorancia sobre la realidad de los hechos, respondió —4 de junio— muy alarmado por las consecuencias de una medida que, al parecer, juzgaba muy factible:

> Faltaría a mi deber si ocultase a V.E. que salida estos momentos escuadra Cervera producirá en la opinión tan funesto efecto, que dudo pueda dominarse situación de fuerza que de seguro provocaría. Los voluntarios, excitados ya hoy por insuficiencia escuadra Cervera y contenidos sólo esperanza llegada segunda escuadra de un momento a otro, se sublevarían en masa al saber que en vez de refuerzos se retiran los pocos barcos que aquí hay. La represión tendría que ser sangrienta; la actitud para ese caso del Ejército, dudosa, y segura la pérdida de la isla, ante la horrible conflagración que aquí ocurriría.

El día 6 de junio los cruceros *Marblehead* y *Yankee* se presentaron ante Caimanera, punto de la parte exterior de la bahía de Guantánamo. Bombardearon sus débiles defensas y pusieron en fuga a un cañonero que hubo de retirarse hacia la bahía interior. Procedieron en seguida al desembarco de un contingente de ochenta soldados de infantería de marina, que izaron la bandera de los Estados Unidos. Las tropas españolas que guarnecían aquellos lugares, aunque muy superiores en número, fueron mantenidas a raya por el bombardeo de los navíos de guerra.

Rápidamente se aproximaron varios transportes y descargaron material y hombres, elevando el contingente a 800, que quedaron al mando del coronel Huntington.

Aquel mismo día, 6 de junio, a las siete de la mañana, el artillero Senén González Joces, llamado «Pecho Cántabro», estaba de centinela en el Morro. Había una niebla espesa y la lluvia caía apretada y compacta, percutiendo ruidosamente. Pecho Cántabro pudo descubrir un extraño objeto que flotaba, de lado a lado, en la boca de la bahía. Llamó a grandes voces al cabo de guardia, Emilio Bosch Casals.

—¿Qué te pasa? —preguntó el cabo, de pésimo humor, saliendo de su cobijo contra la lluvia.

—Mira aquel bicharraco que flota. Parece una *culiebra*. Y no me gusta nada.

—¿Y por una tontería así me llamas? ¡Tanto presumir de vista y no te enteras ni de lo que pasa ante tus narices! Eso es la talanquera.

—¿Y eso qué es?

—Una cadena con grandes perchas de madera que no permite pasar a los torpederos ni a las embarcaciones pequeñas.

—¡Hombre! Eso ya me gusta. ¿Ves tú?

Minutos después, Pecho Cántabro volvió a llamar al cabo.

—¿Qué te ocurre ahora? —preguntó Emilio Bosch, furioso.

—*¡Cuhetes!* —exclamó Pecho Cántabro.

Emilio Bosch se acercó murmurando improperios.

—¡Allí! —señaló Pecho Cántabro hacia alta mar—. Allí he visto a la escuadra yanqui.

—¿Allí? Lo que tú has visto allí, son visiones. Escucha, Pecho Cántabro: que tú tengas miedo, me importa tres pitos, pero ¿quieres hacerme el puñetero favor de dejarme en paz?

—¿Qué tiene que ver el miedo con la vista? Esos pájaros están allí. Y si no, al tiempo. Tú te olvidas de una cosa, cabo.

—¿De qué?

—De que he sido cabrero y...

—Y tienes una vista de águila.

—No; de milano.

—Pues ¡te la guardas para ti solo!

Unos minutos después las baterías se preparaban para repeler el ataque de la flota yanqui.

—¿Qué te dije?, ¿el miedo o la vista?

—¡Está bien, Pecho Cántabro! ¡No me marees!

A las ocho empezó el bombardeo. Disparaban contra las baterías y el puerto. Los navíos americanos se mantenían a una distancia de 7000 yardas y sólo hacían fuego con sus piezas de gran calibre.

—¡Cobardes! —les gritaban los españoles—. ¿Por qué no os acercáis? ¡Cobardes!

Tres horas duró el terrible cañoneo. Cerca de 2000 proyectiles dispararon los buques enemigos. Las baterías españolas replicaron con energía, aunque casi todos los tiros se quedaban cortos. Los artilleros del *Reina Mercedes* se batieron con extraordinaria bravura. Una granada yanqui cayó a popa del barco, sobre una caja de municiones, que estalló produciendo numerosas bajas de muertos y heridos. El capitán de fragata, Emilio Acosta, con el vientre reventado y las piernas destrozadas, se dirigió a sus hombres, animándolos con una sonrisa.

—Eso no es nada. ¡Viva España! —exclamó.

Momentos después fallecía.

Aunque los yanquis no habían conseguido apagar el fuego de las baterías españolas, se dieron cuenta de su debilidad, y no sólo estrecharon el cerco, sino que empezaron a iluminar de noche la boca de la bahía, para impedir que la escuadra tratara de escabullirse amparada en las sombras.

En el *Furor* se sirvió el rancho apenas cesó el bombardeo. Eloy Culla cogió su ración. Se sentó junto a Máximo Nogales Serena.

—¿Qué se creen estos fulanos que somos? —dijo Culla—. ¿Gorriones?

Máximo Nogales Serena tenía la cabeza muy gorda y un tanto rara. Por la parte anterior, su cráneo era dolicocéfalo, de frente muy abombado; y por la posterior, braquicéfalo. Le llamaban *Cabeza de Medio Buque* o *Cabeza de Medio Melón*; según. El alias se redujo con rapidez, por uno de esos conocidos fenómenos de pereza verbal de que hablan los lingüistas, y quedó resumido en *Mediobuque* o *Mediomelón*, según.

—¿Cómo? —preguntó Máximo Nogales Serena.

—¡Que si somos gorriones! —chilló Eloy Culla—. ¿Estás sordo, hermano?

—¿Por qué?

—¿Te has fijado en lo que nos dan?

—No.

—¿Es que estás tonto?

—No.

—A fines de mayo nos suprimieron el trocito de tocino y eso que llamaban aumento de rancho. ¡Ya eran ganas de llamarle aumento! ¿Y ahora? ¿Te has fijado en este pan? Aquí sólo hay cebada o maíz. ¡Mediomelón!

—¡Voy! —exclamó Máximo Nogales Serena, sobresaltado.

—¿Y sabes otra cosa?

—No.

—Nuestro almirante lleva dos semanas sin comer pan. Don Víctor Concas le ha regalado un barrilito de harina y esos ladrones de comerciantes le han cobrado por él cuarenta y dos pesos oro. ¡Canallas!, ¡criminales!

—¿Qué te pasa ahora? —le preguntó Máximo Nogales Serena, dirigiéndole una mirada turbia de sueño—. ¿Ya quieres buscar pelea?

—¡No seas idiota, hermano! ¿Quién busca pelea? Lo que digo es que, encima de esta porquería de pan, nos presentan un buche de arroz, como alpiste para los gorriones o los canarios.

—¿Cómo?

—¡Canarios, canarios! ¡Los canarios!

—Lechuzas, digo yo. Eso somos: lechuzas. ¿Puede el hombre estar de vigilancia toda la noche, trabajar luego en lo que se tercie y no tener más que un ratito de día para dormir? Desde que salimos de Cabo Verde, no nos han dejado pegar ojo. Dilo tú, Eloy. ¿Puede pasarse el hombre una semana así, y ootra, y ooo...?

—¡¡Mediobuque!!

—¡A la orden!

—¡Despierta y come, hermano! ¡No seas animal!

—¿El qué?

—¡Que comas!

—Voy.

—Oye, Mediobuque, ¿sabes lo que a mí más me revienta?

—¿Cómo?

—Escucha, hermano. La única persona del mundo con la que yo tengo paciencia, después del alférez Noval, eres tú. No me la hagas perder.

—No.

—Lo que me fastidia es que, mientras nosotros nos morimos de hambre, a esos cerdos yanquis les traen desde Cayo Hueso los filetes, ¿tú recuerdas lo que es eso, hermano?, y las patatas calentitas.

—Pues yo, muchacho, sólo pido una cosa en el mundo: dormir. Eso es lo que pide el hombre. Ni filetes, no, no recuerdo lo que es, ni leches calentitas. Que vengan los yanquis, los mambises y el señor Dios, a mí..., a mí...

—¡Mediobuque!

—¡¡A mí!! A mí, que me dejen dormir y que se hunda Cuba, y la escuadra, y el mundo entero.

—¡Nogales!

Mediobuque se volvió.

—¿Qué hay, cabo?

—Que cierres el pico. ¡Y nada más! —le respondió el cabo Barroso.

—Pues a ti te voy a decir una cosa, Eloy. Te lo dice Mediobuque, porque sabe un rato de eso. Vaya donde vaya el hombre, esté donde esté, siempre encontrará a un asqueroso lameculos.

—¿Lo dices por mí? —preguntó el cabo Barroso, que era un tipo alto, flaco, de ojos saltones y piel verdosa.

—Por ti, muchacho.

—¿A ver si te atreves a repetirlo?

—Repetirlo no, porque es muy largo, lameculos.

El cabo se levantó.

—¿Qué te apuestas a que te arreo un guantazo?

—De eso nada, muchacho.

—Porque no quiero ensuciarme las manos. Pero cualquier día doy parte por escrito.

—De eso nada tampoco.

—¡Ah!, ¿no?

—No, muchacho.

—No —intervino Eloy Culla—. De éste y de mí, ya lo sabes: no. Y no me excites, que ya me estás cargando.

El cabo les dirigió una mirada rencorosa y se alejó.

—¡Come, Mediobuque!

—Ahora.

—¡Y no te duermas, animal!

—Voy. Oye, ¿y tú cómo lo aguantas?

—No lo sé, hermano.

Eloy Culla miró en torno suyo. La tripulación del cazatorpederos yacía derrengada. Rostros enflaquecidos, chupados, macilentos. Los hombres se movían con lentitud, blandos, desmadejados, fofos. Las cabezas se inclinaban vencidas por el sopor del sueño. Algunas cucharas se detenían antes de llegar a la boca. Los ademanes eran calmosos, mecanizados por el sonambulismo de la fatiga, como retratados con cámara lenta.

A las doce de la noche, Máximo Nogales Serena se hallaba de centinela en la plataforma de proa del *Furor*. Máximo Nogales Serena se fue encogiendo lentamente, como un globo que se deshincha. Acabó por quedarse sentado en la plataforma, profundamente dormido.

El cabo Barroso estaba recorriendo los puestos. Se detuvo ante Mediobuque. Sonrió aviesamente.

—¡Mediobuque! —le llamó con voz apagada.

No obtuvo respuesta.

—¡Mediobuque, que estás de guardia! —volvió a insistir elevando la voz.

Máximo Nogales Serena permaneció insensible como un madero.

El cabo se alejó de puntillas, presuroso. Se presentó al oficial de guardia.

—¡A sus órdenes! Hay un centinela dormido. Le he llamado la atención dos veces, y nada.

El oficial Arderíus se levantó. Siguió al cabo Barroso.

Se detuvieron delante de Máximo Nogales Serena.

—¡Despiértelo!

—¡Nogales! —gritó el cabo zarandeándole por un hombro.

Mediobuque continuó durmiendo.

El oficial Arderíus se soliviantó. Se inclinó y cogió a Mediobuque por el pecho. Le agitó con fuerza.

—¡Despierte!, ¡despierte!

La cabezota de Mediobuque se balanceaba con violencia. Abrió los ojos. Miró asombrado al oficial.

—¡Levántese! ¡Levántese inmediatamente!

Mediobuque se incorporó desarticulado y fofo.

—¿Se da usted cuenta?, ¿se da usted cuenta de la grave falta que acaba de cometer? —preguntó Arderíus gritando.

—¡A sus órdenes! —murmuró Mediobuque.

—Le podemos formar consejo de guerra, fusilarle. Se ha dormido usted frente al enemigo. Ha puesto usted en grave riesgo la seguridad de la escuadra, la vida de todos sus compañeros...

Arderíus siguió haciéndole reflexiones, reprochándole su conducta. Mediobuque callaba, se balanceaba como un borracho. De repente cayó hacia delante sobre el oficial, que le sujetó entre sus brazos. Mediobuque paladeó un poco, con un chasquido de complacencia. Estaba profundamente dormido.

—¡Releve a este hombre en seguida! —ordenó Arderíus—. Y ni una palabra a nadie. ¿Lo ha comprendido?

—Sí, señor. ¡A sus órdenes!

Al día siguiente, Mediobuque llamó aparte al cabo Barroso.

—¡Te lo advertí, bicharraco! No hubo suerte, porque topaste con Arderíus. Pero al hombre le basta con la intención. Te lo advertí.

Al cabo se le puso amarilla la verdosa piel.

—Mi obligación... Te llamé dos veces.

—Y el hombre cumple su palabra —añadió Máximo Nogales Serena.

El día 8 de junio, Cervera volvió a convocar junta de jefes. Bustamante votó por la salida inmediata de la flota, aprovechando que no había luna. Basaba su opinión en la escasez, cada día más alarmante, de víveres. Aludió también a la carestía de municiones, que había obligado al general Linares a ordenar a la Socapa que sólo hiciera fuego cuando atacara la flota enemiga. Sugirió que los barcos deberían dirigirse a La Habana y salir dispersos, en distintas direcciones, para sembrar la confusión entre los navíos yanquis. Finalmente, aconsejó que se diera un descanso previo a las tripulaciones, sobre todo a la de los cazatorpederos, agotada por el diario servicio nocturno.

Concas compartió el parecer de Bustamante, pero le parecía mejor que la escuadra saliese unida. Los otros jefes se manifestaron en contra. Y su criterio prevaleció.

—A mí también me fastidia que no nos den permiso, hermosos —dijo Pedro Carballo—. Pero, ya lo sabéis, quien manda, manda. ¡Malditos yanquis! Ellos tienen la culpa de todo. ¡Y pensar que pueden herirme a mi hermosura!...

—¡Qué van a herir! —exclamó Novas—. ¿Es que disparan al pueblo?

—No; no disparan, Novas. Pero ¿y si se les escapa un tirito?

—En eso no había pensado yo.

—¿No habías pensado? ¿Es posible? ¡Asombroso, Novas!

—No empieces, ¿eh, tú?

—Lo que yo no entiendo —dijo Puig— es por qué no se echa al mar a los yanquis que desembarcaron en Guantánamo. Creo que no llegan ni a mil.

—Pedrell y yo hablamos de eso hace un rato con el teniente Robles. Dice que los tenemos acogotados, aunque los tíos se defienden como fieras. Han tenido que formar los tres lados del cuadro, con el campamento en medio.

—¿Y por qué no los rematan?

—Por las baterías de los acorazados, hermoso, que impiden el avance de los nuestros. Aunque voy a decirte una cosa: yo tampoco lo acabo de entender. El general Pareja tiene su cuartel general en Santa Catalina, muy cerca de Guantánamo, y están unidos por ferrocarril. Cuenta con muchos hombres. Creo que seis mil o siete mil. ¿Por qué no los envían?

—Por lo que dijo el teniente —replicó Pedrell—, porque los yanquis han cortado el cable y han dejado al general Pareja sin poder recibir órdenes, incomunicado.

—Y el caletre, ¿para qué sirve, hermoso? Se le podía ocurrir, ¿no?

—¿Y lo dices tú? Olvidas la disciplina militar.

—No, no la olvido. ¡Maldita sea!

—¿Y las fuerzas que hay en otros sitios? Nosotros, por ejemplo.

—¡A nosotros déjanos en paz, paisano! —exclamó Carbonell.

—A nosotros que nos envíen a Santiago. Y que no vengan con historias.

—¡Me apunto, filiños! —exclamó Novas.

—¡Eso! —dijo Expósito—. Pues estaba yo con mi negra, tal como me echó al mundo mi madre, cuando...

—¡Cállate, Expósito! Ahí es donde quiero ir yo. Y Pedrell. ¿No, Pedrell?

—...Y entonces se presentó Tirito...

—Lo sabemos de memoria, Expósito. Pero el que lo entiende menos que ninguno es Sampson. Trae locos a los capitanes de Yanquilandia para que envíen refuerzos. Dice que no responde de que ocurra una tragedia en Guantánamo, que hará reembarcar a las tropas, si no se dan prisa.

—... Y entonces mi negra...

—¡Cállate, Expósito!

—¿Y si no quiero?

—¡Di que sí, Expósito! Éstos sólo quieren hablar ellos. Tú ven a contármelo a mí. Pero todo, ¿eh, tú? Y con detalles, filiño. Si es sin detalles, nada.

—¿Qué todo? —preguntó José Expósito.

—Desde el refresco de coco de aquel día.

—Pues yo la agarré...

—¿Por dónde?

—Por aquí.

—¡Oye, filiño! A mí me lo dices con palabras, ¿entiendes? Las mujeres tienen brazos, y boca, y piernas, y muslos... —Novas guiñó el ojo—. Y las demás cositas. Me lo dices con todas las letras, filiño, o te vas con el cuento a otro. ¿Está claro? ¿Sí o no?

—Pues la agarré por las...

—El teniente Robles estaba muy preocupado por lo de Mijarazos. Él cree que hay algún misterio —dijo Pedrell—. Y a mí también me lo parece.

—¿Misterio? —preguntó Carbonell—. Al pobre Enamorado le matarían, como a Basegoda. Los bestias fuimos los demás por permitir que se fuera solo.

—Ya; pero ¿y el cadáver?

—Se lo llevarían prisionero para matarlo en algún sitio. Lo echarían al mar.

—Es posible. Pero también resulta raro lo de la mujer ahorcada.

—La ahorcaría el Enamorado. Le sorprendieron. Como sabían que nosotros andábamos cerca, se lo llevaron. Ése es todo el misterio.

—Sí; seguramente que ocurrió así. ¡Pobre Enamorado!

—Yo —dijo Carbonell— siento lástima también de América.

Era una mujer como para volverle loco a uno, incluso a mí. Y no te nía miedo de nadie.

Pedrell se quedó pensativo unos momentos.

—Estas mulatas... —empezó, pero se detuvo.

—¿Qué ibas a decir?

—No, nada. Las mujeres. Mijarazos era un buen chico. Ahora, por lo menos, descansa. Sufría mucho. Vosotros no lo sabéis. A mí, un día, me contó su historia.

—¿Te la contó?

—Sí. Se había enamorado de una de su pueblo, una señorita. Se llamaba...

Los días 13, 14, 15 y 16 de junio, la escuadra yanqui bombardeó nuevamente las defensas de Santiago. Entre la Socapa y el Morro resultaron 16 artilleros heridos y tres muertos.

El día 15, un proyectil de dinamita, de la batería neumática del *Vesubius*, estalló entre el *Mercedes* y el *Plutón*. Una llamarada cegadora y una terrible explosión sembraron el pánico entre las tripulaciones. Los dos barcos crujieron, estremeciéndose como si fueran a partirse por la mitad, y se les apagaron todas las luces. En el *Plutón*, dos hombres salieron despedidos por la borda; otros fueron derribados violentamente sobre la cubierta. Un oficial buscaba afanosamente, aturdido, uno de sus zapatos. Del costado en que se produjo la explosión, las tapas de las carboneras, que ajustaban perfectamente, fueron sorbidas. Las hallaron dentro de los depósitos del combustible.

Los dos marineros lanzados por la borda volvieron a nado al *Plutón*. Uno sonreía. El otro aún estaba descompuesto por el susto.

—¡Echadme una mano! —suplicó con voz trémula.

—¡Al cuello te la voy a echar, bandido! —replicó uno burlonamente.

—¡Me tiró por los aires!, ¡me tiró por los aires! —repetía el aterrado marinero.

—¡Claro que te tiró! —siguió el otro mofándose—. Y fue el mieditis lo que te tiró.

En la batería del Morro, el soldado Senén González Joces, llamado Pecho Cántabro, al oír el terrible estampido se arrojó de bruces al suelo. Permaneció sin moverse, con las manos cruzadas sobre la nuca, hasta que lo zarandeó el alférez de la batería.

—¿Qué te pasa? ¿Estás herido?

—No, mi alférez. Ha sido el puro susto. Las cosas, como son.

El alférez sonrió.

—¡Venga! A tu puesto.

—Oiga, mi alférez. Ése será de los inventos de ese tiúco de la electricidad.

—¿Edison? Sí; podría ser...

—¿Y qué otras burradas ha inventado el buen señor?

—Dicen que ha ofrecido al ejército yanqui unas alambradas con corriente de alta tensión y unos cañones que disparan cadenas y chorros de agua cargados con una fuerza eléctrica enorme.

—Como con calambres, ¿no?

—Sí; con calambres —sonrió el alférez—, pero que le dejan a uno carbonizado.

—¡Caray, con el señoruco! ¡Que no jorobe!

En el bombardeo del día 16, abrió fuego toda la escuadra yanqui. Arrojó 1500 proyectiles en hora y media, atacando sobre todo la Socapa, donde consiguió desmontar los dos cañones Hontoria.

Antes de empezar el bombardeo, Senén González Joces se acercó al alférez de su batería, que observaba los buques enemigos con unos prismáticos.

—Oiga, mi alférez —le preguntó—, ¿es verdad que algunos zánganos vienen a divertirse viéndonos morir?

—Sí; es verdad. ¿Ves aquéllos? Aquéllos son remolcadores de la prensa. Esos chivatos se encargan de llevar recaditos y hasta se entretienen persiguiendo a nuestras goletas costeras. ¡Mira allí! —dijo el alférez dándole sus prismáticos—. Aquellos otros son yates de recreo. Algunos, incluso, de elegantes *ladies*.

—¿Lei...? ¿qué?

—Damas, señoritas.

—¿Señoritas? ¡No serán de mucha ley!, ¿verdad, mi alférez?

—Seguro que no. ¡Gentuza! Ya que quieren diversión y emociones, ¿por qué no se acercan un poco más? ¡Salchicheros asquerosos!

Unas horas después, en la batería del Morro yacían heridos en el suelo dos hombres: el cabo Emilio Bosch Casals y el soldado Senén González Joces, llamado Pecho Cántabro. A Senén González Joce le brotaba la sangre a torrentes. Parecía flotar sobre una gran mancha roja.

—¿Qué tal? —le preguntó el cabo.

—No muy bien —contestó Pecho Cántabro—. Pero mi padre me va a oír. «¿Ve usted lo que yo decía de los *cuhetes*, padre?»

Pecho Cántabro sonrió. Se quedó muerto con esa sonrisa.

Aquel mismo día 16 de junio, la escuadra de reserva del almirante Cámara, a la que, en principio, se le había dado orden —el 27 de mayo— de salir rumbo a América y bombardear las costas de los Estados Unidos, zarpó, finalmente, de Cádiz con destino a las islas Filipinas.

20 de junio de 1898.

Las relaciones entre Cervera y Blanco eran poco cordiales y se puso de manifiesto en el telegrama que el capitán general de Cuba envió a Correa, ministro de la Guerra:

> Sensible ha sido que la independencia que goza escuadra Cervera me haya impedido intervenir en sus operaciones, no obstante pesar sobre mí sus consecuencias, pues han variado por completo, a causa de entrada y permanencia en Santiago de Cuba, el nuevo objetivo y aspecto de la campaña, las existencias de víveres y de carbón y el aprovisionamiento de algunas plazas. Si por lo menos hubiese tratado ponerse acuerdo conmigo, con general Linares y con el general del apostadero, es posible que entre todos hubiéramos encontrado más ventajosa solución, en un principio, que las que hoy se ofrecen, que son: o esperar resultado desigual combate dentro de puerto, o romper línea enemiga para tomar otro cualquiera, Haití o Jamaica, donde quedaría nuevamente encerrado; preferible quizá venir a Cienfuegos o Habana —cosa posible aún en estos momentos— o tomar rumbo a España, de no reforzarse, que sería lo mejor; todo, menos seguir encerrado en Cuba (Santiago), expuesto a rendirse por hambre. La situación es gravísima y no dudo que el Gobierno de Su Majestad ordenará en tan críticas circunstancias lo que sea más oportuno al bien de la Patria y al honor de nuestras armas, haciéndole respetuosamente presente la conveniencia de unificar la acción militar en la presente guerra, disponiendo resida en mi autoridad el mando en jefe de todas las fuerzas de mar y tierra destinadas a estos mares.

Se presentan ante la ciudad los transportes del convoy de desembarco de las tropas americanas. Entre ellos y los de guerra, ya apostados allí, suman 63 barcos.

El convoy, protegido por la flota de Sampson, siguió viaje hasta Guantánamo. El almirante se trasladó a uno de los transportes para tener una conferencia con el general Shafter, jefe de las fuerzas de desembarco. Convinieron celebrar una entrevista con Calixto García, que les había ofrecido el concurso de 5000 hombres.

El primer contacto de los tres jefes tuvo lugar a bordo del *New York*. Después, Sampson y Shafter bajaron a tierra en Aserraderos, lugar próximo a Santiago, al oeste de la población. Sampson pretendía que las tropas de Shafter se apoderaran del Morro y de la Socapa, con objeto de que pudiese entrar la escuadra yanqui y destruir los navíos españoles en la bahía. A Shafter no le entusiasmaba este plan. Le parecía muy arriesgado. Calixto García los persuadió de que lo más seguro y hacedero sería sitiar Santiago. Los cubanos atacarían por el norte y los yanquis por el este, procurando evitar, por todos los medios, el paso de las fuerzas españolas que, sin duda, acudirían en auxilio de la plaza. También sugirió Calixto García, y fue aceptada por los otros jefes, la conveniencia de desembarcar en Daiquiri, distante veinte millas de Santiago y donde existía un gran muelle de hierro, construido por las compañías, casi todas yanquis, que beneficiaban las minas de aquella región.

Puntualizados los rumores de la operación, los navíos yanquis trasladaron a 500 hombres, al mando del cabecilla Demetrio Castillo, desde Aserraderos a Cujababo, sitio próximo a Daiquiri, con el fin de hostilizar a la guarnición española durante el desembarco. Otro núcleo de mambises, al mando del general Jesús Rabí, atacaría en Cabañas, para desorientar a los españoles acerca del punto elegido por los americanos para poner pie en tierra. La escuadra de Sampson, por su parte, bombardearía no sólo Daiquiri, sino Siboney y otros lugares de la costa donde se suponía la existencia de destacamentos españoles. Mientras tanto, la división naval del comodoro Schley permaneció ante la boca de la bahía de Santiago, para impedir la evasión de nuestra escuadra.

Progresan rápidamente las obras defensivas de Santiago. Alambradas de púas, zanjas y trincheras coronan las alturas. Un recinto fortificado de 4000 metros rodearía toda la ciudad, apoyando sus dos extremos en la bahía. Se monta en el recinto la anticuada y viejísima artillería de avancarga, única de que se dispone: 6 piezas de 16 centímetros, 5 de 12 y 6 de 8. A ellas se añaden dos únicos cañones de tiro rápido. Los trae consigo el general Vara de Rey, que acaba de llegar a Santiago con tres compañías de la *Constitución*.

Ante la presencia del convoy enemigo de desembarco, frente a la ciudad, el general Linares había ordenado que acudieran inmediatamente a la plaza tres compañías de *San Fernando* y las tres de la *Constitución*.

Los soldados desfilaban por las calles con los rostros animados y risueños. Algunos transeúntes se detenían a contemplarlos. Y algunos los vitoreaban. Otros les dirigían miradas aviesas. Los soldados parecían no reparar ni en una cosa ni en otra. Estaban, sencillamente, contentos. Y, salvo que fuese por la presencia de las mujeres, costaba adivinar la causa. Estos hombres llegaban a una ciudad hambrienta, bloqueada, atemorizada por los bombardeos, sitiada en parte por los mambises, casi desguarnecida de tropa, amenazada por el desembarco de un poderoso enemigo, poblada de gentes hostiles, de espías y traidores. Llegaban sucios, rotosos, agotados, consumidos por la escasez de la alimentación y otras privaciones. Tenían todos un aspecto enfermizo. Flacos, ojerosos, de andar incierto y cansino. Ninguno de ellos —salvo un tal José Expósito, que quizá llevara aún varios pesos en un nudo del pañuelo— disponía de un solo centavo. Llegaban, y lo sabían, para afrontar unos riesgos de muerte mucho mayores que los que hasta aquel instante habían corrido. Y, sin embargo, sonreían alegremente.

Uno de esos hombres se llama Esteban Pedrell. Mira a sus compañeros, y la alegría que experimentaba se le vuelve melancólica. Cuando este hombre, cuatro meses antes, embarcaba para Cuba en el muelle de Barcelona, oyó gritar a un caballero: «¡Valientes!, ¡valientes!» Esteban Pedrell lo repite ahora. Seguramente que Esteban Pedrell es un sentimental. «¡Valientes!, ¡valientes!», murmura conmovido. Es posible, sin embargo, que no sea tan sólo un sentimental. Es posible que, en la emoción que le enturbia la vista, haya también algo de protesta contra su amargo destino, algo de rebeldía, aunque resignada y lastimera, por el abandono en que se siente y que alcanza a todos los hombres que le rodean.

Las compañías de la *Constitución* se han detenido. Se ordena «en su lugar, descanso». Hay cierto ajetreo de oficiales que van y vienen.

—¿Qué ocurre ahora?

—¿No nos van a dar suelta?

—¡Adiós, guapa!

Los minutos transcurren lentamente. Pasa media hora.

—¡Mi sargento! ¿Me puedo sentar?

—¡Te sentaré yo de una bofetada!

Ahora se dan órdenes a una de las compañías.

—¡Cubrirse!

—¡A mí no me cubre nadie!, que no soy una vaca.

—¡Calla, burro!

—¡¡Silencio!! ¡Fiiir...mes! ¡Media vuelta!... ¡Arr!

—Esto no me gusta, hermosos.
—¿Por qué?
—Porque no me gusta. Volver por donde hemos venido, no tiene objeto. Lo lógico es que nos hubieran mandado parar antes de que llegásemos hasta aquí.
—¿Ya vais a empezar a fastidiar?
—¡Cállate, Novas!
—¿Te fijaste en los cabildeos que se traían los oficiales?
—Sí —dijo Pedrell—. Los dos que llegaron eran del Estado Mayor.
—Ya me di cuenta. ¡Perdone, mi teniente! —se dirigió Carballo a Robles, que cruzaba junto a ellos—. ¿Qué ocurre aquí?
—Nada; que nos vamos.
—¿Nos vamos? ¡No me lo diga, por favor!
—El general se queda en la población con las otras compañías. La nuestra formará en una columna volante.
—¿Y adónde nos dirigimos?
—Al norte de la ciudad.
—¿Muy al norte?
—Para lo que tú deseas, muy... —sonrió el teniente.
—¡Eso ya me lo barruntaba yo! —exclamó Carballo, desolado.
—¿Y qué vamos a hacer allí, mi teniente? —preguntó Pedrell.
—Nos han confiado la protección de la vía férrea y de los convoyes.
—¿Y saldremos en seguida?
—Dentro de dos o tres horas.
—Escuche, mi teniente. ¡Por caridad! Media horita. ¡Por lo que más quiera! Es lo único que pido. ¡Media horita! —suplicó Carballo haciendo chuscos ademanes que traslucían, sin embargo, una gran ansiedad.
—Yo lo propondré. Espero que sí —dijo Robles.
—¡Gracias, mi teniente!
—Pues yo conozco en Madrid a un funcionario, un señorito. Es un buen señorito, como el teniente —dijo José Expósito.
Les dieron una hora de permiso. Se desperdigaron rápidamente por las calles. Algunos corrían. Pedrell, Carbonell y Expósito trotaban juntos.
—¡No vayáis tan de prisa! —jadeaba Expósito.
—¡Cállate, Expósito!
—Es que me ahogo.
—Bueno.
Carballo les llevaba mucha delantera.
—¡Eh, Carballo! —le gritó Carbonell—. ¿Qué te pasa?
—¡Vosotros tenéis la culpa! —contestó volviendo la cabeza y barrenándose la sien con el dedo índice.

Carballo chocó violentamente con un hombre que salía de un portal. El hombre dio un traspié y cayó al suelo.

—¡Bestia! —gritó enfurecido.

—¡Perdone! —murmuró Carballo confuso, acercándose a levantarlo.

—¿Es que no tiene ojos en la cara?

—¡Perdone! Lo siento. ¿Se ha hecho daño?

El grupo de Pedrell pasó al lado de ellos sin detenerse.

—¡Carballo! —le gritó Carbonell—. ¿Ya encontraste a tu novia?

—¿Eh, tú?, ¿qué bromas son ésas? ¡Más respeto! —exclamó el hombre atropellado—. ¿Habéis oído? ¡Quietos!, ¡cuadrarse!

Carballo le miraba ahora con asombro. El individuo lo notó. Era un individuo gordo. Vestía uniforme de voluntario. Miró también a Carballo con estupefacción.

—Me alegro de encontrarte —aseguró cuando se rehízo—. Hace tiempo que lo deseaba.

—¡El patriota! —exclamó Carballo.

Al voluntario gordo se le encendió la cara.

—¡Cuádrate! —exclamó imperiosamente.

—¿De modo que el señor ha ascendido a sargento?

—¿No me has oído? ¡Cuádrate!

—Si tuviese tiempo, te diría varias cosas. Como no lo tengo, sólo te diré una: ¡no me da la gana, gordinflón! Y espera... Tú eres el único de la ciudad que sigue aumentando las grasas. Comida no hay. Por lo tanto, a ti sólo puede engordarte una cosa: el miedo.

El voluntario le miró con un aire de superioridad desdeñosa.

—El miedo, ¿no? También yo tengo algo que decirte, cabo. Tú eres muy chulo. Me insultaste en un bodegón, ante un puñado de zopencos que estaban todos de parte tuya.

—Te dije que, en la calle, podíamos vernos solitos. Y ya lo estamos, hermoso.

—Te llevo más de veinte años. Podrías darme una paliza con facilidad; naturalmente, si yo, que soy tu superior, me rebajase a pelear contigo; pero, en las trincheras, con un fusil entre las manos, somos iguales. Ahora, muy pronto, se va a demostrar quién es el valiente y el verdadero patriota. Tengo un puesto en el recinto de Santiago. Allí nos encontraremos. Entonces se verá quién es cada uno.

—Escucha, sargento. Yo soy muy bestia, pero tengo una especialidad: conozco a la gente. Esa bonita historia de patriotismo y heroicidad cuéntasela a otro. A mí, no.

—A ti te la haré tragar. ¡Te lo juro! ¡Y empezaré dando parte por escrito!

—¿Ves tú como te conozco? Eso lo sabía yo desde que empezamos a hablar. No has pensado en otra cosa desde que ascendiste a sargento. Pero hay algo que tú deseas muchísimo más que hacerme esa marranada, hermoso, y es no encontrarte a mi lado en las trincheras. ¡Si te conoceré yo, gordinflón!...

—¡Me... me las pagarás! —tartamudeó el sargento—. ¡Te juro que me las pagarás!

Carballo no dijo nada. Dio media vuelta y echó a correr. «¡Cobarde! —iba murmurando—. ¡Rata cobarde!»

—¿Qué va a ser de nosotros? —dijo María del Cobre—. ¿Por qué no llegan los refuerzos? Aseguraban que el general Luque había salido de Holguín, con 10000 hombres y el general Pando con 8000 de Manzanillo. También decían que el general Pareja avanzaba desde Guantánamo. ¿Tú qué crees?

—He oído que el general Blanco envía un convoy marítimo de víveres y tropas. También parece seguro que viene el coronel Escario al frente de una columna. Hay infinidad de rumores. Se han enviado muchos emisarios, sobre todo al general Pareja, que está incomunicado por completo, pero ninguno ha regresado.

—Los habrán cogido y enguasimado esas fieras de mambises.

—Es probable —murmuró Esteban estremeciéndose.

—¿Qué va a ocurrir si no llegan refuerzos? ¡Es horrible! Moriremos todos.

—Ten valor.

—¡No puedo! ¡Ahora no puedo! Una muerte rápida no me asusta demasiado. Pero morir en una ciudad sitiada... Ya casi no se encuentra comida. ¿Qué ocurrirá cuando nos cerquen?

—No te preocupes, no nos cercarán.

—¿Podréis evitarlo vosotros?

—Podremos. Ya lo verás. No te atormentes.

María del Cobre había enflaquecido mucho. Tenía una mirada febril. Esteban la contemplaba apenado.

—¿No te sientes bien?

—Sí; algo débil —sonrió ella.

—¡Pensar que tú pasas hambre y que no puedo hacer nada para evitarlo!...

—También la pasas tú.

—Eso no importa.

—Y tú sí que pareces enfermo.

—La misma enfermedad tuya: el poco comer —sonrió Esteban.

—Pero tienes muy mal color. ¿No sientes frío de pronto?

—¿Qué crees?, ¿que he cogido la malaria? ¡No!

—Por si acaso, debes tomar quinina.

—Lo haré. Pero hablemos de otra cosa. Tengo que decirte algo importante.

—¿Qué es?

—Que te quiero. Ya pensaba que no iba a verte nunca más, que hacía un siglo que estuve a tu lado por última vez. Suprimieron los permisos a causa de la gravedad de la situación.

—¡Menos mal que os han destinado aquí!

—¡Lo siento! A mi compañía, no. Nos vamos.

—¿Os vais? —preguntó desolada.

—Sí; sólo he venido a verte para despedirme. Salimos con una columna volante para proteger la vía férrea a San Luis y El Cristo.

María del Cobre inclinó la cabeza con profunda aflicción.

—¡Ya no puedo resistir más! —exclamó de pronto, retorciéndose las manos—. ¡Ya no puedo resistir más! ¡No puedo!

—¿Qué te ocurre?

—¿Hasta cuándo va a durar esta horrible guerra? ¡Ya no puedo resistirlo! Estos días he pensado mucho en ti, he llorado. Recordaba lo que tú me dijiste una vez. Y he sentido que el odio es una carga terrible. ¿Cómo podría librarme de él?

—Perdonando.

—Si tú estuvieras siempre cerca de mí, como ahora... Ahora no puedo odiar a nadie. Sólo siento tristeza, porque tienes que irte, y amor. ¡Te lo juro por la memoria de mis padres, Esteban! ¡Mucho amor!

Estaba temblorosa. Parecía haber perdido por completo el dominio de sí misma, su alegría, su serenidad, Esteban la estrechó conmovido.

—Yo estoy siempre junto a ti. No lo olvides. Mi pensamiento te acompaña. ¡Piénsalo, María! Debo irme ahora. Pero mi cariño no se aparta de ti. Volveré pronto. Volveré. ¡Te lo juro!

—¿Volverás?

Se quedó con los ojos muy abiertos, fijos, con una mirada de extravío, de locura.

Esteban iba a marcharse. Se detuvo. La obligó a cerrar los ojos pasándole con suavidad una mano sobre los párpados.

María del Cobre se refugió en sus brazos y rompió a llorar.

Pedro Carballo se colocó en la acera de enfrente, delante de la casa. Pasaron cinco minutos, diez, un cuarto de hora. Se movió un visillo. A Carballo le dio un vuelco el corazón. Después salió una criadita negra. Vestía un uniforme con muchos perifollos almidonados. Cruzó la calle y se dirigió hacia él. Carballo tembló. «Tengo derecho a detenerme donde me dé la gana, hermosa. No hago daño a nadie.»

—La señorita le espera.

—¿Cómo?

—Que le espera la señorita Matilde.

La negrita dio media vuelta y echó a andar. Carballo no se movió. Hacia la mitad de la calzada, la negrita volvió la cabeza.

—¿No quiere venir?

Carballo salió de su estupor repentinamente. Echó a correr. Luego moderó el paso, ruborizándose.

La negrita le introdujo en un suntuoso salón.

—¡Hola soldado!

—¿Cómo está usted, señorita? —dijo Carballo estrechándole la mano que ella le tendía.

—Bien; gracias, ¿y tú?

—Ahora, muy bien —sonrió Carballo.

—Siéntate, soldado.

—Gracias.

—Aquel día casi me asustaste. Pensé que estabas loco.

—Fue una locura, desde luego, una tontería; pero no lo pude remediar. Le ruego que me perdone.

—Perdonado. ¿Qué hacías ahí fuera?

—Nada. Esperar.

—¿Esperar qué?

—¿No se lo figura? Esperaba tener la suerte de verla.

—Hablas con mucha decisión, soldado.

—No lo crea, señorita. Es una forma como otra cualquiera de disimular el miedo.

La señorita sonrió.

—Puedes tutearme —dijo.

—¿Yo?

—¡Naturalmente!, tú. ¿No te estás jugando todos los días la vida por nosotros?

—Por usted, sí.

—¿No quieres tutearme?

—No es que no quiera. No me sale.

La señorita volvió a sonreír. Sus ojos se habían velado repentinamente. Parecía emocionada.

—¿Es verdad lo que me dijiste aquel día?

—¿Dar la vida por usted? ¡Claro! La he puesto en juego mil veces por otros, por muchos que no me importan nada, y hasta por algunos que detesto.

—Pero ofrecerla a una sola persona es distinto. Y es muy bello y generoso. Me conmovió.

—¿De verdad?

—¿Te sorprende? Cualquiera diría que no te importa morir.

—No lo crea. Es casi lo que me importa más en el mundo. Pero me matarán un día cualquiera, y preferiría que fuese por usted.

—Me alegro mucho de haberte conocido, soldado. No se encuentran todos los días hombres de una generosidad tan grande como la tuya.

—¡Bah, señorita! Hay muchos que darían gustosos la vida por usted.

—Eso son frases hechas de la galantería. Las he oído infinidad de veces, pero llegado el momento ¡quedarían tan pocos...!

—Más de los que usted se figura, señorita. Hay muchos valientes.

—Tal vez, pero el valor se desconoce hasta que se pone a prueba. Por lo tanto, también es un problema de fe. Y yo la tengo en ti.

—¡Gracias, señorita!

—No; gracias a ti, soldado. Ahora vendrán momentos horribles. Estoy muy asustada. Nosotros pudimos marchar a la península, pero mamá y yo nos negamos, porque papá quería quedarse. Además, mi familia ha hecho una gran fortuna en esta isla. Hemos sido muy felices aquí. No nos parecía digno escapar cobardemente. Pero estas actitudes nobles exigen a veces, como ahora, mucho valor. Ni mamá ni yo lo tenemos. Puedes creerme, soldado. En las horas difíciles que, sin duda, me tocará vivir, me ayudará mucho el saber que hay un hombre dispuesto a darlo todo por mí. Y sin esperar recompensa, ¿verdad?

—¡Naturalmente, señorita!

—Sí; naturalmente. Lo sabía. Parece que hiciera muchos años que te conozco.

La señorita se levantó. Tiró de un cordón. Se presentó la criadita negra.

—Tráete unos emparedados y una botella de champaña.

—Lo siento, señorita —dijo Carballo—. Tengo que irme. Sólo nos han dado una hora de permiso.

—¿Dónde vais?

—Salimos con una columna volante.

—Por lo menos, beberás una copa conmigo.

—Eso sí.

La negrita trajo el champaña.

—¿Brindamos por algo? —preguntó la señorita.

—Por estos instantes, los más felices de mi vida.

—¿Crees que estás enamorado de mí?

—Lo estoy, señorita.

—Entonces, sufrirás, soldado. Lo siento mucho.

—No; no debe sentirlo. Hay sufrimientos que valen la pena.

—¿Te gustaría besarme?

—¿Cómo?

—¿Di?, ¿te gustaría?

—Es demasiado para mí, señorita.

—Para mí es demasiado poco. Tú representas el heroísmo de mi Patria.

Matilde se acercó a él y le besó.

—¡Sin miedo, soldado! —sonrió mirándole a los ojos—. ¿No has soñado alguna vez en tenerme entre tus brazos?

—Lo sueño todos los días.

—¿Entonces?

Carballo la estrechó por la cintura. La besó suavemente, temblando de emoción y de felicidad.

—¡Bendita seas, hermosa mía! —murmuró.

—Pero ¡miren! ¡Si está aquí la *columna*! ¡Pilar!

Pilar se asomó a la puerta.

—¡Traidora! —exclamó Carbonell.

—¿Por qué lo dices?

—Lo dice con más razón que un santo, *¡sanaca!* ¡Vamos, vamos! ¡Lárguense de aquí! Y tú, Pilar, ¡a ver cómo te portas! ¡Aprende de tu madre!

—¡Pues sí que tengo que aprender!

—¡Descarada! Tienes que aprender una cosa, linda: a tener corazón. Si te ves en una necesidad, no busques a los ricos, linda, porque tienen el puño cerrado para golpear; busca a los pobres. Y si necesitas amor, acude a cualquier sitio, menos a las mujeres de muslos cerrados, a esas que se dan muchos golpes de pecho y desconocen la caridad. Ésas no han podido querer, ni siquiera a un hombre, como lo manda Dios. ¿Qué puede esperarse de ellas?

—¡Qué cosas se le ocurren, mamacita!

—¡Jesús! Eso digo yo también. Eso debe de ser el delirio del hambre. Pero a ti también te lo digo, *solche*: amor con amor se paga. Si quieres amor, ya lo sabes. ¡Bueno!, ¿y usted qué hace ahí?

—¿Yo? —dijo José Expósito—. Yo, nada.

Pilar y Carbonell se alejaron.

—¡Véngase acá! ¿Dónde me ha estado que parece una piltrafa?

—En la columna.

—¿Tampoco come la columna?

—No, señora.
—¿Sabe una cosa, lindo?
—Cuando tú me la digas.
—¿Ven qué hombre? ¡Jesús!, siempre encuentra la palabra. ¿Sabes que aquel canalla me dejó?
—Mucho mejor. Mi novia sólo es mi novia.
—Muy bien dicho, lindo. Pero si tu novia no llena el buche, como si no fuera tu novia, porque de la panza sale la danza y todo lo otro.
—Yo tengo dinero.
—¿Qué vas tú a tener?
—Tengo cien pesos.
—Pues te los guardas, rico.
—Y si me pegan un balazo, ¿qué?
—¿No lo dije? Usted abre el pico y habla Salomón. Mire. Deme la mitad del dinero. Y lo otro no se lo deje quitar, ¿me comprende?
—Sí, señora.
—¿Me comprende bien lo que le digo? No se me deje matar. ¿Lo comprendes, rico? ¡No quiero que te dejes matar!
—Tampoco yo lo quiero, pero si no se lo decimos a los que nos disparan, ¿qué?
—¿Lo han visto? ¡Salomón! ¡El puro Salomón!
—Tenía que decirte una cosa.
—¿Qué es?
—Que nos vamos.
—¿Cómo que se van? ¿Dónde se van?
—Sólo nos han dado una hora.
—Les han dado una hora y se está ahí. ¿Qué le pasa hoy a la *columna*? ¿Está tonto? Se está hablando, hablando, hablando... ¡Venga aquí en seguida! ¡Ay, Jesús! ¡Abrázame, rico! ¡Jesús, cuánto te quiero! Esto es como Romeo y Julieta, lindo.

22 de junio de 1898.

El comandante general del Apostadero de La Habana, Manterola, al almirante Cervera.

> El ministro me dice hacer el pedido municiones por número, clases y calibres, lo que le manifiesto a V.E. para lo que le convenga.

Respuesta del almirante:

> En la actualidad, bloqueados y sitiada la plaza, es tarde para hacer el pedido municiones que en España hice muchas ve-

> ces. — Ya seguramente no pueden llegar con oportunidad, puesto que en estos días se ha de resolver la cuestión. — Los seis séptimos de las municiones de 14 son de desecho; los estopines de poca confianza, y nos faltan los torpedos...

A las nueve de la mañana empezó el desembarco de las tropas yanquis. Mientras Schley hostilizaba las defensas de Santiago, la escuadra del almirante Sampson bombardeó furiosamente las colinas y costa de Siboney, Jaragua, y, sobre todo, Daiquiri. Las fuerzas de Castillo, apostadas en la manigua, abrieron fuego contra los soldados españoles, que, amenazados de un copo, tuvieron que retirarse en dirección a Sevilla. Los insurrectos entraron en Daiquiri y lo incendiaron. Se lo hicieron observar a Shafter los cubanos que estaban con él a bordo del *Segurança*; sin embargo, a causa de la bruma, del nerviosismo o la ansiedad, el bombardeo se prolongó durante media hora aún, causándole dos muertos a las tropas de Castillo.

Apenas dada la señal para el desembarco, una gran cantidad de botes y de pequeñas embarcaciones, en número superior a 150, empezaron a moverse en torno a los transportes. La operación se hizo, sin embargo, muy lentamente, por falta de plataformas, pontones y otros medios adecuados. Los mulos y caballos tuvieron que ser arrojados al agua para que ganasen la orilla a nado. Varias docenas de ellos perecieron ahogados. Aunque más adelante se utilizó también la ensenada de Siboney, el desembarco de la tropa y el material se prolongó hasta el día 26. La confusión fue enorme. Las piezas de la artillería de campaña hallábanse diseminadas entre varios transportes; las municiones y arneses iban en unos barcos, y los cañones y caballerías en otros; el heno estaba mezclado con los víveres y el botiquín, y algunos buques regresarían a los Estados Unidos con sus bodegas atestadas de alimentos y medicinas.

A las 10 de la mañana puso pie en tierra el primer contingente americano. Las hurras y las exclamaciones de júbilo repercutieron por toda la flota y el convoy de invasores. Los mambises confraternizaron con sus nuevos camaradas de guerra.

Los americanos contemplaban con asombro a las desastradas tropas de Castillo, vestidas de harapos. El asombro de los mambises no era menor. Los americanos usaban irreprochables uniformes oscuros, con una franja de color en la costura lateral de los pantalones, que iban embutidos en polainas. Calzaban excelentes botas. Los fusiles eran flamantes. Llevaban una dotación de 100 balas y víveres para tres días. Cargaban una gran mochila y una bolsa de costado. Sobre la mochila iban sujetas, bajo la protección de una funda, la tienda de abrigo y la mantaponcho. Se tocaban con elegantes sombreros canadienses de ala recta.

—¡Así ya se puede *peliar, manos*! —exclamó un mambí.

Los yanquis sonreían sin comprender.

—A éstos —dijo otro— no me los perderé yo de vista. Y en cuantito caiga uno, me lo dejo en pelota, chico. ¿Eh, yanqui?

Uno de los americanos se rió abiertamente.

—¡Oh, *yes, yes*! ¡*Yanquee, yanquee*! ¡*Mucho* gracias!, ¡*mucho* contento!

A las doce de la mañana ya habían desembarcado 3000 soldados. Cada vez que ponía pie en tierra un nuevo contingente de tropas, las charangas interpretaban los alegres compases del *Yanquee dodle*.

Al llegar la noche, ya estaba sobre el suelo de Cuba la división completa del general Lawton. Inmediatamente se dispuso la preparación de una fuerte columna que debía apoderarse de Siboney, pueblo costero, distante unos 15 kilómetros de Daiquiri.

Las tropas de invasión, casi todas del ejército regular, formaban el 5.º cuerpo, que comprendía: tres divisiones al mando de los generales Kent, Lawton y Wheeler; las brigadas Bates y Duffield, afectas al cuartel general; un batallón de artillería con cuatro baterías de cuatro piezas ligeras cada una, dos baterías de grueso calibre, ocho cañones de sitio, con su tren, y ocho morteros; un regimiento de caballería, que debería combatir a pie, por las dificultades en el transporte de un número suficiente de cabalgaduras; dos compañías de ingenieros; una sección de aerostación y otra de telegrafistas. Desembarcaron también, con las tropas, 89 corresponsales de los periódicos norteamericanos. El ganado de transporte y de carga comprendía unos 1300 mulos, y los caballos destinados a la oficialidad y la tropa eran más de 900. El ejército expedicionario yanqui sumaba, en total, unos 18000 hombres. Fuerza que engrosarían los 5000 insurrectos de Calixto García. Para hacerles frente, los españoles sólo contaban con 8000 soldados. A esto vino a quedar reducido aquel poderoso y cacareado ejército colonial de 200000 hombres.

La imprevisión de nuestros mandos, constantemente patentizada a lo largo de toda la campaña, llegó, en esta ocasión, a extremos asombrosos. Hacía ya más de un mes, desde que Cervera entró en Santiago, que todo inducía a presumir que la guerra se ventilaría en torno a esta población. Hacía semanas que venía anunciándose el decidido propósito yanqui de desembarcar tropas, y, desde que pusieron pie en tierra en la bahía exterior de Guantánamo, nadie abrigaba dudas del objetivo que perseguían: el ataque a Santiago y la destrucción de la escuadra. Pese a tantas evidencias, el capitán general Blanco no tomó ninguna medida.

Había prometido enviar la brigada Marina a Linares. Con esta tropa se pudo empalmar con el general Pareja en Guantánamo, reforzando mucho las líneas. Pero, ya en abril, al comunicarle Blanco a Linares el estado de guerra con los yanquis, le anunció que no podía mandar aquella brigada.

En Holguín había 12000 soldados, 6000 en Manzanillo y otros 6000 en Guantánamo. El número de defensores de Santiago pudo elevarse fácilmente a más de 30000. Los planes para la defensa de la ciudad y de la costa estaban perfectamente estudiados. De haberse tomado con tiempo las oportunas disposiciones, los yanquis no hubieran podido desembarcar. Fracasarían, como fracasaron en sus pretensiones de forzar la entrada a la bahía de Santiago, pese a la debilidad de la artillería. Y aunque hubieran conseguido poner pie en tierra, la lentitud y la confusión con que lo hicieron les habría ocasionado un tremendo descalabro. Pero nada se intentó, o las medidas que se tomaron fueron insuficientes y, además, tan tardías, que condenaron a los 8000 defensores de la ciudad al exterminio.

El general Linares tenía distribuidas sus escasas fuerzas en dos líneas de observación: la que trataría de impedir los desembarcos extendíase desde Punta Cabrera a Daiquiri, por la costa; y la que, discurriendo paralelamente a ella, procuraría mantener a raya a los mambises, hallábase al mando del general Vara de Rey y pasaba por Palma Soriano, San Luis de las Enramadas, El Cristo y Socorro.

Linares situó otros destacamentos al oeste de la ciudad, desde Punta Cabrera al Cobre, por Bartolón y el monte Real; en la parte llana, con objeto de proteger el ferrocarril de El Cristo a San Luis; y en algunos lugares más. Debido a la escasez de tropas, las líneas resultaban sumamente débiles, con multitud de puntos flacos, que permitirían al enemigo desembarcar y batirlas con rapidez hasta encerrarlas en Santiago.

El almirante Cervera, ante la gravedad de la situación, envió a tierra más de los dos tercios de las dotaciones de los buques para reforzar al ejército. Tuvo que prescindir de que las acompañasen las baterías de desembarco de los navíos, porque hallábanse inutilizadas. El mando de los marineros se confió a Joaquín Bustamante, jefe del Estado Mayor de la escuadra.

Linares participó al Gobierno el desembarco yanqui, con algunos paliativos. Cervera, por el contrario, telegrafió crudamente la gravedad de los hechos. Comunicaba el desembarco de parte de sus tripulaciones y la decisión de volar la escuadra española, si Santiago, como temía, era conquistado.

En Madrid, y en toda España en general, el desembarco estadounidense produjo enorme estupor. Incluso la prensa, que tanto había colaborado a extraviar la opinión pública, expresa su desconcierto, quejándose de haber sido engañada por las noticias que de la desorganización del ejército yanqui le daban sus corresponsales. La prensa, desde luego, olvidaba —o lo fingía— que a esos corresponsales los había formado ella misma, en su propia escuela de inauditos embustes. Simultáneamente, los periódicos se hacían eco de las fiestas, verbenas, kermeses y tómbolas que daban a Madrid una animación y una alegría, como si no ocurriese nada en absoluto.

23 de junio de 1898.

Los yanquis toman a Siboney, que es abandonado por la guarnición española.

Desde Aserradero a Daiquiri son trasladados 4000 insurrectos para secundar a las tropas estadounidenses.

Castillo ataca en dirección a Sevilla, entablando combate con nuestras avanzadas.

No sólo en Madrid, en todas las provincias españolas, las conversaciones, las discusiones, las cábalas y pronósticos siguen girando, casi exclusivamente, en torno a un mismo tema: la salida de la escuadra de Cervera. En casinos, círculos, ateneos, cafés, tabernas, tertulias y mentideros se habla apasionadamente. La mayoría se pronuncia por una irrevocable decisión muy a la española: «¡Que salga la escuadra!»

Romero Robledo llevó el candente asunto a las Cortes:

> ¿Por qué no sale la escuadra? —preguntó—. Las escuadras son para combatir... Hoy mismo dice el almirante Cervera que desembarca la marinería, porque el combate será en tierra. ¿Es que no habrá combate en el mar? ¿Es que las poderosas corazas de nuestros barcos no han de ser rozadas por los proyectiles enemigos? ¿Es que los barcos van a estar en la bahía con las máquinas apagadas, para que sea arriada la bandera española como en Cavite? El almirante Cervera debe salir de Santiago de Cuba aceptando el combate naval. Si no responde a lo que exige la opinión pública, a lo que reclaman los intereses de la Patria, procede su relevo...

El ministro de Marina, Auñón, le contestó en forma que parecía iba a oponerse a la salida de la escuadra:

> ¿Que por qué no ha salido y por qué no sale la escuadra? ¡Ah, señor Romero Robledo! Cuando esa pregunta se oiga o se lea

> en aquella escuadra, o en la enemiga, o en Santiago, ¡qué contestaciones se les ocurrirán para S. S.! ¿Por qué no sale la escuadra de cuatro buques a combatir con una de veinte...?

24 de junio de 1898.

Telegrama de Correa, ministro de la Guerra, a Blanco, Capitán General de Cuba:

> Según acuerdo Gobierno, prevendrá ministro Marina a general Cervera, que escuadra de su mando, sin destino definido hasta ahora, lo tenga en esa isla para cooperar a su defensa, y ya en ese caso, ejerce V.E. sobre ella, como sobre las demás fuerzas navales que operan en territorio de su mando, las facultades que terminantemente le atribuyen ordenanzas del Ejército y Armada...

Auñón, ministro de Marina, le telegrafió, efectivamente, a Cervera, que se pusiese a las órdenes de Blanco.

El almirante le contestó muy atentamente, pero no sin cierta ironía:

> Aunque siempre me he considerado subordinado del General en Jefe, doy a V.E. las gracias por esta disposición que da fuerza legal a las relaciones ya establecidas y, dando unidad a las operaciones, me relevará de tomar por mí mismo resoluciones extremas de la mayor gravedad.

Shafter ordenó a sus tropas que no avanzasen hasta que se hallaran perfectamente aprovisionadas. Mandó que acampasen en puntos donde abundara el agua y estuvieran a cubierto de sorpresas del enemigo. La división de Lawton debía situarse en vanguardia; cerca de Siboney, la de Kent; la Wheeler, en Daiquiri, quedando la brigada Bates como reserva de Lawton.

Luego, Shafter dispuso que Wheeler avanzara sobre el camino de Siboney para enlazar con las fuerzas de Lawton. Wheeler desobedeció las órdenes y llegó a Siboney, donde Lawton y el general rebelde Castillo le señalaron la presencia de tropas españolas en Sevilla. El fogoso e indisciplinado general, contraviniendo nuevamente lo dispuesto por Shafter, se dirigió a enfrentarse con ellas llevando consigo la brigada del general Young. Hallábase formada esta brigada por dos escuadrones, el regimiento de voluntarios de caballería *Rough Riders*, y contaba con el apoyo de una batería de cuatro cañones Hotchkiss. En total, 964 hombres.

Wheeler dividió la brigada en un par de columnas. Avanzaron, por dos caminos separados, por el espeso matorral de la manigua. Los *Rough Riders* progresaban siguiendo la senda del lado izquierdo. Las tropas restantes avanzaban a la derecha, por el camino de Santiago. Estas fuerzas, en terreno más despejado y protegidas por los cañones, pudieron desplegarse y atacar las posiciones españolas. El combate fue muy duro. Resultaron 14 americanos muertos y 52 heridos. Las pérdidas nuestras sumaron 9 muertos y 27 heridos. Lawton fue rechazado; pero, después, la guarnición española abandonó esta importante posición, que era la clave del camino a Santiago. Los yanquis se atribuyeron una gran victoria. Shafter, aunque le reprochó a Wheeler su desobediencia, hubo de felicitarle.

El éxito inicial de los norteamericanos quedó, no obstante, muy disminuido por el descalabro de los *Rough Riders*. Esta unidad se había formado con distinguidos jóvenes de familias ricas y de escuelas de gimnasia y *sport*. Los mandaban el coronel Wood y el teniente coronel Teodoro Roosevelt, destacado hombre político al que ya se señalaba como futuro Presidente de Norteamérica y que había dimitido de su cargo de ministro auxiliar de Marina para tomar parte en la guerra contra España.

Los *Rough Riders* avanzaban con alegre y descuidado desorden. Cantaban y reían como si estuviesen tomando parte de una expedición deportiva. Las fuerzas españolas los atacaron con violento ímpetu. Se entabló una lucha terrible. Los yanquis se dieron a la fuga completamente desmoralizados. En el desconcierto, la confusión y el pánico llegaron a dispararse entre ellos mismos. Los oficiales, sobreponiéndose al tremendo caos, consiguieron reunir parte de la tropa dispersa y replegarse.

25 de junio de 1898.

El Gobierno procura aliviarse de la responsabilidad de la guerra de Cuba, descargándola en el general Blanco, con la siguiente declaración:

> Una campaña sostenida a tres mil leguas de distancia de la Península, no puede ser sujeta a un plan que desde aquí se trace. El Capitán General de Cuba tiene a sus órdenes elementos de tierra y de mar que él debe dirigir y utilizar teniendo en cuenta las incidencias de la campaña.

Cervera telegrafía poniéndose a las órdenes de Blanco, y le comunica las deficiencias de la munición, los cañones, etcétera, de la escuadra, así como su propósito de destruirla, en caso de necesidad, para que no caiga en poder del enemigo.

Blanco, temiendo que el radical lenguaje de Cervera respondiera a una especie de «curarse en salud» a través de las comunicaciones de carácter oficial, le pidió —por medio de Linares— que explayara, en el terreno particular, «su opinión y sus propósitos». Aseguraba también Blanco, en este mismo telegrama, que sólo había siete buques enemigos ante Santiago, fuerzas que dejaban muchas posibilidades a la huida de nuestra escuadra.

La contestación de Cervera a Linares tenía el mismo tono que su correspondencia oficial:

> ...Creo a la escuadra perdida desde que salió de Cabo Verde, porque me parece insensato pensar otra cosa, dada la desproporción enorme que hay entre nuestras fuerzas y las enemigas. Por esa razón me opuse enérgicamente a la salida, y aún creí sería relevado por alguno de los que opinaban en contra mía. No pedí mi relevo, porque me parece que eso no lo puede hacer ningún militar que recibe orden de marchar al enemigo... La salida de aquí ha de hacerse uno a uno; no cabe ardid ni disfraz, y la consecuencia de ello, absolutamente segura, es la ruina de todos y cada uno de los barcos con la muerte de la mayor parte de los tripulantes... ¿Qué debe hacerse? Yo, que soy hombre sin ambición ni pasiones locas, creo que lo que sea más conveniente, y declaro, del modo más categórico, que la horrible y estéril hecatombe que significa la salida de aquí a viva fuerza, porque de otro modo es imposible, NUNCA sería yo quien la decretara, porque me creería responsable, ante Dios y la Historia, de esas vidas sacrificadas en aras del amor propio, pero no en la verdadera defensa de la Patria...

Terminaba diciendo Cervera que, estando en la actualidad subordinado al General en Jefe, a él le correspondía decidir si las tripulaciones debían luchar en tierra, o el almirante tendría que salir para marchar «al suicidio, arrastrando al mismo tiempo a estos 2000 hijos de España».

Cervera telegrafió también a Blanco para esclarecer otro de los puntos de la misiva del General en Jefe:

> ...No es exacto que la escuadra de bloqueo haya estado nunca reducida a siete buques; sólo los seis principales representan más del triple de fuerza que los cuatro míos. La falta de baterías que mantengan a distancia la escuadra enemiga, hace que esté siempre cerca de la boca del puerto, que iluminan, imposibilitando toda salida que no sea a viva fuerza...

El *Vesubius*, como todas las noches, se aproximó protegido por un acorazado y disparó tres proyectiles de dinamita con sus cañones neumáticos. Gran parte de estos tiros fallaba, y era mucho mayor el pánico que producían que sus efectos. Pero si acertaban en una batería, un barco o algún punto sensible de las fortificaciones, causaban enormes destrozos. En la noche del 25, uno de los proyectiles arruinó la casa de los torreros en la meseta del Morro y otro hizo grandes estragos en la fortaleza e hirió a cuatro hombres.

26 de junio de 1898.
Del General en Jefe Blanco al almirante Cervera:

> ...Me parece exagera V.E. algo dificultades salida: no se trata de combatir, sino escapar de ese encierro en que fatalmente se encuentra escuadra, y no creo imposible, aprovechando circunstancias oportunas, en noche oscura y con mal tiempo, poder burlar vigilancia enemigo y huir en el rumbo que crea V.E. más a propósito; pues, aun en el caso se apercibiera, de noche el tiro es incierto, y aunque sacara averías, nada representaría comparadas con salvación barcos... Si esos cruceros llegan a ser apresados en cualquier forma dentro del puerto de Cuba, el efecto en el mundo entero será desastroso, y la guerra podrá darse por terminada en favor del enemigo. Hoy todas las naciones tienen la vista fija en esa escuadra, y en ella se fija la hora de la Patria, como estoy seguro lo comprende V.E. El Gobierno opina del mismo modo, y el dilema no ofrrece duda a mi juicio, tanto más, cuanto que abrigo gran confianza en el éxito, dejando completamente a discreción de V.E., cuyas dotes rayan a tanta altura, la derrota que ha de seguir...

Auñón, ministro de Marina, telegrafió también a Cervera. Opinaba que, antes que destruir nosotros mismos la escuadra, debía intentarse «su salvación total o parcial por salida nocturna».

De la ignorancia de Blanco y Auñón —inexcusable en el General en jefe de Cuba y en el ministro de Marina— participaba casi todo el pueblo español. Se les antojaba muy hacedero que Cervera saliese aprovechando la oscuridad de la noche y se escabullera entre las sombras. Sin embargo, la salida nocturna era mucho más arriesgada que de día, a causa de la iluminación de la boca, que el almirante ya había hecho constar.

Al principio del bloqueo, los buques americanos de combate pasaban sin cesar ante la boca. Se mantenían a una o dos millas de distancia iluminándola con sus poderosos reflectores. La luz era tan viva que permitía descubrir hasta una pequeña embarcación. Lanchas y yates armados, y torpederos, rondaban próximos a la Socapa y el Morro, preparados para hacer fuego y alertar a toda la escuadra enemiga.

Cuando las fuerzas invasoras yanquis desembarcaron, extremáronse todavía más las precauciones. Se aproximaba a la boca un navío de combate y la iluminaba con su potente reflector; a su lado se colocaba otro navío con las baterías enfiladas y a punto para hacer fuego; delante de estos barcos se situaban tres cruceros; y más avanzadas aún, tres lanchas exploradoras armadas. Detrás de estas líneas de vigilancia, y aproximándose, protegidos por las tinieblas, mucho más de lo que sería posible de día, se hallaban los grandes buques de la escuadra yanqui.

Nuestros cañones no hostilizaban a los barcos que iluminaban y bloqueaban completamente la boca, por diversos motivos: por su escaso número —como hizo constar Cervera—, por el corto alcance y la imprecisión de los disparos y, muy especialmente, por la extrema carestía de municiones en que se hallaban y que era preciso reservar para responder a los constantes bombardeos enemigos e impedir que forzasen la entrada de la bahía.

A causa de la estrechez de la boca, los navíos españoles tendrían que salir uno a uno. Y uno a uno los acribillarían a mansalva, produciéndose horrorosa confusión y una pérdida mucho más considerable de vidas humanas, pues la mayoría de los heridos y los náufragos no podrían ser recogidos y auxiliados en la oscuridad de la noche.

El telegrama de Auñón, aparte de aconsejar la inconcebible aventura nocturna, tocaba otros puntos con cierto tono agresivo:

> ...Dígame —le preguntaba a Cervera— si desembarcó tripulación a petición autoridad militar, y si cumplido auxilio reembarcaron...

El tono agresivo degeneraba, al final del mensaje, en irritación y reprimenda. Al ministro y al Gobierno parecía molestarles mucho que Cervera continuara ateniéndose a la estricta verdad, negándose a contribuir a la farsa que los otros representaban para continuar engañando al pueblo español y, acaso, a sí mismos, con su insensata política de avestruz:

> ...El objeto de mi telegrama del 24 que agradece, no es el bien personal, sino el mejor servicio a la nación. Evite comentarios que se le atribuyen interpretaciones desfavorables.

27 de junio de 1898.

El almirante Cervera contestó al ministro sin ceder un ápice en su resuelta actitud y, por si sospechaban que sus «comentarios» y su crudo lenguaje era fruto del resentimiento, por haber dejado su suerte y la de la escuadra a merced del general Blanco, lo aludió también:

> Siento mucho incurrir en el desagrado del Gobierno por opinión dicha hace mucho tiempo, y a V.E. desde telegrama cifrado fecha 21 de mayo. Tal cual está bloqueada boca del puerto, es la salida durante la noche más peligrosa que de día, porque están más cerca de tierra. Desembarco tripulaciones ha sido petición autoridad militar por indicación del General en Jefe. Pido su reembarco, pero dudo mucho que se pueda efectuar antes de que lleguen refuerzos. Su A. D 0491 (telegrama del 24), así como todos los actos de V.E., tiene por objeto el mejor servicio, pero no quita resulte en mi beneficio, porque no soy yo quien decide la inútil hecatombe que se prepara.

El almirante Cervera al General en Jefe, Blanco:

> ...Debo acatar los juicios de V.E. sin discutirlos, mucho más habiéndole dado mi opinión, formada después de madura reflexión. Siempre he creído que hay muchos marinos más hábiles que yo, y es muy sensible que no pueda venir alguno de ellos a tomar el mando de la escuadra, quedándome yo subordinado suyo. Considero el telegrama de V.E. como la orden de salida, y en su consecuencia, pido al general Linares el reembarco de las fuerzas que por indicación de V.E. han desembarcado. Suplico a V.E. que confirme la orden de salida, porque no está explícito, y sentiría mucho no interpretar bien las órdenes de V.E.

28 de junio de 1898.

El almirante Cervera al General en Jefe, Blanco:

> El general Linares me contesta que no es posible reembarcar mis fuerzas hasta llegada tropas de Manzanillo.

El general Blanco telegrafió al almirante Cervera anunciando el envío de víveres y refuerzos que jamás llegarían a Santiago, y ordenándole que saliese con la escuadra:

> Recibido telegrama de V.E. anoche. Deseoso mejorar todo posible situación Cuba, me ocupo con afán en remitirle raciones; si lo consigo podré enviarle más refuerzos, prolongando así defensa, quizá levantamiento sitio, salvación escuadra; de no conseguirlo, se impone, como V.E. comprende bien, que ésta abandone ese punto a pesar dificultades que reconozco. Mi resolución, por lo tanto, que desearé satisfaga V.E., es la siguiente: La escuadra permanecerá ahí y sin apurarse ni precipitarse, puesto que aún tiene raciones, acechará la ocasión oportuna para salir, dirigiéndose a donde V.E. juzgue conveniente; pero en el caso de que los acontecimientos se agravaran hasta el punto de creerse próxima la caída de Santiago de Cuba, la escuadra saldrá resueltamente, lo mejor que pueda, confiando su destino al valor y pericia de V.E. y de los distinguidos jefes que la mandan, que indudablemente, confirmarán con sus hechos la reputación de que gozan. Acuse recibo.

29 de junio de 1898.
Del almirante Cervera al General en Jefe, Blanco:

> Recibido telegrama de V.E. — Suplico repetición desde la palabra «agravaran» hasta el punto que le sigue, que está ininteligible. Todo lo demás se ejecutará en cuanto sea posible, porque la escasez de carbón lo dificulta. Estos buques necesitan doce horas para encender, y si están encendidos y listos para aprovechar cualquier ocasión, gasta cada uno 15 toneladas por día. Pero creo entender la síntesis de su orden. Si se puede aprovechar una ocasión favorable, hacerlo, y si no, a última hora, salir, aun cuando sea segura la pérdida de la escuadra...

30 de junio de 1898.
El general Blanco envía al ministro de Marina copia literal de las órdenes dadas a Cervera y le ruega que le «manifieste si las antedichas instrucciones merecen aprobación Gobierno».

El general Linares había ordenado no solamente el abandono de Sevilla, sino el retroceso por escalones de toda nuestra línea. El nuevo frente español se extendía por puntos próximos a Santiago, desde Escandell, pasando por el Caney, San Miguel de Lajas, Loma Quintero, el Sueño, Veguita, San Juan, Chicharrones, las Lagunas, el río Aguadores y la ensenada de este mismo nombre.

Los americanos pudieron seguir su avance hacia Santiago sin dificultad, ante la retirada de las fuerzas españolas. La progresión yanqui había sido, sin embargo, muy lenta, a causa de la mala organización y las deficiencias, sobre todo, en el suministro de los víveres, gran cantidad de los cuales navegaban rumbo a los Estados Unidos, cubiertos por el forraje de las caballerías, en las bodegas de los transportes que habían traído a las tropas, mientras algunos regimientos se quedaban dos o tres días sin comer.

A la desorganización yanqui se habían unido, además, el sobresalto y la inquietud. Al principio, preocupados por las fortificaciones de Santiago, que se les antojaban muy poderosas, resolvieron esperar a que estuviesen instalados los cañones de sitio. Después empezaron a cundir noticias cada vez más alarmantes: que había entrado en la ciudad una columna de 4000 hombres; que grandes contingentes de Holguín y Manzanillo, a las órdenes de los generales Pando y Luque, acudían a marchas forzadas; que el general Pareja avanzaba desde Guantánamo para sorprenderlos por la espalda o atacar el flanco de su ejército... Shafter vacilaba sobre la conveniencia de aguardar el refuerzo de las expediciones de tropas que apresuradamente se preparaban en Tampa.

Muy pronto, sin embargo, gracias a las noticias facilitadas por las patrullas de reconocimiento de los rebeldes y por el espionaje, que no cesaba de hacer la hostil población criolla de Santiago, desvaneciéronse los temores y se confirmó que la única fuerza que acudía en auxilio de la plaza era la del coronel Escario, que avanzaba lentamente, librando feroces combates con los insurrectos que le obstruían el paso.

Los yanquis dieron entonces un gran impulso a los preparativos para el asalto a la ciudad. Instalaron líneas telefónicas desde Daiquiri a la Redonda. El cable de Santiago a Cainamera (Guantánamo), que ya había sido cortado, lo ligaron a una estación de Siboney, estableciendo comunicación directa con Washington. Shafter pasó revista en Yaragua a los 21000 hombres que, entre yanquis y cubanos, comprendía su ejército. En aquel mismo lugar se construyó rápidamente un recinto atrincherado para emplazar los hospitales de campaña y los servicios de retaguardia.

El cuartel general de los invasores se estableció en Siboney, trasladándose luego a la Redonda, ante la inminencia del asalto a la ciudad.

El 30 de junio de 1898, los dos ejércitos se hallaban frente a frente. El español parecía yacer en una absoluta inactividad. Aunque las líneas enemigas se hallaban al alcance de los cañones, no se hizo ni un solo disparo. Los yanquis, por el contrario, mostrábanse muy activos. Sus patrullas recorrían sin cesar el terreno, aproximándose a nuestras líneas para fijar la posición de las fuerzas españolas. Shafter, acompañado del jefe de su estado mayor, teniente coronel Mac-Clenard, y del jefe de ingenieros, coronel Derby, salió del cuartel general de la Redonda y se dirigió a las alturas del Pozo. Desde allí practicaron un reconocimiento ocular sobre nuestras posiciones de San Juan y las orillas del río Aguadores. Otros reconocimientos muy minuciosos fueron hechos en el Caney, por los generales Lawton y Chafee.

Después, los altos jefes del ejército yanqui se reunieron en consejo de guerra para ultimar los pormenores del ataque, que tendría lugar al amanecer del día siguiente, primero de julio. Shafter hizo notar la importancia de la posición del Caney.

—Como ustedes habrán observado, esa posición defiende la presa de Cuabitas, que surte de agua a Santiago, los sembrados que proporcionan alimentos a la ciudad y los caminos por donde debe llegar la columna del coronel Escario. Además, puede batir de flanco al grueso de nuestro ejército, que atacará en la loma de San Juan y, por lo tanto, hay que apoderarse de ella irremisiblemente.

—No habrá ningún problema, mi general —afirmó Lawton resueltamente—. Guarnecen el Caney 500 hombres. Sólo hay un viejo fortín de piedra en la avanzadilla del Viso y cuatro endebles blocaos de madera en el pueblo. Han cavado trincheras, pero sin alambradas de protección. Y no tienen cañones.

—¿Cuánto cree usted que tardará en apoderarse de ese poblado?

—Un par de horas como máximo, mi general.

—Entonces, a las 8 de la mañana, reforzará usted con su división el ataque a la loma de San Juan.

Shafter se encontraba mal de salud. Cobró ánimos con las noticias que le daban los jefes de su ejército. Reinaba un extraordinario optimismo en el consejo de guerra.

—Esos españoles —dijo uno de los generales— son una raza inferior. Los aplastaremos sin ninguna dificultad.

Todos los demás jefes sonrieron, corroborando estas palabras con absoluta convicción.

El plan de ataque se decidió con rapidez. Las tropas se pondrían en movimiento a las cuatro de la tarde y avanzarían para estar situadas en los puntos convenidos hacia las doce de la noche. La división Lawton, apoyada por la batería al mando del capitán Capron, atacaría el Caney. Doscientos cubanos colaborarían en el ataque prestando, sobre todo, el útil servicio de guías. Una vez iniciada la lucha, el grueso del ejército yanqui, secundado por otros doscientos rebeldes, avanzaría, al mando de Shafter, sobre la loma de San Juan. Según lo convenido, Lawton se uniría a ellos, a las ocho de la mañana, tras apoderarse del Caney. Para distraer fuerzas y desorientar a los españoles, la brigada Duffield hostilizaría Aguadores. Finalmente, se ordenó a Calixto García que, al amanecer del día primero, se trasladase con sus fuerzas al norte de Santiago, con el fin de cortarles la retirada a los españoles que, una vez batidos, trataran de retirarse hacia la ciudad, cerrándoles el paso, al mismo tiempo, a las tropas de refuerzo que pudieran llegar.

Port Said, 30 de junio de 1898.
El almirante Cámara al ministro de Marina, Auñón.

> Después de cuatro días de estar esperando resolución del Gobierno egipcio para transbordar carbón al *Pelayo*, nos prohíbe el transbordo y nos intima abandonar inmediatamente todos sus puertos. En vista del aspecto crítico de la cuestión, y de acuerdo con ministro España que está en Port Said y cónsul, procuro ganar tiempo hasta recibir instrucciones amplias telegráficas V. E.

CAPÍTULO XVIII

Desde Santiago de Cuba a Escandell, puerto de la sierra del mismo nombre, discurre un camino. A una distancia de seis kilómetros de la ciudad, aproximadamente, hay una pequeña loma. Sobre ella está el Caney. El Caney es un poblado de cierta importancia. Tiene una plaza en forma de paralelogramo. En los lados más cortos de dicho cuadrilátero se hallan la iglesia y la comandancia militar. El caserío se agrupa en torno a la plaza. La iglesia tiene relativo empaque. Alcanza una altura de ocho a diez metros. Consta de tres naves con puertas practicables al exterior. La del centro sobresale por encima de las otras. Sobresale también el paramento, que está rematado por un frontón y una cruz. Sobre la nave de la izquierda se alza un campanario de techo cónico. Y, junto a la de la derecha, adosada a la esquina del edificio, hay una especie de garita grande o de pequeño fortín aspillerado.

En la tarde del 30 de junio, había en el Caney unos 500 hombres. Su aire parecía indeciso. Desde luego, estos hombres se hallaban muy cansados. Desde que llegaron al Caney se habían visto obligados a entregarse a un trabajo agotador. Tuvieron que cavar trincheras en torno al caserío, sobre un infame terreno pedregoso, y habían aspillerado todas las puertas y ventanas de las casas.

—¿Qué es lo que quieren éstos? —preguntó un soldado—, ¿que defendamos casa por casa? ¿Qué hay aquí? ¿El oro del Banco de España?

—Lo que hay aquí es tu vida, ¡animal! —replicó otro—, y si tú no te espabilas para defenderla...

—De ésa ya me encargaré yo, *Torcido*. A mí, que me dejen espacio para correr, y lo demás son cuentos.

Estos hombres habían pasado, evidentemente, algunos de esos ratos de euforia, aunque pasajeros, que depara llenar los estómagos tras de mucho tiempo de mal comer. En el Caney y sus cercanías abundaban los mangos cargados de frutos, las palmeras de coco, los mamoncillos y las plataneras, que abanicaban el paisaje con sus grandes hojas de color verde pálido. Afortunadamente existía todo esto en el Caney, porque el rancho había quedado reducido a arroz blanco, café y aguardiente.

Con unas cosas y con otras, el aire de los hombres del Caney resultaba indeciso en la tarde del 30 de junio. Seguramente que asaltaban su ánimo el miedo, esa pasividad ante lo irremediable, en que se forja el valor, cierto desplante o cierta furia muy española que arrastran al heroísmo, y esa alegría irreductible, mezclada de estoicismo, de risueña conformidad, que son los mejores atributos de la raza.

A medida que las horas de la tarde fueron transcurriendo y se aproximaron las sombras de la noche, el aire indeciso de los hombres se fue mudando en otro muy transparente de temor y de inquietud. Pero muchos de estos hombres, sin embargo, apretaban las mandíbulas hasta hacer crujir los dientes.

—¡Ya lo veremos! —exclamaba alguno.

—¡Venid! Os esperamos. ¡Venid! —se oía mascullar a otro.

Claramente se veía avanzar, entre el verdor, la oscura mancha de las tropas enemigas. Llegaba desde muy lejos, perdiéndose en la distancia. La progresión era muy lenta, casi insensible. Pero acabaría por inundarlo todo, por empaparlo todo, como un incontenible raudal de aceite pesado, como una lava que traía en su interior las aniquiladoras brasas de la destrucción y de la muerte.

Varios caminos afluían al Caney: el que partía de la calzada de Siboney a Santiago, pasaba por la Redonda, y enlazaba, al este del poblado, con el que atravesaba la sierra de Escandell y terminaba en Guantánamo; otro que iba desde el Pozo a Marianaje, cruzaba el río Guamas y moría en Ducoureau, aldea situada en el camino de Santiago al Caney; finalmente, los dos caminos anteriores estaban unidos por una senda y de ella partía un tercero que se dirigía al fuerte del Viso.

Por todos estos caminos avanzaban las tropas yanquis. Eran miles y miles de hombres. Eran un rodillo de acero y fuego que se dirigía hacia el Caney para aplastarlo.

—Oye, filiño... ¿Y con todos esos fulanos tenemos que luchar? ¡Que luche su tía!

—Pues ahí no marro yo un tiro. Dará gusto.

—¡Cállate, Expósito!

—Pues mi negra me dijo que cuando yo hablo...

—Palabras dices. ¡Cállate ya!

—¿Qué os pasa? Si vienen los americanos ¿qué hay? A éstos se los ve venir. Yo mismo los veo. Éstos no son como los mambises. ¿Veis?

—¿Y a ti qué te sucede? —le preguntó Puig a Carballo.

—Nada.

—Pues tienes una cara...

—¿Y cuál tendrías tú si hubieran dado parte por escrito? Pero no te preocupes. A ese voluntario le tenemos que zumbar el primer día que volvamos a Cuba. ¡Y muy bien que le zumbaremos, filiño!

—¿Ése? ¡A mí, ése y sus partes escritos me importan muy poco!

—¡Ahora sí que no te entiendo!

—¡Pero ven acá, desgraciado! ¿Tú ves eso que avanza por ahí?

—Ésos son los americanos. Yo lo sé.

—¡Cállate, Expósito! Eso es, hermosura, una visita de pésame. Puede que mañana no valga mi vida un pimiento, ni un rábano, ni el maldito arroz que nos dan. ¿Y voy a preocuparme de lo que haya hecho aquel mameluco?

—Tú siempre has de salirte con la tuya. Con vosotros no se puede hablar.

—Y con eso queda explicado lo de mi cara, Puig, querido mío. Me asusta morir. ¡Espera, espera! El miedo es libre y yo llevo varios años aguantándomelo como un valiente. No es que presuma. Aquí nadie puede presumir de nada. Aquí todos somos iguales, y el más miedoso es el que tiene más mérito, porque es el que ha sufrido más; pero, aquí, ¿comprendes?, con el fusil en la mano y el enemigo delante. En las guerras, preciosidad, los únicos que presumen son los de la retaguardia, los bomberos y voluntarios que desfilan por las poblaciones y dan partes por escrito. Y todos esos «señoritas» de Madrid que vocean y van a comerse el mundo, y piden la guerra, y dan vivas a la muerte a miles de kilómetros del campo de batalla.

—Éste, cuando se pone a hablar y le entra la poética...

—¡Cállate, Novas! Pues lo que te digo es que hoy tengo más miedo que nunca a morir, a que me casquen en este maldito Caney. ¡Maldito sea!

—Pues yo, ni el Caney, ni nada. ¡Que me maten si me dejo matar! —rió Expósito—. Y, luego, que mi negra se enfadaría.

—¡Di que sí, Expósito! A mí que no me joroben. Si van a matarte ¿qué? Empezáis a darle vueltas y vueltas. Y después tanto con la Patria. Hasta se le quitan a uno las ganas con tanto fastidiar. Yo, lo peor de todo, morir, filiños. Y no me vengáis con poéticas. Pero, como me digan quieto: quieto. El fusil, ¡me c... en la mar!, y quieto. Éste es Novas. ¿Sí o no?

—¿Ya has terminado, hermoso? Tú no sabes una cosa. Morir aquí está bien o está mal, que eso a nadie le gusta. Pero yo preferiría otro sitio. ¿Tienes algo que decir?

—Que ya está bien de muertes. ¿No podríais hablar de otra cosa?

—¡Qué lástima que no esté el Madriles! —dijo Expósito—. Ése siempre estaba molestando, pero nos hacía reír.

—¡Ay! —suspiró Novas—. Como él quisiera encontrarme yo: en una camita, bien calentito, sudando y sudando con las fiebres.

Carballo se apartó del grupo. Se acercó a Pedrell, que estaba sentado allí próximo.

—¿Qué haces?

—Nada; pensar en todo esto.

—Tú también estás preocupado.

—También. He oído lo que decías. Tienes razón. Las cosas se presentan muy mal en el Caney. Mc hubiera gustado hacer algo por María del Cobre. El otro día estaba muy rara, desconocida. Sufre. No sé. Le pasa algo. Ocurrió una tragedia horrorosa en su familia. A mí me ha demostrado que me quiere. Está asustada. La guerra se ha complicado mucho aquí. También los paisanos lo pasan mal. Ella es una mujer sensible. Se atormenta. Daría la vida porque fuese feliz.

—Eso le dije yo a mi hermosura. También está muy asustada. Le debo el instante más feliz que he conocido. Ahora es cuando comprendo al pobre Enamorado. En la vida hay cosas únicas, que valen la pena de verdad; todo lo otro son historias vulgares de cada día... Llega un momento en que uno mismo se mutila las alas, hermoso, y deja de soñar. ¿Te acuerdas de la cantidad de bobadas que dijo Novas un día, cuando empecé a tomarle el pelo preguntándole lo que él entendía por la Patria?

¡Es curioso! Tenía mucha razón. La Patria es todas esas cosas: las que él dijo y las que nos suceden a ti y a mí.

Novas se rascó la cabeza con perplejidad.

—Yo hay una cosa que no entiendo.

—¿El qué? —preguntó José Expósito.

—Tú eres muy feo, filiño. Como hombre eres una porquería. Hablando en plata, ¿eh filiño? Y tienes un ojo podrido.

—¡Qué podrido!, ¡qué podrido! Eso no; ¿eh, tú, Novas?

—O bisojo, o como sea. Y estás todo picado de viruelas. Eso no lo puedes negar, filiño. Pero en cuanto te vio la Basilia... Y que tú tampoco sabes hablar, como ésos. Ésos hablan, hablan. Hablan bien.

—Pues mi negra me dijo que yo era un *Salmón*. Me lo dijo ella misma.

—*¿Salmón?* ¡Ah!, no lo sé. No sé por qué te lo diría. *¿Salmón?*

—¿Y eso qué será?

—Yo creo que es un pescado. Es raro que te lo dijera. Pero no tiene que ver una cosa con otra, filiño.

—Será porque meneo bien la cola —rió Expósito.

—Eso será —rió también Novas—. Pero eso tampoco tiene que ver. Primero hay que hablarles.

—Pues yo le hablo y ella dice que le gusta. Yo creo que le hablo bastante.

—¿Tú?, ¡qué vas a hablar tú! Aquella noche que nos escapamos no dijiste nada. ¡Qué vas tú a hablar, filiño!

—Pues le hablo. ¿Ves? ¡Te juro que le hablo!

—Pues yo, con las mujeres, nada. ¡Y cuidado que me gustan!, pero, en cuanto voy a hablarles, me entra el *tosigo*.

Vara de Rey salió con su estado mayor. Recorrieron el poblado y las trincheras. Ya lo habían hecho varias veces durante el día. Los soldados se cuadraban.

—¡Está bien, hijos míos! No os mováis. Mañana les demostraremos a los yanquis quiénes somos los españoles.

—¡Sí, mi general! ¡A la orden de vuecencia, mi general!

Después llegaron la noche y el silencio. La noche estaba tensa, curvada sobre los hombres como una lámina de acero. Se dispararía al alba, aventando ferozmente las bolas de fuego de las estrellas. Se dispararía también el aniquilador huracán de la batalla.

El silencio. En el silencio cantó un ruiseñor. Desenrollaron los cucuyos su serpentina de luz.

El silencio. La brisa nocturna trataba de arrastrarlo de fronda en fronda. Se le iba cayendo, quedándose siempre atrás; sobre los soldados que dormían, sobre los que velaban aún, sobre todo, para que oyesen, nítido, angustioso, el azorado golpear del corazón.

1 de julio de 1898, en el Caney.

Estaba amaneciendo. Las tropas de la división del general Lawton ocupaban las siguientes posiciones: en el camino del Caney a Guantánamo, la brigada de Chafee; detrás de ella la brigada Ludlow; a su izquierda, la batería del capitán Capron; y a dos kilómetros al norte de Marianaje, la brigada Miles. Al este del Pozo, en situación de reserva, se hallaba la brigada Bates. Todos estos efectivos sumaban más de 6 500 hombres. Delante de ellos, en el Caney, aguardaban 419 soldados del regimiento de la *Constitución*, 40 del de *Cuba* y 90 entre algunos procedentes del de *Asia*, guerrillas y movilizados. Total: 549 hombres.

Con las primeras luces del alba iniciaron su ataque los americanos.

—Lo único que sentiría —dijo un oficial, sonriendo fanfarronamente— es que se nos escaparan sin combatir.

Los soldados españoles estaban agazapados en las trincheras.

—¡Ya vienen! —exclamó Novas, riendo excitado—. ¡Venid, filiños!

Junto a Novas se había colocado Ortiz. Novas le empujó rudamente con el hombro.

—¡Vete por ahí! —le dijo—. ¡Mira que caerme tú al lado!

—¡Déjame en paz! —masculló el otro—. Y no me empujes.

Ortiz estaba blanco de palidez, temblaba.

—¿Qué te pasa, filiño? Tú tienes muy mala baba. ¡Ahora ha llegado el momento de presumir! Ya lo sabes.

El fuerte del Viso se hallaba al nordeste del poblado, sobre una colina. Los americanos se dirigían hacia esta avanzadilla del Caney, con objeto de envolverla. La brigada del general Chafee avanzaba desde el noroeste; la de Ludlow, por el sudoeste; la de Miles se situó al sur, en Ducoureau, para formar el ala izquierda; y la batería de Capron se colocó en posición al sudeste del pueblo.

—Mal asunto, mi general —le dijo Puñet, teniente coronel de la *Constitución*, a Vara de Rey.

—Desde luego —admitió el general.

—Si nos toman el Viso nos batirán desde allí y de todas esas colinas que nos rodean. Esta posición del Caney es infame, un gran error estratégico.

—Sin embargo, primero hay que tomar el Viso. La compañía que lo defiende es muy bragada. Y después tendrán que desalojarnos de aquí. Deberán hacer un esfuerzo que quizá les resulte excesivo. Puede usted estar seguro, Puñet —dijo Vara de Rey sonriendo.

—¡Claro que lo estoy, mi general! Nuestros hombres han demostrado muchas veces lo que valen. Los yanquis van a sudar tinta; bueno, sangre —sonrió también Puñet.

Hay un hombre que está contemplando la lucha. Es el oficial del estado mayor del ejército sueco, Arvid Wester. Pertenece a la legación de su país en Washington y ha venido como observador neutral, agregado a las tropas yanquis. Arvid Wester ve asomar una línea de claros sombreros de paja en las trincheras españolas. Suena una descarga cerrada. Los sombreros desaparecen. Transcurre un minuto. La línea de sombreros claros torna a dejarse ver. Y el rugido del plomo cruza los aires. Arvid Wester se halla asombrado. Sabe perfectamente que en la posición española sólo hay un puñado de 500 hombres que se enfrentan a 6500 yanquis. Sin embargo, el ritmo de las descargas no disminuye, ni se altera. Minuto tras minuto, aquellos bravos disparan, como si no tuviesen un poderoso enemigo delante, como si no sufrieran bajas, como si se hallasen en un innocuo ejercicio de tiro al blanco.

Novas hizo fuego. Se agazapó. El sombrero de Ortiz no se había movido. Novas le descargó el puño con todas sus fuerzas.

—¡Ay!, ¡animal! —gritó el otro llevándose las manos a la cabeza.

—Creí que ya estabas muerto. Si estás vivo, cuando yo asome, asomas tú, ¿eh, filiño? ¿Tú no eres ese valiente que se quiere cargar a todos los prisioneros y hasta a los heridos? ¿Sí o no? Pues, ahora, ahí los tienes. Conque te asomas. ¿Oíste, filiño?

—¡Vete a la m...! —barbotó Ortiz, blanco de miedo.

—Donde tú quieras. Pero te asomas. Eso sí, filiño.

—¡Expósito! —gritó el sargento del pelotón—, no saques tanto la cabeza.

—Es que quiero ver bien a esos yanquis, mi sargento. Y ni se ven. Y como yo tengo el ojo así...

—¡No me importa cómo tengas el ojo!, y obedece.

La brigada Chafee había desplegado. Se quedó pegada a tierra, sin poder moverse. La brigada Ludlow había tenido que detenerse también. El fuego español producía tremendos estragos.

El general Lawton, que dirigía la operación, veía caer a su lado los muertos y los heridos. Lawton era un hombre valiente. Una bala le saltó el botón del cuello. El general sonrió y permaneció inmóvil en el mismo lugar en que se hallaba. Pero su valor no podía reducir el tiroteo del enemigo, su heroica fiereza, y las brigadas seguían inmóviles, sin poder adelantar ni un paso.

—¡Míralos, hermoso! Ahí los tienes, ciscados de miedo, sin atreverse a levantar el calabacín.

—¡Ya los veo! —sonrió Pedrell.

—¿Qué le parece, mi teniente? —se dirigió Carballo a Robles.

—¡Magnífico, muchachos! ¡Duro con ellos!

El teniente sonrió apenado. Había ya varios hombres muertos o que agonizaban en las trincheras. Veía correr la sangre por sus rostros, empapar sus pechos. A otros los retiraban heridos. Sonaban estremecedores los lamentos, los gritos de dolor. Sonaban también febriles los «¡Viva España!» en la enloquecedora confusión del fuego y del plomo.

—¡Tú!, la cabeza arriba —se escuchaba la voz de Novas.

Ortiz disparaba sin apuntar, se acurrucaba tembloroso.

—¡Y no me desperdicies la munición, tú! ¡Mira que te sacudo, filiño!

—¡Me las pagarás! ¡Ésta me la pagarás!

—¡Que te sacudo, tú!, ¡que te sacudo!

—Bueno; ¿y ésos qué hacen? ¿Vienen, o se quedan, o se van? —dijo un soldado.

—No preguntes, *Ronquillo*. Déjalos ahí. Ahí están bien. Te lo digo yo.

—¿Y nos vamos a estar así toda la vida?

—¡Ahora lo dijiste, Ronquillo! Toda la vida, porque, como vengan, vas a correr, pero caminito del cielo, con unas alitas.

—Eso ya se...

Ronquillo tiene la cara redonda y alegre. Se interrumpe. Un rugido amenazador cruza los aires.

—¿Y eso qué es? —se oye la voz de José Expósito.

—¡Cállate, Expósito!

Las granadas revientan con salvaje estrépito. No hay ni un solo cañón en el Caney. La batería yanqui dispara con absoluta impunidad. Machaca la posición española. Abre enormes boquetes en los muros del Viso, derrumba las paredes de las casas del Caney y los *shrapnels* siembran la muerte a voleo sobre las trincheras.

El puño de Novas cae violentamente sobre la cabeza de Ortiz.

—¡Bestia! ¡Me c... en tu padre!

—Te lo dije, filiño; te lo dije.

—¡Te mataré! —se engalla Ortiz—. ¡Te lo juro!
—¿Y a que no?

El fuego de los españoles no disminuye. La admiración, el asombro de Arvid Wester aumentan. Delante del Viso hay un oficial. Pasea tranquilamente, arriba y abajo, impasible a los tiros, al fuego de los cañones. El corazón de Arvid Wester late apresurado. Siente en su sangre el martilleo de un fervor entusiasta, un deseo febril de gritarles a los americanos: «¡Respetadlos! No tenéis derecho a aplastar a esos héroes.» Pero Arvid Wester calla. No calla. Murmura: «¡Viva España! ¡Viva el pueblo que cuenta con tales hombres!»

El puño de Novas cae por tercera vez.

—¡Yo sí que te mataré a ti, filiño!

Ortiz no se mueve. Novas le quita el sombrero. Ortiz tiene un agujero cárdeno en la frente. La bala le atravesó la cabeza de parte a parte.

—¿Ves como eres un tío de mala uva? Ahora, hasta voy a pasar remordimientos por ti. ¿Lo ves, filiño? Te dije que tú tenías muy mala uva. ¿Sí o no? —preguntó Novas poniéndole el sombrero sobre la cara—. Que descanses en paz —añadió.

Hacia las doce se debilitó el fuego enemigo. Lawton pidió municiones y refuerzos a Shafter. Vara de Rey aprovechó la tregua para retirar a los heridos y municionar a sus hombres. Comunicó a Linares, que dirigía la lucha de la loma de San Juan, el éxito inicial contra los americanos. Linares le felicitó a él y a sus heroicos soldados.

Hacia la una, el general Miles avanzó con su brigada, colocándose a la derecha de Ludlow. Avanzó también la brigada de reserva del general Bates.

A las dos de la tarde, preocupado Shafter, porque no cesaba el fuego en el Caney, mandó a Lawton un apresurado parte escrito a lápiz:

> No podemos detenernos por esos pequeños blocaos; antes del anochecer, usted, Bates y García deben venir sobre Santiago para formar la derecha de nuestra línea, sobre el camino de Sevilla.

Lawton recibió el parte. Intentó retirar sus fuerzas pero los españoles —su propio y cruel destino— le impidieron despegar de tierra a las tropas yanquis, batidas por mortífero fuego desde el Caney.

A las tres de la tarde, la brigada de reserva desplegaba a la derecha de Chafee. Media hora más tarde, Chafee se disponía al asalto del Viso.

Arvid Wester sigue contemplando conmovido la gesta de los españoles. Ahora se dirige hacia el este del Viso. Hay allí un bosque de palmeras. Los mambises están ocultos en la espesura. Arvid Wester se detiene horrorizado. En el suelo yacen dos soldados españoles. Debieron de luchar y caer juntos. Son altos, de correctas facciones. Les han quitado las ropas y yacen casi desnudos. Están entre la yerba, manchados de sangre, con sus bellos ojos petrificados por la muerte. A Arvid Wester le acomete un acceso de ira. «¡Chacales! —murmura—. ¡Chacales!» En el cuello de los dos cadáveres se observa la delgada cinta del corte del machete. Aquellos hombres han sido rematados, degollados salvajemente por los mambises. Aquellos hombres se llamaban, en vida, Antonio Puig y Juan Carbonell.

Arvid Wester se dirige al encuentro de las tropas americanas. La brigada Chafee se dispone a lanzarse al asalto del Viso. Arvid Wester habla con los jefes y les pide que pongan centinelas junto a los heridos españoles. Los americanos le prometen hacerlo así. Mientras Arvid Wester está abogando por los españoles, le alcanza un disparo desde nuestras trincheras. Por fortuna, sólo atraviesa el capote de este hombre generoso.

A las tres y treinta y seis minutos, Chafee se arroja sobre el Viso. Los yanquis avanzan a pecho descubierto, con enorme valor. Pero el puñado de defensores no cede. Sus certeros disparos acribillan a los yanquis, los frenan, con pérdidas muy considerables, al pie de la colina. Chafee y sus hombres aguardan pegándose a la tierra. A las cuatro y cuarto se lanzan nuevamente al ataque. Son muchos cientos los que trepan en orden cerrado por la ladera. Baten al reducido grupo de supervivientes del Viso con un infernal fuego de fusiles y ametralladoras. Los españoles retroceden ordenadamente, cediendo palmo a palmo el terreno, sin dejar de disparar, sin dejar de empapar en sangre cada puñado de tierra.

A las cuatro y media, los americanos toman el Viso. Desde allí el Caney está a su merced. Lo machaca la artillería, lo barre el fuego de los fusiles.

Vara de Rey ordena abandonar el poblado. Los hombres retroceden dando el pecho al enemigo. Ponen la rodilla en tierra, disparan. Reculan unos pasos, vuelven a disparar rodilla en tierra. El plomo los va derribando, los va arrebatando en su furiosa ventolera.

José Expósito retrocede calmoso, disparando. A sus espaldas está la iglesia. Novas le ve.

—¿Dónde vas, filiño?, ¿a rezar? —preguntó riéndose.

Expósito vuelve la cabeza. Ve el templo.

—¡A eso voy! —ríe también.

—¡Fíate de la Virgen y no corras!

El rostro de Pedrell está blanco, desencajado. Confusamente ve cargar a algunos heridos en las acémilas. Él se retira, paso a paso, como los otros. Confusamente ve a los muertos que se van quedando atrás, a los heridos que no se pueden recoger. Hay hombres derribados por todas partes. Parecen flotar en un lecho de sangre, en un espeso raudal que los arrastra hacia la muerte. Pálidos, amarillos, sobre el rojo de la sangre, son las banderas de la Patria, el testimonio de su eterno heroísmo.

Confusamente oye la voz de Carballo: «¡Leña en ellos, hermosos!» Ve a Vara de Rey con sus ayudantes, al sargento Blanco, al teniente Robles... Grita. Estarán dando órdenes. Vara de Rey, herido en ambas piernas, yace sobre una camilla. Dirige desde ella la retirada. «¡No os rindáis, hijos míos!», exclamó al recibir los balazos. Todos sus hombres lo saben. No; no se rendirán. Pedrell también lo sabe. Mira a su general. Todo es vago, confuso. Menos su decisión. «¡Jamás me rendiré!»

Los soldados en retirada oscilan, se agachan, se incorporan, giran, caen para no volver a levantarse. Es una danza lenta, absurda, fantástica, orquestada por una música rugiente, macabra, enloquecedora.

Pedrell entra en una casa. Hace fuego por las aspilleras. La casa se estremece de pronto, se tambalea. Rugen los cascotes y los trozos de metralla.

—¡Atrás!, ¡atrás!

Se retiran defendiendo casa por casa. Pedrell acaba de descubrir a José Expósito. Siente una alegría intensa, exultante.

—¡Expósito! —grita.

Le ve poner la rodilla en tierra. Dispara. Se va incorporando con una lentitud que acongoja a Pedrell. Parece indeciso, desconcertado, se tambalea. Da un traspié y cae de bruces. Se queda en el suelo retorciéndose. Pedrell se dirige a recogerle. Rudamente le frena una culata que se apoya en su pecho.

—¿Dónde vas?

Pedrell mira.

—Es Expósito. Está herido.

—No es cuenta tuya. ¡Atrás!

El hombre que le habla tiene un gesto duro. Pedrell le contempla con asombro.

—¿Qué te pasa? —pregunta.

—¡Atrás, he dicho! ¡Y no te duermas! ¡Dispara! ¿Hasta cuándo tendré que haceros de niñera, hermosos?

Pedrell torna a replegarse disparando. Expósito desaparece en la confusa marea del combate. Al teniente Robles lo tumba la explosión de un cañonazo; lo bañan en sangre los desgarrones de la metralla. Carballo se lo echa al hombro.

El poblado desaparece. Ahora están en una colina, a 600 metros de aquel pozo del Caney, que la muerte ha llenado de sangre y despojos hasta su borde.

La resistencia continúa. El sol se está poniendo. Vara de Rey entrega el mando al teniente coronel Puñet, y los españoles, casi agotada del todo la munición, se dirigen hacia Santiago. Vara de Rey es conducido en una camilla. Las acémilas transportan a los otros heridos.

En días anteriores, Arvid Wester había oído a los oficiales yanquis hablar con insolencia, referirse a los españoles como a una raza inferior. Está seguro de que no lo volverán a repetir, después de que aquellos 500 bravos han resistido casi diez horas a 6500 hombres apoyados por una batería, impidiéndoles tomar parte en la acción de San Juan, donde aseguraron que se hallarían a las ocho de la mañana, luego de arrasar el Caney.

La brigada Ludlow cierra el camino de Santiago. Los hombres del Caney se ven obligados a seguir el que conduce a San Miguel de Lajas. Es un camino encajonado, aterrador. Si el enemigo se presenta, los fusilará a todos, a mansalva, en aquel tenebroso callejón. Los supervivientes del Caney avanzan atemorizados. Se sienten allí, indefensos, sin ni siquiera la posibilidad de vender caras sus vidas.

Una descarga cerrada los detiene. Caen muertos los cuatro hombres que llevaban la camilla del general. La camilla golpea el suelo con un choque sordo. Vara de Rey ha recibido un balazo mortal. Se incorpora: «¡Fuego, y viva España!», grita con la voz ronca y los ojos velados. Y se desploma muerto.

—¡Venga!, ¡cuatro hombres aquí! —gritó un oficial del estado mayor.

—¡Yo! —exclama inmediatamente Novas—. Yo, donde esté otro, estoy.

Le siguen tres soldados más. Junto al cadáver de Vara de Rey se hallan el capitán Ramos, jefe de su estado mayor, y dos ayudantes. El general había visto caer en el Caney a su sobrino carnal. Uno de los ayudantes que están a su lado es don Antonio Vara de Rey, su hermano.

Los cuatro hombres levantan la camilla. La descarga rompe la tensión de sus músculos. Dejan escapar de las manos la camilla y se derrumban. Caen también todos los oficiales. El capitán Ramos y don Antonio resultaron heridos. Los demás hombres yacen sin vida. El cuerpo del general ha recibido otros seis balazos. Lo dejan sobre su camilla, con una guardia heroica y fiel de nueve cadáveres.

La retirada continúa. El teniente coronel Puñet logra aguantar la acometida de los americanos, situándose en una colina.

A las ocho de la noche, abriéndose paso entre el enemigo, ochenta supervivientes del Caney, casi todos heridos, magullados o contusos, llegan a Santiago. Pero los que aún pueden sostenerse de pie han de seguir la lucha atrincherándose en la Canosa, fortín del cinturón defensivo de la ciudad.

Arvid Wester piensa: «Esta lucha del Caney, ¿no aparecerá siempre ante todo el mundo como uno de los ejemplos más hermosos de valor humano y de abnegación militar? ¡Dichoso el país que es tan querido de sus hijos! ¡Dichosos los héroes que han sucumbido en un combate tan glorioso!»

El almirante Cervera al general en jefe, Blanco:

> Como continuación a mi cable de ayer, pongo en conocimiento de Vuecencia que el general Linares me contesta que, como se trata de plaza abierta con sólo movimientos de tierra y alambrada, no es posible determinar el momento de avisarme, por correrse el riesgo de que potente columna rompa la línea ocupada, por tener desplegadas todas sus escasas fuerzas, sin reservas para acudir a los puntos más avanzados; que, sin embargo, me tendrá al corriente del curso del combate, por más que si fuera desfavorable, aquellos momentos no son los más a propósito para efectuar el reembarque de mis fuerzas. Como sin ellas no pueden salir estos buques, a los que espera tan rudo combate a la salida, que en mi juicio serán destruidos o apresados, como tengo expresado a V.E., pudiera llegar el caso de no poder cumplimentar sus órdenes, lo pongo en su conocimiento, suplicándole instrucciones.

1 de julio de 1898, en la loma de San Juan.

Los americanos habían hecho con gran sigilo el traslado de las fuerzas mambisas, desde Aserradero a Daiquiri. Aunque los españoles hubieran conocido este desplazamiento de tropas, tenían que fortalecer, sin embargo, el oeste de la ciudad. Los americanos, en efecto, habían hostilizado aquel punto, en un ataque de diversión y, además, veíanse obligados los españoles a mantener expeditas las entradas a la ciudad, por el Cobre y San Luis, en espera de la inminente llegada de la columna de refuerzo del coronel Escario. La guarnición del este de la plaza hallábase, por estos motivos, muy mermada, cuando los yanquis y los insurrectos desencadenaron sus furiosos ataques. Las fuerzas españolas sumaban 1700 hombres y sólo disponían de dos cañones Krupp de 7,5 cm y tiro rápido. Frente a ellos se apostaba un ejército de 24000 hombres, apoyados por 16 cañones de tiro rápido también.

Al amanecer del día 1, las tropas yanquis iniciaron sus aproches para atacar el Caney. Situóse el general Linares, con su estado mayor, en la bifurcación de los caminos al Caney y el Pozo. Ordenó reforzar la Canosa con una compañía de *Talavera*, y la posición avanzada de la loma de San Juan, con otra de *Puerto Rico*.

Muy pronto empezó a tronar el combate en el Caney. Primero se oyó un nutrido fuego de fusilería; después, el retumbar de los cañones yanquis.

Convencido Shafter de que la división Lawton estaba aniquilando a los defensores del Caney, dio orden de iniciar el ataque a la loma de San Juan. Las fuerzas de los generales Wheeler y Kent se pusieron en marcha hacia este punto, mientras la brigada Summer iniciaba su avance para atravesar el río de San Juan y situarse a la derecha de Santiago.

Hacia las seis y media los cañones de la batería Grimes empezaron a bombardear la loma. Linares les envió a sus defensores otra compañía de refuerzo. El contingente se elevó a 300 hombres, al mando del valeroso coronel de Infantería don José Vaquero, que ya se había distinguido mucho en la campaña, resultando herido en la famosa acción de la sabana de Peralejo. Dispuso también Linares que el coronel Salvador Díaz Ordóñez acudiera a San Juan con los dos cañones Krupp.

Los yanquis habían elevado un globo cautivo que les servía de excelente puesto de observación para fijar las posiciones y la distribución de las fuerzas españolas.

—¡Mi madre, hijo, Pinazo!, ¿qué es eso? —se preguntó a sí mismo Pinazo, soldado del regimiento de *Talavera*.

—Eso es, Pinazo, ¡cacho de animal!, que ya empezó la verbena —le replicó Claudio Redondo Invernizo, soldado de segunda del regimiento de *Asia*, número 55.

—¡Y que ya han empezado los *cuhetes*, como decía el pobre Pecho Cántabro! —exclamó el *Cabezota*, soldado de primera del batallón provisional de *Puerto Rico*, número 1.

—¡Estáis tontos! —replicó Pinazo con desdén.

—Aquí vas a divertirte más que en el fortín. ¡Ya lo verás, Pinazo! —dijo Redondo.

—A mí no me divirtió aquello. Ni esto. Oye, ¿habrán traído aguardiente?

—¿No puedes pensar en otra cosa?

—Sí pienso.

—¿En qué?

—En que el miedo no me deja pensar —rió Pinazo con un gorgoteo ronco—. ¿A que ha tenido gracia?

—¡Anda, anda, Pinazo! ¡Animal!

Hacia las siete y media de la mañana llegaron a la loma las dos piezas Krupp con 50 artilleros al mando del coronel Díaz Ordóñez, el capitán Patricio de Antonio y el segundo teniente José Fernández.

—¡Aquí venimos a sacaros las castañas del fuego, *pipis*! —exclamó riéndose el artillero José Peinado.

—¡Ya será menos! —le replicó el Cabezota—. Vosotros sois los de montaña que andáis con la *Constitución*, ¿es eso?

—Allí andamos algunos —replicó otro artillero.

—Pues la *Constitución*, nada. ¡Viva *Puerto Rico*!

—¿Qué pasa con *Puerto Rico*? —preguntó Peinado.

—Que como *Puerto Rico*, nadie.

—Nadie como la artillería.

—Ahora se va a ver. ¿Cómo te llamas tú?

—José Peinado. Y aún no ha nacido quien me despeine.

—Porque te echarás goma.

—Puede... Pero no ha nacido.

Las piezas españolas abrieron fuego en seguida, para contrarrestar el de la batería yanqui. Dificultaba la eficacia del tiro de nuestra sección artillera el tener el sol de frente y hallarse los cuatro cañones enemigos ocultos en el espesor de la manigua y amparados tras la protección de un parapeto. Nos favorecía, sin embargo, la extraordinaria pericia de los artilleros españoles y el empleo de pólvora sin humo. La pólvora negra que usaban los yanquis, dejaba una estela que permitía localizar fácilmente sus emplazamientos.

Entretanto, la infantería yanqui seguía su progresión con mucha dificultad. Avanzaban apelotonados por los estrechos caminos de aproche a los reductos de la población, sin que la espesura del manigual les permitiera desplegarse en guerrilla.

Desde las trincheras de la loma les hacían un fuego aniquilador al que no les era posible replicar. Las apretadas filas de asaltantes se clareaban. Caían a docenas los muertos y los heridos.

—¡Cómo te diviertes!, ¿eh, Pinazo?

—Ahora sí, Redondo. Pero después se divertirán ellos. ¿Tú ves esas manadas?

—No estoy ciego. No seas animal, Pinazo.

—Pues eso te digo: que ellos se divertirán después.

—Y yo te digo que vengan a divertirse sin prisas, ¿eh, Pinazo? Como a ti te gusta.

—Así mismo, Redondo. Así.

Las columnas yanquis se movían ahora con mayor rapidez. Shafter había ordenado que acelerasen la marcha y procuraran estar cuanto antes en situación de responder al fuego de los españoles. Una hábil maniobra de Kent, que se situó al costado de Summer, permitió activar el avance. El teniente coronel Derby, desde su dominante observatorio del globo cautivo, indicó a Shafter los dos caminos por los que se podía hacer con mayor facilidad el aproche a Santiago. Wheeler y Kent los siguieron, efectivamente.

La caballería yanqui cruzó el río San Juan. Se dirigió hacia el Caney, con objeto de enlazar con la división Lawton, que Shafter se figuraba habría dado cuenta ya del reducido grupo de defensores de aquel poblado.

Poco antes de las once, ambos contendientes parecieron ponerse de acuerdo para dar un descanso que permitiera comer a la tropa.

Pinazo sacó una lata de sardinas, un queque amarillento, duro como la piedra, de harina de maíz.

—Anda a ver si nos dan aguardiente —le dijo Pinazo al hombre que estaba a su lado.

—¿Y por qué no vas tú?

—¡Más respeto, quinto, más respeto, que yo estoy condecorado!

—¿Y a mí qué?

—A ti, nada. Esto te pasa a ti, Pinazo, hijo, por juntarte con quien no debes. ¡Voy!, ¡ya voy!

Pinazo se levantó cachazudamente.

—¡No lo dejéis ir solo!

—¿Y eso? —preguntó Pinazo.

—Tú igual te lo bebes por el camino.

—Un chupito para coger fuerzas. Eso sí.

A las once se reanudó el fuego de la artillería.

—¡Eh, vosotros! —gritó el Cabezota—, que aún no he terminado de comer. ¿Hay derecho a esto?

—¡Mirad, muchachos! —exclamó Redondo—. Ahora sí que no falta nadie aquí. ¡Los voluntarios!

Era un grupo de 60 hombres. Se parapetaron rápidamente en el fortín y las trincheras.

El Cabezota le golpeó familiarmente las espaldas a uno de ellos.

—¿Qué? ¿Habéis dejado las madrigueras de Santiago? ¿Habéis dejado las faldas de las mocitas?

—Sí —dijo el voluntario—, y sin ganas.

—Y de miedo, ¿qué tal?

—De eso bien. ¿Y vosotros?

—¡A maravilla! Otra cosa, no. De miedo, todo lo que haga falta.

—Hay muchos tíos, ¿no?

—Para empezar, más de treinta por cada uno de nosotros: a escoger.

El voluntario estaba muy pálido. Dijo:

—¡Ya! Y vosotros, por lo menos, lleváis el Máuser.

—El Remington tampoco es malo.

—Malo, no; peor.

Los cañones españoles disparaban granadas de *shrapnel*. Pasó media hora. La batería Grimes dejó de hacer fuego. Sus servidores habían huido abandonando las piezas y refugiándose en la vegetación del manigual.

—¿Qué dicen ahora los *pipis*? —les gritó José Peinado.

—Yo sólo digo una cosa —replicó el Cabezota—: que llames *pipi* a tu querido padre. Y también digo: ¡viva la artillería, caray!, para que tú veas.

Las piezas españolas enfilaron la puntería hacia el globo cautivo, que se hallaba a una distancia de más de mil metros. Acertaron en él con el cuarto proyectil. El globo empezó a desinflarse y a descender. En la loma de San Juan se oyeron gritos de júbilo, aplausos, risas y vítores. El globo acabó por hundirse y desaparecer entre los árboles.

—¡A casita, chicos! —exclamó el Cabezota—, ¡que se acabó la verbena!

—¡Espera, Cabezota! —le replicó Redondo—, que aún no ha terminado el baile y falta la traca final.

—Yo ya he bailado bastante aquí. ¡Espera tú!

—¡Eso, eso! —dijo un soldado que se hallaba junto al Cabezota—. A mí, lo que no me gusta de la guerra es que no te puedes ir cuando vienen mal dadas.

—Y lo otro, ¿qué?

—¿Lo otro de la guerra? ¡Ah!, tampoco me gusta. ¡De verdad!

Las tropas yanquis avanzaban por los linderos del bosque, que cubría una gran extensión al pie de la loma. Nuestros cañones batían el lugar en que estuvo atado el globo cautivo. Acortaban después el tiro, hasta seiscientos o setecientos metros de la posición española. Sospechaban que en ese espacio, debería de haber muchas fuerzas yanquis. Las había, efectivamente. Dejaban la espesura y se asomaban al claro en pequeños grupos.

Los shrapnel y el fuego de los fusiles los hacían huir y refugiarse de nuevo entre la maleza.

—¡Da gusto verlos correr!, ¿eh, tú?

—Da —dijo Pinazo.

—¿Qué te ocurre?

—Que se me arriman demasiado, y eso no le gusta al hijo de mi padre.

Pasó media hora. El fuego de los americanos era poco nutrido.

—¿Ves lo que te dije?

—¿Qué hay?

—¿Ves aquellas casas?

—Las veo.

—¿Qué más ves?

—Nada.

—Yo siempre he dicho que «el que con quintos se acuesta...».

—Yo no soy quinto.

—No importa. Allí van los yanquis. Te lo dice Pinazo.

—¡Ah, sí! Ya los veo. ¡Eh!, ¡miradlos!

Los yanquis se escurrían por el flanco derecho de la posición española.

—Esa lotería nos va a tocar a nosotros —afirmó Pinazo—. Ya lo veréis. Nos van a hacer cisco de... —le interrumpieron unas descargas cerradas— ...de costado. Ya os lo dije, quintos.

Las compañías de *Talavera* estaban muy deficientemente parapetadas. Los yanquis las batían, acribillándolas con terribles descargas de fusil.

Uno de los cañones empezó a disparar en aquella dirección.

—¡Viva la artillería, Cristo! —exclamó Pinazo.

—¡Ahora bien nos llamáis! —se oyó una voz.

—¡Hasta de rodillas! El hijo de mi madre es así.

Los certeros disparos del cañón apagaron casi del todo el tiroteo yanqui en el flanco de la loma. Pero entonces empezó a bombardear nuevamente la batería Grimes. El otro cañón le hizo frente. Redujo al silencio a las cuatro piezas enemigas y volvió a poner en fuga a sus servidores.

El Cabezota se incorporó en la trinchera.

—¡Me descubro ante esos tíos, muchachos! —exclamó quitándose el sombrero—. Son muy grandes. ¡Viva la artillería!

Muchas voces respondieron a las del Cabezota, y los artilleros agitaron sus sombreros al aire.

—¡Viva la infantería! —replicaron alegres.

Hacia las doce empezó a remitir el fuego en el Caney y en la loma de San Juan. Cesó por completo. El general recibió un parte de Vara de Rey. Le comunicaba que había contenido a los americanos, causándoles muchas pérdidas. Parecía que los yanquis iban a cesar en su acometida a las posiciones españolas.

En aquellos momentos, el general Linares, con el fin de evitar la progresión envolvente de los enemigos, se hallaba situado a la derecha del camino del Pozo, en una trinchera guarnecida por una compañía de *Talavera*, 800 metros a la izquierda de San Juan. Otra compañía ocupaba el ángulo de intersección de los caminos al Caney y el Pozo, en la altura de la Veguita, para cruzar sus fuegos con los fortines del Sueño, posición del noroeste de la ciudad. Un escuadrón de caballería se hallaba de reserva detrás del fuerte de la Canosa, en una depresión del terreno. El segundo jefe de la plaza, general Toral, permanecía en la explanada del cuartel *Reina Mercedes*, en la parte alta de la ciudad. Mantenía constante comunicación telefónica con Linares. Se le había confiado la misión de vigilar las actividades del enemigo por el norte, movilizando, si era preciso, las tropas de este sector y las de infantería de Marina, atrincheradas al oeste de Santiago.

La tregua de los yanquis sólo había obedecido a la imperiosa necesidad de una concentración de todas sus fuerzas disponibles, para reducir, con su aplastante número, la heroica y desesperada resistencia del puñado de españoles aferrados en el Caney y la loma de San Juan.

A la una de la tarde se reanudó la lucha. Las dos baterías de reserva abrieron fuego desde el Pozo, apoyando la acción de Grimes, que volvió a disparar. Las divisiones de los generales Wheeler y Kent se prepararon para atacar la loma de frente. Mientras formaban sus columnas de asalto, los fusiles españoles hicieron en ellas una gran carnicería. Fue muerto el general Wikoff, jefe de la segunda brigada de la división Kent; le sustituyó el coronel Worth, que cayó gravemente herido; tomó el mando el teniente coronel Liscun y, cinco minutos después, las balas le derribaron sin vida; el teniente coronel Ewers, más afortunado, se puso al frente de esta tropa.

Apenas terminados los preparativos de una y otra división, sus formaciones de combate avanzaron valerosamente, a pecho descubierto, protegidas por los disparos de fusil y ametralladoras, que arrasaban las alturas de San Juan con un ciclón de plomo.

En la torre del Palomar, los ingenieros tienen instalado un heliógrafo y disponen de anteojos de campaña. La torre del Palomar está situada en la parte más alta de la población. Francisco Arderíus, ayudante de órdenes de Villaamil, acudió a la torre. Con los anteojos de campaña podía ver perfectamente, como si se hallara a cuarenta metros, la loma de San Juan. El declive de la loma y la maleza le impedían observar al enemigo. Arderíus divisaba, en la parte superior de la colina, el fuerte de San Juan; a la izquierda, el camino del Pozo; y, cubriendo toda la perspectiva, la mancha verde del bosque y la manigua que se dilataban en la lejanía, hasta las estribaciones de la sierra Maestra. Arderíus dirigió los anteojos hacia la línea de los sombreros de paja de los soldados españoles agazapados en las trincheras. Hasta él llegaba el incesante fragor de los tiros.

Con el corazón sobresaltado de angustia observaba Arderíus a aquellos cuatro hombres. Eran tres oficiales y el jefe de la reducida guarnición. Los tres oficiales estaban de pie, fuera de los parapetos. El jefe cruzaba de un lado a otro. Hablaba con los oficiales. Disparaba el arma corta que llevaba en la mano. Volvía a caminar a lo largo de los parapetos con paso tranquilo, con absoluta impasibilidad.

Las ametralladoras trazan enloquecidos regatos de polvo, las balas y los shrapnels se agitan convulsivamente en un hervidero de mortales aguijones, y las granadas despliegan con salvaje ademán su abanico de metralla. Arderíus mira a los tres oficiales. El de la derecha es un hombre corpulento, el del centro lleva uniforme de dril claro, el de la izquierda... El de la izquierda acaba de llevar sus manos a la cintura. Cae sentado. Y, luego, el brutal golpe de la muerte lo derrumba de espaldas. El oficial corpulento eleva las manos hacia la cabeza con un movimiento mecánico, extraño. Su sombrero sale despedido. El oficial gira sobre los talones y se desploma.

Los americanos avanzan por el repecho de la loma de San Juan. El fuego de los españoles desciende como un violento rastrillo de plomo. Arrebata los cuerpos, los golpea y arrastra. Vuelven a intentarlo una y otra vez los yanquis. El horror crece. Huye despavorido, a la desbandada, el primer batallón del regimiento de infantería núm. 17. El general Hawkins, jefe de la 1.ª brigada de la división Kent, y su estado mayor tratan de contener a los fugitivos, pero el pánico es más ciego y acometedor que la valentía. Les ordenan que se refugien en la manigua para no estorbarles el paso a los demás. Y los demás avanzan. Una oleada tras otra de fuerzas de refresco se estrella contra el bastión de la colina. Al pie de la loma va creciendo la mancha de los cadáveres.

Los americanos desisten del ataque frontal. Ahora hay un gran silencio en la hondonada. Parece que brota de los cadáveres que se hallan en el fondo y sobrecoge también los pechos de los españoles. Porque los españoles han sido casi aniquilados. Porque están nadando en un mar de sangre que aumenta sin cesar, que empapa el suelo de la loma, que lo inundará todo. Los muertos yacen, los heridos gritan, se están ahogando en el sangriento mar.

En los ojos del Cabezota se observa una gran pesadumbre, un furor frío. Mira los cadáveres de sus compañeros: acorchados, fofos, míseras esponjas estrujadas, vaciadas por el fiero pisotón de la muerte. El oficial corpulento está allí. Recibió cinco balazos mortales, dos de ellos en la cabeza. Junto a él hay otro oficial sin vida. Y otro, uno que viste uniforme de dril claro, permanece de pie, quieto, mineral, junto a sus camaradas derribados. El jefe de la guarnición cruza. Se detiene. «¡Ánimo, muchachos!» Torna a caminar con lentitud.

El comandante Arráez, uno de los ayudantes de Linares, fue enviado a practicar un reconocimiento en la loma. Trajo muy graves noticias. Los defensores en la loma estaban aniquilados casi por completo. El general mandó al teniente coronel Sierra, otro de sus ayudantes, al encuentro de la caballería. El escuadrón debería avanzar y proteger la retirada de los sobrevivientes de la loma. El coronel Fontán, jefe del estado mayor de Linares, una vez replegadas las tropas de San Juan, las apostaría en las colinas del recinto de Santiago para impedir que los enemigos penetrasen en la ciudad. Finalmente, el general ordenó que acudiesen los 100 hombres de la flota que se hallaban en Dos Caminos y San Pedrito. Mientras se adoptaban estas medidas, las fuerzas americanas seguían su movimiento envolvente. La enorme masa avanzaba filtrándose entre la vegetación, escurriéndose por las anfractuosidades del terreno, aprovechando caminos y cañadas. El general Linares se dio cuenta de la gravedad de la situación. Se puso al frente de la reducida tropa de 400 hombres, que mandaba personalmente, y se lanzó contra los yanquis.

Arderíus dirige su anteojo hacia la izquierda de la loma. Por allí avanzan unos soldados españoles al mando de Linares. Ponen una rodilla en tierra, disparan. Vuelven a caminar. El corazón de Arderíus late con angustia, sofocado. Los yanquis retroceden ante el empuje del puñado de españoles. El corazón de Arderíus se ensancha de júbilo, de orgullo. Luego, Arderíus enfoca su anteojo sobre la colina. Han desaparecido el oficial de uniforme de dril claro y el jefe de las fuerzas. ¡Qué enorme y trágica soledad!

La loma de San Juan era un cementerio. Casi todos sus defensores estaban derribados en tierra. El coronel Vaquero, jefe de la pequeña guarnición, había desaparecido. Le destrozaría un cañonazo, o yacería oculto por los escombros de los cuerpos sangrientos y desgarrados que había ido amontonando la muerte. Estaban heridos el coronel Díaz Ordóñez y el teniente coronel Lamadrid. Escaseaba la munición de los fusiles. Los cañones habían agotado las granadas shrapnel, las únicas verdaderamente eficaces. Sólo quedaban botes de metralla, casi inútiles para hacer fuego a distancia, y algunas granadas ordinarias.

Wheeler había conseguido situarse a la derecha de San Juan. Empezó a batir de flanco la loma. Los españoles estaban irremisiblemente perdidos, pero seguían resistiendo. Las compañías de *Talavera* acuden a reforzar el punto débil. El fuego enemigo las aniquila. Desde que empezó el combate, han tenido más del setenta por ciento de bajas. Un hombre se pone de pie en la trinchera, grita enloquecido en medio del horror de los muertos que se desploman, de los heridos que chillan, de los proyectiles que revientan sin cesar, del plomo que cruza dejando un rastro de sangre y heridas.

—¡Matadme! —clama el hombre con los ojos desorbitados—. ¡Matadme!

Pinazo se arroja sobre él. Le obliga a refugiarse en la trinchera.

—¡Quieto! —exclama zarandeándole con violencia—. ¡Quieto!

El otro lucha. Lucha con una fuerza irresistible, enloquecido. Se vuelve a incorporar.

—¡Matadme!, ¡matadme!

Pinazo se levanta nuevamente. Forcejea.

—¡Quieto!, ¡quie...!

Se queda con la boca abierta. Resbala pesadamente a lo largo del cuerpo del otro. Se hunde en la fosa de la trinchera con un balazo en la nuca. El individuo abandona la zanja. Da unos pasos a la carrera. Cae acribillado por las balas enemigas. «¡Matadme!, ¡matadme!», gime con la voz quebrada de llanto.

Los americanos baten con fuego de fusiles y ametralladoras el único camino de repliegue de los defensores de San Juan. En la loma sólo quedan 40 voluntarios y un reducido grupo de artilleros.

El capitán Patricio de Antonio llama al segundo teniente Fernández.

—El camino está batido y no podrán enviarnos municiones para las piezas. Cargue el material en los mulos y vaya a buscarlas. Si las consigue, vuelva aquí. Juan Peinado y yo aguantaremos a los yanquis.

—¡A la orden!

El capitán De Antonio y sus hombres disparan con los Remington de los voluntarios. Sólo queda algo de munición para estos viejos fusiles. El teniente Fernández se retira lentamente, batiéndose sin cesar.

Transcurren varios minutos. La munición de los Remington se agota también.

—¡Armen! —exclama el capitán Patricio de Antonio.

Los soldados colocan la bayoneta. Doblan la rodilla y aguardan.

Un gran silencio en la loma. El plomo cruza, las granadas revientan. Un gran silencio de angustia. Los hombres, rodilla en tierra, pálidos, mudos, crispadas las manos en el fusil, esperan la acometida de los enemigos.

El capitán Patricio de Antonio cae con la cintura atravesada. Juan Peinado carga su cuerpo, trota con él a cuestas y alcanza al teniente Fernández.

Todos, voluntarios y artilleros, se retiran ahora. Salen al camino, al espacio descubierto de árboles. Un tiroteo espantoso los recibe, los avienta como frágiles figuras de papel. El teniente Fernández, dos sargentos y dieciséis hombres ruedan por el suelo. Dos de los hombres no volverán a levantarse. Uno de los mulos que transportaban el material queda muerto también sobre el camino. Carga con un valor suicida la guerrilla de *Puerto Rico*. Sólo son un puñado de héroes. Avanzan a la carrera por el claro, tropiezan, ensartándose en las balas yanquis. Cientos de enemigos los baten desde la espesura, los destrozan en pocos segundos. Ocho hombres quedan de pie. Retroceden sin dejar de hacer fuego. Uno de los hombres se detiene. Es el Cabezota. Está, encendido, ciego de furor.

—¡Cobardes! —grita—. ¡Cobardes!, ¡venid aquí!

Se queda plantado, desafiante. El fusil en la diestra, los brazos un poco separados del cuerpo. Después, el Cabezota tira el fusil al suelo con un heroico desplante.

—¡Venid aquí!, ¡cabrones!

—¡Atrás! —le ordena un teniente—. ¡Atrás!

El Cabezota le mira. El teniente lleva el hombro empapado en sangre. Recibe otro tiro y vacila tambaleándose. El Cabezota se lo echa al hombro. Levanta el puño, amenazador. «¡Hijos de p...!» Y se aleja con su carga.

Son las cuatro de la tarde. Los americanos toman la loma de San Juan. Sólo encuentran un montón de cadáveres y algunos heridos que no fue posible retirar. Los americanos llegan completamente agotados por el calor, la fatiga, el horror de la lucha. Todos han arrojado sus equipos, sus víveres. A sus espaldas, el terreno está sembrado de muertos y heridos. Se niegan a seguir el avance. Y ni siquiera se atreven a apoderarse del material de artillería que hay sobre el mulo caído en el camino. La desorganización en el ejército yanqui sigue siendo enorme. Faltan medicinas, ambulancias. Muchos de los heridos mueren por falta de asistencia. La fiebre amarilla ha empezado a hacer estragos. Un gran desaliento se apodera de las tropas yanquis. Y el desaliento crece cuando descubren que el Caney y San Juan únicamente son dos puestos avanzados de la defensa de la ciudad. De la heroica resistencia ofrecida por los españoles, dedujeron los yanquis que aquéllos eran dos puntos claves y que, una vez tomados, les sería muy fácil dar el asalto definitivo a la plaza. Sin embargo, la línea principal de las fortificaciones de Santiago seguía intacta. Discurría por los atrincheramientos de las colinas cercanas a la población. Llave de este cinturón defensivo era el fuerte de la Canosa. Los yanquis lo atacaron con fuerzas de refresco y con alegre determinación, creyendo que se encontraba ya expedita la entrada a la ciudad, después de sus recientes victorias.

El resto de los defensores de San Juan se había retirado a la Canosa. El coronel de ingenieros Caula guarnecía esta posición con dos compañías. Linares la reforzó con otra de infantería de marina al mando del capitán de navío Joaquín Bustamante. Los sobrevivientes de San Juan fueron recibidos con vítores y aplausos. Y, cuando los yanquis se lanzaron sobre la Canosa, un terrible tiroteo los puso rápidamente en fuga.

Desde la Canosa, los españoles batían también la loma de San Juan. Ingenuamente formó un batallón yanqui para presentar armas a su bandera y fue barrido en pocos minutos.

Sin embargo, los enemigos seguían lanzando a la lucha oleadas incesantes de tropas de refresco. La situación de los españoles empezaba a ser crítica, desesperada. Hombres agotados, desmoralizados —porque no podían esperar ningún refuerzo— y algunos, como los sobrevivientes de la loma de San Juan, completamente destrozados por la fatiga tras de diez horas de encarnizada lucha. El general Linares había sido gravemente herido en un brazo. Cayó muerto el coronel Caula, jefe de la guarnición de la Canosa. La resistencia de los españoles se hacía insostenible, parecía que iba a derrumbarse de un momento a otro. El general Toral, que había sustituido a Linares, tomó una trágica decisión. Acudió a los heridos y a los enfermos convalecientes en el hospital.

Ciento cincuenta hombres demacrados, verdaderos espectros, llegaron a la Canosa al frente del comandante Beato, enfermo también. Cojeando, renqueando, moviéndose con lentitud, como en una pesadilla, aquel puñado de hombres esqueléticos, consumidos, fue atrincherándose.

Los otros soldados los miraban, les hablaban con una voz pastosa, cálida, les golpeaban amistosos las espaldas; sentían lástima por ellos. Y sentían crecer sus fuerzas, su indomable valor, su inconcebible —y exclusivamente española— capacidad de resistencia.

—Si los muertos pueden luchar, también lucharán los vivos. ¡Fuego!, ¡fuego! —exclamaba el Cabezota—. ¡Mueran los yanquis! ¡Fuego! ¡Viva siempre España!

Los gritos de los soldados atruenan en la posición española. Atruenan los disparos. Y los yanquis se retiran.

Poco a poco cesan los tiros. Yace en silencio la loma de San Juan. Joaquín Bustamante se dispone a tomarla al asalto con sus marinos. Tratan inútilmente de disuadirle.

—¡Es una locura! Hay miles de enemigos apostados. Les acribillarán.

Joaquín Bustamante se niega a escuchar razones. Avanza. Un disparo le atraviesa el sombrero, otro derriba sin vida su caballo. Pero el capitán no se arredra. Y sigue. Hasta que un mortal balazo en el vientre le troncha por la cintura. Su tropa, diezmada por el tiroteo yanqui, se retira llevando a su heroico jefe, que se agita convulso, presa de horribles dolores y no tardará en morir.

> *Acta.* El día 1 de julio, a las siete de la noche, llamados por el almirante los jefes que suscriben, dio lectura de los telegramas cruzados con el general en jefe desde La Habana, en los cuales aquél dispone que, a pesar de las observaciones hechas sobre el desastre que espera a la escuadra a la boca del puerto, salga ésta a viva fuerza y a todo evento en caso de ser in-

minente la pérdida de Santiago de Cuba. Seguidamente dio noticia de las operaciones militares verificadas en el día de hoy, en que el enemigo se ha apoderado del poblado del Caney y de la meseta de San Juan, y preguntada la opinión de los jefes de referencia sobre si consideraban que era llegada la ocasión en que dicho general en jefe dispone la salida, manifestaron por unanimidad absoluta que consideraban que había llegado la ocasión... pero que para ello es absolutamente imposible intentar la salida sin embarcar la gente que está en tierra defendiendo la plaza, que es hoy más de las dos terceras partes de la marinería y que al mismo tiempo, y según oficialmente ha manifestado el jefe de este cuerpo de ejército, no puede prescindir de este socorro, pues carece en absoluto de reservas y de fuerzas con que relevarlos en la extensa línea que defiende. Como consecuencia de lo anteriormente expuesto, entienden que para coadyuvar con la mayor eficacia y condiciones de éxito para la defensa de la plaza, sería conveniente obstruir la entrada del puerto. José de Paredes. Juan B. Lazaga. Fernando Villaamil. Víctor M. Concas. Antonio Eulate. Emilio Díaz Moreu.

Hacia las ocho llegaron a la Canosa los sobrevivientes del Caney. Los recibieron con vítores ahogados por la emoción. Llegaban sucios, rendidos, manchados de sangre.

—Os ha ido muy mal, ¿no?

—Muy mal. ¿Y en la loma?

—Mal también.

—¡Hijo l'alcalde!, ¡Madriles! —exclamó Pedrell al verlos.

Se abrazaron con los hombres de la *Constitución*.

—¡No achuchéis, no achuchéis! —dijo el Madriles jadeando—, que casi no puedo tenerme.

—¿Qué hacéis aquí?

—Nos sacaron del hospital para refuerzo. Yo no quería venir. «¿Dónde quiere usted que vaya hecho un esqueleto? No me puedo ni sostener, mi comandante.» Pero la culpa fue de éste. Éste, como todavía anda con la pata en *cabestrillo*, no le iban a traer. Pero se empeñó: «¿Vamos a dejar solos a los compañeros?»

Hijo l'alcalde se apoyaba penosamente en un bastón. Debía de sufrir fuertes dolores, porque tenía el rostro demudado.

—¿Cómo se te ocurrió venirte con la pata de palo, hermoso? —dijo Carballo.

—Yo quería estar con vosotros. De modo es que le digo al comandante: «Para disparar tengo bastante con las manos. De modo es que usted me pone en un sitio, y como no pienso moverme, aunque vengan todos los yanquis del universo mundo, no necesito las piernas para nada.»

—¿Lo has visto, Pedrell? Era lo único que nos faltaba. Ahora ya se puede echar el completo: ¡todos locos!

—¿Y Expósito? —preguntó el Madriles.

—Le mataron. Yo le vi caer —dijo Pedrell.

El Madriles desvió el rostro. Tosió para disimular su emoción.

—¿Y los otros?

—También mataron a Novas. Carbonell y Puig no sabemos. Solamente quedamos Carballo y yo del grupo. Pero han cogido algunos prisioneros. ¡Quién sabe...!

—¡Pues ahora me alegro de haber venido! —exclamó el Madriles mirando hacia el campo yanqui—. Enfermo y todo, ¡ya verán esos marranos!

La noche tropical avanza rápidamente, como una deslumbrante exhalación de estrellas. Aún se oyen tiros sueltos. Cesan. Se escucha sólo, trémulo, apagado, el gemir de los heridos, de los agonizantes. Van llevándoselos lentamente hacia la retaguardia. Su queja se desvanece. Queda sólo el suspirar de los hombres agotados después de tantas horas de terribles combates. Queda la angustiosa inquietud de la espera, el amargo presentimiento de otro desafío a la muerte, que ha de sobrevenir con el alba.

Después se escucha el golpear de los picos, el metálico y desapacible roce de las palas. Los yanquis se atrincheran. Llegan, apagadas, distantes, sus voces.

Los centinelas, abrumados por la masa de la fatiga, desmadejados por la tensión, otean en la oscuridad con miradas inseguras, soñolientas. Los demás hombres duermen pesadamente. Hay alguno que se agita, que bracea asaltado por las pesadillas. Y alguno se incorpora con un grito ahogado de terror. Mira con asombro, desconcertado, la impenetrable tiniebla y se vuelve a tumbar suspirando.

El almirante Cervera al general en jefe, Blanco:

> *Santiago de Cuba, 1 de julio de 1898* (noche). Por el general Toral conoce Vuecencia la jornada de hoy. Cree evidente que la retirada de mis fuerzas desembarcadas, implica la pérdida inmediata de la plaza. Sin ellas no puedo intentar la salida. Yo creo lo mismo que Toral y nuestra salida parecería una fuga que a todos repugna. Así opinan también mis capitanes. Suplico las instrucciones que le he pedido.

El general en jefe Blanco al almirante Cervera:

La Habana, 1 de julio de 1898 (10.30 noche). *Urgentísimo. Clave L.* Vistos progresos enemigos a pesar heroica defensa guarnición y de acuerdo con la opinión del Gobierno de Su Majestad, reembarque V.E. tripulaciones y, aprovechando la oportunidad más inmediata, salga con todos los barcos de esa escuadra, quedando en libertad de seguir derrota que considere oportuna, autorizándole para que deje ahí alguno de ellos que por su poca marcha o circunstancias no ofreciera probabilidades de salvación. Debo advertir a vuestra excelencia para su noticia, como información y sin carácter de prevención, que en Cienfuegos sólo hay tres barcos y nueve aquí, ninguno de importancia.

El general en jefe Blanco al almirante Cervera:

La Habana, 1 de julio de 1898 (10.45 noche). *Urgente. Clave O.* Ampliando mi telegrama anterior de esta noche, prevengo a V.E. apresure lo posible su salida de ese puerto antes que el enemigo pudiera apoderarse de la boca.

El general en jefe Blanco al comandante general de Santiago de Cuba, Toral:

La Habana, 1 de julio de 1898 (10.55 noche). Es indispensable concentrar las fuerzas y prolongar todo cuanto se pueda la defensa, procurando a toda costa que enemigo no se apodere de la boca del puerto antes que salga la escuadra, que deberá salir lo antes posible para no tener que rendir ni destruir los barcos.

CAPÍTULO XIX

2 de julio de 1898.

El general en jefe Blanco al almirante Cervera:

La Habana (5.10 madrugada). *Urgentísimo.* En vista estado apurado y grave de esa plaza que me participa el general Toral, embarque V.E. con la mayor premura tropas desembarcadas de la escuadra y salga con ésta inmediatamente.

Cervera trasladó literalmente el anterior telegrama al general Toral, a fin de que diese órdenes «para poder cumplimentar inmediatamente la del general en jefe».

El comandante general accidental del 4.º Cuerpo de Ejército, Toral, al almirante Cervera:

> Enterado de cablegrama del general en jefe dirigido a V.E. disponiendo el reembarque de las fuerzas de la escuadra, ordeno con urgencia que la compañía que se halla en San Miguel de Parada, vaya a embarcar en San José; la de Mazamorra, en Socapa; la de Cruces, en el muelle de este nombre; la que está entre los fuertes del Gasómetro y Hornos, en Punta Blanca; y el resto de la fuerzas de Marina desembarcadas, en el muelle Real...

El general en jefe, Blanco, al general Toral:

> Recibo cablegrama de V.E. de la 1 h 30 m de la madrugada de hoy, que contesto, reiterándole las instrucciones que he dado a V.E. en mi último telegrama de esta madrugada. Es indispensable concentrar las fuerzas y prolongar cuanto se pueda la defensa, impidiendo enemigo se apodere de boca del puerto antes salida escuadra, que ordeno al general Cervera en vista estado plaza que V.E. me participa, para evitar rendición ni destrucción barcos. Si Vuecencia, con esas valerosas tropas pudiera dar lugar a llegada brigada Escario o Pareja, mejoraría mucho situación; pero si ésta fuera tan crítica que imposibilite continuar la defensa, reunirá todas las tropas y habitantes leales, procurando abrirse paso, retirándose sobre Holguín o Manzanillo, inutilizando lo que no pueda llevarse, quemando y destruyendo cuanto deje a retaguardia, sin que quede al enemigo el menor trofeo de su victoria, confiando en todo caso en que V.E. sabrá adaptar cumplimiento mis instrucciones con esta plaza y fuerzas.

El general Toral al general en jefe, Blanco:

> Amanecer reanudó enemigo ataque plaza, que continúa a la vez que a poblado Cuabitas, sobre línea férrea, y al Cobre, induciendo esto último a creer haya sido detenida columna Es-

cario por fuerzas desembarcadas Aserradero. A petición almirante Cervera, ordeno urgente reembarco tropas escuadra, debilitando en mil hombres defensa... Situación cada vez más insostenible.

El general en jefe, Blanco, al general Toral:

Recibido telegrama de V.E. de la una y media. Comprendo situación difícil, pero no desesperada. Si Escario o Pareja se incorporan mejorará mucho. De todos modos sostenga V.E. la plaza a toda costa y antes capitulación procure unirse con algunas de aquellas fuerzas, dejando heridos y enfermos hospitales asistidos Cruz Roja; población no deberá destruirse, a pesar de lo que anoche le dije. Lo esencial es que escuadra salga en seguida, pues si se apoderan de ella los americanos, España estará moralmente vencida y tendrá que pedir la paz a merced del enemigo. Una plaza perdida puede recobrarse; la pérdida de la escuadra en estas circunstancias es decisiva y no se recobra. No deje V.E. de telegrafiarme comunicándome los sucesos y sus impresiones.

El general en jefe, Blanco, al ministro de la Guerra, Correa:

...He ordenado salga escuadra inmediatamente, pues si se apodera enemigo boca puerto, está perdida.

Al alba, los españoles iniciaron el fuego contra las trincheras que el enemigo había abierto durante la noche. Replicaron los yanquis y el chisporroteo de los fusiles encendió ambas líneas de puntos cárdenos que parecieron estallar en la luz del casi instantáneo amanecer del trópico.

Los americanos batían los fortines del este de la ciudad: la Canosa, San Antonio, Guayabito, Santa Úrsula... La enorme superioridad del enemigo, en armamento y número de hombres, se encarnizaba sobre todo contra el fuerte de la Canosa.

Y, en la Canosa, cuatro artilleros estaban hablando sin dejar de hacer fuego. Se llamaban Pedro Gavira, Modesto Campano, Antonio León y Juan Morla.

—A mí me gustaría —dijo Antonio León—, pero, en cuanto asomemos el morro, nos cascan.

—¡Pues vaya un *león* que eres tú! —se burló Pedro Gavira.

—¡Y lo soy! ¿No lo viste ayer en San Juan?

—Ayer, desde luego. Pero hoy te han cortado la melena.

—No me han cortado ni un pelo, y si os empeñáis en que nos tumben patas arriba, ¡por mí...!

—Pues yo no —dijo Modesto Campallo—, aunque, si lo consiguiéramos, íbamos a quedar como unos señores.

—Echamos una carrera. Les decimos a éstos que nos cubran —intervino Juan Morla.

—¡Qué cubrir!, ¡qué cubrir! Hay miles de tíos. Nos abrasarán en un segundo, pero si os empeñáis... Lo dicho, dicho.

Frente a la Canosa estaba la loma de San Juan. En el camino descubierto, donde la víspera destrozaron, durante la retirada, a los artilleros, los voluntarios y la guerrilla de *Puerto Rico*, sigue tendido muerto el mulo con el material de uno de los cañones Krupp. Los cuatro artilleros —Juan Morla, Pedro Gavira, Modesto Campallo y Antonio León— han concebido la descabellada idea de salir bajo el aniquilador tiroteo yanqui y traerse consigo ese material.

El Cabezota está apostado junto a los artilleros. Ha oído toda la conversación desde el principio.

—Si la artillería tiene miedo, aquí hay un voluntario —dice.

—La artillería no tiene miedo de nada —replica Juan Morla—. Eso ya se demostró. Pero las cosas hay que pensarlas, chacho. Eso es lo que se llama estrategia.

Juan Morla se ríe. Se ríen los otros también.

—¿Qué? ¿Vamos? —pregunta Gavira.

—¡A ello! —contesta León.

—¡Vosotros! —llama la atención el Cabezota a los soldados que hay próximos—. Disparad como máquinas, porque éstos van a quitarle la carga al pobre mulo aquél, para que descanse en paz.

Los cuatro artilleros saltan de la trinchera. Se escuchan voces de estupor.

—Pero ¿dónde van ésos?

—¡Están locos!

—¡Volved!, ¡volved!

Los cuatro artilleros trotan. Parece como si oscureciera la luz una nube de plomo que se abate sobre ellos. Desde la Canosa disparan con frenesí. Disparan y siguen con el corazón sobresaltado la insensata carrera de los cuatro héroes.

Ya están junto a la caballería muerta. Cargan el material

—¡Corred!, ¡corred! —les gritan desde las trincheras españolas.

Ya vuelven los artilleros. Uno se desploma gravemente herido. Los otros le ayudan a caminar. La marcha se hace lenta. El plomo ruge. La angustia crece.

Ya llegan los artilleros. Ya están aquí.

—¡Viva España!

—¡Viva la artillería!

—¡Viva la madre que os ha parido, cacho de animales! —grita el soldado Redondo.

Pedrell se vuelve hacia Carballo:

—¡Pobre Novas! Si estuviera aquí, diría: «¡Eso es la Patria, filiños! ¿Sí o no?»

—Sí; ésa es. Y ésa también nuestra desdicha, hermoso. En la península se levantan monumentos, se da nombre de calles y plazas a Cánovas, a Sagasta, a todos los culpables de la ruina de la nación, de la muerte de sus hijos... Pero de esos artilleros, de los hombres que han caído en el Caney y San Juan, de los que hemos luchado allí... De nosotros, nadie se acordará.

Pedrell mueve la cabeza con un aire compungido. Hace un esfuerzo para sobreponerse.

—A ti lo que te pasa es que eres un presumido. Te gustaría verte en tu pueblo, encima de un pedestal, todo de bronce —dice sonriendo.

—¡Pues estaría muy hermoso! —replica Carballo riéndose también—. Iría a verme aquella preciosidad, y diría con orgullo: «Yo le conocí.» ¿Te das cuenta?

Pedrell y Carballo disparan sus fusiles. Vuelven a disparar.

—¿Qué será de ellas? —dice Pedrell.

—Estarán muy asustadas. ¡Pobre hermosa mía! —suspira Carballo—. ¡Malditos yanquis! —exclama tirando del gatillo.

Un sudor helado baña la frente de Pedrell. Tirita con un castañeteo de dientes.

—¿Qué te ocurre?

—De pronto me entran unos fríos...

—¿Llevas quinina?

—Sí.

—¡Tómatela! O no te la tomes, hermoso. Igual te ha agarrado el paludismo y te envían al hospital. ¡Vaya suerte!

—Sí; al hospital... Mira a esos infelices. No solamente los que han venido con el comandante Beato, casi todos los otros están enfermos como yo, o todavía peores.

—Ya lo sé. Sin comida, sin esperanza de recibir refuerzos, agotados, enfermos... Los yanquis sólo tienen que esperar un poquitín. Nos encontrarán muertos a todos. Pero antes... ¡Ahí va eso, hermosos míos! —exclamó Carballo disparando su fusil.

La brigada Summer y la división Kent trataron de situarse a la derecha e izquierda, respectivamente, del camino de Siboney a Santiago. La intrincada vegetación de estos parajes, sin embargo, les impedía casi del todo el despliegue.

A las ocho de la mañana, Ludlow cruzó con sus fuerzas el río de San Juan. Secundó su movimiento la división Lawton. El camino desde la ciudad al Caney quedó cortado.

La brigada Bates se situó a la izquierda de Kent, y a Calixto García se le ordenó desplazarse hacia el norte, en dirección a Palma Soriano, con el fin de encerrarles el paso a los refuerzos españoles.

Los yanquis habían intentado emplazar sus baterías de campaña en el camino del Pozo, para coger de enfilada a la Canosa. El fuego de los españoles impidió realizar esta maniobra, que entrañaba un peligro muy serio para una posición de tanta importancia.

Shafter había dado cuenta a su Gobierno de las victorias alcanzadas en el Caney y San Juan. Rindió justicia al valor de los españoles. «Día de oro y glorioso para ambos ejércitos», decía en el parte. Sin embargo, en el general en jefe de las tropas yanquis había cundido también el desaliento que aplanaba a sus hombres.

Shafter envió un parte a Sampson:

> Deseo vivamente que haga una tentativa inmediata para forzar la entrada del puerto, a fin de evitar nuevas pérdidas a mis tropas, que acaban de ser duramente probadas. A usted le es fácil obtener el éxito con menos pérdidas de vidas que a mí.

Sampson contestó haciéndole notar el grave descalabro a que se exponía, si no se eliminaban, previamente, las defensas submarinas de la boca; no obstante, añadía, «si su deseo expreso es que la escuadra fuerce la entrada, me prepararé para hacerlo».

Por la tarde, varios oficiales de las divisiones primera y tercera, se presentaron a sus generales Wheeler y Kent, respectivamente, para pedirles que se ordenase la retirada de las fuerzas, abandonando la loma de San Juan.

—¡De ninguna manera! —exclamó Wheeler—. Nos consta la aplastante inferioridad numérica de los españoles. Carecen de tropas de relevo, de comida... de todo. ¿Qué clase de soldados son ustedes? Nuestros hombres tienen cuanto necesitan; hasta les servimos el agua con hielo... ¿Es que aún les parece poco?

A las seis de la tarde, enterado Shafter de lo que ocurría, convocó un consejo de guerra en el Pozo. Los jefes se pronunciaron en favor de una retirada de las fuerzas. Solamente Wheeler se opuso. Persuadió a los demás para que se esperasen otras veinticuatro horas. Accedió Shafter momentáneamente, pero a disgusto. Llevaba enfermo varios días. La irreductible resistencia española y la postración física contribuían a aumentar su abatimiento.

En el campo español iba cundiendo también el desánimo. Los mil marineros desembarcados habían empezado a abandonar las trincheras poco después del alba. Sin este considerable apoyo, sería imposible resistir el asedio y las acometidas de los miles de enemigos...

Al amanecer, el almirante Cervera había convocado junta de jefes para preparar la salida de la flota ordenada por Blanco. Decidieron hacerla con la máxima rapidez, temerosos de que los espías de la ciudad pudiesen advertir a Sampson y se malograra su única posibilidad de escapatoria: la sorpresa.

Ordinariamente, los buques enemigos acostumbraban a adoptar la misma disposición. Formaban un gran arco desde Daiquiri. Allí estaba, próximo a tierra, el *Indiana*. Seguían, hacia el oeste, el *New York*, *Oregon*, *Iowa*, *Massachusetts* y el *Texas*, que venía a quedar, aproximadamente, al sur de la entrada de la bahía. Muy cercano a tierra, por el oeste de la boca, había un yate. Lo apoyaba el *Brooklyn*, con el que debía de permanecer en constante comunicación. El *Brooklyn* se hallaba lejos de los otros buques, en la mitad del espacio comprendido entre ellos y el yate.

Cervera expuso su plan. Partirían aquella misma tarde.

—Saldrá primero el *María Teresa*. Trabaremos combate con el *Brooklyn*, procurando embestirlo. Mientras los yanquis se ceban con nosotros, los demás barcos intentarán huir siguiendo en línea de fila a lo largo de la costa. Los destructores se colocarán a sotafuego de los navíos grandes. Tratarán de alejarse a toda máquina en cuanto les sea posible. No deben tomar parte en la batalla, a menos que encuentren un buque aislado. Nuestro punto de destino será La Habana o Cienfuegos.

Todos los jefes aceptaron con entusiasmo el plan. Sabían, no obstante, cuál era su irremediable destino: la destrucción y la muerte. Y, sin embargo, se estrecharon las manos sonriendo. Antes de partir juraron solemnemente que el que sobreviviera defendería la memoria de los demás, pues abrigaban el temor de que su sacrificio no iba a ser apreciado y hasta era posible que a él se uniera el descrédito.

Cervera tomó la precaución de enviar un ayudante, para que depositara, en manos del arzobispo de Santiago, todos los documentos —cartas, telegramas, cables, etcétera— que daban fe de su enérgica postura ante la tragedia que se avecinaba y dejaban a salvo el buen sentido y la honra de los jefes a su mando.

Dos compañías del *Vizcaya*, destacadas en el camino del Cobre, llegaron a las cuatro de la tarde en un estado de total agotamiento, después de tan larga caminata. En vista de ello, y como se hallaran también muy extenuados por la fatiga los demás tripulantes, Cervera suspendió la salida hasta la mañana siguiente, con el fin de darles un descanso a aquellos hombres que tendrían que afrontar una prueba tan terrible.

Aunque el teniente Robles tenía fiebre y sentía agudos dolores, había acudido al muelle, escapándose del hospital para asistir al embarco de los marineros y despedirse de sus amigos. Estuvo charlando con los oficiales Fajardo y Noval y con el guardiamarina Saralegui.

El teniente Robles había resultado con el brazo derecho roto por dos sitios y con la mano izquierda atravesada por una esquirla de metralla. Tenía, además, varios chichones y hematomas en la cabeza y en la cara. Enyesado, vendado y cubierto de parches de esparadrapo ofrecía un aspecto incluso cómico.

Los otros oficiales le recibieron riéndose.

—¡Qué bonito te han dejado los yanquis! —exclamó Noval.

—No os riáis. Ya veremos cómo os dejan a vosotros.

—Peor, me figuro —dijo el alférez Fajardo.

Robles les contó el combate del Caney. Habló con entusiasmo del heroico comportamiento de la tropa, del cabo que cargó con él y le salvó la vida.

—Van a proponer para la laureada de San Fernando a Vara de Rey y a mi compañía de la *Constitución*. También propondrán a los de *Puerto Rico* por la defensa de la loma de San Juan.

El guardiamarina Saralegui temblaba de emoción.

—¡Cómo me hubiera gustado estar allí...!

—No te preocupes —dijo Fajardo—. Tendremos muy pronto nuestro Caney. Y no vamos a permitir que la infantería nos achique.

—Está mal la cosa, ¿no?

—Está por el estilo que vosotros. Un técnico cualquiera de marina te dirá que la proporción del poderío de las escuadras es como de uno a cuarenta. ¡Nos harán papilla!

—Mi tío el comandante me explicó algo, pero no sabía que los barcos españoles fueran tan pésimos.

—¿Qué es de tu tío? —preguntó Noval.

—No lo sé. Estaba con una compañía de la *Constitución*, en San Luis, para ayudar a la columna del coronel Escario, si es que consigue llegar... Dudo que pueda retirarse a Santiago.

—¡Vaya!

—No; no son pésimos —dijo Fajardo—. Son buques bastante buenos, pero muy inferiores a los americanos. Nuestras corazas, por ejemplo, las pueden perforar sus cañones de doce y trece pulgadas, y hasta se teme que los de ocho. En cambio, las corazas de acero harveyzado, que ellos usan, son invulnerables para nuestras baterías, a menos que pudiésemos dispararles a bocajarro las piezas de veintiocho centímetros. El otro día le oí decir al capitán Concas que nuestros cañonazos contra esos buques harán «el mismo efecto que ladrar a la luna».

—¡Pues sí que estáis arreglados!

—Además, ellos tienen perfectamente protegidos casi todos sus cañones y nosotros, únicamente los de veintiocho centímetros de las torres blindadas con que cuentan tres de los buques. La fuerza principal de nuestra escuadra son las baterías de diez cañones de catorce centímetros y de tiro rápido, pero carecen de protección, así como los ascensores de municionamiento, que, además, funcionan defectuosamente. Aparte de eso, nuestros navíos están sobrecargados de madera, cosa peligrosísima en el combate. Resumiendo, te diré que, en definitiva, resultan vulnerables a 265 cañones enemigos, salvo el *Oquendo*, que lo es solamente a 64, porque tiene buena coraza. En cuanto a la marinería... —Fajardo se interrumpió—. ¡Ese estúpido! ¡Cuidado que se lo he advertido veces!

Los otros miraron en la dirección en que lo hacía Fajardo.

El condestable Orjales estaba cuadrado ante el capitán del *Vizcaya*. Orjales se tambaleaba. El rostro del capitán Antonio Eulate estaba encendido de indignación.

—Mañana salimos a luchar y abrigo la esperanza de que sabrá lavar esa gravísima falta. ¡Quítese de mi vista!

Orjales se retiró avergonzado, con andar inseguro.

—Es un muchacho excelente —dijo Fajardo—, y yo le aprecio mucho, pero le gusta empinar el codo. ¡Imbécil! ¡Emborracharse precisamente hoy... !

—¿Qué ibas a decir de la marinería?

—¡Ah, sí! Es excelente. ¿Quieres creer que no ha faltado a la lista..., a la cita con la muerte —sonrió con amargura Fajardo— ni uno solo de los mil hombres que estaban en las trincheras? Todos saben lo que les aguarda. Y no ha faltado ni uno.

—¡Es admirable! ¡Qué pueblo español! ¡Qué prodigioso material humano malogrado por los que gobiernan!

—Sí; es cierto. Esos hombres podían haberse escabullido con toda tranquilidad en el camino, esconderse en la población... ¿Qué iba a pasarles peor que el destino que les espera en los buques? El final de la escuadra, de Santiago, de la guerra... lo saben ellos tan bien como nosotros. No embarcándose podían salvar la vida. Nadie iría a pedirles cuenta al final del desastre. Y, sin embargo, todos han venido a cumplir con su deber. ¡Da lástima,

Fajardo calló unos instantes.

—Como hombres —añadió después— son el mejor material del mundo, tal como tú decías, pero van indefensos al combate, sin experiencia.

—¿A qué te refieres?

—Como andamos tan mal de munición, con los cañones de veintiocho centímetros sólo se han hecho dos disparos por pieza, ¡qué práctica van a tener! Y lo que ocurre con los de catorce centímetros es espantoso.

—¡Me horroriza pensarlo! —exclamó Noval.

—¿Qué ocurre? —preguntó Robles.

—Ahora ya te lo podemos decir, puesto que mañana salimos. Para esos cañones, la fuerza mayor de la escuadra, como te dije, se usan casquillos; es decir, balas parecidas a las de un revólver. Resulta que los casquillos de la casa Armstrong que tenemos, son infames, porque sueltan gas por la culata y puede salir despedido el cierre del cañón hiriendo o matando a sus sirvientes. En el *María Teresa* se hicieron unas prácticas y ocurrió ese desastre, resultando heridos varios hombres. En vista de ello, hace un par de años, se encargaron los casquillos a otra casa. Sólo hemos recibido trescientos. Total: que los comandantes no se han atrevido a ejercitar a los hombres en el tiro, por miedo a la desmoralización y el desastroso efecto que produciría el que saltase algún cierre y matara o hiriera a los servidores. ¿Te das cuenta? El primer disparo que nuestros marineros harán con esos cañones, será mañana, frente al enemigo. En cambio, los yanquis han tirado millares de proyectiles en los bombardeos de estos días; tienen una práctica que disminuye más aún nuestras ínfimas posibilidades de escapar sin ser destruidos.

Noval y Fajardo se despidieron de Robles.

—No puedo ni daros la mano —dijo Robles esforzándose en sonreír.

—Y si te abrazamos, te acabas de despedazar.

Los dos oficiales se cuadraron.

—¡A la orden, mi teniente!

—¡Suerte, amigos, suerte!

Los otros dieron media vuelta y se alejaron.

—Yo también me voy —dijo Saralegui con voz insegura—. A mí me hubiera gustado desembarcar. No he estado nunca en ningún combate.

Saralegui se puso encarnado. Robles desvió la vista.

—Tampoco yo había estado. Es fácil acostumbrarse. ¡No hay más remedio! —sonrió.

—Yo quería preguntarle.

Robles le miró de reojo. Se daba cuenta de que Saralegui tenía algún problema, de que sufría. Saralegui era aún más joven que Noval, que sólo contaba veinte años. Parecía un niño.

—Pregúnteme lo que quiera. Si yo le puedo contestar, lo haré con mucho gusto.

—¡Gracias! Pues... Solamente una cosa. Y creo que es una tontería —miró con decisión a Robles—. ¿Qué se siente?

—¡Ah!, bastante miedo. Y mucho nerviosismo.

—Miedo... ¡Ya! Miedo. Estoy un poco asustado —sonrió otra vez con mucha cortedad.

—También yo lo estaba. No se preocupe.

—No; si no es eso. No me gustaría morir, claro. Pero estoy dispuesto a lo que sea. Solamente me asusta que el miedo me impida cumplir con mi deber.

—Los miedos de esa clase son los que hacen realizar a los hombres las mayores hazañas

—¡Gracias, mi teniente! —le saludó Saralegui cuadrándose.

—¡Mucha suerte, guardiamarina!

Saralegui se alejó. Era delgado, de hombros estrechos, en período de desarrollo aún. Caminaba con la cabeza erguida, resuelto. Robles le miraba conmovido. Aquel débil muchacho que avanzaba con decisión hacia su muerte, quizá, se le antojó todo un símbolo. El símbolo del trágico destino de toda la escuadra de Cervera.

Robles se marchó apenado del muelle. Caminó lentamente. En las trincheras seguía oyéndose un nutrido tiroteo. Cesó al llegar la noche.

Al teniente Robles le costó dormirse. Se despertó sobresaltado hacia las dos de la madrugada. Atronaba en la noche la furia de los disparos. Robles se sentó en el lecho a escuchar. «Es en la Casona», pensó. Seguramente, los yanquis habrían intentado un ataque por sorpresa. «¡Aguantad, compañeros, aguantad!» Poco a poco fue cediendo la intensidad de los tiros. Hasta que cesaron.

Robles volvió a tumbarse en la cama. Pensó en las amargas y terribles horas que aún tendrían que vivir los hombres de las trincheras y fortines, los hombres de la escuadra. Pensó en Saralegui y en sí mismo, que no era mucho mayor que él. Tenía deseos de llorar. Y pensó que sólo podría hacerlo sin rubor en los brazos de su madre, porque únicamente ella comprendería lo que le pasaba.

A las diez de la mañana había entrado en Palma Soriano la columna del coronel Escario. El general Toral le ordenó que acudiera inmediatamente a Santiago.

CAPÍTULO XX

3 de julio de 1898.

El desaliento y la indecisión de Shafter culminaron en el parte que, en esta fecha, envió a su Gobierno:

> ... He cercado a Santiago por el norte y este; pero mi línea no tiene bastante consistencia. Al aproximarme a la plaza, hallo defensas de tal naturaleza y fuerza, que será imposible tomarlas por asalto con los medios de que dispongo. Yo pienso seriamente en retirarme y tomar posición a cinco millas, próximamente, sobre las alturas, entre el río San Juan y Siboney...

El secretario de Guerra le contestó:

> A usted le es posible apreciar la cuestión con mayores elementos de juicio que a nosotros. Sin embargo, si puede conservar sus actuales posiciones, especialmente las alturas de San Juan, el efecto en el país será mejor.

El 3 de julio de 1898 fue domingo. El día amaneció nublado. Las aguas de la bahía de Santiago estaban quietas, limpias, pulidas por el paño gris del alba. Sólo se oía un fragor ronco, sofocado, en el seno de los navíos, que se hallaban con las calderas encendidas.

La columna del coronel Escario inició su marcha sobre Santiago, al amanecer. Había dejado varias docenas de heridos en Palma Soriano y se dirigía a Puerto Bayamo, lugar distante dieciocho kilómetros.

El toque de diana vibró en la bahía. Los buques de la escuadra se llenaron de murmullos, de ajetreo. Se sirvió rancho extraordinario a las tripulaciones. La luz crecía rápidamente. Ondeaban, en la suave brisa mañanera, los pabellones rojo y gualda de los navíos.

A las siete, el capitán Concas, a bordo del cañonero *Alvarado*, se asomó a la boca de la bahía para precisar la posición del enemigo. Aún vagaban por el horizonte nubes cenicientas de mal agüero, tristes como un sudario. Concas observó a los navíos yanquis. Faltaba el *Massachusetts*. El *Indiana* se hallaba a cuatro kilómetros de tierra y a ocho de Santiago. Seguían el *New York*, *Oregon*, *Iowa*, *Texas* y *Brooklyn*. Formaban un gran arco, manteniéndose a nueve kilómetros de la entrada a la bahía. Un pequeño yate ocupaba el sitio habitual del *Brooklyn*, que se hallaba próximo al *Texas*.

A las ocho, el *Infanta María Teresa* izó la señal de zafarrancho de combate. Cundió en todos los buques el apremiante y marcial estrépito de las cornetas de órdenes, de los pitidos de los contramaestres.

A las ocho y media, el *New York* abandonó la línea de bloqueo llevando a bordo a Sampson. El almirante se dirigió a Siboney, donde tenía concertada una entrevista con Shafter.

Antes de que la columna llegara a Puerto Bayamo, se oyó, en la distancia, el intenso fragor de los combates que se libraban en torno a Santiago. El coronel formó una columna ligera. Hizo escoger, de cada compañía, los treinta soldados que se hallaran en mejores condiciones. Añadió la caballería, el batallón de *Isabel la Católica* y la sección artillera. Se destacó del resto de la tropa y avanzó rápidamente.

En los navíos españoles todo estaba preparado: las baterías, cargadas; los torpedos, a punto; ligadas las anclas; tensos y expectantes los hombres. Habían caído ya las cubiertas protectoras de los delicados instrumentos, y los buques se estremecían, piafaban como caballos, sacudiendo en el aire la negra crin de los penachos de humo.

La señal de partida fue un «¡Viva España!». Reventó con estrépito en la escuadra; lo recogieron los soldados de las colinas; se elevó hacia la altura; y planeó después, desvaneciéndose en un sombrío silencio.

El *María Teresa* avanzó gallardamente, con su bandera de combate desplegada. Los otros buques rindieron a su almirante los honores de ordenanza. Sonaron fervorosos, entusiastas, los vítores de las tripulaciones. Los soldados y artilleros de pie sobre las colinas de la ciudad agitaron sus sombreros.

El buque insignia daba avante con rapidez. Salvó con precaución el islote de Cayo Smith, cuyo paso había sido obstruido, en parte, por los despojos del *Merrimac*. Cuando llegaba frente a la batería de la Estrella, fue descubierto por la escuadra enemiga. El *Iowa* disparó un cañonazo de alarma y los buques yanquis se dispusieron a la lucha precipitadamente.

El *María Teresa* dobló el bajo del Diamante. Sobrecogidos, silenciosos, con el corazón apretado de angustia, o con una serenidad fría, resuelta, los marineros aguardaban el inminente combate.

Concas pidió la venia a su almirante y mandó iniciar el fuego. Vibró el sonido de la corneta de órdenes. Pasó de batería en batería. Se oyeron voces, murmullos.

—¡Pobre España! —murmuró Concas.

El almirante movió la cabeza con un aire de asentimiento, de resignación.

Concas se abstrajo unos instantes. Pensó que Cervera había hecho lo imposible para evitar el desastre que se avecinaba, y su corazón debía de hallarse tranquilo. El comandante recordó que, años atrás, sobre una nave, réplica exacta de la de Colón, había repetido él la señal de avante, con que, siglos hacía, empezó nuestro poderío, la forja del gran imperio de España. Lo recordó con amargura. Ahora le había correspondido también dar la señal que anunciaba el fin, la pérdida de los últimos jirones del pasado esplendor.

El primer disparo lo hizo el segundo cañón de la batería de cubierta, sacando violentamente a Concas de sus cavilaciones.

Eran las nueve y treinta y cinco minutos de la mañana.

El *Teresa* navegaba a toda máquina. Concas, para dar ejemplo a sus hombres, permanecía fuera de la torre de combate. Disparaban todos los cañones del *Teresa*, salvo los de proa, que se reservaban para hacer fuego a corta distancia. El crucero se estremecía, cabeceaba y crujía sacudido por el retroceso de las piezas, por el violento furor de las explosiones. Parecía que estuviese estallando en la luz. Era un salvaje potro de fuego que galopaba sobre las aguas. Había puesto proa al *Brooklyn* para embestirlo. Pero el buque insignia del comodoro Schley rehuyó el choque, metiendo sobre estribor. Después, presentando la popa, disparó sobre el *Teresa* y se alejó rumbo al sur. El *Texas* y el *Iowa*, que avanzaban velozmente, se interpusieron entre el *Brooklyn* y el crucero español, amenazándolo con sus espolones. Ante este doble peligro, el *Teresa* viró hacia el oeste y empezó a navegar a lo largo de la costa.

Al llegar a Puerto Bayamo la columna ligera, el coronel Escario se destacó al frente de la caballería. El resto de las fuerzas le siguió, progresando con mayor lentitud.

Durante diez minutos permaneció el *Teresa* completamente solo ante la escuadra enemiga. Los yanquis concentraron sobre él un fuego aterrador. El *Teresa*, vulnerable a todos los cañones enemigos, sólo podía hacerles algún daño con los dos de 28 cm que llevaba en la torre blindada de proa, ya que las piezas gemelas, de la torre de popa, habían quedado inutilizadas al primer disparo, por no poder llevarse los cierres a su sitio.

El *Teresa* avanzaba perseguido por el *Brooklyn*, que se mantenía a una distancia de 5000 metros; el *Texas* y el *Iowa* se hallaban a 3000. El *Brooklyn* navegaba paralelo al navío español. Disparaba sin aproximarse. Parecía que solamente él iba contra nuestro crucero y que le sería posible escapar. Sin embargo, el *Iowa* forzó de pronto la marcha. Se acercó a 2000 metros de la popa del *Teresa*.

Diez minutos después que el buque almirante, apareció el *Vizcaya* en la boca. Viró hacia el oeste y avanzó disparando sus baterías de la banda de babor. La intensidad de su fuego decreció con rapidez. Los cañones de 14 centímetros escupían las agujas; las cargas no entraban; no encajaban los cierres. Los casquillos fallaban uno tras otro. Algunas piezas hubo que cargarlas y descargarlas siete veces consecutivas para conseguir hacer fuego. Y, en una de ellas, que sólo se lograba poner en batería introduciendo a golpes los proyectiles, con infinitos esfuerzos, las cargas llegaron a fallar más de ocho veces. Los artilleros y servidores maldecían, se desesperaban; se sobreponían, sin embargo, a su desaliento, a la agotadora tensión nerviosa, hasta conseguir disparar.

No sólo decrecía la intensidad del fuego en el *Vizcaya*. Sus fondos sucios lo frenaban, tiraban ásperamente de él, reduciendo su marcha. El *Cristóbal Colón*, que había salido pocos minutos después, le dio alcance, lo rebasó. Sin embargo, la escuadra enemiga concentraba su fuego sobre el *Teresa*. El *Vizcaya* y el *Colón* recibieron pocos impactos enemigos. Parecían volar sobre las aguas. Iban hacia su salvación. Se alejaban. Ligeros, veloces, tendidos, corrían como dos lebreles, lejos de la caza enemiga, palpitante aún el ijar de los últimos disparos, de la gozosa esperanza.

El *Iowa* disparaba sobre el *Teresa* desde 2000 metros. Un par de proyectiles de 30 o 33 cm estalló en la popa del buque insignia. Fueron dos zarpazos mortales. El navío se agitó convulsamente, como un toro herido por el golpe de la puntilla. La metralla rompió el tubo de la bomba real y algún otro de la máquina. Los escapes del vapor inundaron la popa con su ardiente humareda y la velocidad del crucero disminuyó instantáneamente. Se alzó, pavoroso, el penacho de los incendios. Cárdenas llamas y negros humos manchaban los blancos chorros de vapor. Allí dejaron la vida todos los hombres encargados de una de las conducciones de munición de pequeño calibre.

Al frente de un oficial avanzó un puñado de valientes. Iban a cruzar la abrasadora barrera de vapor para reducir el incendio. Se lanzaron a los callejones. Se quedaron en ellos para siempre, con los pulmones quemados.

El humo, el fuego, el vapor aventaron a los hombres que conducían la munición o trabajaban bajo la cubierta protectora. Previsoramente se había dejado repuesto de proyectiles junto a los cañones y el *Teresa* siguió batiéndose. Fallaban las cargas sin cesar. Pero el *Teresa* siguió batiéndose.

Antes de empezar el combate se habían inundado de agua las cubiertas de todos los buques, abriendo las válvulas de las bombas contra incendios. Las del *Teresa*, destrozados por la metralla los tubos conductores, dejaron de manar. Pero aún quedaba agua en la cubierta. Iba de un lado a otro, dócilmente, siguiendo los vaivenes del buque. Brincaba sin cesar, aventada por la explosión de las granadas, despedida por las brutales conmociones que sacudían el barco, cada vez que lo golpeaban los proyectiles enemigos. El agua era espesa y roja. Iba de acá para allá, entre los cadáveres y los heridos que llenaban la cubierta. Se remansaba unos instantes junto a los cuerpos, destiñéndoles la sangre; se alejaba arrebatándosela. Los heridos y los agonizantes se retorcían gimiendo; se deslizaban pesadamente los muertos, los horripilantes despojos de un ordenanza de Concas, partido por la mitad del golpe de hoz de un proyectil; silbaban los tubos rotos del vapor; rugían las llamas con su viento huracanado; aullaban las esquirlas de hierro, arrancando la carne con feroces mordiscos; atronaban las piezas no desmontadas aún; oíanse voces, espantosos chillidos de dolor, un incesante gritar... Solamente el agua iba, venía, silenciosa. Se acercaba a los hombres derrumbados, huía, se adensaba cada vez más. En las baterías se renovaban los servidores constantemente; caían.

Caía el agua roja por los costados del buque. Iba tiñéndolo, envolviéndolo con un sudario de sangre.

Víctor Concas seguía fuera de la torre de combate, a pecho descubierto, arengando desde allí a su heroica tripulación. Tendidos junto a él yacían, heridos o muertos, los oficiales de su estado mayor. Solamente dos permanecían aún en pie. El comandante se volvió, al recibir el *Teresa* los dos mortales impactos del *Iowa*. Trató de averiguar lo ocurrido, pero el humo y el vapor se lo impidieron. Le parecía que la tremenda explosión había ocasionado la voladura de un pañol de municiones o de algún torpedo. En ese instante, estalló en la torre una granada. La torre quedó desierta. Concas y los dos oficiales estaban tendidos sobre los otros cuerpos derribados. Concas yacía sin movimiento, paralizado por la gravedad de las heridas.

A Cervera le fue imposible avisar al segundo comandante, en medio del espantoso caos. Se puso él mismo al mando del buque.

Llevaron a Concas a la enfermería de combate. Los heridos suplicaban, resistían furiosamente para que no los metieran en aquel horrible lugar, donde perecerían sin remisión, si el barco se hundía o estallaba, por lo estrecho y difícil de la salida.

Los incendios devoraban el buque. Agitaban, con un júbilo salvaje, sus negras, cárdenas, doradas banderas. Ardía la cámara del almirante, en la que hizo explosión un depósito de proyectiles de 57 mm.

Un oficial se acercó al trote. Se cuadró.

—¡Fuego en el cangrejo y en la caseta de popa!

El almirante no dijo nada. Acababa de divisar al *Oquendo*, a lo lejos. Arrojaba el borbotón de las llamas como una boca sangrienta.

El *Almirante Oquendo* había retrasado su salida. Se aproximó a la boca treinta minutos después que el *Teresa*. Navegaban el *Vizcaya* y el *Colón* hacia el oeste forzando las máquinas. El *Teresa* avanzaba lentamente, con el vaivén de la agonía.

El *Oquendo* iba acercándose a la boca. Frente a él estaban apostados el *Oregon*, el *Iowa* y el *Indiana*. Antes de que doblara el bajo del Diamante, los tres buques enemigos, enfilándolo a la perfección entre los taludes del Morro y la Socapa, lo hicieron trizas con una aterradora avalancha de proyectiles. Las granadas enemigas reventaron abriendo un trágico surtidor escarlata de sangre y despojos humanos.

El comandante Lazaga, impasible, heroico, despidió afectuosamente al práctico, y, con una serenidad inconcebible, soslayó el bajo de la boca, realizando una de las maniobras más extraordinarias de la historia de la marina militar.

La jauría de los acorazados yanquis se arrojó contra el crucero malherido. Eran los chacales de las cazas alevosas, los turbios buitres de las reses moribundas.

Allá iba el *Oquendo*. Un proyectil penetró en la torre de proa, por la rendija, entre uno de los cañones y el carapacho. Mató al oficial y a todos los sirvientes.

El *Oquendo* sólo podía replicar al devastador bombardeo enemigo con un cañón. Disparaba, sin embargo, sus inofensivas piezas de 14 cm. Uno de los cañones despidió el cierre. Mató o hirió a todos los servidores y dejó ciego al artillero.

Iba el heroico navío llevando en su interior más de 120 hombres sin vida. Al segundo comandante, capitán de fragata, Sola, le arrebató una granada con su brutal empujón, arrojándole luego sobre la cubierta partido por la mitad. Se oyen los gritos desgarradores de un teniente de navío. Derribado por la voraz tarascada de los cascotes, suplica que lo lleven a morir a su puesto. El oficial de la torre de proa abrió la puerta para respirar, y lo mató una esquirla de granada. En la cámara central de torpedos entró un proyectil de grueso calibre; estampó, muertos o heridos, aplastándolos contra las paredes, a todos los oficiales y a la dotación. Otros proyectiles destruyeron la popa, arrancando de la obra muerta los asombrosos e inagotables pañuelos mágicos de las llamas.

Astillas y leños encendidos empezaron a caer hacia el acceso a los pañoles de la munición. El marinero Luis Díaz y el tercer condestable Germán Moreno acudieron rápidamente. Y allí estaban, heroicos, solos, con gran riesgo de la vida, intentando detener el incendio. Amontonaban maderas, ropas y camas humedecidas, cuanto encontraban, para oponer un dique al rugiente oleaje de las llamas. Permanecieron allí, heroicos, solos, hasta que el incendio los aventó con su chorro abrasador.

Las baterías de 14 cm y sus ascensores de munición estaban inutilizados. Pero iba el *Oquendo*, ahora, todavía, de pronto, disparando uno de sus cañones. Hacía fuego con él un teniente herido, Marra. Le ayudaban el guardiamarina Gutiérrez y el condestable Soriano, acarreando entre los tres las municiones.

Iba el *Oquendo* con las bombas de agua inservibles, hundidas en su vientre las feroces garras de las llamas. Iba totalmente indefenso, destrozado, hostigado por los trallazos de la metralla enemiga, y sin cejar, siguiendo la huella, la antorcha prendida por el heroísmo, del buque insignia *María Teresa*.

El incendio de la Cámara de Cervera se había propagado hacia la parte central del navío. Se abandonó la batería baja de tiro rápido, porque el fuego amenazaba con volar los pañoles de pólvora e impedía el paso para inundarlos. En la torre blindada de los cañones de proa, el humo asfixiaba a los sirvientes. Hubo que abandonarla también.

El crucero navega lentamente. Los buques yanquis se acercan, lo acribillan con sus cañones de tiro rápido. El crucero es un metálico tambor. Suenan los impactos de las granadas con el espeluznante redoble que acompaña a los fusilamientos. Es una campana el inerme crucero. Voltea a rebato, herida por los proyectiles enemigos, con un toque insistente y terrible, de agonía.

Cervera llamó a los comandantes segundo y tercero, a los oficiales que estaban próximos a él.

—Toda resistencia es ya imposible —les dijo—. Hay que intentar poner a salvo la tripulación y evitar que el barco caiga en poder del enemigo. ¿Opinan ustedes como yo?

—Sí, almirante.

—Gracias, caballeros.

Cervera envió un ayudante con la orden de que se intentara inundar los pañoles de popa. El humo y el vapor, y las llamas que salían por la escotilla de máquina, impedían el paso por los callejones.

El *Teresa* metió sobre estribor y puso proa a la costa.

A las diez y cuarto de la mañana embarrancó en las rocas de la orilla. Debido a su poca velocidad se produjeron escasos deterioros en el casco.

El comandante Concas fue llevado a cubierta. Miró conmovido su hermoso buque destrozado. Concas había urdido un plan, con los dos maquinistas mayores, para echar la nave a pique en el instante preciso. Lo mantenían en el secreto más absoluto para no desmoralizar a la tripulación con aquel funesto augurio de su comandante, que pensaba en la irremediable pérdida del buque antes de iniciar la lucha. Los dos maquinistas, muertos en el combate, se llevaron aquel secreto plan a la tumba, y Concas, gravemente herido, no pudo ponerlo en práctica tampoco. Cuando les sacaron a cubierta, la oportunidad ya había pasado, pues las llamas que salían por la escotilla de la máquina impedían bajar hasta ella.

El comandante Lazaga no dio la orden de virar hacia la costa hasta que observó que lo hacía el *Teresa*.

El *Oquendo* pasó muy próximo al buque insignia, que acababa de varar en Punta Cabrera, a cinco millas de Santiago. Los del *Teresa* lo vieron cruzar velozmente, con su flanco enrojecido, ensangrentado por el incendio. Era como un fiero jabalí malherido, acosado por la implacable jauría de las llamas.

Los marineros que sabían nadar, se despojaron de sus uniformes y se arrojaron al agua. Los heridos esperaban ansiosamente, asfixiados por el calor y el humo. El incendio avanzaba, hundía sus aguzadas piquetas abriéndose camino hacia los pañoles de munición para hacer saltar el buque. Se habían puesto al rojo las planchas del casco del *Teresa*. Las primeras explosiones sacudieron rudamente la nave. Creció la angustia de los que aguardaban el salvamento. Se habían arrojado al agua los botes. Estaban acribillados por las granadas y se hundieron uno tras otro. Flotó solamente un bote a motor. Hizo un viaje y luego naufragó también bajo las olas. No fue posible tender hasta tierra una guía que sirviese de punto de apoyo y de salvación. Lo intentaron tres veces consecutivas sin resultado.

El almirante mandó arriar la bandera, pero el incendio envolvía la toldilla. La bandera cayó ardiendo en llamas.

Los dos cabos de mar Juan Llorca y Andrés Sequeiros observaron que el almirante se disponía a lanzarse al agua, aligerándose del uniforme. Junto a él estaba su hijo, el teniente de navío Ángel Cervera. Los cabos de mar se acercaron.

—Nosotros somos buenos nadadores, excelencia —dijo Andrés Sequeiros.

—¡Gracias, amigos!

Entre los tres ayudaron al almirante para que pudiese ganar la orilla a nado.

El incendio había alcanzado el puente de proa. Rugía furiosamente, alargaba sus rojas manos hacia los heridos y los que no sabían nadar, amenazándoles con una muerte horrible. Entonces llegaron unos botes yanquis. Hacía tres cuartos de hora que el *Teresa* había embarrancado. Los botes consiguieron tender una guía y apresuraron el salvamento de los hombres que aún había en el buque.

El comandante Lazaga mandó que se disparasen todos los torpedos, ante el peligro de que la conmoción hiciera estallar alguno, al lanzarse con el navío entre las rocas. Fueron inundados los paneles de proa; las llamas impidieron llegar a los de popa.

El *Oquendo* embarrancó próximo al *Teresa*, media milla al

oeste del buque insignia. El incendio no permitió alcanzar los botes salvavidas. Fue arrojado al agua el chinchorro, y se hundió. El comandante mandó hacer una balsa con los tablones de madera que se utilizaban en la plataforma para lavar los costados del buque. Disponían, además, de dos lanchitas. Se llevó una guía a tierra. Los hombres que sabían nadar se arrojaron al agua.

Desde la proa, el único lugar respetado por las llamas, el comandante dirigía el salvamento. Las explosiones empezaban a sacudir el barco con un ronco y amenazante clamor. Lazaga ordenó arriar la bandera, pero el fuego quemó la driza y las llamas mordieron en ella, arrebatándola con un nervioso aleteo.

Después, el comandante Lazaga, aquel hombre de honor, hizo su último y más gallardo ademán, disparándose un tiro en la sien.

El *Teresa* y el *Oquendo* habían sido destruidos. Grises, veloces, crueles, los acorazados yanquis, como una manada de lobos, se lanzaron —el *Brooklyn*, el *Texas*, el *Iowa*, el *Oregon*— tras las huellas del *Vizcaya*, acortando rápidamente las distancias. Fue entonces cuando salieron los *destroyers*.

El comandante general del Apostadero, Manterola, al ministro de Marina, Auñón:

> *La Habana*. Comandante Marina Cuba (Santiago) me dice: Salió nuestra escuadra, sosteniendo fuego vivísimo, que no se oye ya, con la enemiga; parece que ha conseguido romper el bloqueo, dirigiéndose al Oeste.

Villaamil retrasó mucho su salida, con el objeto, tal vez, de centrar el fuego de los navíos yanquis y contribuir a la fuga de los otros buques españoles. Frente a la boca sólo estaba el *Indiana*. Había retrocedido y se apostó allí para evitar que escapasen los contratorpederos. Permanecían, además, al acecho, numerosos buques auxiliares armados, algunos hasta con doce cañones de 10 a 15 cm. Para los *destroyers*, estos barcos eran más peligrosos aún que los mismos acorazados. Finalmente, el *New York*, que arbolaba la insignia del almirante Sampson, había virado en redondo al oír el ruido de la batalla y llegó a tiempo para participar en la destrucción de los inermes contratorpederos.

Los *destroyers* son unos barcos rapidísimos, de casco tan endeble como el papel. Su única y específica misión es la caza de los torpederos. No pueden utilizarse en las batallas, porque un disparo cualquiera resulta mortal para ellos. El comandante Concas solía compararlos con un hombre cuyo cuerpo estuviese formado, todo él, por una víscera tan delicada como el corazón. Un hombre así perecería, irremediablemente, a la primera herida. Por este motivo, Cervera había ordenado que los *destroyers* no presentaran combate. Debían procurar huir a lo largo de la costa, avanzando a sotafuego de los barcos grandes.

Villaamil, sin embargo, ya fuese porque vio las enormes humaredas que anunciaban el trágico fin de la escuadra, y quiso correr su misma suerte; ya, porque, persuadido, quizá, de que no tenía escapatoria, decidió vender cara su vida, lo cierto es que, con heroica y suicida resolución, lanzó su débil navío contra los poderosos buques yanquis.

Todos los hombres estaban en sus puestos. En la plataforma de proa del *Furor* había una pieza de 75 mm. Allí se encontraban sus servidores, el jefe de la flotilla, Fernando Villaamil, el comandante del buque, Diego Carlier, y el práctico.

Los navíos yanquis abrieron fuego desde muy cerca, casi a bocajarro. Una tromba de hierro cayó sobre el *destroyer*, aniquilándolo en breves instantes. Los proyectiles estropearon el tubo del servomotor y los guardines dejando sin gobierno a la nave. La máquina de babor quedó paralizada; la otra siguió funcionando, porque fue imposible detenerla. Una gran vía de agua inundó la popa y la hundió. El estallido de una granada inutilizó el cañón de 57 mm, matando a todos los sirvientes. Las llamas del incendio habían invadido la cámara de maquinistas. Además, el cañón de la popa, de 75 mm, estaba deteriorado desde el ataque al *Merrimac*, y al de la proa se le rompió la aguja y no había de repuesto. La ametralladora se atascó por la deficiencia de las municiones.

El *Furor* se hundía entre el aterrador caos de las explosiones de las granadas, los aullidos de los cascotes, el delirante gemir de los heridos. Sobre la cubierta estaban tendidos los cadáveres, en su muda, acusadora, impasibilidad.

Se trató de guiar el navío hacia tierra, pero los mandos no respondían. Tampoco quedaba tiempo para botar al agua la canoa. Se ordenó a los supervivientes que intentaran ganar la orilla a nado. Los hombres empezaron a saltar por la borda.

Eloy Culla era un magnífico nadador. Permaneció a la expectativa, braceando próximo a la nave. Vio a Máximo Nogales Serena, que se acercaba a la barandilla, pero inmediatamente retrocedió.

—¿Qué haces, Mediobuque? —le gritó.

En ese momento se lanzó al agua el alférez Noval. Derivó peligrosamente a lo largo del costado del buque, en dirección a las hélices.

—¡Tenga cuidado, mi alférez! —le gritó Eloy Culla nadando velozmente hacia él.

Le vio hundirse, como arrastrado por un enérgico tirón. Volvió a flotar, blanco de palidez, entre el remolino de las aguas teñidas por la sangre. Culla le cogió por un brazo y le apartó del buque nadando poderosamente.

El alférez sonrió con su cara de niño.

—¡Gracias, Eloy! Creo que la hélice me ha cortado un pie.

—¡Mi alférez! —exclamó Eloy Culla consternado, y nadó con toda su alma arrastrando al oficial.

Máximo Nogales Serena se había acercado a la barandilla. Vio a los hombres que nadaban alejándose del *Furor*. Docenas de proyectiles caían entre ellos. Sacaban de repente a un cuerpo del agua y lo volvían a arrojar cubierto de heridas, sumergiéndolo para siempre bajo las olas.

Mediobuque no se lanzó al mar. Retrocedió. Acababa de ver al cabo Barroso. Llegaba a la carrera, descalzo, en ropas menores, pálido, descompuesto. Mediobuque se dirigió hacia él. Lo frenó, poniéndole las manos en el pecho.

Le miró el otro con los ojos desorbitados por el terror.

—¡Déjame, déjame! ¡El barco va a volar! ¡Déjame!

Mediobuque le hizo recular hasta una escotilla. Le dio un enérgico empujón. El cabo Barroso cayó rodando por la escalera. Mediobuque se precipitó tras él.

El cabo Barroso se levantó aterrado, sin comprender.

—¿Qué quieres?, ¿qué es lo que te pasa? ¡El barco va a volar por los aires!, ¡el barco va a volar!

Trató de arrojarse a la escalera, pero Mediobuque le rechazó.

—¡Te lo dije, asqueroso! El hombre te lo advirtió.

—¡Te lo suplico! ¡Déjame, déjame! ¡Te lo suplico!

—¡Defiéndete, cobarde! Si no luchas, moriremos los dos aquí.

—¡Ten compasión, Mediobuque! ¡Ten compasión!

—¡Defiéndete!

El cabo Barroso le dirigió una mirada turbia, sanguinaria, de animal acorralado. De repente se arrojó sobre Mediobuque embistiéndole con la cabeza. Mediobuque saltó hacia un lado. Y Barroso fue a azotar contra los peldaños de la escalera. Se quedó allí mismo, de bruces, casi inconsciente.

Mediobuque le alzó la cabeza. Tenía un pequeño corte en la frente.

—¡Qué porquería de fulanos! —murmuró.

Después se lo echó al hombro y salió con él a la cubierta. El cabo Barroso empezó a rebullir. Mediobuque lo llevó hasta la borda. Lo depositó en el suelo.

—Espero que al hombre le sirva de lección —dijo.

Barroso le dirigió una mirada fría, aviesa, y se lanzó al agua. Nadó unos metros. Se detuvo. Levantó el puño amenazando a Mediobuque, que sonrió. «Está bien eso. No es tan cobarde el hombre.» De repente, el puño se disparó en un torbellino de espuma y sangre. Se elevó muy alto, al extremo del brazo cercenado por el codo. Mediobuque apartó la mirada, pero en seguida se lanzó de cabeza al mar. Nadó con rapidez. El cabo Barroso había desaparecido. Quedaba solamente una aureola encarnada.

Aún había siete hombres en la cubierta del *Furor*: Villaamil, Carlier, Arderíus, los maquinistas Cuenca y Guerrero, que se hallaban mortalmente heridos, y dos fogoneros. También estaba herido en una pierna el comandante Carlier, que se había negado a que lo curaran.

Uno de los fogoneros era Tomás Manzanares. Villaamil le encontró en la proa, mirando tristemente los cadáveres de sus compañeros tirados sobre cubierta.

—¿Y tú no te marchas? —le preguntó Villaamil.

—No sé nadar, don Fernando.

—Entonces, más vale morir a bordo que ahogado.

—Eso mismo pienso yo, don Fernando.

Después, el jefe de la flotilla empezó a subir por la escala de acceso a la plataforma de proa. La explosión de una granada le derribó sin vida. Mató también al fogonero Tomás Manzanares. Y Arderíus cayó al suelo acribillado por once heridas.

Unos instantes después se acercó al *destroyer* un bote del yate armado *Gloucester*. Recogió a los escasos hombres que aún había sobre cubierta. Apenas se habían retirado unos metros cuando hicieron explosión los pañoles de pólvora y el *Furor* se hundió bajo las aguas.

El *Plutón* corrió la misma suerte que el *Furor*. Lo mandaba el teniente de navío Pedro Vázquez. Apenas asomó por la boca, el *Plutón* dio avante a toda velocidad. Brincó sobre las aguas, levantando gallardamente la proa, cubierta de espumas. Se abalanzó contra los buques yanquis disparando sus cañones. Una barrera de proyectiles lo detuvo. El *destroyer* se agitó convulsamente. El bombardeo enemigo hizo estallar las calderas de proa y el pañol de municiones de la cámara del teniente Vázquez, donde se abrió una vía de agua, y empezaron a brotar las llamas del incendio. Un proyectil había atravesado el sollado de la marinería. Penetró una tromba de mar que hundió de proa al *destroyer*. El *Plutón* se revolvía agonizante, hocicando sobre las aguas. Derivó hacia las rocas, al garete, sin gobierno, con el servomotor y los guardines inutilizados. Sobre la cubierta iban muertos casi todos los tripulantes. Se estrelló contra las peñas, destrozando la proa, aventando los cadáveres y la sangre. Algunos supervivientes pudieron saltar a tierra, otros ganaron la orilla a nado.

El teniente Vázquez fue a su cámara para recoger unos documentos. Después arrió la bandera, y llegó a la orilla en una canoa. Minutos más tarde, el *destroyer* fue sacudido por una violenta explosión y se hundió hasta la cubierta.

El enemigo recogió a los náufragos. Eran las once de la mañana.

Los *destroyers* estaban tripulados por 75 hombres cada uno. Sobrevivientes del *Furor*: 21 (10 de ellos heridos). Sobrevivientes del *Plutón* 21 (5 de ellos heridos).

Eran las once de la mañana. Los náufragos del buque insignia contemplaban entristecidos la agonía del hermoso crucero. Las llamas lo señoreaban casi por completo y los estallidos de los pañoles lo zarandeaban rudamente. Se alzó en este instante un grito de socorro. Los marineros se miraron unos a otros, consternados. El tercer contramaestre José Casado exclamó:

—¡Yo no dejo morir a ese hombre!

Se arrojó al agua y nadó hasta el buque. Trepó a la cubierta con gravísimo riesgo de su vida, amenazada por las explosiones, por el fuego, por el contacto del casco de metal, que las llamas habían puesto al rojo. José Casado cargó al herido y volvió con él. Al llegar a la orilla, muchos hombres se adelantaron para felicitarle por su valor.

—¡Atended a este pobre desgraciado! —dijo el contramaestre.

Después se sacudió el agua y miró a sus compañeros con un aire vago, hasta con cierto estupor, como si su valentía y su heroica generosidad no tuvieran ninguna importancia.

Hallábase la deshecha tripulación en una playita, junto al lindero del bosque. Desnudos en su mayoría, hambrientos, sin agua. Los heridos gemían, lanzaban estremecedores gritos de dolor o morían sin que fuera posible asistirlos. Su aspecto era aterrador. Los enormes trozos de los proyectiles habían seccionado piernas, brazos, triturado huesos, arrancado la carne y abierto horribles boquetes y tremendas heridas. Agonizaba el pobre ser informe que había rescatado el contramaestre. Sólo era un sangriento amasijo en carne viva. Había recibido catorce heridas.

El achicharrante sol tropical aumentaba el martirio de aquellos desventurados. «¡Agua!, ¡agua!», pedían. Los hombres que estaban ilesos se desperdigaron hasta descubrir un arroyo. El agua era malsana. Hicieron unos cucuruchos con hojas de árboles y consiguieron llevar de beber a sus infelices compañeros.

Al llegar a tierra, una parte de la tripulación del *Oquendo* fue atacada por los mambises. Dejaron de disparar al darse cuenta de que estaban desarmados. Perdieron la vida dos hombres. A los demás los llevaron al campamento del cabecilla Cebreco.

La otra parte de la tripulación, cargando penosamente a los heridos, avanzó por la costa, al mando de sus oficiales, para reunirse con los supervivientes del *Teresa*.

Varios insurrectos se presentaron al almirante. Le comunicaron que estaban con ellos un numeroso grupo de la dotación del *Oquendo* y le invitaron a que se les incorporara con los tripulantes del *Teresa*.

—¡Gracias! —replicó el almirante—. Pero nosotros nos hemos rendido a los norteamericanos. Si les fuera posible, les agradecería mucho que me enviaran un médico para curar a los heridos.

Eran, aproximadamente, las once de la mañana. El *Brooklyn*, el *Texas*, el *Iowa* y el *Oregon* se habían acercado al *Vizcaya*. Atronó en los aires el infernal órgano de las baterías. El *Vizcaya* era vulnerable a todos los cañones enemigos y sólo podía replicar con uno de grueso calibre. Rápidamente fueron inutilizadas sus piezas de 14 centímetros por el apocalíptico fuego yanqui. En la batería alta solamente disparaba un cañón; en la baja, ninguno. Los setenta y ocho hombres que las servían estaban tendidos en el suelo, sin vida o malheridos. Las explosiones habían arrancado, en varios sitios, el voraz surtidor de los incendios. Hubo, sin embargo, que retirar parte de la gente que apagaba los fuegos, para que acudiese a servir las piezas.

El condestable Orjales vio caer una granada en la batería. Antes de que hiciese explosión, se abalanzó sobre ella. La cogió entre las manos. Se detuvo un momento. Volvió la vista hacia el comandante Antonio Eulate.

—¡Ya lavé la mancha, mi comandante! —exclamó arrojando la granada por la borda.

El *Vizcaya* presentaba al enemigo la banda de estribor. Y estaba muda la banda de estribor. Ninguno de sus cañones podía hacer fuego. El *Vizcaya* viró desesperadamente enfilando la proa para embestir al *Brooklyn*. Pero, exactamente como había ocurrido con el *Teresa* al principio del combate, se le interpusieron dos barcos enemigos: el *Oregon* y el *Iowa*. El *Vizcaya* viose obligado a seguir su rumbo al oeste, ofreciéndose como indefenso blanco a los cañones enemigos.

A Antonio Eulate le hirieron gravemente en la espalda y la cabeza. Sobreponiéndose al dolor y al desvanecimiento, ordenó que se volara o embarrancara el buque, antes que rendirlo. Después le llevaron a la enfermería. Encontró allí al alférez Fajardo. Un trozo de metralla le había cercenado el brazo. Le colgaba aún, adherido apenas por una piltrafa de carne.

—Me han quitado un brazo, mi comandante; pero no me importa. Todavía me queda otro para servir a la Patria.

También estaba en la enfermería el horripilante despojo del guardiamarina Enrique Saralegui. Una granada le arrancó ambas piernas, a raíz del tronco, de un salvaje tirón. Mientras agonizaba y se le iba escapando la vida entre el torrente de sangre que arrojaba su cuerpo mutilado, le preguntó al capellán que le prestaba los postreros auxilios espirituales:

—Padre, ¿cree usted que he cumplido con mi deber?

Apenas curado superficialmente, el comandante Eulate volvió al puesto de mando. El *Vizcaya* se dirigía hacia la costa. Un enorme incendio se había instalado en la popa. Mordía y devoraba la obra muerta como un extraño y feroz animal. Estallaron las calderas de la proa alumbrando otro hervidero de reptiles de fuego.

Eulate reunió a la oficialidad.

—¿Creen ustedes que podemos hacer algo más por el honor y la defensa de la Patria?

—¡No, mi comandante!

A las doce y cuarto varaba el *Vizcaya* delante de Aserraderos. Arremetió contra las peñas con un rudo golpe que le destrozó el fondo.

El buque estaba embarrancado lejos de la orilla. Trasladar hasta allí a los heridos con el único bote que podía navegar, hubiera llevado mucho tiempo. El peligro era muy grande. Los incendios montaban ya por encima de las cofas y las primeras explosiones atronaron con su temible amenaza. Por fortuna, quedaba próximo un arrecife. Los heridos fueron llevados a él.

Para que no cayese en poder del enemigo la hermosa bandera de seda regalo de la Diputación de Vizcaya, el comandante mandó arriarla e izar otra.

La bandera de seda fue arrojada al fuego. Pidió un trozo el condestable Zaragoza, que agonizaba con el vientre abierto por una granada. Y, apretando aquel jirón sobre el paquete de intestinos, que desbordaba por todas partes de la horrorosa herida, exhaló su postrer suspiro.

Eulate fue al arrecife en el último viaje que hizo el bote. Antes de partir vio caer entre las llamas, junto con el palo, la bandera que había hecho izar en el tope mayor.

Luego, en el arrecife, Eulate participó de la angustia de sus hombres. La marea no tardaría en crecer, ahogaría a todos los heridos.

Afortunadamente, los yanquis se dieron cuenta del peligro y enviaron unos botes para recoger a los náufragos.

Al llegar al *Iowa*, Eulate quiso hacer entrega de su espada y su revólver. Le rogaron que los conservase, honrando así el heroico comportamiento de aquel hombre, que sólo había rendido su buque ante cuatro rivales infinitamente más poderosos.

Al subir al *Iowa*, el alférez Fajardo, pálido por la pérdida de sangre, balanceando su inerte brazo casi desprendido, se cuadró ante los oficiales americanos y saludó, llevándose a la sien la mano sana, con un estoicismo que llenó de asombro a los oficiales yanquis.

Un bote enemigo se presentó ante la playa en que se encontraban los hombres del *Teresa* y el *Oquendo*. Traía instrucciones para llevar consigo a Cervera. El almirante, acompañado de su estado mayor, tuvo que arrojarse al agua nuevamente. Le acompañaron, además, el segundo comandante, capitán de fragata, Mac-Crohon, que se hallaba muy enfermo, y el comandante Concas. A Concas, la gravedad de las heridas sólo le permitía mover un poco el brazo izquierdo, y experimentaba agudos dolores. Fue arrojado al agua, como los otros. Las olas golpeaban con fuerza, rompiendo entre las peñas de la orilla. El comandante sufrió una cruel tortura para llegar al bote americano.

Cervera y sus acompañantes fueron conducidos al *Gloucester*. Se alejaron con tristeza de los náufragos, a los que dejaban en tan difícil situación y vieron debatirse, expirante, al buque insignia, entre convulsos estallidos.

Desde el *Gloucester* los trasladaron al *Iowa*. La tripulación yanqui vibraba de entusiasmo, enardecida por la aplastante victoria. Sin embargo, caballerosamente, por consideración a los vencidos, que llegaban desnudos, marcados por las huellas de la amargura, el dolor y las heridas, fueron suprimidos los «hurras», y se le rindieron honores al almirante español.

Después les facilitaron ropa, echando mano, incluso, de efectos de propiedad particular. Sin que faltaran, no obstante, algunos desalmados que los desvalijaron. A Concas le quitaron el reloj y el dinero. Y para que no le despojaran también de la guerrera, que pretendían llevarse como trofeo, tuvo que arrancar y entregarles una manga.

Cervera comunicó a los americanos la penosa situación en que habían quedado sus hombres y les pidió que rescataran a los tripulantes que se hallaban en poder de Cebreco.

El *Cristóbal Colón* navegaba velozmente rumbo al Cabo Cruz. Llevaba a bordo un hombre muerto y veinticinco heridos. Las averías que le produjeron los buques americanos, al salir de la bahía, eran poco importantes. El *Colón* iba alejándose cada vez más de sus enemigos. A la una de la tarde les llevaba seis millas de ventaja. ¡Estaba salvado!

Y a la una de la tarde, el maquinista mayor subió para anunciar, con el rostro demudado, que se había concluido el carbón bueno y empezaban a usar el que se cargó en Santiago. El comandante Emilio Díaz Moreu palideció intensamente. Trató de espolear el trabajo de los fogoneros. Sin embargo, el detestable carbón pulverizado hizo disminuir inmediatamente las revoluciones de la máquina. El *Colón* perdió velocidad. Se le venía encima ganándole terreno, el *Oregon*. Nuestro crucero estaba irremisiblemente perdido. Como había zarpado de Cabo Verde sin que se le montaran los cañones de gran calibre, el *Oregon* lo podía hundir impunemente, sin correr ningún riesgo, y, además, en pos de este buque, avanzaban velozmente, venteando la segura presa, el *Brooklyn*, el *New York* y el *Texas*.

Emilio Díaz Moreu observó, sobresaltado, la peligrosísima maniobra que acababa de realizar el *Oregon*. Trataba de colocarse entre nuestro navío y la costa, para impedir que embarrancara y poder apresarlo con la colaboración de los otros buques yanquis.

Díaz Moreu consultó con el general José María Paredes, segundo jefe de la escuadra. Quedaba la posibilidad de echar a pique el crucero. Sin embargo, al hundirse, daría la vuelta ahogando a toda su tripulación, de 500 hombres. Ambos jefes recordaron un artículo —el 153— de las *Ordenanzas de la Armada* que prohibía poner en «un riesgo próximo de perecer el equipaje en un naufragio».

Ninguno de los dos jefes ignoraba a lo que se exponían haciendo embarrancar el barco sin sostener combate. Estaban seguros de que les iban a reprochar que no perecieran en una hecatombe de sangre y llamas. Los reproches partirían, desde luego, de la retaguardia, de los redimidos a metálico, de los cobardes. Partirían de los que benefician todas las guerras, derrochando, para sus ruines intereses, para sus torvas ambiciones y vanidades, las vidas de los demás. Partirían de los que, fríos, impasibles y crueles, no tienen escrúpulos en remontarse, subiendo unos peldaños de cadáveres y asentando sus tronos, sus sitiales de mando, sobre un cimiento de humana carroña.

Los dos jefes no ignoraban tampoco que los padres, los hermanos, las esposas, las novias de aquellos desgraciados —y ellos mismos también— bendecirían siempre su nombre.

Díaz Moreu ordenó lanzar el *Colón* hacia la costa. Embarrancaron a 13 millas de velocidad, en el río Tarquino, sobre un terreno arenoso que no dañó el casco.

El comandante mandó abrir las válvulas para anegar el buque. Después, conmovido y triste, arrió su bandera.

Los yanquis se acercaron. El *New York* trató de remolcar al *Colón*. Pretendían llevárselo a los Estados Unidos como trofeo, pero no tomaron la precaución de cerrar las válvulas. El crucero empezó a dar de banda, amenazando con hundirse. El *New York* intentó conjurar el peligro empujándolo nuevamente hacia la orilla. Pero ya era tarde. El *Colón* dio media vuelta y se sumergió bajo las aguas.

Cien hombres del *Teresa* y el *Oquendo*, que se resistían a ser apresados por los mambises o los yanquis, concibieron la descabellada idea de cruzar la manigua, burlar a los insurrectos, atravesar sus líneas y presentarse en Santiago. Partieron para su loca empresa, al frente del práctico del buque insignia. Los demás los contemplaban con asombro y pena. Iban descalzos, casi desnudos, sin armas, sin comida, sin agua.

El tercer comandante, teniente de navío Juan B. Aznar, había quedado al frente de los tripulantes. Como no iban a recogerlos, Aznar se internó en la manigua, hasta que encontró un sitio despejado para instalar el campamento y pasar la noche. Aunque todos estaban extenuados por el hambre y la fatiga, se aplicaron con ardor al trabajo, compadecidos de los sufrimientos de los heridos. Sin más herramientas que sus manos, construyeron toldos con ramas y hojas, fabricaron camillas y cavaron tumbas para enterrar a los que fallecían de sus heridas. Los que aún conservaban alguna prenda, la cedieron para que los improvisados practicantes hicieran vendas para las curas.

Volvió a presentarse un mambís con la pretensión de que los náufragos se unieran a ellos. El comandante no sólo se negó, sino que pudo lograr que accediesen a devolver a los 250 marinos que había apresado Cebreco. En esta concesión de los insurrectos debió de influir el arribo a la playa de doce soldados yanquis armados, al mando de un teniente. Los americanos remediaron, además, a las hambrientas tripulaciones con las galletas y latas de carne que habían traído en el bote. Eran las tres de la tarde.

Eran las tres de la tarde. El coronel Escario entró en Santiago de Cuba, al frente de la caballería.

En aquel día 3 de julio, funesto para la causa de España y decisivo para la guerra, el desmoralizado general Shafter, no sólo propuso la retirada de sus tropas de las posiciones de San Juan, sino que había redactado una intimación a capitular. Shafter, sin embargo, debía de confiar muy poco en la eficacia de esta cómoda medida para soslayar el grave compromiso del asalto a la plaza, puesto que vaciló mucho antes de hacer entrega de la nota. El día fue transcurriendo, Shafter empezó a recibir alentadoras noticias del combate naval. La destrucción de la escuadra de Cervera, decretada por la cerrazón de los gobernantes y del general Blanco, le ponía en bandeja el triunfo de las armas yanquis. El general Shafter salió de su apocada incertidumbre.

Eran las tres de la tarde. En el campamento yanqui se izó una bandera blanca. Salió un parlamentario para entregar la intimación a rendirse:

> Señor General: A menos que os rindáis, me veré obligado a bombardear Santiago de Cuba. Servíos notificar a los súbditos de países extranjeros, y a todas las mujeres y niños, que deberán abandonar la ciudad antes de las diez de la mañana del día 4.

Respuesta de Toral:

> Tengo el honor de contestar a vuestra comunicación de hoy, escrita a las ocho y treinta de la mañana y recibida a las tres y media de la tarde, intimando la rendición de la plaza, o anunciándome, en caso contrario, que bombardearéis la ciudad, que he advertido a los extranjeros, mujeres y niños que deben abandonarla antes de las diez de la mañana del día próximo.
>
> Es mi deber deciros que esta plaza no se rendirá, y que informaré a los cónsules extranjeros y habitantes del contenido de vuestro mensaje.

A las cuatro y media entró en Santiago el resto de la columna ligera del coronel Escario. Y, unas horas después, a la caída de la tarde, empezaron a embarcar las tripulaciones del *Teresa* y del *Oquendo* en el *Harward*, que se había presentado frente a la playa. Los heridos tenían que ser arrojados al agua para llegar a los botes. Las olas rompían con fuerza, prolongando el sufrimiento de aquellos desdichados con nuevas torturas. Llegaron los hombres del *Oquendo*, que devolvían los mambises. La operación de embarco continuó hasta muy avanzada la noche. Los marinos yanquis despojaron a los españoles de cuantos objetos de algún valor llevaban sobre sí, robando a unos pobres seres malheridos o indefensos.

Parte del almirante Cervera al general Blanco:

> ... La jornada del 3 ha sido un desastre horroroso, como ya había previsto... La Patria ha sido defendida con honor y la satisfacción del deber cumplido deja nuestras conciencias tranquilas, con sólo la amargura de lamentar la pérdida de nuestros queridos compañeros y las desdichas de la Patria...

Parte del almirante Sampson a su Gobierno:

> Mi escuadra ofrece a la nación como regalo, con ocasión de la fiesta de la Independencia, la destrucción de toda la escuadra de Cervera. Ningún barco escapó...

La escuadra de Cervera fue destruida en cuatro horas de combate.

Pérdidas de los españoles: 350 muertos, 160 heridos y 1670 prisioneros.

Pérdida de los americanos: 1 muerto y 2 heridos.

* * *

A las diez de la noche entró en la ciudad el grueso de la columna del coronel Escario, tras de sostener algunos tiroteos con las fuerzas rebeldes. Su avance hasta Santiago fue protegido por una compañía de la *Constitución* y otra de *San Fernando*, que se hallaban en San Luis, por la guerrilla montada del batallón de *Cuba* y dos escuadrones del regimiento del *Rey*.

Los tres mil hombres de la columna llegaron en un estado lamentable. Habían salido de Manzanillo el 22 de junio. Durante once días caminaron a marchas forzadas, librando incesantes combates contra las partidas de Calixto García. Fueron poco hostigados hasta Baire, pero a partir de este punto, tan pronto como se adentraron en el áspero terreno de la sierra Maestra, los mambises se arrojaron sobre ellos, acosándolos ferozmente.

La columna avanzaba dejando un rastro de cadáveres. Avanzaba con el espeluznante lamento de sus 71 heridos. Allí, sobre las caballerías, zarandeados, sacudidos, torturados brutalmente, aquellos desgraciados lanzaban al aire sus gritos de dolor.

La columna avanzaba subiendo los ásperos repechos de la sierra, precipitándose a los profundos barrancos. Seguían caminos extraviados, difíciles sendas poco frecuentadas. Estaba el sol con su implacable acometida de fuego, empapándolos de sudor, asfixiándolos, derritiéndolos en la ardiente parrilla de la luz. Caía la lluvia, torrencial, apretada, cegadora, echándoles a los pies el dogal del barro. Caía la lluvia; y en las noches, con las ropas empapadas, acudían los puñales del frío. Y los heridos allí.

Más de treinta combates hubo de librar la columna en su marcha hacia Santiago. Sólo la acción de Aguacate, la más dura de todas, le costó 27 muertos. Avanzaba la columna azuzada sin cesar por el plomo enemigo. Acribillada en las hondonadas, sorprendida en las alturas, cercada por los anillos de acero y fuego de los fusiles y machetes, entre los que había que romper. Así avanzaba la columna: como en una enloquecedora pesadilla. Además de los heridos, centenares de hombres enfermaron, entrando en la ciudad sitiada inútiles para todo servicio.

La marcha de Escario fue una de las mayores hazañas de la guerra de Cuba. Y aquel derroche de valor, de tenacidad, de heroísmo, fue también de los más inútiles. La columna llegó sin víveres, sin municiones. Y en vez de servir de alivio a la hambrienta tropa sitiada, vino a agravar y añadir nuevas complicaciones a su ya insostenible situación.

CAPÍTULO XXI

4 de julio de 1898.

Las fuerzas de la columna Escario fueron distribuidas entre varias posiciones del cinturón de la ciudad. Relevarían a las agotadas tropas de las trincheras. El batallón de Alcántara, al mando del teniente coronel Baldomero Barbón, llegó a la Canosa al amanecer.

—Pero ¿dónde vais, desgracia? —dijo un soldado al verlos aproximarse.

—Aquí; para que descanséis vosotros, ¡pobrecitos! Total, ¿qué? Los de Escario hace once días que venimos al galope desde Manzanillo. Hemos luchado en más de treinta combates. Y ahora estamos aquí para dar un descanso a todos vosotros, los señoritos y gandules de Santiago.

—¡Júralo! —rió el soldado—. Aquí no hacemos otra cosa que hurgarnos las niguas y rascarnos la barrigota. ¡Esto es vivir! Ya lo veréis.

Esteban Pedrell se fijó en el deplorable aspecto de los hombres del batallón de Alcántara. Miró después a sus compañeros, que empezaban a abandonar las trincheras.

—Los fantasmas sustituyen a los fantasmas —le dijo a Carballo.

—Sí —sonrió vagamente Carballo—, ni unos ni otros podemos aguantarnos de pie, pero ellos son las tropas de refuerzo. ¡Ironías del destino, hermoso! Pero ¡viva!, porque supongo que nos mandarán a la ciudad.

—No te hagas excesivas ilusiones. El plazo que dio Shafter acaba a las diez. Para cuando lleguemos, la población civil habrá salido de Santiago.

—Sí, es posible. ¡Mala suerte! Lo único que me alegra es pensar que mi hermosa estará lejos del peligro. Aunque también siento algo de lástima. Me hubiera gustado salvarla yo. Te lo confieso, hermoso. Me hubiera gustado hacer mi hazañita. ¡Qué absurdos somos los hombres!

—Sí, bastante.

Los dos se quedaron pensativos.

—¿Sabes una cosa? —dijo poco después Carballo—. Anoche me costó mucho dormirme. Estuve pensando en el desastre de la escuadra de Cervera. ¡Ha sido horrible! Y pensé en Novas, en Expósito, en Puig, en Carbonell... en todos los compañeros muertos. A Carbonell le había desafiado, con Novas y Expósito siempre me estaba metiendo. He chinchado a mucha gente. No me podía quitar esa idea de la cabeza. Tengo remordimientos, hermoso; la verdad.

—¿Por qué? Tú los apreciabas, ¿no?

—Sí, mucho.

—¿Entonces?

—¿Qué te parece a ti? Me estoy ablandando como una damisela. Me vuelvo tan tierno como si fuera a morir de un momento a otro.

—Y yo te acompañaré. Ya lo has oído. Toral no se rinde. Santiago no se rinde. Hay muchos que aseguran que esto será una nueva Numancia.

—Sí, ya. Y, desde luego, hermoso: Pedro Carballo no se rinde.

—Tampoco Esteban Pedrell se rinde.

—¡Te lo dije, preciosidad!: absurdos y locos de remate.

—Sí; me parece mentira que yo pueda hablar y sentir de esta manera —dijo Pedrell, abstraído—. Hace ahora poco más de un año que presencié el fusilamiento de los anarquistas del proceso de Montjuich. Eran cinco hombres valerosos. Afrontaron la muerte con extraordinaria serenidad. Tendrían miedo, sin duda, pero se lo aguantaron. Yo me figuro que, en una situación así, cuando ya no quedan esperanzas, cuando no hay otra salida... Me figuro que termina uno por resignarse y adoptar una postura digna, si se es algo hombre. Yo ahora me siento así: como un condenado a la última pena. Tengo un miedo horrible, espantoso a morir. Me aterra el sufrimiento y, sin embargo, dejaré la vida en esta ciudad. La dejaré en una guerra que no me importa, por este país que no me importa tampoco, renunciando al amor y a la dicha que esperaba. Sí; ¡qué absurdos somos los hombres! La dejaré, quizá, por Expósito, por Novas, por el Enamorado, por Puig, por Carbonell..., por todos vosotros, mis compañeros. Y también, quizá, por eso que llaman honor, por amor propio... ¡quién sabe! Y hasta por los mambises, por los yanquis, como los compañeros caídos en el Caney y San Juan: para dejar testimonio de la Patria. «Esto es España. Así somos los españoles. ¡Aprended!»

—Te lo agradezco, ¿comprendes? Está muy bien lo que has dicho. Y me has emocionado, hermoso. Me has emocionado... ¡Maldito seas!

Hacía ya un rato que caminaban. Hallábanse a retaguardia de la Canosa. Los hicieron detenerse.

—¿Qué pasa, mi sargento? —le preguntó Carballo a Blanco.

—¿Qué quieres que pase? Que nos quedamos aquí.

—¿No iremos a la ciudad?

—¿A ti qué te ocurre? ¿No tienes suficiente con el parte por escrito? Desde hace algún tiempo sólo piensas en pendonear.

—¡No diga usted eso, mi sargento!

—Nos quedamos aquí, de reserva, hasta ver qué hacen los yanquis. Los cónsules extranjeros están tramitando una ampliación de la tregua para el personal civil. Si Shafter la concede, nos retiraremos esta noche o mañana.

—¿No han salido aún las mujeres y los niños?

—No; aún no, pero os lo advierto: nada de juergas. No se concederá permiso a nadie.

—¡Hombre, mi sargento!

—¡Lo dicho! Tenéis que descansar todo lo posible. Desde hoy, las fuerzas de primera línea serán relevadas cada cuarenta y ocho horas. Pasado mañana volveremos a estar en las trincheras.

—¡Pues sí...!

Llegan a Santiago, tras de sufrir enormes penalidades, los marinos del *Oquendo* y del *Vizcaya*, que, al frente del práctico de este último buque, se habían lanzado a la manigua. Faltaba un pequeño grupo de hombres, que se habían extraviado y a los que todos daban por muertos.

Los prisioneros de la escuadra de Cervera habían sido distribuidos entre el *San Luis*, el *Harward* y el buque-hospital *Solace*. En el *Solace* navegaban los heridos graves. A bordo del *Harward*, en la cubierta superior de popa, se hallaban seiscientos hombres, entre heridos leves e ilesos. Unos cables tendidos de babor a estribor les impedían salir del reducido espacio que se les había destinado. No se colocó una toldilla que los defendiera del ardiente sol tropical y de las lluvias. Estaban apiñados como animales, sin espacio suficiente para tumbarse a descansar. Y en estas terribles condiciones tendrían que hacer el viaje, rumbo al cautiverio en los Estados Unidos.

Eloy Culla estaba sentado junto a Máximo Nogales Serena. Se encontraban próximos a la barandilla. De vez en cuando los salpicaban las olas. Eloy Culla soltaba una blasfemia. Máximo Nogales Serena decía:

—¿Hay derecho a esto, Eloy? ¿Es que el hombre es un cerdo?

—No, no lo es, Mediobuque. Los cerdos son ellos, hermano —replicaba Eloy blasfemando nuevamente.

Eloy Culla y Máximo Nogales Serena estaban empapados por el agua del mar. Lo estaban también los hombres que se encontraban cerca de ellos. Uno, herido en el brazo derecho, se quejaba de tarde en tarde, retorciéndose de dolor.

—¡Calla hermano! —le decía Eloy Culla con la voz quebrada de pena—. ¡Calla!

—Es que me duele mucho, Eloy.

—¡Ya lo sé, hermano, ya lo sé! Pero hay que aguantar, ¿comprendes?, hay que aguantar para que aprendan esos canallas.

Más tarde, Eloy Culla le dijo:

—Lo que tienes tú ahí, hermano, no es nada. Yo vi cuando trajeron a Fajardo, alférez del *Vizcaya*. Resulta que le colgaba el brazo, cortado todo el hueso, de un cachito de piel. Fue a parar al arrecife. Allí estuvo desangrándose, hasta que lo recogieron los yanquis. Pues subió a bordo por su pie, hermano, y, cuando vio a los oficiales enemigos, se cuadró y saludó, como si no le ocurriese nada. Bueno; los yanquis casi se caen de espaldas. Me lo agarran los médicos americanos para operarle y él dice que no, que lo haga su amigo, el doctor del *Vizcaya* don Nicolás Gómez Tornell. Pues este don Nicolás es un valiente, hermano. Resulta que estaba operando en el *Vizcaya*. Entró un proyectil en la enfermería, durante el combate, y lo hirió malamente en un brazo. Pues don Nicolás no dijo nada a ninguno. Resulta que ya casi no podía tenerse en pie. ¿Y qué hay con eso? Le llamaron los yanquis y se puso a operar al alférez. Los matasanos yanquis se daban cuenta de que allí ocurría algo muy raro. Pero hasta el final de la operación no descubrieron que el doctor estaba gravemente herido.

—No; si eso sí. Eso lo reconozco. A Fajardo hay que hacerle un monumento y al doctor también, si les da la gana. Pero es que me duele muchísimo, Eloy. ¡Te lo juro por la salud de mi vieja! Y hay veces que no puedo aguantarme, Eloy. ¡De verdad, hombre!

—¿Y lo del alférez Noval? ¿Te lo conté?

—No; no me lo contaste. ¡Y cuéntamelo, hombre! Porque eso me hace bien.

—Pues ahora mismo te lo cuento, hermano. Dicen que el alférez Noval va a salir en todos los papeles del mundo, porque es lo más grande que se ha visto desde Adán hasta hoy. Resulta que este alférez es la persona que yo aprecio más en el mundo y, después, a Mediobuque, aquí presente.

—Se agradece —dijo Mediobuque—. Y a mandar.

—Pues resulta que, cuando me tiré del *Furor*, me quedé esperándole a él, a Mediobuque y al fogonero Tomás Manzanares, que va en el tercer lugar de las personas. Pues me quedé porque yo nado más que los peces, hermano.

—Manzanares no sabía nadar —intervino Mediobuque interrumpiendo a Eloy Culla, que hizo una mueca de disgusto—. El hombre decía que a él no lo tiraba nadie el agua. Y no lo tiraron. Murió en la cubierta del *Furor*. Así era el hombre. Y yo, ahora, con el permiso de los presentes, debo decirte algo, Eloy.

—¿Y tiene que ser ahora? —preguntó Eloy Culla alterándose.

—Ahora tiene que ser, porque el hombre anda con un *desagrado* en la conciencia.

—Pues te lo aguantas, hermano. Cuando yo cuente lo del alférez; bien.

—¡Ahora, te digo!

—¡No me cabrees, Mediobuque! ¡No abuses de mí!

—Cuenta lo del alférez.

—Pues resulta que la hélice del *Furor* le cortó el pie derecho por encima del tobillo. Le veo que se me hunde y voy allá. Lo saqué nadando a la orilla. Resulta que estaba medio desangrado. Entre un practicante y yo le echamos un torniquete. Aún sangraba. Llegaron los yanquis. Resulta que a mí me querían echar. Empiezan los tíos a pegarme gritos, ladrando en su idioma. Y yo: «Mierda! ¡mierda!» Uno de aquellos mendrugos me empujó. Y yo me volví: «Que te arreo un guantazo, yanqui, ¡me c... en tu padre! Yo no dejo a mi alférez, ¿lo oyes?» Mi pobre alférez les habló: «Plis, plis», les decía. Y me subí con él en el bote. Pues en la enfermería estábamos yo y otros. Resulta que no le podían echar cloroformo, porque había perdido mucha sangre. Pues yo, cuando lo oí, me puse a llorar. Mi pobre alférez me miró: «Eloy —me dijo—, ¿vas a tener tú más miedo que yo?» Y yo le dije digo: «Es que no puedo verle sufrir, mi alférez. Pero ya aguantaré.» Los tíos agarran el *bisturín* y la sierra. Empiezan a cortar y a serrarle el hueso. Pues mi alférez no dijo nada, nada. ¿Lo oyes, hermano? ¿Lo oís todos? ¡No se quejó ni una sola vez el pobrecito! —murmuró Culla con la voz quebrada—. ¡Así se mueran todos! —exclamó después y blasfemó violentamente—. Resulta que le dejaron el hueso largo y no podían coser. Los veo que echan mano nuevamente a la sierra y los cuchillos. Yo me fui a llorar a un rincón, para que mi alférez no me viera. Pues le cortaron otro cacho de hueso, hermano, y no se quejó. ¡No se quejó ni una sola vez!

Eloy Culla apretó con fuerza los dientes y dejó que las lágrimas corrieran a lo largo de sus mejillas.

—Ahora, tampoco yo me quejaré, Eloy. De verdad. Ya verás tú como no me quejo.

—¡No, hermano! ¡Quéjate todo lo que te dé la gana! ¡Te lo suplico!

—Bueno; cuando no pueda más. Es que me hace bien quejarme. ¡Te lo digo de verdad, Eloy!

Pasó más de una hora. El herido en el brazo no había vuelto a quejarse. Agitaba la cabeza de un lado a otro sin cesar; se mordía los labios. Oíanse los lamentos de otros heridos, conversaciones apagadas o repentinas palabrotas y exclamaciones de indignación. El rostro de Eloy Culla estaba contraído de rabia. Estalló de repente volviéndose furioso hacia Máximo Nogales Serena.

—¿Lo vas a decir o no? ¿No tenías tanta prisa? ¿Qué es lo que andas buscando?, ¿que me pelee contigo? ¡Ya está bien, hermano!

—¡Eh, vosotros! Los del *Furor*.
—¿Qué hay, Mediobuque?
—El cabo Barroso era un pelotillero, ¿no?
—Sí, Mediobuque.
—Y un chivato.
—También.
—Y tenía muy mala uva.
—Tú lo has dicho, Mediobuque, pero ¿a qué viene eso?
—A que yo creía que el hombre era un cobarde, y no. El hombre murió como todos los demás, como un valiente. Quiero que lo sepáis. Saltó al agua detrás de mí. No me da vergüenza confesarlo.
—Está bien, Mediobuque. Nos alegramos.
—Pues yo no me lo creo, hermano, aunque tú me lo jures. ¡Detrás de ti...! ¡Que no, Mediobuque, que no lo creo!
—Pues por ti tenía ese *desagrado* en la conciencia; por no habértelo dicho antes, Eloy. Y cuando el hombre lo dice, dicho está.
—¡De acuerdo, Mediobuque! No irás a enfadarte ahora conmigo...
—No.
Hacía ya rato que el herido deliraba. Eloy Culla le tocó. Estaba ardiendo. Eloy Culla, Máximo Nogales Serena y muchos otros hombres tiritaban, calados hasta los huesos. Había aumentado el plañir de los heridos. Había aumentado también el sufrimiento de los seiscientos hombres acorralados en la popa.
La voz del herido en el brazo se alzó como un vagido infantil:
—¡Ay, madre mía! ¿Dónde estás, madre? ¡Madre, no te vayas! ¡No me dejes, madre!
Eloy Culla estalló de repente.
—¡No somos perros! —gritó levantándose.
—¡Cálmate, Eloy! —le dijo Máximo Nogales Serena sujetándole.
—¡Déjame en paz, Mediobuque! ¡No lo consentiré! ¡Canallas! Este hombre está muy mal. Está delirando de fiebre. ¡Que traigan un médico!
—¡Escucha!
—¡No quiero escuchar, hermano! ¡No permitiré que nos traten como fieras! No tienen derecho a matarnos de hambre y de sed y a dejarnos tirados aquí. ¡Que nos peguen un tiro!
Eloy Culla avanzó hacia los cables. El centinela se detuvo. La vigilancia se había confiado a los *Voluntarios de Massachusetts*, tropa de gentuza indisciplinada y cobarde.
El centinela le dio el alto, en inglés, a Eloy Culla. Le ordenó que retrocediera.

—¿Qué dices tú, desgraciado? ¡Un médico! Es lo único que te pido. ¡Un médico!

El centinela se echó el fusil a la cara.

Eloy Culla tendió las manos abiertas.

—¡No tengas miedo, desgraciado, que no llevo armas!

El centinela hizo fuego. Eloy Culla se derrumbó sin vida, con la cabeza atravesada por el balazo. Los seiscientos hombres se levantaron furiosos. Salió la guardia al ruido de la detonación. Empezaron a disparar contra la indefensa masa de prisioneros. Mediobuque pensó: «Éste no es mi sitio», y se arrojó al agua.

Cinco muertos y catorce heridos —algunos tan graves que fallecieron poco después— quedaron sobre la cubierta. El *Solace* se detuvo. Tendió una escala y arrió un bote para recoger a los que se habían arrojado al mar.

Mediobuque nadaba cautelosamente. Mediobuque lo vio. Aquel oficialito de los *Voluntarios de Massachusetts* era un tipo ruin, un cobarde. Estaba tembloroso y pálido como una damisela. Lo vio muy bien Mediobuque. El pobre fogonero se agarró a la escala que habían tendido al costado del buque. Subió por ella. Cuando ya iba a llegar arriba, el oficialito le disparó a bocajarro un tiro en la cabeza. El fogonero cayó. Y Mediobuque se sumergió bajo las aguas. «Yo tampoco lo consentiré, Eloy, hermano», pensó Mediobuque. Nadó bajo las aguas durante mucho rato, hasta casi reventar los pulmones. Subió muy despacio a la superficie. Renovó el aire y se volvió a zambullir.

El *Solace* reanudó la marcha al cabo de media hora. Máximo Nogales Serena le vio alejarse.

—No, Eloy. Al hombre tampoco le tratarán como a una fiera —murmuró.

Luego, Máximo Nogales Serena volvió a nadar bajo un cielo tormentoso, en la oscura e inmensa soledad de la noche y de las aguas.

Los soldados de la *Constitución* llegaron a la ciudad poco antes de las doce de la noche. Shafter había accedido a conceder la prórroga solicitada por los cónsules extranjeros. Las trincheras yacían silenciosas. Shafter, sin embargo, aprovechó la tregua para seguir estrechando el cerco de la población. Las tropas yanquis se apoderaron de las líneas del ferrocarril y de la presa de Cuabitas, cortando el suministro de agua a la ciudad. A causa de este movimiento envolvente, 1600 soldados de los destacamentos de Palma Soriano, San Luis, el Cristo y Songo no pudieron retirarse hacia Santiago, quedando reducida la guarnición de la plaza a 8000 hombres.

A las doce de la noche, los soldados de la *Constitución* se hallaban en el punto de destino: el paseo Concha. Se extendía desde la plaza de toros al muelle. Era una calle amplia y destartalada. Hallábase en ella la fábrica del famoso ron *Bacardí*. Diseminados cerca de la fábrica, veíanse algunos bohíos de los obreros y capataces.

Los soldados se tumbaron sobre el duro suelo de la calle. Pocos minutos más tarde empezó a llover. Los soldados se envolvieron en las mantas soltando palabrotas. El agua estuvo cayendo torrencialmente sobre los cuerpos tendidos. El agua formó arroyos y charcos. Se oía gemir y suspirar a los soldados. No obstante, la mayoría de ellos dormía bajo la anestesia del agotamiento.

5 de julio de 1898.

Pedrell y Carballo se escabulleron después del desayuno. Caminaban de prisa, en dirección a la plaza de toros.

—¡Qué mala cara tienes! —le dijo Carballo a Pedrell.

—¡La nochecita que hemos pasado bajo la lluvia...! Casi no he podido dormir.

—¿Tomaste la quinina?

—Se me acabó ayer. Anoche le pedí al practicante, pero no queda nada.

—¡Pues estamos listos! Sin medicamentos, sin agua, sin comida... Y sin municiones, que es lo peor de todo. Me consta que sólo hay 190 cartuchos por soldado. Eso se irá en un par de tiroteos algo vivos. Y después ¿qué? Nos cazarán aquí como ratas.

—¡Venid a ver esto! ¡Se marchan todos los paisanos! —oyeron gritar a un soldado del batallón *Asia*, tropa de la columna de Escario, que guarnecía la plaza de toros.

Pedrell y Carballo echaron a correr.

El general Toral, para reducir el consumo de víveres, que tanto escaseaban, había autorizado la salida de la plaza, no sólo de las mujeres, los niños y los extranjeros, sino de la población no combatiente. Confiaba Toral que sólo la abandonarían los desafectos, los tibios, pero el terror y la cobardía barrieron la ciudad. Escaparon de ella casi todos los voluntarios, los bomberos, las corporaciones, los empleados... Una enorme riada de gente huía en dirección a Cuabitas y el Caney —los dos lugares que les habían destinado— bajo la rechifla de los defensores de Santiago.

—¿Hace mucho que ha empezado la evacuación? —preguntó Pedrell al llegar

—Hace más de dos horas. Primero han salido las mujeres y

los chavales. Y, ahora, ahí van ésos. ¡Miradlos! ¿Dónde vais, gallinas? —gritó el soldado.

—¡Mala suerte! —exclamó Carballo.

—¡Eh, Pedrell! ¡Pedrell!

—Cabezota! ¿Qué haces tú ahí?

El Cabezota estaba al otro lado de la calle.

—¿Y qué quieres que haga? —replicó—. ¡Contemplar a todos estos marranos y cobardes!

Los que huían le miraron de reojo, silenciosos, abochornados.

—Tu niña salió, ¿sabes? —continuó el Cabezota—. Se iba al Caney.

—¿Salió?

—Sí. Le dije que estabas vivito y coleando. Y tú, Carballo; también tengo noticias para ti. Para que veáis cómo es *Puerto Rico*.

—¿Qué noticias? —preguntó Carballo ansiosamente.

—Pasó una señorita. «¿Hay aquí alguno de la *Constitución*?» «Como si lo hubiera, señorita, porque a todos esos bandidos los conozco yo muy bien.» Que te dijera que iba al Caney. Aunque yo creo que se equivocó, porque era una señorita como para morirse del susto de guapa, y eso es demasiado para la *Constitución*.

—Sí que lo es, Cabezota, hermoso; pero bendito seas, hombre.

—¡Eh, mirad, mirad! ¡Mirad, chicos! —gritó el Cabezota—. ¡Mirad quién viene allí! ¡El teniente-periodista! ¡Teniente, teniente! «¡Salude!, ¡cuádrese!, ¡cuádrese!, ¡salude!» ¿Qué, teniente? ¿Te saludamos?

—Mi madre! ¡Ahí está! —exclamó Carballo.

—¿Quién?

—¡El voluntario gordo!, ¿quién iba a ser? ¡No te escondas, gordinflón!, ¡no te escondas! ¡Teníamos que vernos en las trincheras! ¿Lo has olvidado, hermoso?

El voluntario gordo iba detrás del teniente. Se encogió todo lo que pudo entre la multitud y derivó hacia la otra banda, alejándose del sitio en que estaba Carballo.

—¡Carballo! —le gritó el Cabezota—. ¡Yo te pescaré a ese cobarde! ¡A ti te conozco muy bien, bandido! —vociferó echándose sobre el gentío y descargando el puño en la cabeza del voluntario, que escapó aterrado.

6 de julio de 1898.

Shafter seguía sin decidirse a atacar. Seguía también movilizando sus tropas para terminar el cerco en torno a la plaza. El general americano confiaba en rendirla por hambre. Su enorme superioridad de hombres y material bélico se le antojaban insuficientes para lanzarse al ataque, después de las experiencias del Caney y de San Juan. El generalísimo yanqui decidió que aguardaría la llegada de los refuerzos prometidos. Consiguió que se alargara la tregua proponiendo el canje de prisioneros que había gestionado Cervera. Toral accedió. El teniente Hobson y sus hombres fueron devueltos al campo americano. Y una treintena de soldados de la *Constitución*, apresados en el Caney, se reintegró a su unidad. Uno de ellos les contó a Pedrell y Carballo que había visto los cadáveres de Carbonell y Puig. Se presentaron voluntarios para una arriesgada misión; fueron heridos y les «dieron» machete los mambises.

Aunque tardíamente, Toral comprendió que había sido un grave error aceptar aquella suspensión de hostilidades que los yanquis habían aprovechado para estrechar el sitio de la plaza. Toral le anunció a Shafter que la tregua quedaría rota después del canje. La respuesta fue una segunda intimación: «Nuestra escuadra está pronta a actuar, y, a menos que capituléis el 9, antes de mediodía, los cañones de grueso calibre bombardearán la plaza.»

Toral consultó a Blanco. El general en jefe respondió que propusiese la entrega de Santiago, si se le permitía retirarse a Holguín, con armas, municiones y bagajes, sin ser hostilizado en la marcha. En caso contrario, debía sostenerse en la plaza hasta consumir el último cartucho.

El centinela se volvió sobresaltado. Acababa de oír un ruido sospechoso a sus espaldas, por la parte de tierra. Efectivamente, en la ladera de la Socapa, avanzando cautelosos entre el espesor de los matorrales, descubrió los bultos de varios hombres. El centinela le quitó el seguro al fusil, apoyó el arma sobre el parapeto y esperó cachazudamente, dirigiendo el punto de mira hacia el individuo que marchaba en cabeza. Momentos después el centinela gritó:

—¡Alto!, ¿quién vive?

—¡Viva España!, ¡viva España! ¡No disparéis!

Los hombres del grupo levantaron los brazos. El centinela se asomó al parapeto. Le echó el seguro al fusil.

—¡Cabo de guardia! —llamó.

Se acercaron el cabo y un grupo de artilleros.

—¿Qué hay?, ¿qué pasa?

—Tenemos visita —dijo el centinela.

Los artilleros esperaron. Estaban mudos de asombro. Los

hombres del grupo avanzaban penosamente. Se veían brillar sus ojos, empañados por las lágrimas. Llegaban todos descalzos, con los pies negros de barro y de las costras de la sangre, que seguía manando y dejaba un rastro rojizo sobre la tierra. Llegaban casi desnudos con los cuerpos acribillados de heridas y arañazos. Los ojos hundidos en las cuencas, la piel pegada a los huesos. Se caían, gateaban angustiosamente. Los artilleros acabaron por salir de su estupor y se precipitaron en su auxilio. Los ayudaron a caminar.

—Somos del *Vizcaya* y del *Oquendo* —dijo uno—. Nos perdimos en la oscuridad. Nos perdimos. Hemos cruzado la manigua sin armas, sin nada, como nos veis, huyendo de los mambises. Hace cuatro días que no comemos, tampoco hemos bebido casi nada. Nos subíamos a los árboles para orientarnos. Casi todos estamos enfermos. Hemos sufrido mucho. Con los pies llenos de llagas y caminando día y noche. Hemos sufrido. ¡Hemos sufrido horriblemente! —exclamó rompiendo a llorar.

8 de julio de 1898.

Toral le propuso a Shafter la entrega de Santiago en las condiciones indicadas por el general Blanco.

Shafter le contestó que lo consultaría con su Gobierno.

El general Blanco al ministro de la Guerra, Correa:

> ...El ejército en general desea seguir la guerra por el honor de las armas, como también por su propio honor, y le será excesivamente doloroso el abandonar al enemigo, sin combatir, una tierra que ha sido conservada durante tantos años a costa de su propia sangre.

9 de julio de 1898.

Respuesta del jefe de Estado Mayor americano a la consulta de Shafter:

> El ministro de la Guerra os ordena que destruyáis al enemigo y toméis Santiago. Si no tenéis bastantes fuerzas, se os enviarán en breve plazo; los refuerzos están en camino, así que estad prevenido.

Llega a Siboney el generalísimo del ejército yanqui, Nelson A. Miles, con un refuerzo de 1 500 hombres, pero se sospechaba que su misión consistía en vigilar a Shafter y obligarle a cumplir las órdenes del Gobierno de Washington.

Las tropas de la *Constitución* estuvieron de descanso los días 4 y 5. Volvieron a las trincheras el 6 y el 7. El día 9 terminaba el nuevo descanso que les habían concedido. Se hallaban, como las veces anteriores, en el paseo Concha. Carballo y su escuadra se habían metido en uno de los bohíos abandonados por los obreros de la fábrica *Bacardí*. Casi ninguno de aquellos hombres, casi ninguno de la guarnición de Santiago podía ya sostenerse en pie. Estaban enfermos en su mayor parte. Por el día los martirizaba un calor espantoso y las últimas noches había llovido sin cesar. Las trincheras se derrumbaban. Los hombres permanecían allí, enterrados en barro y agua hasta las rodillas, calados, hambrientos. Dormían sobre el lodo. Las horas de descanso en la ciudad transcurrían también penosamente. Toda la población yacía en tinieblas, silenciosa, apestada por el hedor de los caballos y mulos que morían de hambre, sobresaltada por los disparos sueltos que sonaban en la oscuridad. Trotaban de un lado a otro los perros, iluminando siniestramente las sombras con sus ojos relampagueantes. Todos temían que los perros enloquecieran de hambre.

Esteban Pedrell entró en el bohío de su escuadra llamando a Carballo con la voz muy alterada.

—¿Qué te ocurre?

—Acaba de presentarse uno de los paisanos que se fueron al Caney. Llevan cuatro días, desde que salieron de aquí, sin comida y sin agua. La mayoría duerme al aire libre, en unas condiciones horrorosas, y ya se ha declarado una epidemia de tifus. Están muriendo a docenas.

Carballo se levantó aterrado.

—¿Qué podemos hacer?

—A mí se me ha ocurrido una cosa —dijo Pedrell.

—¿De qué se trata?

—Han enviado muchos emisarios al general Pareja para que acuda a Santiago. No ha vuelto ninguno y necesitarán gente. Voy a presentarme voluntario.

—No te aceptarán.

—¿Por qué?

—Los últimos emisarios que enviaron tuvieron que volverse sin poder cruzar las líneas. Para una misión así hace falta un individuo que lleve mucho tiempo en este sector, alguien que conozca el terreno palmo a palmo. Alguien como yo, hermoso. Y por eso voy a presentarme voluntario contigo. ¡Lo que son las cosas! Al fin podré hacer algo por mi preciosidad. Escucha... De aquí a Santa Catalina de Guantánamo hay más de cien kilómetros. Estoy seguro de que los otros han seguido el camino de la costa. Es mejor y más corto. Incluso hay menos fuerzas. Pero por allí está la partida de Castillo. A los mambises es muy difícil burlarlos. Nosotros iremos por el interior, siguiendo el camino del Caney a la sierra. Sólo encontraremos fuerzas americanas y me juego la cabeza... ¡claro que me la juego, hermanos! Me juego la cabeza a que llegamos.

—¡Ya! Pero ¿cómo pasaremos las líneas?

—Pues con lógica.

—¡Hombre!

—Con lógica. No te quepa duda. Hace tres días, varios supervivientes del *Vizcaya* y del *Oquendo* llegaron a la Socapa. Estaban casi desnudos, descalzos y no traían armas. Si ellos pudieron pasar las líneas por allí, por allí mismo las pasaremos nosotros. Hay que dar un buen rodeo, pero no importa. La salida será de noche y al amanecer estaremos en el Caney. Ya lo verás.

10 de julio de 1898.

Shafter, de acuerdo con las instrucciones recibidas de Washington, advirtió a Toral que sólo aceptaría la rendición sin condiciones.

A las cuatro de la tarde, Toral dio a conocer su negativa. A las cuatro y cuarto se reanudó la lucha. Los disparos iniciales partieron de las viejas baterías españolas. Contestaron los cañones americanos y abrió fuego la escuadra, bombardeando la ciudad.

Las fuerzas de la *Constitución* estaban nuevamente en línea. Dos hombres, Carballo y Pedrell, continuaban, sin embargo, en un bohío del paseo Concha. Estaban engrasando con sebo unas botas, en relativo buen estado, que les habían sido facilitadas. Ambos hombres llevaban una dotación completa de cartuchos y víveres para cuatro días.

—Estos víveres son sagrados —dijo Carballo—. No los podemos tocar por las buenas. Caminaremos de noche y dormiremos de día. Hay que llegar a Guantánamo sea como sea. Si lo conseguimos en cuatro días será un verdadero milagro.

—¿Qué vamos a hacer entonces?

—¡Maldita sea! ¿Y a mí me lo preguntas? Me da horror presentarme allí con las manos vacías. Pero te lo repito, hermoso: los víveres son sagrados.

—¡Sí, hombre, ya lo sé! —replicó Pedrell de mal humor—. No hace falta que me lo recuerdes.

—¡Perdona! Es nuestro deber. Lo maldigo, pero te juro que lo cumpliré, pase lo que pase. La salvación de la ciudad, de nuestros compañeros, puede depender de nosotros. Espero que a los americanos los burlaremos fácilmente, pero me han advertido que la partida de Periquito Pérez permanece al acecho en torno a Santa Catalina, y ése va a ser otro cantar. ¿Lo comprendes? Podemos perder un día o dos en atravesar sus líneas y hay que economizar los víveres.

—Sí; es desesperante. No conseguiremos hacer nada por ellas. ¡Nada absolutamente!

Carballo guardó silencio. Pedrell tampoco volvió a despegar los labios. Las horas iban transcurriendo. Ambos hombres se habían tendido a dormir, pero no les era posible conciliar el sueño. Carballo se agitaba de un lado a otro sin cesar. Pedrell permanecía inmóvil, con los ojos abiertos. Llegaba el ruido de la fusilería. Los proyectiles cruzaban, reventaban con furioso estrépito. La escuadra yanqui disparaba sus cañones de gran calibre. Las explosiones estremecían al suelo, abrían pavorosas simas ensordecedoras y dejaban un eco ronco de paredes y techos derrumbados.

Carballo se levantó casi de un brinco.

—¡Maldito sea! —exclamó golpeándose la frente—. ¡Ahora caigo! ¡El gordinflón!

—¿Qué te ocurre? —preguntó Pedrell sorprendido.

—Llevo horas y horas... Lo tenía aquí, aquí —dijo golpeándose otra vez la frente—. ¡El gordinflón, hombre! Ese tío no perdió ni una gota de grasa. ¿Por qué? Ese cobarde habría acaparado víveres. Estaría hinchándose de comer mientras los demás se morían de hambre. ¡Vamos inmediatamente! Aún tenemos una hora.

Estaba anocheciendo. Dejaron el bohío y se metieron en las calles de la ciudad. Las patrullas circulaban de un lado a otro. Se habían formado el mismo día que la población civil dejó la plaza, para evitar el saqueo de las viviendas abandonadas.

—Ahí es —dijo Carballo deteniéndose en la esquina de una calle—. Ahí es donde tropecé con ese cerdo y lo tumbé patas arriba.

—¿Y qué hacemos con la patrulla? Si se presenta y nos sorprende, nos meteremos en un buen lío.

—Hay que pensar algo.

—¡Espera un momento! Yo los distraeré.

—¿Y cómo?

—Me pondré a gritar. Pediré socorro por cualquier cosa... Espera... Que me ha atacado un perro rabioso, por ejemplo.

—¡Muy bien! ¡Es una gran idea, hermoso!

Pedrell dobló por una de las callejuelas laterales. Carballo se escondió en un soportal. Pasaron unos minutos. Carballo esperaba. Oyó los gritos de Pedrell. Oyó el trote de varios hombres que corrían. Entonces se deslizó con rapidez. Forzó la puerta de un recio empujón.

Cuando Carballo volvió a salir a la calle, era noche cerrada. Caminó de prisa, silenciosamente. Unos minutos más tarde se reunió con Pedrell en el bohío. Depositó en el suelo un envoltorio que llevaba a cuestas.

—¡Acerté! —exclamó—. Aquel asqueroso estaba bien provisto. ¡Hasta unos botes con medicamentos! Aparta un puñado de pastillas de quinina para ti, ¿lo oyes, hermoso? No podrías resistir la caminata.

—De acuerdo.

—¡Y date prisa! Hay que meter todo esto en las mochilas.

—¿Qué traes ahí?

—Un par de guayaberas y unos pantalones de paisano para cada uno. En el Caney no habrá comida, pero es un foco de espionaje. Me lo han advertido. Si nos descubren... ¡adiós empresa!

—Piensas en todo.

—No pienses, y verás.

11 de julio de 1898.

Poco antes de que amaneciera, Carballo y Pedrell se hallaban apostados en una de las lomas que dominaban el Caney. El aire mañanero les trajo un repugnante hedor de cadáveres putrefactos y de heces humanas.

—¡Es horrible! —murmuró Pedrell.

—No pienses en eso ahora. Hay que aligerar.

Se quitaron rápidamente el uniforme y se pusieron las ropas de paisano. Después abrieron un hoyo con las bayonetas. Trasladaron los comestibles a un saco y lo enterraron. Empezó a amanecer cuando terminaban. Señalaron con piedras el lugar en que estaban los víveres y escondieron en un matorral los uniformes y las armas. Después se encaminaron resueltamente al Caney.

El espectáculo era espantoso. Los hombres habían pagado bien duramente su cobardía. Pero no se sabía qué delito purgaban las mujeres, los niños, los ancianos. Hombres, mujeres y criaturas se hacinaban en las casas —casi todas hundidas por los cañonazos, durante los combates—, en la iglesia, en los alrededores del poblado, en medio de las calles. Gran parte de ellos yacían tendidos, sin fuerzas para moverse, después de los seis días que llevaban sin recibir alimentación. Deliraban los enfermos, gemían. Vagaban como sombras algunos hombres y mujeres. Se oían los llantos de los que habían perdido a un ser amado. Penosamente, varios hombres arrastraban unos cadáveres. Les daban sepultura en un lugar próximo. Sólo tenían fuerzas para enterrarlos superficialmente y la atmósfera apestaba. Los repugnantes pájaros comedores de carroña volteaban siniestros.

Pedrell y Carballo avanzaban lentamente, con el estómago revuelto, aterrados, respirando con dificultad el aire viciado por el insufrible hedor. Carballo y Pedrell se detuvieron. De repente había sonado una carcajada en medio de la desolación. Era una mujer negra. Estaba tendida en el centro de la calle. La piel le colgaba de las quijadas, de los brazos, se desparramaba por el suelo. Parecía un globo deshinchado. Producía pena y repulsión.

—Yo no moriré, lindos. Ya lo saben. Si hay comida en el fondo del mar o en los cuernos de la luna, los hombres irán a buscarla. Y, donde hay hombres, Basilia no se muere de hambre. ¡Miren!

Carballo hizo presión en el brazo de Pedrell.

Retrocedieron y doblaron por otra calleja. La carcajada de Basilia volvió a sonar.

—¡Menos mal que no nos vio! —dijo Pedrell en voz baja—. Ésa hubiera armado el gran escándalo.

Estaba cavando una fosa. Alta, delgadísima, casi esquelética. Sus grandes y bellos ojos parecían inmensos en aquel rostro chupado por el hambre. Empujaba la pala haciendo presión con el pie. Apenas si conseguía arrancar unos terrones. Pero tornaba a insistir con obstinación. Era la única mujer que se hallaba en aquel lugar, junto a los hombres que abrían sepulturas.

Carballo y Pedrell se quedaron distantes. Se sentaron entre la gente que yacía postrada en el suelo. Miraron con fijeza a la mujer. El corazón de Pedrell latía violentamente. Pasaron unos minutos. La mujer acabó por dirigir la vista hacia ellos. Pedrell le hizo señas con un movimiento de cabeza casi imperceptible. La mujer pareció sobresaltarse. Se quedó inmóvil, absorta unos instantes. Luego reanudó su trabajo. Transcurrieron varios minutos más. La mujer, dejó la pala y se acercó a unos cadáveres que se hallaban algo apartados del grupo de trabajadores. La mujer se arrodilló. Carballo y Pedrell se aproximaron a ella. Se pusieron de rodillas también, dando la espalda a la gente, y se quitaron los sombreros.

—María, escucha —dijo Pedrell—, mira hacia tu izquierda, la colina más baja de las tres.

La muchacha ladeó la cabeza.

—¿La ves?
—Sí.
—En la cumbre encontrarás tres piedras que forman triángulo. Allí hemos enterrado comida. Es para ti y tu familia, para Basilia y Pilar, y para la señorita Matilde Solís. ¿La conoces?
—La he conocido por casualidad, porque oí que preguntaba por la *Constitución*.
—¿Sabes dónde está? —preguntó Carballo anhelosamente.
—Creo que a la salida del poblado, en dirección al Viso. Está con su madre. El padre se quedó en las trincheras de la ciudad, en el fuerte Yarayo.
—¿Cómo te encuentras tú, María?
—Ya lo puedes ver. ¡Esto es horrible! Los yanquis no nos han dado nada. Hemos pedido que nos dejaran regresar a Santiago, y no han querido. La niña murió anteayer. Mi tía está con las fiebres.
—Entre los comestibles hallarás también quinina y otros medicamentos.
—¡Gracias!
—Debes andar con cuidado. Será mejor que vayas al anochecer. Si descubren que tenéis comida, os pueden matar. Lo mejor sería retiraros por la noche a aquella colina y huir de este lugar de muerte. Nos hubiera gustado auxiliar a todos, pero no es posible. ¡Salvaos vosotras!
—No; no puedo irme de aquí.
—¡Escúchame, por favor! No se te ocurra distribuir los víveres entre estos desgraciados. Se matarían unos a otros. ¿Te das cuenta?
—Sí; naturalmente. Lo mejor será no tocarlos.
—¡Estás loca!
—Correremos todos la misma suerte.
—¡Te lo ruego, María, te lo ruego!
—Está bien. Como tú digas. Obedeceré.
—¡Cuidado! —murmuró Carballo—. Nos están mirando.
Dos de los hombres que cavaban fosas habían interrumpido su trabajo y los observaban.
Pedrell rozó levemente la mano de María del Cobre.
—¡Hasta pronto, amor mío!
—¡Te quiero! —dijo ella.
María del Cobre hizo la señal de la cruz. Se levantó y fue a reunirse con el grupo de hombres. Pedrell y Carballo se incorporaron también. Se dirigieron hacia la salida del poblado, sin prisas, porque los dos individuos seguían observándolos. Después, cuando la vegetación los ocultó de su vista, apretaron el paso.

Estaba al aire libre, tendida junto a un árbol. La madre se hallaba sentada junto a ella. Le enjugaba la frente de vez en cuando. Los dos hombres se acercaron. Carballo se detuvo. Estaba blanco de palidez, tembloroso.

—¡Ten valor! —le murmuró Pedrell.

Volvieron a avanzar. Se sentaron junto a la madre.

—¿Cómo está? —preguntó Carballo.

—¡Muy malita! —dijo la madre con los ojos llenos de lágrimas.

—Atienda bien, señora. Tenemos que darle un mensaje.

—¿De mi marido?

—No, señora. Somos dos soldados españoles. Les hemos traído víveres y medicinas.

Carballo repitió las explicaciones y advertencias que le había hecho a María del Cobre.

—Una amiga nuestra las socorrerá. Si no lo hace una hora después de anochecer, vaya usted misma. Hay poca distancia. ¿Podrá?

—Iría al fin del mundo por mi hija.

—Tenga cuidado.

—Lo tendré. Y gracias. ¡Gracias, hijos míos! ¡Jamás lo olvidaré!

La señorita había abierto los ojos.

—¡Hola, soldado!

—¿Qué tal, señorita?

—Estaba segura de que vendrías. Mamá, es el soldado del que te hablé. Cumpliste tu palabra jugándote la vida por mí.

—¡Bah, señorita! No me he jugado nada.

—Ahora, ¿ya ves?, soy mucho más pobre que tú. Y me voy a morir.

—¡No diga eso, señorita! Usted no puede morir.

—¡Te salvarás, hija! Te han traído comida y medicamentos.

La señorita miró a Carballo. Su rostro, amarillento, enflaquecido, consumido por la enfermedad y el hambre, había perdido casi por completo su belleza.

—¿Me quieres aún, soldado?

—¡La querré siempre, señorita!

—Te deberé la vida —dijo tendiendo hacia él una mano blanca, casi translúcida, temblorosa—. ¡Vuelve! ¡Vuelva para ser mi marido, soldado!

María del Cobre había dejado la pala apenas vio desaparecer a los dos hombres. Se dirigió hacia la salida del pueblo. La loma se hallaba cerca. Trepó hasta la mitad y se ocultó entre unos matorrales espesos. Desde allí dominaba perfectamente el Caney. Al cabo de una hora los vio aparecer. Los dos hombres pasaron a corta distancia. Miró a Pedrell angustiosamente. Fue siguiéndole con la vista hasta que desapareció en la espesura. Aguardó un rato y reanudó la marcha hacia la cumbre. Allí estaban las tres piedras. Escarbó con las manos y sacó el envoltorio. Luego lo arrastró hasta un profundo barranco próximo y lo arrojó por él. El saco cayó, golpeándose en las piedras. Dejó un rastro de harina, de café, de latas de conserva y pastillas de diversos medicamentos.

María del Cobre permaneció allí varios minutos, mirando fijamente, ansiosamente, los alimentos desparramados. Después echó a andar, alejándose del Caney.

Una hora más tarde la detuvo una patrulla americana.

—Quiero hablar con el jefe. *To speak. Very* importante. *I to speak master. Very, very* importante.

La llevaron a la presencia de un oficial.

—Dos espías —dijo María del Cobre—. Dos espías. Espionaje. ¿Comprende?

—*Oh, yes. Two espion.*

—Sí; dos espías. Por Escandell a Guantánamo.

—*Yes, yes*. Guantánamo. Por Escandell. *Mi comprender*.

El oficial yanqui dio unas órdenes. Salió corriendo un soldado hacia la centralilla telefónica más cercana. Minutos más tarde, una patrulla se ponía en marcha por el camino del Caney. Se estableció comunicación también con las tropas yanquis que guarnecían la bahía exterior de Guantánamo. Periquito Pérez, que sitiaba a las fuerzas españolas por tierra, fue advertido. Inmediatamente partió un pelotón de mambises al mando de un oficial. Se dirigieron a marchas forzadas al puerto de la sierra de Escandell para dar caza allí a los espías españoles.

Ahora camina lentamente. El sudor helado de la debilidad empapa su cuerpo. El rostro de María del Cobre está torvo y sombrío. Aprieta los labios fuertemente. Y va con la cabeza erguida. Aunque avanza despacio, su actitud es resuelta. Como si abrigara el decidido propósito de no escuchar ninguna voz externa, ninguna voz interior.

Al llegar a la cumbre de la pequeña loma, se detiene. Se está así durante varios minutos. Acaba por sentarse en el suelo. Al pie de la loma se ve el Caney. Cerca está el hoyo donde se hallaba enterrado el saco. María del Cobre clava allí la mirada. Es una mirada fija, pero ausente. Los minutos siguen pasando. Transcurre media hora. Los ojos de María del Cobre parpadean.

Se van llenando de chispas luminosas. Se van apagando en un brillo mate, opaco. María del Cobre está viendo el hoyo ahora. Pestañea, mira con intensidad, con estupor incluso. Se levanta de repente y echa a correr. Sus ojos están muy abiertos. Son dos simas oscuras. María del Cobre se detiene al borde del barranco. El precipicio se abre a sus pies, erizado de matas y de rocas, en una profundidad de cincuenta metros. La mulata cierra los ojos, oscila. Después, retrocede un paso.

Ahora camina con rapidez, rodeando la pendiente casi vertical del derrumbadero. El saco yacía en el fondo, completamente destrozado. Habían desaparecido los comestibles, las medicinas. María del Cobre busca afanosamente, entre los arbustos y las piedras. Remonta el áspero declive del barranco, agarrándose a las matas. Encuentra algunos víveres detenidos en la caída por las rocas y las plantas. Luego se desvía hacia una de las laderas. Y torna a caminar de prisa.

Los dos hombres se hallaban a la derecha del camino del Caney, escondidos entre el espesor de la manigua. Los fusiles descansaban el cañón sobre el vientre. Ambos hombres dormían. Su sueño era agitado. A lo lejos se oían tronar las baterías. Llegaba más apagado, como un hervor, como una brisa que cruzara entre la fronda, el ruido de la fusilería. Poco a poco fueron esparciéndose los tiros, las explosiones. Hasta que cesaron por completo. Uno de los hombres abrió los ojos. Miró vagamente, soñoliento, y volvió a dormirse.

Shafter había suspendido el fuego para enviar a Toral una nueva intimación:

> Señor: Con los grandes refuerzos de tropas que he recibido y siendo dueño de vuestra línea de retirada, me creo en el deber de intimar de nuevo a V.E. la rendición de Santiago y de su ejército. Estoy autorizado para manifestarle que, si así lo desea, el Gobierno de los Estados Unidos transportará a España todas las fuerzas de su mando.

Casi al mismo tiempo que la nota de Shafter, recibió Toral un telegrama de Blanco. El capitán general le ordenaba que aprovechase cualquier ocasión para tomar la ofensiva, aunque fuera parcialmente. Toral, sin embargo, sólo se hallaba en condiciones de sostenerse, y muy apuradamente, contra el asedio. Los yanquis se habían atrincherado, artillándolas a la perfección, en posiciones muy cercanas a las españolas. Toral sólo podía tomar la ofensiva concentrando fuerzas en un sector, a costa de debilitar peligrosamente otros puntos que podrían ser atacados por el enemigo. Además, los americanos le habían cortado, efectivamente, la única retirada posible, al ocupar el camino del Cobre. El general Shafter, que desconfiaba de las tropas de Calixto García, las alejó de la ciudad, situándolas sobre dicha ruta. Y luego ordenó que la división Lawton avanzara en la misma dirección, apoyando su derecha en el camino del Caney. Toral, por lo tanto, sólo podía retirarse de la plaza embistiendo al enemigo de frente, para romper sus líneas, conteniéndolo, a la vez, por el flanco y la retaguardia.

Toral comunicó a Blanco todas estas dificultades y le trasladó la tercera intimación para rendirse, que había recibido de Shafter.

Contestó Blanco insistiendo en que solicitase se le permitiera la retirada de Holguín y, si se lo denegaban, debería intentarlo a viva fuerza, con el apoyo de las tropas que serían enviadas a su encuentro desde aquel punto. Decía también Blanco que la evacuación le parecía factible, si acudían en su auxilio las fuerzas de Guantánamo.

Toral le respondió en los siguientes términos:

> Me dirijo al general americano, proponiendo la evacuación de la plaza en condiciones decorosas; pero como ha recibido refuerzos, no creo que acepte. El fuerte temporal ha anegado las trincheras y tiene empapado al soldado y con los pies hinchados, por todo lo cual considero imposible abandonar Santiago de Cuba, pues las tropas no se hallan en situación de marchar, y sólo de continuar en sus posiciones sin moverse. La rotura del cable imposibilita comunicar con Guantánamo, no habiendo regresado los emisarios que primeramente envié, y otros que fueron después, regresaron a causa de no poder burlar la vigilancia de los enemigos. Por tanto, ignoro la suerte de aquella brigada, que desde el 15 de junio estaba a media ración; es imposible, pues, la unión indicada por V.E. La venida de la división de Holguín sería tardía probablemente; pero, aun no siendo así, necesitaría, para llegar, batir antes las fuerzas enemigas que sitian la ciudad, para verificar la concentración con esta guarnición, y para ello han de traer, cuando menos, raciones para dieciséis días. Las tropas, extenuadas, resistirán en sus posiciones, realizando un sacrificio que, tanto yo como el general Linares, juzgamos del todo estéril.

Esteban Pedrell se despertó cuando estaba anocheciendo. Escuchó atentamente. No se oía ningún ruido sospechoso. Zarandeó con suavidad a su compañero.

—¡Carballo!, ¡Carballo! —le llamó con un susurro.

—¿Qué hay? —despertó el otro.

—Ya es hora.

—Estaba soñando que me casaba con mi hermosura. Los delirios del sueño son como los de la fiebre.

—Y como los del amor.

—No —dijo Carballo—. Tú sabes que no es posible. En momentos así, ante un peligro de muerte, se dicen muchas cosas. Luego viene la normalidad y todo cambia. Me guardará gratitud seguramente, pero ambos seguiremos nuestro camino. Así tiene que ser, y yo lo acepto.

—No puedo apartar de la cabeza las palabras de María del Cobre. ¿Qué crees que hará?

—No te preocupes. El instinto de conservación es muy fuerte. Y, además, ella tiene corazón. Salvará a los demás y a sí misma. Estáte tranquilo.

—Sí, creo que tienes razón.

—Bien. Ahora vamos a lo nuestro, hermoso. Recuerda lo que te he dicho. Yo marcharé delante. Tú me sigues, guardando una distancia de veinte o veinticinco metros. El atajo del que te hablé lo hallaremos dentro de una hora aproximadamente. Allí puedes acercarte algo más. Es un camino detestable, pero los americanos no tendrán ni idea de él. Podremos avanzar de prisa y ganar un buen trozo. Si hay suerte, mañana conseguiremos pasar el puerto de Escandell. No olvides lo que te he dicho: si tumban a uno, el otro debe procurar escabullirse y seguir. ¿Lo juras?

—¡Lo juro!

—¡Yo también lo juro!

Se pusieron de pie.

—¡Carballo!

—¿Qué hay?

Pedrell le tendió la mano.

—¡Suerte, compañero!

Carballo se la estrechó con fuerza.

—¡Igualmente, hermoso!

12 de julio de 1898.

El Gobierno de Madrid, tras de haber arrojado al ejército, a la marina y al pueblo español a una guerra absurda y suicida, negándose a escuchar las sensatas voces de los que vaticinaban un desastre, se mostraba atemorizado. Fingía una gran preocupación por las tropas de Santiago, que se disponían a consumar el sacrificio que se les había ordenado, con nuevos actos de heroísmo, pero la realidad era otra. La contestación del ministro

Correa al telegrama cursado, el día 8, por el general Blanco, reflejaba claramente que inquietaba al Gobierno, sobre todo, la posibilidad de que el ejército desobedeciera sus órdenes obstinándose en seguir la lucha y provocando un grave conflicto:

> Estoy sorprendido de que estando ya salvado el honor de su indomable ejército, como indudablemente lo ha sido, con admiración del mundo entero, como también con gloria de la nación, persistan las fuerzas de Santiago en continuar la guerra, en la cual no pueden, seguramente, ganar más laureles ni llegar tampoco a otro resultado que el verse obligadas a rendirse en breve plazo por falta de víveres y de municiones... Tampoco me puedo explicar a mí mismo la tenacidad en mantener una posición en tierra ingrata, que nos repele y se hace odiosa a nosotros por su deseo de separarse de la madre Patria... Yo creo, por tanto, que sean cuales fueran los decretos del Gobierno, el ejército los ejecutará y no pretenderá constituirse en un peligro para la Nación.

Al telegrama en que Cervera le comunicaba a Blanco la destrucción de la escuadra, contestó el general en jefe obstinándose en sus insensatas apreciaciones y echando unas gotas de acíbar sobre la amargura del almirante derrotado y en cautiverio:

> Me entero con profundo sentimiento telegrama Vuecencia ayer y admiro comportamiento jefes, oficiales y dotaciones. Quizás habiendo elegido otra hora para salir hubiera sido distinto el resultado. Sampson asegura en su parte no haber sufrido más que tres bajas. ¿Es posible? Dígame V.E. los fondos que necesita y cómo he de situarlos y cuente V.E. como todos los jefes, oficiales y tropa a sus órdenes, con la expresión del más vivo interés y el deseo de aliviar su situación cuanto de mí dependa.

La respuesta del almirante daría lugar, después, a una copiosa correspondencia en la que Blanco trataría de justificarse, manteniéndose Cervera en su digna y firme actitud de siempre:

> ...Profundo dolor me causa que todos mis actos merezcan la censura de V.E. Me lisonjeo de justificarlos en su día, así como los hechos se han encargado de demostrar que no exageraba cuando emitía mi opinión a V.E., que también censuró. La salida de noche no hubiera ahorrado la pérdida de la escuadra y seguramente hubiera triplicado el número de muertos, todo en el caso de que hubiera podido realizarla, lo

que dudaban los prácticos. Muchas gracias por sus ofrecimientos, y en mi telegrama anterior ya le pedía sesenta mil pesos oro.

13 de julio de 1898.

Cuando llegaron al puerto de Escandell aún era noche cerrada, pero no tardaría en amanecer. Carballo marchaba muy pegado a la orilla del camino. Se detuvo y se colocó rodilla en tierra, ocultándose tras unas matas. Pedrell le imitó. Pasaron unos minutos. Carballo oteaba la oscuridad en todas direcciones, venteaba el aire, tendía la cabeza o la inclinaba para escuchar. Después se levantó e hizo un ademán. «¡Adelante!» Pedrell le siguió.

Cruzaron el puerto. No había amanecido aún, pero el horizonte empezaba a clarear. Carballo dejó el camino y se internó en el áspero terreno de rocas y matorral de la sierra Maestra. Pedrell le seguía dificultosamente, se retrasaba. Sentíase agotado y enfermo. La fiebre abrasaba su piel. Confusamente veía los enérgicos ademanes de Carballo. «¡De prisa, de prisa! ¡Adelante!» La luz aumentaba con rapidez. Caminaban por la ladera de una estribación, descendiendo velozmente para refugiarse en un bosque muy espeso, que se veía al fondo.

Carballo se detuvo. Le indicó con sus ademanes que cortara derecho, en dirección a unas rocas que había al pie de la ladera. Allí podrían parapetarse, si era necesario, y alcanzar fácilmente el bosque. Pedrell obedeció. Resbalaba en el pronunciado declive. Sus piernas temblaban, se le doblaban las rodillas. Carballo descendía más lentamente, con el fusil a punto, protegiéndole en su movimiento.

Una claridad azul bajaba por la ladera. Pedrell llegó a las rocas. Se apostó detrás de ellas y le quitó el seguro al fusil. Carballo descendía ahora velozmente. Le veía brincar, afirmarse, brincar nuevamente. Salvó a la carrera los últimos metros. La descarga le hizo dar un traspié cuando llegaba a las rocas. Perdió el equilibrio y se desplomó de bruces, desapareciendo entre las peñas. Pedrell corrió hacia allí. Los mambises estaban apostados muy próximos, al borde de una cresta rocosa. Hacían un fuego muy nutrido. Pedrell oía restallar el plomo sobre las piedras, silbar a lo lejos, acercarse a su cuerpo y a su cara con escalofriantes aullidos y golpear por doquier el cristal del alba como insectos enloquecidos.

Carballo ya estaba de pie. Vio su pantalón manchado de sangre.

—¡Vete! —le gritó—. ¿Qué haces aquí?

—¿Y tú?

—Yo te cubriré. Aún hay poca luz. Sal corriendo hacia el bosque.

—Vámonos juntos. En el bosque nos podremos esconder fácilmente.

—Me han atravesado una pierna por el muslo. No te puedo seguir.

—Yo te ayudaré a caminar.

—¡No seas imbécil! Nos darían caza antes de media hora. ¡Márchate, Pedrell, te lo ordeno!

—¡Estoy harto de recibir órdenes! ¡Soy un ser humano y no una máquina!

—Lo juraste. ¡Recuérdalo! ¿Qué quieres?, ¿perderlos a todos? Recuerda que lo juraste. Son miles de hombres los que hay que salvar, Pedrell. ¿Lo has olvidado?

—No.

—Llévate mi mochila. Ya no la necesitaré, hermoso. Los mambises me alimentarán. Si encuentras un escondrijo en el bosque, ocúltate y procura dormir. Tú no estás bueno y, si no descansas, nunca llegarás. Este bosque va paralelo a la senda. Te será fácil encontrarla a la noche. Y vete ahora. ¡Hazle ese último favor a un amigo, hermoso!

—De acuerdo, Carballo. ¡Adiós! ¡Y suerte!

—Diles a ella y a todos que Carballo cumplió con su deber. ¡Suerte!

Pedrell tendió una mano. Rozó apenas el brazo de su compañero con dedos temblorosos, y echó a correr. Las balas le acompañaban amenazadoras, tendían ante él invisibles cables de muerte, rajaban la luz con sus incesantes cuchillos. Alcanzó el lindero del bosque. Las balas entraron ciegamente, sacudiendo la hojarasca, golpeándose en los troncos.

Pedrell se adentró unos metros en la espesura. Los mambises cesaron de tirotearle. Pedrell se detuvo. Vio a Carballo a través de los árboles y las matas. Disparaba calmoso, pero sin cesar. «¡Adiós, amigo!» Vio también a un grupo de mambises que trotaban agazapados en dirección al bosque. Durante varios minutos, Pedrell avanzó perpendicularmente al camino de Escandell. Luego torció a la izquierda. Halló un terreno encharcado y fue siguiéndolo. Sus pies dejaban huella profunda en el lodo. Oyó voces a lo lejos, pero no estaba seguro. La fiebre le golpeaba en la sien, llenándole la cabeza de ruidos desconcertantes, le enturbiaba los ojos. Se detuvo. Sonaba lejano el tiroteo. Escuchó claramente el ruido de las ramas sacudidas, de los machetes que golpeaban para abrirse paso en la espesura. Echó a correr embistiendo violentamente contra las ramas y bejucos que le obstruían el paso. Se cayó de bruces. Volvió a correr.

Blanco telegrafió al ministro Correa que, en consulta evacuada con los generales, se había puesto de relieve que las fuerzas de Cuba deseaban seguir batiéndose, pero le tranquilizaba asegurándole que el ejército no presentaría «obstáculos a la plena ejecución de las órdenes del Gobierno».

Blanco telegrafió también a Toral autorizándole a rendirse:

> En vista de las razones que expone en su telegrama de anteanoche, robustecidas por la autorizada opinión del general Linares, desisto de la idea que abrigaba de enviar sobre Santiago de Cuba todas las fuerzas disponibles del tercer Cuerpo (divisiones de Holguín y Puerto Príncipe) para proteger la evacuación de esa plaza por las tropas de su mando, quedando V. E. autorizado para capitular con el enemigo, obteniendo las condiciones más ventajosas posible, no sin prolongar la defensa cuanto le sea posible, con objeto de dar tiempo a recibir la resolución del Gobierno...

Toral celebró una entrevista con los jefes yanquis, de la que se dio cuenta a Blanco:

> ... Conferencié con los generales Miles y Shafter. Dicen que su Gobierno no acepta la evacuación, y les ofrece cuantos elementos pidan para obtener la rendición o conseguir la toma de Santiago; que consideran liberal la proposición hecha, comprometiéndose a transportar tropas a la Península en barcos con bandera neutral, conservando los oficiales sus espadas, con el compromiso de no combatir contra los americanos. Han dado un plazo hasta el mediodía de mañana...

Toral se extendía después en consideraciones sobre las dificultades para seguir la resistencia, y terminaba:

> En estas condiciones, la lucha sería desigual y desventajosa para nosotros, y, en su consecuencia, creo llegado el caso de capitular, conforme a la autorización de Vuecencia...

Después Toral dio orden para que se iniciasen las negociaciones para la rendición. Por España fueron designados Francisco Escario —recién ascendido a general—, el teniente coronel de Estado Mayor, Ventura Fontán, y un intérprete; por los Estados Unidos, los generales Wheeler y Lawton y el teniente Miley.

En la capitulación se incluyeron las fuerzas que se hallaban situadas al este de una línea que, pasando por Palma Soriano, discurriera desde Aserraderos, al sur, hasta Sagua de Tánamo, al norte. Todos estos hombres, más de 7000, situados en Guantánamo, Baracoa, Sagua y pueblos próximos a Santiago, fueron rendidos sin disparar ni un tiro.

Los mambises estaban muy cerca. Pedrell salió del suelo enfangado y llegó a una pequeña clara de rocas y hierba. La cruzó rápidamente. Avanzó varios metros quebrando con las manos algunas ramas. Después se quitó las botas y retrocedió. Caminó unos instantes paralelamente al terreno fangoso. Los mambises ya estaban encima. Oyó con toda claridad sus voces. Se acurrucó entre las matas y luego se tumbó de bruces. Su corazón latía con fuerza, parecía llenar de ecos todo el bosque, batir furiosamente, como un tambor de alarma. Pedrell cerró los ojos. Las voces de los mambises, sus pies que golpeaban el suelo, el corazón que percutía como un reclamo insistente, las espadas de los tiros entrechocando en la distancia... Después sobrevino un silencio profundo, angustioso. Algo se deslizaba sin ruido, pero pesadamente, como un reptil gigantesco. Avanzaba en su dirección. Pedrell no podía oírlo, pero estaba seguro. Avanzaba lentamente, sin cesar. Quiso huir corriendo, pero el cansancio y la fiebre le atenazaban. Trató de escapar arrastrándose. La maleza le cerraba el paso, se agarraba a sus ropas, le hería la carne. «¡Estoy perdido! —pensó—. ¡Estoy perdido!»

A las seis y media recibió Toral otro telegrama de Blanco:

> Creyendo que asunto de tanta importancia como la capitulación de esa plaza, debe ser conocido y resuelto por el Gobierno de S. M., le doy cuenta en este momento del contenido de su telegrama, encareciéndole urgente contestación; pudiendo V. E. manifestarlo así al general en jefe enemigo por si se conforma con esperar la respuesta del Gobierno... Ínterin llega la contestación, podrán, usted y el general americano, concertar las condiciones de la capitulación, bajo la base de la repatriación.

Sonó una carcajada estridente. Pareció repercutir y llenar todo el bosque. «¡Ya caíste, patón!» Pedrell no se movió. Respiraba con un jadeo de ansiedad. Después cesaron todos los ruidos. Esperó. Primero fue un contacto muy leve, como si hubiera caído en sus espaldas una hoja o una brizna de hierba. El contacto aumentó poco a poco. Hizo una presión intensa, punzante, sobre la piel. Se hundió de repente, con un dolor ardiente como una quemadura. Pedrell se retorció. El acero penetraba desgarrando su carne lentamente. Lo empujaron de pronto con un golpe tremendo, atravesándole el pecho de parte a parte. Pedrell sintió un dolor insufrible, gritó aterrado y abrió los ojos. Anochecía. El sudor empapaba su cuerpo. Se sentó. Tocó su pecho y su espalda estremeciéndose. Después sonrió. Se puso a escuchar. El aire nocturno movía las hojas. «¡Pobre Carballo!» Comió una lata de sardinas y un trozo de pan. Sintió náuseas. Bebió un trago de aguardiente y tomó quinina. Tenía mucha sed y agotó casi toda su provisión de agua. Después se dirigió en busca del camino. Avanzaba lentamente, con un aire de somnolencia o de sonambulismo.

14 de julio de 1898.

Avanzaba por mitad de la senda, a pleno sol. Había perdido el correaje y la mochila. Sólo conservaba el fusil. Su paso era inseguro. Parecía que iba a derrumbarse de un momento a otro, pero seguía caminando como por inercia. Durante la noche había conseguido burlar a los mambises en dos ocasiones. Oyó sus pasos y pudo ocultarse junto al camino. Después, poco a poco, el cansancio y la fiebre le hicieron perder la conciencia por completo. No obstante, seguían operando sobre él dos ideas fijas: llegar a Guantánamo y defenderse. No se dio cuenta de la llegada del nuevo día. Para él todo se cifraba en avanzar, avanzar siempre. Sus ojos apenas percibían manchas oscuras e informes de peñas y árboles, y la línea clara, hiriente del camino.

Se detuvo. Una barrera le cerraba el paso. Pestañeó desconcertado. Sacudió pesadamente la cabeza. Le pareció oír unas voces.

—¡Tengo que pasar! —gritó.

Retrocedió disparando su fusil. La barrera se deshizo instantáneamente.

—¡Tengo que pasar!

Se balanceaba a punto de caer. Un mambís se deslizó por detrás y le derribó sin sentido de un culatazo.

Cuando abrió los ojos era ya de noche. Estaba tendido al aire libre, bajo unos árboles. Un hombre le alumbraba con un candil.

—¿Cómo te encuentras? —le preguntó.

—¿Dónde estoy?

—En un campamento mambís. Tómate esto.

Tratό de mover las manos, pero no pudo. Las tenía atadas a

la espalda. El hombre le incorporó. Bebió ansiosamente una pócima amarga. Tenía la cabeza vendada. Un dolor sordo le golpeaba en la nuca.

—¿Qué ha pasado? —preguntó.

Oyó confusamente lo que el otro le decía. Y tornó a quedarse amodorrado,

15 de julio de 1898.

Despertó nuevamente cuando amanecía. Un centinela cruzaba por delante de él. Iba y volvía en un corto trecho. Se encontró sentado, con los brazos a la espalda, atados alrededor del tronco de un árbol. El campamento mambís empezaba a despertar. Vio a los hombres moverse de un lado a otro. Aquél debía de ser un puesto de observación de la sierra. Estaba en un calvero rodeado de árboles. Las cumbres montañosas se alzaban escalonándose. Las tropas se alojaban en un bohío estrecho y largo. El puesto del vigía estaba en una torre muy alta, construida rústicamente con troncos y palos atados con cuerda vegetal. Remataba en una plataforma y la cubría un techo de dos aguas, de hojas de palmera.

Vio arder las fogatas del rancho. Pensó, con cierta amargura resignada, en la relatividad de las cosas de los hombres. Pensó que había sido feliz muchas veces, en aquella hora mañanera, cuando él y sus compañeros estaban aguardando, próximos a las hogueras, el reparto del desayuno. Ahora se hallaba completamente solo, preso. Casi todos sus camaradas habían muerto. ¿Qué sería de Carballo? Le apenaba no haber compartido su suerte. A él le iban a matar sin duda. Hubiera sido mucho mejor dejar la vida allí, juntos, con el fusil entre las manos. A él le ahorcarían. «Enguasimar.» Recordó cuando Merino le explicó esta palabra. ¿Habría muerto también Merino? ¿Y María del Cobre? ¿Se salvaría? María del Cobre acabaría por olvidarle, por querer a otro. La besaría, gozaría de sus caricias. Le olvidarían todos. Sus padres y sus hermanos le llorarían. Le olvidarían también. Sólo iba a ser un número en la suma de muertos de la guerra, un nombre perdido entre los nombres anónimos de la lista de bajas del regimiento de la *Constitución*. ¿Y la Patria? ¡Dios mío, la Patria! Sólo pensaba que es triste, y amargo, y espantoso morir en plena juventud.

Vio acercarse a dos mambises con sendos jarrillos de café. El centinela se detuvo, los miró. Los mambises se apartaron. Uno se dirigió hacia él, y el otro, a su derecha. Pedrell se volvió. Había allí un hombre atado a un árbol. Parecía dormir con la cabeza caída sobre el pecho. Llevaba galones de cabo. Pedrell se sobresaltó. Pero no, no era Carballo. El mambís le zarandeó con suavidad.

—Eres muy tranquilo, patón.

—Sí —replicó—, pero ¿se te ocurre algo mejor que dormir?

Les soltaron las manos a los dos prisioneros. El centinela encaró el fusil. Pedrell bebió lentamente el café. Miró de reojo al cabo. Le habían dado un pitillo. Pedrell interrogó con la mirada al mambís.

—Mañana —dijo el mambís—. Eso será mañana.

Pedrell se estremeció.

—¿Mañana?

—Así será.

Volvieron a atarlos al árbol.

—¿Cuándo te trajeron a ti? —preguntó el cabo.

—Anoche.

—Ni me enteré. He dormido como un ceporro. Yo tengo esa cualidad. Pase lo que pase, me duermo. Para la guerra no hay nada mejor.

—Y a ti, ¿cuándo te cogieron?

—Iba a Guantánamo con una misión.

—Yo también.

—Pues nos hemos quedado a la mitad del camino. Yo me disfracé y salí de Santiago con la población civil. Alguien debió de descubrirme y dar el chivatazo. Creí que me escabulliría, pero no hubo forma. Me agarraron hace dos días. Ayer trajeron a otro.

—¿Un herido en la pierna?

—¿Le conocías?

—Veníamos juntos. ¿Dónde está?

—En el bohío. Creo que se encuentra grave. Aunque eso...

—¿Qué?

—Ya puedes figurártelo. Yo soy Pedro Roa López, del regimiento de Cuba. Si hay ocasión, lo dices. Y ahora, si no te molesta, quiero pensar un poco en mis cosillas.

Pasaron unos minutos. Pedrell vio avanzar a los dos hombres. Traían el fusil colgado de un hombro. Los precedía un cabo.

Pedrell oyó nuevamente la voz del otro prisionero.

—Se acabó lo que se daba —dijo—. ¿Cómo te llamas tú?

—Esteban Pedrell Gispert, de la *Constitución*.

—Los vuestros pelearon muy bien en el Caney.

—Yo estuve allí.

—Aquello fue de cuidado. Catalán, ¿no?

—Sí; catalán.

Uno de los soldados le soltó al cabo las ligaduras de los pies y de las manos.

Roa se incorporó.

—Ahora me parece que tengo frío —sonrió apenas restregándose las manos. Luego se las puso a las espaldas y le ataron.

Se volvió hacia Pedrell.

—¡Adiós, catalán!

—¡Adiós, cabo!

Se alejó. Cruzaron el calvero. Al otro lado, bajo los árboles, había un grupo numeroso de mambises. Abrieron paso al llegar el prisionero y sus guardianes. Uno de los mambises lanzó la cuerda hacia las ramas. Quedó colgando de una de ellas. En la punta había un nudo corredizo. Lo pasaron por la cabeza del cabo. Se lo ajustaron al cuello. Pedrell temblaba. Un sudor helado cubría su frente. Cuatro hombres cogieron el otro cabo de la cuerda, tiraron. El cuerpo de Roa ascendió agitándose convulsamente. Pedrell cerró los ojos. Pasó mucho rato antes de que se atreviera a mirar. Estaba allí, colgando a dos metros del suelo. «Para que no estorbe», pensó Esteban Pedrell con amargura.

El Gobierno español da su conformidad para rendir la plaza de Santiago.

Al principio, como llegaba de la violenta luz exterior, no pudo distinguir nada. Luego vio a los tres oficiales: un capitán y dos tenientes.

—¿Te pescaron?

Pedrell volvió la cabeza.

—¡Carballo! —murmuró.

—¡Aquí me tienes, hermoso! Creo que a la pata le está entrando la gangrena, y eso sería peor que morir.

—¡Silencio! —exclamó el capitán.

Les hicieron breves preguntas sobre su unidad y la misión que les habían confiado. Respondieron resueltamente.

—Ustedes sabían a lo que se arriesgaban.

—Sí, señor.

—Ustedes son soldados, igual que nosotros, y no hay que perder el tiempo en explicaciones. Serán enguasimados mañana, al hacerse de día.

—Sí, señor.

—Allí nos veremos, hermoso. A última hora falló la suerte.

Ignoraba si prefería dormir, como el cabo Roa, o apurar segundo tras segundo las últimas horas de vida que le quedaban.

Se le había hecho de noche, casi sin darse cuenta. ¡Con qué espantosa velocidad corría el tiempo! Comió. Le dieron quinina en dos ocasiones. Seguramente que había tenido mucha fiebre, que la tenía aún, pero se encontraba bien, angustiado tan sólo. ¿Y si le faltaba el valor para afrontar aquello, para sobreponerse? Pero comprendió que no le importaba. Aunque le llevasen arrastrando, desvanecido de miedo... No; no le importaba. Lo terrible era que tendría que morir. Le matarían fríamente, impasiblemente. Y él sabría el segundo, el instante preciso en que le arrebatarían la existencia. Morir en medio del combate era muy diferente. ¡Dichoso! Pero morir ahora, en el instante exacto aquel... Indefenso, sin ninguna esperanza, y cuando podrían salvarle. ¿Por qué no le perdonaban la vida?, ¿por qué? Sentía deseos de suplicar, de llorar. El cabo Roa, los ajusticiados de Montjuich... Carballo moriría con el mismo valor que ellos, estaba seguro. ¿Y él? Demostrar que era un español y un hombre. ¿Para qué servía eso?, ¿para qué? Estaba condenado a muerte. Le matarían, le matarían, le matarían... ¿Iba a adoptar una actitud, a llevar la mísera afectación humana hasta el pie de su propia sepultura? Trató de refugiarse en el recuerdo de María del Cobre, de su familia, pero sólo consiguió que aumentase su congoja.

Las estrellas aclaraban la oscuridad de la noche. Frente a él colgaba aún el cuerpo de Roa. No podía verlo, pero miraba hacia allí con insistencia. Allí colgaría él con el alba.

La noche estaba quieta, en calma. Se veía una fogata casi extinguida. Las brasas, cubiertas por cenizas, arrojaban unos destellos apagados y mates, rojizos, como las estrellas que agonizaban en la inmensidad del universo. Alrededor de la lumbre, confusamente, se veían las siluetas de unos hombres. Se oyó una risa. Pedrell se sobresaltó. El centinela pasaba frente a él. ¿No tendría lástima? Sintió deseos de hablarle. «Compañero...»

La brisa agitaba de vez en cuando las hojas de los árboles. Los árboles de las Ramblas de Barcelona... «¿Es posible esto?, ¿es posible que sea verdad?» Olía intensamente a monte, a espacios abiertos. Olía a libertad. Se escuchaban roces extraños, extraños ruidos de insectos y animales que caminaban en la sombra. Uno de esos animales parecía voluminoso. Debería de estar al acecho de una presa. Parecía avanzar con cautela, detenerse, volver a avanzar. Pedrell se abstrajo. Puso toda su atención —su desesperación, quizás— en aquello. Avanzaba, avanzaba.

No lo podía comprender. Fue un siseo muy tenue. Sonó a sus espaldas. Experimentó un malestar sobresaltado, inquietud. Y entonces sintió el roce de unos dedos que palpaban cuidadosos sus ataduras. Segundos después las ataduras cedieron. Tenía las manos libres. Su corazón latía con fuerza, aturdiéndole. Empuñó la navaja que habían depositado en sus manos. Esperó. Cuando el centinela le dio la espalda, cortó las ligaduras de los pies con un enérgico tajo y volvió a esconder la mano. Siguió esperando. La ansiedad, las descargas de los nervios le cortaban la respiración. El centinela cruzó cachazudo. Los hombres de la guardia seguían charlando animadamente, con descuido, en torno a la fogata. Pedrell aspiró el aire con la boca abierta, tensó los músculos. El centinela le dio nuevamente la espalda. Se incorporó de un brinco y echó a correr entre los árboles. Oyó las pisadas de su libertador detrás de él. Oyó también las voces de alarma, y en seguida, los disparos del centinela. La noche se llenó de gritos, de pasos precipitados, de estrépito.

Los mambises se lanzaron en persecución de los fugitivos. Avanzaban disparando entre los árboles. Las descargas rajaban las tinieblas con sus relámpagos. Cayó con un golpe sordo, acolchado. Pedrell se detuvo.

—¡Sigue! —le llegó su voz suplicante—. ¡Sigue!

Fue entonces cuando la reconoció.

—¡María del Cobre!

—¡Sigue!, ¡te lo ruego por lo que más quieras!, ¡sigue!

Se acercó a ella. La estrechó contra su pecho. Sintió en las manos el caliente borbotón de la sangre.

—¡María!, ¿por qué has venido, María?

—Fue una patrulla vuestra la que asesinó a mi familia. Una patrulla de peninsulares y de negros y mulatos traidores. Os odiaba. ¡Perdóname! Yo te delaté. Pero eres lo que más he amado en este mundo. Yo te delaté, pero no lo pude resistir. ¡Perdonadme, padres míos! ¡Perdóname tú!, ¡perdó...name!

—¡María, María!

La estrechó desesperadamente. La besó en el rostro.

—¡María! ¡Contéstame, María!

Los tiros habían cesado. Alguien le puso una mano en el hombro. Hizo una presión que parecía amistosa.

—¡Dejadme, dejadme! ¡Os lo suplico! ¡Tened compasión! ¡Dejadme con ella! Luego me podéis matar. ¡Tened compasión!

Un mambís se inclinó. Tocó el cuerpo acorchado, roto de la mujer.

—Está muerta —dijo.

Le incorporaron. Caminó dócilmente. Volvieron a atarle. Un segundo centinela se apostó entre los árboles.

La vio pasar. Cuatro hombres llevaban su cadáver. La vio desaparecer en la oscuridad. Sus ojos estaban secos, febriles. Deseaba llorar, y no podía. La muerte le parecía ahora una carga ligera, una liberación. «Pronto estaré contigo, María.»

Aún era de noche, pero no tardaría en amanecer. Se oyó desde lejos la voz. Alguien gritaba muy excitado, pero sus palabras eran ininteligibles. El campamento volvía a ponerse en conmoción.

—¡Vaya una noche! —mascullló uno de los centinelas.

—¿Qué pasa ahora? —preguntó asomándose el que estaba entre los árboles.

—¡Y yo qué sé!

Llegaba a caballo. Las herraduras golpeaban las piedras con un ruido metálico. Al entrar en el calvero hostigó al animal, que trotó pesadamente. Varios hombres le seguían gritando. Se arrojó de la montura. El caballo venía cubierto de sudor espumoso, blanqueaba en la luz incierta del amanecer, que ya apuntaba.

—¡Viva Cuba libre! —gritó el jinete—. ¡Viva Cuba libre! ¡Se rindió Santiago! ¡Ganamos la guerra, compatriotas! ¡Viva Cuba! ¡Mueran los patones! ¡Se rindió Santiago!

Los mambises brincaban, se abrazaban, lanzaban vivas y mueras, se revolcaban por el suelo, reían estrepitosamente.

—¡Saquen todo el almacén! —ordenó el jefe del puesto—. ¡Y viva Cuba libre! ¡Viva mi patria querida!

Trató de interrogar al mensajero. Pero el mensajero estaba loco. Gritaba con toda la fuerza de sus pulmones, abrazaba a los demás, se golpeaba la cabeza.

—¡Denme caña! ¡Viva Cuba libre! ¡Ganamos la guerra! ¡Ganamos la guerra! ¡Santiago se rindió!

El capitán, jefe del puesto, le agarró por la guayabera. Le sacudió rudamente.

—Y ahora me lo va a contar, ¿oye?

—A mí, déjeme. ¡Viva Cuba! ¡Se acabó la guerra! ¡Denme un abrazo, que se rindió el patón! ¡Y denme caña, carajo!

Los víveres y el ron estaban ya en medio del campamento. Los centinelas se unieron con los demás. Pedrell se quedó solo. Yacían abandonados en el suelo los fusiles. O los cogían algunos y empezaban a disparar al aire.

Una hora después, casi todos estaban borrachos. Había amanecido hacía rato. Continuaban atronando los vivas, las canciones, las carcajadas. Un mambís cortó de un machetazo la cuerda de la que colgaba Roa. El cadáver azotó pesadamente contra el suelo. Y, entonces, varios mambises se volvieron a mirarle a él. Se estremeció. Luego, cinco o seis, se acercaron al capitán. El capitán denegó con la cabeza. Los otros insistieron. El capitán hizo un movimiento afirmativo con la cabeza y abrió los brazos con un ademán entre resignado y complaciente. A Pedrell se le erizaron los cabellos. ¿Qué iban a hacer con él?

Uno de los mambises avanzó. Caminaba tambaleándose. Cuando estaba cerca, tiró de machete. Era un individuo muy barbudo, bajo, de cuello corto y poderoso, despechugado. Pedrell se revolvió con fuerza. Después apretó los puños, los dientes, contrajo los músculos esperando. El mambís se detuvo ante él. Le dirigió una mirada turbia.

—¡Viva Cuba libre, patón!

—¡Viva España! —gritó Pedrell.

El mambís hizo una mueca. Se inclinó. Cortó las ligaduras de sus pies. Dio la vuelta al tronco y cortó las de su manos.

—¡Váyase, patón!

—¿Cómo?

—¡Váyase!

—¿Y mi compañero?

—¿No me oyó? ¿Qué quiere?, ¿que nos arrepintamos?

Todos los demás de la partida contemplaban la escena.

—¡Patón!, ¡suerte! ¡Suerte, patón! —le gritaron.

Pedrell levantó una mano sonriendo. La agitó varias veces y desapareció entre los árboles.

16 de julio de 1898.

Los paisanos que abandonaron la ciudad, volvieron a Santiago. Su calvario había sido terrible. Muchos murieron de hambre, tras once días sin recibir alimentación. Otros fallecieron de la epidemia de tifus. Los demás, enfermos o agotados por las privaciones, ofrecían un aspecto aterrador.

A las seis de la tarde, bajo una simbólica ceiba —como en los días, entonces victoriosos, del Zanjón—, se firmó la capitulación de Santiago. La cláusula novena del documento decía así:

> Las fuerzas españolas saldrán de Santiago de Cuba con honores de guerra, depositando después sus armas en un lugar mutuamente convenido, en espera de la disposición que sobre ellas tome el Gobierno de los Estados Unidos, bien entendido que los comisionados de los Estados Unidos recomendarán que se permita que el soldado español vuelva a España con las armas que ha defendido con tanto valor.

17 de julio de 1898.

A las nueve de la mañana, un batallón de infantería yanqui y un escuadrón de caballería avanzaron hacia la Canosa. Con ellos iba el general encargado de tomar posesión de la plaza. En la Canosa aguardaba el general Toral con un batallón del regimiento de *Isabel la Católica*. Ambas fuerzas formaron en línea dándose frente. La guarnición de Santiago empezó a abandonar la ciudad. Desfilaron, rindiendo sus armas ante las tropas yanquis, que les hacían los honores de la guerra.

Después, Shafter hizo su entrada en la población al frente de un regimiento de infantería con bandera y música. Puso a un brigadier al mando de la ciudad, pero dejó a las restantes autoridades españolas en sus puestos.

A las doce de la mañana se izó en la Casa de Gobierno la bandera de los Estados Unidos. Atronaron en el aire los hurras y las salvas de la artillería.

A las fuerzas españolas rendidas se les asignó un insalubre campamento junto al río San Juan.

Shafter había prohibido que los mambises entraran en la ciudad, por temor a los saqueos y las represalias. El general Calixto García le dirigió una carta, quejándose amargamente de esta medida:

> ...Cuando se presentaba la ocasión de nombrar las autoridades de Santiago de Cuba en las condiciones especiales creadas por una lucha de treinta años contra la dominación española, no puedo por menos de ver con el más profundo sentimiento que esas autoridades no son elegidas por el pueblo cubano, sino que son las mismas que tanto la Reina de España como sus ministros habían nombrado para defender la soberanía española contra los cubanos. Circula el rumor que, por lo absurdo no es digno de crédito, de que la orden de impedir a mi ejército su entrada en Santiago de Cuba, ha obedecido al temor de venganzas contra los españoles... Nosotros somos un ejército pobre, en andrajos; tan andrajoso y pobre como era el ejército de vuestros antepasados durante la noble guerra de la Independencia; pero, como los héroes de Saratoga y de Yorktown, respetamos muy profundamente nuestra causa para mancillarla con actos de barbarie y cobardía...

Shafter le contestó con sequedad, arguyendo que se atenía a las instrucciones recibidas del Gobierno de Washington, que quería continuasen «en sus puestos, temporalmente, las personas que los ocupaban».

Calixto García se retiró a Jiguaní, tras de presentarle a Máximo Gómez su renuncia al cargo de general en jefe del ejército de Oriente.

Uno de los mambises era negro; el otro, pardo. Estaban sentados a la orilla del mar, sobre una rocas, cerca de la ensenada de Siboney.

—Al general Castillo no le va a gustar que no nos hayan dejado entrar en la población —dijo el negro.

—Al general Calixto García le gustará menos. Usted lo verá —replicó el pardo.

—A mí, ahora, los patones ya empiezan a gustarme.

—A mí, eso no.

—Porque usted anda celoso por su negra.

—Eso será.

—Míreme allí. A ver qué le parece.

El oleaje golpeaba suavemente contra las rocas. Zarandeaba un bulto informe haciéndole avanzar y retroceder.

—Ya miro. Es el cadáver de un patón de la escuadra.

—Le han comido las piernas los tiburones —dijo el negro. Hizo una mueca de repugnancia y escupió.

—Eso es lo que le han comido —admitió el pardo escupiendo también.

—Mire. Yo me voy.

—Y yo con usted.

El horripilante despojo humano siguió golpeándose contra las rocas. Tenía una cabeza grande y extraña. La parte anterior del cráneo era dolicocéfala, de frente muy abombada, y la posterior braquicéfala. Hallábase boca abajo. Su abombada frente embestía contra las piedras como la quilla de una embarcación. En vida, a este hombre le llamaban «Mediobuque» o «Mediomelón», según.

CAPÍTULO XXII

23 de julio de 1898.

La escuadra de reserva del almirante Cámara, detenida en Port-Said desde fines de junio, por haber prohibido las autoridades egipcias que cargara carbón para seguir viaje, recibió orden de regresar a Cádiz, quedando las islas Filipinas a merced del enemigo.

25 de julio de 1898.

Seis mil hombres al mando del generalísimo yanqui, Nelson A. Miles, desembarcaron en las costas de Guánica (Puerto Rico). Poco después, el núcleo principal del ejército invasor, al frente del general Brooke, puso pie en tierra pertrechado con toda clase de armas, incluso cañones de sitio.

26 de julio de 1898.

El Gobierno español, con la esperanza de conjurar el peligro que se cernía sobre Puerto Rico, inició las gestiones de paz, que fueron encomendadas a Jules Cambon, embajador de Francia en Washington. Confiaban nuestros gobernantes en que salvarían así, no sólo a la Pequeña Antilla, sino el archipiélago filipino, cuya capital se hallaba sitiada por las tropas yanquis y tagalas.

El señor Cambon entregó al secretario de Estado, William R. Day, una nota en la que, reconociéndose España vencida, solicitaba las condiciones que los Estados Unidos exigirían para concluir la paz.

30 de julio de 1898.

Los Estados Unidos dan a conocer sus draconianas condiciones de paz: España debería renunciar a todos sus derechos sobre Cuba, ceder la isla de Puerto Rico y cuantas poseyese en las Indias Occidentales a los Estados Unidos, que conservarían en su poder el puerto y la bahía de Manila, como garantía del cumplimiento de lo pactado.

4 y 5 de agosto de 1898.

El Gobierno de Sagasta planteó el problema de la paz a los jefes de los partidos políticos y a los generales más destacados, sobre todo a los que habían tenido mando en Cuba. Fueron consultados Silvela, el duque de Tetuán, Romero Robledo, Canalejas, Salmerón, Castelar, Calleja, Martínez Campos, Weyler, Primo de Rivera, Azcárraga, el conde de Cheste y el almirante Chacón. Salvo alguna que otra discrepancia —como la de Romero Robledo y Weyler, que aconsejaban seguir la guerra— todos se pronunciaron en favor de la paz.

10 de agosto de 1898.

Zarpa de Santiago, a bordo del vapor *Alicante*, la primera expedición de repatriados españoles. Los 16000 soldados de las fuerzas rendidas en la región de Santiago de Cuba, continuaban en el insalubre campamento del río San Juan. Vivían al aire libre, mal alimentados, en pésimas condiciones de higiene. Enfermaron a centenares o empeoraron de sus dolencias y sus heridas. Sesenta hombres, de los mil que transportaba el *Alicante*, murieron en la travesía de vuelta a la Patria.

11 de agosto de 1898.

El Consejo de Ministros autoriza a Jules Cambon para que acepte, en nombre de España las condiciones de paz exigidas por los Estados Unidos.

12 de agosto de 1898.

Se firma el protocolo de la paz, cuyo texto rezaba así:

> Artículo 1.º España renunciará a toda pretensión a su soberanía y a todos sus derechos sobre Cuba. Artículo 2.º España cederá a los Estados Unidos la isla de Puerto Rico y las demás islas que actualmente se encuentran bajo la soberanía de España en las Indias Occidentales, así como una isla en las Ladrones, que será escogida por los Estados Unidos. Art. 3.º Los Estados Unidos ocuparán y conservarán la ciudad, la bahía y el puerto de Manila en espera de la conclusión de un Tratado de paz, que deberá determinar la intervención (*contrôle*), la disposición y el gobierno de las Filipinas. Art. 4.º España evacuará inmediatamente la isla de Cuba, Puerto Rico y las demás islas que se encuentren actualmente bajo la soberanía española en las Indias Occidentales; con este objeto, cada uno de los dos Gobiernos nombrará comisarios, en los diez días que seguirán a la firma de este Protocolo, y los comisarios así nombrados deberán, en los treinta días que seguirán a la firma de este Protocolo, encontrarse en La Habana a fin de convenir y ejecutar los detalles de la evacuación ya mencionada de Cuba y de las islas adyacentes; y cada uno de los dos Gobiernos nombrará igualmente, en los diez días siguientes al de la firma de este Protocolo, otros comisarios, que deberán, en los treinta días que seguirán a la firma de este Protocolo, encontrarse en San Juan de Puerto Rico, a fin de convenir y ejecutar los detalles de la evacuación antes mencionada de Puer-

to Rico y de las demás islas que se encuentran actualmente bajo la soberanía de España en las Indias Occidentales. Art. 5.º Los Estados Unidos y España nombrarán para tratar la paz, cinco comisarios a lo más por cada país; los comisarios así nombrados deberán encontrarse en París el primero de octubre de mil ochocientos noventa y ocho lo más tarde, y proceder a la negociación y a la conclusión de un Tratado de paz; este Tratado quedará sujeto a la ratificación con arreglo a las formas constitucionales de cada uno de ambos países. Art. 6.º Una vez terminado y firmado este Protocolo, deberán suspenderse las hostilidades en los dos países, y a este efecto se deberán dar órdenes por cada uno de los dos Gobiernos a los jefes de sus fuerzas de mar y tierra tan pronto como sea posible.

Los Estados Unidos suspendieron las hostilidades en Puerto Rico. España tenía una guarnición de 17000 hombres en la Pequeña Antilla. La mitad de estas tropas era de voluntarios que hicieron causa común con los invasores. La campaña yanqui se convirtió en un paseo militar y, sin otros quebrantos que el revés sufrido en Guamaní, se apoderaron de Ponce, Coamo, Mayagüez, Asomante.

13 de agosto de 1898.

La ciudad de Manila, bloqueada por mar, y sitiada en tierra por las tropas yanquis y tagalas, se rinde al enemigo.

Annápolis, Md., 20 de agosto de 1898.

El almirante Cervera al ministro de Marina, Auñón:

Oficialmente me comunican que Gobierno americano nos dejará en libertad si damos palabra de no hacer armas durante la guerra, como lo han hecho los veinte mil hombres de Santiago. He contestado que no podemos porque nuestro Código penal considera como delito este hecho. Suplico a V.E. me dé instrucciones.

El teniente de navío Capriles al ministro de Marina, Auñón:

No aceptaré libertad bajo palabra ni aún autorizado por V.E.

El ministro de Marina, Auñón, al almirante Cervera:

> Apruebo negativa de oficiales prisioneros a recobrar libertad bajo palabra de no hacer armas, y advierta teniente de navío primera Capriles que, aunque sea otra su intención, resulta irrespetuoso su aviso al admitir la posibilidad de que el Gobierno autorice lo que el Código pena.

31 de agosto de 1898
El almirante Cervera al ministro de Marina, Auñón:

> Gobierno americano nos concede libertad incondicional. Procedo a buscar vapores para transporte con arreglo órdenes de V. E.

Zarpa el vapor *León XIII* con la última expedición de repatriados procedentes de las tropas rendidas en Santiago de Cuba. Diez buques habían trasladado a la península a esos miles de hombres. Diez buques que fueron dejando una trágica estela de soldados muertos de enfermedad o consunción durante la travesía.

16 de noviembre de 1898.
En esta fecha contestó Cervera una carta —de 24 de mayo de 1898— que el almirante no recibió hasta su regreso a la península. La carta era del general Antonio de la Rocha, que había votado a favor de la salida de la escuadra de Cabo Verde hacia las Antillas. Uno de los párrafos de dicha misiva rezaba así:

> Mi querido general y amigo: Sólo le pongo estos renglones para darle mi más sincera enhorabuena por haber llegado con felicidad a ese puerto de Santiago de Cuba con la escuadra de su digno mando, pudiendo asegurarle que mi alegría al saber su llegada a ésa ha sido muy grande, porque pensaba inevitable el encuentro con alguna de las dos escuadras enemigas que cruzaban por esos mares, y como ambas son muy superiores en fuerzas a las de su mando, era de temer que, aunque gloriosamente, fuera vencida y destrozada...

El almirante respondió con su valor habitual y su sarcástica ironía:

Mi querido general y amigo: De vuelta de la isla de Cuba, recibí anteayer su cariñosa carta de 24 de mayo, que he agradecido mucho y que me ha causado mucho gusto por ser un documento precioso en primer término para mí y después para usted y todos los generales que en la Junta magna votaron la ida de la escuadra a las Antillas...

La carta es interesantísima para mí, porque al decir usted que *pensaba inevitable el encuentro con alguna de las escuadras enemigas que cruzaban por aquellos mares, y como eran ambas muy superiores en fuerza a la de mi mando, era de temer que, aunque gloriosamente, fuera vencida y destrozada*, se demuestra que no era sólo mi opinión, sino también de mis compañeros, y aleja por completo toda duda de que nosotros fuimos empujados a segura destrucción, punto que a mí me importa mucho aclarar.

Es importante para usted y sus compañeros de voto, porque al demostrarse que a pesar de que creían ustedes que la escuadra marchaba a la derrota, votaban ustedes que saliera, se pone de manifiesto que no la ignorancia ni la ligereza, sino móviles mucho más elevados eran los que impulsaban a ustedes, y aun cuando yo creo que esos móviles no han debido hacer variar sus votos de ustedes, es consolador ver ese espíritu de sacrificio en el Cuerpo, aun cuando hubiera de hacerse por otros que los votantes...

26 de noviembre de 1898.

El capitán general de Cuba, Ramón Blanco —autorizado a regresar a la península— hace entrega del gobierno de la isla y del mando del ejército al teniente general Adolfo Jiménez Castellanos.

10 de diciembre de 1898.

Se firma en París el Tratado de la paz, por el que no sólo perdimos cuanto exigía el Protocolo yanqui, sino también el archipiélago filipino y la isla de Guam. Los Estados Unidos habían llevado las negociaciones con una dureza implacable, con la intransigencia brutal que les dictaba su poderío y la indiferencia de los países europeos, espectadores impasibles del despojo de la nación española.

El día 1 de enero de 1899, el Capitán General de Cuba, don Adolfo Jiménez Castellanos, se disponía, de acuerdo con lo convenido en el Tratado de París, a hacer entrega de la isla.

La víspera habían entrado en La Habana seis mil soldados yanquis que se hallaban en Marianao. Los hicieron acampar en los parques Central, de la India y de la Punta. Los carros, las caballerías y las tiendas de campaña de la tropa invadieron los bellos jardines y paseos, ocasionando destrozos que hubieran impresionado mucho más desfavorablemente a los cubanos, de no hallarse tan jubilosos y exaltados por el trascendental e inminente acontecimiento que se avecinaba.

A las diez de la mañana del día primero, fuerzas de la infantería americana cubrieron en dos líneas la carrera, desde el palacio del Capitán General, hasta el embarcadero del muelle de Caballería. Una ingente multitud se agolpó detrás de la tropa.

En aquel primero de enero aún faltaban por embarcar muchos miles de hombres del ejército español de Cuba. Habían sido concentrados en los puertos de La Habana, Matanzas y Cienfuegos. Los soldados que todavía quedaban en la capital, hallábanse ya a bordo de los transportes surtos en el puerto. Apenas formadas las dos líneas de tropas americanas, abandonó el palacio del capitán general la compañía que hacía guardia allí y se dirigió al muelle, donde embarcó. Ya sólo quedaba en la ciudad el pelotón de artilleros españoles encargados de hacer las salvas en el castillo del Morro.

Por un desventurado azar, permanecía aún en tierra otro soldado español. Había salido del hospital aquella misma mañana, muy temprano. Se dirigió, todo lo rápidamente que sus escasas fuerzas se lo permitían, al sitio en que se concentraban las tropas que tenían que embarcar.

El soldado llevaba su uniforme en un hatillo y vestía de paisano. La situación de los españoles en La Habana se había hecho casi insostenible. El batallón de orden público, encargado de la policía de la ciudad, había embarcado para la península. Los agentes que quedaron procuraban congraciarse con las victoriosas fuerzas cubanas, que se posesionarían muy pronto de la isla. Los yanquis habían prohibido la entrada de los insurrectos en las ciudades; sin embargo, con la connivencia de la policía pululaban por todas partes, vendiendo banderas cubanas y periódicos clandestinos. Además de la policía, prestaban servicio de vigilancia las tropas de nuestro ejército, chocando frecuentemente con los rebeldes intrusos y manteniéndolos a raya. Sin embargo, como el número de tropas mermaba con rapidez por los casi diarios embarques de repatriados, crecían, al mismo tiempo, la osadía y la agresividad, no sólo de los mambises, sino de la población civil, que les era muy adicta en su mayor parte, o procuraba granjearse las simpatías de los vencedores. Las refriegas y los ataques a los soldados españoles, sobre todo a los que eran sorprendidos aislados, solían menudear. Se aconsejó a nuestras tropas que no se alejaran de los lugares céntricos, donde aún había patrullas españolas, y se les recomendó que prescindieran del uniforme.

Hubo que cerrar los teatros y las salas de espectáculos, en los que se producían constantes alborotos. Estaba prohibido exhibir banderas cubanas en edificios, astas y balcones. Las mujeres, sin embargo, las lucían en sus cabellos, y los hombres en las solapas. También aparecían con mucha frecuencia en las casas. El ejército español obligaba a que las retirasen. Los cubanos obedecían a regañadientes y, si la fuerza era escasa, resistían y provocaban graves incidentes. Con unas cosas y otras, los alborotos, incluso sangrientos, menudeaban en la ciudad e hicieron muy amargos los últimos días de su estancia en ella a nuestras tropas.

El soldado vestido de paisano era un hombre de estatura regular. Caminaba un poco encorvado. Parecía hallarse muy enfermo aún. Estaba sumamente delgado, casi esquelético. Indudablemente, había sufrido la malaria y se observaban en él todos los síntomas de la caquexia palúdica. Su ansiedad era evidente. Estaba empapado de sudor frío. El soldado notaba que le iban abandonando las fuerzas, pero no cejaba. Seguía caminando de prisa, con un gran derroche de voluntad.

Algunos transeúntes le miraban. El soldado les dirigía una ojeada recelosa y apretaba más aún el paso. Al llegar a una bocacalle, se detuvo. Se apoyó en la pared desfallecido. Se llevó una mano al pecho. Tosió roncamente y escupió una bocanada de sangre. El hombre, aterrado, se llevó el pañuelo a la boca. Tosió nuevamente. Enjugó con el pañuelo la sangre de la hemoptisis.

Una mujer se le acercó:

—¿Qué le ocurre?

El hombre la miró espantado. Miró a otros transeúntes que se detenían.

—Es que me han sacado una muela —murmuró ahogadamente—. No es nada. ¡Gracias!

Dobló la esquina y se alejó con paso inseguro. Vio un bodegón y entró. Fue a refugiarse en el extremo más oscuro y pidió una copa de aguardiente. Se estuvo quieto, jadeante, asustado. Todo daba vueltas a su alrededor. «¡Que no me desmaye!, ¡que no me desmaye! ¡Por piedad!» ¿Qué iba a ser de él, si no conseguía embarcarse? Se quedaría solo en La Habana. Moriría. Estaba seguro de que, si no embarcaba entonces, jamás regresaría a su hogar. Hizo un esfuerzo sobrehumano para levantarse, pero las piernas no le sostenían. Se dejó caer desalentado, con profunda aflicción. «¡Ya he sufrido bastante!, ¡ya he sufrido bastante!»

Hacía cerca de seis meses que unos mambises le encontraron tendido en una senda, en estado muy grave, cerca de la bahía de Guantánamo. Le condujeron a un hospital de Santa Catalina. Pasó allí varias semanas entre la vida y la muerte. Herido también por la amargura y la tristeza, el quebranto espiritual se unía al físico para ponerle en inminente riesgo de morir.

Aunque la gravedad de su dolencia le ahorró las penalidades sufridas en el campamento de San Juan por los demás hombres rendidos en Santiago, tampoco pudo embarcarse con ellos cuando regresaron a España.

Después de varios meses, apenas empezó a mejorar, fue trasladado a Cienfuegos, uno de los puertos designados para la repatriación. Allí vivió muchos días de amargura. Su curación no avanzaba. No avanzaba tampoco el embarco de las tropas, que sólo se hacía a ritmo acelerado en La Habana, ante la inminente ceremonia de la entrega de la isla en la capital. Con toda seguridad tendría que permanecer varios meses aún en Cienfuegos. Y él deseaba ardientemente, desesperadamente, volver a la Patria; lo necesitaba. Había sufrido mucho en Cuba. Anhelaba encontrarse en su hogar, junto a sus padres y sus hermanos. Solamente el cariño de la familia, la ternura de su madre podría aliviar el dolor de su cuerpo, de su alma sobre todo, destrozados por la enfermedad y las pesadumbres.

Los salones y pasillos del palacio del Capitán General estaban llenos de gente. Habían acudido a él los generales del ejército y de la armada de los Estados Unidos que se hallaban en la capital, una comisión de altos jefes de las fuerzas cubanas y muchas personas civiles. Sentados en un sofá, en medio del salón de recepciones, se hallaban los generales Jiménez Castellanos y Brooke.

A las doce en punto sonó el primer cañonazo en el castillo del Morro. Los generales Jiménez Castellanos y Brooke se levantaron.

Al oír el disparo, se levantó también el soldado que estaba, desde hacía varias horas, en el bodegón. El local se hallaba desierto. El propietario se había asomado a la puerta. Volvió el rostro hacia el soldado.

—¡Se acabó España! —exclamó—. Voy a bajar el cierre, porque no me lo quiero perder.

El soldado no dijo nada. Echó a andar. Se sentía mejor. Pagó al propietario la bebida y salió fuera. Toda la población se había volcado en el centro de la ciudad. Avanzó por las calles solitarias. Vio correr a un grupo de hombres que agitaban banderas cubanas. Los estampidos del cañón seguían resonando.

En el palacio de capitanía reinaba un profundo silencio. Las personas que se hallaban en el salón de recepciones rodeaban a los generales Jiménez Castellanos y Brooke.

Veintiún cañonazos habían sido disparados en el Morro. La bandera española fue arriada. Cinco siglos de dominación terminaban para siempre. Sobre aquella isla descubierta por Colón en su primer viaje, último despojo del Imperio hispánico, se consumaba la pérdida definitiva de un dominio en el que no se ponía el sol.

En el castillo del Morro fue izada la bandera de los Estados Unidos. Otros veintiún cañonazos la saludaron.

El general español se dirigió al yanqui:

—En cumplimiento de lo acordado en el Tratado de París y lo que me ordena mi Gobierno, en este momento os entrego la isla de Cuba, que deja de pertenecer a España.

—En nombre del Gobierno y del Presidente de los Estados Unidos —replicó el general Brooke—, acepto este grave encargo y deseo a usted y a los valientes que le acompañan, que regresen felizmente a sus hogares patrios. Quiera el cielo que la prosperidad acompañe a ustedes en todas partes.

Ambos jefes se saludaron. Después, Jiménez Castellanos se dirigió al salón del trono, para despedirse allí de los amigos de España.

—Señores —les dijo el general—, he hecho quince años de guerra, me he encontrado en muchos y difíciles combates y nunca me faltó el valor, pero ahora noto que me faltan las fuerzas. ¡Adiós, adiós...! —murmuró ahogadamente.

El general Jiménez Castellanos salió del salón del trono, acompañado por las personas que se hallaban en él. Los generales yanquis y sus estados mayores se unieron a la comitiva en el pasillo.

Jiménez Castellanos se despidió del general Brooke a la puerta del palacio. Los demás siguieron acompañando al general español. Rendían honores las tropas yanquis. Sonaban estridentes los gritos de «¡Viva Cuba libre!» entre la multitud.

El soldado se había abierto paso con dificultad a través de la enorme muchedumbre. Todos los balcones y ventanas hallábanse adornados de colgaduras y banderas yanquis y cubanas. Los vivas a Cuba libre sonaban incesantes, atronadores. La multitud reía aturdidamente, se agitaba con frenética exaltación. Los negros y mulatos entonaban la canción en boga:

Ya tú ves, Fondeviela, ya tú ves,
cómo Cuba libre es.

El soldado se encontraba cerca del muelle. Se detuvo al ver avanzar al general español con su comitiva. El soldado estaba profundamente conmovido. El general Jiménez Castellanos iba a cruzar por delante de él. Y en ese momento resonó, entre el formidable estrépito de los vítores a Cuba, una voz ronca, pero poderosa, que gritó:

—¡Viva España!

Fue el único viva al país vencido que se oyó aquella mañana en la capital de Cuba. El soldado se volvió emocionado. Era una mujer. Estaba en un balcón y agitaba una bandera española.

—¡Basilia! —exclamó asombrado, y luego gritó con fuerza, levantando una mano—.¡Basilia!, ¡Basilia! ¡Aquí! ¡Soy Pedrell, Esteban Pedrell!

Su voz y su ademán, sin embargo, no podían distinguirse entre la ingente multitud agolpada, gesticulante y chilladora. Pedrell movió la cabeza apenado. Miró a Basilia. Estaba gruesa y rebosante otra vez. Extrañamente le asomaba por el sobaco la cabeza de un hombre. Basilia le había echado un brazo por encima de los hombros abrumándole y sumergiéndole en la carnaza de su voluminosa pechera. Se veía que el hombre pugnaba contra la enorme afluencia estirando mucho el cuello. El hombre era un pardito *blanconazo*. Esteban Pedrell sonrió. Y después se volvió a debatir para abrirse paso entre la muchedumbre.

El general Jiménez Castellanos se despidió de sus acompañantes. Subió con su estado mayor en una falúa que los llevó a embarcar en el vapor *Rabat*. Al ir a hacer el transbordo, les dispararon, desde unas embarcaciones próximas, más de veinte tiros que, por fortuna, no hirieron a nadie.

Los artilleros que habían hecho las salvas embarcaron. Embarcó también el soldado Esteban Pedrell. Los vapores cargados de tropas se pusieron en marcha. El *Rabat* los siguió.

A Esteban Pedrell le habían permitido sentarse junto a una barandilla, en la cubierta del buque. Fue un rasgo amable que agradeció, aunque los otros soldados se agolpaban sobre él, pisándole y estrujándole contra los hierros.

Cruzaron frente al castillo de la Punta. Allí quedaba la capital de la isla en la que tanto habían sufrido. Ondeaban en el viento las banderas que la engalanaban, con su postrer adiós. Un gran gentío apiñado en la playa agitaba los pañuelos de las tristes despedidas. Oíanse confusamente sus gritos. Los soldados españoles callaban. Muchos tenían los ojos llenos de lágrimas.

En los fuertes de la Cabaña y el Morro, las banderas de los Estados Unidos batían insolentes, solitarias.

La Perla de las Antillas se quedó poco a poco en la distancia, engastada en la orla de las espumas del mar, que batía deshaciéndose entre los arrecifes.

Esteban Pedrell se tumbó en la cubierta. Oía las conversaciones de los soldados.

—Ya veréis cuando lleguemos a la península —dijo uno—. Ya veréis cómo nos reciben. ¡Será algo grande!

—No te hagas muchas ilusiones —le replicó otro.

—¿Por qué? ¿Es que no hemos luchado como fieras? ¿Es que no hemos padecido más que nadie en el mundo?

—¿Y qué hay con eso? Eso a nadie le importa. Al llegar a España nos darán cuatro meses de licencia.

—¿Y eso te parece mal?

—¡Claro que sí, burro! Te dejarán tirado, sin alcances, sin comida, sin medios para volver a casa.

—¡No lo creo ni aunque me lo jures!

—Pues es la verdad. Ya lo sabes: tirados, tirados como perros.

Pedrell se abstrajo. Recordó a Ignacio Merino. ¿Qué sería de él? ¿Qué sería de Carballo? ¡Pobre Carballo! Un compañero de la *Constitución* que fue a parar, como él, al hospital de Cienfuegos, le contó que había visto a Carballo en Santiago. Estaba en el hospital. Habían tenido que cortarle una pierna. ¿Cómo soportaría la mutilación? Recordó aquel día, cuando los sentenciaron a la horca. Carballo le dijo que prefería morir a quedar inválido. El de la *Constitución* le contó también que unos señores, acompañados de su hija —«la mujer más guapa que yo he visto en mi vida»— le iban a ver con frecuencia. La señorita le visitaba diariamente y le llevaba regalos. «Hasta quería que le trasladaran a su casa, pero Carballo se negó siempre y parecía muy triste. Yo, a Carballo, nunca lo entendí. Y entonces, mucho menos. Era muy raro. Un tío que llamaba hermoso a cualquiera, hasta a José Expósito. ¿Tú te acuerdas de Expósito?» «Sí; claro que me acuerdo», dijo Pedrell. «Carballo consiguió que lo mandaran a otra ciudad sin que la señorita lo supiera. ¡Le dio un disgusto de muerte! Muy raro, muy raro. Siempre me lo pareció. Un fulano rarísimo.»

Luego recordó con gratitud al comandante Gutiérrez. A él le debía hallarse viajando rumbo a España. Le vio un día en el hospital y le llamó. Pedrell estaba tan desfigurado por la enfermedad, que el comandante tardó en reconocerle. Estuvieron hablando. El comandante le contó que su sobrino, el teniente Robles, había salido para la península con los repatriados de Santiago de Cuba. Él no le había visto, pero le aseguraron que estaba muy mejorado de sus heridas. El comandante había permanecido en San Luis con una compañía de la *Constitución*. Sus tropas apoyaron a la columna Escario en su marcha sobre la ciudad. Después, el movimiento envolvente de los yanquis les impidió retirarse hacia Santiago y, cuando la capitulación, el comandante se negó a rendirse y escapó, dirigiéndose a Manzanillo para seguir luchando. El comandante sonrió entre desdeñoso y resignado. No le dijo nada a Pedrell, pero con toda seguridad que su rasgo no fue apreciado, ya que le costó el ascenso a teniente coronel. El comandante volvió varios días al hospital. Le hizo muchas preguntas a Pedrell sobre los combates en el Caney, la Canosa y el sitio de Santiago, y tomó abundantes notas. Pedrell le contó también sus peripecias de emisario, aunque ocultó lo relativo al espionaje de María del Cobre.

El comandante observó su tristeza y su ansiedad. Le ofreció conseguir que le trasladasen a La Habana para apresurar su repatriación. Efectivamente, al cabo de unos días, Pedrell viajaba camino de la capital.

—Yo ya me lo olía —estaba diciendo un soldado—. Pero a mí no me la dan esos fulanos. Yo, de los seis reales diarios que nos pagaban últimamente, y de los diez que me daban, cuando caí enfermo, ahorré lo que pude y lo mandé a España.

—¿Y cómo lo mandaste?

—En un sobre, ¿cómo lo iba a mandar?

—Pues te pasaste de listo.

—¿Por qué?

—Porque muchos infelices como tú han conseguido ahorrar unos cuartos para la familia, casi a costa de la vida, y ¿qué ha ocurrido? Que en Correos han robado esos sobres a miles.

—¿Que los han robado? ¡Eso sí que no! ¿Iban a robar a unos desgraciados como nosotros?

—Pues lo han hecho, ya lo sabes. Lo han hecho los canallas de Madrid. Y espérate un poco. Los alcances que nos deben, pasarán años antes de que los podamos cobrar. Así me lo han dicho. De modo que ya lo sabes.

—¿Y qué vamos a hacer entonces al llegar a España?

—Fastidiarnos, igual que los otros. Los repatriados que no han muerto en el viaje, andan por los caminos, por las carreteras, por los pueblos y ciudades, abandonados de todos. Piden limosna. Van, como nosotros, cubiertos de harapos. Se mueren de hambre o de enfermedad sin que nadie se preocupe de ellos ni les importe. Se mueren a chorros. Ya lo sabes. Y encima nos insultan llamándonos cobardes.

—¡Mientes! —exclamó Pedrell sin poder contenerse.

—¿Qué te pasa a ti? No miento. ¿Por qué iba a mentir? Te estoy diciendo la verdad.

—Y yo te digo que no es posible. No pueden tratarnos con esa crueldad. ¿Qué es lo que hemos hecho? ¿Quién puede echarnos la culpa de lo que ha pasado? Todo el mundo sabe que ellos son los únicos culpables. Y hemos tenido que pagar nosotros. ¡Ya hemos pagado bastante!

—¡Está bien, muchacho, está bien! Como quieras. ¿Crees que a mí me gusta? Pero, para empezar, mira lo que aquí ocurre. Nos llevan a casa, tirados sobre la cubierta, como animales. Tú y casi todos los demás estamos enfermos, o heridos, o no podemos ni dar un paso de la pura anemia. ¿Está bien eso? Tú fuiste el que embarcaste a última hora, ¿no? ¿Te han dado el tubito?

—Sí.

—¿Sabes para lo que es?

—No.

—Si quieres beber agua, tienes que levantarte e ir a chupar con el tubito de esos depósitos de hierro que hay ahí. Ya lo sabes. Y, si no puedes moverte, morirás como un perro, si no te matan antes el sol, el frío, la lluvia...

Pedrell no dijo nada. Cerró los ojos. Se sentía muy mal. Las horas empezaron a transcurrir. Las hacía eternas el sufrimiento.

Todas las mañanas eran idénticas. Todas las mañanas eran arrojados varios cadáveres de soldados por la borda. Se oían las salvas del postrer adiós. Se oía el choque de los cuerpos contra las aguas. Los soldados se quedaban sobrecogidos de terror. ¿Quién sería el próximo? Morir cuando ya habían terminado las penalidades de la guerra, los horrores y el espanto de los combates. Morir en el umbral mismo del hogar. «¡No! —pensaba Pedrell—. ¡No quiero!» Desde que embarcó sólo había esputado algunas flemas ligeramente sonrosadas. Estaba mejor. Se salvaría. Tenía que salvarse. Ponía su voluntad en aquello, como meses antes, cuando muy enfermo ya y casi inconsciente, caminaba hacia Guantánamo. ¡Qué absurdo le parecía! ¿Era él quien caminaba hacia Guantánamo? ¿Pasó él todas aquellas atroces experiencias? ¿Fue él, él mismo, quien tuvo entre sus brazos el cadáver de María del Cobre? Le parecía absurdo, pero notaba el peso insoportable del dolor, la ancha herida que le dejaron las cosas que fueron. ¿Qué esperaba después de lo ocurrido? ¿Qué consuelo podía hallar en su Patria, entre la familia incluso? ¿Había consuelo para él? Seguramente que no. Pero tenía que llegar, tenía que llegar... Tenía que arrancarse de alguna manera todo aquel sufrimiento.

El viaje fue una tortura, una pesadilla dantesca. Oía quejarse a los hombres que le rodeaban, los veía fallecer. Olía espantosamente a miseria, a mugre, a carne enferma o muerta. Los mareados vomitaban en cualquier sitio. Vomitaban sobre los depósitos, al acercarse a beber. Y allí, entre el repugnante hedor de la bazofia devuelta, aguantando las náuseas, había que introducir el tubo y sorber el agua, y sobrevivir entre tantos horrores.

Sí; el viaje fue un brutal martirio. Pero un día, un día maravilloso y esperanzado, aparecieron las costas de la Patria. Allí estaba. Todo lo habían olvidado: el dolor, la enfermedad, los malos augurios de los pesimistas. La Patria recibiría a los hijos que lucharon por ella. Los hombres que se redimieron, que se quedaron en el hogar mientras ellos sufrían y morían por todos, los esperarían con los brazos abiertos. Los estrecharían contra su corazón. Los llamarían hermanos. Tendrían que guardarles eterna gratitud. Habían luchado heroicamente y habían perdido. Y, por esa misma razón, porque habían perdido, debían estrecharlos más fuertemente, más compasivamente, con mucha más emoción. Porque si los habían derrotado, no fue por su culpa. Fue porque les había faltado todo; todo, menos el valor.

Se veía ya el puerto de La Coruña, el verdor de la costa, de los árboles, las manchas rojas y blancas de los edificios. Muy pronto distinguirían las banderas, los pañuelos agitándose en el aire. Les llegarían los alegres compases de las charangas, los vivas y los gritos de júbilo. Verían brotar el llanto de los ojos, llorarían ellos también, abrazados, estrujados por la multitud enfebrecida, agolpada en el puerto para recibir a los héroes de Cuba.

Nadie, absolutamente nadie. Vio las lágrimas caer, lentamente, por los rostros tristes, demacrados de sus compañeros. Oyó sus rudas palabras de ira, de violencia, de amargura sobre todo. Él no dijo nada. Sus ojos continuaban secos, como siempre. Sólo sentía un asco profundo, un profundo desprecio.

El muelle estaba solitario. Sólo había unas ambulancias, varios enfermeros de la Cruz Roja, algunos militares.

Pedrell pisó el muelle. Se le acercó un enfermero. Pedrell le rechazó con fuerza.

—¡Déjame!

Se escabulló entre los tinglados del puerto. Penetró en las calles de la ciudad. Iba solo, con una congoja insufrible. Los transeúntes le miraban. Le dirigían unas ojeadas de refilón, desdeñosas.

Entró en un paseo. Vio un banco y se sentó. ¿Qué haría? Estaba sin dinero. Tenía hambre. Su enfermedad parecía haberse agravado de pronto. Escribiría a sus padres. Pero ¿qué podía hacer entretanto?

Levantó la cabeza. Delante de él había dos hombres jóvenes, más o menos de su edad, elegantemente vestidos. Le miraban con insolencia, con un aire conminador.

—Éste debe de ser uno de los repatriados que acaban de llegar. ¡Más barcos con gallinas! —rió sarcásticamente.

—¡Cobardes! —exclamó el otro con furia y desdén—. ¡Pandilla de cobardes!

Pedrell inclinó la cabeza. Pensó en Basilia. Solamente ella había tenido piedad de los vencidos.

Y fue entonces cuando le acudieron las lágrimas a los ojos, como una oleada incontenible.

Barcelona, mayo-octubre de 1962.

Impreso en Talleres Gráficos
LIBERDUPLEX, S. L.
Constitución, 19
08014 Barcelona